ARCHE

ATTICUS LISH

ROMAN

Vorbereitung auf das nächste Leben

Aus dem amerikanischen Englisch
von Michael Kellner

ARCHE

Die Originalausgabe erschien 2014 unter dem Titel
Preparation for the Next Life bei Tyrant Books, New York.

FSC
www.fsc.org
MIX
Papier aus verantwortungsvollen Quellen
FSC® C083411

3. Auflage
ISBN 978-3-7160-2745-5

Deutsche Erstausgabe

Gesetzt aus der DTL Dorian
Satz: Greiner & Reichel, Köln
Druck und Bindung: CPI books GmbH, Leck, Germany
Printed in Germany

www.arche-verlag.com
www.facebook.com/ArcheVerlag

Für Beth, in diesem Leben und im nächsten

Teil I

Kapitel I

Sie kam durch Archer, Bridgeport, Nanuet, hatte in Jeans und Denimjacke entlang der 95 gearbeitet, trug eine Plastiktüte und Badelatschen, hatte eine Telefonnummer bei sich und wartete benommen in einer Unterführung, die Kartoffelchipstüte war längst leer.

Sie sammelten sie oben am Highway bei einem schlichten weißen Schuppen ein, ein Schild der Army-Navy, alte Reifen, die zum Schaukeln in den Bäumen hingen. Ein Minivan mit einem Affenkönig auf dem Armaturenbrett hielt an und sie stieg ein. Die Männer brachten sie zum Motel 8 und steckten sie in ein Zimmer mit einem halben Dutzend Frauen aus Fujian und einem Liter Orangenlimo. Die ganze Nacht über hörte sie die Lastwagen ankommen und lauschte dem Summen der Klimaanlage.

Man gab ihr eine Bluse mit Firmenlogo und eine Schirmmütze, die nach verdampftem Fett rochen. Alle sagten ihr, Du musst schnell sein, Bossie beobachtet dich. Keine von ihnen verstand den Dialekt der anderen, also sprachen sie stattdessen Englisch. Am ersten Tag rutschte sie mit ihren verschlissenen Turnschuhen auf dem schmierigen Boden aus. Sie ließ eine Bestellung fallen, die Nudeln hüpften herum wie Würmer, und in dieser Nacht lag sie mit zusammengebissenen Zähnen im Bett und starrte die Wand an.

Die Amerikaner parkten draußen, ließen ihre Pick-ups in der Sonne laufen, kamen in Tanktops und Bandanas langsam hereingeschlendert. Sie lehnten sich mit dem Ellbogen auf den Tresen, deuteten mit dicken Fingern auf die Karte und sagten, Das hier. Die Schwarzen kamen herein und hatten in der Hand, was sie ausgeben wollten, das Kleingeld und die zusammengeknüllten Dollars.

Gibbs bei euch dafür so Flügel? Sachma, wassich dafür kriech.

Sie wusste, was okay hieß. Wenn sie auf die Karte zeigten, hatte sie keine Probleme. In Nanuet wollten sie All-you-can-eat. Das verstand sie. Sie wollten mehr hiervon und mehr davon. Okay. Sie wusste, dass sie schnell sein und etwas holen musste, arbeiten, weil sie arbeiten musste, jeden Tag vierzehn Stunden arbeiten, zehn oder elf Tage lang, bis sie einen ›Rauchertag‹ bekamen, wie der Boss das nannte; alles war besser, als den Abfall auf der Mülldeponie südlich des Flusses zu durchwühlen.

Im Motel ließen sie den Fernseher laufen, um Englisch zu lernen. Sie kauerten sich auf den Teppich, bewegten den Mund im blauen Leuchten, schauten auf die Gänge der Lebensmittelmärkte und auf die schnellen Autos. Sagten, Unglaublich. Heute Dienstag auf Fox. Ein grausiger Tag im Irak. Sie beobachteten glotzende Soldaten und Funkantennen, die an den Lehmhäusern der Wüste vorbeifuhren, in denen sie gewohnt hatte.

Kamel, sie deutete mit dem Finger. Das Tier, sehr gut.

Zu schwierig, sagten sie. Kann man nicht behalten. Kopf ist Holzbrett.

Jemand gähnte.

Musst ihn das ganze Leben trainieren.

Wenn sie abends ihre Arbeit beendet hatten, gingen sie über den Parkplatz zu dem einzigen verbliebenen Auto; der Minivan wartete schon, um sie zurück ins Hotel zu bringen. Sie gaben dem Fahrer sein abgepacktes Essen und er stellte es auf eine aufgeschlagene Zeitung, deren Seiten von Hongkong berichteten. Auf dem Heimweg sah sie zu, wie die Nacht am Fenster vorbeifegte, die dunklen Waldgebiete und das Schiefergrau von Straße und Himmel. Der Mann hatte eine Goldkette und eine Greencard und fuhr mit ausgeschalteten Scheinwerfern, auf der Hut vor den Cops.

Die Frauen kamen aus *Fest* oder *Ursprung*, *Vier Begegnungen*, *Verbundene Berge* und *Redlichkeit bewundert*. Sie sagte, sie komme von südlich des Flusses.

Aber du kommst irgendwo anders her, meinten sie.

Ich bin Chinesin, wie ihr.

Du siehst anders aus.

In der Sonne konnte man erkennen, dass Zou Leis Haar braun und nicht schwarz war. Es war auch nicht glatt. Ihre Nase hatte einen kleinen Höcker; sibirische Augen.

Unser China ist ein großes Land, sagte sie.

Du klingst wie die aus dem Norden.

Sie ist eine Minderheit, sagte eine der Frauen.

Das bedeutet nichts. Es gibt *Volksterrasse, Friedvoller Fluss, Stiller See, Südwende, Baumwollzaun, Zhangpu, Friedvolle Annäherung, Swatow, Allgemeine Gelassenheit, Vorsprung, Samyap, Jung-can, Ewiger Friede, Drei Länder, Gleich-neben-den-Zhangs* und noch ein paar Hundert Dialekte. Welchen willst du lernen?

Zou Lei überlegte einen Augenblick. Wie sage ich, Der Himmel ist hoch? Sie lächelte und deutete an die fleckige Decke. Der Himmel ist hoch und die Erde ist groß.

Einige von ihnen nickten, ein paar lächelten und entblößten schlechte Zähne. Ganz richtig, ganz richtig, und eine der Frauen seufzte.

Stattdessen lernte sie, eine Bestellung aufzunehmen. Dass die Glückskekse in der Schachtel unter dem Jahr-der-Ziege-Kalender und dem kleinen Plastikschrein lagen. Die Servietten, Strohhalme und Essstäbchen lagen nebeneinander auf der Ablage. Gib jedem eine Plastikgabel, egal wofür. Wenn Kunde kommt, fragst du ihn, was er will haben. Dann brüllst du Bestellung nach hinten: Huhn-Brokk, Rind-Brokk, Rind-Schoten, Dreifach-Dampf, damit schnell geht.

Niemand musste ihr beibringen, wie man wischt und den Müll rausbringt und bei einem Sack voll Grünzeug alles nicht Essbare abzuschneiden. Sie sahen, dass sie hart arbeitete. Das meiste, was die anderen machten, kannte sie schon. Hockte sich vor die Badewanne, um ihre Kleidung zu waschen, wrang sie mit ihren rissigen, bäuerlichen, blaurot angelaufenen Händen aus. Hängte sie auf die Stange des Duschvorhangs neben die tropfende Wäsche der anderen, die nassen, paillettenbesetzten Jeans und verblassten Comicfiguren.

Am Tresen legte sie ein Stück Karton in eine Tüte, heftete die Verschlüsse eines Styroporbehälters zusammen und stellte ihn auf den Karton. Stapelte die anderen darauf. Heftete eine Speisekarte an die Tüte und schob sie über die Theke hinweg einem mageren Burschen mit langen blonden Haaren und einer Baseballmütze zu. Er bestellte eines der Extras und sagte, Du wirst immer besser. Ich hab's gestoppt.

Der Boss sagte, die Frauen brauchten jemanden, der auf ihr Wohlergehen achtete, eine große Schwester, die ihm Bericht erstattete. Er gab ihnen einen Spruch zum Auswendiglernen – es ist keine Frage der Zeit, es ist eine Frage des Geldes. Er wollte, dass sie ihn so häufig und so schnell wie möglich vor sich hin sagten.

Und was heißt das?, fragte sie.

Das hat nichts zu bedeuten. Man weiß nicht, was das bedeutet.

Eine der Frauen war psychisch labil, sie schwieg tagelang und erzählte ihnen dann, dass die Polizei in Guangxi sie zu einer Abtreibung gezwungen hatte.

Als es kalt wurde, rückten ein paar von ihnen zum Schlafen zusammen. Sie kauerten sich vor den kleinen Heizofen, während ihre nasse Kleidung in der Dusche hing, alle waren krank, husteten und spuckten in den Papierkorb.

Im Fernsehen sah sie Mädchen, die Lastwagen fuhren, boxten und in der Hitze Marathon liefen. Wenn Lieferungen kamen, rannte sie hinaus und trug die Reissäcke auf der Schulter. Die Frauen waren dagegen und sagten, Überlass das den Männern, dem Koch und seinem Cousin. Zou Lei ließ sie wissen, dass sie gerne die Beine bewegte. Nachts machte sie Sit-ups. Sie nahm eine Zeitung aus dem Lieferwagen mit und las die Anzeigen für Jobs in anderen Bundesstaaten.

Sie fuhr nach Riverhead und arbeitete dort den Rest des Winters, wohnte in einem La-Quinta-Inn mit einer Gruppe von Frauen, die *Drei Lichter* und ein ländliches Mandarin sprachen. Sie hatten eine Kochplatte, die sie sich teilten.

Amerika ist ein gutes Land, sagte eine ältere Frau. Wir sind mit einem Fangschiff über das Meer. Die Meerpolizei fing uns und hat uns auf einer Insel bei San Francisco eingesperrt. Ich war auf der Reise sehr krank und das hat mir das Leben gerettet. Die anderen dreißig mussten wieder zurück nach Hause, aber ich nicht. Das war Glück. Mein Cousin hat für mich Asyl beantragt. Ein paar dieser anderen Schwestern sind schon mal ausgewiesen worden. Sie kamen zwar zurück, aber aus einmal wird zweimal, aus zweimal wird dreimal. Sie sind nach Yucatán gegangen, der Halbinsel hinter der Grenze von Arizona. Das ist schon hart, natürlich. Das ist die Wüste, nichts für Menschen wie uns, Flussmenschen. In meinem Dorf wird *Hühnerhirse* gesprochen. Wir sind fünfzig Kilometer von *Alter Acker* und die verstehen kein Wort von dem, was wir sagen.

Sie verbrachte ein Jahr in Archer und ein halbes in Riverhead. Die Schweinegrippesaison war vorbei und die »World News« brachte Geschichten über den Krieg gegen den Terror und wie schwierig es war, eine Greencard zu bekommen. Sie blätterte weiter und sah das Schwarz-Weiß-Foto eines nackten Gefangenen, der mit einem Sandsack über dem Kopf auf dem Boden lag. Sie blätterte noch einmal um und betrachtete aufmerksam die Wörter: Bau, Näherin, Restaurant, Schönheit, Bezahlung nach Können.

Sie fuhr nach Nanuet, bekam wieder eine Bluse und wieder eine Schirmmütze. Die Frauen wohnten in einem aufgebockten Wohnwagen, Schlackenbeton auf Kiefernnadeln, und hängten die Wäsche auf eine Leine. An ihrem ›Rauchertag‹ lief sie hoch zur Shoppingmall, rannte über den Highway, sprang über den Betonteiler des Mittelstreifens und schaute sich die Sneakers Made in China in den Schaufenstern an.

Der Boss trug einen Jade-Armreif und fuhr einen verdreckten Astrovan. Er ließ ihn von Zou Lei waschen, hinten, wo es Laderampen und Müllcontainer gab, einen Zaun und dann Wälder. Sie arbeitete mit dem Wasserschlauch, starrte an den Müllcontainern vorbei und stellte sich vor, durch die Wälder zu laufen.

Im Jahr darauf war sie in einem anderen Bundesstaat in einem Motelzimmer mit acht Frauen, die selbst in ihrem eigenen Dialekt eine Art Code sprachen. Als sie fragte, aus welchem Dorf sie komme, antwortete eine, *Zimtbaum*. Die anderen sagten, Warum verrätst du einer Fremden unsere Geheimnisse?

Sie hatten eine große Schwester, die entschied, wann sie fernsehen durften. Wenn jemand klopfte, war es verboten, die Tür zu öffnen, bevor Sophia kam und es erlaubte.

Schließlich begriff Zou Lei, dass in der Geheimsprache der Frauen ›Segelboot‹ für Geld stand, das sie zurück nach China schickte. ›Schrei‹ bedeutete Telefon, ›Krähe‹ war ein illegaler Fremder und ›Andy‹ die Polizei.

Ein Mann mit einer verspiegelten Sonnenbrille und einem Drachen auf dem Handgelenk brachte ihnen einen Packen Binden. Der Boss würde Musik lieben. »Everything I do, I do it for you«. Kennt ihr den Song?

Als Sophia einmal nicht da war, ließ Zou Lei das Dienstmädchen ins Zimmer und fragte sie nach ihrem Job und woher sie komme.

Honduras, sagte das Dienstmädchen, das ein tätowiertes Kreuz auf der Hand hatte. Sie waren ungefähr gleich alt.

Zou Lei lief ins Badezimmer und kam mit den nassen Handtüchern zurück, die sie in den Wäschekorb warf. Das Mädchen aus Honduras lächelte und sagte Gracias.

Wie ist dein Job, bringt er Geld?, fragte Zou Lei.

Nein, nicht viel Geld. Poquito Geld. Du haben Arbeitspapier?

Rate mal, sagte Zou Lei. Glaubst du?

Nein. Beide lachten.

Maria brachte ihr einen Handschlag bei. Zou Lei zeigte ihr die

Anzeige in der »Sing Tao«, in der es darum ging, dass man eine Sozialversicherungsnummer kaufen konnte.

Sie klopfte an eine Stahltür und fand einen Job, bei dem sie acht Stunden am Tag Kupplungsscheiben in Kartons verpackte. So leicht hatte sie noch nie Geld verdient: neun Dollar die Stunde abzüglich Steuern. Mittags aß sie Reis und Truthahn aus ihrer mitgebrachten Tupper-Dose, während die Amerikaner in Dickies und Bandanas am Verpflegungswagen Schlange standen. Sie trug ihr Geld ständig bei sich, um die Hüfte gebunden, ihr Handy, den gefälschten Ausweis, alles, was sie nicht verlieren durfte.

Eines Tages mitten im Herbst ging sie in eine Bodega, und als sie herauskam, wurde sie geschnappt.

Ganz ruhig. Hast du irgendwas in den Taschen? Irgendwas Scharfes? Schon okay. Ganz ruhig. Ein Hispano in einem Footballtrikot hob ihre Arme und schaute an ihr vorbei, als er die Taschen nach außen kehrte. Er löste die Bauchtasche, die sie um die Hüften trug, und gab sie einem Typen, dessen Pistole nur halb von seinem Sweatshirt verdeckt wurde. Sie hatte in der Bodega gerade ihren Scheck eingelöst und behielt die Tasche fest im Blick. Brauchst du einen Übersetzer? Ich spüre, wie dein Herz klopft. Calmate. Tranquillo, okay? Sprechen Spanisch? Woher kommst du – Chinita? Chinesisch?

Warum ich nicht weggerannt bin?

Sie durchsuchten ihre Kleidung und nahmen das Geld an sich, fesselten ihre Hände mit Kabelbinder und steckten sie in einen Transporter zu einem Salvadorianer. Es dauerte den ganzen Nachmittag. Hey, Mama, so schüchtern? Es gab Menschen aus Fujian, Kambodschaner, Männer aus Guatemala. Sie kam in eine Glaszelle mit Zementfußboden und einer Sitzbank aus Edelstahl, taghell von Leuchtstoffröhren beleuchtet, die ganze Nacht lang kamen und gingen die Mädchen, bis sie an der Reihe war. Sie rieb sich die Striemen an den Handgelenken, die die Fesseln hinterlassen hatten.

Ein weißes Mädchen mit verlaufener Mascara auf den Wangen sagte, Wehe, diese Nigger lassen mich zum Geburtstag meines Jungen nicht raus.

Mitten in der Nacht wurde sie geholt. Durch die Spiegelungen im Glas sah sie, wie ein Amerikaner mit Schnurrbart sie anschaute. Die Gegensprechanlage sprang an. He, du. Aufstehen. Sie tat, was ihr befohlen wurde. Die Tür öffnete sich. Er gab ihr mit dem Finger ein Zeichen. Sie verließ die Zelle. Alle Korridore im Gefängnis waren dunkel, und sie wusste nicht, was sie vorhatten. Es war niemand zu sehen außer dem Vollzugsbeamten und, weiter vorne, einer Gestalt, die mit gesenktem Kopf und einer merkwürdigen, entsagungsvollen Geduld den Boden wischte, als wäre sie gar nicht vorhanden, und dann begriff sie, dass das ein Häftling war.

Nimm einen. Der Vollzugsbeamte zeigte auf einen Wäschekorb mit verschlissenen orangefarbenen Overalls. Sie musste ihn erst fragen, wo sie sich umziehen konnte. Sie schloss sich im Klo ein und war zumindest einen Augenblick lang allein, allein mit dem Waschbecken, dem Spiegel, dem Porzellanklo, den Fliesen. Aus einem Radio kam Autowerbung. Sie beeilte sich, die Jeans auszuziehen, vermied den Blick in den Spiegel, zog den Overall über, entdeckte, dass er ärmellos war, und zog den Reißverschluss hoch. Hastete hinaus, die Arme kälter als der Rest des Körpers, hielt dem Vollzugsbeamten die Jeans wie ein Geschenk entgegen. Er griff danach.

Dann nahm er sie am Ellbogen und ging mit ihr in die Anlage hinein. Sein pures Gewicht drückte die Schuhe in den gewachsten Boden, während ihre Badelatschen eilig neben ihm herklatschten. Das Radio konnte sie inzwischen nicht mehr hören. Es gab keine Lampen, aber ein tierischer Geruch breitete sich aus. Sie kamen an ein breites schwarzes Fenster, und der Vollzugsbeamte hielt inne. Er schloss eine Tür auf. Dahinter lag ein großer schwarzer Raum. Er schob sie am Ellbogen hinein. Es schien eine große Basketballhalle zu sein. Sie konnte gerade so die nummerierten Zellen auf dem Betonfußboden erkennen. Wandte sich um und fragte, was sie tun solle. Die da. Siebzehn, sagte er und schloss die Tür hinter sich ab. Sie spürte, dass er ging. Sie hielt ihre Decke umklammert, blinzelte, erkannte ihr Ziel und ging darauf zu. Darüber gab es eine zweite Ebene. Hinter der schweren, mit Schiffsfarbe gestrichenen Tür ertastete sie mit den Händen etwas Metallenes. Ein Etagenbett. Sie legte sich hin. Die Augen gewöhnten sich an das Dunkel. Sie erkannte Graffiti auf den Betonziegeln. Stand wieder auf und zog die Tür zu. Die rastete nicht ein. Sie legte sich hin, schloss die Augen und lauschte.

Ich steh das durch, sagte sie sich, als die Lichter angingen und sie erkannte, wo sie war – das stählerne Ding an der Wand eine Toilette. In China wären die Umstände schlechter gewesen.

Sie verließ die Zelle und sah, wie die anderen herausschlurften, fett und mit aufgeschwemmten Gesichtern voller Akne, feindselig, die Afros nach allen Seiten abstehend. Wie sie den Picknicktisch mitten in der Halle in Beschlag nahmen, um die Treppen herumschwirrten, zum Fenster gingen und wieder zurück. Sie fummelten einander an den Haaren herum. Eine dicke Schwarze furzte und sagte, Habt ihr's gehört? Es gab Bäuerinnen mit indianischem Blut und Kreuzen auf den Händen, die unter sich blieben. Es war deutlich zu sehen, wer bei einer Illegalen-Razzia aufgeflogen war. Es war offensichtlich, wer sie war. Wie alle Migranten blieb sie für sich.

Der Vollzugsbeamte kam und ließ eine Hilfskraft mit einem Essenswagen herein. Alle standen auf. Sie hielt sich abseits und ließ die Schwarzen und die Amerikaner vor. Als sie ihr Tablett bekam, ging sie damit in ihre Zelle, aß die Fleischwurst und das Käsesandwich und versuchte krampfhaft, nicht auf die Toilette zu schauen.

Den ganzen Tag über ging sie zum Fenster in der großen Halle und wieder zurück, bis die Lichter in der Anlage ausgingen.

Sie war vielleicht zwei oder drei Tage dort, als sie bemerkte, dass sie sich nicht mehr sicher war, ob es zwei oder drei waren. Beides schien möglich, aber es hätten sogar auch mehr sein können. Sie versuchte, die Tage zu zählen, aber sie konnte sie nicht voneinander unterscheiden. Es gab keine Uhren. Sie dachte kurz daran, einen Kalender zu führen, aber sie hatte nichts zum Schreiben. Sie hatten nichts anderes als sich selbst, sie und die anderen Frauen in dieser lauten, schmutzigen Halle.

Sie versuchte, mit einer Frau zu sprechen, einer Weißen mit gebrochener Nase, und fragte, ob sie eine Möglichkeit hätten, fernzusehen.

Fernsehen? Na klar haben wir einen Fernseher. Da drüben beim Wellnesspool.

Alles, was sie fand, war ein Münzfernsprecher vor dem Fenster. Die Karte eines Kautionsvermittlers klebte darauf, mit einer gebührenfreien 800er-Nummer. Sie hatte schon jemanden beim Telefonieren beobachtet. Nachdem sie die Nummer gewählt hatte und die Verbindung hergestellt war, sagte eine Stimme: Silvio. Sie gab sich alle Mühe, ihm zu erklären, wer sie war. Er fragte sie, von wo aus sie anrief, aber nicht einmal das konnte sie sagen. Auch gut, kein Problem, er konnte herumtelefonieren. Es konnten nur zwei Orte sein, wenn man sie in Bridgeport geschnappt hatte. Weißt du, was man dir vorwirft? Nein? Ist ja nur eine Vermutung, aber es gibt da jetzt so was, wenn man, um es mal so zu sagen, unbemerkt ins Land kommt, dann kommt Kaution für dich nicht infrage. Das ist der Patriot Act. Er wiederholte es noch mal. Sie nickte. Ja. Das weiß ich.

Hast du jemanden, der für dich Kaution stellen kann?

Nein, sagte sie. Bin nur ich in diesem Land. Wenn ich raus bin, ich für dich arbeiten kann, wenn du mich rauskriegst, versuchte sie krampfhaft zu erklären. Ich ehrlich. Ich alles bezahlen. Sie hielt den Hörer fest umklammert und beugte den Kopf über die Sprechmuschel.

Oh, sagte er. Das bezweifele ich nicht. Aber wenn das so ist, dann kann ich wohl nichts für dich tun.

Sie lauschte.

So ist das nun mal.

Er musste auflegen.

Um den Mut nicht zu verlieren, ging sie an der Wand auf und ab und zählte die Schritte.

Sie fing an, nach jedem dritten Schritt einen langen, tiefen Ausfallschritt zu machen, und zählte mit. Hinter ihr erhob sich Geschrei, aber sie glaubte, das habe nichts mit ihr zu tun. Sie war überrascht, dass jemand vom Picknicktisch aufstand und auf sie zukam. Sie wich aus. Die Frau folgte ihr und wurde lauter. Jetzt brüllte sie sie wirklich an und alle schauten zu ihnen herüber. Sie schrien auf sie ein, sie sollte aufhören damit. Mach das bloß nicht hier drin. Ich mein das ernst. Sie machte keine Ausfallschritte mehr. Das Gebrüll hörte auf. Man konnte hören, wie die Person, die sie angebrüllt hatte, schwer atmete.

'dammte Affenarschluder, tun so, als könnten sie kein Englisch.

Etwas beunruhigte sie, aber sie verbannte es aus ihren Gedanken. Niemand sagte ihr irgendwas. Es gab keine Anwälte. In der folgenden Nacht träumte sie, dass ihr Vater ins Gefängnis kommen würde, klein, gebräunt, stark, in Uniform, schweigend. Die Amerikaner gehorchten ihm. Er suchte sie unter all den anderen heraus und sie mussten sie gehen lassen. Der Traum wiederholte sich in einer zweiten Version, dieses Mal hatte er beim Betreten des Zuchthauses einen schrecklichen Fehler gemacht und kam nun nicht mehr hinaus. Verunsichert saß sie auf ihrem Bett.

Sie sah, wie eine Frau, die entlassen wurde, auf der anderen Seite der Scheibe vorbeiging, wie sie mit ausgestrecktem Arm tänzelte, wie sie dem Vollzugsbeamten zur anderen Seite der Anlage folgte, wo man ihr die Kleider zurückgeben und sie hinaus auf die winterlichen Straßen entlassen würde.

Zou Lei aß ein Fleischwurst-Sandwich und machte in ihrer Zelle neben der Toilette Kniebeugen.

Sie mussten sich in einer Reihe aufstellen, um mit einer Sozialarbeiterin zu sprechen, die sie fragte, ob sie STD habe. Der Begriff wurde erklärt. Geschlechtskrankheiten. Sie glaubte, es gehe um Aids. Nein, antwortete sie.

Bist du schwanger?

Sie schüttelte den Kopf.

Weißt du, welcher Tag heute ist?

Sie schüttelte den Kopf.

Es ist Dienstag. Sprichst du Englisch?

Sie nickte, dann schüttelte sie den Kopf.

Bist du Mitglied in einer Gang?

Sie wusste es nicht. Nein.

Sie sagte, sie wolle wissen, ob sie irgendwann einen Anwalt sprechen könnte. Niemand hatte ihr gesagt, was ihr vorgeworfen wurde oder auf welcher Grundlage man sie festhielt. Als sie zu fragen versuchte, was mit ihr passieren würde, befahl ihr ein Vollzugsbeamter, sich zu verziehen und auf die andere Seite der Halle zu gehen.

Die Latinas hatten eine eigene Gang namens Niña Malas, die sie schützte. Und was für eine bist du?, wollte die weiße Frau mit den strähnigen Haaren wissen. Irgendjemand sagte, Al-Qaida. Ich bin Chinesin, sagte Zou Lei. Sie feuchtete ihre Haare im Waschbecken an und band sie zurück, um anders auszusehen.

Sie mochte es nicht, in ihrer Zelle zu trainieren. Wenn sie alleine war, spielte ihr Kopf verrückt und das Innere stülpte sich nach außen. Sie verlor sich in Gedanken, und wenn sie wieder zu sich kam, waren Stunden vergangen. Einmal wanderten ihre Gedanken zu der Kupplungsscheibenfabrik, in der sie gearbeitet hatte, und sie sah die anderen dort schuften und über dieses und jenes sprechen. Sie sagten, Erinnert ihr euch noch an dieses Mädchen? Was ist wohl mit ihm passiert? Und ihr war klar, dass sie über sie sprachen. In ihren Gedanken war es ein Tag mit blauem Himmel und sie konnte den Asphalt riechen und die Felder und den Verpflegungswagen.

Ein paar Latina-Mädchen fragten, Alles klar? Hey, du da, alles klar? Und anstatt sie zu ignorieren, starrte sie zurück und sagte, Ich hab gar nichts klar. Sie tat so, als würde sie durch sie hindurchsehen, aber sie hatte Angst. Die Angst war mal stärker, mal schwächer, wie ein Funksignal. Wenn sie ausblieb, wurde sie wieder krank. Sie ging zum Telefon, nahm den Hörer ab und lauschte dem Freizeichen, starrte durch das Fenster und wartete darauf, dass jemand vorbeiging. Es war dieser abgeschottete Raum, der sie krank machte. Ich halte das einfach nicht aus, dachte sie. Manchmal liefen Vollzugsbeamte in ihren grünen Uniformen vorbei. Manchmal schaute einer der Kapos herein, einen gewissen Ausdruck im ziegenbärtigen Gesicht, weil mal wieder eine der Frauen vom Picknicktisch aufgesprungen und zum Fenster gerannt und dagegengehämmert und wild gestikuliert hatte.

Ihre Augen schmerzten vor Einsamkeit. Wenn sie die Lider schloss, rannen Tränen über ihr Gesicht.

Später an diesem künstlichen Tag stand sie bei den anderen, die sich an der Treppe versammelt und um eine lässig wirkende junge Frau geschart hatten, die alles, was sie sagte, mit einem Faustschlag in die Hand unterstrich. Zou Lei ging so nahe heran, wie sie konnte, und versuchte zuzuhören. Die Frau sagte, dass sie dreißig Jahre für bewaffneten Raubüberfall bekommen hatte.

Er hatte die Waffe und ich stand nur daneben.

Ninety-Nine Problems.

Aber echt. Er hat lebenslänglich.

Du bleibst hier? Das war Zou Lei.

Die anderen schauten erst sie an, dann die Komplizin ohne Waffe, um zu sehen, wie sie reagierte.

Ob ich hierbleibe? Nein, die bringen mich ins Staatsgefängnis.

Kurz darauf erhob sie sich von der Stufe, als würde sie sich über ein paar Kinder ärgern, und sonderte sich ab. Zou Lei ging zu ihr und fragte sie, was sie schon die ganze Zeit fragen wollte.

Dich abschieben?, sagte die Frau. Keine Ahnung. Vielleicht schaffen sie deinen Arsch nach Ucasville.

Schließlich bekam Zou Lei eine Antwort: Niemand weiß, was mit dir passieren wird. Du kriegst vielleicht ein Jahr.

Zou Lei war plötzlich höchst konzentriert. Ein Jahr und dann?

Ein Jahr und dann entscheiden sie, was sie mit dir machen.

Okay, sagte sie. Und was sie können mit mir machen?

Genau das isses. Bei deinem Status können sie alles mit dir machen, alles, was sie wollen.

Ich kann mein Leben hier drinbleiben?

Einen ziemlichen Teil. Siehe *Gitmo*.

Aber das war längst nicht alles, wie Zou Lei erfuhr. Das ist erst der Anfang. Jeder Vollzugsbeamte kann dich am Arm nehmen und mit dir einen langen Spaziergang zur anderen Seite des Gefängnisses machen. Er bringt dich zur Wäscherei, die voller männlicher Hilfskräfte ist, und sagt, Das hier ist eure neue Kollegin. Wie wär's, wenn ich sie hierlasse? Er wird gerade so lange warten, bis dir das Blut in den Adern gefroren ist. War nur ein Scherz. Hast dir in die Hose geschissen? Nachsehen? Und dann marschiert er mit dir zurück zum Frauenflügel. Auf dem Weg wird er sagen, Schätze, du möchtest jetzt ganz artig sein. Er kann dich auch in der Toilette einsperren und sich erst später mit dir beschäftigen. Wenn du dich wehrst, dann hat er das Recht, dich wie einen Mann zu behandeln, über dich herzufallen, deinen Kopf auf den Boden zu knallen, den Elektroschocker auf deinen Rücken zu drücken, während du wegkriechst, dich am Bein fortzuzerren, während du schreist, und das vor Kameras, die das in körnigem Schwarz-Weiß aufzeichnen; dich an ›Den Stuhl‹ zu fesseln, dir eine Spucktüte über den Kopf zu ziehen und dich dort zwölf Stunden lang zu lassen, während du um Wasser bettelst. Und die zwölf Stunden dauern so lange, wie es ihm Spaß macht. Dann sprichst du mit einer Sozialarbeiterin, die sich deine pflaumenschwarzen Augen ansieht und sagt, Warum legst du dich mit dem Personal an? Und dann schreibt sie ›asozial‹ auf das Formblatt. Zu was auch immer du verurteilt wirst, wenn du dann mal verurteilt wirst, sie werden noch etwas draufpacken, um ein noch größeres Stück deines Lebens abzugreifen. Du musst nichts anderes machen, als ihnen einen Grund zu liefern. Sie vergewaltigen dich so lange, bis du dich zu benehmen weißt, und selbst dann können sie dich jederzeit rannehmen, dich in der Wäscherei abliefern. Das machen sie mit den kleinen Indiofrauen aus den mexikanischen Gangs. Wenn du hinterher zu lange heulst, dann bekommst du Trazodon. Dann karren sie dich nach oben und fixieren dich auf einem Rollbett und lassen dich im Flur stehen.

Jeder, der bei den Razzien aufgegriffen wird, hat gegen den Patriot Act verstoßen. Und wenn man dich terroristischer Aktivitäten verdächtigt, dann wird es richtig interessant. Es gibt eine Zelle auf der oberen Ebene, aus der keine wieder herauskommt. Hatte sie das nur nicht mitbekommen?

***

Sie zeigten ihr, was in der Zelle auf der oberen Ebene, aus der keine wieder rauskam, vor sich ging. Die Zelle gehörte zu einem Projekt, einer langjährigen Strategie. Dort lag eine Frau in einem Etagenbett. Die Vollzugsbeamten überließen sie uns. Wir kümmerten uns um sie. Gleich nach 9/11 hatten sie sie mit 15 Kerlen in eine Zelle gesperrt. Sie war tatsächlich al-Qaida. Keine Ahnung, wie die einen hochgekriegt haben, hässlich, wie die ist. Schau sie dir an. Sie ist alt. Zou Lei schaute die Frau an. Es war nicht klar, ob sie noch atmete. Sie sagten, sie sei Libanesin und Mutter. Ihr Mann sei von New Haven aus zum Verhör nach Syrien geflogen worden. Getrocknete Fäkalien an den Wänden. Ihre Füße waren schwarz, die Haare hingen wirr über dem Gesicht, schon grau, schon weiß. Sie bewarfen sie mit nassem Klopapier. Gebrauchten Tampons. Eine junge Schwarze schrie auf sie ein. Igitt! Du stinkst fürchterlich, und rannte gackernd raus.

Zou Lei wollte gehen.

Angst?, fragte eine Insassin. Kann ich dir nicht verdenken.

In der Wüstenstadt im Nordwesten, dort, wo sie aufgewachsen war, hatte sie immer wieder Männer unter den Setzlingen entlang der uralten Straße liegen sehen. Die Kuppel der Moschee überragte die Lehmziegelhäuser. Die Männer lagen auf der Straße, mit dem Gesicht nach unten im Rinnstein, von der Sonne verbrannt, die Sandalen ein paar Schritte entfernt. Die Straße führte bergauf zur Moschee, und als sie noch ein kleines Mädchen war, das noch nie von Heroin gehört hatte, glaubte sie, die Männer wollten den Hügel hoch zur Moschee und wären auf dem Weg müde geworden und hätten sich hingelegt, um zu schlafen.

Gott sei mit dir, sagte sie zu der Frau.

Kapitel 2

Wandte man sich um und schaute von der Moschee aus den Hügel hinab, sah man die Ausläufer der Stadt, die letzten Steine der Mauer, bevor sich das Geröll und der rote Sand der Wüste vor einem ausbreiteten. Das Land schien den schneebedeckten Berggipfeln am Horizont entgegenzustürmen. Die Ferne übte eine starke Anziehung aus, man wollte sich hineinstürzen und bis zu den Bergen fliegen, die in der glitzernden Luft überdeutlich hervortraten.

Bis in den Abendstunden der Ruf zum Gebet von der Moschee erklang, war das Einzige, was man hörte, das Geräusch des Windes.

Es war ruhig in den Plantagen. Ein Eselskarren rollte vorbei, klopp-klopp-klopp, auf dessen Bock ein sonnenverbrannter Mann die Zügel hielt und Melonen, Pfirsiche oder seine Töchter geladen hatte. In einigen Stadtteilen konnte man das Hämmern der Kesselflicker hören, und wenn man die Obstgärten gen Westen verließ, kam man zu den Steinhütten, in denen ein Feuer bullerte und ein Junge mit bloßem Oberkörper und einem weißen Käppchen am Blasebalg arbeitete, der aufschaute und einen angrinste, das Gesicht kohlrabenschwarz.

Ihre Mutter erntete Wassermelonen in einer der Plantagen nahe am Graben der erst halb fertigen Straße. Es war so still, dass man die Fliegen hörte, das Rumpeln, mit dem eine Melone in den Karren rollte, das Quietschen der Karre, wenn sich der langohrige Esel bewegte. Die Frauen trugen Ohrringe bei der Arbeit, Blusen und mit Blumen bedruckte Kopftücher. Mittags beteten sie auf einem Teppich. Sie arbeiteten langsam in der staubtrockenen Hitze der Wüste, und ihr Schweiß verdunstete sofort. Immer wieder gingen sie zum Wasserhahn in der Lehmziegelmauer und tranken aus einem Blechnapf, und während sie dort alle tranken, hörte man sie gemeinsam lachen.

Die Stadt lag an einer Straße, die aus der Wüste kam und weiter nach Westen führte. Aus Aksu trafen Lastwagen ein und fuhren mit Schaffellen beladen wieder zurück. Sie erinnerte sich an den Geruch von Tieren und Kot und Holzfeuern, jeder breitete alles, was er zu verkaufen hatte, am Straßenrand aus, dachte an die rosa Plastiksandalen, die Mutter ihr gekauft hatte, an ihre schmutzigen Füße, an das Fußballspielen auf dem Lehmboden hinter dem Busbahnhof.

Wenn die Lastwagen einfuhren, rannte sie hinaus, um zu sehen, wer da ankam. Eines Tages würde er dabei sein, da war sie sich sicher – sie hoffte und betete –, ihre Mutter hatte es gesagt. So Gott wollte. Manchmal waren es lebende Schafe auf einem Pritschenwagen mit blauem Führerhaus. Manchmal kletterte ein Soldat oder ein Mongole in zerschlissenen Armeeklamotten oder Schlaghose heraus, hockte sich in den Halbschatten und aß Lammspieße, während Zou Lei herumlungerte und ihn beobachtete.

Kommst du von weit her?

Ein erwachsener Mann, der sie blinzelnd ignorierte. Manchmal grunzte, das fettige Kinn hob. Den Kopf schüttelte. Nickte. Die Fliegen verscheuchte oder sie gewähren ließ. Die Sonne brannte auf die Dächer der Lehmhäuser entlang der Straße, das einzige Menschenwerk hier, sonst gab es nichts als die unermessliche, gewaltige Weite.

Der Nordwesten war das Gebiet nomadischer Hirtenstämme, die die Landesgrenzen nicht anerkannten. Sie handelten mit Schafen und Pferden und hatten eine gemeinsame Sprache. In den Plantagen bauten sie Obst an. Das Wort für Mann war ›Adam‹. ›Alma‹ hieß Apfel. Seide, Jurte, Kamel und Khan wurden von den Usbeken und Uiguren gleich ausgesprochen. Tibetische Frauen wanderten von Qinghai herauf, um Decken und Silberschmuck zu verkaufen, trugen schwarze Cowboyhüte und Messer am Gürtel. Sie erlaubte niemandem, sie zu berühren. Die Vorfahren ihrer Mutter waren in Sibirien begraben.

Auch die Lieder waren die gleichen. Die Mädchen sangen sie und drehten sich, warfen Blicke über die Schultern, die Münzen tanzten um ihre Köpfe.

Das goldene Land reflektierte die Sonnenstrahlen und die schneebedeckten Berggipfel. Afghanistan in der flirrenden Luft – keine Wolken – Klänge der Schofarhörner –, ein wundersames Blau, das über diesem Teil der Erde erstrahlte. Der Gott ihrer Mutter schwebte über allem, sorgte dafür, dass die Ströme sich von den Schneegipfeln ergossen und die Weidegründe und Weinberge grün waren und die kasachischen Pferde weiden konnten!

In Gulja hatte die russische Architektur etwas Europäisches, weiße Säulen wie ein französisches Palais, und über den Spitzen der Koniferen sah man die leuchtende Kuppel der Moschee. Das Volk ihrer Mutter war aus der Steppe gekommen, bevor die Kollektivierung durch die Chinesen einsetzte, die aus dem Osten kamen.

Die Chinesen schlossen die Grenze. Sie bauten die Straßen aus und stellten zum Wohle aller rote Fahnen und große Reklametafeln auf. In der Provinz Altay legten sie Baumwollplantagen an. Die Nomaden wurden gezwungen, ihren Handel einzuschränken. Die Chinesen hatten beschlossen, dass die Nomaden jetzt Kleinbauern waren, als Baumwollpflücker arbeiten sollten. Alles für das Gemeinwohl. Wir sind eine große Familie. Zum Beweis konnten Nomadenfrauen geheiratet werden – für einhundert Dollar konnten sie sich von ihren Männern scheiden lassen und chinesische Männer heiraten. Die neuen Lautsprecher an den vorsintflutlichen Gebäuden der Wüstenstädte verkündeten, dass alle sehr glücklich würden. Es wird Lebensmittelkarten geben. Separatismus ist ein ernsthaftes Delikt.

Ein Konvoi durchquerte die Wüste. In seiner Mitte fuhr ein gewaltiger Tieflader, der Rohre für die Erdölleitung geladen hatte. Die anderen Fahrzeuge trugen Tarnfarben und Soldaten auf der Ladefläche. Der Konvoi war schnell unterwegs, zog eine Staubsäule hinter sich her und hielt auf die Siedlung zu, ohne abzubremsen. Die Leute, die an der Straße Brot und Wasser verkauften, traten den Rückzug an. Zou Lei war fünf Jahre alt und staunte, sie lief zur Straße und starrte die Soldaten an, die Stahlhelme trugen und auf den Lastwagen zusammengepfercht vorbeiröhrten.

Ein älteres Mädchen rannte zu ihr und zog Zou Lei von der Straße weg, hielt sie fest, bis der Konvoi vorüber war und der aufgewirbelte Staub sich auf sie gelegt hatte. Dann nahm sie sie bei der Hand und ging mit ihr hinüber zu einem der Lehmziegelhäuser, das mit grauen, verblichenen Wüstenhölzern gedeckt war.

Sie hat zu nah an der Straße gespielt und ich habe sie ausgeschimpft. Ein riesiger Laster ist vorbeigefahren.

Habe ich gehört, sagte Zou Leis Mutter. Sie stand an einem Tisch in der Tür, halb in der Sonne, und bereitete gezogene Nudeln zu. Die Sonne teilte den Tisch in Streifen. Sie knetete den Teig, befeuchtete ihn mit Wasser aus einem blauen Plastikbecher.

Das war der größte Lastwagen aller Zeiten. Und sie wollte zerquetscht werden.

Was heißt das?

Sie wollte da drauf. Sie rannte hin und wenn ich sie nicht festgehalten hätte, dann wäre sie unter die Räder gekommen.

Die Mutter starrte Zou Lei an.

Was hast du getan?, fragte sie Zou Lei. Zu dem Mädchen sagte sie, Hast du ihr einen Klaps gegeben?

Ich hab ihr einen Klaps aufs Bein gegeben.

Gib ihr auch noch einen von mir, ich schau zu. Nicht auf den Kopf, nur das Bein.

Das Mädchen schlug Zou Lei fest auf die verwaschene orangefarbene Hose.

Das muss aber mehr wehtun. Sonst macht ihr das überhaupt nichts aus.

Das Mädchen schlug Zou Lei hart auf das Gesäß. Sie stolperte zwei Schritte vorwärts, legte die Hand auf den Hintern, um sich zu schützen.

Mach das nie wieder!, sagte das Mädchen.

Hör auf sie!, sagte die Mutter.

Ich habe ihr erzählt, dass ihr Vater in der Steppe bei der Armee ist. Er war nicht auf dem Laster. Wenn er auf dem Laster gewesen wäre, dann wäre er heruntergekommen. Selbst wenn er im Dienst ist, hätte er seinen Offizier um Urlaub gebeten, damit er seine Familie sehen kann. Und selbst ohne Urlaub hätten sie ihn zumindest winken lassen, damit man ihn sieht. Zumindest das hätten sie ihm bei der Armee erlaubt, das Winken.

Die Mutter befeuchtete die Hände und fing an, den Teig zu einem Zopf zu drehen.

Warum spielst du nicht ein bisschen mit ihr? Oder sing etwas. Kannst du schon irgendwas singen?

Ich kann nicht singen, aber ein bisschen tanzen, sagte das Mädchen. Es bewegte die Hände, presste die Fingerspitzen aneinander, ließ die Gelenke kreisen, machte Wellenbewegungen mit den Händen.

Mehr kann ich nicht.

Sie versuchte, es Zou Lei beizubringen, aber die wollte nicht.

Spiel doch »Ich bin ein Wolf«, sagte Zou Lei.

Nachmittags, nachdem das Mädchen gegangen war, blieben sie alleine im Haus. Die Nudeln kochten, und Zou Leis Mutter ruhte sich auf den Teppichen aus. Zou Lei krabbelte zu ihr und spielte mit ihren Haaren. Die Mutter verscheuchte eine Fliege. Eine Zeit lang spielten sie Fantasiespiele, bei denen sie sich an den Händen hielten und die Mutter sagte, Wo ist das Brot und das Salz? Das ist in den Bergen. Das ist im Fluss. Das ist auf der Weide bei den Pferden.

Das Licht wurde gold-orange und die Hitze ließ nach. Ein weiterer Lastwagen ratterte vorbei und gemeinsam lauschten sie ihm hinterher. Ihre Mutter nahm die Nudeln heraus, damit sie abkühlen konnten, bevor sie sie mit einer grünen Paprika und einer Zwiebel aßen.

Die Schatten wurden länger, und durch die Lücken im Dach aus Treibholz konnte man den Himmel sehen. In der Türöffnung ging hinter den Bergen die Sonne unter, und die Strahlen legten sich auf die Gesichter, wanderten von Gipfel zu Gipfel und über die riesige blauschattige Wüstenschüssel.

Als ich noch Baumwolle gepflückt habe, hatten wir nichts als Suppe, sagte die Mutter. Das war vor dir. Dein Vater trug dich noch in seinem Federsäckchen herum. Er fragte, ob ich dich gerne haben wollte. Ich sagte Ja, und er gab dich mir. Komm her und nimm ein Stück – die Mutter hatte Pfirsiche, die sie an der Straße gepflückt hatte –, das müssen wir erst abwischen. Iss keinen Sand. Setz dich mal hierher. Er wird bald nach Hause kommen, so Gott will. Jetzt erzähl ich dir mal etwas Schönes. Ich will dir erzählen, warum du glücklich sein sollst. Willst du es hören? Also, hör zu.

Wusstest du, dass es einen Ort gibt, wo es besser ist als überall sonst? Also, ich erzähl dir davon. Erst mal, er ist da draußen, jenseits der ganzen Banditen und Wölfe. Es ist ein ziemlich langer Weg bis dahin, man muss mindestens drei Monate reiten oder sogar länger. Die Funktionäre erzählen niemandem davon, weil sie ihn für sich selbst haben wollen. Trotzdem wissen die Leute, dass es ihn gibt. Denn, hör mal, dort sind alle glücklich. Warum auch nicht, sie machen das ganze Leben nichts anderes als feiern und singen. Niemand muss auf etwas verzichten. Alle haben, was sie brauchen. Alle besitzen Schuhe, Kleidung, eine hübsche Mütze. Gottes Segen liegt auf diesem Ort in einem grünen Tal, das von Bergen und Flüssen geschützt wird. Die Herden grasen und die Trauben reifen in den Weinbergen, und im Sommer reiten sie hoch in den Lärchenwald, wo es kühl ist. Sie jagen, so viel sie wollen, und dann reiten sie zurück nach unten, wo die Sonne auf das grüne Gras scheint. Man muss nur die Hände ausstrecken und schon sind sie voller Brombeeren. Die Luft ist erfüllt vom Zwitschern der Finken in den Bäumen. Alle bekommen Joghurt, Sahne, Milch, Brot und Fleisch – so viel das Herz begehrt. Das Feuer singt, das Fett brutzelt und die Topfdeckel klappern. Eine ganze Ziege zu braten ist dort nichts Besonderes. Dazu muss man nicht reich sein. Jeder bekommt das, was er will. Man muss nichts anderes sagen als, Ich möchte Brot!, und schon hüpft das Brot aus dem Ofen. So geht das mit dem Essen dort.

Die Frauen sind so schön wie der Mond und so leuchtend wie die Sonne, wie es sprichwörtlich heißt – die Wangen rot wie Äpfel und die Stirn hell wie Milch. Arm in Arm gehen Schwester und Cousine Blumen pflücken, während die Männer ihnen sehnsüchtig hinterherblicken und sie wie Nachtigallen lachen hören. Die Männer können einfach nicht aufhören, sie anzuhimmeln und um sie zu werben. Ein Mädchen muss nur ihren Kamm fallen lassen und schon schlagen sich zwanzig Männer darum, ihn aufzuheben. Wenn sie gähnt, werfen die Männer Schatten für sie und rufen nach dem Wind, der Kühle bringen soll: Hierher, eine Brise! Und wenn sie fragt, wer die Kartoffeln für das Abendessen der Mutter schält, während sie ruht, werden die Männer sich mit dem Kartoffelschälen überschlagen.

Während des Essens erklingt Musik und es gibt Tanz und Gesänge, an denen sich alle erfreuen. Den ganzen Tag lang halten die Männer Wettkämpfe ab, Reiten, Laufen und Ringen. Gutes Aussehen und Mut können aus jedem dieser Männer einen Prinzen machen. Sie galoppieren hin und her über die Steppe, die Menschen stehen auf und jubeln wie aus einem Munde. Die Steppe ist erfüllt von ihrem Hurrageschrei. Stell dir diesen großartigen Klang aus Tausenden unserer Kehlen mal vor, wie er um die ganze Welt hallt. Überall an den grünen Berghängen lässt er gelbe und rote Mohnblumen erblühen und die Flüsse überlaufen von Bewunderung und von den schmelzenden Wassern der Schneegipfel.

Wenn ein Funktionär kommt und Steuern fordert, dann sagt man, Nächste Woche!, und er nimmt das für bare Münze und schreibt es so in sein Buch. Und wenn nicht, dann deutet man auf ein Haar auf dem Kopf und sagt, Nicht einmal das werde ich dir geben!, und er wird gehen und wissen, dass er seinen Meister gefunden hat. Die Tore der Gefängnisse werden aufspringen und die Gefangenen herauskommen und singen und danken und zurück zu ihren Familien gehen.

Im Dunkeln streichelte die Mutter Zou Leis Gesicht.

Bist du wach?

Sie war wach. Sie konnten die Sterne durch das Dach hindurch sehen, aber einander sehen konnten sie nicht. Nachts schienen die Teppiche verschwunden, der Boden, auf dem sie schliefen. Es war nicht schwer, sich vorzustellen, dass sie an einem Abgrund lagen und es nicht schlau war, sich zu bewegen, bevor die Sonne aufging und die Erde zurückbrachte. Nachts wachte Zou Lei manchmal auf und begriff, dass das Haus leer war, und dann hörte sie etwas und sah, wie ein Streifen Nachthimmel leuchtete. Ihre Mutter kam wieder herein, war nach draußen gegangen, weil sie dachte, das Geräusch eines an der Straße haltenden Lastwagens gehört zu haben.

Sie erzählte Zou Lei die Geschichte eines Mädchens, dessen Vater von einer Hexe geholt worden war, und nur durch eine Reise gen Westen konnten sie wieder zusammenkommen. Zou Leis Mutter verstellte sich, redete mit den Händen, beschrieb die lange Nase der Hexe, die wie eine Wurst aussah. Draußen wirbelte ein Sandsturm Wolken auf. Am Morgen fegten sie den Teppich, schüttelten den Sand aus den Haaren und gingen hinab zum Wasserhahn, um sich die Füße zu waschen, bevor sie auf dem Teppich beteten, die Hände vor dem Gesicht, die Augen der Mutter geschlossen, die Lippen in Bewegung.

Die Mutter erzählte, dass Schlaumarie sieben Maulbeersamen nahm, je einen, um in den sieben Wüsten, die sie durchwandern musste, zu überleben. Im Dunkeln sah Zou Lei die steinigen Hügel, die Schluchten und Höhlen, Orte wie auf dem Mond, wo die Flüsse austrockneten, Buschland, das nie enden wollte, die goldene Wüste. Räuber fanden Gefallen an ihr. Es gab eine Wüste aus Glas und eine aus Eisen, die Mutter gestikulierte. Schlaumarie verschliss ihre Schuhe. Es wurde eine siebenjährige Reise. Die Samen waren verbraucht, in der Schafsblase war kein Wasser mehr. Die Eisenwüste zerfetzte ihre Fußsohlen, bis das hellrote Blut kam und auf dem heißen Eisen verdampfte. Aber voller Vertrauen in Gott ging sie weiter, bis die Sonne sie erblinden ließ. Dem Tode nah spannte sie die Schafsblase zwischen den Knien auf, schuf so eine Trommel, sang, Jetzt bin ich ein Geist. Sie trommelte sieben Tage lang. Ein Vogel kam aus dem ach so blauen Himmel herab und breitete seinen Schatten über sie. Solange sie sang, war er bei ihr, rannte wie mit Siebenmeilenstiefeln über die Steppe. Sie erreichten einen Fluss mit reinem blauen Wasser und sie sprang hinein und als sie herauskam, konnte sie wieder sehen, und sie blickte auf das Fergana-Tal.

Ihr Vater kehrte nach Hause zurück – keiner hatte ihn kommen sehen –, sie hörten seine Stimme vor der Tür, und da war er – es war kaum zu glauben. Er nahm sie auf den Arm und drückte sie. Mama ließ den Korb fallen, Herr im Himmel! Sie zog ihn ins Haus. Er roch nach Benzin. Ich werde dir etwas kochen. Dem Himmel sei Dank. Sie packte seine Arme, wischte sich mit den schmutzigen, sonnengebräunten Fingern durch die Augen.

Nicht weinen. Geht uns nicht schlecht. Schau!, grinste er, holte Lebensmittelmarken aus der Tasche seines Armeehemdes und gab sie der Mutter. Mehl, Öl, Kartoffeln – für uns, nicht wahr?

Er schleppte seinen Sack ins Haus und Zou Lei betrachtete die Muskeln an seinem Unterarm.

Sie wuschen seine Sachen im Graben neben der Plantage. Zou Lei und ihre Mama wrangen das Wasser aus seiner nassen, dunkelgrünen Uniform.

Die Mutter gab ihr ein Messer und eine Kartoffel zum Schälen.

So, sagte ihr sonnenverbrannter chinesischer Papa und zeigte ihr, wie man die Schale in einer einzigen langen Spirale abschälte. Ein Stück weiter weg grub er mit seinem Armeespaten ein Loch und schlachtete eine Ziege. Hol mir von Mama eine Schüssel. Er hängte das violette, gekalkte Fleisch so hoch wie möglich hinter das Haus – arbeitete ununterbrochen, sogar im Urlaub, eine Zigarette zwischen den Lippen, und das Salz trocknete auf seinem Hemd.

Es war Sommer am Rand der Taklamakan-Wüste. Die Nacht kühlte den Tee im Kessel. Tagsüber war der Himmel klar, was die fernen Berge mit den nie abschmelzenden Schneekappen näher erscheinen ließ. Die Geschwindigkeit, mit der alles verdunstete, ließ die Wüste weniger heiß erscheinen. Nachmittags saßen die Erwachsenen auf Holzhockern vor der Tür und tranken den Tee vom Vortag. Ein Wind kam auf, wirbelte Staubschleier hoch, die sich die Straße entlangbewegten wie verkleidete Riesen.

Zou Lei rannte vom Spielen nach Hause. Es geht richtig los!

Sieht so aus.

Ihr Vater nahm seinen Hocker. Komm. Sie gingen ins Haus und sie half ihm, die Tür zu schließen.

Ein echter Tunichtgut, der Sturm, sagte ihre Mutter und lachte.

Die Tür klapperte und ihr Vater schob einen Tisch davor, aber sie klapperte weiter. In der blautrüben Dämmerung peitschte der Sandsturm gegen das Haus. Sie zündeten die Laterne an und gingen zum Essen in eine Ecke des Hauses, durch die der Wind nicht fegte. Ihre Mutter brach das Brot in drei Stücke.

Iss, damit du groß und stark wirst.

Das Brot war warm. Zou Lei lehnte sich an den sonnengebräunten Arm ihres Vaters.

In der Armee sagen wir, Nie der Letzte sein. Den Letzten beißen die Hunde.

Bist du der Letzte?, fragte die Mutter ihn.

Ich? Nein. Was glaubst du denn.

Ich weiß nicht. Ich dachte nur an einen Ehemann, den die Hunde beißen.

Deine Mama denkt gern.

Ja, ich denke gern. Ich denke die ganze Zeit nach.

Ich denke nicht so viel nach.

Oh, du wärst auch der erste Mann, der nachdenkt.

Nein, ich befolge Befehle.

Oh, da bist du auch der Erste deiner Art!

Die Tür klapperte jetzt nicht mehr. Es wurde spät. Die Laterne leuchtete rot durch den herabhängenden Vorhang. Ihr Vater sah mit seinem Bürstenschnitt und den muskulösen Gliedern wie ein Tiger aus, erzählte ihnen von seiner Arbeit. In den Bergen war es öde und fremd, es gab einen kleinen Bergsee. Sein Regiment hatte Lager aufgeschlagen, dort, wo der Gelbe Fluss entspringt. Wir haben Gewehre, aber auch Spaten. Die Arbeit an der Pipeline ist wie Bergbau, und obwohl es gefährlich ist, sind wir mit dem Herzen dabei, weil wir wollen, dass es mit unserem Land vorangeht. Ein Kasache wollte ihm sein Pferd geben und damit einen Streit um den Viehbestand schlichten, aber ihr Vater war Soldat und konnte es nicht annehmen. Wir sind hier, um den Menschen zu dienen. Er weiß nicht, dass er zu uns gehört, aber das tut er. Alle gehören zum Volk. Dann kam er mit seiner Tochter in einem hübschen Kleid an, und alle Männer lachten, weil mir das peinlich war. War sie sehr schön?, fragte Zou Lei. Ihr Vater hob sie auf den Schoß und sie hörte seine Stimme tief aus der Brust. Die Mutter lag halb auf der Seite und hörte ihm zu, die Blumen auf ihrem Kleid wurden zu Vögeln des Teppichs, auf dem sie lag.

In klatschenden rosafarbenen Sandalen ging sie mit ihm joggen – bis er umdrehte und den Hügel hinab wieder zurücklief, er wollte ihr etwas beibringen. Das Land erstreckte sich weit über den Parkplatz hinaus, auf dem die Busse ankamen.

Ihr Vater balancierte auf den zwei parallelen Stangen, schwang die Beine, hielt sie gerade ausgestreckt, stemmte sich auf und ab. Sprang ab. Sie erinnerte sich an den Klang der Stiefel. Alles, was er tat, war einfach und richtig. Er klopfte die Hände ab und half ihr auf die Stangen.

Er hob sie hoch. Sein sonnenverbranntes Gesicht, der Bürstenhaarschnitt, der Zigarettenrauch, sein Schweiß, der von der Wüste getrocknet wurde – auf dem Brustbein ein Fleck aus weißen Salzkristallen. Eine ihrer rosafarbenen Sandalen fiel hinunter. Sie schaute nach unten auf ihren wippenden schmutzigen Fuß. Schau nicht nach unten, sagte er und griff nach ihr. Sie hatte Angst, aber mit seiner Hilfe konnte sie sich halten. Ihr Kopftuch fiel hinunter. Benutz deine Arme. Er hob sie hoch und runter – sie stemmte mit. Ha!, lachte sie. Du hast es geschafft. Er half ihr herunter. Sie klammerte sich an Papa, weil sie nicht mit dem nackten Fuß auf den heißen Beton kommen wollte. Er schob die Sandale auf den schmutzigen kleinen Fuß. Guter Soldat, sagte er. Dann nahm er ihr Kopftuch vom Boden.

Es geht voran, sagte er. Stück für Stück. Die Hände der Mutter waren mehlbestäubt, sie buk Brot in dem Lehmofen, den er ganz alleine vor dem Haus hochgezogen hatte.

Melonen, Pfirsiche, Äpfel, Mandeln, Datteln. Im Schatten warteten Uiguren, warteten auf Arbeit, warteten auf einen Schluck Wasser. Über den Dächern ragten die Minarette auf. Von der Fernstraße blies ein heißer Wind herüber. Zou Lei blinzelte. Sie hatte eine Plastiktüte mit Brot bei sich. Der Bus fuhr ein und die Staubwolke verzog sich. Von der Sonne verbrannte Frauen mit Kopftüchern kletterten heraus, das Geld in der Hand. Wie viel für Brot? Zou Lei ließ Teile eines Dollars in ihre Tasche gleiten.

Sie sah, wie rote Banner über die mittelalterliche Straße gespannt wurden. Die Armee fuhr durch den Ort, und die Kinder, die barfuß hinterherliefen, kamen wieder zurück, als sie fort war. Chinesische Kader mit Brille, Arbeitermütze und schwarzen Plastikschuhen nahmen mit hinter dem Rücken verschränkten Armen in der Wüste Haltung an und wurden von anderen Männern fotografiert, die genauso aussahen und überhaupt nicht wie ihr Vater; es war der Beweis dafür, dass sie hier gewesen waren, Erfolg gehabt hatten.

Aus den Lautsprechern erklangen Parolen, Bekämpft jeden Rückschritt!, gefolgt von Triumphmärschen. Sie sah zu, wie um Vieh gestritten wurde. Ein Mann schlug seinen Nachbarn nieder und warf ein Schaf auf einen Laster und die anderen Schafe sprangen blökend hinterher. Über der Straße hing der Geruch von Holzfeuern und Lammspießen. Ihr lief das Wasser im Munde zusammen. Beim Fußballspiel gingen die Sandalen kaputt und ihre Mutter schlug sie.

Russland ist in diese Richtung, zeigte ihr Vater an. Und hier sind die muslimischen Länder. In der anderen Richtung liegt China. Er zündete eine Zigarette an. Die russischen Soldaten sind gut, sie haben eine moderne Ausrüstung. Wir sind hier, um die Grenze vor den Russen zu schützen. Die Muslime sind rückständig. Sie geben keine guten Soldaten ab, weil sie zu eigensinnig sind. Mitten im Krieg beschließen sie vielleicht, nach Hause zu gehen und sich um ihre Herden zu kümmern. Amerika hat die beste Ausrüstung, ist das reichste Land. In Amerika hat ein Soldat ein Auto. Hier hat nur ein General ein Auto. Unsere Ausrüstung ist mittelmäßig und nicht besonders modern. Was wir haben, sind die vielen Menschen. Die Zustände verbessern sich nur langsam. Wenn man gewinnen will, muss alles im Gleichgewicht sein. Wie beim Ringen. Bin ich zu schwach, besiegst du mich. Bin ich zu stark, besiege ich mich selbst. Man muss die Mitte halten. Und China ist die Mitte. In dreißig, vierzig Jahren werden wir in der Lage sein, Amerika oder Russland zu besiegen.

Busse brachten Uiguren aus dem Westen und einige aus dem Fergana-Tal. Ein Friseur stellte einen Stuhl an den Straßenrand. Zou Lei beobachtete, wie die blanke Rasierklinge über die Hinterköpfe der Männer glitt, das Haar in Büscheln fiel und von einer aufkommenden Brise in den Rinnstein geweht wurde. Die Männer saßen im Kreis. Sie hoben die sonnengebräunten Arme und hielten ihr Münzen hin. Ihr seid aus dem Land, in dem Milch und Honig fließen, sagte Zou Lei. Sie trugen Mützen, waren bartlos, glotzten, aßen das Brot ihrer Mutter. Wer hat dir das erzählt? Wir pflücken Baumwolle in Fergana. Sie zwingen uns. Jetzt geh und sag das deiner Mutter.

Wie weit kannst du laufen, Papa?, fragte sie ihren Vater.

Rennen oder joggen?, sagte er. Das ist ein Unterschied.

Na ja, zu diesen Bergen.

Rennen nicht, aber du meinst, ob ich dahin zu Fuß gehen kann?

Kannst du das? Kann das irgendjemand?

Ich glaube schon. Mit Zielstrebigkeit, ja. Und genug Wasser.

Das Jahrzehnt endete und plötzlich waren die Straßen voller Menschen. Ihre Nachbarn verschwanden. Alani kam nicht mehr zur Schule. Fußball war jetzt fundamentalistisch, also spielten sie keinen Fußball mehr. Sie warfen Bälle in den Basketballkorb. Ihr Vater wurde einberufen und verließ sie.

***

Nimm das, sagte die Mutter und drückte ihr den Pilau in die Hände, damit sie ihn vor das Haus zu ihrer Kundschaft brachte.

In den Hintergassen versuchten die Jungs, einander im Ringkampf zu besiegen. Tyson, brüllten sie. Die Lehmziegel trugen arabische Graffiti. Ich bin Rambo!

Ein Mädchen bewarf sie mit Steinen. Deine Mutter ist mit einem dreckigen Schweinefresser verheiratet.

Aus Gilgit kamen Lastwagenfahrer und erzählten, was sie gesehen hatten. Sie bestellten kalte Nudeln und Bier. Ein Mann aus Karamay biss den Kronkorken mit den Zähnen ab. Schmuggler wurden dort geköpft. Opiumpaste, versteckt in Brotöfen. Meistens. Hier steckten sie einen nur in den Gulag, sonst nichts. Bandenmitglieder und Separatisten. Stell dir mal vor, fünf Jahre lang kein Wort reden zu dürfen. Hast du die Ölbohrungen in der Wüste nicht gesehen? Ich habe gesehen, wie die dort eine Röhre hingeschleppt haben, groß genug, um darin zu wohnen. Drumherum hat die Armee ihr Lager aufgeschlagen. Die haben da alles, was sie wollen. Mädchen aus den Dörfern. Es gibt ein Zelt für sie und einen Arzt, damit sie gesund bleiben.

Sie brachte ihnen mehr Bier nach draußen. Ein Sandsturm zog auf und sie gingen ins Haus und setzten sich auf die Teppiche. Sie verlangten Joghurt und Wodka. Sie riefen nach ihrer Mutter.

Wie alt ist sie?

Geh in die Küche und bleib dort.

Als sie eine Nachricht vom Regiment bekamen, warteten sie von 11:20 Uhr bis 14:40 Uhr in der Sonne. Das war die offizielle Ruhezeit für die Angestellten des Postamtes, in der die Chinesin und ihre Kolleginnen mit Käppis hinter einem vergitterten Schalter Teigtäschchen aßen, sich Luft zufächelten und plauderten. Ihre Mutter saß auf dem Kantstein und hielt den Kopf in den Händen. Als der Schalter öffnete, gingen sie hinein. Die Frau im Käppi sagte, die Nachricht bedeute, dass irgendein Mitglied des Regiments gestorben sei.

Aber es steht noch nicht mal ein Name drauf. Vielleicht ist er es nicht.

Vielleicht nicht. Es ist der Name von dem, den du im Regiment hast, kreischte die Frau. Wenn du jemand anderen im Regiment hast, dann ist es der.

Ihre Mutter schrie auf.

Die Benachrichtigung müsse gestempelt werden, wurde ihnen gesagt.

Wo bekomme ich den Stempel?

Die Frau riss ihr das Papier aus der Hand, knallte ihren Stempel drauf und nahm es an sich.

Warum gibst du es mir nicht zurück?, sagte die Mutter und heulte auf.

Was kannst du schon damit anfangen?

Aber ihre Mutter schlug gegen das Gitter und rüttelte an den Stäben, bis die Frau es ihr zurückgab. Auf der Straße sagte ihnen jemand, dass sie zu einem bestimmten Amt gehen mussten. Keiner sagte ihr, wie ihr Vater gestorben war. Die Busfahrt in die Provinzhauptstadt dauerte siebzehn Stunden. Dort fanden sie heraus, dass sie das Sterbegeld nur mit dieser Benachrichtigung bekamen, einen kleinen Stapel rosafarbener Geldscheine, die mit heroischen Profilen geschmückt waren, von denen einige zu ethnischen Minderheiten gehörten. Die Mutter rollte sie zusammen und steckte sie in den Strumpf, während Zou Lei den Kopf hängen ließ.

Inzwischen lebten sie in einer großen Stadt im Westen Chinas, die Fernfahrerkneipe vergessen, gescheitert, erfolglos, ihr Vater tot. Das Geld war schnell ausgegeben. Sie war fünfzehn, sie war sechzehn, sie war hungrig. Sie schrieb ihm. Sie schnitt sich die Haare wie er, der Erinnerung halber. Durch und durch ein Soldat. Keine Schule mehr. Keine Lebensmittelkarten mehr, wenn man sie nicht von Kindern kaufte, Waisen, die mit Haschisch dealten. Sie verkaufte Sachen auf einer Decke. Tonbandkassetten. Ein angelaufenes Horn von einer tadschikischen Hochzeit. Die Straße war von Lichtern gesäumt, damit der Markt auch nach Einbruch der Dunkelheit noch offen bleiben konnte. Man konnte die am Spieß gebratene Ziege von einem der Tische riechen. Es gab hier mehr Chinesen. Magst du Disco? Sie spielte Fußball, wann immer es ging. Clinton war Präsident der USA. Auf einem Müllacker hinter dem Markt hob sie ein abgebrochenes Messer auf und warf es soweit sie konnte.

Sie war siebzehn, von der Sonne verbrannt, die Wangen rot und die Gesichtshaut schälte sich. Sie waren alle von der Sonne verbrannt, spielten Fußball am äußersten Ende der Straße der Befreiung und ihre ausrangierte Armeekleidung war voller Staub. Tariq hatte den Ball und sie rannte in einem weiten Bogen auf ihn zu, als würde sie an einem sehr dünnen Seil hängen. Er schoss und sie schlug einen Haken, um den Ball zu erreichen. Sie war immer in Bewegung. Ihr Ellbogen landete in einem Gesicht und sie und der Junge kämpften um den Ball wie zwei ineinander verkeilte Gottesanbeterinnen. Unter der reinigenden, strahlenden Sonne der späten Wintertage. Alles roch nach Leder, leicht säuerlich, Holzkohlestaub und Dung. Hier war die Stadt zu Ende. Die Mauer war vierhundert Jahre alt und dahinter lag die Wüste.

Im schmalen Schatten eines Wacholderstrauchs saß eine verwahrloste Frau, ihr Baby auf dem Bordstein, ein winziger schmutziger Junge, der mit den Fingern zwischen den zerbröckelnden Sechskantsteinen grub und versuchte, einen davon hochzuheben, um einen Skorpion zu finden.

Die Straße begann im Nirgendwo, draußen in der Wüste, und war so breit, dass die Lastwagen vierspurig auf ihr fahren konnten. Jetzt dribbelte sie mit einem Ball darauf herum. Es wurde gebaut oder abgerissen und die Steine lagen in großen Haufen herum, riesige Stücke Beton, aus denen Eisenskelette herausragten, der Erde gezogene Zähne, ausgegraben im Dunst. An den Rändern bröckelte die Straße. Ein Highway führte darüber hinweg, ragte halb in den Himmel hinein. Ein riesiger Graben war mit Reifen gefüllt, zwischen denen ein Mann herumkletterte und das Profil begutachtete.

Es gab große, kahle Flächen, die sich bis zum geschäftigen Teil der Stadt hinzogen, dem Rummel gelb-brauner Busse, wo der Tunnel endete, die Straßenschilder in Uigur und Chinesisch. Migranten, die Arbeit suchten und schliefen, wo immer sie Schatten fanden. Zwischen den alten Lehmziegelhäusern stand das Gebäude für öffentliche Sicherheit, das gleichzeitig als Gefängnis diente und komplett gekachelt war, wie ein nach außen gedrehtes Badezimmer. Die Sonne funkelte von der Spitze des Minaretts einer Moschee, die die Baustellen überragte. Die Kuppel lag tiefer, aber man konnte sie erahnen, eine aufsteigende Blase.

Der nächste Umzug stand bevor, dieses Mal ins Binnenland, weil die Fabriken in Shenzhen immer Wanderarbeiter brauchten. Für die Uigurinnen gab es einen besonderen Anreiz. Sie würden auf eine Fruchtsaftplantage kommen, hieß es, aber nichts war so wie versprochen. Die Luftfeuchtigkeit der Ländereien südlich des Jangtse, wo nichts als Reis angebaut wurde, ließ sie erahnen, dass sie einen Fehler gemacht hatten. Eine Hitze, so anders als die der Wüste, an die sie gewöhnt waren. Überall Dunstschleier, kein Horizont, die öden Felder verschwammen in den Himmel hinein. In der Fabrik wurden Produkte aus Polyethylen hergestellt, ohne jede Sicherheitskleidung, von einem Mundschutz ganz zu schweigen. Und wenn man den Kopf hob, dann sorgte der taiwanesische Boss schon dafür, dass man ihn wieder senkte. Er musste einen auch nicht bezahlen. Man merkte, dass man ein illegaler Migrant im eigenen Land war. So groß war China.

Sie wurden krank, ihre Ernährung machte sie krank, die Bakterien im Wasser, unidentifizierbares Fleisch auf den Tischen entlang der befestigten Straße, Fliegen und Blut. Es gab zwar keinen Imam in dieser ländlichen Gegend, dafür aber Geflügelpest, Malaria und Bilharziose. Das Jammern in den Ohren beim Einschlafen. Überall Schorf vom Aufkratzen all der Stiche. Die Mutter aß kein Schweinefleisch. In den feuchten Dorflatrinen saß eine Frau neben die andere gedrängt. Fisch in einem Teich voller Schaum. Sie aßen Fisch, wenn sie ihn bekommen konnten. In einem Bus trat ein Bauer auf eine Brasse, die auf dem schlammigen Fußboden lag. Wenn ihre Mutter Moto-Taxi fuhr, musste sie die Arme um die Hüften des Motorradfahrers legen. Auf der Straße streunten Hunde und auf dem Abfallhaufen, den sie nach Papier und Plastik durchsuchte, lag eine tote Ziege. Manchmal aßen sie Lamm, aber meistens Kohl, und sie kochten mit runden Kohlestücken, die sie halb verbrannt irgendwo aufsammelten. Senfschoten und Kartoffeln und weißen Reis und die Knochen von allem, außer vom Schwein.

Von der Fabrik, wo sie es nicht ertrug, zu ihrer eigenen Sicherheit eingesperrt zu sein, war es nur ein kleiner Schritt bis in die völlige Mittellosigkeit, zu einem Leben auf der Mülldeponie am Stadtrand, zum Sammeln von Papier und Plastik fürs Recycling. Sie hatte keine Chance, genug zu verdienen, um ihre Mutter in ein Krankenhaus zu bringen. Viele Mädchen gingen in den Karaoke-Bars arbeiten, sangen und tranken mit den Parteikadern, aber Zou Lei suchte morgens um zwei in den Abfallbergen aus Einmalstäbchen und Styroporschalen, die noch vom Chiliöl troffen, nach Bierflaschen, alles unter den geflochtenen Plastikplanen und den noch brennenden Glühbirnen über der ungepflasterten Straße. Dann ging es einen Kilometer zurück durch den Schlamm der Ausfallstraße zu den Reisfeldern mit nichts als einer Ahnung, wo in der Schwärze die Mauern und Hütten standen. Berge von Bauernscheiße, irgendwo abgeladen. Der fürchterliche Gestank in der Dunkelheit. Ein Zwischenstopp, um das schwere, klappernde Gebinde abzusetzen, ganz alleine auf diesem Matschweg, der hinaus zu den endlosen Wassergevierten führte.

Wenn du den Himmel wolltest, hieß es, hättest du vielleicht nicht hierherkommen sollen. Aber wenn du glaubst, dass deine Füße dich tragen, dann gibt's ja immer noch Amerika.

Sie traf ihre Mutter in der Menschenmenge, die aus der Moschee strömte. Sie gingen zur Straße der Befreiung und dort waren die Bauern, die Söhne der Nomaden, die riesige Holzkarren über die kaputte Straße zogen. Leute aus der Wüste mit Goldzähnen und ledrigen Händen und Gesichtern. Männer mit weißen Käppis und dunklen Anzugjacken verkauften Fladenbrot. Es gab Eimer voller Datteln und Nüsse, aufgeschnittene Wassermelonen, ein geschlachtetes Lamm leuchtete wie eine rote Fahne. Die Speichen der Wagenräder verflochten sich in den Beinen der Menschen, die über den Platz gingen, verflochten und überkreuzten sich hundertfach. Die Spätnachmittagssonne wurde von etwas Glänzendem am Mosaikbrunnen reflektiert, dessen eine Seite den Männern zum Füßewaschen gehörte, die andere den Frauen. Zwei Polizisten, mit großen, geölten Köpfen, die wie Seelöwen wirkten, schlenderten vorüber.

Die Mutter berichtete ihr, was der Imam in seiner Predigt gesagt hatte. Aus den Lautsprechern dröhnte, Informiert bei jedem Verdacht auf Fundamentalismus eure Vorgesetzten. Zou Lei nickte in Richtung einer Gruppe junger Männer und Jugendlicher in Trainingsanzügen. Einer trug bei freiem Oberkörper eine verspiegelte Sonnenbrille, eine Boa constrictor hing um seinen Hals.

Wer sind die?

Die Kinder der Polizisten.

Sie sah Rasierklingen und Einmalspritzen in einem Korb unter der Karre, an der ihre Mutter Äpfel kaufte. Zou Lei ging zu der Schlange und berührte sie, die weiche, schuppige Oberfläche glitt unter ihren Fingern entlang.

Man kann sich das Leben nicht zurechtwünschen, sagte die Mutter.

Sie gingen zurück zu ihrem Quartier, einem stinkenden Betonzimmer direkt neben einem Klo, legten sich in das gemeinsame Bett und konnten nicht einschlafen. Sie musste marschieren lernen. Musste hier mit dem Training beginnen.

In der Nacht wachte sie auf. Die nackte Glühbirne brannte und ihre Mutter drehte sich im Kreis. Sie psalmodierte in ihre Hände, die Haare offen und fliegend, fast streifte sie die Wand. Zou Lei beobachtete, wie ihre Mutter sich drehte, benommen wurde und taumelte. Ich sitze auf meinem Pferd. Ich bin in den Lärchenwäldern. Zou Lei versuchte, sie zurück ins Bett zu bekommen. Sie behauptete, einen Hirsch gesehen zu haben. Zou Lei griff nach dem Schalter. Wir müssen für das Licht bezahlen.

Ich bin tausend Meilen gegangen. Ich müsste müde sein, aber ich bin es nicht.

Sie ging zurück ins Bett, wies die Tochter mit ihrer dicken, starken Hand von sich.

***

Sie fuhren zum Gericht. Der Teppichboden dort war braun. Irgendjemand sagte ihr, sie solle ihren Arsch hochkriegen. Eine Weiße im Nadelstreifenkostüm und mit einem Aktendeckel sagte, das Volk habe keine Einwände. Niemand sagte ihr, warum. Später sagte man ihr nur, dass sie entlassen sei. Nimm deine Sachen hier, sagte der Beamte und deutete auf eine Papiertasche mit ihrer Jeans, die auf dem Tresen stand. Sie nahm ihre Kleidung und zog sich im Neonlicht um, zählte ihr Geld aber erst, als sie draußen war. Der Summer gab die Glastür frei und sie ging, vorbei an den Nachrichtenbrettern, den mit Reißnägeln angepinnten viersprachigen Mitteilungen zum ›Besuch bei Ihrem Häftling‹, hinaus in die Freiheit der kleinen Stadt – es war sieben Uhr morgens –, vorbei an den Eisenbahnschienen, dem Stacheldraht, dem Wasser.

Im Bus lehnte sie den Kopf ans Fenster und blickte hinaus, während sie die Stadt verließen. Sie fuhren an den sich abblätternden Häusern vorbei, *His Grace of Healing*. Der Bus war billiger als die Metro-North. Der Busfahrer schaute in den Rückspiegel. Hier bitte nicht rauchen, danke. Der Landstreicher mit dem schwarzen Cowboyhut und dem Hakenkreuz auf dem Nacken fragte sie, Hast mal Feuer? Bei Roy Rodgers stiegen alle aus, um etwas zu essen, nur sie blieb sitzen. Auf der 95 schloss sie die Augen und hörte, dass jemand Kopfhörer aufhatte. Als sie die Augen wieder öffnete, rollten sie durch Sozialbausiedlungen, und in Port Authority gab es Polizisten in Kampfausrüstung und Soldaten mit Sturmgewehren.

Kapitel 3

Noch bevor es hell wurde, hielt ein Wagen an und nahm ihn mit, von dort, wo die Bäume dunkel waren und wie Pfeile den Highway säumten.

Unerlaubt von der Truppe entfernt?, fragte der Fahrer.

Das hätte ich mal tun sollen, antwortete Skinner.

Die Sonne ging auf und warf ihre Strahlen bis ins Führerhaus. Sie tauchte die endlosen Wälder am Highway in Kirschrot und er sah dabei zu. Der Highway beschrieb eine weit geschwungene Kurve, wie die Krümmung eines Planeten. Er saß hoch über der Straße. Hörte ein stetiges, lautes Brummen.

Er war nicht gerade groß, aber er hatte einen breiten Schädel und ebensolche Hände, was ihn größer erscheinen ließ. Er stellte einen Fuß auf das Armaturenbrett, ohne zu fragen, ob das okay war. Der Fahrer hatte das Führerhaus mit Samt und Chrom ausstaffiert.

Lebst du hier drin?

Nur wenn ich nicht zu Hause bin, sagte der Fahrer und tastete nach einem Foto, das er ihm hinhielt: zwei Kinder und eine schlichte blonde Frau, die sich vor einem gemusterten Fotohintergrund aufgebaut hatten. Das ist Kyle und das ist Connor. Ich lebe nur für sie. Meine Kinder sind mein Ein und Alles.

Skinner ließ das Foto auf das Armaturenbrett fallen. Der Fahrer nahm es mit einer blassen sommersprossigen Hand und verstaute es wieder in seiner Brieftasche.

Hast du mal vor, eine Pause einzulegen?

Wofür?

Zu McDoof oder so was?

Ich esse nichts, bevor ich angekommen bin.

Ziemlich harte Nummer.

Nenn's, wie du willst, sagte der Fahrer.

Irgendwas an Skinners Frage hatte ihn geärgert. Du hast zwei Möglichkeiten, sagte der Fahrer. Entweder fahre ich durch, oder ich halte an. Wenn ich anhalten muss, dann kannst du den Daumen wieder raushalten.

Meinetwegen, sagte Skinner. Tu, was du tun musst.

Skinner legte auch den anderen Stiefel auf das Armaturenbrett und betrachtete die Straße. Zündete sich eine Zigarette an. Setzte die Sonnenbrille auf. Im Schutz der Brille wanderten seine Augen von den Autos zum Fahrbahnrand und zum Rückspiegel und wieder zu den Autos. Je weiter sie nach Norden kamen, desto dichter wurde der Verkehr. Er stellte die Füße wieder auf den Boden und richtete sich auf. Draußen zogen jetzt kahle Bäume und braune Hügel vorbei. Er zündete sich eine weitere Zigarette an. Auch der Fahrer rauchte, und im Radio lief Countrymusik.

Ein schwarzer Wagen überholte sie, zog vor ihnen wieder nach rechts und jagte weiter, überholte andere Wagen und fädelte sich immer wieder rechts ein. Skinner biss die Zähne zusammen, sein Fuß fing an zu zucken.

Musst du pissen oder so was?

Im Radio besang eine Frau den Stolz auf ihre Familie.

Nein, sagte Skinner.

Er legte die Stiefel wieder aufs Armaturenbrett.

Sind die Dinger bequem?

Einigermaßen.

Er fuhr mit dem Daumen an den Nähten entlang, zog an den Laschen.

Sie halten sich nicht schlecht. Sind auch nicht mein erstes Paar. Das letzte Paar hat jede Menge Hirn von jemandem abbekommen.

Der Fahrer warf ihm einen Blick zu.

Die verdammte Army hat ein halbes Jahr gebraucht, um mir ein neues Paar zu geben. Wo sind wir?

Glaube, immer noch in Virginia.

Skinner nahm eine weiße sechseckige Tablette mit einem Schluck Gatorade. Ein McDonald's-Schild zog am Fenster vorbei. Auf den Hügeln lag jetzt Schnee und es wurde kälter im Fahrerhaus. Er wickelte sich in sein grünes Ponchofutter, aus dem die gegerbten Stiefel herausragten, hatte den Kopf an die Nackenstütze gelehnt, die Sonnenbrille noch auf, an den langen Händen abgebrochene Fingernägel. Er wirkte völlig weggetreten. Der Fahrer starrte ihn an. Die Sonne wanderte wie ein Schattenspiel über sie hinweg, durch die Wolken wie im Zeitraffer.

Er verschlief ganz Pennsylvania, wo seine Mutter und sein Bruder lebten, wachte zur Rapmusik wieder auf. Der Himmel hatte sich verändert, war jetzt grau. Er rieb sich das Gesicht.

Der Fahrer schaltete das Radio aus.

Zusammengesunken und in völliger Katatonie betrachtete Skinner die Straße.

Was glaubst du, wie lange wir noch brauchen?

Kann sich noch hinziehen.

Er schaute auf den Müll zu seinen Füßen und entdeckte die Gatorade-Flasche. Schon in Ordnung. Hatte er schon die ganze Zeit so gemacht. Er wandte sich ab, ließ es in die Flasche laufen. Das will ich nicht noch mal sehen, sagte der Fahrer. Wirst du auch nicht. Er schraubte die Flasche zu, verstaute sie warm und bierfarben in seinem Kampfrucksack.

Sie kamen der Stadt nur langsam näher, aber es gab deutliche Anzeichen: Die Straße wurde schlechter, enger, es gab mehr Autos, die schneller fuhren, sie rumpelten über die Risse im Straßenbelag. Plötzlich tauchten Graffiti auf, erst hier und da, dann wurden es immer mehr. Skinner zündete sich eine weitere Zigarette an und saß vornübergebeugt, sein Fuß zuckte.

Ich glaube, du bist schon zu weit, Kumpel. Sollte eher dahinten in die Richtung gehen.

Als sie Richtung Westen schwenkten, war es schon kurz vor Sonnenuntergang. Es hatte aufgeklart und sie rasten an Zäunen vorbei, Häusern, der angrenzende Highway verjüngte sich, verschwand, tauchte wieder auf, teilte sich. Er suchte nach etwas weit vor ihnen. Und da war es. Er sah die berühmte Skyline, minus der zwei Türme. Sie war immer noch sehr weit entfernt, und als der Highway abtauchte, verschwand auch sie. Dann war sie wieder da, eine eindeutige Silhouette mit dem Lavasonnenuntergang dahinter.

Die Stadt verschwand hinter dem Fahrdamm, hinter Kiesgruben, einem Berg aus Sand, der Leiter an der Seite eines Krans. Ein flüchtiger Blick auf einen Streifen Wasser. Blondes Haar und gebräunte Titten auf einer Plakatwand. Gentleman's Club. Hast du die Adresse mitbekommen? Der Fahrer schwieg.

Sie donnerten eine Ausfahrt hinunter, Mietshäuser wie Vorhänge vor den Himmel gezogen, Mauern voller Graffiti. Der höher gelegene Highway wischte an den Fenstern vorbei. Die Hochstraße stieg über ihren Köpfen empor wie ein Flugzeug beim Start. Sie wurden in die Sitze gedrückt, während der Sattelzug alle Spuren kreuzte, herunterschaltete, langsamer wurde und ordentlich auf eine Tankstelle rollte. Die Luftdruckbremsen bewirkten, dass ihre Körper nach vorne ruckten. Der Fahrer haute einen niedrigen Gang rein, lenkte den Sattelschlepper neben eine Zapfsäule, und als er den Motor ausschaltete, gab es einen Augenblick völliger Stille, obwohl er in Skinners Kopf noch weiterzulaufen schien.

Bis hierhin, sagte der Fahrer – was völlig in Ordnung war, er wusste schon, wie er von hier aus weiterkam – und beide stiegen aus. Während der Fahrer tankte, ging Skinner in den Mini-Markt. Er steuerte direkt auf den Jerky-Ständer zu, zog eine Handvoll Packungen heraus und nahm eine Dose Red Bull aus dem Getränkeschrank. Auf dem Weg zur Kasse hielt er bei den Zeitschriften. Ein Haitianer mit blauschwarzer Haut las Autoanzeigen. Skinner griff an ihm vorbei und nahm ein Exemplar des »Ironman«; der Bodybuilder auf dem Cover hatte so viel Gewicht aufgelegt, dass die Stange sich durchbog und die Venen ein feines Netz auf die gemarterten Nackenmuskeln zeichneten. Am kugelsicheren Schalter legte Skinner seine Bankkarte in die Lade.

Gib mir noch eine Packung Marlboro. Wieder draußen zog er sein Gepäck aus dem Fahrerhaus. Schlüpfte in die Tarnjacke und schlug die schwarze Kapuze über den Kopf. Die Pissflasche stellte er an den Rinnstein, die konnte vielleicht noch jemand brauchen. Der Fahrer trug nur ein T-Shirt und tankte immer noch. Skinner ging zu ihm und fragte, ob er den Weg wisse.

Ungefähr in die Richtung.

Skinner justierte die Tragegurte, warf einen Blick auf den Highway. Dann hob er den Army-Seesack, schüttelte ihn, hielt ihn, packte ihn. Schaute ihn an. Wuchtete ihn wie eine Hantel hoch. Warf ihn dann über die Schulter.

Alles klar. Danke fürs Mitnehmen.

Schon in Ordnung.

Im letzten Augenblick streckte der Fahrer die Hand aus und Skinner schlug ein.

Viel Glück.

Man sieht sich.

Skinner ging um den Lastwagen herum und verschwand.

Jetzt marschierte er zwischen riesigen Sozialwohnungsbauten, eine beladene Gestalt, die sich stetig durch die weitläufig karge Landschaft aus riesigen Schatten, Gebäuden und dem kaltem Licht der Straßenlaternen bewegte. Ein einsames Auto stand vor einer geschlossenen Ladenfront, übersät von Graffiti – riesig, wild, lodernd –, die Buchstaben aufgeblasen wie Muskeln kurz vor dem Platzen, wie aufquellender wogender Rauch, der sich in einer Blase über Stahl und Betonmauern blähte, als würde alles in Flammen stehen. Er überquerte eine Brache und tauchte auf der anderen Seite wieder in die Schatten ein.

Er wanderte an Mietshäusern vorbei, die so klein waren, dass man einen Arm zum Fenster hineinstecken konnte und die Hand zur Tür wieder herauskam. Einige waren ausgebrannt und mit Brettern vernagelt, andere zur Müllhalde geworden. Ein paar waren bewohnt. Im Gehen biss er ein Stück Jerky ab und kaute. Die Dose Red Bull hatte er in einem Zug weggekippt und dann in ein Ölfass geworfen. Er war jetzt bis ins Innerste abgekühlt. Inzwischen pochte sein Herz, die Stiefel hämmerten auf den Beton, das Gesicht dampfte und er schwitzte in der Kälte.

Hey, sagte er, als er jemanden sah und zu fragen versuchte, wohin er gehen musste. Sie sagten Papi zu ihm. Geh dorthin, Papi – und zeigten auf die Ampeln weiter vorn. Schnapsladen, Groceria, Iglesia de Dios. Von irgendwoher kam spanische Musik. Heckleuchten schossen an ihm vorbei und über eine Brücke. Er ging durch ein riesiges Gewölbe aus Dunkelheit unter einem Highway: Die Stahlkonstruktion vibrierte unter den Fahrzeugen, die über seinen Kopf hinwegdonnerten, er stieg Stufen voller Taubenscheiße hinauf, war dann auf Dachhöhe, Reklametafelhöhe – Bargeld für Ihr Auto –, und dann sah er über das große, schwarze Wasser hinweg auf Manhattan, ein Postkartenbild mit all diesen Lichtern, den schieren Ausmaßen, dem Himmel purpurn vor Energie.

Er zog sein Handy hervor und machte ein Foto. Er war die Treppe hinaufgestürmt und von der Anstrengung dampfte sein Schädel. Dann drehte er sich um und machte ein Bild von sich mit dem von grünen Laserstrahlen erleuchteten Empire State Building im Hintergrund. Sein Gesicht war weiß vom Handyblitz und wirkte verstört.

Auf der anderen Seite schraubte sich die Brücke hinunter auf eine Brache, und er kam zu einem Platz, von dem aus sich eine düstere und vermüllte Avenue meilenweit geradeaus zu erstrecken schien, doch im Verlauf wurde sie heller und in der Ferne drängten sich Lichtcluster, also machte er sich auf den Weg, gebeugt von dem schweren Gepäck.

Er ging an einem Wandbild vorbei, auf dem braune Menschen in weißer Kleidung und mit Strohhüten auf den Feldern arbeiteten, die ihre Babys auf den Rücken gebunden hatten. Er ging an einem weiteren Bild vorbei, das Porträts junger Männer zeigte und ihren Weg vom Leben in den Tod. Wir tragen euch im Herzen. Es gab die Heilsarmee. Einen Block weiter überholte er zwei junge Frauen, die Kinderwagen über den kaputten und mit funkelnden Glasscherben übersäten Gehweg schoben. Ein Leuchtkasten: Das Königreich des Allmächtigen. Ein Typ mit Handy-Headset kam aus einem Spirituosenladen und sagte: Komm nach Uptown und schau dir an, was wir machen. Schau dir an, was wir zu bieten haben. Skinner ging an einem Hähnchengrill vorbei. Leute kreuzten seinen Weg und er machte einen Bogen um sie. Er war bemerkenswert wendig, trotz des schweren Gepäcks, wich allem aus, kaum jemand nahm Notiz von ihm in der verschlissenen Jacke mit dem Camouflagemuster und den staubigen Stiefeln, die schwarze Kapuze über dem Kopf, als hätte er auf einer Farm gearbeitet.

Ein prachtvoller weißer Wagen hielt an und eine große Frau in einer kurzen roten Lederjacke stieg aus. An der Ecke standen fünf Typen in Pudelmützen und starrten sie an. Verdammt, sagte einer. Skinner blieb stehen und redete ein paar Takte mit ihnen. Sie sagten Skinner, wo was ging.

Forty-Deuce.

Sind dort auch die Hotels?

Da geht was. Hier nicht so. Da drüben geht es saumäßig ab. Hotels, da kenn ich mich nicht aus. Bier, Tussen, Gras, gutes Zeug, davon versteh ich was, und das läuft alles in Downtown.

Ein SUV mit grellen Halogenscheinwerfern hielt auf sie zu und Skinner zuckte zusammen.

Da gibt's alles, hehe. Verrücktes Zeug. Hotels, Motels, Pussy, Transen mit und ohne …

Transen ohne?

Ein bisschen Pussy fände ich schon gut.

Hast du Geld, bekommst du alles, was du magst.

Er stieg in eine Subway und fuhr, beide Beine fest auf den Boden gestemmt, achtete auf die Haltestellen. Wenn die Türen sich öffneten, liefen die Leute um ihn herum. Er stieg aus und nahm den Fahrstuhl hoch zur Straße, hinein in ein Spektakel aus silbernen Stadionscheinwerfern und Monitoren.

Eine halbe Stunde lang ging er den Broadway rauf und runter, schaute in die Bars, bevor er sich für eine entschied. Vorne setzte er sich an einen der hohen Tische, wo getrunken wurde. Es gab einen Flachbildfernseher, die Bedienung war männlich. Wie wär's mit einem Drink, wie wär's mit ein paar Vorspeisen, wie wär's mit ein bisschen Knete? Er trank eine Reihe doppelter Kurzer. Nicht schlecht! Er trank eine Margarita, als gäbe es etwas zu feiern. Als er mit den Mais-Chips fertig war, nahm der Kellner seine Bankkarte und er war vierzig Dollar los. Er blieb sitzen und ließ die Augen zwischen Bar und TV wandern. Der Alkohol verdunstete schon wieder. Eine Blondine kam herein, aber in Begleitung von zwei Typen. Alle trugen Aktentaschen. Ihre Stimme war durchdringend. Davon muss man profitieren, sagte sie. Sie schalteten auf einen anderen TV-Kanal. Irgendjemand applaudierte. Irgendjemand goss Orangensaft ein. Ein Bericht vom Golf. Skinner nahm sein Gepäck und ging.

Von irgendwoher wummerte Musik durch getönte Fensterscheiben. Ein paar Straßenkreuzer hatten Laserlichterketten am Unterboden oder Schwarzlicht im Fond. In einem der Wagen saß auf dem Beifahrersitz eine Filipina mit UV-Lippenstift, und er blickte ihr nach, bis sie inmitten all der Kinos um die Ecke verschwunden war.

Nachdem er den Times Square von Nord nach Süd durchstreift hatte, versuchte er es Ost-West, blieb vor Bars stehen oder jedenfalls Läden, die er für Bars hielt, ohne hineinzugehen. Ging weiter, starrte ein paar Augenblicke auf die Auslagen eines Pornoladens, ging weiter, das Gewicht zerrte an ihm, federte beim Gehen mit, die Tragegurte knarzten wie ein Sattel. Er rauchte eine Zigarette, die er gelegentlich zwischen die Lippen klemmte, um den Seesack zu stützen, der ihm immer schwerer zu werden schien.

Auf der 11th Avenue warf er die Kippe weg und ging in einen Sandwich-Imbiss, wo die Stühle bereits hochgestellt waren; ein Mexikaner wischte den Boden. Von Essen keine Spur. Eine junge Frau mit Ringellocken in blau-grüner Arbeitsbluse und mit goldener Kette und Ohrringen zählte unter dem Tresen die Tassen und Servietten.

Habt ihr geschlossen?

Sie richtete sich auf und notierte auf einem Klemmbrett, was fehlte, bevor sie Skinner eine Antwort gab. Sie hatte das stumpfe Haar zurückgebunden, was ihre hohe, eiförmige Stirn betonte, und unter der Arbeitsuniform zeichneten sich ein mächtiger Busen und schmale Hüften ab.

Ich kann alles verkaufen, was noch da ist, sagte sie, aber ich kann jetzt nichts Frisches mehr machen.

Kennst du dich mit den Hotels hier in der Gegend aus?

Da gibt's jede Menge. Welcher Art denn?

Bloß ein einfaches Motel.

Sie erwähnte das Marriott.

Ist das nicht einer dieser Riesenkästen?

Also dann was Kleineres?

Yeah.

Sie sagte, er solle warten, und ging nach hinten. Der breitschultrige Mexikaner trat einen Schritt zur Seite und schaute ihr nach.

Während sie weg war, setzte Skinner sich, zog die Rollmütze ab und kratzte sich am Kopf. Die Wand war verspiegelt und er sah sein kurzes, schwarzes, feuchtes Haar, das Tattoo auf dem Nacken und die eingesunkenen Augen, die tausendfach auf ihn zurückstarrten. Er schien sich selbst nicht wiederzuerkennen und nach anderen Dingen Ausschau zu halten.

Sie kam mit einer herausgerissenen Telefonbuchseite zurück.

Das sind sie. Ruf an oder geh direkt hin. Sie deutete auf eine Adresse, die sie mit einem Kugelschreiber eingekringelt hatte. Ein eindeutig weiblicher Kringel. Er stellte sich vor, dass sie auch ›Love‹ schreiben und ein Herz malen konnte.

Und wie komme ich dahin?

Runter und um die Ecke, ihre Hände beschrieben rechte Winkel.

He, vielen Dank. Das war jetzt 'ne Extrameile von dir.

Gern geschehen.

Hey, hör mal, ich mein ja nur, sagte er. Kann ich mich revanchieren? Er redete weiter, versuchte, es wie eine Einladung klingen zu lassen. Wenn du hier rauskommst oder so, einfach was losmachen, sagte er. Keine Verpflichtungen, du weißt schon. Ich bin im Grunde ganz okay. Seine eingesunkenen Augen beobachteten ihr Gesicht, um zu sehen, ob er vorankam. Ich bin gerade hier angekommen, buchstäblich vor einer Stunde. Vor zwei Stunden. Wir könnten einfach was trinken oder so und du könntest mir von dir erzählen.

Nein, vielen Dank.

Ganz sicher? Ich bin erst gestern aus der Army entlassen worden. Bin buchstäblich gerade hier angekommen. Ich will nicht mehr, als dir einen Drink spendieren und mich bedanken. Wie wär's? Ich meine, du redest nicht mit einem Arschloch.

Das verstehe ich schon.

Wie kannst du dann Nein sagen? Ich frage doch nur.

Und ich antworte nur. Jetzt hast du, was du brauchst, und kannst dorthin gehen.

Verdammt – er schüttelte den Kopf –, ich wollte keinen Stress machen. So 'n Typ bin ich nicht. Ich bin bloß durcheinander. Nichts Schlimmes, okay? Wie wär's, wenn ich dich mal anrufe? Irgendwann mal? Wir greifen uns ein paar Drinks ... Ich meine, das Leben ist kurz, oder?

Ganz bestimmt nicht. Im Spiegel sah er, dass der Mexikaner ihn beobachtete.

Ach, komm schon, lachte er und entblößte dabei nikotingelbe Zähne.

Nein, vielen Dank.

Ich bin gerade zehn Meilen mit diesen ganzen Sachen gelaufen. Ich hab für mein Land gekämpft. Bist du sicher?

Sie lächelte nicht.

Warum nicht? Stimmt was nicht mit mir?

Das musst du dich schon selbst fragen. Ist nicht mein Problem.

Wow. Autsch. Ich mein doch nur ein kleines, harmloses Date.

Ist nicht mein Problem. Ich geh nicht aus.

Na gut.

Du hast eine Antwort. Akzeptier das.

Okay. Hab's verstanden.

Die Digitalanzeige an einer Bank zeigte ein Uhr nachts und minus zehn Grad an. Er hatte getrunken und die Bar schloss. Mit zusammengekniffenen Augen ging er den Broadway hinab. Der Wind blies den Dampf von den Gullydeckeln.

Unter einem Theater-Neondisplay fand er ein McDonald's. Er polterte durch die Tür und ließ den Seesack fallen. Schon besser. Es war warm. Seine Handrücken waren flammend rot. Er zerrte das Gepäck bis zum Tresen und starrte nach oben auf die Karte. Eine dünne Frau mit struppigem Haar und schmalen Hüften wartete auf seine Bestellung und zappelte mit einem Bein. Sie verdrehte die Augen zur Decke und fragte, Extragroß? Ja, sagte er und putzte sich die Nase. Sie schien durch ihn hindurchzusehen. Er holte seine Bankkarte heraus. Aus den Lautsprechern kam »Cherry Baby«. Er warf das Gepäck in eine Sitznische und ging zurück, um das Tablett zu holen, setzte sich und stopfte sich voll, streckte die Füße von sich, rülpste, verbrannte sich die Zunge am Kaffee. Die Pommes frites waren kalt, er stippte sie in den Kaffee und stopfte sie sich in den Mund.

Nachdem er alles aufgegessen hatte, stieß er das Tablett von sich und schaute in den »Ironman«. Die Lider fielen ihm zu, er öffnete sie wieder. Er stand auf. Mit all seinen Sachen ging er an den Obdachlosen vorbei, die an den Tischen zu den Toiletten saßen, und pinkelte in das mit Scheiße verschmierte Klo.

Jemand klopfte an die Tür. Gleich, sagte er.

Er zog die Jacke aus, den Kapuzenpulli und das Thermoshirt und legte alles auf seine Taschen. Das Thermoshirt stank und war schweißnass. Er wrang es im Waschbecken aus. Ein metallischer Geruch stieg auf. Er war sonnengebräunt wie ein Landarbeiter. Sein Oberkörper war grauweiß und die Haut voller Pickel. Am Waschbecken nahm er eine Katzenwäsche vor. Auf den Unterarmen hatte er vertikale Tattoos. Mit einer Handvoll Papiertücher wusch er die Achselhöhlen. Gesicht und Hände waren von kaum verheilten Schnittwunden übersät. Er öffnete die Jeans und wusch sich weiter unten. Hob das Skrotum und presste mit halb geschlossenen Augen ein heißes Handtuch zwischen die Beine. Alles entzündet. Er zuckte zusammen. Auf dem Trizeps waren chinesische Schriftzeichen.

Über der Narbe auf seinem Rücken hatte er einen Schädel und Todesflügel tätowiert. Im Nacken hatte er einen Stern, der schon älter als seine Einberufung war, und auf der Schulter eine amerikanische Flagge. Ursprünglich sollte es aussehen, als würde er eine Uniform tragen, auch wenn er keine trug. Er straffte die Haut über dem Unterleib und spannte die Bauchmuskeln an, versuchte, das Waschbrett zu erkennen. Er hob die Arme und ließ den Bizeps spielen. Er konnte sehen, wie sich die chinesischen Schriftzeichen über dem Trizeps spannten. Er konnte auch sehen, wie sich die hellviolette Narbe über die Rippen spannte. Er drehte sich und schaute die Narbe im Spiegel an. Sie sah nicht wie Fleisch aus, sondern hatte die Farbe von geschmolzenem Plastikspielzeug.

Er versuchte, seine Sachen zu ordnen, und wechselte das Hemd. Auf dem neuen stand Army Strong. In seinem Kampfrucksack hatte er eine in ein verblichenes Armyhandtuch gewickelte Handfeuerwaffe, eine 9-mm-Beretta, die er jetzt herausnahm und kontrollierte. Er entriegelte das Magazin, zog den Schlitten zurück, prüfte die Kammer mit einem Finger, ließ den Schlitten wieder vorschnellen, entspannte die Pistole, führte das Magazin wieder ein und legte den Sicherungshebel um. Er wickelte sie wieder in das Handtuch und steckte sie in den Rucksack zurück.

Irgendjemand hämmerte an die Tür, aber das war ihm egal.

Das Hämmern kam wieder.

Reg dich ab, sagte er.

Zurück in seiner Sitznische schnürte er die Wüstenstiefel auf und wechselte die Socken. Eine Zeit lang rubbelte er an der Hornhaut herum. Die Musik war mittlerweile verstummt. Man hörte, dass die Küche geputzt wurde. Er legte den Kopf auf die Arme. Irgendjemand klopfte mit einem Gummiknüppel auf die Tische, ein Mann in einem Navy-Pullover mit Ellbogenflicken und Unteroffizier-Streifen, Handschellen am Gürtel und etwas, das aussah wie eine Smith and Wesson.

Skinner richtete sich mühsam auf. Seufzte.

Sag mir bloß nicht, dass du nicht weißt, wie es hier läuft, sagte der Wachmann. Gerade du solltest alles darüber wissen. Die anderen hier nicht, aber du schon.

Skinner schaute ihn an und sah sich um.

Nichts als Wracks. Ein Typ mit einer Mets-Kappe über dem dreieckigen, unrasierten Gesicht steuerte auf einen mädchenhaften Jungen zu und sagte, He, Schwester, hast mal 'nen Quarter.

Der Wanduhr nach war es drei Uhr morgens. Die Lichter waren runtergedimmt, wie im Energiesparmodus, und durch die Scheiben sah man die dunklen und bernsteinfarbenen Lichter auf der Straße. Ein Wagen fuhr vorbei, nur einer, saugte den Abfall ein und zog eine Spur aus Resten hinter sich her.

Er holte die Zeitschrift wieder heraus, schaffte es aber nicht, zu lesen.

Um vier Uhr forderten die Wachmänner alle auf, zu gehen. Das ganze McDonald's erhob sich und schlurfte in einer langen, nach

Pisse und Schweiß stinkenden Schlange zur Tür. Er raffte seine Taschen zusammen und schlurfte mit ihnen. Die Kälte war grausam. Er musste so dringend pinkeln, dass es ihn schon wieder wach rüttelte. Der Wind wirbelte ein Stück Papier aus dem Rinnstein auf und gegen seine Wade. Irgendjemand hatte gesagt, vielleicht der Wachmann, dass es ein Stück weiter die Straße hinunter einen anderen Laden gäbe, der durchgehend geöffnet hätte. Der Himmel war schwarz, und an der Ecke erzeugten die gigantischen, stummen Gebäude in dem silbergrauen Licht in ihm das unwirkliche Gefühl, irgendwo in den Bergen zu sein.

Keiner der anderen war mit ihm gekommen. Vielleicht gingen sie runter in die Subway oder warteten auf der Straße. Aber er fand das andere McDonald's, und als er an der Tür zog, ließ sie sich öffnen und er ging hinein und es war warm. Er ließ sein Gepäck fallen. Die Herrentoilette wurde gerade geputzt, also ging er zu den Damen und leerte die Blase in einem einzigen, endlosen, nach allem Möglichen riechenden Strahl. Er kaufte einen weiteren Kaffee, verbrühte sich die Zunge und blies über den Plastikrand des Bechers. Ein Hispano mit gebrochener Nase und tätowierten Unterarmen wischte den Fußboden, Abschnitt für Abschnitt und im *Bop Walk*. Die Treppe zum oberen Stockwerk war mit einer Kette abgesperrt und außer ihm war niemand zu sehen.

Glaubst du, ich kann mich da oben mal hinhauen?

Komm mit, sagte der Typ. Er hakte die Kette aus und brachte ihn nach oben. Leg deinen Krempel da ab. Bis neun brauchst du hier nicht weg. Bis neun kannst du bleiben.

Eins a, danke, Bro. Der Ex-Knacki schob ab, Skinner stapelte seine Sachen auf dem Boden und streckte sich auf einer Bank aus.

Kapitel 4

In Port Authority angekommen hatte sie zunächst versucht, die ganze Nacht lang wach und für die Polizei unsichtbar zu bleiben. Sie saß auf dem Boden neben dem brummenden Selbstbedienungsautomaten, den Kopf auf die Unterarme über den Knien gelegt. Sie hörte Funkgeräte und wusste, dass eine Patrouille näher kam, stand auf und ging. In den Toiletten lag das Papier aufgerollt auf dem Boden, und eine Schwarze ließ sich von Wand zu Wand treiben, wobei sie Flüssigseife wie eine Lotion auf Arme und Beine rieb. Zou Lei ging durch den Tunnel hinab und wartete auf dem leeren Bahnsteig auf den Zug. Der Zug kam und sie setzte sich ans Ende eines Waggons, umklammerte die Plastiktüte mit ihrer Kleidung.

Um zwei Uhr morgens gab es hier nur Schwarze oder Mexikaner und ausschließlich Männer, die mit gespreizten Beinen und offenem Mund schliefen. Die Tür zwischen den Waggons ging auf, ließ das ungebrochene Dröhnen und eine Reihe Männer herein, die sich an den Haltestangen entlanghangelten, in tief hängenden Jeans, die sich über den Knöcheln stauchten, und Handtüchern, die aus den Taschen hingen.

Sie verschränkte die Arme und starrte geradeaus, sah die Lichter vorbeiflackern.

Immer wieder fiel ihr Kopf nach vorn und sie stützte das Kinn in eine Hand. Als sie aufwachte, war ihr die Tüte vom Schoß gefallen. Sie hob sie auf und stopfte die Kleidung wieder hinein, während der Zug durch einen Tunnel schoss.

Als die Strecke zur Hochbahn wurde, sah sie, dass es schon dämmerte; Wassertürme vor dunkelblauem Himmel flogen vorbei.

Vom Versuch, ihre Kleidung als Kopfkissen zu benutzen, war ihr Gesicht ganz zerknittert. Mehr und mehr Bauarbeiter stiegen jetzt zu, in staubigen Stiefeln und Hosen. Sie setzte sich aufrecht hin und schlug die Beine übereinander, aber als der Zug weiterschaukelte, fiel ihr Kopf doch wieder nach vorn. Leute plauderten. Sie stand auf und studierte die Karte, versuchte das Gleichgewicht zu halten, beugte sich über jemanden. Sie fuhr mit dem Finger über das Plastik und die bunte Linie.

Das da die Chinatown?

Eine Frau aus El Salvador mit weißer Baseballkappe und goldenen Ohrringen, deren Sneaker kaum den Boden erreichten, nahm die Kopfhörer aus den Ohren und sagte: *Qué? Sí.*

Zou Lei setzte sich wieder. Sie nahm einen Kamm aus der Tüte und kämmte sich, band die Haare zu einem Pferdeschwanz. Ein Mann im Overall beobachtete sie von der anderen Wagenseite aus, dann schloss er die Augen wieder.

Sie fuhr bis zu einer Station, in der die Abfalleimer überquollen. Als der Zug abgefahren war, hörte man das Plätschern von Wasser, das auf den Betonboden geschüttet wurde. Jemand, der mehrere Mäntel trug, aber keine Schuhe, wühlte sich auf der Suche nach Flaschen durch den Abfall.

Die Straße war von Müllcontainern gesäumt. Sie kam an einem Gebäude vorbei, in dem Schmerztherapie angeboten wurde. Die Bänke vor dem Eingang waren zersplittert. Einen Block weiter erblickte sie die Manhattan Bridge, die wie Trockeneis über die Wohnhäuser in einen gewaltigen Wolkenhimmel ragte. Sie wölbte sich über Feuertreppen und Wäscheleinen, und über Eisenträger kringelten sich kalligrafische Pinselstriche, an den Dächern blühten Graffiti.

Sie ging in einen Coffeeshop und stellte sich an die Seite, sah zu, wie ein Kaffee mit Dosenmilch zubereitet wurde. Haben Sie die Zeitung? Hier nicht, war die Antwort. Auf der Brücke über ihren Köpfen dröhnte die Subway. Es war ein sehr kleiner Laden. Jemand drückte sich an ihr vorbei und hielt einen Dollar hin. Wo bekommen am besten Job?, fragte sie. Ein Deckel kam auf den Becher, der über den Tresen gereicht wurde. Draußen, sagten sie. Draußen bekommt man am besten einen Job.

Draußen auf der kalten Straße rasselte eine Kette gegen Wellblech. Schlösser wurden abgenommen, die stählernen Rollläden gingen hoch, die Stände öffneten. Sie ging von Tür zu Tür der kleinen Garküchen mit kandierten Enten an Stahlhaken hinter den fettverschmierten Scheiben und den Tempelchen hinter dem Tresen und fragte nach einem Job.

Manchmal stand der Chef neben der Person, mit der sie redete, und gab kein Wort von sich, bis sie ihn fragte, Sind Sie Chef?

Es gibt keinen Job, aber versuch die Zeitung.

Am East Broadway gab es ein Abbruchhaus, wo man für zehn Dollar unterkommen konnte, wenn man eine Nummer eingab. Nachdem sie die Tasten auf der Gegensprechanlage gedrückt hatte, war nichts zu hören. Sie spähte an dem Zettel vorbei, der nur noch in Teilen am Glas klebte, und wartete darauf, dass irgendetwas passierte. Sie wippte mit den Zehen auf und ab, das Gesicht gerötet, schlug auf den Jeansstoff an Armen und Oberschenkeln. Hinter ihr fuhr ein Bus ab und enthüllte ein Schild, das auf die Straße von New York nach Virginia verwies. Sie starrte es an und grübelte.

In einem Keller, in den sie gegangen war, um sich aufzuwärmen, hörte sie ein dumpfes Klappern. Sie ging durch einen Flur, der nach Bier roch, und stieß auf einen Berg von Aluminium und zerbrochenem Glas. Hier wurden Flaschen und Dosen der Straßensammler angekauft.

Sie las die handgeschriebenen Zettel an den Ampeln, die am unteren Ende eingeschnitten waren, damit man kleine Streifen mit einer Telefonnummer abreißen konnte.

In der Dämmerung sah sie ein offenes Feuer auf dem Gehweg und alte Frauen in Steppjacken, die es mit Geistergeld fütterten.

An ihrem zweiten Tag in Freiheit trieb sie die Suche nach Arbeit bis zur Imperial Dragon Kitchen in South Jamaica – eine breite leere Straße an einem frühen Freitagmorgen, auf der Kleidungsstücke herumlagen, Tauben auf den Ampeln saßen. Das lange Warten, sie fror – schlang dann die Arme um sich, schlug auf ihre Beine, pustete in die Hände.

Drei Männer in einem Cabrio beobachteten sie.

Die Straße roch nach Haaröl und Trocknertüchern. Sie bemerkte, dass die Tauben Möwen waren. Die Titelseite der »Sing Tao« war ein blaues Quadrat. Es sah aus wie der Himmel über dem westlichen China, wie das Schild eines uigurischen Restaurants mit dem weiten Grasland und dem Stier im Vordergrund und den goldenen, abblätternden arabischen Schriftzeichen. Es sah aus wie der Himmel heute Morgen über New York.

Sie sah zu, wie die Schlösser abgenommen und die Rollläden hochgezogen wurden, bevor sie aus der Wintersonne trat und den Kopf hineinsteckte. Mitten auf dem Fußboden saß eine Ratte.

Noch nicht geöffnet. Er trug schwarze Plastikschuhe und hatte Akne.

Was ist mit Job?

Welcher Job?

Der Job in Zeitung.

Zwei andere Frauen schoben sich an ihr vorbei, klagten über die Kälte, trugen ihr Mittagessen in Plastiktüten und gingen hinter den Tresen mit der goldenen chinesischen Glückskatze.

Hier steht persönlich vorstellen.

Er las und bohrte dabei in der Nase. Aus einer Warze an seinem Kinn wuchs ein langes Haar. Er nahm den langen Fingernagel aus der Nase, betrachtete, was daran hing, schnippte, aber es klebte fest, setzte den Nagel auf die Anzeige, klopfte darauf. Da, sagte er. Die Nummer. Ruf die Nummer an.

Sie wählte die Nummer, eine Mailbox sprang an, aber sie hörte nur Musik, also ging sie in der fahlen Wintersonne weiter, hielt auch nicht an der Subway-Station an. Sie ging eher noch schneller unter den Gleisen hindurch, überquerte eine Straße mit Mittelstreifen, ging auf dem Mittelstreifen weiter, hielt den Blick auf den weiten Raum gerichtet und marschierte dem Sonnenstand zufolge Richtung Norden. Sie ging so lange an all den Läden vorbei, in denen man Kaffee und Sandwiches kaufen konnte, bis es keine Geschäfte mehr gab, keine Menschen, nur noch Gebäude und den Himmel. Sie ging schnell, am Handgelenk baumelte die Plastiktüte mit ihrer Kleidung. Ein Bus fuhr an ihr vorbei, sie kümmerte sich nicht darum. Sie lief immer weiter in den Nachmittag hinein, vorbei an den kulissenhaften Gebäuden, deren Dachzinnen wie bei einem Festungswall miteinander verbunden waren. Die Graffiti blieben gleich. Stigz. Luni. Blip. Crew. Tire and Wheel. Audiotronic. Ein Hund sprang auf und folgte ihr auf der anderen Seite eines Zauns, bis er ans Ende der Einfriedung gekommen war und sie weiterging.

Ihr Schatten veränderte sich, die Graffiti veränderten sich. Sie überquerte die Metropolitan Avenue und passierte eine dröhnende Unterführung. Als sie auf eine weitere nach Norden führende Straße eingebogen war, flog ein Flugzeug über ihren Kopf wie der Habicht, der das Mädchen mit der Trommel aus der Wüste führte. Die Sonne war hinter die andere Schulter gekrochen und fiel nur noch auf die eine Hälfte der Straße. Hinter den Häusern gab es Bäume. Blumen standen hinter den Fenstern, die Läden zerbrochen, eine puerto-ricanische Flagge, die Steinstatue irgendeines Heiligen in einem Glaskasten in einem Vorgarten. An ein Garagentor war Werbung für Tito Swing gepinnt.

Auf der 110th Street riefen sie *Chinita* und warfen ihr Kusshändchen nach. Mit dem Abend kam auch die Musik.

Sie ging in einen Pizzaladen, auf einem handgeschriebenen Schild an der Tür stand Baños sólo para clientes. Einer der kleinen Männer mit breitem Brustkorb hinter dem Tresen, die ihre Mützen schräg trugen und den Teig kneteten, fragte, ob sie *frío* wäre.

Müde, sagte sie. Ich sehr müde.

Sie stützte sich mit den Ellbogen auf das Glas und schaute auf seine Hände, die Mehl über den Teig stäubten.

Por qué?

Kennst du Queens Jamaica? Ich bin gelaufen von dem da, sehr weit.

Nein, sagte er, zu weit. Das hatte sie bestimmt nicht getan.

Ich kommen von sehr weit.

Wirklich?, fragte er auf Spanisch.

Ja, ich nicht lüge.

Vielleicht, räumte er ein.

Vorher, ich im Gefängnis.

Das glaubte er sofort, so wie sie aussah, eine kleine Frau in Jeans, ohne Hut, mit einer Plastiktüte in der Faust.

Sie durfte die Toilette benutzen. Okay, *mamacita*, sagten sie. Sie ließ heißes Wasser ins Waschbecken laufen und wusch die Hände mit Kokosseife, trocknete sie mit Papierhandtüchern. Schloss die Augen. Es gab Plastikblumen. Ein hübscher, schmaler Raum. Draußen die Pizzabäcker in dem kleinen Laden, die Öfen.

Der Mann erklärte ihr am Telefon, wohin in Queens sie kommen sollte. Er sagte Queensie. Er holte sie bei einer Tankstelle an der Roosevelt Avenue ab, von der aus man die Sozialwohnungsbauten, Gleisanlagen, das Stadion und die Ladebäume jenseits des Flusses sah. Er fuhr zügig eine breite Straße entlang, deren Verlauf in etwa dem Wasser folgte. Es war warm in dem Minivan. Sie hatte nicht geschlafen und ihr Kopf schmerzte. Sie sah durch das Fenster die Baustellen der Lagerhäuser vorbeifliegen und glaubte, endlich einschlafen zu können.

Er bog in eine Seitenstraße ein, und sie setzte sich aufrecht. Der Mann war dick und wirkte massiv, trug einen teuren Parka, sein Bauch streifte das Lenkrad, er schlug ein und gab wieder Gas, fuhr an Mauern voller Graffiti und an Hinterhöfen vorbei. An einer Baustelle wurde er langsamer, sagte, Bauen. Sie griff nach ihrer Tür, aber er streckte die Hand aus, um sie aufzuhalten, ohne sie zu berühren. Nein. Noch nicht. Er wurde noch langsamer. Bauen. Alles neu. Es gab Gerüste und verwitterte Bretter. Vielleicht kaufe ich. Vielleicht anlegen bei Immobilien. Er beharrte darauf, englisch mit ihr zu sprechen, in einem weichen, sanften Tonfall, den man zu Hause vielleicht freundlich genannt hätte, und sie fragte sich, ob er aus Taiwan kam.

Sie parkten in einem Sträßchen nahe der Schnellstraße, umgeben von verwaschenen Backsteinmauern. Zou Lei kletterte aus dem Wagen und stand mit verschränkten Armen in der Kälte. Der Wind blies Strähnen ihres ungewaschenen Haars über ihr verhärmtes Gesicht, sie wartete mit der Tüte über der Schulter, während er in seinem Schlüsselbund suchte. Leute hatten ihre Wäsche vor den Fenstern aufgehängt. Er schloss die Tür auf, von der die Farbe abblätterte, und ließ sie hinein, eine Treppe hinauf, alles beengt, abgestandener Zigarettenqualm, betonfarbenes Licht schräg von der Seite. Niemand zu Hause, sagte er. Sie hörte die vollkommene Stille der Kanthölzer und Rigipsplatten, seinen Atem, nachdem er die Stufen erklommen hatte. Sie waren alleine, und sie trat zur Seite, ließ ihn vorgehen. Im zweiten Stock bahnten sie sich den Weg durch Badelatschen und Plastiksandalen. Es war die übliche Unterkunft für illegale Migranten, eine unterteilte Wohnung für acht oder mehr Menschen. Der erste Verschlag bestand aus einem Schuhregal und Sperrholz und einer durchsichtigen Kunststofffolie. Die behelfsmäßige Tür wurde von einer Fahrradkette gehalten. Durch das Plastik sah sie eine Matratze. Sie legte das Auge an die Folie und schaute: ein Kännchen Kirin-Tee mit Milch.

Eine Mauernische diente als Küche. In seinem Parka füllte er sie komplett aus, drehte sich auf der Stelle, zeigte auf Dinge. Der Geschirrschrank halb offen, ein Durcheinander wie nach einer Explosion. Keine Wände erkennbar, einfach nur Pappkartons, Abfallsäcke voller Kleidung, Reisegepäck. In einem Wok schwammen Pilze.

Kühlschrank, sagte er. Er versuchte ihn zu öffnen und knallte mit dem Bein dagegen. Waschbecken. Alles ganz komplett. Er drehte den Hahn auf und hielt die langen Finger ins Wasser, rieb sie aneinander wie ein Mann, der Seide begutachtet. Er schaute sie an. Hob die Finger an sein Gesicht und kostete das Wasser, wischte es sich von den Lippen, beugte sich vor und trank aus dem Hahn, kam wieder hoch, den Mund voller Wasser, spuckte es ins Becken, wischte sich das Wasser von den Lippen, schüttelte das Wasser von den langen Fingern.

Wasser, sagte er. Heiß, kalt. Alles. Bad, sagte er und zeigte in die Richtung. In einem Türrahmen tropfte Wäsche.

Er ging auf sie zu, der Parka raschelte, sie wich zurück. Hier. Er zog eine Falttür auf, die sie nicht bemerkt hatte, und zeigte auf die schwärzliche Matratze.

Gibt alles hier. Schau's dir an. Gibt ein Fenster. Er schob sich hinein und zog die Kette an einer nackten Glühbirne, um vorzuführen, dass das Licht an- und wieder ausging, zerrte am Rollladen, der sich öffnete. Sie sah die grauen Häuser, die den Hügel hinabtaumelten, die Wäscheleinen und Antennen und die Äste der Bäume. Die Seitenwände der Kammer bestanden aus dünnen Baustellenabsperrbrettern. Die Falttür hatte kein Schloss.

Die Matratze ein bisschen schmutzig. Du machst Laken drauf, denk ich. Dreh um. Im Sommer nimmst du Ventilator. Du brauchst nicht viel, denk ich. Du kein Mann hast, lächelte er. Du kein Kind hast.

Er stand neben der kaputten Matratze, wartete auf eine Reaktion.

Von der Tür aus schüttelte sie den Kopf. Ist gut, sagte sie.

Sie steckte die Hand in die Hosentasche und fühlte nach ihrem Geld.

Gib du mir Schlüssel.

***

Als sie hörte, wie sich die Tür unten schloss, ging sie in ihren Verschlag und setzte sich in der Erwartung auf die Matratze, endlich schlafen zu können. Sie zog die Turnschuhe, die Socken aus. Sie legte sich auf die Seite und eine der harten, verrosteten Sprungfedern stach durch den Bezug und verhakte sich in ihrer Jeans. Sie rutschte zur Seite. Sie richtete sich auf die Knie auf und zählte ihr Geld, trennte die Scheine mit den blanken, schwieligen Fingern, um sicher zu sein, keinen zu übersehen. Ihre Lippen bewegten sich beim Zählen. Sie nahm die Kleinanzeigen aus der Tüte, breitete sie aus und konzentrierte sich darauf, zu verstehen, was sie bedeuteten.

Sie ging hinaus und zurück zur Roosevelt Avenue, ging schnell mit verschränkten Armen und vorgezogenen Schultern zur Kreuzung mit der Subway-Station. Menschen strömten heraus. Vor einem Dunkin Donuts sah sie Frauen aus Pakistan, die ihre Kinder trugen. Dann verlor sie sie aus den Augen. Menschen rempelten sie an. Sie ließ sich mit der Menge treiben, schaute über ihre Köpfe hinweg und sah, dass sie in ein Chinesenviertel kam, ein Dickicht von vertikalen Schildern, die Segel von Sampans und Dschunken, zu viele, um sie zu lesen, ein zeternder Singsang, der lauter wurde. Kein Englisch. Es gab Lautsprecher und Glückwunschbänder und Banderolen zum Jahr des Hundes. Überall Stimmen und Rufe. Hier, hier, hier, kommt und seht! Irgendjemand spuckte auf die Straße. Ein Aufschrei, und jemand, der neben ihr herlief, bettelte und drängte, packte den Ärmel ihrer Jacke. Sie drückten ihr Flyer in die Hand, die sie fallen ließ. Zahnlos, jünger als sie aussahen. Illegale aus den Witwen-Dörfern. Körperpeeling, Fußmassage, Thai-Dusche, Bus nach Atlantic City. Eine Neonreklame für KTV sprang in der Dämmerung an. Sie blickte auf eine endlose Parade fremder Köpfe, die Bürstenhaarschnitte der Arbeiter, Töpfe mit sprießenden Rapssamen aus dem Laderaum eines Lieferwagens. Ein Aufmarsch der Füße, alle trugen Sneaker, die Arbeitsstiefel, die Pfennigabsatzstiefel der Frauen. Die Quadratschädel der Arbeiter, die Golden Crane rauchten, Goretex trugen, ausgemusterte Militärkleidung. Die Frauen hatten schwarzes Haar, schwarze Lederjacken, schwarze Handtaschen, trugen orangefarbene Löwenmähnen, toupiert und in Strähnen gefärbt. Ihre Gesichter mit Fotoentwickler künstlich gebleicht worden. Sie roch die Eimer und Wasserschläuche. Vor den Gemüsewaagen drängelte sich die Kundschaft. Gib mir ein Pfund davon. Gib mir zwei für eins. Gib mir drei. Bescheiß mich nicht.

Die Menge war ein Fluss, auf dem die Mädchen wie Blumenboote entlangglitten. Die Mütter schauten sich die Orangen an den Marktständen an. Die Mädchen taten so, als wären sie artig. Sie ließen ihre Mütter einfach reden. Sie achteten auf andere Sachen, Sachen, die auf den Straßen passierten. Die Mädchen gehörten nicht dazu, sie waren ganz woanders. Sie sah ein chinesisches Mädchen mit schorfigem Ohr und Brustimplantaten, gerötetem, schweißnassem und verquollenem Gesicht.

Über die Köpfe der Menge hinweg donnerte die Subway. Plakate warnten vor Hepatitis. Große, tiefschwarze Afrikaner gestikulierten und verkauften irgendwas. Es war eng, so viele Verkäufer drängten sich hier. Auf einem Grill zischte ein Stück Tintenfischgelatine. Es roch nach Kohlefeuern. Hühnerspieße kosteten einen Dollar. Du kannst aber nichts kaufen, solange du keinen Job hast, sagte sie sich. Im Gedränge bemerkte sie ein amerikanisches Gesicht, einen Typen, der die Haare in Cornrows geflochten trug, niemanden anschaute, sich durch die Menschenmassen schob und sich nach ihr umdrehte. Dann war er weg, auf dem Weg zu den Sozialwohnungsbauten, die vor all diesen Asiaten wie ihr hier gewesen waren, den Bootsflüchtlingen und den Leuten vom Lande mit ihren Goldzähnen, die im Kommunismus aufgewachsen waren, die Kredite aufgenommen und gebaut hatten. Die feuchten, schwarzen Abfallbeutel stapelten sich wie Mauern am Kantstein und bildeten einen Kanal, durch den sie sich bewegten. Es gab viel zu viel zu sehen, und ihr fielen Kleinigkeiten auf. Eine Irokesenfrisur, das braune Haar an den Seiten rasiert, und als sie das Gesicht dazu sah, wusste sie: ein Mexikaner, der Botenfahrten für jemanden erledigte, der ein Jade-Armband trug und gerade so viel Spanisch gelernt hatte, dass er ihm sagen konnte, was er tun sollte. Sie kam an fettverschmierten Fenstern von Garküchen vorbei, hinter denen Enten an Fleischerhaken hingen und wo sie nach Arbeit fragen wollte. Hier gab es nur ihresgleichen, dachte sie, und Polizei war nirgends zu sehen.

Sie war nicht grundlos hier in New York. Sie wollte nie wieder verhaftet werden. Sie wollte dort sein, wo jeder so illegal wie sie selbst war und in der Menge verschwand und den Kopf einzog. Keinen Gedanken mehr daran verschwenden, wie Amerikaner zu leben. Es reichte, frei zu sein und herumzulaufen. Sie konnte die Gaunereien, die Tuberkulose, die Menschenmassen aushalten. Sie wusste, wie man sich durchschlägt. Auf den Straßen hielt sie nach Zivilpolizisten Ausschau. In der Zeitung las man von Abschiebungen, geheimen Lagern, Missbrauch von Gefangenen. Ein Taxifahrer mit syrischen Vorfahren wurde angeblich im Bundesgefängnis von Brooklyn festgehalten. Das Federal Bureau of Prisons hatte eine Liste der Häftlinge, aber nicht alle Häftlinge standen darauf. Der Anwalt, den die Familie angeheuert hatte, sagte, ein Mensch könne nicht einfach verschwinden.

Zou Lei hörte auf zu lesen und fing an, Sit-ups zu machen.

Ich werde schnell sein, dachte sie. Sie werden mich niemals kriegen.

Sie musste nur etwas Geld verdienen. Ihre Miete zahlen. Fleischspieße essen. Die frische Luft war umsonst.

Was willst du?, fragte das Mädchen im McDonald's auf Englisch. Ich sprechen kein Mandarin.

Nur das heiße Wasser. Kein Tee, nur das heiße Wasser.

Was?

Ein Becher das heiße Wasser.

Was will die?, fragte der Junge mit der Schirmmütze.

Vergiss es, ich hab's kapiert. Das Mädchen wedelte mit der Hand, krümmte die Finger, Acrylnägel, füllte den Styroporbecher und setzte einen Deckel drauf.

Zou Lei legte die Hand um den Becher und zog ihn über den Tresen.

Du gib mir Löffel.

Das Mädchen gab ihr einen Plastiklöffel.

Ein Doller neunzehn.

Vielen Dank.

Nein, ein Dollar neunzehn.

Vielen Dank. Zou Lei trat mit dem Becher den Rückzug an.

Der Junge, dessen Haare stachelig gegelt unter der Schirmmütze hervorstanden, kam herüber. Ist was?

Sie hat Wasser bekommen – eigentlich sollte ich einen Tee einbongen. Aber sie ist – ach egal.

Sinnlos, sagte der Junge, sinnlos, sinnlos.

Sie bekam einen Job in einem Food-Court an der Main Street unter einem 99-Cent-Laden, der sich hinter verschachtelten chinesischen Schriftreklamen versteckte. Wenn man nicht danach suchte, fand man ihn nicht. Zou Lei ging in ihrer engen Jeans die Treppe hinab und von einer Mini-Küche zur nächsten und fragte, ob sie Arbeit hätten.

Eine Frau fragte sie: Weißt du, was ich hier gerade mache? Kannst du diese Nudeln machen? Diese Geschmack verstehen? Schale verkauft für einen Dollar. Niemand kauft für Preis, niemand hat Geld. Ich verdiene kein Geld, wie soll ich dich bezahlen? Du verdienst nichts mit hier Arbeiten. Das die Aushilfe, den Müll nehmen und bringen. Wir haben kein Fleisch. Geldverschwendung. Alles Gemüse, schau an, Kürbis. Nicht der, den sie zu Haus kennen.

Kunden ist egal, also ist mir egal. Er zahlt einen Dollar und weiß, er bekommt nichts Besonderes. Nur schnell essen, goodbye. Sie kümmert nur der Dollar. Wir verkaufen, der Südengeschmack so dünn wie Haar – die Nudel – schau diese hier an. Für hundert bekomme ich fünfzehn gemacht – hier in Brooklyn. Wenn ich verkaufe gleich hier, vielleicht dreimal mehr als Kosten, dann ich verdiene noch immer fast nichts. Wie billig arbeitest du?

Die Chefin trug eine Baseballkappe und war kleiner als sie, und wenn sie sprach, spannten sich ihre Lippen zu einem spitzen O über den vorstehenden Zähnen. Ich habe Geschäft auf Mekongfluss gelernt. Zou Lei stand zwischen den Kunden, nahm einen Lappen und fing an, die Metallplatte des Ausgabetresens zu wischen. Die Frau tat so, als würde sie es nicht bemerken. Sie trug einen goldenen Schmuckanhänger und sprach über ein kabelloses Headset in ihr Handy. Als elf Stunden später die Propangasbrenner abgeschaltet wurden, fragte Zou Lei, Ich komme morgen wieder?

Kannst du, sagte die Frau.

Als die Lieferung kam, sagte sie, Pass auf, ich zeig dir, und deutete mit der Schöpfkelle auf den Stapel Kisten von Goodyear Farms, die der Fahrer an der Treppe abgestellt hatte. Zou Lei nahm immer zwei und stapelte sie hinter dem Tresen. Als sie ihr einmal aus den Händen zu rutschen drohten, fing sie die Kisten mit dem Knie ab, grinste und packte umso fester zu.

Sie ging wieder zur Treppe und kam mit schnellen Schritten zwischen den Säulen zurück, den einen Arm ausgestreckt, um das Gleichgewicht zu halten, in der anderen Hand einen schweren Eimer, dessen Drahtgriff ihr in die Finger schnitt. Auf halbem Weg setzte sie ihn auf einer durchlöcherten Gummimatte ab, durch die Wasser auf das Linoleum sickern konnte, und massierte die Finger. Etwas klatschte auf das Gummi. Sie ging um den Eimer herum, hob ihn mit der anderen Hand auf und trug ihn zum Tresen. Die Chefin hob den Deckel und stupste die Frösche mit der Kelle an.

Schau mal, lebt noch.

In ihrer Pause ging Zou Lei nach oben und schaute sich die Waren in den Auslagen an. Die Verkäufer redeten in ihrem jeweiligen Dialekt miteinander und sie verstand hier und da ein paar Brocken, die halbwegs Sinn ergaben. In einem Fernseher sah sie jemanden mit Pferdeschwanz und Jeansjacke, es war sie. Es gab batteriebetriebene Radios zu kaufen, auf deren Verpackung in Rosa und Blau Happy Sound stand. Das ist praktisch, sagten die Verkäufer. Und billig. Und man kann damit Englisch lernen. Oder sie ging hinaus auf die Straße, um an der frischen Luft zu sein, und trainierte Ausfallschritte unter einer Feuerleiter. Ein paar Teenager aus Fujian mit Rattenschwänzen beobachteten sie und versuchten, ihre Aufmerksamkeit zu gewinnen, und als das nicht gelang, fingen sie an, Zou Lei zu verspotten. Ob sie ihren Arsch trainieren würde, weil dann besser zu ficken?

Später nahm sie eine andere Tür und kam im Gang zwischen Keller und Straße heraus, wo sie ungestört war.

Mekong, das ist im Süden, erklärte ihr die Chefin. Ich leb' auf der Chinaseite. Ich leb' in Südamerika, Ecuador. Ich hab' alles gesehen. Dort haben sie ein Krieg. Ich hab' Geld im Krieg verdient, mehr im Krieg, mehr als hier. Weil Leute DVD kaufen wollen, weil sie ihr Leben weglaufen wollen.

Zou Lei warf mit ihren schwieligen Händen Frösche in einen Topf und stellte den Propanherd an. Sie trat die Kartons flach und stapelte sie im Müll. Du bekommst eine Mahlzeit inklusive, sagte die Chefin. Als sie ihren Lohn bekam, ging sie ihre Wäsche waschen und kam am nächsten Tag mit einem Becher heißer Milch und in Öl geröstetem Brotzopf zur Arbeit. Geschäft ist ein Witz, sagte die Frau. Im Radio liefen kantonesische Programme. Abends nahm Zou Lei Päckchen mit Gewürzen mit nach Hause.

In ihrer Pause machte sie Handstand vor der Wand und versuchte einen vertikalen Liegestütz, auch wenn ihr nur ein paar Zentimeter gelangen. Zunächst nahm sie das Handy aus der Gesäßtasche, damit es nicht herausrutschte, und legte es auf die Treppe.

Dann ging sie zur Wand und mit Schwung in den Handstand. Die Mütze fiel ihr vom Kopf, das T-Shirt rutschte ihr bis zu den Achselhöhlen und enthüllte ihren flachen, gespannten Bauch. Sie rollte über die Füße in die Hocke ab, klopfte sich den Staub von den Händen und versuchte es noch einmal.

Sie wollte um den Block joggen, aber es gab keinen Block. Ihr Haus lag am Hang. Überall Mauern und Zäune. Man ging eine Straße entlang, die hinter einem zu Ende war und den Blick auf Vorgärten und Seitengassen verwehrte, der gefrorene Schlamm voller vertrockneter Gräser. Die Steine der Gebäude waren verblasst, porös und grau wie Bimsstein. Die Bretter und Absperrgitter in den Gässchen waren verwittert und grau, die Stöße entlaubten Gebüschs, unter den Fenstern gestapelt, in Drahtzäune geflochten, grau und trocken wie Mumien. Man schaute aus einer Seitengasse auf eine alte Mauer, einen Baum auf der Mauer, darüber schon die nächste Ebene, ein neues Gebäude mit Eigentumswohnungen, die Fundamente auf Augenhöhe. Man konnte hochsteigen. Die Häuser und Mauern waren Stufen. Der ganze Hügel war terrassiert, ein Labyrinth in Schräglage.

Schmutzig weiße Häuser duckten sich unter andere Gebäude, rote Banner mit Segenswünschen vom gerade vergangenen chinesischen Neujahr an den Türen. Auf den Armaturenbrettern der Minivans und Nissan Quests standen Buddhas. Wohin man auch sah, hing Wäsche zum Trocknen. Sie hatten Projekte. Pflanzen, in der Höhe aufeinander abgestimmt, kleine Entwürfe, eine Winkekatze, Plastiktüten, die zu Seilen gedreht waren, zwischen Balken aufgespannt, ein merkwürdiger Apparat, bei dem man nicht wusste, wozu er diente.

Es kam vor, dass es in einer heruntergekommenen Gasse nach Narzissen roch. Oder man auf einen gestohlenen Corolla stieß, der sich auf und ab bewegte, wenn ein Mädchen drin war. Weiter hinten, wo der Rost rieselte und die Grills schwarze Tränenschlieren auf die Mauern zeichneten, war alles wohlgeordnet, Bretter und Plastikeimer zu kleinen Pyramiden geschichtet. Und wenn man Stimmen aus den Fenstern hörte, dann sprachen sie von … was hieß das noch mal in diesem Zhejiang-Dialekt?

Die Arbeiter kamen nach Hause … vielleicht waren sie müde oder qualmten heimlich vor sich hin, die Zigarette im Mundwinkel, Hände voller Farbe. Sie telefonierten mit Handys, warteten in Pick-ups. Auf der Ladefläche lagen zusammengerollte orangefarbene Verlängerungskabel. Zu fünft oder sechst tranken sie Kaffee, der Motor im Leerlauf, Dampf aus dem Auspuff – Junggesellen, Cousins, alle den gleichen Familiennamen.

Später am Abend kamen sie zurück zur Wohnung, hatten ihr Essen mitgebracht und hörten mit ihren Batterieradios »The Voice of Mainland«, alles in der Gemeinsprache. Sangen Lieder. Der Mond ist rund, der Mond ist rund.

Außer den Chinesen gab es Guatemalteken, Honduraner und andere Mittelamerikaner, die das hinter sich gelassen hatten, was sie die ›Probleme ihrer Länder‹ nannten. Sie waren hier und überall, waren hier, um zu arbeiten, jenseits des Expressway, hinter dem Globus der Weltausstellung und den Stadien auf der anderen Seite des Flusses. Besonders in Corona, mit Ausnahme des Lochs im Donut, dem Flecken, der von Italienern kontrolliert wurde. Dass im Sommer die tief gebräunten Obdachlosen aus San Salvador mit einer Bierdose Fußball in den Parks spielen würden, war ihr klar, und dass sie ihre Einkaufswagen wie eine Herde grasender Pferde unter einem Baum zusammenschoben, an dessen Ästen ihre Hemden flatterten. Hier und da sah sie Chinesen in Jeansjacke und Hosen voller Gipsstaub, die nach Hause kamen, oder die bekifften merkwürdigen Gestalten hier unten im Labyrinth der Hinterhöfe.

Dann gab es die Inder, die von den Info-Schaltern, IT-Leute. Sie hatten eine Kette von Geschäften an der Hauptverkehrsstraße: Videoläden, Friseure, Punjab-Lebensmittel. Neonreklamen, einstöckige Veranden und Satellitenschüsseln. Auf der anderen Seite von Cherry lebten die Pakistani über ihren Läden, gleich neben den zerfledderten Markisen von Klein-Kabul.

Auf der Franklin Avenue konnte man falsch abbiegen, vorbei an der nächsten Parallelstraße, vorbei an dem Hof mit den Katzen, den krebsbefallenen Bäumen und jenen, die wie gekocht, geschmolzen, abgekühlt und ausgehärtet aussahen. Der Müll im Schuppen, die Rückseite des Gebäudes, eine durchlöcherte amerikanische Flagge. Jede Parzelle mit einem Stahltor verschlossen, das in der Farbe von Crest-Zahnpasta gestrichen war. Ein dahingesprühtes Nutty, auf den brusthohen Fundamenten Wreck, Remy, Slugz'92. Die Graffiti waren verblasst. In den niedrigen Gebäuden lebten Asiaten, aber die Farbe von Murder war frisch, und wohin führte dieses Sträßchen überhaupt? Man konnte durch die niedrigen, ungesicherten Fenster im Erdgeschoss hineinklettern, aber das wollte keiner.

In diesen Straßen gab es, sagten die Leute, so etwas wie Kultur, die schon da war, bevor die Asiaten kamen. Die Franklin gibt nicht auf, sagten sie. Sie ließ sich nicht unterkriegen, das ganze Gebiet von Hillcrest über Woodside bis nach Suthpin nicht. Hispanos, Schwarze oder Iren mit geschorenen Köpfen und keiner hielt sich für was Besseres. Es reichte von Rockaway bis nach South Suicide Queens. Sie hatten es drauf, feierten berüchtigte Blockpartys, sie waren überall, in allen *five boroughs* der Stadt.

Von dort aus ratterte der Bus hügelabwärts und die Gegend wurde flacher, mündete in ein weitläufiges Gelände, einen Friedhof, die umfassendere Form von Dunkelheit. Frauen in schwarzen Burkas warteten auf den Bus, redeten mit Fremden kein Wort. Oder warteten nicht, nahmen alles, was sie bei sich hatten, und gingen zu Fuß weiter, Mädchen in Burkas an der Hand, einen Einkaufswagen mit einem Zehn-Kilo-Sack Jasminreis vor sich herschiebend. Sie bekamen WIC-Lebensmittelmarken für Frauen und Kinder, hatten Asyl. Welcher Teil ihrer Haut auch immer sichtbar war – die Hände, die Umgebung der Augen –, er war in einem brennenden Ölfeld gegerbt worden.

Das Gelände war viel größer, als man sich vorstellen konnte. Sie rannte und rannte durch die aufkommende Winterdämmerung, unter Bäumen entlang, an Gräben vorbei, Flächen, die von den Reifen kleiner Kompaktlader aufgerissen waren. Der graue körnige Boden knirschte unter ihren Füßen, die Häuser eine geisterhafte Erscheinung hinter Bäumen. Und trotzdem nichts als Weite vor ihr. Sie überquerte eine Straße, und wieder nur Park. Während sie lief, veränderte sich der Himmel: Dämmerung. Schließlich legte sie auf einem Baseballfeld eine Pause ein, war aber den wie Berge am Horizont aufragenden Wohntürmen nicht erkennbar näher gekommen, die noch immer die magnetische Wirkung auf sie ausübten, die sie aus ihrer Kindheit kannte.

Sie lief wieder zurück, der Trainingsanzug durchgeschwitzt, die Sonne in ihrem Rücken. Im botanischen Garten praktizierten Chinesen Tai-Chi.

Kapitel 5

Sein Körper zuckte. Er stöhnte. Die Bank war rutschig und er bewegte die Beine in der schmutzigen Jeans, eine Socke war runtergerutscht, die Jeans- und Tarnklamotten, die amerikanische Flagge, sein Zeug und der Körper lagen herum.

Sein Gehirn funktionierte, aber er war nicht wach. Die Sonne brannte auf die Flachglasscheibe und drang durch seine Lider. Es war sehr heiß. Sie fuhren und er spürte die Vibrationen, während sie die Straße entlangrollten. Am Metall verbrannte man sich fast. Es war laut und die Vibrationen hüllten ihn dröhnend ein wie die Hitze. In dieser hässlichen Wüste, die draußen vorbeizog, gab es Palmen.

Er beobachtete den Straßenrand, der jetzt auf ihn zukam, über Kimme und Korn kippte, die armen, dunklen, sonnenverbrannten Menschen an der Straße, ihre Tiere, Ziegen, die kleinen weißen Ziegen, die Zelte und Teppiche mit dem, was sie verkaufen konnten, Brot, Souvenirs, Haschisch, und dann ein weites Nichts, Tafelland.

Im Traum wusste er, was passierte. Bei ihrer Ankunft hatten sie es nicht gewusst, mussten es erst lernen. Ihre Einheit hatte das Umfeld für einen Oberst auf einer den ganzen Tag dauernden Lagebeurteilungstour gesichert, die sich bis in die Nacht hingezogen hatte. Sie hatten praktisch nichts zu tun gehabt. Wenn das Krieg ist, sagte Nowling, der in der atemraubenden Hitze Wache schob, dann bin ich enttäuscht. Sie schauten auf die Fahrzeugkolonne und die höheren Dienstgrade, die sich um den Oberst in seinem frischen Tarnanzug scharten; der Oberst zeigte auf bestimmte Punkte der Landschaft. Gelegentlich hörten sie, wenn irgendwo gekämpft wurde, und in der Nacht sahen sie Lichtblitze und spürten die dröhnenden Einschläge. Jemand sagte, ich vermiss mein Mädchen. Könnt ich jetzt gut haben. Sie rückten in einen Checkpoint ein und schossen ein Auto ab. Ihr Doc aus Opalacca versuchte, die Blutungen in der Brust eines Irakers zu stoppen. Bei Mom war der Kopf verschwunden. Kreidebleich rannte Sconyers los und holte ein Stofftier für die Tochter. Sie schütteten dem Doc Wasser aus einer Feldflasche über die Hände und es verdampfte auf dem Boden. Jemand machte ein Foto vom Vordersitz.

Sie sahen Söldner und Spezialisten mit Buschhüten auf dem Kopf, die andere Waffen trugen, langläufige Scharfschützengewehre. Dominguez meinte, er hätte mit ihnen gesprochen und sie kämen aus Großbritannien. Der Oberst war verschwunden. Es kursierten eine Menge Gerüchte darüber, was wirklich geplant war und worüber CNN berichtete. Sie liefen anderen Einheiten über den Weg, Soldaten, die in schwere Häuserkämpfe verwickelt waren, und es blieb ein schaler Geschmack zurück, als wollten die jemandem ans Leder, und dieser Jemand war man selbst. Hauptmann Friedman forderte sie auf, sich hinzuknien. Dann instruierte er sie über die zurzeit meistgesuchten Männer im Irak. Dann mussten sie alle eine offizielle Feldpostkarte nach Hause schreiben. In der Wüste stießen sie auf einen korrodierten Hangar, wo möglicherweise mal chemische Waffen gelagert waren. Die Spezialeinheiten fuhren Zigarren rauchend voran und rückten in den Hangar ein. Verrostete Fässer standen in der Hitze herum. Die Kompanie wurde aufgeteilt. Aus den Fässern bastelten sie Scheißhäuser und verbrannten ihre Scheiße mit Diesel, wobei sie die Gasmasken aufsetzten.

Es stellte sich heraus, dass sie für ein Gebiet von vierhundert Quadratmeilen zuständig waren. Langsam kamen die Dinge in Gang. Sie wurden in Züge aufgeteilt, die Züge in Gruppen, die Gruppen in Trupps. Nachts zogen sie zu Razzien in den Villen los, die am Kanal lagen. Bevor sie aufsattelten, überprüften sie die Ausrüstung, jeder die des anderen, schoben sich einen Kaugummi in den Mund, schlugen die Helme gegeneinander und brüllten, Schnappt sie euch! Tagsüber fuhren sie durch ihren Abschnitt und sahen Iraker, die neben der Straße entlangliefen und ihnen etwas zuriefen. Sie kamen an brennenden Lehmziegelhäusern vorbei, aus denen schwarzer Rauch aufstieg, auf der Straße lag Kleidung herum. Die Moschee war zerstört. Man kannte den Geruch. Aus heiterem Himmel brüllte jemand, Feind links!, und sie feuerten auf die Dächer. Sie nahmen den Finger nicht vom Abzug, bis das M240 glühte. Danach untersuchten sie einander, aber es gab keine Anzeichen, dass sie unter Feuer geraten waren. Adrenalin ist das einzig Wahre, sagte Dominguez.

In den Kellern fanden sie elektronische Ausrüstung, steife Lumpen, ein zerbröckelndes Gebetbuch. Kinder starrten sie an. Zunächst fanden sie nur wenige Leichen, aber von Tag zu Tag wurden es mehr. Einige waren vom Feuer mumifiziert. Eine Bombe explodierte, und aus einem Eingang flog ein Körper. Es roch nach verbranntem Haar. Ein Lastwagen voller bärtiger Männer mit zufriedenem Gesichtsausdruck fuhr an ihnen vorbei. Warum lassen wir die laufen?, fragte Sconyers. Ich kapier's nicht. Sconyers, der ein Exemplar des Berichts der 9/11-Kommission in seinem Kampfrucksack mit sich herumschleppte.

Weil wir hier bei der Army sind. Weil das hier ihr Land ist. Weil das hier sowieso sinnlos ist.

Sie schwammen nachts durch einen Abwassergraben, um der Spezialeinheit Feuerschutz zu geben, die jemand Wichtigen entführen wollte. Der Einsatz wurde abgeblasen und sie mussten auf demselben Weg wieder zurück. Im Hangar zogen sie sich aus und wuschen die Scheiße mit Wasser aus den Feldflaschen ab. Dann reinigten sie die Waffen. Sie schliefen nicht. Sie schluckten Ripped Fuel. Aus der Stadt war ständig Lärm zu hören, was auch immer das bedeutete. Nowling machte den Mund auf, der Kautabak fiel zusammen mit einem langen durchsichtigen Sabberfaden heraus und dann übergab er sich. Welcher Tag ist heute? Vierzehn, glaube ich. Der Hells-Angels-Sergeant sagte, Ich zähle auf euch Kerle, dass mir bloß keine Klagen kommen. Die Soldaten antworteten mit einem HUAHUA. Beim nächsten Mal in der Stadt gerieten sie unter Beschuss, und das war keine Einbildung. Hit-and-run-Taktik. Die Feuergefechte nahmen zu. Sie wussten, dass Leute auf den Dächern waren. Sie wurden überall getroffen, Körperpanzer, Stiefel, Kevlarhelm. Ein Schuss traf Sergeant Rogers in den Arm. Ich kann meine Finger immer noch bewegen. Das gibt 'nen Orden, gottverdammt. Gib mir 'ne Kippe. He, Jones, jetzt bin ich dir 'nen Orden voraus.

Stillhalten, sagte der Doc.

Der Doc ist böse auf mich. Glaubst du, ich kann nach Hause?

Fünfzehn Tage, nachdem sie im Landesinneren angekommen waren, fuhren sie mit einem ungepanzerten Fahrzeug über eine Sprengfalle und verloren Chidester. Die Explosionen schlugen wie Fledermausflügel aus der Straße hoch. Im folgenden Fahrzeug ploppten Skinners Ohren und schalteten sich aus wie ein überlasteter Lautsprecher. Die Evakuierung der Verletzten lief alles andere als glatt. Auf dem Boden war ein Hügel schwarzer getrockneter Lava, und sein Kopf wollte sich unbedingt damit beschäftigen statt mit den Aufgaben, die er zu erledigen hatte. Hinter ihrem Stacheldraht war die Einheit ein Saustall. Irgendjemand befahl Lawson, das Blut abzuwischen, aber Lawson sagte, er habe keine Lust. In Skinners Ohren klingelte es immer noch. Sie mussten sofort wieder ausrücken und verbrachten die Nacht damit, einen Geländestreifen zu beobachten, sahen das Land in Infrarot. Es hieß, dass wir die Stadt aus der Luft bombardieren wollten. Lieber Gott, lass mich heute Nacht jemanden killen. Tagelang saßen sie hinter dem Stacheldraht herum, ohne Hemd, aber mit Sonnenbrille, die Oberkörper käsig und aufgeweicht und überall wund von der Panzerung, rauchten Zigaretten, rubbelten die Hornhaut von den Füßen.

Die ganze verdammte Scheiße aus ihnen rausbomben.

Das wird nicht passieren.

Beim lebendigen Leib mit *Willie Pete* rösten. So wird's sein. Deshalb haben wir gerade 'ne Pause.

Dann hörten sie von einem Streit zwischen Hauptmann Friedman und dem Bataillon. Als er zurückkam, sagte er, Es hat ein paar Diskussionen über unsere Überlebenschancen bei Angriffen gegeben, wie wir sie hier draußen erleben. Er wählte seine Worte sorgfältig. Wir werden uns daran anpassen. Wegtreten!

Gegen Ende des Monats gab es eine zweite Gedenkfeier bei den rostenden Fässern. Wie sich herausstellte, hatte auch Lugo es nicht geschafft. Müsst ihr mir das unbedingt sagen?, wollte Lawson wissen. Er schob den Arm des Seelsorgers von seinen Schultern. Der Oberst kam und sprach über das grausame Mittel des Kampfes. Hatte er grausam gesagt? Als er weg war, verriet ihnen der Hauptmann, wie sie die verlorenen Kameraden am besten ehren konnten. Sie takelten die Lastwagen mit allerlei improvisierter Panzerung auf und fuhren zurück in die Stadt.

Inzwischen war der Gestank dort unvorstellbar. Sie rollten an Villen mit schmiedeeisernen Terrassen vorbei, und Skinner hielt nach den Familien Ausschau, die dort gelebt hatten. Stattdessen sah er bärtige Männer mit Handys und funkelnden Uhren. Einem hatten sie ein Auge herausgeschnitten, das sah man. In einigen Abschnitten waren die Mauern löchrig wie Spitze. Durch die Löcher nahm man Bewegungen wahr und hörte Geräusche und sah dann, wie Hunde im Schutt an etwas zerrten. Eine frei stehende Treppe führte ins Nichts. Spieß, wer läuft mir heute vor die Flinte?, sagte Lawson. Sie stießen auf einen Bus ohne Räder, der auf den Achsen stand. Eine Frau mit bedecktem Kopf kam heraus und leerte einen Eimer in einen See voller Scheiße. Der Tag schien nie zu enden. Im grellen Licht trat Skinner von einem Fuß auf den anderen, presste die schwere Ausrüstung an den Körper, ging auf und ab, fuhr mit dem Daumen über die Panzerung, stand im Schutt, fühlte sich beobachtet, kaute auf dem Trinkschlauch herum, saugte Wasser, das nach warmem Plastik und Bakterien schmeckte.

Die Zeit verging wie im Flug oder gar nicht. Wie lange müssen wir noch?, sagte Nowling, und die Jungs sagten, er solle den Mund halten. Mal sehen. Er zählte an seinen kurzen Fingern ab, kam aber zu keinem Ergebnis. Eine Woche lang biwakierte eine andere Einheit mit ihnen. Skinner beobachtete die dunkelhäutigen, mit Kabelbindern gefesselten Gefangenen, die auf dem Weg nach Abu Ghraib waren und Einmannrationen wie Verrenkungskünstler aßen. Die Außenwelt schien sehr weit weg und nicht real. Er sah ihnen beim Beten zu, wie sie mit geschlossenen Augen flüsterten, die Stirn in den Staub gedrückt. Aus krächzenden Lautsprechern in der Stadt kam der Aufruf zum Gebet.

Allah kann dir nicht helfen, sagte ein Soldat aus den Südstaaten. Dafür hast du jetzt mich.

Sie schossen die Ziege eines Bauern und Broadbent briet sie über einem Fass, *Jamaica Style*. Der Leichenschmaus für Chidester, sagten sie. Der Dolmetscher konnte Haschisch besorgen. Es war mehr schlecht als recht eine Zeremonie. Sie erzählten sich Geschichten über Chidester, den Mann, der er gewesen war.

Mitten in der Nacht kam Friedman aus dem Hangar zu ihnen.

Wer von euch Scheißkerlen, die hier verdammten Hadschi-Fusel trinken, würde mir gern dabei helfen, die Familien der Kameraden zu benachrichtigen, die demnächst euretwegen dran glauben müssen?

Skinner ließ den Kopf hängen.

Na, dann noch eine schöne verdammte Scheißparty.

Der Hauptmann ging und sie starrten auf das düstere, orangefarbene Glühen, das aus der Tonne kam. Der Dolmetscher verkaufte ihnen Pillen. Dominguez fiel die Hose von der Hüfte. Ich muss etwa zehn Kilo abgenommen haben. Sie waren alle dünn.

Zwei Typen fingen zu streiten an und drohten, sich gegenseitig zu töten. Jetzt hört mal gut zu, sagte der Truppführer. Jeder, der hier Probleme macht, bekommt beim nächsten Mal von der ganzen Kompanie eins auf den Arsch. Von allen. Und wenn das nicht funktioniert, dann muss ER dran glauben. Dafür sorg' ich höchstpersönlich.

Am helllichten Tage schlichen sie sich an einen Jungen an, der am Straßenrand einen Sprengkörper unter einer Plastiktüte versteckte, und fotografierten ihn.

Ich halte diese Angst einfach nicht mehr aus, sagte Jones zum Doc. Ich würde eher sonstwas tun, damit ich's hinter mir hab.

Dann musst du mit den Schwestern von der Feldseelsorge reden, nicht mit mir.

Ein Gerücht kam auf, dass sie woandershin verlegt werden sollten, aber sie wussten, dass es nicht stimmte. Sie glaubten nichts von dem, was sie hörten. Sie wurden mit Nachschub versorgt. Jetzt macht da mal 'ne Kette, sagte der Fahrer, bevor ich im Rückwärtsgang und nix wie weg bin. Die Munitionskisten alleine ergaben einen Würfel von drei Kubikmetern. Der Texaner mit dem Funkgerät säuberte die Batteriekontakte mit einem Radiergummi und überprüfte die Ladung drei Mal, bevor er aufbrach. Die Hitze wurde noch drückender, falls das möglich war, und Pomerant erlitt einen Hitzschlag. Alle waren sich einig, dass er simulierte. Sie wurden immer weniger. Ein Gebäude explodierte, als sie davorstanden, und Danzig, ein Highschool-Ringer, verschwand. Skinner meinte in einem verbogenen Metallstück einen Menschen zu erkennen, der gekreuzigt und verbrannt worden war, aber er irrte sich. Ein Heckenschütze schoss ihrem Oberfeldwebel in den Kopf. Der Oberfeldwebel robbte seinem Kevlarhelm hinterher wie einem trudelnden Football, schnappte ihn und setzte ihn wieder auf. Die Männer stoben auseinander, als wäre er ein Hornissennest.

Sie suchten die Straßen am Kanal zu Fuß nach versteckten Sprengfallen ab. Immer wieder dachte er, Dass ist das Letzte, was du sehen wirst, diese rote Erde und das Gleißen der Sonne.

Ein Mann in enger Jeans und einer umwerfenden Designersonnenbrille kam ihnen durch das Hitzeflimmern entgegen. Er zog einen schmutzigen kleinen Jungen am Handgelenk hinter sich her, dessen Haar voll mit feinem Staub war. Der Mann ignorierte die Waffen, die auf seine Brust gerichtet waren. Er gestikulierte in Richtung der zerbombten Behausungen und sagte:

Diese Leute sind Feind. Ich bin Freund. Ihr werdet mich brauchen für Kooperation.

Er hatte Parfüm aufgelegt, einen schweren, süßlichen, weiblichen Boudoir-Duft.

Ich kenne dich nicht, sagte Graziano und rieb sich den schwarzen Backenbart.

Du wirst kennenlernen. Glaub mir.

Skinner sah ein grünes Zimmer, das einmal eine Schule gewesen war. Die Tische und Stühle waren vor den Fenstern gestapelt. Durch das Flechtwerk der Tischbeine blickte man auf die verkohlten Gebäude auf der Straßenseite gegenüber. Fliegen landeten in Scharen auf Augen und Mund der Kinder auf dem Fußboden. Er zog einen Lappen über das Gesicht, um überhaupt atmen zu können.

Wenn sie fuhren und der heiße Wind sie umwehte, band er den Lappen über dem Gesicht fest, um den Sand abzuhalten. Er benutzte den Lappen, wenn er seine Waffe auseinandernahm und putzte, den Schlagbolzen damit reinigte, was schwarze Streifen auf dem Stoff hinterließ und den Geruch von Kordit und Waffenöl.

Im Schneidersitz schob er die Patronen aus den Magazinen und nahm sich die Zeit, jede einzelne von ihnen mit dem Lappen zu säubern, die Zigarette im Mundwinkel, Fingernägel schwarz von Kordit, nahm dann eine nach der anderen aus der Bonbonschüssel seines Helms und lud sie wieder ins Magazin, das er noch einmal gegen den Helm klopfte, bevor er es in die Waffe schob.

Sie nannten ihren Hauptmann Freebird. Rühren, sagte er. Er hatte ein Whiteboard auf eine Staffelei gestellt und hielt einen Marker in der Hand. Erfahrungsbericht. Wir wissen, dass sie miteinander in Kontakt stehen. Wir wissen von den Handys und den Lautsprechern an den Moscheen. Wenn ihr länger als fünf Minuten an einem Ort seid, dann seid ihr bereits in der Gefahrenzone. Jeder muss im Kopf mitzählen, Countdown. Natürlich sind Straßen, auf denen man etwas vergraben kann, eine besondere Gefahrenzone. Jedes Mal, wenn eine Straße über einen Kanal oder Fluss führt, können sie etwas darunter verstecken. Ihr müsst auf die Straßenränder achten. Wenn ihr die nicht einsehen könnt, heißt dass, sie erreichen die Straße, ohne dass ihr sie seht. Wir reden hier über immer größere Waffen. Er malte einen Kreis auf die Tafel. Bevor wir etwas sehen, sind wir schon in ihrem Wirkungsradius, darauf müssen wir achten. Wir müssen nach versteckten Zündern Ausschau halten, nach aufgespaltenen Felsbrocken, nach Hütten, was auch immer. Zündschnüre, die im Boden verschwinden. Müll. Plastiktüten, alles, was etwas anderes verdeckt. Außerdem will ich, dass ihr miteinander redet. Das geht alle etwas an. Das hier ist unsere Sicherheitszone. Er versuchte, etwas auf das Whiteboard zu zeichnen, aber der Marker war leer. Verdammtes Teil. Er schmiss ihn in die Ecke. Reich mir mal dein Messer, Sergeant. Danke. Und die Männer dahinten stehen mal auf, damit sie das sehen können. Die Zwanzigjährigen standen auf. Er zog eine Linie im Sand. Das ist Tomahawk. Hier ist Hogan. Er zog eine weitere Linie. Ab hier ist Sperrgebiet. Die Patronenkiste ist das Rathaus. Der Stein das Postamt. Der Radierer die Ziegenfarm. Er nahm seine G-Shock ab, legte sie auf den Boden und hockte sich mit dem Messer hin. Können das alle sehen? So sieht das für uns aus. Wir können nicht alles machen, was wir wollen, aber zumindest das.

Ein Tanklaster kam in einem Konvoi und brachte Diesel. Die öde Landschaft flimmerte in den Abgasen. Sie luden fünfzehn Kilo zerbrochene Kekse ab, die ihnen die United Service Organization geschickt hatte. Sconyers, dessen Arme komplett mit farbenfrohen Tattoos von langhalsigen Vögeln und Karpfen bedeckt waren, bekam ein Buch von seinen Eltern, die Lehrer in West Virginia waren. Er setzte die Sonnenbrille auf und ging hinter den Hangar, das

Buch in den Händen. Als der Tanklaster wieder abfuhr, zog er eine riesige Staubwolke hinter sich her. Skinner trank Gatorade und las »Muscle & Fitness«, döste vor sich hin, schlief ein.

Verwirrt und desorientiert wachte er auf. Irgendwas hatte sich verändert, da war er ganz sicher. Allerdings. Die andere Abteilung hatte schwere Feindberührung gehabt. Sie blieben rauchend wach, bis sie zurückkamen. Echt Scheiße, sagten sie und starrten unrasiert auf den rötlich glimmenden Horizont. Es war dunkel und der Lastwagen schaltete die Scheinwerfer erst ein, als sie hinter dem Stacheldraht waren. Im Licht der Dieselgeneratoren sahen sie Blut und bleiche Haut. Dominguez drängte sich durch und murmelte, Nein, nein, nein, Alter, als sie Lawsons Körper herabhoben. Gebt mir die verdammte Nadel. Ich habe Blutgruppe null. Sie wollten Lawsons Kopf stützen und griffen dabei aus Versehen in das Loch in seinem Schädel. Irgendjemand zerrte seine Hand weg und Skinner fühlte etwas Nasses auf seine Stiefel tropfen.

Firebird wurde abgelöst. Ich muss wohl meine Lebenserwartung überdenken, sagte Sconyers. Der neue Kommandant plapperte nach, was der Oberst über das feindliche Gebiet gesagt hatte. Graziano sagte, Wenn du zu einer vorgeschobenen Einheit gehörst, dann ist deine Uhr sowieso abgelaufen, und starrte sie herausfordernd an. Sie stopften überzählige Kevlarwesten in alle Zwischenräume des Gefährts, in all die Löcher.

Aufgesattelt, sagte der Hells-Angels-Sergeant.

Hab die Ladung überprüft. Der Texaner gab Graziano sein Funkgerät.

Das Rufzeichen ist ›Streitaxt‹.

Skinner schulterte seine Ausrüstung. Niemand sagte Auf Wiedersehen, niemand tat so, als würde er losziehen. Er kletterte mit dem ganzen Gepäck in den Laster. Er reichte Sconyers die Hand und zog ihn hinein. Nowling, der aus Georgia kam, schaffte es allein. Der Hells-Angels-Sergeant setzte sich ans Steuer. Graziano warf die knarrende, gepanzerte Tür zu. Der Motor sprang an und alles begann zu wackeln. Er starrte ins Leere. Sie rollten zwischen den Maschinengewehrnestern hindurch nach draußen. Er warf einen Blick zurück. Die Hügel mit den M240ern wurden kleiner. Da er sonst nichts hatte, aß er den Instantkaffee aus seiner Notration.

In seinem Traum rollte das gelbe Land an ihnen vorbei, strahlte zu grell, um hinzuschauen. Er sah eine Frau in einer schwarzen Burka, die neben der Straße ging. Sie legten etliche Meilen in hohem Tempo zurück und zogen eine breite Staubwolke hinter sich her. Sie rasten an einem arabischen Straßenschild vorbei. Nowling rief von vorn, Ist ab hier nicht Sperrgebiet? Offensichtlich waren sie im Sperrgebiet. Niemand antwortete. Sie kamen zu einem Gelände mit ausgebrannten, ausgeschlachteten Häusern. Sconyers gab ein stimmloses Was zur Hölle? von sich. Man schaute durch die Fensterlöcher und sah die Sonne hineinscheinen, keine Fußböden, kein Dach, nur noch die Mauern. Manchmal Dunkel, von weißer Asche überzogene Metalltrümmer. Sie umkurvten einen kaputten Lastwagen. Verpassten eine Abzweigung. Graziano tippte auf dem Funkgerät herum. Frage: War das Omaha? Der Hells-Angels-Sergeant hielt an und setzte zurück. Sie sprangen hinaus, um abzusichern, richteten von der Sonne geblendet die Gewehre auf die Dachlinie und stiegen wieder ein, um in ein Sträßchen abzubiegen, an dessen Mauern sie rechts und links fast entlangschrammten. Skinner behielt die Terrassen über ihnen im Auge, verrenkte sich fast den Nacken. Sie rumpelten über Steine, und er musste seinen Kevlarhelm festhalten. Kreuzungen in gleißendem Sonnenlicht. Sie folgten der Gasse, die immer enger wurde, bis sie an den Mauern entlangscharrten. Niemand sagte ein Wort. Die Stimmen im Funkgerät sprachen alle auf einmal, und Graziano sagte: Streitaxt, was war das Letzte?

Wart mal.

Der Hells-Angels-Sergeant wurde langsamer. Vor ihnen ging es nicht mehr weiter. Der Weg wurde durch ein Auto blockiert, das auf der Seite lag, die Motorhaube klaffte, Drähte und Metallteile ragten hervor. Er bremste, und sie ruckten nach vorn. Zur Hölle. Wir stecken fest. In Skinners Augenwinkel bewegte sich etwas, aber das konnte auch das Koffein sein. Er suchte die Löcher in den Hauswänden nach Bewegungen ab.

Hau den Rückwärtsgang rein, sagte Graziano, ich lots' dich durch. Es war unmöglich, das Fahrzeug in der Gasse zu lenken. Jedes Mal, wenn der Hells-Angels-Sergeant das Gas antippte, kamen sie einen knappen halben Meter oder auch ein wenig mehr voran, um dann an einer der Mauern zu landen. Für zwei Fahrzeuglängen brauchten sie drei Minuten.

Wie weit stecken wir drin?

Nowling rannte los und kam zurück.

Etwa zweihundert Meter bis zur letzten Kreuzung.

Und wenn wir einfach Gas geben und da vorn bei dem Wagen durchbrechen?

Dahinter geht es nicht weiter.

Okay, sagte der Hells-Angels-Sergeant mit fester Stimme. Gebt mir Deckung, damit wir aus dieser Scheiße rauskommen.

Skinner kletterte hinaus, innerlich schwach und wie losgelöst. Im Schlaf versuchte er zu sagen, Nein, das kann ich nicht. Im Traum versetzte ihm jemand einen harten Schlag auf die Brust – er wusste nicht, wer –, sagte: Jemand zu Hause? Gut, startklar –, und drückte ihm eine Granate in die Hand. Sein Brustkasten schien zu schwer zum Atmen. Er kniete und zielte auf das Sonnenlichttrapez zwischen den Mauern. Er hörte, wie hinter ihm Graziano mit leiser Stimme sagte, Geradeaus rückwärts, geradeaus. Gerade. Halt. Links. Etwas links. Er hörte, wie sich der Humvee in den Schlammstein wühlte und der Motor aufheulte. Der Hells-Angels-Sergeant fluchte. Er wischte sich den Schweiß mit seinem verölten Putzlappen aus dem Gesicht. Der Countdown in seinem Kopf war schon ein paar Mal bei null angekommen. Das Sonnentrapez änderte seine Form, er blinzelte und starrte in Schussrichtung, konnte aber nicht erkennen, was er da sah. Trotz allem war da eine Gestalt, ein dunkler Schatten, dann eine Bewegung, es war einer von denen. Er schaute sich um, war er ganz allein? Sein nächster Freund war in einer Mauernische in Deckung gegangen. Sind sie das da vorne?, brüllte er. Unter dem Helm war sein Gesicht ein fahles Oval.

Sie waren die ganze Zeit schon hier. Wir sind so gut wie tot.

Skinner schrie im Schlaf und schlug auf die Bank ein.

Als das Schießen anfing, hätte er nicht sagen können, ob es schlecht um sie stand. Die Unsicherheit dauerte nur eine Sekunde. Dann geriet die Luft um ihn herum in Aufruhr, und es war klar, dass er gleich dran sein würde. Er glaubte, dass jemand nach seiner Panzerweste griff. Aber da schoss er schon zurück. Jemand sollte am M240 auf dem Fahrzeug sein, dachte er, aber von dort kam nichts. Er hielt nach jemandem aus seiner Truppe Ausschau. Solange ich die sehe, sind wir noch hier. Er fingerte nach den Magazinen auf seiner Brust, noch hatte er welche. Aber das Feuer von ihrer Seite war von Anfang an zu dünn, man konnte es hören, sie konnten nicht gegenhalten und von der anderen Seite wurde es immer heftiger. Die Lage lief komplett aus dem Ruder und der Feind war ihnen an Feuerkraft überlegen. Wieder schaute er um sich und sah keine der vertrauten Uniformen mehr. Er war fast taub, hatte nicht gehört, wie sie ihn beim Rückzug gerufen hatten. Jetzt musste er ganz alleine zurückgehen, und fast hätte es ihn erwischt, während er rannte und sie ihm Feuerschutz gaben – eine weitere schreckliche Panne inmitten eines gigantischen Desasters.

Sie verschanzten sich in einem Haus, in dem sie nicht hätten sein dürfen. Der Feind war so nah, dass man Details und Personen erkannte, die auf das Haus deuteten, in dem die Amerikaner waren. Ein Feuerauftrag war unterwegs und dann doch wieder nicht. Erst durch die Leuchtspurgeschosse wurde ihm klar, wie lange sie schon hier waren und dass unfassbare zwölf Stunden vergangen waren. Das und der Durst.

Er hörte ein Bersten und dann das Echo. Wieder und wieder und wieder und wieder. Pop pop pop pop pop. Dann Stille. Es war stockfinster. Pop pop pop. Eine Lichterschnur. Dann ein Dröhnen, das durch den Erdboden vibrierte und in seinen Beinen, Ohren, seiner Brust ankam. Eine fremdartige Welle, die den Puls zum Stolpern brachte. Graziano robbte an den Boden gepresst zu ihm und schlug ihm auf den Helm, brüllte ihm etwas ins Ohr und deutete auf zwei schwarze, zerklüftete Gebilde außerhalb des Gefechtsfelds. Dazwischen, das ist dein Schussfeld, okay? Und robbte weg.

Sconnie, krächzte er.

Skin, bist du das?

Kriegen wir Luftunterstützung oder wie?

Ich glaube, die warten ab.

Hast du noch Wasser?

Dann grüne Lichter, die vom Boden aufstiegen. Die die Erde auskotzte, reihenweise, grell. Das Geräusch wie ein Schlag – tosend, kreischend, ohrenbetäubend. Unter Bögen aus Licht veränderten sich feste Formen – wabernder Staub. Schatten fingen an zu rennen. Das bohrende, ohrenbetäubende Donnern wollte nicht aufhören. Die rasiermesserscharfen Lichter sprangen direkt über die Schwärze hinweg – er warf den Kopf herum – und dann verschwanden sie und senkten sich in einem Bogen langsam herab wie Baseballs. Schockwellen rasten durch Boden und Luft. Er vergaß, ob er auf einem Dach oder auf dem Boden lag. Die nachhallenden Detonationen dauerten an. Das Geräusch riss Löcher aus Taubheit und Blindheit in das jähe, völlige Schwarz. Alles, was nicht massiv genug war, wurde ausgelöscht. Die Schockwellen der Einschläge wurden immer lauter, wie im Versuch, den Hörsinn zu zerstören. Die grünen Sterne regneten jetzt herab wie Wasser aus einem Gartenschlauch. Der Boden ließ es ihn spüren. Kinetisch. Hypnotisch. Immer näher das Schwirren und Schnappen.

Dann explodierte die Stelle, von der Sconyers' Stimme gekommen war, und begrub sie unter Sand.

Er stürzte auf den Boden. Als er wieder zu sich kam, versuchte er, seinen Körper zusammenzuhalten. Sein Herz raste. Das McDonald's ergab zunächst keinen Sinn. Er hyperventilierte und versuchte, die Bodenfliesen mit bloßen Händen aufzureißen.

Sein Herz hämmerte weiter, als hätte er eine Atropin-Spritze bekommen.

Als sein Freund explodierte, hatte Skinner etwas am Rücken getroffen. Irgendwann hörte es auf, Teile zu regnen, und er kroch zu seinem Freund, spürte ihn durch den Sand, versuchte, ihn hochzuziehen. Skinner konnte ihn nicht heben. Stattdessen zog ihn das Gewicht der Panzerung zu Boden. Der Sand tränkte sich mit Sconyers' Blut. Er würde ihm unter den Händen wegsterben. Er versuchte, Sconyers herauszuheben, und Sconyers tat sein Bestes, ihm dabei zu helfen. Der Sandtrichter füllte sich mit Blut, er wurde zu einer matschigen Grube, die sie hinabsog. Das Blut durchtränkte seine Hose, seine Army-Shorts, seine Socken. Es nässte seine Arme, Hände, Beine und das Gesicht, drang in die Waffen, Augen und den Mund ein, und er konnte nicht anders, als das Blut seines Freundes zu schmecken. Und das Blut selbst wurde schwer und der Sand wurde schwer und der Blutschlick zog sie hinab.

Dann halfen ihm die anderen und zogen Jakes Körper heraus, zu viert rannten sie und er schlackerte zwischen ihnen, legten ihn auf einen Poncho. Jemand befahl Skinner, sich zusammenzureißen. Er wurde zurückgeschickt, um die Reste seines Freundes einzusammeln, taumelte über die von Explosionen erschütterte Brache, konnte kaum laufen, rannte tief geduckt, keuchte vor Erschöpfung, völlig orientierungslos. Er brach zusammen, weil sein Körper endlich kapiert hatte, dass er verwundet war. Graziano riss ein Stück Verbandsplastik aus Skinners Rucksack und stopfte damit das Loch in seinem Rücken.

Er hielt an.

Es war niemand hier. Er kauerte völlig erstarrt am Boden, wartete darauf, dass alles wieder einen Sinn ergab. Glied für Glied kam er zu sich, ließ den Kopf gegen die Lehne des Plastikstuhls fallen, atmete pfeifend aus, saß da, geblendet von den belebenden Sonnenstrahlen. Ein gleichmäßiges, gedämpftes, dahinbrausendes Geräusch drang durch die dicken Doppelglasfenster herein.

Könnte der Tagesraum eines Militärkrankenhauses sein.

Das Geräusch kam von vorbeifahrenden Autos, in Amerika.

Er entschloss sich, die schmutzige Socke wieder anzuziehen, die sich verselbstständigt hatte. Dann die Stiefel. Er knüllte das Ponchofutter zusammen und verstaute ihn mit zitternden Händen, die kurz davor waren, davonzufliegen. Mit einem Schluck aus dem Wasserhahn in der Toilette spülte er eine Tablette hinunter.

Kurz darauf nahm er sein Gepäck, suchte sein Gleichgewicht, stapfte die Treppe hinunter. Durch die Türen drängte eine Welle von Menschen, durch die er sich einen Weg bahnte.

Auf dem Bürgersteig ließ er das Gepäck fallen und stand einfach nur da, rauchte eine Zigarette in der kalten Sonne.

Skinner und Jake wurden evakuiert und gerettet. Sie lebten, als sie wieder im Stacheldrahtverhau ankamen. Ihre Herzen schlugen auch im Feldhospital hinter den Sandsäcken des Bataillons mitten in der Wüste noch. Skinners Schmerzen waren unerträglich. Der Konvoi wurde aus taktischen Gründen aufgehalten, das Tak-tak-tak von Gewehrfeuer in den Straßen, eine beruhigende Stimme aus dem Funkgerät, während rundherum die Granaten einschlugen, der Maschinengewehrschütze herumbrüllte, alle in Panik waren und Skinner schrie und stöhnte. Sie mussten zurück und einen anderen Weg nehmen, rief der Fahrer, weil sie unter zu starkem Beschuss waren. Andere waren auf der Stelle tot. Der Tod kam über das Funksprechgerät. Sie alle würden sterben. Dann hatten sie sich zum Bataillon durchgeschlagen, aber ihre Körper waren auf der Strecke geblieben. Jake war nur noch ein halber Körper. Man warf ihn auf ein durchgeweichtes Feldbett im grünen Feldlazarett. Im Hintergrund tuckerten Generatoren. Die Genitalien freigelegt, wo einmal die Oberschenkel ansetzten. Eine Bürste rotierte über sein Fleisch, Wasserstrahlen säuberten die Wunde. Die Army schickte sie nach Hause in ein riesiges Militärhospital an der Ostküste. Jake wurde im Walter-Reed-Krankenhaus am Leben erhalten.

Sechs Wochen später wurde Skinner zu einer Reha-Einheit in Georgia abkommandiert und trat mit Kameraden im Rollstuhl zum Appell an. Er harkte den Sand auf dem Volleyballplatz, nahm Tabletten gegen die Kopfschmerzen, schlurfte durch die Kantine, gab Soße über den Hackbraten und verfolgte den Krieg im Fernsehen. Es waren dunkle Sommertage, und Stürme fällten die Bäume auf dem Stützpunkt.

Ein Arzt, der aus Colorado kam und wie der Chef eines Ringer-Teams aussah, sagte ihm, dass es ihm besser ging. Sie sind zu achtzig Prozent in Ordnung. Ihre Einheit wird sich freuen, wenn Sie zurück sind. Gute Neuigkeiten, was? Er nannte Skinner ein Schlachtross. Jetzt kannst du ein M4 umschnallen, Schlachtross. Er hatte braunes Haar, einen athletischen Körper, eingefallene Wangen und die verlogene Nettigkeit eines Verbindungsstudenten. Er knallte die Akte auf den Schreibtisch des Sprechzimmers und rief, Der Nächste!, und Skinner schlurfte hinaus.

Niemand sagte ihm, was auf dem Röntgenbild seines Schädels zu sehen war. Er hatte unerträgliche Kopfschmerzen und sah alles doppelt. Die Army verschrieb ihm eine Lesebrille. Keine Rede von Posttraumatischen Belastungsstörungen oder Schädel-Hirn-Trauma. Als er in den Krieg zurückkehrte, galt er als disziplinarisches Problem. Wenn seine Einheit in der kalten Jahreszeit nach achtzehn Stunden Patrouille in den Hangar zurückkehrte und dort schlafend Schutz vor den Steppenwinden suchte, die aus Kurdistan herabwehten, hockte er alleine draußen, zog an einer Kippe und starrte auf irgendwas im Nichts jenseits des Stacheldrahts. Er konnte sich nicht richtig artikulieren. Er konnte nicht sagen, was mit ihm los war. Er wurde bestraft, weil er eine Patrone im Lauf hatte, als die Waffen ungeladen sein sollten. Er wurde erwischt, als er ohne Panzerweste herumlief. Er wurde dazu verdonnert, zur Ertüchtigung Freiübungen in ABC-Anzug und Gasmaske zu machen.

Auf Urlaub fuhr er seine Familie besuchen und wurde gegen seinen jüngeren Bruder handgreiflich. Seine Mutter warf ihn hinaus. Er fuhr zum Stützpunkt zurück und glaubte, dass alles besser werden würde, wenn er das Militär hinter sich hatte. Er entschuldigte sich bei seinem Bruder, der ihm verzieh, seine Mutter hingegen verzieh ihm nicht. Die Army ließ ihn glauben, er sei ein Kandidat für das Warrior Transition Program, er schmiedete bereits Pläne, wollte ein Auto kaufen und Jake besuchen, als sie ihn erneut abkommandierten. Er war am Boden zerstört. Seine Mutter weinte am Telefon und entschuldigte sich bei ihm.

Beim Bataillon wurden Antidepressiva wie Bonbons verteilt, während man sich mit Zeitschriften, iPods, Proteinpulver und Energydrinks eindeckte, die man mit in den Krieg nahm.

Zurück im Irak war er ein miserabler Soldat. Er war in einer vorgeschobenen Operationsbasis nahe dem Euphrat stationiert, wo zum Ruf des Muezzins Autobomben explodierten. Der Bürgerkrieg hatte begonnen. Er erfüllte seine Aufgaben nicht. Auf Wache schlief er ein. Ein Sergeant, der Rugby spielte und als harter Hund bekannt war, putzte ihn runter, während er in voller Schutzausrüstung in der Mittagshitze stand, nannte ihn einen Scheißkerl, Widerling, Spasti und so weiter.

Skinner trank fünf Feldflaschen Wasser, und das Wasser lief nur so aus ihm heraus. Sein Blick war unfokussiert, die Sonne trocknete den Schweiß, der Schutzanzug aus Gummi lag zu seinen Füßen im Sand wie eine leere Hülle seiner selbst, wie Menschenhaut.

Alle hatten sich im Krieg verändert, der Krieg selbst hatte sich verändert, und Skinners merkwürdiges Verhalten fiel kaum auf. Man schrieb es dem Krieg zu, so als sei es nur logisch. Der Krieg wurde auch immer seltsamer. In seiner Einheit wurde er einer Gruppe Soldaten zugerechnet, die Scheißkerl-Truppe genannt wurde. Sie sagten Yo, wenn sie sich mit Fauststoß begrüßten, als wollten sie damit sagen, Wir bleiben am Leben! Sie hatten Rituale, einen Aberglauben, der eine immer größere Rolle spielte. Eine Art Stammesleben. Einige der Gangs in der Infanterie waren in Mordfälle verwickelt. Ein ›Gunny‹ aus Akron, Ohio, war der Kapo der Todesschwadron.

Jeden Tag in der Kampfzone zu sein machte Skinner psychisch krank, verschlimmerte den Schaden: Schnittwunden, die nicht heilen wollten, Rückenschmerzen, Durchfall, Hörverlust, Doppeltsehen, Kopfschmerzen, Kribbeln in den Händen, Schlaflosigkeit, Apathie, Wut, Trauer, Selbsthass, Depression, Verzweiflung.

Die Leute lachten ihn aus, sahen zu, als er versuchte, einen Wasserbüffel zu stemmen.

Zwei Iraker traten zu Skinner, angeblich um ihm zu versichern, dass sie keine Aufständischen waren. Skinner fühlte sich bedroht, begann um sich zu schlagen, traf den einen mit dem Fuß, sodass er umfiel, und Skinner erschoss ihn mit dem M4. Der andere versuchte, ihm die Waffe zu entreißen. Skinners Kameraden liefen zu ihm. Sie rangen mit ihm um die Waffe, bis der Lauf auf den Mann zeigte, der jetzt zu schreien und zu zittern anfing. Skinner zog den Abzug durch und tötete ihn kaltblütig.

Sein Krieg verging mit jeweils achtzehn Stunden Wache, in denen er die Schläge seines adrenalingeputschten Herzens spürte, darüber nachgrübelte, wie viele dieser Herzschläge er noch erleben musste, um die nächste Minute, die nächste Stunde, die nächsten achtzehn Stunden durchzustehen. Sein Denken war durch Drogen, Erschöpfung und mentale Endlosschleifen getrübt. Aber der Krieg führte dazu, dass man in das mystische Denken eines Psychiatriepatienten verfiel. Er dachte sich neue Möglichkeiten aus, wie er sein Leben verlängern könnte: Wenn er zehn Mal Kreuzheben mit dem Gewehr schaffte, dann würde er heute nicht sterben.

Nachdem er endlich wieder in die USA zurückgekehrt war, traf er Freebird samt Familie vor einem Einkaufszentrum, aber der Mann erwiderte Skinners Gruß nicht. Er schaute ihn nur an, spuckte auf den Asphalt und starrte so lange feindselig, bis Skinner ging.

Er bekam eine E-Mail von Jake:

skin mein freund es ist lange her. ich wollte dir schreiben musste aber erst wieder lernen. bediene gerät mit dem mund. du solltest mich sehen. bin wie behindert weil mein kopf in gefangenschaft. frustrierend als kaputt zu gelten besonders für uns landser der doc redet als wäre ich 5!!!! würde gern sehn wie der typ unsern job macht ..
hasse es wenn leute worte wie held mutig etc sagen. Ich würde alles wieder so machen
alles mein rollstuhl computer etc kommt durch spenden ist zum heulen
mein plan mit dir nach nyc zu gehen – negativ. gründe sind offensichtlich. hab beschlossen mein nächster krieg ist college – will meinen geist befreien. Bin so auf therapie konzentriert dass alles andere ganz klein wird. Habe angst ich vergesse viele gedanken an das was wir gesehen haben – surreal. ja wut. Vielleicht auhc so was wie ein ein geschenk niemand weiß das
ich liebe dich mein bruder
jake

Skinner ging zu einer Abschlussbesprechung im Auditorium des Stützpunkts, wo den GIs gesagt wurde, wie sie die Zeit bei der Army in ihrem Lebenslauf positiv darstellen konnten. Es war ein sonniger Wintertag und die demobilisierten Soldaten trugen Fleece über den Tarnjacken und schwarze Rollmützen wie die Bankräuber im Film. Der blaue Himmel war klar und kalt. Die kahlen Bäume stachen in den Himmel wie Weidenrutenbündel. Während der Pause standen zukünftige Zivilisten rauchend in Gruppen zusammen, manche mit Gehstock, Hochglanzbroschüren mit dem Titel »Once a Warrior, Always a Warrior« unterm Arm.

Er erfuhr, dass Jake es nicht aufs College schaffen würde. Er war zu häufig operiert worden, und schließlich war eine Infektion heftiger als zuvor wieder aufgetreten, die er schon überwunden hatte, jetzt aber das Rückenmark angriff. Seine Eltern kamen aus Virginia, um die letzten zehn Tage bei ihm zu sein, als er im Koma lag. Die Kolben der Maschine, die ihn beatmete, fuhren auf und ab. Die Eltern schliefen auf den Plastikstühlen der Wartezone neben den Fahrstühlen. Sie standen an seinem Bett, streichelten den tätowierten Arm ihres Sohns und suchten auf seinem gelblichen Gesicht nach Hinweisen darauf, dass das Leben zurückkehrte. Seine Gesichtszüge waren eingefallen. Man hatte einen Luftröhrenschnitt gelegt und ein Schlauch führte durch das Loch in seinem Hals, von Gaze und Pflaster gehalten. Im Zimmer roch es nach Haut, die monatelang zugepflastert war und anfing, sich aufzulösen. Aber er kam nicht wieder zu sich und sie beschlossen, ihn gehen zu lassen. Eine Schwester legte drei Schalter um und sie warteten an seinem Bett, während er aufhörte zu leben.

Wir lieben dich, Jake, sagte sein Vater, der immer noch den gelockerten Schlips und das karierte Hemd aus dem Geschichtsunterricht an der Highschool trug. Er benachrichtigte Jakes Freunde per E-Mail.

Skinner erhielt die Mitteilung, kurz bevor er nach New York ging und sich an die Idee klammerte, dass die Lust auf Leben schon wiederkommen würde, wenn er nur ordentlich einen draufmachte.

Der Broadway bei Tageslicht. Menschen strömten aus den Subway-Stationen, bewegten sich in Gruppen, die in Einzelteile zerfielen und wie durch ein Sieb gepresst andere Menschenansammlungen durchdrangen. Er roch Brezeln. Ein schwarzer GMC Denali, dessen Fahrer die Hand auf das Lenkrad gelegt hatte, die Hand eines Sportlers, eine teure Uhr. Alle Mädchen trugen Eskimoboots. Die Haare tanzten über ihren Rücken. Es waren so viele, es war unglaublich. Büromiezen rauchten vor den Eingängen und Kerle in

Hemdsärmeln kamen heraus und rauchten mit ihnen, junge Männer in Anzughosen, ganz normale Typen, die sich nicht nach dem College freiwillig gemeldet hatten, und im Vorbeigehen hörte er den gewöhnlichen Klang ihrer Stimmen, und alles daran klang fremd.

Er stieg in einem Hostel nahe Port Authority ab, trank und surfte im Internet. Wenn er rausging, um ein Bier zu trinken, torkelten Dragqueens über den rissigen Gehweg. Er kaufte einen Beutel Gras und rauchte es bei offenem Fenster, eingewickelt in sein Ponchofutter hörte er den Sirenen zu. Er rief seine Mails ab, tippte, Hey Alter, was geht?, und klickte auf Senden. Niemand aus seiner Einheit antwortete. Einen Block weiter stieß er, gleich neben den Peepshows und Foo-Ying-Küchen, auf eine Strip-Bar. Die gleichen blonden Haare und gebräunten Titten, die er vom Highway aus gesehen hatte. Nach ein paar Tagen war er um einen Tausender ärmer. Spitze, sagte er und prostete sich selbst mit einer Dose Red Bull zu. Seine Kleidung lag auf dem Bett verstreut – Jeans von American Eagle, Hemden zum Ausgehen und Ausgezogenwerden –, bezahlt mit Hunderten von Dollars aus der Gefahrenzulage. Er zog sich an und ging trinken. Im Blarney Rock hatten sie eine amerikanische Fahne hinter der Bar und eine Gedenkecke für die Türme und Fotos der Gefallenen. Ein paar Typen gaben immer ein paar Bier aus und sagten, Du gehörst zur Familie. Ist das alles?, dachte er. Aber er blieb freundlich, sah sich das Spiel an. Als er vom Hocker kippte, boten sie an, ihn ein Stück weit mitzunehmen. Er ging ohne ein Wort. Immer mit der Ruhe, sagten sie. Lasst ihn gehen. Lasst ihn gehen. Seine Mutter schickte ihm eine E-Mail aus Pittsburgh, um ihm zu sagen, dass er sein Leben verschwenden würde. Er spülte seine Tabletten mit Bier hinunter, lag auf dem Bett, die sandfarbenen Stiefel an der Wand, den tätowierten Arm über die Augen gelegt. Ohne Fleiß kein Preis, das bedeuteten die chinesischen Schriftzeichen, und in seinem Kopf krümmte sich Sconyers. Die anderen im Hostel hatten ihm gesagt, dass er beim Schlafen laute Geräusche machte.

Kapitel 6

Als er schon drei oder vier Tage in der Stadt war und gerade seine Tabletten genommen hatte, ging er zur Subway zurück und setzte sich in den erstbesten Zug, der einfuhr, rührte sich nicht, bis die Bahn aus dem Tunnel ans Tageslicht kam und zur Hochbahn wurde, an den Rückseiten von Reklametafeln, Zugdepots und Wassertanks vorbeifuhr. Nach ein paar Haltestellen richtete er sich auf, lehnte den Kopf ans Fenster und beobachtete die Hausdächer. Immer wieder passierten sie Haltestellen. Er war jetzt schon sehr weit gefahren. Über die Hausdächer hinweg sah er Kräne. Unter ihm wendete ein Auto auf einer vermüllten Straße.

Natürlich hätte er mit einem Blick auf die Karte feststellen können, wo er war und wie er wieder zurückkam. Stattdessen sagte er sich, Nein, ich fahre jetzt bis zur Endstation.

An der Endstation stieg er aus, weil er musste, und ging hinaus auf die Straße.

Überall Menschen, und eine Frau, die mit ihren Einkaufstüten aus einem Supermarkt kam und ihn anrempelte. Er hob den Kopf unter der Kapuze, schaute sie an und sie entschuldigte sich. Er bemerkte die Leute am Bordstein, die dort auf asiatische Weise kauerten und Geldbörsen verkauften, Gürtel, New-York-Mützen, Rucksäcke und DVDs. Weil die Menschen schrien, war es sehr laut. Ein Lastwagen blockierte die Kreuzung, der Motor lief und er hörte das laute Klopfen des Diesels. Jemand hupte, und Skinner zuckte zusammen.

Er zündete sich eine Zigarette an und sah zu, wie Schweinehälften auf die Schultern von Mexikanern umgeladen wurden. Sie schleppten die schweren eisigen Tierkörper durch die Menge und die hängenden Plastikstreifen am Hintereingang eines chinesischen Supermarktes.

Die vertikal laufenden chinesischen Schriftzeichen waren überall. Irgendjemand drückte ihm einen Flyer in die Hand, den er mit den Worten, Ich versteh euch nicht fallen ließ. Er ging in einen Zeitungsladen und kaufte eine Dose Red Bull. Hinten im Laden blieb er stehen und starrte auf die Zeitschriften. Alle Fächer im Ständer waren mit Pornoheften gefüllt. Er sah ein gebräuntes Mädchen, dem die nassen Haare in einem Gesicht voller Mascarastreifen klebten.

Immer wieder wurde er angerempelt und das ärgerte ihn. Er bahnte sich den Weg durch die Menschen, die in den Zeitungsladen drängten, ließ sich draußen mit der Menge treiben und trank Red Bull.

Eine weitere Frau, etwa einszwanzig klein, gab ihm mit den Worten »Ma-sah-sche« einen Flyer. Auf dem Blatt stand: 1 Stunde Massage.

Spitze, sagte er und stopfte ihn in eine Tasche.

Der Müll am Straßenrand hatte einen merkwürdigen Geruch. In den Auslagen hing rot gebratener Schweinebauch an Stahlhaken. Eine Mutter hatte sich hingehockt und half einem Jungen, in den Rinnstein zu pinkeln. Als er die leere Dose auf den Müll warf, kam ein Einwanderer mit geblümten Ärmelschonern und hob sie mit einer Zange auf. Er hörte einen Singsang, bei dem sich alle Stimmen überlagerten. Die Frauen trugen schwarze Lederjacken und Stiefel mit Pfennigabsätzen, Schnallen und Fransen. Eine von ihnen schaute ihn direkt an, sie hatte Eyeliner aufgetragen, trug eine rot gefärbte Haarmähne und war gleich wieder in der Menge verschwunden.

Er ging die Hauptstraße entlang, unter einer Eisenbahnbrücke hindurch und sah sich dann in einer Nebenstraße um, kam an einem Eingang vorbei, und auf jeder Stufe der Treppe, die zu einem Massagesalon im ersten Stock führte, stand Table Shower. Abends waren die Stufen erleuchtet wie bei einer Flugzeugrollbahn und er hätte erahnen können, was dort war, aber am Tag musste man Chinesisch können, um zu verstehen, was man sah. Er kam zu den Sozialwohnungsbauten hinter den Gleisen. Von hier aus konnte er die Brücke und das Wasser sehen, er nahm einen anderen Weg zurück und war wieder auf der Hauptstraße in der Menge.

Er zog den Flyer aus der Tasche und sah ihn nachdenklich an. Die Menge zog ihn wie auf einem Förderband in eine Gegend mit sich, die ihm völlig unbekannt war. Nachdem er die Eisenbahnbrücke ein zweites Mal passiert hatte, sah er eine Gruppe von Männern, die rauchend vor einem Haus herumhingen, das offenbar zum Abbruch freigegeben war. KTV stand in grauen, toten Neonbuchstaben in Höhe des zweiten oder dritten Stockwerks. Skinner versuchte, durch die völlig verdreckte Eingangstür einen Blick ins Innere zu werfen.

Die Männer beäugten ihn. Was macht dieser Fremde da? Schau dir seine Klamotten an. Ein Bulle? Einer von der Gesundheitsbehörde. Ein Mensch, der jede Menge Zeit hat. Beachtet ihn einfach nicht.

Skinner zog die Tür auf und ging hinein.

Das Gebäude war nicht leer und irgendwo liefen Maschinen, das spürte er sofort. Die hintere Tür stand offen, und ein der Stimme nach junger Mann telefonierte in einer ruppigen, lauten asiatischen Sprache. Treppenstufen führten nach oben und unten. Skinner fing an, das Erdgeschoss zu erkunden, und entdeckte ein Labyrinth voller 99-Cent-Waren. An der Decke hingen Regenschirme und Rucksäcke. Die Händler aßen Nudeln aus Styroporschalen und unterhielten sich laut. Sie verstummten, als er den Gang hinunterging. Er drehte sich um und begriff, dass sie ihn per Videoüberwachung beobachteten.

Was ist das hier?

Sie ignorierten ihn völlig. Er sah, wie sie Blicke tauschten, und eine Frau schaute ihn an, als sei er ein Monster. Ein Mann mit Goldkette ging hinter ihm entlang und tat so, als würde er ihn nicht sehen. Skinner wiederholte die Frage und eine dicke, etwa vierzigjährige Frau, die bügelte, schüttelte den Kopf. Dann wandte sie sich den anderen zu und sagte, Impotent.

Nix sprechen Englisch, was? Dann nix wie weg.

Er griff mit seiner großen Hand in einen der Versandkartons, zog einen gepolsterten BH heraus und warf ihn wieder zurück.

Seine Stiefel polterten die Treppe hinauf, aber im Flur des ersten Stocks fand er nur eine abgeschlossene Tür und einen Tisch, der mit Gewürztüten für Take-away-Essen und anderem Müll übersät war. Er trottete zurück ins Erdgeschoss, streckte den Kopf zur Hintertür hinaus, wieder der Abfallgeruch. Er sah Feuertreppen und hörte Ventilatoren leiern. Wer immer hier telefoniert hatte, war gegangen. Er ging wieder hinein und nahm diesmal die Treppe, die in den Keller führte.

Der Keller war voller Essensstände. Flammen zischten und es war laut. Auf dem Boden lagen durchgeweichte Servietten, das Linoleum war bis auf das Holz darunter vermodert. Er ging zwischen den verrosteten Klapptischen hindurch, an denen Asiaten mit Schlüsselbunden am Gürtel saßen und auf ihre Smartphones starrten.

Was willst du?, schrie eine Frau.

Wo ist hier die Massage?

Wo ist was?

Die Massage? Die Mädchen?

Nicht! Nicht Mädchen!, schrie sie. Nudeln!

Skinner versuchte, einen Blick in den Metalltopf zu werfen.

Was für Nudeln sind das?

Sie deutete mit der Kelle auf ein Schild über ihrem Kopf. Da oben!

Auf dem Schild stand: Gefülltes Huhn Familiengeschmack Norden scharf $ 2.75.

Er ging weiter durch den Irrgarten aus Tischen und Säulen, die die durchhängende Decke stützten, durch das zischende Gas und die Schreie und das Knallen der Kellen an den Woks. Als es nicht mehr weiterging, drehte er um und lief zu der stählernen Feuertür zurück, die er schon bemerkt hatte und über der schräg ein nur noch halb erleuchtetes Exit-Schild hing. Die Alarmauslöser waren übermalt. Auf dieser Seite der Tür gab es keine Griffe, aber er konnte sehen, dass der Riegel nicht eingerastet war. Nach einem kurzen Blick über die Schulter zwängte er die Finger in den Spalt und zog. Es sprang kein Alarm an. Er hielt die Tür auf, beugte sich vor und sah einen Gang aus Betonziegelmauern.

Die Decke hing in Fetzen herunter und auf dem Boden lagen zerbrochene, krumme, verrottete, wasserfleckige Dämmplatten. Er betrat den Gang. Die Tür fiel krachend hinter ihm zu. Einen Augenblick stand er einfach da und lauschte. Die Luft war kalt. Ein Stück Plastik, das über einem Fenster in der Betonziegelwand hing, bauschte sich bei jeder Luftdruckänderung auf. Dahinter hörte man die Straße.

Irgendetwas summte, fast unterhalb der Hörschwelle, und er wandte sich dem Geräusch zu. Er machte einen Schritt, und unter seinen Stiefeln knirschte Betonbruch. Das Summen war wohl irgendwas Elektrisches. Er lief den Gang entlang, vorbei an Standrohren, die aus dem Boden ragten, das Summen wurde deutlicher. Er ging durch eine Türöffnung ohne Tür, trat in Neonlicht. Dann machte der Gang einen Knick, und als er um die Ecke bog, sah er jemanden.

Sie saß in einer engen, fadenscheinigen Jeans auf der Feuertreppe. Ihre Hände waren von der Arbeit verfärbt, die dunklen Haare zu einem Pferdeschwanz gebunden, und ihre Oberschenkel hatte sie nach unten gebogen, bis dorthin, wo sie saß. Aus dem Jackenkragen zog sich ein Muskel bis zum Kiefer den Hals entlang. Die Krempe ihres Huts hob sich und sie schaute ihn an.

Hallo, sagte er.

Sie beobachtete ihn, wie er näher kam.

Alles okay. Bin nur falsch abgebogen.

Du hast verlaufen, sagte sie.

Er kam etwas näher.

Genau. Ich hab mich verlaufen.

Sie hatte ihn nicht aus den Augen gelassen. Ihn zunächst für einen Cop gehalten, aber jetzt musterte sie die Tarnjacke.

Du bist Army?

Er schaute an sich herunter.

Genau. Gerade rausgekommen. Bis vor ein paar Tagen war ich unten im Süden, bin gerade hier angekommen. Ich bin zum ersten Mal in New York.

Sie hörte sich das an, schob eine Haarlocke hinters Ohr.

Lebst du hier?

Ich lebe?, fragte sie.

Ja, du – lebst du – er zeigte mit dem Finger zu Boden – hier?

New York? Ja, ich lebe New York.

Gefällt es dir hier?

Ja, gut.

Ich glaube, es ist ein guter Ort zum Feiern.

Feiern?

Ja, du weißt schon, Bier, Musik hören, was auch immer. Einfach nur feiern ...

Er sang dah-dah-dah und machte ein paar alberne, kleine Tanzschritte.

Mag ich, sagte sie. Das sehr gut.

Ihre Blicke trafen sich und sie sahen woandershin.

Er holte die Zigaretten aus der Tasche.

Rauchst du?

Nein.

Braves Mädchen, was?

Ich bin Läufer.

Läufer? Wie laufen?

Ja, Läufer.

Warum willst du wissen, ob ich in der Army war?, fragte Skinner.

Warum? Warum ich fragen?

Ja … warum?

Weil in meiner Familie wir Armee sind.

Du warst in der Army? Warum?

Nicht ich war. Mein Vater. In der Volksbefreiung von China. Mein Vater ist Sergeant.

Echt? Bist du deshalb so stark? Du siehst stark aus.

Stark? Ja! Sie stand auf und machte einen tiefen Ausfallschritt. Ich mache jeden Tag laufen, Gymnastik. So wie dieser – und sie federte hoch und runter, mit dem Knie bis auf den Boden.

Skinner beobachtete das Muskelspiel ihrer Beine.

Davon mache ich viele. Und … *yangwotui.*

Was?

Yangwotui, sagte sie. Drücken, wie das hier – sie imitierte Liegestütze.

Das können die meisten Mädchen nicht.

Ja! Ich kann das.

Ich weiß nicht recht. Das muss ich sehen.

Ich zeig dir.

Sie klopfte Betonkrümel von den Händen, ließ sich auf den Boden hinab, hakte einen Fuß hinter die Ferse des anderen. Skinner starrte auf das Handy, das sich in der Gesäßtasche ihrer Jeans abzeichnete. Sie machte einen perfekten Liegestütz. Dann holte sie tief Atem und legte eine ganze Serie hin.

Wow, sagte er.

Sie stand lächelnd auf, wischte sich den Staub von den Händen.

Zehn, sagte sie.

Das war super.

Bitte!, sagte sie, trat einen Schritt zurück und bot ihm mit einer schwungvollen Geste den Boden an.

Wer, ich?

Ja! Du machst Stütz! Bitte!

Wie viele willst du haben?, sagte er und zog die Jacke aus.

Ah! Einhundert! In China-Armee Jungs können einhundert. Wenn du besser als sie willst, dann, vielleicht, einhundertzwanzig!

Sonst nichts?

Er ging zu Boden und fing an.

Sie betrachtete den Nacken und die kurz geschnittenen, aufgestellten Haare, die gefurchten Schulterblätter, wie sie nach innen und wieder nach außen fuhren, seine Bewegungsenergie, während er den Körper auf und ab wuchtete. Er zählte rasch und mit sanfter Stimme. Ihr Blick glitt vom Stern auf dem Nacken bis hinunter zu den Kappen der Stiefel. Über der Wirbelsäule wurde das Hemd feucht. Er legte eine Pause ein, die Arme mit zuckendem Trizeps nach außen gestellt, sog Luft ein und machte weiter. Sein Nacken wurde rot. Die Stimme blieb ruhig, auch als es allmählich mühsamer wurde. Schließlich grunzte er, krümmte den Rücken und stand langsam auf.

Auch fünfzig okay?

Du bist gut! Sie hob beide Daumen.

Weiß nicht. War ich mal.

Ja, stark! Sehr stark, sagte sie.

Ist nichts Besonderes.

Sie fühlte seinen Arm. Er spannte den Muskel an und sie griff danach.

Du hast chinesische Wort?

Er zog den Ärmel hoch und zeigte sie ihr.

Es heißt Ohne Fleiß kein Preis. Kannst du das lesen? Heißt das so?

So etwa, sagte sie.

Möchtest du es hier mal versuchen?, sagte er und zeigte auf seine Brust. Vorsichtig betastete sie seine Brust.

Und bei dir? Zeigst du mir was?

Ja. Sie ließ ihren Bizeps spielen. Beide starrten auf ihren Bizeps, den er durch den langen Ärmel des weißen Unterhemds befühlte.

Und das Bein?

Bein? Okay.

Sie machte einen Schritt vorwärts und beugte das Knie und er legte seine große Hand auf ihren Oberschenkel. Mann, ächzte er. Sie ließ zu, dass er die Hand über ihre Hüfte gleiten ließ. Gut?, fragte sie. Noch mal ließ sie den Muskel spielen.

Verdammt.

Einen Augenblick später hüpfte sie los.

Ich geh jetzt arbeiten.

Du musst los?

Ja, ich los.

Er griff nach der Tarnjacke auf der Treppe und hastete ihr nach. Sie führte ihn zurück durch den baufälligen Gang und durch die Feuertür hinaus.

He, warte mal.

Zou Lei wurde langsamer.

Ich will dich etwas fragen, sagte Skinner.

* * *

Am Morgen, auf einer steilen Straße, die von Büschen und Zäunen gesäumt ist und ihr das Gefühl gibt, auf einem Bergpfad über dem Highway zu sein, sieht Zou Lei eine Frau mit einem kegelförmigen Strohhut, deren Haar in drei schwarze Flüsse geteilt ist. Einer fließt über den Rücken, die beiden anderen über je eine Schulter bis hinab zur Hüfte. Sie schiebt einen Wäschewagen vor sich her, voller Flaschen, deren Hälse in alle möglichen Richtungen zeigen. Das gekämmte Haar hängt an ihr herunter wie ein zerlumpter schwarzer Schal. Eine dünne Frau, bei der man schwer sagen kann, wie alt sie ist, ohne ihr Gesicht zu sehen. Nur ihr Haar erzählt eine Liebesgeschichte, von einer Frau, die sich für einen Liebhaber zurechtgemacht hat, auf den sie jahrelang wartete, ein ganzes Leben lang.

Das Handy in ihrer Hosentasche klingelte, während sie in dem gekachelten Raum mit den Waschbecken Gemüse zerkleinerte. Sie legte das Hackbeil beiseite, wischte die Hände an der Schürze ab und zog das Telefon heraus.

Wai?, sagte sie. Hail-lo?

Sie überprüfte die Tasten, horchte, aber es kam nichts.

In ihrer Pause ging sie in die Seitenstraße und versuchte zurückzurufen. Sie ging unter den Feuertreppen auf und ab, das Telefon ans Ohr gepresst, die Arme um sich geschlungen, die Augen in den Himmel gerichtet. Er gleißte hell und grotesk, als würde Magnesium hinter den gelblich aufkochenden Wolken brennen. Dann war die Verbindung da und sie hörte Skinners Stimme, Hey.

Hai!, antwortete sie. Ich ruf zurück. Ich konnte vorhin nicht nehmen. Du rufst mich an, richtig?

Ein Stück Kürbis klebte am Ballen ihrer von der Arbeit geschwollenen Hand und sie wischte es am Oberschenkel ab, lachte über etwas, das er sagte. Sie lehnte sich an die Hauswand und stützte einen Turnschuh an den Backsteinen ab. Er sagte, Wir könnten uns treffen. Sie nickte.

Wenn du Zeit hast, sagte er.

Ja, ich habe Zeit. Sobald Arbeit zu Ende, ich habe Zeit.

Sie hörte ihm zu, strich eine Haarsträhne hinters Ohr, lächelte, auf ihren Wangen erschienen Grübchen, die kräftigen Zähne blitzten, papierdünne Lachfalten zeichneten sich um den Mund ab.

Kapitel 7

Sie waren in Neon und Scheinwerferlicht getaucht, schlenderten durch die Dunkelheit, kreuzten Licht und Schatten unter den chinesischen Leuchtreklamen. Skinner musste fast schreien. Asiaten wichen ihnen aus. Zou Lei marschierte mit vor der Brust verschränkten Armen, Haare umwehten ihr Gesicht und sie lachte.

Das ist lustige Geschichte!

Und ich sag noch, Alter, nee!

Dies Tier.

Ich mein, mach das nicht! Ich mein, voller Irrtum!

Durch ihren gemeinsamen Schwung wichen ihnen die Menschen aus. Oder sie blieben einfach stehen und Skinner und Zou Lei umrundeten sie jeder nach seiner Seite und sie trafen sich auf der anderen Seite wieder, wobei Skinner sagte, Ich mein, mach mal halblang! –

– und weiter redete und weiter, als seien die Silhouetten der Menschen, die zwischen sie gerieten, Zielscheiben aus Papier.

Er blieb plötzlich stehen und sie blieb stehen und jemand rempelte sie an und sie bemerkte es nicht. Sie wartete, strich sich das Haar aus den Augen, während Skinner sich eine Zigarette anzündete.

Eine Rauchwolke stieg aus seinen hohlen Händen auf, hinauf in das Dunkel, und verschwand. Er ließ die Hände sinken und die Zigarette brannte. Sie marschierten weiter.

Da! Das brauch ich für diese Geschichte.

Sie lachte, Das ist lustig. Unglaublich.

Schau's dir an, sag ich zu ihm. Schau, was du da machst!

So verrückt.

Du kapierst das irgendwie. Keine Ahnung, warum du. Er jedenfalls nicht.

Als sie auf der anderen Seite von Chinatown waren, sagte er:

Ich habe keinen blassen Schimmer, wo wir sind. Du?

Er blieb wieder stehen und schaute sich um und sie schaute sich auch um, blickte auf die Sozialwohnungsbauten, die Bahntrasse, den Highway und die Kräne.

Scheiß drauf!, er fing wieder an zu gehen.

Schaißauf!, sagte sie und lachte und ballte die Faust.

Scheiß drauf. Macht nichts. Macht keinen Unterschied. Wir machen jetzt weiter mit diesem Gewaltmarsch, so zackig, wie's nur geht. Egal, ob da eine Brücke kommt oder ein Loch im Boden. Wir machen das jetzt wie in der Army. Völlig egal, ob's fünfzehn Stunden dauert. Wir sind jetzt einfach mal durchgeknallt.

Wir sind verrückt.

Oh yeah, spielen wir verrückt! Keiner hält uns auf.

Oh, mein Gott!

Ich spür schon, wie dem Typen der Arm zittert und er total Schiss hat.

Das ist lustig.

Es ist völlig bescheuert. Wir haben so viele dumme Sachen gemacht. Ich hoffe wirklich, dass du morgen nicht arbeiten musst, denn wir beide kommen nicht mehr zurück.

Sie liefen jetzt über eine Brücke, die übers Wasser in ein Industriegebiet führte, das am Ufer lag und wo Ladebäume und Container standen. Sie schaute zurück zu den sehr klein wirkenden chinesischen Leuchtschriften.

Ich denke, wir können einfach umkehren und zurückgehen.

Stimmt, aber, schau mal, genau das ist das Problem. Du denkst noch nicht wie die Army.

Ich muss mehr verrückt sein.

Verrückt! Damit musst du klarkommen. Keine Sorge. Ich weiß, dass du Angst hast, aber ich bin hier und ich werd dir helfen.

Er tätschelte ihren Rücken. Dann versuchte er, den Arm um sie zu legen.

O mein Gott. Wir sind so verrückt. Du bringst mich um mit Arm.

Schon okay. Ich bin hier, damit es dir gut geht.

Er ist zu schwer. Arm ist verrückt. Himmel, ich kann wenig laufen. Normal gehen.

Okay, aber dann sorg ich später dafür, dass es dir gut geht.

Wir sind weit gekommen.

Echt tiefste Provinz hier.

Sie marschierten jetzt an Stadien und Parks vorbei. Der Himmel hatte eine leicht hellere Tönung als die Schatten, aber alles am Boden war schwarz. Die rot glühende Asche seiner Zigarette leuchtete und verschwand wieder im Rhythmus der hin und her schwingenden Hand. Dann führte er sie zu seinem Mund, sie glühte auf, flog in hohem Bogen davon und hüpfte noch einmal kurz.

Bleib mal stehen, sagte er.

Was?

Bleib einfach mal stehen. Komm. Komm her.

Warum?

Komm schon. Näher als das.

Für was?

Weil ich verrückt bin. Ich will noch mal dein Bein fühlen.

Nein, jetzt nicht.

Komm schon, du warst da so relaxed. Ich will noch mal spüren, wie sich das angefühlt hat.

Es ist kalt jetzt, zu kalt. Zu kalt, stehen zu bleiben. Komm schon. Wir muss marschieren.

Ein Auto kam ihnen entgegen, und über Skinners weißem Gesicht lagen die vergrößerten Schatten seiner Finger, mit denen er versuchte, das Gleißen abzuschirmen.

Komm, wir gehen.

Ja, Ma'am. Verstanden!

Ist nicht weit bis zu Platz.

Du weißt, wo wir sind?

Ist nicht weit.

Nachdem sie die 111th Street überquert hatten, nahmen die Scheinwerfer zu, die unter der Hochbahnstrecke hin und her irrten, und die beiden hielten sich wieder mehr an die Gehwege. Von ferne näherte sich ein Rumpeln, das lauter und lauter wurde, bis es sie erreicht hatte und die Subway über ihre Köpfe hinwegdonnerte, langsamer wurde und kreischend zum Stehen kam. Es zischte, die Türen öffneten sich und das kalte weiße Licht aus den Waggons leuchtete hoch über ihnen, Lautsprecherdurchsagen waren zu hören. Aber sie waren zu langsam, die Subway fuhr in einem blauen Funkenregen ab und eine kleine Gruppe Männer in Arbeitsstiefeln und mit indisch wirkenden Gesichtern kam ihnen auf der Z-förmigen Außentreppe zur Straße hinunter entgegen.

Hast du das hier gemeint?

Die Kreuzung roch nach süßen Grillbananen und Hühnchen.

Ich komme schon mal hier.

Die Männer hatten ein Auge auf Zou Lei geworfen und einer schnalzte mit der Zunge, während er und seine Kumpel die Kreuzung passierten, an einem Sattelschlepper mit tuckerndem Motor und Scheinwerfern vorbeikamen, die sie anstrahlten und ihre Schatten auf die Betonwand einer Lounge hefteten.

Hier gibt's Kneipen, sagte Skinner. Wolln wir was trinken gehn?

Wie du willst.

Sie betraten einen fensterlosen Flachbau, der erfüllt war von rotem Licht und in dem Hispanos saßen, dicht gedrängt. Männer mit Cowboyhüten und schweren Gürtelschnallen schwankten in der Dunkelheit fast bewegungslos vor sich hin. Einer von ihnen taumelte und seine Freunde stützten ihn. Man konnte ihn wegen der Musik nicht hören, aber sein Mund öffnete und seine Augen schlossen sich, es war unmöglich zu sagen, ob er brüllte oder weinte.

Skinner und Zou Lei warteten an der Bar, bis eine kleine Frau mit Cowboyhut kam, um sie zu bedienen.

Zwei Bier, sagte er, hob zwei Finger. Coors.

Coronas, sagte die Frau.

Sobald die Flasche vor ihm stand, nahm Skinner sie und trank sie halb aus.

Zou Lei sagte etwas, aber er verstand sie nicht. Sie hob ihre Flasche und sie stießen an, dann trank sie einen Schluck. Er legte den Arm um sie. Sie rückte ein Stück ab, verlagerte ihr Gewicht.

Ich sorg dafür, dass es dir gut geht!, brüllte er, aber sie schüttelte den Kopf und er ließ den Arm fallen.

Wir sind immer noch verrückt, sagte er. Wir sind verrückt.

Ich kann nicht hören.

Ich weiß, es ist bescheuert.

Um die Jukebox waberten Regenbogenlichter, und mitten zwischen den Songs stand ein Heiligenbild.

Du magst Musik?

Sein Blick schweifte in der lauten Dunkelheit. Beim Klang ihrer Stimme schaute er ihr in die Augen und sagte, O ja.

Er deutete auf den HD-Fernseher über der Bar, in dem ein Boxkampf zwischen zwei mexikanischen Profis gezeigt wurde, die Quasten an Shorts und Schuhen trugen.

Hübscher Fernseher, brüllte er.

Sie nickte ernsthaft, das Blau des Rings spiegelte sich auf ihrem Gesicht.

Skinner bemerkte, dass ihn ein Mann mit Bandana anstarrte. Die Bedienung stellte die nächste Runde vor sie hin.

He, mal sehen, wie schnell wir trinken können. Schau mal!

Er trank sein Bier in einem Zug aus, wobei sie ihn beobachtete.

Jetzt du.

Er sah zu, wie sie den Kopf in den Nacken legte und ihre Kehle arbeitete, während sie den ganzen Inhalt der Flasche schluckte, dann die leere Flasche neben seine auf die Theke stellte.

Ich betrinken nicht.

Aber du bist auf dem besten Weg.

Sie hatten einen kleinen Wald aus leeren Glasflaschen auf den Tresen gepflanzt.

In das China ist Bier viel größer – so groß, großes! Sie zeigte mit den Händen an, wie groß. Die kann ich nicht trinken. Hier so kleine ist nichts.

Na gut. Dann noch eine Runde.

Ich werd trotzdem nicht betrinken.

Der Bandana-Mann kam zu ihnen rüber.

Du hast das hübscheste Mädchen hier im Laden.

Danke.

Sie ist die Beste hier. Glaub mir.

Skinner nahm das Bier und stieß mit ihm an. Der Mann beugte sich zu Zou Lei und stieß mit ihr an.

Hab ihm gesagt, dass du das hübscheste Mädchen in der Bar bist.

Sie hob ihre Flasche und er hob seine.

Gottes Segen für euch beide, sagte der Mann. Das Gesicht unter der Bandana wirkte ernsthaft, und obwohl er kaum älter als fünfundzwanzig sein konnte, hatte er an Bauch und Brust schon Fett angesetzt. Sie war sich sicher, dass er nicht allzu viele Liegestütze machte.

Eine halbe Minute starrten alle drei auf den Fernseher. Der Kampf war zu Ende und im Ring tummelten sich alle möglichen Leute, nur nicht die Kämpfer. Der ernsthafte Mann wandte sich um und ging zu seinen Freunden zurück.

Die spanische Musik war so laut, dass man darin ertrinken konnte.

Zou Lei zeigte auf ihr Ohr.

Was? Er ist verrückt?

Nein, die Musik!

Sie imitierte die Kuhglocke. Er klingt, wie das Tier kommt! Und imitierte mit den Händen die Füße eines Tiers.

Erinner mich bloß nicht daran!

Du hast das Tier geschossen!

Hab ich nicht. Ich war's nicht, ich schwör.

Er warf den Arm um ihre Schulter, drückte sie kurz an sich und ließ wieder los, bevor sie protestieren konnte. Gleich darauf zupfte er an einer Locke ihres welligen Haares.

Mitten im Raum tanzte ein Mann mit schwarzem Cowboyhut mit einer Frau, die aussah, als hätte sie zu viele Söhne und Töchter zur Welt gebracht, und sie alle würden für immer eine fröhliche Säuferfamilie sein. Sie war vielleicht Ende fünfzig und trug ein sehr kurzes schwarzes Kleid. In ihren High Heels war sie größer als ihr Partner und hatte die Hand auf seine Schulter gelegt. Wenn sie tanzte, sah man den verstärkten Teil ihrer Strumpfhose.

Ich hab nicht geschossen, sagte Skinner. Noch 'ne Runde?

Du bist irre.

Ich hab meinen Finger unter Kontrolle.

Du bist starker Junge.

Er zog sie an sich und sie standen schwankend da, er hatte die Arme fest um ihre Hüften gelegt, das Gesicht an ihrem Hinterkopf vergraben, roch ihr Haar.

Okay, es reicht.

Die Barfrau trug einen Cowboyhut und sammelte die leeren Flaschen ein, stellte sie in eine Kiste, beugte sich dabei vor, wobei ihre Mutterbrüste in das rote Licht wogten.

Noch 'ne Runde, rief Skinner ihr zu und versuchte Zou Lei festzuhalten, die sich aus seinen Armen wand.

Auf uns!

Auf dich!

Aufs Besaufen an unbekannten Orten!

Auf Amerika!, schrie sie auf. Dein Land!

Du bist in Ordnung.

Zou Leis Gesicht war vom Alkohol mittlerweile so rot, dass es aussah, als hätte sie einen Sonnenbrand.

Mein Land ist Freund von dein Land. Sie sind wie eins. Der Bruder zum anderen Bruder, wir kommen hierher, um es zu schaffen. Was auch passieren, wir sind immer noch Bruder.

Ich versteh dich.

Wieder ringelte er seine Finger in ihr Haar, und sie ließ es zu.

Als er mit der Bankkarte bezahlen wollte, gab die Barfrau sie ihm zurück und zeigte auf etwas in seinem Rücken. Sie kämpften sich quer durch den Raum, fragten sich, was sie wohl finden würden. An der rückwärtigen Wand sahen sie einen Geldautomaten. Während er die Rechnung bezahlte, ging Zou Lei zur Toilette. Sie musste sich am Waschbecken des kleinen, grün gefliesten Raums festhalten. Jemand hatte Cholo BCB in die Farbe geritzt. Mi Corazon. Ein Herz mit einem Pfeil durch die Mitte.

Dann waren sie wieder draußen, taumelten die Treppe zur Subway-Unterführung hinunter und lachten. Er führte wieder sein Tänzchen auf.

Renn!, schrie sie.

Sie riss sich los und fing an zu rennen und er verfolgte sie, den ganzen Weg die Treppe hoch und durch das Drehkreuz und noch mal Treppen hoch. Lachend und keuchend warfen sie sich in einen Zug.

Vielen Dank. Genau danach war mir. Steigen wir gleich ins Training ein, wenn wir ankommen?

Ich teste dich.

Du testest mich? Dann hoffe ich wohl besser, dass ich nicht durchfalle.

Du muss hart arbeiten.

Und was, wenn ich durchfalle? Mehr Liegestütze?

Liegestütze, tausend!

Die Subway brachte sie zu ihrem Ausgangspunkt zurück, fuhr durch eine fast dörfliche Leere, als wäre dies ein anderer Teil der Welt, und jenseits der Häuser lag unter den weit auseinanderstehenden Straßenlaternen nichts als Trostlosigkeit.

An der letzten, jetzt wieder unterirdischen Haltestelle stiegen sie aus und liefen die Treppen zur Straße hoch. Auf den oberen Stufen kamen ihnen drei Männer in Kapuzenpullis und tief hängenden Jeans entgegen, die auf dem Weg nach unten waren.

Was glotzt du so?, sagte einer.

Skinner blieb auf der Treppe stehen und drehte sich um. Die Männer starrten ihn an.

Na, is was, Nigga?

Komm doch, sagte Skinner.

Dann mach doch, Nigga.

In der Tasche ist 'ne Knarre, Nigga.

Zou Lei ging ein paar Stufen zurück und zog Skinner am Arm.

Versuch's doch, Nigga.

Der Mann mit dem Rucksack fing an, die Stufen hochzukommen. Die langen, schwarzen Rastazöpfe ließen ihn wie einen Apachen aussehen. Skinner schwieg und bewegte sich nicht.

Hör auf deine Hure, Nigga.

Hat verdammten Schiss, der Nigga. Lauf, Nigga, lauf.

Deine Hure hat dir das Leben gerettet, Nigga.

Die Männer zogen sich gegenseitig die Treppe hinunter.

Komm doch, sagte Skinner.

Zou Lei zog ihn und er folgte ihr nach oben und auf die Straße.

Mach das nicht, sagte sie.

Die sollten sich nicht mit mir anlegen.

Komm schon.

Er schwieg, während sie die Kreuzung überquerten, die sich wie ein riesiges, leeres Bühnenbild anfühlte. Die Gehwege waren mit Flugblättern übersät, im Dunkeln leuchteten chinesische Schriftzeichen.

Beachte die gar nicht.

Mach ich nicht.

Mit ein paar Schritten hatte er sie wieder eingeholt. Sie sah, dass er sich eine Zigarette angezündet hatte.

Hey!, sagte sie und boxte ihn auf den Arm.

Glaub mir, mach ich nicht.

Sie hörten, wie ein Fahrzeug sich näherte, und er senkte den Kopf, bis es aus dem Hintergrund des Bühnenbilds brach und auf sie zuschoss, sie ins Licht der Scheinwerfer tauchte und in hohem Tempo vorbeifuhr. Ihre Schatten wuchsen an den Metalljalousien der Fassaden empor und fielen wieder in sich zusammen.

Da, schau mal. Er zeigte über die Straße. McDoof hat noch geöffnet. Magst du das?

Na klar mag ich.

Dann nichts wie hin.

Okay! Wie hin.

Er zog die Tür für sie auf, warf die Zigarette auf die Straße und sie ging hinein, rieb sich die Arme, ging zum Tresen und er ging ihr hinterher, stand bei ihr, so nah, dass ihr Haar sein Gesicht kitzelte, während sie mit blutunterlaufenen Augen auf die Karte starrten.

Sie wollte ihn einladen, aber er sagte, sie sollte ihr Geld wieder einstecken. Ich übernehme das. Sie zahlt nicht.

Geht das zusammen?, fragte das Mädchen an der Kasse, dieses Mal keine Chinesin.

Ja, aber sie bezahlt nicht. Alles in Ordnung.

Nächstes Mal lade ich ein, sagte Zou Lei. Richtige chinesische Essen.

Sie warteten, während das Mädchen zur Rutsche ging, die Hand hob und darauf wartete, dass ein Burger hineinfiel.

McDoff, sagst du. Der Name McDoff. Ist so cool. Cooler Typ sagt McDoff. Bist du cool? Ich gebe dir einen auf Chinesisch: *mai-dang-lao.*

Mei. Dong. Lau. Mei-dong-lau.

Das heißt Mack-don-al. Du sagst perfekt. Ich glaube, du bist Chinese, vielleicht eine Hälfte.

Wie sagt man, Sei meine Freundin?

Freundin: *nüpengyou.*

Nu-pong-yow.

Dann kam ihr Essen und sie setzten sich in eine Nische, wickelten die Burger aus.

Also, wenn in China ein Typ ein Mädchen mag, dann sagt er Nupong-yow und sie weiß Bescheid?

Er wird ihr Geschenk geben, vielleicht einfach, weil seine Gefühle zeigen. Wenn Leute reich, kauft er ihr TV oder Kühlschrank. Manchmal kauft Junge ein kleines Tier, Kanin.

Kaninchen?

Die Ohren stehen hoch tu-tu-tu, die Nase ist rot, von der Nase gehen Haare wie eine Katze. Ja, Kaninchen. Man kann es in Gefängnis haben.

Du meinst Käfig?

Ja, Käfig, und gibt's Gemüse. Wenn es mehr dick wird, essen sie es sogar. Schneiden Kopf ab – *piiyaa* – und kochen.

Machen sie auch so was wie Kaninchen-Sandwich?

Vielleicht. Ich glaube, man kann ein Sandwich machen, wenn man will.

Kann man in China in ein McDoof gehen und einen McRabbit bestellen?

Vielleicht bald, glaube ich. Nächste Woche.

Er legte seinen Burger aufs Tablett, fischte das Handy aus der Tasche und rutschte auf der anderen Seite der Nische neben sie.

Komm neben mich, damit wir beide drauf sind. Ich brauch eine Erinnerung an heute Nacht.

Er fasste ihr um die Hüfte und zog sie an sich. Er schoss ein Foto und drehte das Handy um, um es anzusehen. Ihr Kopf lag schräg auf seiner Tarnjacke. Sie sah alt und schön aus.

Ihre Beine unter dem Tisch wirkten jung, und er wollte sie berühren, doch sie hielt seine Hand und ließ es nicht zu.

Geh wieder auf andere Seite.

Du bist eine harte Nuss.

Ich habe doch gesagt, ich teste dich.

Und wenn ich den Test bestehe, was dann? Bist du dann meine Freundin?

Ja, kann ich. Vielleicht.

Was bekomme ich, wenn du meine Freundin bist?

Freundin.

Ja aber was bekomme ich? Etwas genauer?

Sie ignorierte die Frage.

Frag das nicht.

Ach, komm schon. Tut mir leid.

Iss dein Essen oder du wirst Hunger sein.

Hier, sagte er und schob seine Portion Pommes in die Mitte des Tisches. Nimm. Er legte den Burger ab und wischte sich übers Gesicht. Ich könnte noch eine Cola vertragen. Er drehte sich auf seinem Stuhl herum, um zu sehen, ob es eine Schlange vor der Kasse gab. Sie sah den tätowierten Stern auf seinem Nacken und die vom Rasieren roten Wangen.

Du auch eine?

Sie klimperte mit dem Eis. Ich habe, sagte sie.

Er sah zu, wie sie mit den rissigen, schwieligen Händen Pommes frites in ihren weiblichen Mund schob, den Rücken durchgedrückt, die Beine unter dem Tisch gekreuzt.

Ich weiß nicht, wie spät es ist, sagte er, als sie wieder draußen waren. Es war dunkler als vorher, vielleicht weil ein paar Straßenlaternen sich abgeschaltet hatten. Sie sagte, er müsse sie nicht nach Hause bringen, aber er antwortete, dass er sie auf jeden Fall begleiten würde, und so gingen sie die lange, ansteigende Avenue hinauf. Sie gingen unter der Bahnunterführung hindurch und an den erloschenen Schildern vorbei, sahen die Abdeckplanen über den Ständen, die leeren Holzgestelle, die tagsüber das Gemüse und die Früchte aufnahmen. Skinner trat auf zermatschtes Obst, das im Rinnstein wie glänzende Innereien aussah.

An einem Parkplatz bogen sie ab und gingen einen schmalen

Weg zwischen Gebäuden mit bogenförmigem Eingang vorbei. Namen und Zahlen waren offenbar schnell mit zerlaufender Farbe auf die hüfthohen Betonfundamente gesprüht, darüber begann der Backstein. Ein paar scharfe Kurven, dann bogen sie wieder ab und gingen jetzt unter Bäumen den Hügel hinunter. Auf den Veranden im ersten Stock hing Wäsche. Im Dunkeln sah er eine Fahne mit einem Halbmond hängen. Der Hügel war sehr steil. Hinter einem Fenster flimmerte blaues Licht und sie hörten Gewehrfeuer, Sirenen und gedämpfte Musik.

Irgendwo den Hügel hinunter bogen sie noch einmal in Richtung eines langen Reihenhausblocks ab, der auf den Expressway hinausging. Dort waren riesige, dunkle Flächen. Sie gingen an Carports und Satellitenschüsseln vorbei.

Hier wohnst du?

Sie war stehen geblieben und hatte den Schlüssel herausgeholt.

Ja. Ich gehe nach Hause.

Lass mich mitkommen.

Nein.

Ich tu auch nichts, ich schwör.

Nein. Wir sagen Wiedersehen.

Er griff nach ihr und sie hielt seinen Unterarm fest.

Was ist? Ich will nur die Tür aufhalten.

Sie erlaubte ihm, ihre Hand zu halten.

Du weißt nicht, wie das ist, sagte er.

Ich weiß.

Bitte lass mich. Mehr mach ich auch nicht, mehr habe ich letztes Mal auch nicht gemacht.

Okay, genug. Sei braver Junge.

Okay, sagte er.

Kapitel 8

Sie zog die Jeans aus und hockte sich mit nackten Beinen auf die Matratze, wühlte in der Plastiktüte, die ihre Habseligkeiten enthielt. Sie zog die Trainingshose an und schob die Bündchen bis über die Knie. Sie hatte starke Waden, deren Muskeln beim Gehen, Beugen oder Hocken deutlich hervortraten. Sie nahm die Jeans mit ins Badezimmer und ließ Wasser in die Wanne. Hinter der Toilette war eine Packung Waschpulver eingeklemmt. Sie zog den Karton heraus, schlug darauf, um das blau-weiße Pulver zu lösen, und schüttete eine Handvoll auf die Jeans. Eine Kakerlake zierte die Mauer. Summend rieb sie das Waschpulver in die nasse Jeans, dann packte sie den Stoff mit beiden Fäusten und rieb.

Die Kakerlake ließ die Fühler in ihre Richtung kreisen. So angsteinflößend bist du gar nicht, sollte das heißen.

Sie drehte das Wasser ab, wrang die Jeans aus und hängte sie über die Duschstange.

Immer noch summend trocknete sie die Arme ab und warf ihre Sachen in den Beutel für die Nasswäsche in der Küche. Sie spülte die Hände ab und schaute auf den Expressway hinaus. Der Nachmittag war halb vergangen und der Verkehrslärm schien wie in Watte gepackt. Sie brachte den Müll raus, kehrte den Flur und stellte alle Sandalen wieder vor den jeweiligen Verschlag. Sie ging ins Badezimmer zurück, um zu schauen, wie es mit der Jeans aussah. Als sie die Hosenbeine zusammendrückte, floss Wasser über ihre Handgelenke. Sie nahm die Jeans ab und ging hinaus.

Gestern hatte sie einem Afrikaner auf der Straße für drei Dollar ein Sweatshirt abgekauft. Jetzt bin ich cooler Typ, sagte sie, zog die Kapuze über den Kopf, wie er es gemacht hatte, sprach englisch mit sich selbst, so als wäre er hier und könnte sie hören.

Sie ging eine Straße entlang, die von den Ästen der Bäume überdacht wurde, kam an niedrigen Gebäuden vorbei, die auf den Ästen zu sitzen schienen, dort hing eine verblichene, zerfetzte amerikanische Flagge, ein altes, großes, kantiges Auto stand hinter einem verrosteten Tor. Am Ende des Baumtunnels fuhr ein Bus vorbei. Dann drang auch das Fahrgeräusch zu ihr durch.

Im Waschsalon warf sie ihren letzten Quarter in den Trockner, lehnte sich dagegen, spürte die Wärme und das hypnotische Klackern, das Hochwirbeln und Fallen, Hochwirbeln und Fallen ihrer Kleidung, wenn die Trommel sich drehte.

Eine Puerto Ricanerin sagte, Darf ich mal?, und Zou Lei rückte beiseite.

Ein Mann in einem riesigen Daunenmantel und mit Gehstock kam hereinspaziert. Sein narbiges Gesicht war sehr weiß. Er setzte sich mit ausgestreckten Beinen, er war der einzige männliche Erwachsene hier, die Augen waren unter der Krempe seiner Kappe verborgen. Die Puerto Ricanerin zerrte ihr Kind zu ihm. Halt ihn fest. Lass ihn nicht wegrennen.

Als die Trommel stillstand, öffnete sie die Tür und tastete nach der Wäsche.

Na ja, nicht so schlimm. Und falls sie einläuft, dann umso besser, sie gleich anzuziehen. Oho, spiel lieber nicht verrückt! Ein bisschen bin ich es. Falte sie schön, streich sie glatt. Kantenscharf. Alles wie beim Militär.

Er trug Shorts und die Waden leuchteten weiß. Der Körperfettanteil war gering und die Muskelstränge standen deutlich hervor, als er über den genoppten Gummiboden das Fitnessstudio betrat. Von hinten gesehen hatte sein Oberkörper die Form eines V. Ohne den schwarzen Kapuzenpulli und die Tarnjacke, nur im Unterhemd, konnte man seine affenartigen Arme deutlich sehen und den steifbeinigen Gang einer Sportskanone, der in seinem Fall jedoch von der Rückenverletzung kam.

Man gab ihm ein weißes Handtuch, das er von Gerät zu Gerät mitnahm, während die verspiegelte Wand sein Bild aufnahm und es reflektierte, einen grau-olivfarbenen Oberkörper mit einem gelben Abzeichen auf der Brust. Auf dem Rücken stand: Drittes Bataillon – Wüstentour – Vorspiel in Ramadi – Wir heizen euch ein. Bei der Beinpresse legte er Gewichte auf, eine Scheibe nach der anderen, als suche er nach einem Rhythmus für die kommenden zahllosen Stunden der Quälerei. Er setzte sich auf den Schlitten, stellte die Füße auf die schwarzen, rutschfesten Tritte und löste rechts und links die Bremsen. Die Scheiben schepperten. Auf den weißen Waden bildeten sich steile Grate, als die Gewichte sich senkten und er die Beine durchdrückte, sie wieder nach oben presste. Als er damit fertig war, stand er schwungvoll auf und wechselte die Gewichte. Er nahm eine Scheibe runter und brachte sie zum Scheibenständer. Im Spiegel sah man seine dicken, tätowierten Unterarme, den nach vorn gereckten und gesenkten Kopf, was ihn unwillentlich mürrisch aussehen ließ. Einiges bekam er einfach nicht mit. Sein Handtuch fiel zu Boden und er stapfte achtlos darüber hinweg.

Wie viele denn noch?, wurde er gefragt. Einige. Hab noch jede Menge Arbeit vor mir. Seine Aufmerksamkeit schien abzuschweifen, folgte dem unruhigen Umherirren der Augen. Lass dich nicht aufhalten, hau rein.

Schon in Ordnung. Ist das dein Handtuch?

Wie bitte?

Vielleicht hatte ihn die Frage geärgert, jedenfalls wurde er jetzt in Ruhe gelassen. Eine Stunde lang war er an der Beinpresse. Er wechselte immer wieder die Gewichte, ging zum Scheibenständer und zurück, trat auf das Handtuch, das er liegen ließ, um draufzutreten. Als er schließlich eine Zwanzig-Kilo-Scheibe vor sich hertrug, gab er dem Handtuch ohne hinzusehen einen Tritt und beförderte es an eine Stelle, wo er nicht mehr drauftreten konnte.

Als er an der Beinpresse fertig war, hob er das Handtuch auf und ließ es auf dem Weg zum Umkleideraum in einen Wäschekorb fallen. Er hatte seine Kleidung auf den Boden eines Spinds ohne Schloss geworfen. Im Umkleideraum waren hinter ihm noch ein paar andere Personen. Als er das Unterhemd auszog und Rückgrat und Rippen sichtbar wurden, stockte ihre Unterhaltung. Ihr Gespräch über schöne Fahrradtouren am Wochenende – den Henry Hudson Parkway hoch zur Washington Bridge oder sogar rüber zum Palisades Park, wo man zehn Meilen schaffen konnte, wenn man sich stark genug fühlte – stockte.

Er zog sein schwarzes Army-Strong-Sweatshirt an. Warf die Kapuze über den Kopf. Er sah jetzt aus wie ein Mönch. Die Pillen rasselten, als er in der Jacke nach der Velcro-Geldbörse suchte. Er trampelte in Stiefeln aus dem Umkleideraum. Bemerkte, dass sie offen waren, kniete sich auf den genoppten Boden und schnürte sie.

Er ging zum Tresen, wo sie Ergänzungsmittel und Proteinshakes verkauften. Seine schlechte Haut war schweißüberströmt. Man fragte ihn, was er wolle. Mass Builder. Er deutete darauf. Er drehte ein paar Kreise im Gewichteraum, trank von der sämigen, kalkweißen Flüssigkeit.

Er ging zur Preacher Bench und stellte den Becher auf den Boden. Es war mitten am Nachmittag und außer einer karibisch aussehenden Frau, die Handtücher zusammenlegte, war niemand zu sehen. Er lehnte sich vor, griff nach der Stange und begann mit den Curls. Zwischen den Durchgängen nahm er den Becher, kippte sich den Mass Builder in den Mund und schluckte.

Ein Trainer erschien am anderen Ende des Raums zwischen den Geräten aus Stahl und Eisen. Skinner, der mehrere Dinge gleichzeitig im Blick zu haben schien, arbeitete weiter mit der Hantel. Der Trainer war fast eins neunzig groß. Er hatte muskelbepackte Arme und die Jeans so hochgezogen, dass sie fest in der Arschfalte klemmte.

Entschuldigen Sie, Sir.

Es war nicht klar, ob der Trainer zu ihm durchdrang. Die Kapuze verhüllte ihn wie ein Vorhang, strahlte dampfende Hitze aus und den Gestank von Schweiß und Metall.

Entschuldigen Sie, Sir!

Skinner stieß zischend Luft durch die Zähne und legte die Stange auf die Halterung.

Yeah.

Der Trainer, etwa dreißig Kilo schwerer als er, sagte: Stiefel sind auf dem Hallenboden nicht erlaubt, Sir.

Ich bin so gut wie durch.

Beenden Sie Ihre Runde, aber dann müssen Sie Sportsachen anziehen.

Ich hab nur noch fünf, dann bin ich durch.

Aber der Trainer bestand darauf, dass er sich sofort umzog. Also ging er in den Umkleideraum, zog die Stiefel aus und warf sie in seinen Spind. Dann ging er zurück und machte in Socken weiter, bis er wieder angesprochen wurde.

Sie rangelten in einer Einfahrt. Sie schob ihn weg und zog ihr Sweatshirt runter. Komm schon, ist doch cool. Ich will nicht. Er presste sie an die Tür, bis sie ihn fortstieß. Nein, warte mal, vertrau mir. Es war kalt. Er versuchte, sich an ihr zu reiben. Sie zog das Knie hoch. Er zuckte zurück. Sie hielt ihm einen Finger unter die Nase, Ich bin dein Schwester. Ich habe keine Schwester. Sie hielt seine Handgelenke fest, und als er sich ihrem Griff entwand, sprang sie lachend zur Seite. Er umarmte sie und sie zwang die Hände zurück an seinen Körper. Kein Anfassen. Ich will einfach gehen. Nein. Wo ist das Problem? Die Leute gucken schon. Er schaute sich um, um zu sehen, wen sie meinte, aber da war niemand.

Echt lustig. Komm schon. Er lehnte sich an sie. Schaffte es mit der Hand unter ihr Sweatshirt und kurz ihre Brust zu streifen, während sie zappelte.

Stopp!, befahl sie ihm. Sie schob ihn weg und trat ihm ans Bein. Er ging zur Seite und sie boxte ihn auf den Arm.

Lass uns nicht streiten.

Sie griff nach seiner Kleidung, als wollte sie ihn schütteln oder sie zerreißen. Dabei bekam sie einen Trägergurt des Kampfrucksacks zu fassen.

Warte doch.

Er trat einen Schritt nach hinten und rückte den Rucksack wieder zurecht.

Na gut, los geht's.

Nein. Du bist böser Junge.

Ach, komm schon, komm zurück.

Nein.

Im Ernst. Komm zurück.

Nein. Du bist der wilde Junge. Durchgedreht.

Sie ging hinaus auf die Hauptstraße, wo Menschen waren und Licht. Sie tat so, als würde sie über den Markt schlendern, sich dies und das ansehen. Sie klatschte hinter ihrem Rücken in die Hände.

Schau dir mal die Äpfel an.

Er hatte sie eingeholt.

Bist du mir wirklich böse?

Sie warf einen Blick auf die vielen Leute, die einkauften.

Schau dir den Pfirsich an. Pfirsich. Melone. Nein.

Sie standen am Rand des Lichts, das die nackten Glühbirnen warfen, damit die Leute auf dem Markt die Waren sehen konnten, er in seiner hellen Tarnausrüstung, beide ohne Kapuze. Mit ihren kräftigen Köpfen sahen sie aus wie zwei Tiere, die aus reiner Neugierde aus der Dunkelheit ans Licht gekommen waren.

Ich trage vielleicht hunderttausend oder zweihunderttausend dieser Melone, sagte sie. Ich und meine Mutter.

Sie klopfte mit dem Knöchel darauf.

Fühlt sich ganz schön nach was an.

Schau dir den Fisch an.

Der Fisch war groß und schwer. Sie betrachtete das Schild aus Karton, das im Eis steckte. Sechs Dollar. Hm, sagte sie.

Magst du Fisch?

Das ist teuer.

Sie gingen an der Absperrung des Marktes entlang, um sie herum verschwanden die Käufer in der Nacht. Er riskierte es, einen Arm um sie zu legen. Nein, sagte sie. So. Und hakte sich bei ihm unter.

Willst du in eine Bar?

Aber sie sagte, Nein, wir gehen hier entlang.

Oben auf dem Hügel stand ein silberner Karren, auf dem sich ein Minarett drehte, aus dem in der Dunkelheit fast unsichtbar Rauch aufstieg. Auf die Seite des Karrens waren die Worte Xinjiang Shaokao Ein Dollar gepinselt. Der Verkäufer trug Atemschutzmaske und Arbeitsuniform, und neben der Kühlbox stand ein Sack Holzkohle. Der Verkäufer drehte einen Spieß nach dem anderen herum.

Liangge yang!, sagte Zou Lei in einem Singsang.

Zwei Lamm, wiederholte der Verkäufer unter der Maske auf Chinesisch.

Was hast du ihm erzählt?, fragte Skinner.

Ich haben Lammspieße bestellt. Ich haben dir doch gesagt, ich lade dich zu echt chinesisches Essen ein.

La-de bu la-de?

La-de.

Was hat er gesagt?

Er fragt, ob scharf oder nicht scharf.

Der Verkäufer nahm eine Prise Gewürz aus einer Tasse und streute sie über den Grill. Als das Fleisch fertig war, knipste er die Enden der Spieße mit einer Fleischschere ab. Zwei Lamm! Er reichte Zou Lei die Spieße wie einen Blumenstrauß und nahm ihr Geld.

Dein *nanpengyou?*, fragte der Verkäufer.

Das könnte man sagen.

Amerikaner-Freund haben Geld, oder nicht?

Ich weiß nicht.

Alle wissen das, außer dir. Warum zahlt nicht er?

Mach dir nicht Sorgen!

Der Verkäufer zog den Mundschutz herab und ein hageres Gesicht kam zum Vorschein. Er wandte sich an Skinner. Du, sagte er und rieb die Finger aneinander. Geld.

Wie bitte?, sagte Skinner.

Der Verkäufer wandte sich wieder dem Feuer zu, drehte die Spieße und schaute prüfend in die Kühlbox.

Du machst dir Sorgen über zu viel, sagte Zou Lei.

Geb nur auf dich acht, Schwester.

Ach so ist das also.

So ist das.

Kümmer dich lieber um das Feuer und lass die Spieße nicht anbrennen, sagte Skinner.

Der Mann gab einen abwiegelnden Ton von sich, als würde er ein Schlaflied summen oder ein Kind beruhigen.

Zou Lei nahm Skinners Arm und ging mit ihm den Block hinunter. Eigentumswohnungen und Bäume. Sie ließen die Hauptstraße hinter sich. Der Beton funkelte, wo Licht auf ihn fiel. Sie lehnten sich an ein Baugerüst, um zu essen.

Was hat der bloß?

Vielleicht ist er wütend. Der Chinesen ist arme Leute. Vielleicht hat er nicht genug Geld für die Frau, die Familie.

Er kann sich kein Mädchen leisten.

Oder sie können nicht leisten zusammenzuleben. Viele Familie ist getrennt.

Also ist er ein Neidhammel.

Ja, vielleicht. Vielleicht ist er neidisch.

Hab's kapiert, sagte Skinner.

Sie aßen und das Fett lief ihnen über das Kinn.

Hast du das schon mal gegessen?

Yepp, sagte er kauend. In so Hadschi-Läden und so.

Magst du?

Aber hallo. Ist gut. Hat mich ein bisschen durcheinandergebracht.

Wie durcheinander?

Er kaute.

So verdauungsmäßig oder so.

Du bist nicht gewöhnt. Aber wenn du dich gewöhnen kannst, ist sehr gesund. Die Menschen, die das essen, wachsen und wachsen und wachsen.

Sie hob die Hand und zeigte über ihren Köpfen irgendwohin.

Das hier ist nicht das beste. In meiner Heimat ist das beste. Du kannst nicht glauben. Das Lamm ist sehr frisch getötet. Am Morgen lebt es, hüpft herum. Am Nachmittag hängt es da. Fleisch schneiden, Feuer machen.

Er nickte.

So gut essen hast du nie im Leben. Das Brot, das meine Mutter backt.

Und sie fuhr fort:

In meiner Heimat ist der Berg, Wald. Fluss. Alles.

Er betrachtete ihr Profil. Sie wollte etwas sagen, unterbrach sich dann.

Was?

Rate.

Gib mir einen Tipp.

Ich bin nicht Chinesin.

Ich dachte, das bist du.

Nein. Eine Hälfte.

Sie streckte die untere Hälfte ihres Gesichts ins Licht. Er starrte auf ihr Kinn.

Was bist du?

Du rätst.

Er wusste es nicht.

Die Muslims. Die essen Lamm.

Sie grinste und biss in den Spieß und zog das Fleisch mit den Zähnen ab.

Willst du mich verarschen?

Sie ging in der Dunkelheit auf und ab und lächelte ihn an.

Er zuckte mit den Schultern.

Sie stieß mit der Spitze ihres Turnschuhs an sein Schienbein.

Du überrascht?

Nein. Ich wusste, dass bei dir irgendwas anders ist.

Vielleicht du willst kein Spiel mehr spielen.

Das stimmt nicht.

Nicht mehr umarmen.

Aber nein. Hör auf wegzurennen, und ich zeig es dir sofort.

***

Sie waren in einem Kentucky Fried Chicken mitten in einem chaotischen Viertel voller Schwarzer und Hispanos gelandet. Sie waren hierher gelaufen, waren eine Zeit lang an hohen Bäumen und kleinen Häusern vorbeigekommen, auf einem schmalen Gehweg, manchmal im Gänsemarsch, den sie anführte, über durchweichte Kartons, auf denen offenbar Menschen campiert hatten. Die Fenster des Restaurants waren beschlagen, und Teenager-Gangs, alle in der gleichen roten Kleidung und mit abstehenden Afros, riefen sich dies und das quer durch den Raum zu. Mit windgerötetem Gesicht und leuchtenden Augen sicherte sie ihnen eine Sitznische. Er kam vom Tresen zurück und brachte ihr das Abendessen, wich den Füßen in roten und schwarzen Jordans aus, die sich in den Gang streckten.

Er setzte das Tablett vor ihr ab. Sie klatschte in die Hände.

Wir hat alles!

Ich weiß. Hier ist deine Coke.

Er setzte sich, und irgendetwas Schweres in seinem Rucksack, den er mitgenommen hatte, polterte gegen den Sitz. Er zuckte mit den Schultern und legte den Rucksack auf den Boden zwischen seine Stiefel. Beide griffen in die Schale mit dem Hühnchen. Sie beugte sich vor, aß mit beiden Händen. Er löste die Haut von seinem Stück, schob es sich in den Mund und wischte sich das Gesicht ab. Dann wischte er sich die Hände ab, die selbst gewaschen noch so aussahen, als hätte er mit Holzkohle hantiert, die Nägel hatten ständig einen Trauerrand.

Am Nachbartisch grölte eine weibliche Stimme. Hörst du endlich mal mit deinem Dünnschiss auf? Es folgte stürmisches Gejohle. Einer der Teenager schrie begeistert auf und trampelte mit seinen Jordans auf den Fußboden.

Möchtest du ein Eis?, fragte Skinner Zou Lei.

Eis! Vielleicht, nickte sie. Ist vielleicht nett.

Das hab ich mir gedacht.

Er ging und holte zwei Waffeln. Als sie sie halb aufgegessen hatten, rutschte er zur anderen Seite neben sie, legte unter dem Tisch die Hand auf ihren Oberschenkel und drückte.

Dieses Mal wehrte sie sich nicht, als hätte die Wärme des Restaurants ihre Glieder entspannt.

Wie schmeckt das Eis, Baby?

Gut!

Sie leckte am Eis in der Waffel. Er sah ihr dabei zu, sein Mund war ein schmaler Strich. Langsam glitt die Hand den Schenkel hinauf. Er schluckte. Er schob die Hand ganz hinauf zwischen ihre Beine und drückte.

Wie ist das?

Er blickte sie an.

Sie nickte, konzentrierte sich auf das Eis, als wäre er gar nicht da. Hielt die Augen geradeaus gerichtet. Seine Hand arbeitete unter dem Tisch. Er spürte die Hitze durch die Jeans. Sie tat weiter so, als würde sie Eis essen. Eine Minute später seufzte sie auf und schob sich nach vorn, verbarg das Gesicht vor ihm und dem ganzen Restaurant. Sie errötete, als würde sie sich schämen, und öffnete die Beine. Er hörte sie atmen. Ihre Jeans feucht. Er machte weiter, blickte wieder zur Seite. Dann erbebte sie. Sie schwankte und erschlaffte, drückte seinen Arm.

Draußen hielt er sie um die Hüfte gefasst und sagte:

Es ist egal, wohin wir gehen, aber wir müssen irgendwohin. Spürst du das?

Er drückte sich gegen ihr Bein.

Ja, spüre ich.

Er sah sich nach einem schwarzen Wagen um, einem Taxi.

Du hast das Ding?

Das was?

Das ... das *biyuntao*?

Was, das Gummi? Ja, das hab ich. Lass mich mal kurz den Trottel hier ranwinken.

Ein Lincoln Towncar mit pendelnder Antenne hielt vor ihnen, und Skinner und Zou Lei schoben sich auf die lederne Rückbank. Am Rückspiegel mit dem Luftauffrischer baumelte ein Holzkreuz, aus den Lautsprechern ratterte Reggae.

Alter, ich will zu einem Hotel, nicht allzu weit weg. Hast du verstanden? Was für Hotels gibt's denn hier?

Der Fahrer war kaum zu sehen, sagte aber, er würde sie zum Queens Boulevard bringen.

Und zu dir können wir nicht, oder?, fragte Skinner Zou Lei.

Nein, konnten sie nicht, denn sie hatte Mitbewohner.

Dann zum Queens Boulevard.

Aber gerade, als der Fahrer Gas geben wollte, fiel Skinner etwas ein. Moment mal, nur dreißig Sekunden. Er sprang aus dem Wagen und Zou Lei sah, wie er in das Kentucky Fried Chicken zurückrannte. Und wieder herauskam mit seinem Kampfrucksack, den er unter dem Tisch ihrer Sitznische stehen gelassen hatte und in dem die Pistole steckte.

Als er zum ersten Mal in ihrer Anwesenheit das Hemd ausgezogen hatte – in dem Motel in Rego Park –, konnte sie den gelb-grauen

Oberkörper im Licht einer Lampe sehen, die ein warmes Licht auf ihn warf und der Haut eine Lebendigkeit verlieh, die nicht von innen kam. Sie hatte dem keine Beachtung geschenkt. Aber dann war ihre Hand von der Schulter über den Rücken nach unten geglitten. Sie entzog sich ihm und sie unterbrachen den Kuss. Zog ihn etwas herum, sodass sie im Licht der Lampe sah, was da war. Er sagte, Ach das.

Sie rätselte, ob es ein Geburtsfehler war oder ob er eine ansteckende Krankheit hatte.

Es ist nicht ansteckend.

Okay, sagte sie. Sie ließ die Finger darüber gleiten. Das Gewebe fühlte sich kalt an.

Tut es weh?

Nicht wirklich.

Sie legte die Hand auf das eingedrückte, gerunzelte, glatte, höckerige, knotige Fleisch.

Hast du im Krieg bekommen?

Er sagte, Ja.

Sie gab ein Tsts von sich.

Sie schießen dich in den Rücken?

Schrapnell, sagte er, ihr im Licht den Rücken zugewandt.

Sie untersuchte ihn einen Moment lang. Seufzte. Sie strich mit der Handfläche über die Verletzung und dann hoch zu den Todesschwingen zwischen seinen Schultern.

Kapitel 9

In einem Kleinanzeigenforum fand er ein Zimmer in ihrer Gegend, nur eine Haltestelle mit der Long Island Railroad weiter. Von Chinatown aus nahm er den Bus die Franklin hoch bis zur 160th Street. Unter den Hochspannungsleitungen, an denen zusammengebundene Turnschuhe hingen, duckten sich kleine Häuser. Die Kantsteine waren abgenutzt, was bei Regen die Illusion großer Wasserteiche erzeugte. Durch die Bäume sah man die Bahnlinie und Graffiti an den Steinblöcken.

Eines der Häuser hatte einen briefmarkengroßen Vorgarten voller Statuen und Figurinen – Elfen, Zauberer, den gekreuzigten Jesus, Kobolde, Tiere, Plastikblumen, einen Schlitten, ein Windrädchen, das sich drehte. Auch ein Engel war dabei. Auf der Veranda hing ein Windspiel und am Haus ein Aufkleber mit der amerikanischen Flagge und dem Datum 9/11. Dort musste er hin. Hinter den Spitzengardinen wirkte das Haus leblos. Die Jalousien am Fenster im ersten Stock waren kaputt.

Er ging um einen Pick-up herum – dieser ohne Aufkleber –, der auf dem rissigen Gehweg parkte, zum Nebeneingang und klopfte.

Als er nichts hörte, drückte er auf den Klingelknopf, was er vielleicht hätte lassen sollen, weil fast im gleichen Augenblick jemand sagte, Ich komme.

Die Tür wurde von einer riesigen jungen Frau ganz in Schwarz geöffnet, die einen Kopf größer war als er.

Es war Abneigung auf den ersten Blick und beide vermieden Augenkontakt. Sie grüßte ihn auch nicht. Sie sagte nur, Meine Mutter ist in der Küche, wandte ihm dann den Rücken zu, und in ihrem riesigen schwarzen Hemd wurde sie in dem dunklen Eingang fast unsichtbar. Sie war da, und dann schon nicht mehr.

Er hörte ein Patsch-patsch-patsch und sah ihre nackten, kalten, weißen Füße drei Stufen hochspringen, als würde sie vor ihm fliehen, fliehen durch eine Wohnungstür, die vom Licht der dahinterliegenden Räume eingerahmt wurde. Sie ging hindurch und er erhaschte einen Blick ins Innere, bevor die Tür zufiel: eine gelbe Lampe, ein Holztisch. In Stiefeln stapfte er die Stufen hinauf und folgte ihr.

Am Holztisch saß eine Frau mit einer Zigarette zwischen den Lippen.

Ganz viel höflicher geht's ja nun nich'. Mehr sag ich dazu nich'.

Er lebt doch noch!, sagte das riesige Mädchen und schaute an Skinner vorbei.

Du hast ihm die Tür vor der Nase zugeschlagen.

Nein, hab ich nicht, sagte die Tochter, ging um den großen Holztisch und den Kreis gelben Lichts herum und verschwand in einem Flur mit dunklen alten Bildern an den Wänden. Als sie nicht mehr zu sehen war, gab sie irgendetwas in ihrer teilnahmslosen Stimme von sich, aber es war unmöglich zu verstehen, was oder ob sie überhaupt mit ihm geredet hatte. Alles klar. Die Frau rollte mit den Augen. Komm rein, sagte sie zu Skinner. Nur keine Scheu. Nur herein, nur herein.

Sie hatte gigantische Ausmaße. Bestimmt hundertfünfzig Kilo, schätzte er. Sie trug ein lilasamtenes Hauskleid, ihre Schultern waren fleischig, ihre Hände verquollen und auch aus ein paar Metern Abstand war klar, dass die Luft, die sie ein- und ausatmete, aus nichts als Zigarettenrauch bestand. Ihre Haut war wie sandgestrahlt: vernarbt, grau und spröde. Ihr Haar war streng an die Seiten gekämmt und erhob sich oben zu einer Art Schmalzlocke, die wie der Kiel eines Schiffes rotierte, wenn sie sich umwandte. Sie beobachtete mit zusammengekniffenen Augen durch den Rauch hindurch, wie er näher kam.

Äh, hallo, sagte er.

Hallo, sagte sie. Dann dirigierte sie ihn mit einem Blick zu dem Platz am Tisch ihr gegenüber, wo er sich hinsetzen sollte.

Er zog den Stuhl vor und ließ sich darauf fallen, vornübergebeugt und mit gespreizten Beinen. Er sah sie über den Tisch hinweg an.

Sie starrte zurück.

Wie geht's so?, fragte er.

Geht schon. Sie hielt die Zigarette auf Höhe der Wange, hatte den dicken Ellbogen auf den Tisch gestützt. Bist du gut hierhergekommen?

Sie meinen, das Haus gefunden und so?

Hierherkommen und die Adresse finden, ja.

Ja, na klar, sagte er. War einfach.

Ich frage nur, weil es so klang, als ob es ein Problem sein könnte. Für manche Leute ist das ein weiter Weg.

Nicht so weit.

Na gut. Du bist hier.

Solange ich weiß, wo etwas ist, weiß ich auch, dass ich irgendwann dahin komme.

Na, wie ich schon sagte, du hast's ja geschafft.

War kein Problem.

Gut.

Wenn man ein paar Mal zwanzig Meilen weit Zeug umhergeschleppt hat, dann ist Queens nicht so heftig.

Wenn man was?

Geschleppt. Einen Rucksack zwanzig Meilen schleppen. Infanterie.

Machst du das?

Habe ich gemacht, ja.

Du bist in der Army?

Ja, bin gerade raus, etwa vor drei Wochen, würde ich sagen.

Du bist gerade raus.

Ja, gerade raus.

Hab deine Sachen gesehen, den Mantel – dachte mir, dass du beim Militär bist, war aber nicht sicher, ob ich mit dir oder jemand anderem gesprochen habe.

Nein, das war ich.

Also, sagte sie, also wir schulden euch was. Das glaub ich fest.

Ich bin gerade von drei Einsätzen im Irak zurück, sagte er.

Drei Einsätzen?

Nicht einer. Nicht zwei. Drei.

Sie schüttelte den Kopf. Himmel. Wirklich. Sie schaute über ihre Schulter Richtung Kühlschrank. Ich würde dir ein Bier geben, wenn ich eins hätte. Wenn ich immer noch Barkeeper wäre.

Sie haben mich zwangsverpflichtet.

Sie haben dich nicht gehen lassen.

Ja, sie lassen einen nicht, obwohl sie müssten.

Wir haben davon gehört. War in den Nachrichten.

Da kann ein Arzt sagen, dass du ausscheiden musst, die Sanitätskommission, oder ein Baby ist unterwegs oder so was, und sie lassen dich einfach nicht, obwohl sie dem Vertrag nach müssten. Gesetzlich gesehen bescheißen sie dich von oben bis unten. Gesetzlich gesehen sagen sie einfach, zum Teufel mit diesem Stück Papier, du bist wieder dabei.

Sie haben nicht genug Leute für diesen Krieg.

Ich hätte verflucht viel früher draußen sein sollen, aber sie haben mich immer wieder zurückgeschickt. Ich musste sechsunddreißig Monate im Irak ableisten, Gefechtsbereitschaft.

Also –

Das halten die für okay.

Also Gott sei Dank bist du jetzt raus.

Skinner wiegte den Kopf.

Du bist raus und heil geblieben, sagte sie.

Yeah.

Du hast gedient, gottlob, und du bist heil geblieben, und jetzt bist du raus. Sie beugte sich vor und drückte die Zigarette im Aschenbecher aus, der mitten auf dem Tisch stand.

Die Frau sagte, Wir haben einen Freund, einen Freund meiner Tochter, die Gambias – ein Stück die Straße runter –, die haben einen Sohn in der Army – Army oder Marines, eines von beiden – und er geht rüber, rüber in den Irak. Er ist schon dort, das muss man sich mal vorstellen. Das 82. Geschwader, das 82. irgendwas.

Luftlandetruppen.

Könnte sein. Eine Elitetruppe, so viel weiß ich immerhin. Eine Spezialeinheit, nur für die Spitzensachen. Als sie mir erzählt hat, was diese Männer machen, konnte ich's kaum glauben. Sie rennen und machen Liegestütze und das Übliche, schlimm genug, aber dann hat sie erzählt, dass sie Steine in die Rucksäcke packen, bis die Männer kotzen. Die meisten Schlachten oder Siege, so was hat sie gesagt.

Keine Ahnung.

Sie sind auch außerhalb der Army berühmt, aber ich hab vergessen, wie sie heißen. Sie haben so einen Spruch. Seine Mutter hat so ein T-Shirt an, wenn sie kommt. Barbara. In all ihrer Schönheit. Du kennst den Spruch wohl nicht, oder? Ich wünschte, ich könnte mich erinnern. Sie hat ihn mir gesagt. Ich hab ihr gesagt, sie soll mir auch ein T-Shirt besorgen, aber es würde mir wohl nicht passen.

Er sagte nichts.

Wie schon gesagt, ich würde dir gern ein Bier anbieten. Sie hob den Kopf und rief in Richtung Flur, Erin!, und als keine Antwort kam, drehte sie den Kopf über die andere Schulter, um sich dem Kühlschrank zuzuwenden. Sie drückte sich vom Tisch ab, dessen Beine protestierten, aber ihr Stuhl bewegte sich nicht. Er hörte, wie sie tief durchatmete und sich darauf vorbereitete, den Körper zu drehen. Ihr Fuß rutschte über das Linoleum.

Kannst du mir einen Gefallen tun? Schau mal im Kühlschrank nach, da müsste noch ein Bier sein. Ein letztes.

Er stand auf und ging zum Kühlschrank, der so aussah, als würde er von einer Menge Leute geteilt. Er roch nach kippender Mayo. Die Ablage war fast komplett von einem Michelob-Karton belegt, der vierundzwanzig Dosen fasste. Er streckte seine Hand durch die aufgerissene Öffnung im Karton und griff ins Leere, suchte weiter und erst als fast der ganze Arm verschwunden war, stieß er auf eine einzelne, kalte Dose.

Er riss die Dose auf, fiel auf den Stuhl, murmelte ein Dankeschön, legte den Kopf in den Nacken und trank sie halb aus. Wischte sich das Kinn ab. Ein lauter Rülpser entfuhr ihm.

Besser?

Ups.

Nicht der Rede wert. Ich hab zwei Söhne und einen Mann großgezogen. Ein Gefühl wie in der Steinzeit.

Ja, sagte er.

Kannst du mir glauben, die haben sich wie Conan der Barbar aufgeführt.

Sie grinste. Ein Schneidezahn fehlte.

Versteh mich nicht falsch, es sind gute irische Männer, sagte sie ernst.

Er hob die Bierdose bis auf Schulterhöhe vom Tisch und setzte sie wieder ab. Verstehe.

Aber egal!, sagte sie und drückte die Zigarette aus. Du bist ja wegen des Zimmers hier. Mit ihrer kräftigen, heiseren Stimme beschrieb sie es. Es war sauber. Es war frisch gestrichen. Die Gegend war früher mal irisch. Heute heißt es freie Auswahl.

Er trank den Rest des Biers, das sich mit den Medikamenten in seinem Kreislauf mischte. Tief unten in seinem Schädel schien sich alles zusammenzuziehen.

Chinesen, sagte er.

Als sie sagte, er solle es sich mal ansehen, meinte er, das sei nicht notwendig.

Ich fände es aber besser, wenn du einen Blick reinwerfen würdest.

Wenn es vier Wände hat – mehr brauche ich nicht. Es ist doch ein Zimmer?

Geh doch einfach und schau es dir an. Dann weißt du Bescheid.

Also stand er auf und sagte, Ja, Ma'am und ging in völliger Dunkelheit die Stufen in den Keller hinunter, die Hand tastete an der Wand entlang, bis er den Schalter fand.

Er klickte einmal und die Lampe, die in Schallschutzfliesen an der Decke eingelassen war, ging an. Es roch nach Putzmittel. Er konnte den Kühlschrank und den Boiler hören, so still war es. Seine eigenen Schritte. In der Metallspüle waren getrocknete Ajax-Schlieren, daneben vier Herdplatten. Er öffnete die Tür zum Schlafzimmer, und sein Schatten fiel über den Boden auf die gemusterten Bettlaken. Alles war ordentlich und leer. In der Ecke standen Plastikbesen und Kehrblech.

Er ging wieder nach oben, hatte immer noch das Bier in der Hand. Als er zurück war, zog die Frau eine weitere Slim aus der Packung.

Also, wie sieht's aus? Du hast es gesehen, was machen wir jetzt?

Ich wär dabei.

Heißt das, ja? Okay. Stell doch um Himmels willen mal die Dose weg. Der Müll ist da drüben. Setz dich. Nimm Platz. Sie zündete den Glimmstängel an und warf das BIC-Feuerzeug wie einen Poker-Chip auf den Tisch. Schaute ihn an. Sagte, was das Zimmer kosten sollte. Das wusste er schon. Ich weiß, dass du es weißt, will nur noch mal alles durchgehen. Du bekommst den Schlüssel, wenn du bezahlt hast.

Von ihm kam ein undeutliches Kein Problem.

Der Rauch stieg in Kringeln von ihrer Zigarette auf. Er merkte, dass draußen schon Nacht war.

Sie sprach noch ein paar Sachen an. In diesem Haus wohnt eine Familie. Ich mische mich nicht in anderer Leute Angelegenheiten ein. Ich erwarte nicht, dass Männer Engel sind. Ganz bestimmt nicht, aber es gibt Grenzen. Ich würde doch keinen Mann vor die

Tür setzen – würde ich nicht, es sei denn, es handelt sich um eine ungewöhnliche Situation.

Skinner sagte, Das respektiere ich.

Gut, sagte sie, und er sagte so was wie, Kein Problem, alles okay so, zu allem, was sie sagte.

Kapitel 10

Er ging dahin, wo sie arbeitete, wartete, bis sie fertig war, bestellte ein Taxi und brachte sie zu seinem Zimmer zurück, weil der Bus zu lange brauchte. Sie ging die mit Teppich ausgelegten Stufen hinunter in den Keller, Skinner hinter ihr sagte, Noch weiter. Sie betrachtete die nackten, grauen Wände, die leere Küche. Sie gingen in sein Zimmer und er schaltete das Licht ein. Der Boiler im Schrank roch nach Kupfer. Sie ging zum Bett und setzte sich im Schneidersitz darauf, lehnte sich zurück, auf die Hände gestützt, schaute zu, wie er die Stiefel von sich schleuderte und die Tarnjacke runterriss.

Oh, ein Wolf. Ich habe Angst.

Viel später in der Nacht öffneten sie die Zimmertür, um die Hitze herauszulassen. Nur mit T-Shirt bekleidet folgte sie ihm in die Küche, wo es ihnen im Gegensatz zum Zimmer kalt vorkam. Das Licht blendete und im schwarzen Rechteck des Fensters über der Spüle spiegelte sich das Zimmer. Er suchte in den Schränken nach etwas Essbarem. Negativ, sagte er, an seinen Schläfen glänzte Schweiß. Sie trank Wasser aus dem Hahn über der Spüle. Wir essen Wasser, lächelte sie und wischte sich das Kinn ab. Nein, so schlecht geht's uns noch nicht. Er bestellte Pizza, die sie an dem kleinen runden Tisch neben dem Kühlschrank aßen. Ich hatte einen Riesenhunger, du nicht? Sie ließ sich von ihm füttern. Leckte seine Hand. Sie aßen alles auf und er lehnte sich in seinen Boxershorts zurück und zündete sich eine Zigarette an, das harte Knie an ihrem Oberschenkel.

Als sie zurück ins Zimmer ging, um ihre Jeans zu holen, sah sie, wie sie das Bett zugerichtet hatten, das Laken war zerrissen.

Die Tarnjacke und seine Kleidung lagen im ganzen Zimmer verstreut. Nachts schlief er in dem Ponchofutter. Auf dem Nachttisch lagen seine Pillen, die Gewichtheber-Zeitschrift und ein Streifen von fünf Kondomen in blauer Verpackung. Der Raum roch nach ihm und ihr, nach Schweiß, Latex und Zigaretten. Überall standen leere Bierdosen, die er als Aschenbecher benutzte. Unter dem Bett lag ein benutztes, feuchtes, gelbes Kondom. Ein weiteres klebte am Ponchofutter. Ihre Augen wanderten über die Zigaretten, über seine Jeans. Die Stiefel lagen da, wo er sie hingeschleudert hatte. Ein verblichener blauer Baumwollslip war daraufgefallen, ihrer.

Er trat hinter sie, legte die Arme um ihre Hüften und die Stirn auf ihren Nacken. Sein Gesicht roch nach Tabak. Langsam wiegten sie sich vor und zurück.

Ach, das macht mich müde, sagte sie.

Aber sie zwang sich dazu, die Jeans anzuziehen, das Kapuzenshirt und die Jeansjacke. Sie band sich die Haare mit einem Gummi zum Pferdeschwanz und schnürte die ausgetretenen Turnschuhe. Sie schaute auf ihr Handy, um zu sehen, wie spät es war, und steckte es wieder in die Gesäßtasche, wo es sich über dem Muskel abzeichnete.

Okay, ich gehe.

Ich komme mit, sagte er. Augenblick.

Sie gingen hinaus in die stille Nacht, die Franklin Avenue hinunter, bis die kleinen amerikanischen Häuser von den Ghettoblocks abgelöst wurden, und dann an der großen Kathedrale von Chinatown vorbei, die über den Hügel und durch die dunklen Bäume leuchtete, dann weiter an den langen Häuserreihen entlang auf der Straße, die sich bis zum Freeway wie eine Mole erstreckte.

Jetzt musst du ganzen Weg wieder zurücklaufen, sagte sie.

Das macht nichts. Ich kann sowieso nicht schlafen.

Sie sagte, er solle auf sich aufpassen. Sie versicherten einander, dass sie sich morgen wiedersehen würden. Er blieb noch stehen, bis sie im Haus war und er das Klicken des Schlosses hörte.

Dann schlich sie nach oben und war überzeugt, dass die anderen Mieter noch wach waren und ihre Ankunft bemerkten. Wenn sie beim Ausziehen der Turnschuhe aus dem Gleichgewicht kam, dachten sie bestimmt, sie sei betrunken. Sie öffnete die Schiebetür so leise, wie sie konnte. Nach oben hin waren die Verschläge offen wie Umkleidekabinen, und als sie an der Lichtstrippe zog, störte sie die Nachbarin, die hinter dem Sperrholz vor sich hin brummte. Also schaltete sie das Licht wieder aus und kniete sich auf die kaputte Matratze, auf die Tagesdecke, auf der Teddybären mit Krawatten waren und die sie in Chinatown gekauft hatte. Sie tastete herum, steckte das Handy in die Ladestation, es war ihre Verbindung zu ihm. Das Display leuchtete für einen Moment blau durch ihre Finger hindurch.

> hi mom geht mir gut hier in NY wie geplant. alles in ordnung weißt du noch fox news hatte unrecht ich wusste schon vorher dass du recht hattest mit schule, g.i. bill etc. ich bin mündig genug um zu wissen, wann du recht hast habe aber noch nicht die Reife es zu tun. nutze meine zeit – das habe ich immerhin bei der army gelernt
> brad

Du hast Geschirr? Kochtopf?

Weiterhin nur mit T-Shirt bekleidet öffnete sie das Schränkchen unter der Spüle. Dort war nichts außer einer Dose Ajax. Sie schaute in den Kühlschrank, wo nur der Pizzakarton lag.

Die Tür zum Bad war offen, und er stand mit dem Rücken zu ihr, die Beine über der Toilette gespreizt, die Zigarette beim Reden im Mundwinkel. Er urinierte lautstark, und sie verstand nicht, was er sagte. Als er fertig war, schüttelte er ab, drehte sich herum, schüttelte weiter, stopfte dann alles zurück in die Boxershorts und kam in die Küche.

Töpfe und Pfannen?

Ich habe geschaut, aber nichts gefunden.

Er durchsuchte die ganze Küche, ließ die Türen der Schränke zuknallen.

Sie stand mit nackten angespannten Wadenmuskeln auf den Zehenspitzen, um in die Schränke sehen zu können. Ihr T-Shirt, auf dem I'm fallin' for Juicy stand, rutschte über den Hintern nach oben.

Beantwortet das deine Frage?

Sie verschränkte die Arme und gab ein missbilligendes Tsts von sich.

Typisch der Junge. Kein Geschirr. Was willst du essen? Vielleicht kaufe ich für dich. Topf, Teller, Schüssel.

Tagsüber besorgte er Bier und Kondome an der Tankstelle am Northern Boulevard und sie tranken gemeinsam am runden Tisch in der Küche. Er kaufte keine Lebensmittel. Sie wurde betrunken und strubbelte ihm durchs Haar. So süß. Sie zeigte auf die leeren Schränke. Kein Kochtopf. Kein gar nichts. Du bist wie Männer. Mach den Muskel. Er ließ den Armmuskel spielen. Wie mein Vater. Handelt wie Mann. Sie lehnte sich an ihn und starrte ihn unverwandt an, die Augen voller Tränen. Guter Mann. Skinner stimmte ihr zu, wie man das unter Saufbrüdern so macht. Er hat mir alles gegeben. Für mich, für meine Mutter. Alles für uns getan, auch wenn er nichts hat. Ein armer Mann. Sie erzählte Skinner eine von ihren kleinen Geschichten darüber, was ihr Vater alles getan hatte. Es gab nur wenige, weil er so kurz bei ihnen gewesen war.

Er hat mir alles gegeben.

Ich weiß, stimmte Skinner zu.

Aus ihren Augen liefen Tränen.

Schon gut, schon gut.

Sie nahm noch einen Schluck aus der Dose, doch die war leer, also riss sie eine weitere auf. Langsam! Skinner steckte sich die Zigarette in den Mundwinkel und nahm ihr die Dose weg. Sie nahm sie sich wieder und trank einen Schluck. Okay, sagte er. Mehr Bier haben wir immer. Er nahm ihr die Dose wieder weg und stellte sie so weit wie möglich außerhalb ihrer Reichweite.

Sie hatte angefangen zu weinen und den Kopf auf die übereinandergeschlagenen Arme auf dem Tisch gelegt. Er griff über den Tisch, drückte ihre Schulter und schüttelte sie sanft. Wird schon wieder. Sie sagte irgendetwas, was er nicht verstand. Sie wiederholte:

Ich ihn nie wiedersehen werde.

Das ist echt Scheiße, ich weiß.

Er half ihr ins Zimmer und wickelte sie in das Ponchofutter.

Aber immerhin war sie glücklich. Es war schon so lange her, dass sie ihn verloren hatte. Ich trinke zu viel. Sie zeigte auf die leeren Dosen, die überall herumlagen. Blut-, nicht Tränenvergießen war das Gesetz des Nordostens – es sei denn, man trank. Oder man zeigte seine Gefühle durch ein Lied. So oder so, sie konnte nicht singen. Sie sang Skinners Name beim Arbeiten, und die Chefin fragte, Worüber freust du dich so?

Frösche, antwortete sie.

Sie zeigte ihre Gefühle durch ihre Handlungen, indem sie jeden Tag nach der Arbeit zu ihm kam und in der Nacht zu Fuß zu ihrem Zimmer ging. Ich hab Menge Energie. Sie kaufte ihm keine Töpfe und Pfannen. Sie war nicht der mütterliche Typ. Als sie eines Tages das Leergut einsammelte und Pfand dafür einlöste, tat sie das nicht, weil sie meinte, sie müsste für ihn aufräumen, sondern rein aus Geschäftssinn. Von dem Dollar und ein paar Zerquetschten kaufte sie einen Hähnchenspieß und hob ihn auf, bis sie ihn zusammen essen konnten, jeder die Hälfte. Sie ging an den kleinen Häusern vorbei, die mit spanischen Graffiti bedeckt waren, und als sie bei ihm ankam, war das Fleisch bereits kalt. Sie lief all diese Strecken zu Fuß, und das war gut. Es wurde Frühling, und das große Rad der Stadt fing wieder an, sich zu drehen.

Ich kann dich einfach nicht loslassen. Liegt vielleicht an der

Pizza. Oder vielleicht an etwas anderem, was du von mir bekommst, sagte er.

Es sei die Tarnung, sagte sie. Die Armyjacke. Sein Ponchofutter. Die Stiefel. Ich liebe deine Stiefel.

Und wie steht's damit? Er zog das T-Shirt hoch. Hat es was mit dem Schrapnell in meinem Rücken zu tun? Mit meinem Krieg?

Ich liebe deinen Krieg, sagte sie.

Kapitel 11

Wenn ich ein kleines Kind bin, erzählt mein Vater mir, wie es ist, Soldat zu sein. Man muss eine Menge Pflichten erfüllen. Alle die Männer leben unter armen Bedingungen, aber sie dürfen nichts dagegen haben. Die Menschen leben unter armen Bedingungen, also muss der Soldat das Gleiche tun. Er kann nicht mehr haben, als sie haben. Er arbeitet, damit sie ein besseres Leben haben. Also sagen sie: Wir sind wie der verreiste Cousin. Wenn er zu Besuch kommt, dann wohnt er bei uns und wir verpflegen ihn. Erst wenn er verpflegt ist, bekommt die Armee Essen. Also ist die Armee dünn und die Gesellschaft ist dicker.

Vor langer Zeit ist das Land in der Katastrophe und wir haben Feinde innerhalb und außerhalb der Grenze. Vereinigte Staaten, Sowjetunion, Japan, alle greifen an, weil das Land schwach ist. Verbrecher nutzen die Schwäche aus und bestehlen uns. Die Armee rettet uns und bestraft die Verbrecher.

Das Volk und die Armee gehören gemeinsam, sind aber nicht das Gleiche. Jeder muss mit achtzehn in der Armee dienen. Ich will der Armee dienen, als ich achtzehn bin. Allerdings kann ich nicht. Es gibt so viele Chinesen, es ist schwer, sich der Armee anzuschließen. Auch wenn es sehr hart ist, ist es ein guter Job und jeder will zur Armee.

Ich kenne amerikanische Army nicht, aber in Volksbefreiungsarmee ist es sehr streng. Die Soldaten kommen aus arme Gegend und sind alle gewöhnt. Einige haben noch nie im Leben Toilette gesehen. Können nicht lesen.

Aber damals ist die Qualität der Soldaten sehr hoch. Sie können auch mit kleinen Essensrationen überleben. Ich weiß nicht, ob die amerikanische Army das kann. Die Amerikaner haben große Körper und ich denke, sie sind zu hungrig. Aber in China sind wir gewöhnt.

Die Lage ändert sich, seit ich ein Kind bin. Vorher haben wir überhaupt keine Technologie. Jetzt wird die Technologie stärker. Wir können Cyberkrieg führen – das ist jetzt sehr beliebt. Und wir haben viele Atomwaffen, fast gleich viele. Wir verlassen uns nicht mehr auf den einzelnen Soldaten. Vielleicht wird der Einzelne schwächer, wenn wir größer werden.

Immer wenn es die Katastrophe gibt in unserem Land, tut die Armee das Beste, um das Volk zu retten. Wenn die Flüsse übertreten oder die Berge rutschen. Das passiert in der Vergangenheit viele Male. Wenn es passiert, dann rettet uns niemand außer der Armee.

Das ganze Volk muss ihr wirklich dankbar sein, denn sonst können wir nicht existieren. Wenn der Bauer mit dem Lastwagen voller Gemüse fährt, kommt das Öl für den Motor aus der Pipeline. Ich denke, wenn du eine Frau auf Markt bist und Gemüse kaufst, dann musst du meinem Vater danken.

Daran denkt wohl niemand. Sogar ich vergesse es, was ich nicht soll. Alles kommt von irgendwoher.

Ich sage immer, mein Vater, aber das ist er natürlich nicht allein. Ich meine, das Lanzhou-Regiment und das Entwicklungsprogramm für den Westen in China sind für die Ölversorgung zuständig. Sie stellen sicher, dass wir bekommen und nicht Russland.

Sie haben die Pipeline gebaut, am Anfang nur mit Schaufeln, Hacken und Tragekörben. Das Öl liegt unter einer Bergkette, die ›Zwiebelberge‹ genannt werden. Stell dir mal vor, sie haben sich durch die Berge gegraben. Ein bisschen wie damals, als die Chinesen hier die Straße gebaut haben, nur haben sie das dort für ihre eigenen Leute getan. Sie haben so viel Dynamit benutzt, dass die Hirten abergläubisch wurden. Sie glauben, dass der Teufel ihnen

Angst einjagen will. Nach einer Weile haben sie daran gewöhnt. Sie haben Soldaten die Donner genannt. So ist mein Vater darauf gekommen. Er hat mich dann Donner genannt, der Name soll mir Glück bringen.

Wenn du in China fragst, was der gefährlichste Job ist, dann sagen alle, der Job vom Bergarbeiter ist der gefährlichste. In Wahrheit ist dieser Job noch viel schlimmer als das. Manchmal, wenn du arbeitest, legt jemand Dynamit direkt neben dich und du kriegst nicht mit, bis es hochgeht. Der Berg kann jederzeit einstürzen. Einmal ist er eingestürzt und hat viele Männer eingeschlossen. Mein Vater hat Glück, dass er gerade Wasser trinken gegangen. Genau an der Stelle, wo er vorher war, brach der Berg ein.

Alle haben sofort versucht, die zu retten, die eingeschlossen sind. Ich denke, in einem reichen Land kommt jemand mit spezieller Ausrüstung. Heute gibt es in China vielleicht auch die Ausrüstung, aber damals ist es unmöglich. Alles, was sie machen können, ist mit Werkzeugen in der Hand graben. Natürlich kann das nicht funktionieren und ihre Freunde sterben. Sie müssen sie sogar sterben lassen. Die Führer können die Zeit nicht verschwenden, sie zu retten. Sie haben ihnen befohlen, zurück an die Arbeit zu gehen. Es ist wie Krieg. Das Land ist der Krieg, um sich zu modernisieren, und viele Menschen müssen dabei ihr Leben schenken.

Auch mein Vater musste sein Leben schenken. Aber so hat er mir alles darüber beigebracht, was es bedeutet, der Held zu sein.

Schau mal, das sind wir beide.

Yeah.

McDoof.

Das ist mein Displayfoto.

Sie griff über seinen Arm hinweg und klickte zum nächsten Bild weiter, wobei ihre Brust seinen Arm streifte. Skinner im nächtlichen New York. Empire Building, sagte sie. Aufmerksam musterte sie das einzelne, vom Kamerablitz weiße Gesicht vor dem schwarzen Himmel und der galaktischen Skyline, eine Woche bevor sie sich kennengelernt hatten.

Dann klickte sie weiter und sah ödes Land und Himmel, Blau über Braun, dunkle Palmen, der verwischte Schatten eines Fahrzeugs, eine Figur in einem langen Gewand. Sie klickte weiter und sah Dunstschleier über Lehmziegelhäusern. Eine Moschee, ein Lastwagen, der im grellen Licht vorbeifuhr. Eine Ziege, die auf Ziegelschutt in einem Graben lag, ein Kind, verschwommen, das einen Eimer trug, und ein Soldat, der in die andere Richtung schaute.

Er war schweigsam geworden. Sie klickte weiter.

Das sind die Jungs.

Ein wütendes Gesicht unter einem Helm. Sie klickte. Jemand zeigte der Kamera den Finger. Ein Lachen. Ein Militärfahrzeug mit offenen Luken, in dem die Ausrüstung verstreut war, als wäre ein Hurrikan hindurchgefegt. Die Soldaten hielten den Kopf gesenkt. Sie wirkten verwirrt und desorganisiert. Ein konzentriert wirkender Mann sprach ins Funkgerät.

Das nächste Bild zeigte einen Soldaten, der auf einer hölzernen Latrine saß und eine Rolle Toilettenpapier in den schmutzigen Händen hielt. Er sagte etwas in Richtung Kamera.

Verflucht, das ist Sconnie.

Dann das Foto eines menschlichen Fußes, der im Sand lag, und ein weiteres aus größerer Entfernung, auf dem man nicht mehr erkennen konnte, dass es ein Fuß war. Aber etwas anderes konnte man weiter entfernt sehen, nämlich einen Haufen nasser Kleidung. In dem Haufen ein Bart, ein Gesicht – glaubte sie zumindest. Unscharfe Soldaten, die rauchten. Sie sah Tiere, Hunde. Eine Frau fast vollständig von einer Art Nonnengewand bedeckt, nur das furchterregende, von einem Schrei verzerrte Gesicht war frei, die dicken Hände hatte sie erhoben, als würde sie dem Fotografen einen Fluch entgegenschleudern.

Sie drückte wieder auf die Taste. Sie sah die ganze Einheit, wie Obdachlose schliefen sie in flachen Gräben, die sie in den Sand geschaufelt hatten, wie eine ausgekippte Pfütze in Tarnfarben, neben jedem Mann standen seine Stiefel.

Während sie weiterklickte, schien sich die allgemeine Unordnung im Rücklauf wieder zu ordnen. Sie sah sie mit Sonnenbrillen, mit ihren Waffen posieren, sie waren gekleidet, als würden sie zum Strand gehen – mit Flipflops und Handtüchern, Sonnenbrillen und Gewehren.

Es gab ein Foto, auf dem ein junger Mann war, der mit offenem Mund schlief, und ein anderer, der sich ein Würstchen vor den Schritt hielt, das er dem Schlafenden in den Mund hängte.

Weder sie noch Skinner lachten. Sie murmelte etwas, klickte weiter. Dann kam das Foto eines jungen Mannes, ohne Hemd, in Bewegung, dicht an der Kamera. Er war extrem trainiert. Jeder einzelne Muskel des Oberkörpers war deutlich zu erkennen. Er wirkte wie in ein goldenes Licht getaucht. Er schien eine Ähnlichkeit mit dem Mann zu haben, der neben ihr auf dem Bett saß. Ein Cousin, dachte sie. Aber die Tattoos waren die gleichen.

Doch, sagte er. Das bin ich. Ich weiß, dass ich nicht mehr so gut in Form bin.

Sie sah eine Zeitschrift unter dem Bett liegen und sagte, Hm, was ist das? Sie hob sie auf und fing an, darin zu blättern. Es gab Hochglanzfotos von Menschen, die Sex hatten. Zwei Frauen hatten Sex mit einem Mann, und zwei Männer hatten Sex mit einer Frau.

Ach, das ist nichts Besonderes. Du weißt doch, was das ist.

Sie wusste, was ein Pornoheft war, ja. Chinesische Männer hatten solche Zeitschriften, mit Bildern japanischer Frauen, die mit Wäscheleinen gefesselt waren, und chinesischen Männern, die sie in die Brüste kniffen. Sie enthielten Aufklärungsartikel über die Techniken, Gesundheitsbestimmungen und die Bedeutung diverser Geschlechtsakte, etwa wie das sogenannte Flötespielen, das als ultimativer Akt der Wertschätzung der männlichen Yang-Kraft durch eine vor ihm kniende Frau beschrieben wurde. Junggesellen lasen diese Geschichten, wenn sie von der Arbeit in einem Restaurant nach Hause kamen und sich erleichtern wollten. So sind halt Männer. Ihre Masturbationsgeräusche drangen durch die Rigipswände, wenn sie zu schlafen versuchte.

Aber dies war eine Zeitschrift aus dem Westen, eine Ausgabe der »Club International«. Mit hochgezogenen Augenbrauen studierte sie die Darstellung einer Doppelpenetration und starrte lange und skeptisch auf eine Frau, die die Zunge herausstreckte und stolz und befriedigt aussah, weil die Männer in ihren Mund ejakuliert hatten.

Schließlich warf Zou Lei die Zeitschrift wieder auf den Boden. Solche Sachen waren für andere Leute vielleicht in Ordnung, nicht aber für sie.

Ganz sicher?, fragte Skinner und sie boxte ihn. Aber er meinte es ernst.

Manchmal kennt man sich selbst nicht richtig. Wie auch immer, sagte er, schau dir das mal an. Vielleicht ist das ja was für dich.

Er steckte sich die Zigarette in den Mund und wühlte auf dem Boden herum, die Augen wegen des Rauchs zu Schlitzen zusammengepresst, fand den »Ironman« und schlug ihn auf. So was hier mache ich jetzt.

Zusammen schauten sie sich die Gewichtheber an: Sportler, die ihren Körper konsequent in Sektionen einteilten und jede Sektion trainierten, indem sie diszipliniert einem Übungsplan folgten. Der Gewichtheber auf dem Umschlag spannte jeden einzelnen Muskel an, er hatte die Zähne in äußerster Anspannung gefletscht, mit rotem Gesicht und prallen Venen auf der Stirn, als wären auch die ein Muskel.

Gut, sagte sie. Wie viel Gewicht?

Er hat etwa 650 auf der Stange. Schau mal, wie die sich durchbiegt. Das schafft man nicht mit Notfallrationen.

Wie schafft er das dann? Nimmt er Drogen?

Er zeigte ihr die Seiten mit den Ergänzungsmitteln. Kreatin,

Glucosamin, Mass Builder – das ist ’ne Proteinbombe. Wenn die hochgeht, dann wächst du einfach.

Sie tat so, als würde sie sich eine Nadel in die Vene stecken, und machte ein Ploppgeräusch mit dem Mund.

Genau dieses Zeug meine ich. Er klopfte mit der Zigarette darauf. Muss dran denken, mir das zu besorgen.

Siehst du dann aus wie er?

Wohl eher nicht.

Sie nahm Skinner die Zeitschrift aus der Hand und blätterte darin, bis ›Miss Fitness Arizona‹ erschien, die einen türkisfarbenen Spandex-Body und weiße Reeboks trug. Sie machte Donkey-Calf-Raises an einem Cybex-Gerät. Dann konnte man sie bei Kniebeugen mit Hantel bewundern, während ihre dunklen Augen an die Decke schauten. Sie sah mexikanisch oder orientalisch aus. Auf einem anderen Bild war sie in einem Bikini am Strand – den einen Spaghettiträger mit dem Daumen angehoben –, trug einen Hauch von Lipgloss, während die Wellen ihre Oberschenkel umspielten.

Zou Lei spannte ihre Muskeln an und betrachtete sich selbst. Hey. Sie lachten. Nicht schlecht.

Ich mag sie.

Du siehst ihr ähnlich.

Sie hat sehr schöne Sachen.

***

Eines Tages, als sie freihatte, verabredete sich Zou Lei mit Skinner an der Roosevelt Avenue. Skinners Haare waren gewachsen und standen ungekämmt in alle Richtungen ab, ganz und gar nicht mehr militärisch. Der Tag war klar, es hatte geregnet und der Müll lag aufgeweicht auf den Straßen.

Sie liefen aus Chinatown heraus, bis sie weit genug entfernt waren und die chinesischen Dachsimse und die Feuertreppen sehen konnten. Sie hatten nichts vor, gingen einfach immer weiter an dem

Expressway entlang und an den Autowerkstätten vorbei, auf deren Schildern alles in Chinesisch stand. Die Straße führte zu einem Friedhof und dann zu einer Reihe kleiner Häuser mit Giebeldächern, bei denen die Holzverkleidung abfiel.

Die Luft war hell, kühl und warm – ein wenig trügerisch, denn noch immer war Winter. Sie glaubte den Frühling schon in den Straßen riechen zu können, in der Luft, die vom Asphalt und von der Erde zwischen den gebrochenen Steinen aufstieg.

Sie fielen in einen Rhythmus, dem sie sich ganz hingab, liefen meilenweit, und ihre Hufe schlugen die große Erdtrommel.

Als sie die Brücke erreichten, wo die Jewel Avenue den Expressway und die Grünanlagen kreuzte, konnten sie in alle Richtungen sehen – die alten Türme mit den Eigentumswohnungen, die Teiche, die Dächer und die Ferne; sie blieben auf der Brücke stehen und ließen den Blick kreisen. Sie waren an der Nabe eines Rads. Skinner legte den Arm um sie.

Das ist doch mal eine Aussicht, sagte er.

Die Aussicht stand für alles, was möglich war. Die Stadt erstreckte sich über eine riesige Fläche in die Welt hinaus, war schrankenlos. Der Horizont war keine Grenze. In jeder Richtung gab es immer noch mehr Gebäude, die die Erde bedeckten. Sie sah die Schatten der Waldgebiete, die aus dieser Entfernung verschachtelte Unschärfe der Äste zwischen den Häusern. Links von ihr lagen die Highways – groß, öde, einsam. Nach rechts schien es eine weitere Stadt zu geben und dahinter dann die Skyline von Manhattan, unverwechselbar mit dem Empire State Building, das von hier aus nicht größer als die Spitze ihres kleinen Fingers war. Zwischen den Dächern der Wohnblocks konnte man eine der Hängebrücken sehen, die Manhattan mit den anderen Stadtteilen verbanden. Alles zusammen ergab wohl zehn Städte. Von diesem erhöhten Standpunkt aus sah sie Dinge, die ihr sonst verborgen blieben. In Richtung des Wassers im Norden gab es eine grüne Kuppel, das musste eine Moschee sein. Sie sah die Turmspitze direkt daneben, drum herum undeutlich Dächer, Feuertreppen und Wasserspeicher, die von einem vorbeirauschenden Tausendfüßler erst verdeckt und dann wieder freigegeben wurden, der Subway. Im Süden sah man Metallsplitter in der blauen Stratosphäre: Flugzeuge im Landeanflug. Sie wurden größer und größer, und wenn sie über Skinner und sie hinwegflogen, waren es Passagierjets auf ihrem Weg zum Flughafen am Wasser. Sie sah die komplexen Formen der Küstenlinie, den nicht vorhandenen Kontrast zwischen der braunen Stadt und dem Wasser, als wäre alles ein einziges großes Etwas – und das war sie ja auch, die Oberfläche der Erde, die man durchstreifen konnte, solange man lebte.

Sie fragte ihn, wo auf dem Gebiet, das sie gerade überblickten, er schon gewesen war. Gehst du dort? Ist eine Bronx.

Dort bin ich angekommen. Und dann bin ich so gegangen, sagte er und beschrieb mit dem Finger eine Kurve, die er am braunen Horizont zurückgelegt hatte. Immer weiter hinunter bis genau dorthin, wo diese ganzen Gebäude sind.

Ich geh so: immer runter, runter, runter nach Chinatown. Kannst du nicht sehen. Ich habe anfangen dort – sie drehte sich dreißig Grad nach Osten – wo Connecticut ist, die ganze Strecke. Ich war da, da, da draußen, bei Long Island, Riverhead …

Sie blinzelte in der Sonne. Schau! Sie tätschelte seinen Arm und und zog ihn Richtung Westen, wohin sie jetzt zeigte. Da habe ich gearbeitet, da, wo Nanuet ist.

Was hast du da gemacht?

Restaurant. Sie klammerte sich an die Tarnjacke. Wenn du immer weiter nach Westen, Westen, Westen gehst, wirst du zum Meer sein und dann China. Niemand wird dich verstehen. Jeder wird dich verwirren. Für dich ist es vielleicht anders. Am Morgen stehst du früh auf, um Wasser zu holen. Brennst Feuer an. Das Volk ist eine Milliarde. Ist viel größer als hier. Du fährst Bus. Zug. Lastwagen. Kamel. Schläfst auf Boden. Siehst die Berg.

Kapitel 12

Sie betrachtete ihn in seinen klobigen Stiefeln und der amerikanischen Flagge auf dem Ärmel – und fing an, sich nach einem anderen Job umzusehen, um ihr Einkommen an den Tagen aufzubessern, die sie nicht am Nudelstand arbeitete. Dazu musste sie mit der Subway fahren, in der Cops unterwegs waren, sie glaubte, das aber riskieren zu können.

Sie probierte verschiedene Jobs aus, sammelte Flaschen und Dosen, um sie gegen Pfand beim Beer Center einzulösen, einem Recycler am Parsons Boulevard.

Zweimal verteilte sie Coupons für Western-Beef-Lebensmittel, warf die Heftchen auf Veranden von Reihenhäusern oberhalb vom Grand Central Highway. Die aufgerollten Heftchen steckten in passenden Plastikhüllen. Sie zog Berge davon aus Lieferwagen, packte sie in einen Einkaufswagen und schepperte die Straße rauf und runter – sie war die Einzige, die bei der Arbeit rannte. Die anderen waren drogenabhängige Obdachlose in True-Religion-Jeans. Der Mann, der die Truppe dirigierte, trug eine Goldkette und hatte keine Stimme. Er war ständig total heiser. Sie arbeitete wesentlich schneller als die anderen, er zahlte ihr aber trotzdem nicht mehr. Er sprach die Sprache der anderen. Auf dem Rückweg im Lieferwagen überlegten sie, noch eine Flasche zu kaufen.

Als sie an einem Spirituosenladen vorbeikamen gestikulierten sie und riefen, Anhalten, anhalten!, und er fuhr rechts ran.

Sie stieg mit den anderen aus und nicht wieder ein. In einer chinesischen Zeitung stieß sie auf eine Telefonnummer und kurz darauf fing sie an, DVDs zu verkaufen.

Der Mann, der ihr die DVDs gab, hatte Vorkehrungen getroffen. Er wollte seinen Namen nicht verraten, damit man ihn nicht verhaften konnte, falls sie ihn verpfeifen würde. Sie wusste nicht mehr über ihn, als dass er aus Wenzhou in der Provinz Zhejiang kam, und die Leute aus Wenzhou wussten, wie man überlebt. Am Telefon beorderte er sie zu einem Torweg, fuhr dort in einem SUV vor und gab ihr die Ware. Er sah aus wie der Manager einer chinesischen Fabrik im Winter – dunkle Kleidung, Daunenweste, die Kappe seitwärts auf dem Kopf und eine Mild Seven im Mund. Sein Gesicht war schief, das Resultat einer Pestizidvergiftung als Kind, was ihm das Aussehen von jemandem verlieh, der sich nicht noch einmal verarschen ließ.

Auf ihrer Verkaufstour setzte sie sich in ihrem marineblauen Trainingsanzug in die Subway, die Tasche über die Schulter gehängt, hielt die durchsichtigen Plastikhüllen wie Spielkarten aufgefächert in der Hand und murmelte:

Deevaudee, Deevaudee, hallo, Deevaudee.

Was hast du denn, fragten sie die Schulschwänzer.

Nee, sagten sie und gaben ihr die Hüllen zurück. Ein Arbeiter mit dicker Brille schüttelte den Kopf: An Kung-Fu-Komödien wie »Dream Return to Tang Dynasty« war er nicht interessiert.

Nachdem sie nur eine DVD verkauft hatte, stieg sie an der Tremont Avenue in der Bronx aus, zählte das Bargeld mit dem Rücken zum Bahnsteig und steckte es weg. Die Pfeiler auf dem Bahnsteig waren voller Graffiti: Ca$h $mells. Beast. LLL. Byron. Ruthless AKA Jie Burn.

Sie nahm den Zug in die Gegenrichtung bis nach Brooklyn, stieg bei den Bundesgerichten aus. Dort waren Cops in Neopren-Handschuhen und Sturmmützen und Araber, die Shish-Kebab verkauften. Kohlerauch lag in der Luft und vor einem Gebäude, das wie das Weiße Haus aussah, hatte die Polizei Barrikaden errichtet.

Eine Zeit lang lief sie herum, um zu sehen, ob die Cops Strafbescheide an Straßenhändler verteilten.

Dann ging sie in ein Wendy's-Restaurant und breitete die Filme auf einem der Tische aus. Große schwarze Paare lehnten freundlich, aber dankend ab. Eine Frau, deren Kind bis hin zu den winzigen Sneakers und der Jeansmütze genauso wie ihr Freund angezogen war, sagte, Jamal, lass den Quatsch.

Ein Mann fragte, ob sie Kung-Fu hätte.

Sie schaute sich ihren Bestand an. Das hier ist Kung-Fu. Das ist in Ordnung, sagte er, aber ich will Jackie Chan.

Jet Li ist gut, versuchte sie ihn zu überzeugen.

Ich steh auf Jackie Chan.

Wie wär's mit dem hier?

Sie hielt ihm ein Hongkong-Movie mit dem Titel »Black Society« auf Chinesisch und »Buttonman« auf Englisch entgegen.

Muss Jackie Chan sein, sagte er. Ich sag dir, was mit denen hier nicht stimmt. In diesen Filmen wird jede Menge getrickst. Bei Jackie Chan wird nicht getrickst. Er macht alle seine Stunts selber. Schau mal – er ließ eine schnelle Abfolge von Schlägen und Blocks folgen, schlug auf seine Arme und brüllte, Tak!

Er lachte keuchend. Kapiert, Baby? Schau dir das an! Er hielt ihr die Knöchel hin, die ebenso voller Schwielen waren wie die Handflächen. Kommt alles von meinem eigenen Shaolin-Stil. Er nahm ihre Hand und ließ sie fühlen. Ich hab mir von all den Revolverhelden hier nie was gefallen lassen.

Okay. Ich besorg dir. Nächstes Mal.

Ich sag's ihnen, wenn du schummelst, *Thundercat*!

Sie verließ das Restaurant. Auf der Straße ratterten die Presslufthämmer um einen riesigen Lastwagen mit Kabelrolle. An der Ecke Fulton Street verkaufte ein Mann aus Lahore Früchte. Lahore lag am Ende des Karakoram Highway, der im Westen Chinas begann. Der Mann trug einen roten Bart. Er kniete auf einem Stück Pappkarton und betete. Sie beobachtete, wie ein NYPD-Wagen an ihm vorbeifuhr und der Fahrer einen Blick auf ihn warf, aber nicht auf sie. Sie fühlte sich mit jeder Faser ihres Körpers beschützt.

Die breitschultrigen Afroamerikaner, die die Fulton Street entlangschlenderten und in die Schaufenster von Jimmy Jazz schauten, trugen große Lederjacken mit geprägten Schwingen von Adlern und Greifen über den Schultern – genau die Art von Skinners Tattoo. Er ist bei dir, sagte sie sich.

Die Polizei konnte sie nicht aufhalten. Sollten sie sie durchleuchten, würden sie die amerikanische Flagge auf dem Monitor sehen. Ihre Füße würden weitertrommeln, und sein Schatten flog ihr voraus. Er trug sie über die Eisenwüste, damit ihre Füße nicht zerrissen wurden. Er bewahrte sie davor, in einer mit Scheiße verschmierten Zelle entehrt und getötet zu werden.

An der Pennsylvania Avenue waren die Gebäude niedrig und der Winterhimmel über dem Zaun und einem ausgebleichten Basketball riesig. Sie kletterte durch ein Loch im Maschendrahtzaun, stieg über leere Flaschen und lief über die abgestorbenen Gräser den Hügel hinab, eine Gestalt in Jeans und Kapuzenshirt, sicher, dass sie nicht straucheln würde, und blieb dann auf dem Mittelstreifen der Zufahrt stehen. Wenn die Autos bei Rot anhielten, präsentierte sie am Fenster der Fahrerseite ihre Filme.

Eine Frau, in Hut, Kapuze und einer großkarierten Jacke, verkaufte Rosen. Die Ampel sprang auf Grün, und beide gingen zurück auf den Mittelstreifen.

Con cuidado, sagte die Frau.

Ja. *Sí.*

Und du achten auf la *policía. Siempre.*

Die Frau hatte ein hübsches Gesicht und auffällige Mitesser, die ihre Wangen sprenkelten. Sie sagte, sie hätte einen Einkaufswagen, den sie wegschieben könnte, wenn die Cops kämen, und außerdem – jedenfalls verstand Zou Lei das so – einen Lieferwagen, um ihn dort zu verstecken, aber Zou Lei sah keinen. Die Cops hatten ihr Strafbescheide ausgestellt: einhundert, einhundertfünfzig, manchmal zweihundert.

Ja. *Sí.* Aber was ist damit?

Die Frau schaute an sich herunter. Zou Lei zeigte auf eine Händlerlizenz, die in einem Etui um ihren Hals hing. Sie hielt sie in ihrem Fäustling hoch und sagte etwas. Dann steckte sie sie in die Tasche der großkarierten Jacke.

Das kostet Geld? Kostet viel *dinero*?

Die Frau sprach Spanisch, schüttelte den Kopf. Es war keine echte Lizenz.

Zou Lei wippte auf den Zehen, rieb sich die Hände, wartete darauf, dass Autos anhielten.

Mucho frío.

Zou Lei nickte, Yes, *sí*, das kannte sie.

Sie sagte sich: Eine verkaufe ich noch.

Du kannst alles machen – Spielzeug verkaufen, Orangen, im Sommer Eis, Telefonkarten, damit die Leute nach Hause telefonieren können. Nach Singapur. Den Philippinen. Dem Jemen. Irak. Der Elfenbeinküste. Nach San Salvador. Du kannst All-you-can-eat-Flyer verteilen, *compramos d'oro* – dir einen Einkaufswagen beschaffen und ihn über Berg und Tal wuchten, jetzt, da er bei dir ist.

Sie konnte einen Kredit aufnehmen und einen Lastwagen kaufen und dann wirklich frei sein. Sie träumte mit offenen Augen, dass Skinner und sie zusammen unterwegs sein würden, von Stadt zu Stadt reisten, verkauften, was sie kauften und eintauschten. Sie hatte es klar und deutlich vor Augen: Sie würden Messer in Lederscheiden tragen und Cowboyhüte und auf Pferden über das sonnige Land reiten, außerhalb der Reichweite aller Behörden.

Kapitel 13

Sie sollte wissen, dass auch er arbeitete. Ich zieh dieses Programm hier durch, zwei Trainingseinheiten pro Tag. Nehm meine Proteine. Er musste nur noch ein Studio finden, in dem es keine blöden Vorschriften gab, und schon konnte es losgehen.

Er kam aus Shayler, einem ziemlich einfachen Ort, wie er sagte. Es gab Bars, evangelische Kirchen und einen 7-Eleven-Laden. Wenn er Heimat sagte, dann klang es wie Haiiimat. Die Häuser zogen sich einen Hügel hinauf, wie in einer Bergarbeiterstadt, nahe der Grenze zu West Virginia. Unter dem Highway, der in die Stadt führte, türmten sich Schotterberge. Es gab jede Menge Bars, es wurde heftig getrunken. Steeltown-Football war sehr populär. Die Menschen waren echte Rassisten und gingen offen damit um. Sie konnten mit allen Freundschaft schließen. So waren sie nun mal. Echte Patrioten. Unter ihrem Haus lebte ein Waschbär. Sie waren arm. Seine Mutter, eine schlanke, energische Frau mit kurzem, blonden Haar, saß in ihrem Wohntrailer, las »Reader's Digest« und trank Wodka aus einer blauen Plastiktasse. Sie war wirklich großartig in allem, was ungewöhnlich war. Leider passierte so gut wie nie etwas Ungewöhnliches, abgesehen vom Trinken. Als er fünf war, vielleicht seine erste Erinnerung, hielt ihm seine Mutter die Fernsehzeitschrift hin und zeigte ihm das Bild eines Hundes, der etwa hundert Kilo wog. Schau dir das an, sagte sie, hast du so was schon mal gesehen? Er hätte sich freiwillig gemeldet, selbst wenn die Anwerber nicht in seine Highschool gekommen wären. 9/11 war wirklich ein Grund, aber er wäre wohl so oder so gegangen, nur um etwas zu tun.

Wenn er mit ihr redete, hatte er den Arm mit den chinesischen Schriftzeichen-Tattoos um sie gelegt und hielt die brennende Zigarette von ihr weg. Auf der Highschool hatte er Football gespielt, erzählte er und erinnerte sich an das Stadion, die Punktekarten und das Gangteam, gegen das sie gespielt hatten und das nur aus Schwarzen vom Hügel oben bestand. Eine Tankstelle außerhalb des Stadions war der Grenzpunkt. Alle weißen Autos fuhren den Hügel hinab zu den weißen Bars, und alle schwarzen Autos fuhren bergauf zu den schwarzen Bars am Lafayette Hill.

Hast du viele Kerle gehabt?

Nein.

Wie heißt das bei euch?

Nanpengyou.

Nan-pong-yow. Hattest du?

Nein. Ich kämpfe mit Jungen. Was ist mit dein Vater?

Was soll mit ihm sein?

Du mir nichts erzählst von ihm.

Als er ungefähr siebzehn war, erzählte ihr Skinner, war er in einer Bar auf der anderen Seite des Flusses gewesen und stellte fest, dass der Kerl, der neben ihm am Pissoir stand, sein Vater war. Er beschrieb ihn: Carhartt-Jacke und -Hose, unglaublich fester Händedruck, und er stand mit zwei Frauen an der Bar und trank. Das war sein Vater. Was ist mit deinem? Ach ja, fast vergessen. Du hast mir ja alles über ihn erzählt. Der chinesische Soldat. Aber Mädchen?, sagte Skinner. Es gab da ein Mädchen, das er mochte, und die ganze Schule wusste, dass er sie mochte. Das wurde zu einer Geschichte, über die alle redeten. Nie wieder war er so kurz davor, berühmt zu sein. Wenn er sie vor der Schule sah, dann starrten sie einander an, voll und ganz dem sozialen Druck ausgesetzt. Sie sagte einfach nur, Hiiiiiii, Brad. Etwas anderes ist nie passiert. Er konnte ihr nicht mal, Ich mag dich, sagen. Es war sinnlos, das zu sagen, denn alle wussten es schon, und sie auch. Wir waren in der fünften Klasse und das war der Anfang der Gerüchteküche.

Hat sie dir das Herz gebrochen?

O ja. In der Mitte durch.

Sie grübelte, ob sie ihm von ihrem Gefängnisaufenthalt erzählen sollte. Weißt du, ich bin überraschend, dass du mich magst.

Warum das?

Weil ich alt bin.

Nein, bist du nicht.

Der Migrant.

Und?

Du kannst ein amerikanisches Mädchen haben. Das gelbe Haar. Die große schöne Frau.

Ich weiß nicht, ob es dir aufgefallen ist, aber ich bin nicht besonders groß. So jemand würde nie mit mir ausgehen wollen.

Ja, würde sie. Natürlich. Sie wird dich lieben.

Für manche Menschen regiert die Liebe die Welt, sagte Skinner.

Was regiert die Welt?

Um ehrlich zu sein – Krieg.

Krieg?

Also eigentlich ist es Geld. Geld, dann Krieg. Alle haben's mit so was wie Patriotismus, der Flagge und diesem ganzen karierten Gequatsche.

Gesellschaft braucht mutige Männer und Frauen, die kämpfen.

Auf ihre Bitte hin zog er das Hemd hoch, damit sie erneut seine Narbe betrachten konnte.

Sie sagte: Ich sehe, es wird besser.

Sie setzte einen Fuß auf eine Parkbank hinter sich und machte mit dem anderen Bein Ausfallschritte, die Hände am Hinterkopf gefaltet, die Augen in den Himmel über Queens gerichtet, und zählte mit, gespannt, ob sie heute alle schaffen würde. Sie hatte starke Beine. Sie brauchte kein Studio, sie hatte den Park. Sie hatte einen Übungsplan nach Tagen, Durchgängen und Wiederholungen, eine Seite aus Skinners Zeitschrift, die Miss Fitness zierte. Außerdem lernte sie von jedem, den sie sah, und es gab eine Menge zu lernen von Menschen, die etwas erfinden mussten, weil sie nur ihre Vorstellungskraft hatten. Die Latinos brachten Arbeitshandschuhe in den Park mit und machten Übungen, die sie in Justizvollzugsanstalten gelernt hatten, eine andere Art von Klimmzügen, Push-ups mit weit gespreizten Armen, nach vorn gestreckten Armen, Seitliche-Rückenmuskel-Push-ups, Diamond-Push-ups, einarmige Push-ups, Cuban-Push-ups, Neigungs-Push-ups mit den Füßen auf einer Bank. Und dann joggten sie, die Arme aufgeschwemmt und geschwollen. Zou Lei machte Liegestütze und Step-ups auf einer Bank, Rückenübungen an den öffentlichen Trainingsgeräten und dann einen Spagat auf dem Beton, ohne sich abzustützen, um dann mit angespannten Oberschenkeln aufzuspringen.

Verdreckte Männer schwangen die Beine wie Sensen und traten auf der Suche nach Drogentütchen das Gras flach. Frauen in ausgeleierten Jogginghosen führten ihre Pitbulls aus, raspelten heiser mit Männern, die vor Häusern an der Elder Avenue standen, die Zigarette im Mundwinkel. Ist ein Rednose. Halb Rednose, halb American Pit. Sind Zwillinge. Der andere heißt Lucky. Der hier Flash. Braucht immer Frauchen. Pass auf. Ist 'n Lieber, aber er beißt. Eine Frau mit Handtasche und Gehhilfe schrie eine gebückte Alte an, die nur halb so groß war wie sie. Du hast meine Schlüssel verloren! Du hast meine Schlüssel verloren! Ohne meine Schlüssel komm' ich nicht rein.

Die Chinesen stellten sich wie beim Militär ausgerichtet auf und bewegten sich zu Walzermusik. Eine Stimme vom Band sagte: yi … er … san … si … Sie breiteten die Arme aus und hielten in ihren Händen imaginäres Wasser und Erde, hoben die Arme und spreizten die Finger und im Takt ließen sie Wasser auf ihre himmelwärts gewandten Gesichter regnen. In chinesischen Städten kletterten Wandermönche von Getreidelastern und traten in Kitteln und Schlappen auf. Sie zertrümmerten Backsteine mit bloßem Schädel und schlugen sich gegenseitig Schmiedehämmer in die Bäuche.

Sie sammelten ihr Qi an einem Punkt über dem Kopf und bogen Schwerter über der Brust. Wild aussehende Teenie-Jünger gingen Hunderte von Metern auf Händen, machten Handstand-Liegestütze, klatschten dabei mit einem Schrei in die Hände. Dorfbewohner schauten ihnen mit offenem Mund zu, man sah die Zahnstümpfe in den runzeligen Gesichtern. Die chinesische Polizei passte auf, dass sich nicht zu viele von ihnen an einem Ort versammelten und alles korrekt ablief – politisch korrekt.

Im Kissena Park sah Zou Lei zum ersten Mal in ihrem Leben die Mitglieder einer verbotenen Sekte, der Falun Gong. Sie trugen weiße Trainingsanzüge und standen in einem Kreis zusammen, drehten das große Rad des Dharma zu New-Age-Musik aus einem CD-Player. Dieses Rad war ein Himmelskörper, und jeder von ihnen hatte solch ein Rad im Leib. Sie glaubten, dass das Drehen des Rades Gesundheit bringen, ihren Krebs heilen und den Lauf der Geschichte ändern würde. In Queens hatten sie alle Freiheiten, den Lauf der Geschichte zu ändern. In China wurden sie in Gefängnisse und Arbeitslager gesteckt. Letztendlich würden ihre Übungen dazu führen, sagten sie, dass sie die Männer in den Geschäftsanzügen, diese bestialischen Kriminellen in Peking, aus dem Amt jagen würden. Die Sektenmitglieder hatten jede Menge schriftliche und fotografische Beweise darüber gesammelt, was die chinesischen Machthaber im Namen der Staatssicherheit taten – Entführungen, sexuelle Folter, Organentnahme und so weiter.

Kapitel 14

Im kantonesischen Radio hörte sie von einer freien Stelle in einer Einkaufspassage namens Flushing Mall an der 38th Street, hinter dem Sheraton LaGuardia. Ihre Chefin sagte, Da wird Geld gemacht. Nach der Arbeit ging Zou Lei gegen den Strom zur Roosevelt Avenue, überquerte bei einer Parklücke die Straße und betrat neben dem von Indern geführten Holiday Inn ein Mehrzweckgebäude, dessen Dach goldene Lettern zierten.

Es war gerammelt voll mit Kids, fünfzehnjährige krakeelende Mädchen, die mit steifen Armen herummarschierten, kreischten, Jungs verscheuchten. Sie saßen mit tief hängenden Jeans und Eskimoboots an den Tischen, tippten auf ihren Handys. Erwachsene Männer hoben den Kopf wie Pferde in den Wind, starrten aus langen, hohlwangigen Schädeln herüber. Versenkten den Blick wieder in die Essnäpfe, glotzten über die Ränder. Plastiktüten, schwarzes Haar, sie aßen mit langen, spitzen Fingern. Die Tresen wurden von Spots beleuchtet. Man sah die hölzernen Gesichter der Frauen, die Schürzen trugen und darauf warteten, jemanden zu bedienen, und hinter ihnen Küchen, die dampften wie Duschen.

Sie ging zum ersten Tresen und sagte, sie würde Arbeit suchen.

Sprich mit ihm. Mit dem da.

Der Boss hatte sein Haar mit Brylcreem zurückgekämmt. Er saß vor einem Tablett voll feuchter, zusammengeknüllter Papierservietten, Lotusknollen, Sehnen, abgehustetem Auswurf und trug ein violettes Hemd mit hochgestelltem Kragen. Im V-Ausschnitt baumelte ein Stück Jade. Ich heiße Polo, sagte er. Hustete. Wischte sich Mund und gerötete Nase ab. Er trug ein Armband aus Holzkugeln und hatte die großen Hände eines Nordchinesen. Er war schlank, groß und gelassen.

Wo hast du vorher gearbeitet?

Ich arbeite überall vorher. Von hier bis Carolina. Fast Food. Ich lerne alles, arbeite sehr hart. Ich bin schnell, renne. Öffne Tür, mache Herd an, stelle den Kessel auf, schneide Fleischwürfel, mache Hack, schneide Feinfleisch, mache Reis, mache Soße, zupfe Gemüse, mache Teig, mache Teigtaschen, mache Pommes, trage Ware rein – weil ich stark bin, auch wenn ich Frau bin. Ich habe Militärtraining. Nehme Bestellung, rufe Bestellung, liefere Take-out, zähle Kasse, bringe Müll raus, fege, wische Boden, wische Tresen, wasche Teller, Schalen, Topf, Kellen, Hackmesser, Schaufel, Stäbchen, Löffel, mache Herd aus, mache Licht aus, schließe Tür. Jeden Tag, arbeite hart, schlafe tief.

Verstehst du Kantonesisch?

Natürlich, log sie.

Er stand auf und ließ das Tablett stehen. Sie nahm es und entsorgte es für ihn.

Lass nur, sagte er.

Ich arbeite gern, sagte sie.

Er ging mit ihr hinter den Tresen. Die anderen Frauen starrten sie an. Unter den Lichtern meinte sie einen flüchtigen Blick auf Wolfshaar zu erhaschen, und Lidschatten.

Ich brauche Leute, die mit der großen Karte umgehen können. Wir vergrößern das Angebot. Seine Stimme ging im Dröhnen der Entlüftungsanlage unter, während sie durch die Küche liefen. Irgendjemand mit blassen Unterarmen und nass vor Schweiß ruckelte einen Wok, wuchtete ihn hoch, und eine Stichflamme schoss empor.

Sie gingen durch den Hintereingang hinaus und in einen Flur, der nach Müll stank, Tonnen von Müll, Innereien und Reis. An der Wand waren Trittspuren und Abdrücke von Schuhsohlen. Sie folgte ihm in einen Lagerraum, wo er einen Papierstapel in einer Gemüsekiste von SunDisc durchwühlte.

Du willst den Job, oder?

Na klar.

Neben einem chinesischen Kalender hing eine Bescheinigung der Gesundheitsbehörde an der Wand, die auf den Namen Eugene Cheung D. B. A. Fong and Associates ausgestellt war. Sie hörte, dass auf der anderen Seite der Wand Menschen arbeiteten.

Was ist dein Nachname?

Zou.

Vorname?

Lei.

Sie beobachtete, wie er den Namen auf ein Blatt Papier schrieb, das mit handschriftlichen Notizen und Telefonnummern übersät war – unterstrichen, eingekringelt und durchgestrichen.

Nein, nicht das Lei.

Nicht das Knospen-Lei?

Nein, auch nicht Grasspitzen.

Das – Donner-Lei? Er konnte gut schreiben.

Ja.

Das ist nicht in Ordnung für ein Mädchen. Bist du ein Junge?

So haben sie mich genannt.

Ich glaube, sie wollten einen Sohn. Oder hatten keine Bildung. Viele Chinesen haben keine Bildung. Stimmt's?

Sie sagte nichts.

Die chinesischen Leute wollen einen Sohn. In Amerika Mädchen-Power, stimmt's? Du hast von gehört?

Mann-Frau-Gleichberechtigung.

Du glaubst an Mädchen-Power?

Ja, sagte sie.

Dachte ich mir, sagte er und lächelte. Das Geschäft expandiert. Diese Gegend wird größer. Bringt eine Menge Geld. Das ist erst der Anfang, also versuchen wir, was zu ändern, die neue Welle mitnehmen. Wir importieren Meergeschmack, Rind, Aal, alles *sa-cha*. Wir wollen die Mannschaft, wie eine Armee. Er machte eine Kralle, um zu verdeutlichen, was er meinte. Den Markt übernehmen, den Marktanteil größer, größer, größer –

Jedes Mal spreizte er die Finger weiter. Er schien ein Orchester zu dirigieren. Jetzt ist die Gelegenheit, wirklich die Gelegenheit. Siehst du: die Olympiade wird sein in China. Großartig!

Wie ist die Bezahlung?, fragte sie.

Ist vernünftig, sagte er.

Mindestlohn?

Natürlich. So ist das Gesetz. Man muss das Gesetz befolgen. Jeder in der Gesellschaft muss Gesetz befolgen.

Er fragte nach ihren Arbeitspapieren, obwohl – das war ihr klar – er die ganze Zeit gewusst hatte, dass sie keine besaß.

Das ist ein ernstes Problem, sagte er. Wenn ich dich einstelle, habe ich Risiko.

Stimmt's?, insistierte er, als sie stumm blieb.

Ich habe Risiko. Sehr ernst. Wenn ich habe Risiko, wer ist verantwortlich? Du musst verantwortlich sein. Wenn ich dir Chance gebe, gibst du mir Chance. Nur fair. Also wird der Lohn korrigiert. Er schrieb etwas auf ein Blatt Papier, kringelte es ein. Dieser Lohn.

Sie rechnete.

Einen Dollar mehr, sagte sie.

Er lächelte. Nein.

Ich gebe dir eine Chance, sagte er.

Wirklich. Sei nicht enttäuscht. Ich sag dir was, die Wahrheit. Das eine Menge Geld.

Kapitel 15

An ihrem ersten Tag war Zou Lei frühzeitig am Food-Court und musste eine halbe Stunde warten, bis sie hörte, wie die Abzugshauben in den Küchen ansprangen. Dann gingen mit einem Knacken die Lichter an. Sie hörte Plastiksäcke knistern und jemand klapperte mit irgendwelchen Sachen, und dann sah sie eine Frau mit einem maskenhaft starren Gesicht unter den Lichtern hin und her laufen.

Guten Morgen, sagte Zou Lei. Ich bin zum Arbeiten hier.

Die Frau schnaubte und nahm einen Schluck aus einer gelben Plastiktasse. Zou Lei schaute sich um. Sie wartete. Der Mann, der sie eingestellt hatte, war nirgends zu sehen. Sie duckte sich unter dem Tresen hindurch.

Dich hat niemand eingeladen, sagte die Frau. An ihrer Lippe hing ein Stück Teigtasche.

Ich bin zum Arbeiten hier.

Das denkst du.

Sie ließen sie warten. Das Kassenmädchen kam und sagte, Lass mich mal durch. Sie warf ihre Handtasche auf ein Brett unter dem Tresen. Weiter hinten wurde mit einem Wender gegen den Wok geklopft. Fisch-Tofu wurde herausgetragen. Stinketofu ist irre gut, sagte das Kassenmädchen, das Glitter im Wolfshaar hatte. Zwischen ihren künstlichen Fingernägeln steckte ein Spieß. Sie redeten in einem Slang, den sie nicht verstand. Alles war ›Nummer neun‹. Später lernte sie, dass ›Nummer neun‹ Schwanz oder Pimmel bedeutete. Hier kannst du nicht herumstehen. Zou Lei ging ein paar Schritte zur Seite. Der Koch kam heraus und knallte weitere

Behälter in den Warmhaltewagen, auf seinen Armen waren violette Brandnarben.

Häng das da auf. So kannst du nicht arbeiten. Sie meinten ihre Jacke. Der Haken war unter der Überwachungskamera. Die Frau kippte die Suppe weg. Ich der Aufseher. Sie hatte ein weißes glasiges Gesicht und schräge aufgemalte Augenbrauen – eine Kantonesin. Wo ist deine Schürze? Komm mit. Sie zeigte Zou Lei die Bratpfannen, das Salatdressing, Reisbrei, Fleischpaste – sie wirbelte die Metalldeckel von den Gläsern, schlug mit der Kelle daran, deutete darauf – Pudding! Nicht vergessen! Zog eine Kiste hervor, die unter einem Regal stand. Wenn du Abfallbeutel brauchst, findest du hier. Stieß die Kiste mit dem Fuß zurück. Zeigte wieder. Gebraten Bein. Fleisch köchelte in Wasser. Fischkloß. Sie gingen um einen Eimer herum. Die Entlüftungsanlage lief. Der Koch schlug an einen Wok auf der Gasflamme. Spüle, Wok, Messer, Bürste. Du schneidest hier am Tisch, nicht da drüben.

Komm weiter!, sagte sie. Sie ging mit Zou Lei in den Lagerraum mit den Kleidungsstücken, den großen Kanistern mit Speisestärke.

Zeitplan. Sie deutete darauf. Ein Clipboard mit einem Kugelschreiber, der mit einer Schnur daran befestigt war. Musst du schauen jeden Tag, bevor du gehst.

Was hast du gesagt?

Wie?

Ich verstehe nicht so gut, sagte Zou Lei.

Ich sage schon.

Was?

Frag jemand anderen, wenn du's nicht kapierst.

Man gab ihr eine Arbeitsbluse, die Schirmmütze und eine orangefarbene Schürze. Das musst du bezahlen.

Als sie, Was?, fragte, dachten sie, sie wollte einen Streit anfangen.

Weil wir alle haben. Nichts im Leben ist umsonst.

Sie schickten sie mit dem Wagen raus, um die Tabletts einzusammeln. Im Untergeschoss war es brechend voll. Sie sammelte sämtliche Tabletts ein. Nein, nur unsere hier im Food-Court! Versteht sich doch von selbst. Hatte ihr aber keiner gesagt. Sie schwitzte. Überall an ihren Händen klebte das Essen anderer Leute. Schon okay, sagte die Kleine, die Sunnie genannt wurde. Sortier' sie einfach und bring die anderen zurück.

Sie wollte es wiedergutmachen – versuchte es zumindest. In Wannen schleppte sie das Geschirr zur Spüle. Über ihrem Kopf hämmerte chinesischer Techno. Pass doch auf!, blaffte das Kassenmädchen sie an. Sie stieg über den Eimer hinweg. Sie konnte die Wanne kaum halten, so schwer war sie. Ihre Finger glitten ab – sie stützte die Wanne mit dem Knie – und wuchtete sie mit einem Schwung in das Spülbecken. Von vorne wurden Bestellungen gebrüllt. *Sa-cha*. Der Koch wiederholte *sa-cha*.

Weißt du, wie man wäscht? Sie nickte. Sie steckte die Essstäbchen in einen gelochten Behälter. Ein paar rutschten in die Löcher. Sie schüttelte und klopfte, bis alle an ihrem Platz waren, weichte sie mit dem Druckspüler ein. Wasser spritzte auf die Schürze. Dampf wallte auf. Der Koch riss ihr den Sprüher aus der Hand und richtete ihn auf das Geschirr. Das Wasser prallte gegen das Metallbecken. Er quetschte Spülmittel aus der Flasche und Seifenblasen blubberten heraus, flogen zur Seite, bebend, träge, regenbogenfarben. Verdrückte sich wieder. Sie fing an, das Geschirr mit der Bürste zu bearbeiten. Schneller, schneller, schneller!, brüllte er. Er knallte mit den Töpfen herum, wischte den Edelstahltisch, wischte mit seinem Lappen hin und her. Sie zog die Teller heraus, eins, zwei, drei, das Wasser tropfte herunter. Ihre Arme waren nass. Der Wasserstrahl trommelte auf die Stahlspüle. Alles war nass, auch die Gummimatten auf dem Boden. Sie konnte den Dreck riechen, der aus den Rissen und Beulen gespült wurde und sich im Abfluss ansammelte.

Der Ansturm war vorbei. Vorne am Tresen standen sie herum und tranken Limonade aus Plastikbechern.

Keiner sprach mit ihr. Sie holte sich einen großen Becher Coca-Cola ohne Eis und trank ihn schnaufend in einem Zug aus. Das tat ihr richtig gut. Der Zucker durchflutete sie wie das Sonnenlicht die Wüste.

Sie nahm Fleisch aus dem Warmhaltebehälter und packte ein Carepaket für ihn. Sie füllte die Styroporbox mit Reis, Rind und Teigtaschen und legte sie in eine Plastiktüte, die sie im Regal neben der Speisestärke versteckte und nach der Arbeit mit nach Hause nahm. Sie hatte nur eine Plastikgabel, aber er sagte, Nein, behalt die mal, und aß mit den Fingern kalt, genau so, wie er es die ganze Zeit bei der Infanterie getan hatte. Als sie an der Reihe war, beugte sie sich vor und aß auf ihre Art, wie jeder asiatische Arbeiter, der die Gabel wie eine Schaufel benutzt. Die beiden mussten sich abwechseln, sonst wären sie mit den Köpfen zusammengestoßen. Sie stieß ihn mit dem Ellbogen an und er schaute auf.

Tongkuai.

Ist das gut?

Ja. Tongkuai ist warm. Wir sind sehr warm hier. Sie zeigte auf die violetten Kellerwände, die umgeben waren von der kalten schwarzen Nacht.

Das Logo auf der Arbeitskleidung lautete Ah Genuine, und hier arbeiteten zwei Arten von Menschen. Es gab die beiden Kassenmädchen, die Zwillinge Angela und Kay, die in New York auf die Highschool gegangen waren und einen Mischslang sprachen, in dem ›DG‹ Masturbieren bedeutete. Migranten wurden ›Flöhe‹ oder ›Zaunspringer‹ genannt, ›Boatpeople‹ oder ›Saiwooks‹ – Frachtgut –, in Anspielung auf den Umstand, dass viele von ihnen beim Überqueren der Grenze in den Lastwagen starben. Der Eltern der Kassenmädchen waren legal eingereist. Herausfordernd gaben sie zu, dass sie in Wahrheit kaum Chinesisch lesen konnten. Wenn sie SMS verschickten, benutzten sie eine Mischung aus kantonesischen Ideogrammen und englischen Akronymen. Sie trugen Netzstrumpfhosen und BH, um die Brust zu betonen.

Sassoon war schon etwas älter, war bereits seit fünfzehn Jahren hier und zu Beginn der jetzigen Immigrationswelle gekommen, als die Asiaten noch eine Minderheit auf den Straßen waren, etwa zur Zeit des ersten Golfkriegs. Die Schwarzen hatten sich über ihre Art, Englisch zu sprechen, lustig gemacht. Sie lebte mitten unter ihnen, und wenn sie mit ihren eigenen Leuten sprach, die Kantonesisch verstanden und eine Greencard hatten, nannte sie sie *Jiekewans*.

Zu Hause in Guangdong hatte sie Verwandtschaft in *Weites Netz* und *Wassergras*, von der sie aber nicht sprechen wollte. Dort lief man noch barfuß und hatte die verblichenen Hosen bis zum Knie aufgerollt, arbeitete mit Wasserbüffeln auf den nassen Feldern, die bäuerlichen Gesichter zerfurcht und gerunzelt von den vielen Mannjahren in der prallen Sonne. Die Felder wurden mit menschlichen Fäkalien gedüngt. Sie litt an Hepatitis, aber es gab auch Verwandtschaft in Hongkong und sie trug Beauty White auf ihr Gesicht auf. Sogar im Winter schützte sie mit einer Ausgabe der »Sing Tao« ihr Gesicht vor der Sonne. Im Sommer benutzte sie einen Regenschirm. Außerdem ging sie in einen Kosmetiksalon, ließ sich rote Strähnchen machen und mit Aufhellungscreme massieren und sie hatte sich die Eierstöcke verjüngen lassen.

Sie war einmal verheiratet gewesen, mochte aber ihren Mann nicht, der zurück nach China gegangen war, und jetzt lebte sie alleine. Ihr Bruder hatte sein eigenes Geschäft, montierte mit einem Cousin zusammen Fenster. Einmal in der Woche kochte sie für die beiden Fisch in brauner Soße inklusive Gräten und stellte die Schüssel mit einem Teller abgedeckt in den Kühlschrank.

Sie unterhielt sich nicht gern mit Menschen, die sie nicht verstanden, denn das bedeutete, dass sie auf Mandarin oder Englisch angewiesen war, was sie beides nicht beherrschte. Sie war nicht lange zur Schule gegangen, ließ aber keine Gelegenheit aus, sich von Polo ansprechen zu lassen, der alleine an einem Tisch im Food-Court saß, die Zeitung in den großen, gepflegten Händen aufgeschlagen, sodass die Schlagzeilen sichtbar waren.

Wenn sie Pause hatten, setzten sich die Kassenmädchen und Sassoon an Polos Tisch. Sie bedienten sich selbst an der Essensausgabe, aßen das Gleiche wie die Kunden. Angela war wählerisch. Sie sagte, Fleisch sei ekelhaft. Sassoon machte gerade eine Suppendiät. Auch der Koch, Rambo, saß bei Polo und aß Riesenportionen heißen Reis. Rambo trug eine Goldkette, hatte einen rasierten Schädel und käsige, muskulöse Unterarme voller violetter Brandnarben. Ein paar Zähne waren vergoldet und ein Drachentattoo schmückte den Unterarm. Es gab noch ein oder zwei Männer, die irgendwie mit dem Tresen zu tun hatten, und sie aßen mit Rambo oder alleine.

Diese Männer kamen aus verschiedenen Orten im Nordosten Chinas, dem Kohlerevier, und zahlten die Hypotheken ihrer Immobilien in Queens ab. Einer von ihnen hatte bei der privaten Securityfirma eines Kohlebergwerks gearbeitet. Sie redeten davon, nach China zurückzugehen, wo man ein Vermögen machen konnte, und tatsächlich reisten sie regelmäßig hin und her, wie auch Polo, der dies aus geschäftlichen Gründen tat.

Polo demonstrierte, wie gut er Englisch sprach, und Sassoon, deren Gesicht von der Aufhellungscreme glitzerte, ja spiegelte, starrte ihn mit offenem Mund kauend an. Rambo redete nur mit Männern, und Polo sprach in unterschiedlichen Sprachen mit den Leuten, je nachdem. Er schlug die Beine übereinander, setzte sich an eine Ecke und dozierte, erklärte. Er war vernünftig und sachkundig, und es war ihm egal, ob sie ihn verstanden. Wenn nicht, lachte er verständnisvoll. Ihr werdet es noch lernen. Das braucht Zeit. Fähigkeiten wachsen langsam.

Oder er schlug die Zeitung auf und las und der ganze Tisch verfiel in Schweigen.

Das war die eine Art Mensch im Restaurant und sie hatte das Sagen. Die anderen, die Untergebenen, aßen nicht an Polos Tisch. In der Kakofonie der Küche schaute einer von ihnen auf die Uhr und brüllte, *jie bun!*, und einige von ihnen schnappten sich ihre Schüsseln. Sie aßen in Schichten. Sie setzten sich nach draußen in den Food-Court; einer trug den großen Familientopf mit Bohnensprossen, den sie sich teilten. Der Reis wurde ihnen aus dem riesigen Zwanzig-Gallonen-Reiskocher zugeteilt. Als Angehörige der zweiten, der untergeordneten Klasse aß Zou Lei mit ihnen. Alle waren illegale Migranten. Sie aßen vornübergeneigt, mit gesenktem Kopf, an einem Tisch nahe der Tür.

Manchmal kamen zwei Mexikaner, die selbst im Winter noch tiefgebräunte Gesichter und Arme hatten, vom Gemüseschneiden in der Küche zu ihnen, und dann aßen sie gemeinsam. Sie trugen ihre alten roten Baseballkappen verkehrt herum. Oder sie setzten sich an einen anderen Tisch, ebenfalls in der Nähe der Türen, und redeten leise mixtekisch miteinander.

Die Frauen waren älter oder sahen einfach nur älter aus, und sie waren klein, wohl wegen der Mangelernährung während ihrer Kindheit. Einige hatten bäuerlich-raue Stimmen. Was sie miteinander verband, war die Tatsache, dass sie keine Arbeitspapiere hatten. Die meisten von ihnen kamen aus dem Süden Chinas, Zou Lei war die Ausnahme. Eine Frau mit Kopftuch, die Geschirr spülte, sagte:

Du verstehst mich nicht, weil ich aus der Präfektur *Heilquelle* komme. Ackerboden-Erde. Ackerboden-Erde. Wir waren Erde und wir lebten in Erde und sie hat uns das Leben gegeben. Wir hatten Felder. Wir hatten Essen ohne Ende. Es war das Land. Dann haben sie die Felder zerstört und überall etwas hingebaut. Es gibt keine Felder zum Bepflanzen mehr. Sie haben Fabriken gebaut und nichts wächst mehr. Das Leben wird unterdrückt. Es gibt auch keine Arbeit. Die Leute fischen, wenn sie können. In den Fabriken gibt es auch keine Arbeit. Die Jobs werden an die Minderheiten vergeben, an die Dai-Leute und die Wey-Leute mit ihren Turbanen, an die Dingsbums.

Welche Dingsbums?

Uigur-Leute.

Was ist ein Uigur?

Auswärtige. Rückständige. Essen mit der Hand, ohne Stäbchen, essen wa-la-wa-la. Sie tragen Messer. Die Regierung erlaubt ihnen, so viele Kinder zu haben, wie sie wollen. Wir können eins haben, sie können viele haben. Die Regierung gibt ihnen die Jobs in den Fabriken, weil sie umsonst arbeiten. Senken den Lebensstandard für alle. Sie tragen Turbane, ungefähr so.

Nein, machen sie nicht, sagte Zou Lei.

Doch, machen sie. Sie tragen Turbane, wie Osama bin Laden. Ich hab sie in Buddha Hill bei der Fabrik dort gesehen, eine große, riesige, ausländische Fabrik dort, zwei riesige Gebäude, Auslandschefs, große Geldmänner aus Taiwan. Dicke Uhren. Sie verteilen Gift auf den Feldern. Wir konnten nicht mehr leben, und wir einfachen Leute hielten sie mit einem Protest auf. Die Uiguren hatten so große Turbane, und drei oder vier Mal am Tag mussten sie das ganze Ding für sie zumachen, damit sie nach Mekka beten konnten – Abrakadabra-Aberglauben. Kein Geld verdient, und das hat alles ruiniert, keine Wirtschaft.

Nein, machen sie nicht.

Und woher weißt du das überhaupt? Schau dich doch an, wie du aussiehst, als würdest du mit etwas hinterm Berg halten, das du weißt – macht sie doch, oder? Du weißt etwas, oder? Ich wette, du bist selbst Uigur! Aha, bist du? Na also, ich wusste es doch.

Was ist ein Uigur?

Erzähl du's ihnen. Klär deine neuen Kollegen auf. Du bist die Expertin.

Der Imam trägt einen Turban. Die Männer tragen eine Doppa. Die Frauen ein Tuch.

Sind sie Ausländer?

Sie kommen aus Afghanistan rüber, aber sie gehören zu unserem China. Sag's ihnen! Also, wo ist dein Tuch?

Warum muss ich ein Tuch tragen?

Vielleicht willst du nicht, dass die Leute merken, wer du bist.

Ich bin halbe Han.

Aha, sehr schlau! Genau wie du. Jetzt bist du plötzlich halb Han. Ich wette, das sagst du nur, weil du Angst hast, dass wir alle dich diskriminieren.

Aber die meisten erinnerten sich nicht mehr daran, was sie war. Sie bekamen nicht mit, dass sie rannte, wenn andere gingen, dass sie früh kam und spät ging, dass sie so tat, als sei sie in der Armee. Aber sie bemerkten, und es sprach sich herum, dass sie anders war: Sie war eine Minderheit aus dem Norden, und sie verstand kein Kantonesisch. Sie einigten sich darauf, dass sie eine Mongolin oder Russin war – was auch immer die Unterschiede in Aussehen und Sprache erklären mochte. Am meisten fiel ihnen auf, dass sie anders gebaut war als die chinesischen Mädchen. Als Polo sie eines Tages eine nach der anderen betrachtete, sagte er, Zou Lei ist anders. Sie ist gesund! Amerikanische Art! Er lachte, hahaha. Dem Kassenmädchen sagte er, sie würde mager aussehen. Warum machst du nicht mehr den Jack LaLane? Und die kantonesischen Frauen zogen saure Gesichter.

Sie gaben ihr eine Kiste Zellophantüten und trugen ihr auf, in jede ein Päckchen Entensoße, ein Päckchen Sojasoße, eine Serviette und eine Plastikgabel zu packen. Mal sehen, wie schnell du fünfhundert schaffst. Mach so – reinblasen und die Tüte aufploppen. Okay, genug damit. Kannst du später machen. Sie holte das Geschirr herein. Die anderen schnitten Kohl.

Versuch ich, sagte sie.

Nein, sagte Rambo, du bist Geschirr, Abfall, Teigtaschen, wischen.

Sie sprang für Sunnie ein, stand mit der Kelle in der Hand auf Zehenspitzen und schaute an den Lichtern vorbei nach draußen, sah die Kids, die ihre Baseballkappen seitwärtstrugen und die größer waren als ihre Eltern, hörte sie reden, Der mein Nigga, der mein Kumpel. Zou Lei sah sie vorbeischlendern, sah, wie sie sie beobachteten und musterten, über sie redeten, bis sie den Blick abwenden musste.

Die reden über dich. Die sagen, sie haben dich beobachtet, wie du auf dem Parkplatz trainiert hast. Warst du das etwa? Auf keinen Fall. Das ist doch die neue Arbeitskraft. Das war sie. Ich muss das jemandem erzählen.

Das Kassenmädchen fing an, ihrer Schwester eine SMS zu schreiben.

Was denn für Übungen? Zungenübungen?

Gymnastik, sagte Zou Lei.

Das Kassenmädchen las etwas auf dem Handy und stieß ein schrilles Lachen aus.

Kapitel 16

Ihr Kantonesisch war schwer zu verstehen, es hallte von den Kacheln wider. Sie standen mit dem Rücken zu ihr. Sie stand mit dem Rücken zur Spüle. Hol das ›Gwat‹, sagten sie – jedenfalls glaubte sie, dass sie das sagten. Es war, als würde jemand durch ein Prisma sprechen. Je nachdem, ob sie aus dem Landesinneren oder von der Küste kamen, klang der Dialekt verschieden. Sunnie ging um die Ecke. Sie zogen Kisten zwischen den Beinen des Metalltisches hervor. Sassoon griff hinein und zog die Hand voller Hühnerinnereien wieder heraus, die ihr durch die Finger glitschten. Nimm die *ju-wel*. Ich koch die *ju-wel*, sagten sie, aber zieh erst die Haut ab. Nimm die Seide, sagten sie. Nicht verschwenden. Nimm Buddha-Hand. Mach Platz. Die fettverschmierte Hand griff nach einem Messer. Sie hörte, wie etwas in Scheiben geschnitten wurde, und dachte, die nennen das Gwat, aber es ist eine Karotte. Was tun wir? Wir machen das Krabbenhaar, Sonnenschein der ganzen Familie. Art ist ziemlich dumm. Sunnie kam mit ein paar Schüsseln zurück und stellte sie auf den Tisch. Diese hier ist für das Fett, *ju-wel*, Sehne, Lotus, Schirm, *ju-wel*, Hühnerfötus. Sie deuteten mit dem Messer auf Sunnie. Du rechnest nicht mit Zahlen. Sie sagte, Ich hole noch eine. Noch drei! Seht ihr? Sie kann nicht rechnen. Sunnie sagte okay und ging wieder. Einmal drei war drei. Sie begriff, dass eine Schüssel gemeint war. Die Frauen bearbeiteten weiter das Fleisch. Es roch wie Monatsblut. Ich rieche, du hast Monatsproblem, sagten sie, Goldschmuck hier und da, stechende Augen. Sie griffen in die schmutzigen Kisten auf dem Boden, holten einen Rettich heraus, schnitten ihn mit einem Messer in Scheiben. Am Metall klebten noch die

Lamellen der Pilze, an einer Wurzel hing Erde. Die geschnittene Lotusknolle erinnerte an den Querschnitt durch die Nebenhöhlen eines Schweins. Es war immer noch Dreck dran. Besser bleibst du rein, sonst ist Buddhas Strafe dein. Sie benutzte ein Stück Karton, um den Boden unter ihren Füßen zu fegen. Schmutz klebte dran, wie an einem Mädchen vom Lande.

Er sagte, Du hast seine Bestellung verdorben. Die Bestellung heißt sehniges Fleisch, Huhn, Schwein und Austern. Truthahn kommt extra. Wenn bestellt wird gemischter Teller, ist eine andere Sache. Du kannst haben mit Reisbrei oder Reis. Wenn Fleisch, fragst du Soße. Die Auster nur gibt mit Reis. Wenn sie das Huhn mit Reis wollen, sagst du Rambo, dann macht er hinten. Wenn du Bestellung sagst, dann erst Bestellung und dann Kombination. Wenn Kombination ist mit Nudel, dann du sagst Rind und Nudel. Um Zeit sparen, sagst du Schwein. Du sagst hundert Mal am Tag, aber nicht doppelt, jeder wird verrückt sonst. Nur ein Wort, das reicht, alle wissen. Einfach! Wenn sie Glasnudeln wollen, wenn sie Sehnen wollen, mach kein Geheimnis. Sag Rambo hinten.

In den Pausen trainierte sie nicht. Es war auch keine Zeit dazu. Sie steckte die Stäbchen in den Gemeinschaftstopf und zog ein feuchtes Nest Gemüse heraus, ließ es auf den Reis fallen und sog beides in ihren Mund, kaute mit gesenktem Kopf. Wenn Kisten geliefert wurden, lud sie gemeinsam mit den Mexikanern aus, und wenn sie nicht arbeitete, lief sie die doppelte Strecke, abends manchmal nach Westen Richtung Corona. Von dort konnte sie mit der Subway zurück zu Skinner fahren und, wenn sie müde war, das kostenlose Anschlussticket für den Bus nehmen. Ihre Turnschuhe fielen auseinander, die Sohlen waren komplett abgelaufen. Sie hielt vor einem Foot-Locker-Laden und starrte ins Schaufenster.

Ein schwarzer Jugendlicher mit breiten Schultern und in Foot-Locker-Arbeitskleidung redete mit einem Freund und kam dann hinaus. Er leckte sich über die Lippen und sagte, Wonach suchen Sie? Sie stand in Jeans und mit verdrehter Hüfte da und studierte die Preisschilder. Kann ich Ihnen helfen?

Um ihren Mund bildeten sich Lachfältchen. Im Kopf überschlug sie die Tage, bis sie ihr Geld bekam.

Aha, verstehe, verstehe. Würde es Ihnen etwas ausmachen, in meinen Laden zu kommen, da ist es wärmer?

Und selbst dann, die Miete eingerechnet, würde ihr so gut wie nichts mehr bleiben.

Aber bitte, bitte, bitte – nicht gehen. Ich bin hier, um Ihre Wünsche zu erfüllen.

Bevor er sie gehen ließ, bestand er darauf, ihr die Hand zu geben und einen Kuss darauf zu drücken. Lachend riss sie die Hand zurück. Noch während sie weiterging, rief er ihr hinterher, Verstehe! Überlegen Sie sich's noch mal, Ma'm!

Am Morgen rannte sie weiter in den Park hinein, über eine Straße hinweg, hinter der sich der Park in Richtung der großen, einzeln stehenden Gebäude erstreckte, die sie sich als Berge vorstellte. Sie kam zu einem Basketballplatz, auf dem afghanische Männer und Jungen bei Minusgraden in Ledersandalen Fußball spielten. Die Männer trugen Imam-Bärte und die Jungen liefen ungelenk: sie hatten Geburtsfehler durch abgereichertes Uran.

Nachdem sie ihr Geld erhalten hatte, kaufte sie in einem 99-Cent-Laden ein Paar No-Name-Sneaker. Sie rissen ihr die Haut an den Fersen auf und sie klebte Pflaster darüber.

Wenn niemand in Sichtweite war, kroch sie unter den Warmhaltetisch, nahm eine Plastikschale und hob, nachdem sie sich noch einmal umgeschaut hatte, die Edelstahlabdeckung hoch. Darunter war nichts als Wasser, sie ließ den Deckel fallen – das Scheppern klang für sie wie ein Weckruf – und rieb sich die verbrannten Finger. Den nächsten Deckel hob sie mit dem Kellengriff an. Dampf wallte auf. Sie hörte, wie jemand kam, legte die Kelle weg und versteckte sich. Rambo erschien, vornübergebeugt und eiligen Schrittes, als wollte er den Bottich einholen, den er mit Lappen an den Händen vor sich hertrug. Er wuchtete den Bottich auf den Tisch, klappte den Deckel auf, ließ ihn wieder zuschlagen. Von ihrem Versteck aus sah sie die Hitze vom Reis aufwabern. Er nahm ihre Kelle, wirbelte die Abdeckungen hoch und fing sie wieder auf, wie ein Jongleur in einem Orientzirkus. Sie tat so, als würde sie die Trinkbecher sortieren. Er ging in die Hocke und entzündete eine Flamme. Sie stellte die Schale zurück und holte ihr Tuch aus der Kammer mit den Mänteln und Handtaschen und der Speisestärke. Auf dem Boden standen ihre Einkaufstüten, jeder hatte darin sein eigenes Gemüse. Boxdorn, Schanghai-Rosenkohl. Irgendjemand kam mit einem Kaffee herein. Sie ging nach draußen und sah, wie das Kassenmädchen ein Stück Gebäck aß – sah Krümel und Kaffeeringe auf einer Serviette –, man konnte Zucker und Milch riechen.

Was machst du da? Versteckst dich?

Sie wollte ein Stück sehniges Rindfleisch haben. Als gerade Hochbetrieb war und sie in die Küche ging, um abzuwaschen, wurde sie von Rambo gegrüßt.

***

Sie hatte spät Feierabend und ging über einen Parkplatz Richtung Roosevelt Avenue. Jemand rannte durch ihr Blickfeld, der aus den Sozialbausiedlungen schräg gegenüber kam. Ein Mädchen in Trainingshose schwang sich über ein Geländer und lief auf eine Stahltür zu und fing an, den Hintern hin und her zu schwingen. Die Tür sprang auf und andere kamen heraus, trugen Schirmmützen, lachten und lärmten. Das Mädchen hüpfte herum und klatschte in die Hände, ein anderes Mädchen fiel ein, hüpfte und klatschte im gleichen Rhythmus mit – wie auf Kommando schwenkten sie zur Seite, tanzten ein paar Schritte synchron – der Schlachtruf erreichte Zou

Lei von der anderen Seite der breiten Straße her –, um sich dann den Schritten der anderen anzupassen, einer Gruppe von Kids, die unter der Straßenbeleuchtung zu einer Schattengruppe wurden, die von nichts als ihrer Energie in die Nacht hinaus getrieben wurde und ein oder zwei Stimmen, ein Echo von irgendwo.

Auf dem Junction Boulevard hatte Zou Lei eine Glückssträhne. Vor einem Laden der Heilsarmee stand ein Kleiderständer, jedes Teil drei Dollar. Bei Colombiana kaufte sie eine Jeans. Das Label hieß Euphoria, und sie konnte es nicht lesen, aber die Jeans war so gut wie neu und hatte den Schnitt, den sie mochte. An einem Abend machte sie zu Hause dreihundert Kniebeugen und zog sie an, sie war eng und passte ihr perfekt.

Polo redete mit Sassoon.

Jeder hat sein eigenes Merkmal. Schau mal: eins, zwei, drei vier … Eins die Art von Taiwan, eins die Art von Hongkong, ein anderes Japan. Er unterbrach sich, um zu überlegen. Noch einer Thailand, noch einer Singapur, noch einer Korea. Mehr und mehr, und so weiter. Immer moderner.

Aber wir, wir, was sind wir? Was denkst du?

Sassoon wartete darauf, dass er es ihr erklärte.

Wir bieten an, was modern ist, sagte er. Die Frontlinie. Das ist unser Merkmal. Schau mal: *Sa-cha.* Dicke Suppe. Auster. Alles lehnt sich an Hongkong-Taiwan. Das ist die Frontlinie. Nicht nur Geruch. Geschmack. Auch Kultur. Der große Teller. Warum ein großer Teller? Weil es modern ist. Schau, jemand isst – er zahlt Geld, er isst, aber der Teller ist klein! Wie vor zwanzig Jahren. Wie im Dorf. Ich fühle mich so arm. Warum bezahle ich? Ich bin unzufrieden. Ich will einen großen Teller. Der große Teller schafft das Gefühl von Freiheit. Die moderne Kultur! Ahh! Jetzt bin ich so frei, so großzügig, so entspannt.

Verstehst du das? Er betrachtete seine Zuhörerin, bevor er weiterredete.

Kennst du Sushi? Haha! Er hob die Finger Richtung Mund. Sushi ist fortgeschritten. Der da – er zeigte auf einen anderen Tresen – bietet Sushi. Isst du gern Sushi? Wie willst du das wissen? Ich bin älter als du und habe es gerade erst herausgefunden. Ich werde dich einladen. Du kannst probieren. Was meinst du? Hahaha.

Du musst die Bedeutung untersuchen. Bedeutung ist sehr stark, dieses Merkmal. Wenn du das Merkmal verstehst, kannst du vorankommen, kannst du deinen Marktanteil erweitern. Das ist dein Kapital. Ansonsten weiß niemand von dir.

Stück für Stück lernst du. Du musst immer arbeiten. Dann wirst du dein eigenes Geschäft haben.

Zu alt, sagte Sassoon.

Vielleicht Frisur? Vielleicht Aussehen? Du wirst eigenes Geschäft haben und mein Konkurrent sein! Er strich die Schmalzlocke zurück und lachte, hahaha.

Zu alt. Ich suche nach einem Ehemann. Einem reichen. Der Mann soll arbeiten.

Und was machst du?

Bodyfit!

Bodyfit? Die Disco, Aerobic … Er lächelte, warf die Arme nach oben.

Abnehmen. Ich liebe mein Gewicht verlieren, sagte Sassoon. Sie machte ein paar Tanzbewegungen auf dem Stuhl.

Aha, sagte der Boss.

Ein Junge aus Cardozo redete an der Kasse mit Kay oder Angela. Du sorgst dich um dein Ruf. Gibt keine Mädchen hier. Hab keine Angst. Ich beschütze dich. Musste auch mein eigenes Ruf beschützen. Ja, genau. Genau genau genau. Ja. Hab's dir als Erster gesagt. Aha. Aha. Yeah. Die lassen dich ans Geld. Lassen mich ans Geld? Glaubste bloß nich'. KC. Kaiiiine Changse! Die sind die Verrückten. Wallalala. Red nich'. Hast Boyfriend in 'ner Gang. Also, was redest du? Ich weiß, dass du's abgreifst. Red von Sachen, die du verstehst.

Du nimmst das Geld. Klappe halten. Du bist den ganzen Tag an der Kasse … große Versuchung für ein Mädchen wie dich. Gib mir 'n Zwanni. Gib mir 'n Hunni. Gib mir 'n Haufen Scheine. Aber echt, kannst chillen. Ich werd gefilmt. Vier Kameras, die ganze Zeit. X-Film. In echt. XX-Film. Schau dir mal diesen Porno an. Geisteskrank. Er muss dich einfach verdächtigen. Diese Laden laufen wie wild. Wie viel ist wie wild? Zwanzig Dollar? Krass Scheine? Oder verdammt mehr? Stapelweise. Echt? Bossie macht 'n Schweinegeld. Wohnt in Jersey. Was für'n Wagen er fährt? Er cruised mit'm Escalade. Cadillac Escalade … den großen schwarzen. Find'ste doch gut. Na klaaaaar. Sie grinste und fuhr sich mit der Zunge über die Schneidezähne. Stehst du doch drauf. Sie summte etwas vor sich hin. Weiß man nie. Never ever. Ich könnte da ans Lenkrad. Sie machte eine Faust und steuerte, rockte den dünnen Körper hin und her.

Die Männer sagten, Die ist stark.

Sie saßen zu dritt an einem Tisch am anderen Ende des Food-Court und schauten den Frauen hinterher, die in orangefarbenen Schürzen und Käppis Tabletts säuberten.

Gib ihr ein Steak und sie isst ein Steak, so ein Mädchen ist die. Unsere chinesischen Mädchen sind nicht so. Sie sind bescheiden, das ist ihr Merkmal. Wenn sie anfangen rumzuflirten, ist es anders.

Miss, Miss, nicht böse sein. Ich sitz auf einem Stuhl, du sitzt auf dem Boden. Ich esse Wassermelone, du isst Fleisch.

In ihrem Dialekt aus dem Kohlenrevier reimte sich das. Sie sprachen über Immobilien, Steuern und wie man einen Strafzettel vor einem amerikanischen Gericht anfechten konnte.

Sie wär'n gutes Teil für Polo.

Die ist nicht ganz seine Liga.

Polo will höher hinaus. Der hätte kein Interesse, das sag ich euch.

Und wenn, dann würde ihr-wisst-schon-wer, das Geistergesicht, sie um die Ecke bringen.

Er hat Angst vor diesem Leoparden.

Der ehemalige Securitymann, der Qing hieß, erzählte eine Geschichte. Es gab mal einen Gewerkschafter in unserer Mine. Er gehörte aber zu einem Clan, deshalb gingen wir ihm aus dem Weg. Aber wir wussten, dass er eine Freundin hatte, eine Verlobte. Sie waren noch nicht verheiratet. Wir griffen sie auf der Straße auf und brachten sie an einen abgelegenen Ort. Wir boten ihr einen Sitzplatz an. Sagten, sie solle es sich gemütlich machen. Wir hatten ein Feuer entzündet. Wir halfen ihr aus dem Mantel und der Hose. Es ist zu warm dafür, sagten wir. Du musst auf deine Gesundheit achten. Wir wollen nicht, dass du Fieber bekommst. In unserem Dorf bauen wir Bohnen an, dafür ist es berühmt, außer der Kohle. Jetzt bereiteten wir einen Trichter vor. Das wird dich an deinen Liebhaber erinnern, sagten wir. Deine Tränen sind Tränen der Ungeduld. In einer Kohlenpfanne wurden Bohnen gekocht, bis sie glühend heiß waren, ein ganzes Kilo. Dann wurden die Bohnen mit einem Trichter in sie hineingefüllt.

Einer der Männer, dessen Name Glocke oder Schwengel bedeutete, wollte wissen, ob das eine wahre Geschichte war.

Weiß ich nicht, sagte Qing. Vielleicht?

Deshalb haben wir kein Nine-Eleven, sagte der Dritte.

Wir hatten 9/11. Eine so große Nation wie unsere hatte mehr als ein 9/11, aber man hört davon nichts. Deshalb ziehen wir auch langsam mit Amerika gleich. Weil wir rückständigen Menschen nicht erlauben, uns auszubremsen. Hier gibt es die Schwarzen, überall Schwarze – die Drogen nehmen und mit Waffen rumspielen. Wenn es hier eine eiserne Faust gäbe, so wie bei uns zu Hause, dann wäre Amerika ein viel stärkerer Gegner.

Ein offenes Land.

Zu offen. Die Frauen sind offen. Eine Verabredung, und schon öffnen sie die Beine.

Aber einige unserer asiatischen Mädchen werden auch so.

Die Gesellschaft ändert sich nach und nach, wenn sich die Lebensqualität erhöht, erhöht sich auch der materielle Standard. Menschen haben Standards. Man darf das nicht durcheinanderbringen, eine minderwertige Person und eine zivilisierte Person. Wenn die Menschen nicht durcheinander sind, ist die Gesellschaft nicht durcheinander. Aber einige Menschen bringen die Gesellschaft durcheinander, erzählen Lügen, solche Sachen, und so was wirft das Land zurück.

Skinner saß in Boxershorts und mit gespreizten weißen Beinen auf dem Bett, lauschte ihrer Stimme am Telefon, rauchte eine Zigarette, sein nackter Fuß wippte auf und ab, er hörte ihr zu, ließ den Blick wandern, nickte gelegentlich.

Komm rüber und mach was mit mir.

Die Stimme an seinem Ohr sagte, sie könne nicht.

Ach, komm schon. Klar kannst du – er lachte und bleckte die gelben Zähne.

Ich muss arbeiten. Ich komme nach der Arbeit. Nachdem sie noch mal Nein gesagt und sich verabschiedet hatte, rollte er sich einen Spliff und ging nach draußen auf die Straße, um ihn zu rauchen. Er schritt unter nackten Bäumen und Hochspannungsleitungen entlang.

Ein Stück weiter lagen die Schnapsläden und chinesischen Takeouts der 162nd Street, holländisch aussehende Häuser und geschlossene Rollläden vor Schaufenstern mit mexikanischen Graffiti. Bevor er sie erreicht hatte, kehrte er um. Er ging in den Keller, der würzige Geruch von Gras hing an seiner Tarnjacke. Er nahm eine Tablette und brütete vor sich hin.

Sassoon warf mit Dingen um sich, schrie und forderte Zou Lei auf, mit ihr zu kommen. Sie gingen in den Flur mit den Müllcontainern und Sassoon brüllte sie an. Die Leute aus Fujian in den angrenzenden Küchen öffneten die Türen und sahen zu.

Jeder muss aufpassen, oder? Du kennst den Spruch, jeder für

sich selbst. Das gilt für Mann, Frau, Kind. So ist das Leben. Du willst, dass ich mir Zeit nehme, was gibst du mir? Denk drüber nach. Das ist Amerika. Jeder kommt mit selber Geschichte hierher. Der eine kommt mit Boot, Fischerboot, der nächste nimmt den Bus, den Lastwagen, versteckt sich, schmuggelt Menschen, Mexikaner. Sterben da drin. Bezahlen das ganze Leben eine Menge Geld. Der eine ist legal, der andere illegal. Jeder hat das Problem, die Tränen, das Weinen – hast du noch nicht davon gehört? Ich bin die Kantonese. Die da ist aus meiner Heimatstadt. Gleiche Familie. Frag mich bloß nach nichts, oder? Ich kenn dich nicht. So ist das Leben. Du machst das auch mit mir. Erklärst nichts, oder? Machst einfach. Amerika. Die Dinge sind tot, die Menschen sind am Leben. Jeden Tag selbes Ding, die Dinge sind tot. Gemüse schneiden, schneiden, schälen, waschen. Vielleicht sag ich dir, schneide das Fleisch, du schneidest Stücke zu groß, muss kleiner sein. Du machst es verkehrt. Deshalb stell ich dich zum Geschirr. Du musst lernen, lernen, lernen, die Menschen leben, müssen sich ändern, oder? Schaffst du nicht, das ist gesunder Menschenverstand, brauch ich dich nicht. Das heißt Feuern. Feuern. Einen Neuen anstellen. Der Schlaue kommt voran.

Er räumte einen Teil des Mülls aus dem Zimmer. Überprüfte die Pistole, packte sie wieder in den Rucksack. Stellte die Stiefel ordentlich neben dem Bett auf.

Schnee war gefallen. Wenn man nach oben schaute, sah man eine Schneefläche, wie ein umgedrehtes Bild in den Bergen. Der Schnee bedeckte die Grundstücke, die Häuser und Autodächer und die Felder, die an die Highways grenzten. Schneepflüge rumpelten durch den Abend. Sie stapfte durch den Schneematsch, die neuen billigen Sneaker in Plastiktüten gehüllt, und schon wieder lösten sich die Schuhe auf. Sie war müde von der Arbeit. Sie schlief auf seinem Bett ein, in seinem Zimmer, wo der Boiler im Schrank war. Um die Plastiktüten bildeten sich kleine Pfützen auf dem Boden.

Er zog ihr die Socken aus und legte sie wie Speckstreifen auf den Boden. Unten an den Hosenbeinen hingen Eisklumpen. Er knöpfte die enge Jeans auf und zog sie ihr aus. Sogar mit dem Handy in der Gesäßtasche und dem Eis war sie leicht. Er deckte Zou Lei mit dem Ponchofutter zu.

Im Schlaf spürte sie, wie es schneite – der Himmel schüttete riesige Mengen Schnee über ihren Köpfen aus, die auf den Rost über dem Fenster zum Gehweg fielen.

Er setzte sich neben sie, schloss den Laptop an, hörte Pomp-Rock. Etwas, was mehr eine Ahnung als ein Geräusch war, drang durch die Musik. Er kniff die Augen zusammen und warf einen Blick zur Zimmertür. Irgendetwas war im Gange. Er zog die Stöpsel aus den Ohren, als würde er sich von einem EKG abkabeln, und lauschte, was im Haus vor sich ging.

Sie hatte es auch gehört. Verwirrt und mit den braunen Haaren über den Augen wachte sie auf.

Ich hör was.

Plötzlich setzte das Getrampel über ihren Köpfen ein. Füße hämmerten auf den Boden, eine Männerstimme brüllte etwas. Das Geschrei einer anderen Stimme wurde leiser und kam dann wieder. Die Tonhöhe schraubte sich nach oben. Möbelbeine polterten. Etwas schlug sehr heftig gegen einen Balken, und das Dröhnen ließ das Haus in seinen Grundfesten erzittern. Zou Lei setzte sich auf und warf die Decke ab. Das Schreien wurde zum Gebrüll einer kreischenden Frau.

Skinner erhob sich und stand lauschend in der Zimmertür. Auf Zehenspitzen ging sie zu ihm. Die Frau schrie und schrie und schrie – und jetzt hörten sie, dass sie weinte. Sie starrten nach oben ins Dunkel, wo die Geräusche herkamen. Der Mann brüllte sie weiter an. Er hatte einen irischen Akzent. Skinner lauschte, den Kopf schräg gelegt, dann meinte er ihn zu verstehen.

Ich hab keine Huren laufen! Ich hab keine Huren laufen!

Die Küchentür der Murphys wurde aufgerissen, jemand kam

atemlos herausgerannt und verließ mit einem Krachen das Haus durch die Seitentür. Am Fuß der Kellertreppe hörten sie, dass jemand aus dem Haus hinaus auf die verschneite Straße lief.

Ihre Tochter, sagte er.

Sie blieben dort stehen, um mitzubekommen, ob noch etwas passierte. Dann sagte eine Stimme:

Die Miete sind nur weitere vierhundert Dollar, die du komplett versäufst.

Zou Lei fragte, was da los war.

Das ist meine Vermieterin. Sie bläst ihm den Marsch.

Es war das Letzte, was sie verstehen konnten, dann verloren sich die Stimmen.

Kapitel 17

Er hatte noch nicht angefangen zu weinen, aber lange würde es nicht mehr dauern. An so etwas wie ihre Liebe war er nicht gewöhnt, und sie schien sein emotionales Ungleichgewicht nur zu befördern. Schlaflos und reizbar war er schon vorher gewesen, das kannte er. Deswegen konnte man ihm keine Vorwürfe machen, aber er suchte nach jemandem oder etwas, dem er Vorwürfe machen konnte, und das war typisch. Er verstand den Prozess nicht, den er durchlief. Wie auch, er hatte nicht Medizin studiert. Es war auch kein Heilungsprozess. Sein Zusammenbruch war eher das Gegenteil davon. Es war keine Katharsis. Er wusste nicht genug, um sich die Sorgen zu machen, die er sich machen sollte, oder hätte sich an das Kriegsveteranenministerium wenden können.

Er war an einem Samstag eingezogen. Der Seesack und der Kampfrucksack lagen auf dem Boden seines neuen Zimmers. Skinner saß auf der Bettkante. In der Hand hielt er die Zimmerschlüssel, die Mrs. Murphy ihm gegeben hatte. Die Tür seines Zimmers stand halb offen, und durch den Spalt konnte er die Treppenstufen sehen, die hinaus auf die Straße und in den Märznachmittag hineinführten.

Er ließ die Schlüssel um einen Finger kreisen und fing sie mit einem Klick wieder ein. Gähnte und rieb sich das Gesicht. Er zog den Seesack heran, öffnete den Reißverschluss und begann, darin herumzuwühlen, wobei die Innereien hervorquollen wie die Füllung eines Autositzes, den eine Kugel zerfetzt hatte. Er legte die verknäulten T-Shirts und Jeans neben sich auf das Bett. Dann fühlte er etwas deutlich Schwereres, L-Förmiges, und die Pistole fiel aus dem grünen Armyhandtuch auf den Sockenstapel.

Eine Weile tat er so, als würde er sie nicht bemerken. Er wühlte in seinen Sachen herum, suchte nach dem Hygienebeutel und anderen Dingen. Es gab Tabletten, die ihn außer Gefecht setzen sollten, damit er schlafen konnte, und er überlegte, jetzt eine zu nehmen. Vielleicht wäre das das Beste. Oder er ging hinaus. Regnete es? Er schaute nach hinten auf das Fenster über dem Bett. Sah nicht so aus. Er sah den Gitterrost und den grau-weißen Himmel darüber. Er blinzelte. Nein, es regnete nicht.

Aber seine Aufmerksamkeit kehrte zu der Waffe zurück. Sein Fuß vibrierte. Er hörte die schweren Fußtritte über sich. Er horchte auf ihre Stimmen, die Bilder vor seinen Augen entstehen ließen, die Frau, die die Herrin der Küche war und eine Slim rauchte, die Zigarette genauso grauweiß wie das Licht, das durchs Fenster fiel.

Er nahm die Waffe, umklammerte die Griffsicherung und zielte einhändig auf die Wand. Das Korn wackelte. Er platzierte die Hand seiner schwachen Seite über die andere, um sie zu stabilisieren. Mit dem Daumen legte er den Sicherungshebel um – jetzt sah man den roten Punkt. Er glaubte, die riesige Tochter reden zu hören, eine männliche Stimme, die er nicht kannte, vielleicht noch andere. Auch die rauchige Stimme der Frau. Wie viele? Vielleicht vier. Er legte den Finger um den Abzug. Suchte den Druckpunkt, drückte. Gerade so viel, dass der Hahn sich bewegte.

Peng, sagte er – und das Herz schlug ihm bis zum Hals. Ihn durchfuhr das Gefühl, etwas Schlimmes zu tun. Er nahm den Finger vom Abzug, legte ihn an den Abzugsbügel, wo er hingehörte. Schob mit dem Daumen den Sicherungshebel wieder zurück. Aber sein Kopf hatte keine Sicherung und keinen Hebel, um ihn auszuschalten.

Teil 2

Kapitel 18

Der Weiße sah aus wie ein Biker, den man sich eher auf einem Chopper vorstellen konnte – zurückgelehnt, die langen Beine ausgestreckt, die Füße auf den verchromten Fußstützen, unterwegs auf einem Highway – und nicht hier hinter den weißen, von Stacheldraht gekrönten Mauern. Er hatte braune Haare und schmale Augen. Sein Schnurrbart gab ihm etwas Wölfisches. Er war blass und hoch aufgeschossen, und wenn er ging, dann wippte er auf den Fußballen auf und nieder wie ein Motorkolben – den Kopf immer erhoben, zu einem Teil Cherokee, sein Nachname Turner.

Er war im Hof bei den Fußsoldaten der Gang. Die können dich im Gulag-System überall herumschieben, sagten sie, von Bundesstaat zu Bundesstaat, bis du schließlich irgendwo in Isolationshaft sitzt. Gerade hatte CNN über den Gefangenenskandal in Abu Ghraib berichtet. Die sagten, du hast dem Staat Indiana den Krieg erklärt, aber wir haben den Vereinigten Staaten den Krieg erklärt. Wir sind nicht nur hier drin, sondern auch draußen, zweitausend, dreitausend Meilen weit weg. Das hier ist eine Organisation. Wir sind wie al-Qaida. Sie gibt uns Leben, zwei Leben, ein Leben außerhalb. Der Staat hält unsere Anführer in totaler Isolationshaft, kein menschlicher Kontakt, vierundzwanzig Stunden am Tag, und trotzdem haben sie das Heft in der Hand, was Strategie, Operationen oder was auch immer angeht. Wer zum Abschuss freigegeben wird. Der Staat versucht sie zu kontrollieren, und wir machen einfach weiter, es ist die reinste Hexerei.

Wir kontrollieren die Drogen, wir kontrollieren jeden Einzelnen. Wir kontrollieren uns selbst. Die Leute haben Angst vor uns, hier drinnen und auf der Straße. Wir kontrollieren das Nikotin, sagten sie.

Jimmy rauchte eine Zigarette unter dem blauen Himmel und nickte.

Er hatte die lakonische Stimme eines New Yorkers aus Queens. Er war nicht gleich hier gelandet, er hatte in Rikers angefangen. Ich hab mich hochgearbeitet, erklärte er seiner Sozialarbeiterin. Rikers war Durchlaufstation, immer mal ein paar Monate. Ich hatte schon ein ziemlich normales Leben. Ich hab nur meine Möglichkeiten nicht genutzt.

Wie ist das mit deinem Verhalten, worauf musst du besonders achten?

Die Drogen. Definitiv die Drogen.

Die Sozialarbeiterin war eine korpulente Blondine, bei der Augen, Nase und Mund zur Gesichtsmitte drängten.

Ich bin nicht wie die anderen Typen, erklärte er und blickte kurz auf, um zu sehen, ob diese Versicherung sie beeindruckte und ihr Gesicht sich entspannte.

Positive Einstellung, sagte er.

Er war ein langhaariger fünfzehnjähriger Junge gewesen, der sich eine Gitarre vor den flachen, bleichen Oberkörper hängte, auf nackten Füßen vor und zurück wippte, die langen Beine in die Luft stieß, Grimassen zog, mit dem Mund Geräusche produzierte, während Led Zeppelin aus der Stereoanlage dröhnte. Er malte mit blauer wasserfester Tinte Zeichen und Symbole auf seine Jeans, ließ die Jeans gleich weg und malte direkt auf die nackten Beine. Als er gefragt wurde, warum er das getan hatte, sagte er, weil es künstlerisch sei.

Erin sagte zu ihren Freundinnen: Ich bin sicher, dass er das Ding gestohlen hat.

Er konnte nicht spielen, behauptete aber, er würde es sich selbst beibringen, so wie manche Musiker auch. Die Zeichen und Symbole bedeuteten, dass er niemals saufen würde, so wie seine Eltern.

In seiner Jugend hatte Jimmy karierte Hemden getragen, meistens stand er brütend da und hielt den Mund, über dem sich ein Schnurrbartflaum zeigte, und wartete darauf, dass Patrick etwas sagte wie, Gib mir mal den Schraubenschlüssel. Dann nahm Jimmy den Schraubenschlüssel aus dem roten Werkzeugkasten, reichte ihn rüber, meistens im Keller von irgendeinem Nachbarn, wo es Boiler und Steigleitungen gab.

Patrick war ein Mann mit Heldenstatur. Er sah aus wie eine Gestalt aus einem Film über den Zweiten Weltkrieg. Zum einen war er groß. Er hatte ein breites, ramponiertes Gesicht, wie ein Oberstabsfeldwebel mit Zigarre zwischen den Zähnen. Es hieß, dass man in Belfast in keine Bar gehen konnte, in der einem nicht erzählt wurde, welch ein gewaltiger, mächtiger Mann Patrick Murphy war. Er spielte Hurling. Er hatte den kräftigsten Händedruck aller Männer, denen man im Laufe des Lebens die Hand schüttelte – die dicken Hände griffen wie Schraubstöcke zu, erwachten zum Leben und wurden zu Felsbrocken, die gnadenlos alles zermalmten. Er musste wohl mehr als hundertfünfundzwanzig Kilo wiegen, in Stiefeln noch etwas mehr. Wütend wollte man ihn nicht erleben. Sein eisenschwarzes Haar mit grauen Stellen war flach und akkurat nach hinten gekämmt, mit einer kleinen Beugung, wo es der Kamm in sich zusammengeschoben hatte, ein bisschen wie eine Welle, eine Schmalzlocke; über den Ohren und bis zum Ansatz des ausrasierten geröteten Nackens war das Haar kurz geschnitten, was ihm ein etwas altmodisches Aussehen verlieh.

Natürlich hatte er die Unruhen miterlebt und in seiner Jugend gehungert. Jetzt klempnerte er, aber keine zu großen Sachen, eher mittlere. Während er auf dem Boden lag, um in ein Rohr zu schauen, fiel eine Haarlocke über seine Stirn, wie bei Elvis.

In Cardozo teilte ihm eine Lehrerin vor versammelter Klasse mit, dass er nicht als Jimmy Murphy angemeldet war. Mehr kann ich dir dazu nicht sagen, meinte sie.

Er glaubte, er würde das Geheimnis durch den Text eines Songs entschlüsseln können, also spielte er ihn wieder und wieder in seinem kleinen Zimmer, schaute dabei auf die zerbrochenen Jalousien.

Das Haus war voller merkwürdiger Dinge: Bettwäsche, Rubbellose, Gartengeräte und Schallplatten. Seine Mutter saß im Wohnzimmer mit Spitzengardinen, hatte die Füße hochgelegt und trug einen Morgenrock.

Warum bin ich mit dem Namen Turner gemeldet?, fragte er.

Sie wandte ihm ihr eindrucksvolles Gesicht zu und sagte, Komm her, ich erzähl dir 'ne Geschichte. Sie war ziemlich angetrunken und die Geschichte drehte sich um etwas komplett anderes.

Das Haus bestand eigentlich aus zwei Häusern. Im Erdgeschoss war das Wohnzimmer, mit Gardinen und Plastikbezügen auf der Couch. In der Küche hing eine Kuckucksuhr und über der Couch, auf der seine Mutter saß, ein stilisiertes Bild von Elvis, auf dem er stattlich aussah. Im Garten gab es Heilige und Elfen. Die Zimmer im ersten Stock, wo seine Mutter und Erin lebten, waren ein Chaos aus Kleidern und Müll, Parfüm- und Shampooflaschen, Tarotkarten und Lockenstab, Maxi-Binden und leeren Bierdosen und Zigaretten und Fotoalben. In der Schublade einer kaputten Kommode stieß man vielleicht auf einen Stapel Polaroids von Unbekannten und man schaute in den Spiegel und fragte sich, wem man ähnelte. Eine Grillparty in den Siebzigern, Sonnenschein, grüne Felder und Motorräder. Vielleicht erkannte man seine Mutter unter den von der Kamera halb abgeschnittenen Gesichtern, wie sie eine Bierdose hob, mit strahlenden Augen und fünfundzwanzig Kilo jünger.

Patrick war wesentlich präsenter als sein richtiger Vater, der sein Leben im Gefängnis verbracht hatte und jetzt in Morristown an Aids starb.

Ich gebe dir das Fahrgeld, wenn du ihn besuchen willst, wenn du das machen willst, sagte seine Mutter. Ich würde dich nicht davon abhalten. Frag mich nur nicht, ob ich mitkomme. Ihre Stimme brach. Darauf hab ich keinen Bock. Sie drückte die Hände auf die Augen und suchte ihre Handflächen nach Tränen ab. In Morgenmantel und T-Shirt und den riesigen Kordelzug-Shorts wuchtete sie sich hoch und ging auf der Suche nach der Whiskyflasche vom Wohnzimmer in die Küche. Nachdem sie ihren Schluck intus hatte, hielt sie sich an der Arbeitsplatte fest und versuchte herauszufinden, wo im Zimmer er war. Als sie ihn gefunden hatte, schaute er sie nicht an.

Die Augenhöhle, sagte sie und zog mit der Fingerspitze eine Linie über ihr Gesicht. Backenknochen. Kiefer. Dieser Zahn – sie schürzte die Lippen und zeigte auf den fehlenden Eckzahn.

Worauf willst du hinaus?

Ich will darauf hinaus, dass ich nicht mitkomme.

Aber wenn sie damit andeuten wollte, dass Jerome Turner sie zusammengeschlagen hatte – Jimmys Erinnerung war eine andere. Er wusste noch, dass Patrick und sie hier im Haus vor drei Jahren aufeinander losgegangen waren. Sie kämpften wie zwei Bären auf den Hinterbeinen, die aneinanderlehnten und den Kopf des anderen gepackt hielten, bis Patrick sie niederschlug.

Dann renovierten sie den Keller und machten eine Wohnung daraus.

Kapitel 19

Erin sagte immer, sie sei eine Priesterin. Sie hatte es mit Magie. Sie zeichnete das Bild einer Frau, die aussah wie Elvira im Mondschein mit Umhang im Wind und einem Wolf an ihrer Seite. Sie zeigte es einer ihrer Freundinnen und berichtete weiter, Maria sagt, Es ist super. Der kann kein Mann was, sagte Erin über die Frau auf ihrem Bild. Denn die kann Zaubersprüche, Nigga. Und als sie im Herbst mit ihren Freundinnen an der Ecke Utopia stand, sagte sie, Mein Vater kann mich mal. Mit sechzehn habe ich aufgehört zu rauchen, sagte sie. Ich geh auf keine Partys mehr. Auf ihrem Walkman lief L7. Ein Jahr später erklärte sie, wenn sie das alles hinter sich hätte, würde sie auf eine Kunstschule gehen, wegen der Bilder. Sie redete mit jemandem aus LaGuardia, der aufs Fashion Institute of Technology ging. Sie hatte ein Exemplar von »Kelch und Schwert«. Sie war gewachsen und sehr groß geworden und es gab Dinge, die sie nie ausprobierte. Ich bin die Hohepriesterin, sagte sie. Sie ging überhaupt nicht mehr aus. Ein Junge, den sie kannte, hatte Probleme mit einem Mädchen und sie besorgte einen Freund, der sich kümmerte. Einmal zündete sie Kerzen für ihn an und las im Dunklen aus seiner Hand. Sie wusste, dass nichts passieren würde, weil sie ihre Freundschaft respektieren mussten. Ich bring dich um, wenn du sie in dein Bett springen lässt, sagte sie. Patrick, ihrem Vater, ging sie aus dem Weg, selbst wenn er nüchtern war. Sie wandte ihm den Rücken zu, der Fernseher sprach an ihrer Stelle, er lief mitten am Tag und die Frau in der »Jerry Springer Show« kreischte, kreischte, heulte und kreischte: Du bist ein Stück Scheiße! Sie legten einen Piepton drüber, immer wieder. Oh wow, sagte Jerry. So geht das nicht. Sie behauptete, völlig in schwarze Magie abgetaucht zu sein, in weiße Magie. Sie hatte Maria ein Jahr lang nicht gesehen, und jetzt war Maria Mutter und mit Kevin, einem Feuerwehrmann, verheiratet. Sie waren neunzehn und zogen in ein Haus. Mit Kindern kann ich nicht, sagte Erin. Sie trug Schwarz und brachte etwa hundertzehn Kilo auf die Waage. Die strenge, deprimierende, angespannte Stille, in der sie lebte, ließ sie auf Geräusche achten, den Klang seiner Stiefel, wenn er hereinkam, Zeichen, wie betrunken oder wütend er war. Sie war die Freundin ihrer Mutter, aber nicht ihre beste. Sie half ihr, im Frühjahr die Figuren in den Garten zu tragen. Sie stellte den halb nackten Christus auf. Sie besorgte Kuchen oder Sandwiches auf der 162nd Street, wenn jemandem etwas Besonderes passierte oder sein Leben sich änderte. Sie wusste, wenn es bei anderen Leuten Neuigkeiten gab. Das alles war ein Teil ihrer Religion, ein Teil von Wicca, ihrer Priesterschaft. Das Leben hat noch eine andere Dimension, sagte sie einmal zu ihrer Freundin. Woher sie das wusste? Sie hatte mal versucht, sich das Leben zu nehmen, als sie jünger war. Da hatte sie es erfahren. Sie hängte ein Windspiel aus Draht, zwei ineinander verflochtene Kreise, an einen Dachvorsprung. Eines Tages, sie war noch jünger, kam sie von der Highschool nach Hause und spürte, dass etwas nicht stimmte. Sie war allein. Schließlich bemerkte sie, dass sie nicht allein war: Jemand kam aus dem Keller, sie hörte die Schritte auf der Treppe und sagte, Was zum Teufel hast du gemacht, Jimmy? Er hatte das Gesicht hinter den herabhängenden langen Haaren versteckt und ein Pentagramm auf seinen weißen Brustkorb gemalt. Sie war einfach nur ein fettes Mädchen. Ihr Vater nannte sie eine Hure. Die Rockmusik ihres Bruders donnerte vom ersten Stock herab. Draußen fuhren Wagen vor und verschwanden wieder, sie hörte die Motoren und das Geschrei. Die Drohungen und Handgreiflichkeiten und dann die Schlägereien, die man auf der Straße spürte, selbst wenn man nicht daran beteiligt war. Die Leute standen vor den Häusern und schauten. Man bekam das Echo des Geschreis mit, die Energie. Irgendetwas ging zu Bruch. Manchmal lief man raus, um etwas mitzubekommen oder um zu helfen. In der Schule kämpfte sie mit einem Mädchen inmitten einer Meute von Kids, die alle Raiders-Jacken trugen. Die roten Blinklichter der Rettungswagen flackerten vor den Fenstern. Manchmal klopfte jemand an die Tür und sagte, Hallo? Polizei. Und sie hörte sie hereinkommen um einen von ihnen festzunehmen oder um den Blutdruck der Mutter zu messen, eine Eiskompresse anzulegen, mit einer Taschenlampe in den Mund zu leuchten und zu sagen, Sie haben einen Zahn verloren. Auf einer Keramikplatte, die sie in der Veranda aufgehängt hatte, stand: Entspann dich, du bist zu Hause! Die Gewalt kam und ging mit den Mondzyklen.

Aber ihr Bruder kam aus dem Nichts. Als sie jung war, war er wirklich einmal in ernsthafte Schwierigkeiten geraten. Anklage wurde nie erhoben, aber es hieß, er hätte einem Mädchen etwas angetan. Das Mädchen war eine von Erins Freundinnen, die zu ihr nach Hause kamen. Jimmy spielte für sie auf ihren Wunsch Gitarre, sonst nichts. Als Erin später hörte, was sie behauptete, sagte sie zu ihr: Du verbreitest Lügen über meinen Bruder. Sie erzählte überall herum, dass er sie sexuell belästigt hätte. Sie war wohl so mitgenommen gewesen, dass sie es ihrem Priester beichtete. Anstatt zur Polizei zu gehen und im Bemühen, die Privatsphäre nicht zu verletzen, rief der Priester die Mutter des Mädchens an. Die Mutter des Mädchens rief Erins Mutter an und heulte und schrie am Telefon, und damit wussten es die ganze Nachbarschaft und alle in der Schule. Im Büro von St. Andrews beschrieb das Opfer dem Priester den Körper des Angreifers. Erins Mutter sagte, sie würde mit Jimmy reden. Sie wollte nicht mehr als eine faire Anhörung, und keinen Lynchmob. Sie redete mit ihm und war erleichtert, dass die Geschichte des Mädchens längst nicht wasserdicht war. Das Mädchen hatte ihn gebeten, beim Gitarrespielen das Hemd auszuziehen. Das teilte sie der Mutter des Mädchens am Telefon mit.

Die Frau fuhr mit ein paar Männern im Auto bei ihnen vor und brüllte, Verdammter Drecksack, Vergewaltiger, und warf Dinge gegen ihr Haus.

Danach habe ich kein Wort mehr mit ihr gesprochen, sagte Erin, ich hab sie noch nie gemocht. Sie ist eine Nutte und ich hab ihr keinen Millimeter mehr über den Weg getraut, nach allem, was sie über Jimmy gesagt hat.

Kapitel 20

Jimmy wurde zum Gewerkschafter in Gummioverall, Stiefeln und einem Helm wie aus dem Ersten Weltkrieg, der im Dienste der Stadt unter Tage arbeitete. Der aufwendige Aufnäher auf den Overalls der ›Maulwürfe‹ zeigte Männer im Schnittbild einer Grabung auf mehreren Ebenen. Ganze Generationen einer Familie arbeiteten auf einer solchen Baustelle, Großvater, Vater und Sohn in einer Grube. Bei Feeney's stieß Patrick mit ihm darauf an.

Alles Gute da unten, Junge.

Was als Feier seines Einstands begonnen hatte, wurde nun zum Alltag. Tag für Tag fuhr Jimmy in einem sperrigen, langweiligen, goldfarbenen Buick Skylark an Häusern mit Lücken in der Holzverschalung vorbei, während Blätter hinter den rostigen Zäunen vor sich hin moderten. Während er zur Arbeit und wieder zurückfuhr, stieg eine bedeutungslose Sonne vor der Windschutzscheibe auf und versank wieder. Aus der Stereoanlage dröhnte Led Zeppelin.

Er hatte ein Zertifikat dafür, unter Tage arbeiten zu dürfen. Die ›Maulwürfe‹ zogen ihre Overalls in niedrigen Trailern mit beigefarbenen Spinden an, an deren Holzimitatwände ein Poster der Gesundheitsbehörde getackert war. Von dort schwärmten sie in eine Welt aus, die nur aus Dröhnen bestand. Die Bohrausrüstung im Wert von etwa dreißig Millionen Dollar bewegte sich auf Eisenbahnschienen. Man spürte, wie der Fels mit sieben Umdrehungen pro Sekunde pulverisiert wurde. Im Lärm der Bohrfrequenz war eine irische Stimme nicht von einer westindischen zu unterscheiden. Mittags aßen sie unter Tage. Jimmys geschwärzte Hände ließen Fingerabdrücke auf dem weißen Brot zurück.

Er trug Totenkopfringe aus Silber an den Fingern. Nach der Arbeit, wenn die Augen im Tageslicht schmerzten, zog er sie wieder an. Led Zeppelin war nur die geheimnisvollere Version der großartigen Untergrundmusik der Bohrer, nur eine andere Sprache. Sie arbeiteten in Midtown Manhattan, in der Nähe des Flusses. Durch die flackernde Lichtröhre der Brückenkabel fuhr er nach Hause, vorbei an verrosteten Zäunen und schäbigen Häusern zu einer Bar mit Gewerkschaftsaufklebern an den Holzwänden. Der irische Zungenschlag war unüberhörbar. Wenn er eintrat, wurde er mit Jimmy! begrüßt.

Wie geht's deinem Vater?, sagten sie.

Prima.

Dann spielte Jimmy Keno.

Von der Baugrube unter der Erde ging es direkt in die düstere Höhle der Bar. Der Alkohol öffnete Tunnel in seinem Kopf, die direkt in die dritte Gruft der Nacht führten.

Er sah sich ein Amateurvideo von Typen an, die Kunststückchen auf ihren Motorrädern vollführten. Dazu lief Hip-Hop von einer weißen DJ-Crew. Sie fuhren auf dem Hinterrad, ließen die Reifen durchdrehen, fuhren auf dem Vorderrad. Jimmy fingerte in der Plastikschale mit Doritos herum. Sie waren im Haus eines Typen, der jetzt aus der Küche kam und zum Fernseher sagte, Sie macht Hotdogs. Sie sahen weiter schweigend zu. Ohne den Blick vom Fernseher zu wenden, rieb Jimmy sich das Salz von den Fingern. Ein Fahrer mit Helm kippte seine Maschine nach vorn, das Hinterrad ging hoch und nur auf dem Vorderrad glitt er an der Kamera vorbei. Beim Absteigen zeigte er auf das Wheelz-Logo auf dem Rücken seiner Lederjacke. Abgefahren, sagte der Hausbesitzer. Man hörte, dass in der Küche eine Frau Wasser kochte.

Der Fernseher war ein riesiges, edles Teil und groß wie ein Schrank. Das Bild war brillant und scharf. So ein Gerät kostete etwa tausendfünfhundert Dollar, mal angenommen, man musste es bezahlen. Die drei Zuschauer waren Jimmy, ein Klempner und der Typ, dem das Haus gehörte. Der Klempner war das Bindeglied zwischen den beiden anderen, die sich nicht kannten. Er hatte zu Jimmy gesagt, Warum kommst du nicht einfach mit? Wir können da abhängen, einen durchziehen ... Jetzt saß er in einem schwarz-weißen Pulli über dem grün schillernden Hemd zwischen den beiden, das Bier auf dem Teppich neben den Füßen, die in weißen Nikes steckten.

Einer der Fahrer verlor die Kontrolle, rutschte weg, sein Motorrad überschlug sich. Es landete auf ihm und rutschte dann weiter die Straße entlang. Alle drei sagten, Boah! Das wird er spüren. Heilige Scheiße. Da tun einem ja schon vom Zuschauen die Eier weh. Hahahahaha.

Wo machen die so was?, fragte der Klempner.

Bay Shore. Mein Junge filmt das. Er bekommt dafür Geld von irgendwelchen Werbefritzen.

In Vegas könnten diese Typen echt krass Kohle machen.

Pass auf. Es haut ihn weg.

O Shit.

Hahahahahahaha.

O Shit, den Alten hat's voll hart erwischt.

Da sind sie schon. Versuchen, ihn auf die Füße zu stellen.

Was sagst du dazu, Jim-bo?

Der ist ganz schön im Eimer.

Da ist schon der Nächste.

Die Frau des Typen, dem das Haus gehörte, brachte eine Platte mit Hotdogs und stellte sie auf den Beistelltisch hinter ihnen. Der Klempner drehte sich um und sagte, Danke, Baby.

Gibt auch Relish, sagte sie.

Sie setzte sich auf das Sofa hinter dem Beistelltisch, löffelte Relish auf einen Hotdog, hielt die Hand darunter und biss hinein.

Möchtest du auch einen?, sagte sie zu dem Hinterkopf ihres Kerls.

Nein.

Das Video war zu Ende. Der Schriftzug Long Island Wheelz glitt über den Bildschirm. Der Typ drückte auf die Fernbedienung und das Spiel flackerte auf.

Wer ist das?, fragte sie.

Philly, sagte er.

Der Klempner sagte: Darius Johnson, Nummer 44. Schnellster Mann in der NFL.

Ja, aber Capslock geht mit links an ihm vorbei.

Nicht, wenn er die Hand drankriegt, Kumpel.

Die Frau hatte ihre Haare hochgesteckt und Nase und Lippen schienen über alles erhaben. Sie verließ das Zimmer. Der Klempner zog einen Flachmann Captain Morgan hervor und sie tranken aus Pappbechern. Der Typ, dem das Haus gehörte, lümmelte sich mit gespreizten Beinen in seinem Sessel, die Deckenlichter spiegelten sich in seinen Augen. Seine Kleidung war genauso sauber wie das Haus. Seine Jeans, die eine Hammerschlaufe hatte, schienen frisch gewaschen zu sein. In Richtung Decke sagte er:

Ich hol mir das geilste Streetbike … gibt gleich hier um die Ecke ’n Chapter … und dann auf nach Virginia Beach …

Der Klempner merkte an, dass er schon bei der Air Force Motorrad gefahren war. Vegas, Lake Havasu. Hab da jede Menge Bräute getroffen, o Mann. Ich hatte so eine verspiegelte Sonnenbrille … Sie haben mich CHiPs genannt, wie die Fernsehserie »California Highway Patrol«.

Wir sollten alle zusammen fahren. Er sieht auch aus wie ein Biker.

Jimmy sieht ganz so aus.

Kommt drauf an, wie man sich aufführt, sagte Jimmy.

Korrekt.

Die Männer musterten ihn mit zusammengekniffenen Augen. Er nahm einen Hotdog mit seiner beringten Hand, öffnete den Mund und biss ihn in der Mitte durch. Die Zähne klackten aufeinander und er leckte sich über die Lippen, sah aus wie ein Wolf, der sich im dämmrigen Schnee über die Verpflegung eines Campers hermacht.

Schau dir meinen Kumpel Jimmy an! Diese Hotdogs haben null Chance. Keine Bange, Kumpel. Er sagt seiner alten Lady einfach, sie soll mehr machen. Hahahahahahaha.

Er ist Gewerkschafter?

Mein Kumpel ist ›Maulwurf‹. Auf der größten Baustelle der Stadt nach dem Holland-Tunnel.

Da steckt 'ne Menge Geld drin.

Kann schon sein, sagte Jimmy.

So mit Werkzeug und Zeugs.

Yeah.

'ne Menge Zeugs bekommt da Beinchen.

Schon möglich.

Hast du eine Ahnung, was so 'n Bobcat-Schaufellader kostet? Eine Hebebühne? Die mit den Dingern zum Ausfahren? Locker mal hunderttausend.

Mit so 'nem Haufen Geld kannst du zu jeder Braut gehen, die du willst, und sagst, Ich bin dein Typ.

Du brauchst einen Laster dafür, so ein Tieflader-Ding.

Der Typ steckte sich eine Newport an und schlug die Beine übereinander, das Schienbein übers Knie. Er zeigte auf Jimmy und sagte, Und er ist unser Mann drinnen. Der Klempner sagte, Und dann machen wir Kohle ohne Ende … Jimmys Bewegungen wurden ganz langsam, er gab sich alle Mühe, sein abgestandenes Bier so cool wie möglich zu trinken. Ihre Bemerkungen hatten jetzt etwas Bedeutungsvolles. Mit träger Stimme wiederholte er eine Zeile, die er in einem Film gehört hatte: Die Security ist ein Witz. Sie sitzt vor dir. Der Klempner schaute den Typen an, als sei das tatsächlich eine bedeutungsvolle Äußerung. Offensichtlich hatte keiner ein Problem damit, dass die Zeile aus einem Film stammte. Ich spür's geradezu, sagte der Typ. Sie gingen nicht in die Details. Die

Unterhaltung blieb abstrakt und verlagerte sich dann auf die Vorstellung, was man mit dem Geld aus einem Bruch machen könnte und zu welchen Anklagepunkten das führen konnte. Dann schlug der Klempner vor, einen durchzuziehen. Sie ließen den Joint kreisen und schauten sich das Spiel an. Frauenstimmen waren zu hören. Die Tochter des Typen, ein brünettes Mädchen von acht oder neun, wurde nach Hause gebracht. Sie sagte irgendwas über den seltsamen Geruch und die Frau unterdrückte ein Lachen. Mach doch die Tür zu, sagte der Typ. Die Frau zog die Tür zum Wohnzimmer zu und sie hörten, wie sie sagte, Die schauen sich das Spiel an – in einem Tonfall, in dem man mit Kindern redet.

Es kam nie dazu, dass sie schweres Baugerät stahlen – Bobcats oder Aufzüge – und auf Tieflader luden. Jimmy wurde eines Tages wegen Trunkenheit am Steuer verhaftet. Er hatte ein paar Säcke Zement im Kofferraum und einen Ryobi-Bohrer im Wert von sechshundert Dollar. Mrs. Murphy sagte, Zum Stehlen haben wir ihn nicht erzogen. Ich weiß, dass er es besser weiß. Oben in der Bronx erhielt seine Gewerkschaft einen Anruf und in den Bars waren sie sich einig, dass er rausfliegen würde. In der Zwischenzeit arbeitete er weiter. Er hatte seine Fürsprecher. Halt die Ohren steif, Jim. Er fuhr zu dem rechteckigen Gebäude am Queens Boulevard in der Nähe von Union Turnpike, ging durch die Schleuse mit den Metalldetektoren und zu seinem Verhandlungszimmer.

Sein Verteidiger war ein sarkastischer Mann mit Doppelkinn, der nicht zu verstehen schien, dass sie beide Iren waren und was das bedeutete und dass er ein Gewerkschafter war und was das bedeutete. Jimmy stand vor dem Verhandlungszimmer an die schmutzige Marmorwand gelehnt und wartete zusammen mit all den anderen Leuten, die herumschwirrten und ebenfalls warteten.

Der Verteidiger kam erst, als sein Fall schon einmal aufgerufen worden war, drängte sich mit der Aktentasche unterm Arm durch die Leute, schwitzte und war geistesabwesend.

Die haben mich schon aufgerufen.

Tut mir leid, ich hatte noch einen anderen Fall. Der Richter redet zu viel. Aber du brauchst mich heute doch gar nicht. Die lassen die Vandalismus-Sache doch fallen, oder?

Welche Vandalismus-Sache? Das bin ich nicht. Ich bin wegen Trunkenheit am Steuer hier.

Trunkenheit, stimmt. Du bist Turner. Ich dachte, du seist Rodriguez. Bist du sicher, dass du hier richtig bist?

Sie schauten auf die Namen unter der Glasplatte.

Das bist du. Lass uns reingehen. Ich hab hier noch einen anderen Klienten. Warte auf mich, ich rede noch mit ihm.

Der Prozess wurde fortgesetzt. Als er das nächste Mal verhaftet wurde, beschlagnahmten sie den Skylark, lochten ihn ein und führten ihn in Sneakers ohne Schnürsenkel dem Richter vor. Das Gericht sprach ihn mit Mr. Turner an. Er wandte sich an seinen Verteidiger: Ich dachte, Sie würden mich raushauen. Sein Verteidiger sagte: Niemand kann dich loseisen. Du bist schuldig. Richtig oder falsch? Du hast es doch getan, oder? Ja oder nein? Also plädier' auf schuldig und sieh zu, dass du beim nächsten Mal ein Taxi nimmst.

Sie führten ihn wieder hinaus zum Bus, nachdem er acht Stunden im Warteraum hinter dem Sitzungssaal verbracht hatte, ohne eine Toilette benutzen zu können. In Handschellen saß er dicht an den nächsten Mann gedrängt, der dagegenhielt. Sie fuhren durch Jackson Heights, sie schauten aus den Fenstern auf die Rücklichter, sahen die Hispanas, die aus der Subway kamen. Er schaute durch die Frontscheibe des Busses, sah die begleitenden Beamten hinter dem Gitter. Sie fuhren an Industriegebäuden und dem Flughafen vorbei. Er hörte das Tosen der Triebwerke über ihren Köpfen und sah den Schatten, der über sie hinweg herabschoss, dann zur Landung ansetzte, das dunkle Wasser, an dem sie vorbeikamen, die Lichter der Zäune in der Dämmerung.

In Rikers wurde man taub. Er stank nach Knast. Noch Wochen nach seiner Entlassung konnte er nicht normal reden, er schrie nur noch. Immer wieder unterhielt er sich in der Subway und auf der Straße mit irgendwelchen Männern, die wie er im Gefängnis gewesen waren. Mit heiseren, rasselnden Stimmen berichteten sie lautstark vom Chaos und von den Krawallen und dass es vor fünf Jahren noch viel schlimmer gewesen sei, vor den Reformen. Sie erkannten einander an der Art, wie sie in der Öffentlichkeit redeten, in der Schlange vor dem Eingang in Ozone Park, wo Jimmy mit den anderen Knackis stand, die Kapuzen der Sweatshirts über die Köpfe gezogen. Sie stießen Dampfwölkchen in die kalte Luft, während sie die Treppe hinaufschlurften, ihre Nummer nannten und daraufhin Tabletten bekamen, die Teil ihrer Entlassungsvereinbarung waren.

Mit vom Wind geröteten Gesichtern und stumpfen Augen standen sie an der Ecke: Ah, du bist in der Gewerkschaft. Und stolz drauf, sagte Jimmy. Du bekommst das schon hin, sagten sie. Du musst nur dranbleiben! Bleib einfach dran, sagten sie und lachten. Sie lebten in einer Unterkunft jenseits der Centre Street und verdingten sich als Hilfskräfte, entluden Lastwagen für chinesische Geschäftsleute, denen Lampenläden in der Bowery gehörten.

Als ich nach fünf Jahren raus bin, hab ich jeden Job gemacht, sagte Cat, ein Puerto Ricaner. Ich war wegen Mord verurteilt. Hab meine Zeit abgesessen, ist mir egal. Ist passiert, weil ich mit einer Frau zusammen war. Dominikanerin. Macht alle Männer verrückt. Wir beide zusammen fielen auf, sie und ich. Dann kam dieser ziemlich große Kerl und hörte nicht auf, sie anzubaggern. Ich bin zu ihm gegangen, wollte mit ihm reden. Er hat mir die Nase gebrochen, meinen Stolz verletzt. Also geh' ich zurück und klopfe an die Tür. Sie kommt raus und ich sag, Hol' José, und als er kommt, hab' ich da dieses Schlachtermesser. Bin auf ihn losgegangen und hab immer wieder zugestochen. Mord, meinten sie. Während ich saß, hab' ich Seilspringen gemacht, bin gelaufen, alles, um die Zeit zu vergessen. Was hältst du von Rikers?

Hat mich nicht weiter gekratzt.

Als ich drin war, hatten die den Prozess gegen die Stadt. Das hätte dich gekratzt, glaub mir.

Ich weiß nur, dass ich mich dran gewöhnt habe.

Ich habe mich auch dran gewöhnt. Das heißt gar nichts.

Ich leg mich doch nicht krumm, nur weil mir jemand sagt, dass ich dies oder jenes machen soll.

Mach ich auch nicht, sagte Cat. Aber die Jahre kriegst du nicht zurück.

Ist halt so.

Ist so. Macht es auch nicht besser.

Damit es wieder besser wurde, machte er auf dem Weg nach Nassau einen Schlenker durch die Bronx und die Webster Avenue. Nach einer ganzen Weile sah er eine Frau, die mit schwarzer Handtasche und schwarzen Stiefeln allein an der Straße stand. Sie war sehr dick und bleich und hatte kleine Augen. Nachdem sie ihm das Gummi übergezogen hatte, kam er nicht so recht in Schwung, also versuchte er etwas anderes. Sie schaute entschuldigend und sagte, Wenn du mich würgst, dann kann ich nicht. Er starrte sie bloß an. Schon gut, sagte sie, aber würg mich bloß nicht oder so was. Dann war es in Ordnung für ihn. Lass gut sein. Nicht wehren. Nicht lockerlassen. Sein Totenkopfring hinterließ ein Mal auf ihrem weißen Nacken. Mit der kratzigen Stimme und den fehlenden Zähnen erinnerte sie ihn sehr an seine Mutter, allerdings mit hundert Kilo statt mit hundertfünfzig. Sie hatte Flecken auf der Haut, entweder von Schlägen oder Kaposisarkom, also Aids.

Als sie ihn zum dritten Mal festnahmen, stellten sie ihn vor die Wahl: Entweder das volle Strafmaß von fünfzehn Monaten oder ein fünfmonatiges Rehabilitationsprogramm in einer Art Bootcamp. Seine Lebensgefährtin war gerade schwanger geworden und der Druck war groß, jetzt das Richtige zu tun.

Das wird er tun und er wird das Beste daraus machen, sagte Mrs. Murphy. Nur schade, dass sie ihm das nicht beim ersten Mal angeboten haben, aber das haben sie nicht. Patrick hat ihm nie Disziplin beigebracht. Manche brauchen das mehr als andere. Man dringt nur zu ihm durch, wenn man seine Achtung hat, deshalb hatte ich ja auch so auf die Gewerkschaft gehofft.

Zum Programm gehörte, dass sie sechs Mal am Tag in kompletter Uniform zum Abzählen antreten mussten. Die Belegschaft nannte sie Straftäter. Er bekam Bettwäsche, Handtücher, Jeans, graue Uniformhemden, schwarze Schuhe und eine schwarze Krawatte. Sie machten Freiübungen in der Gruppe und arbeiteten mit der Hand, schmirgelten Möbelstücke. Man konnte zwar eine Menge Disziplinarvermerke bekommen, aber es gab auch eine Berufungsinstanz. Der häufigste Grund für einen Rausschmiss war Rauchen. In der Klasse meldete sich ein junger Schwarzer mit Cornrows und sagte: Ich bin hier, um was zu erreichen. Dann wischten sie ihre ganze Abteilung und sorgten dafür, dass alles nach Reinigungsmittel roch.

Als Mrs. Murphy nach zwei Monaten zu einem Besuch kam, sagte sie, Du hast dich verändert. Es hat sich schon gelohnt.

Wir müssen hier jeden Tag ungefähr zehn Meilen rennen.

Er musste zugeben, dass er bereits zwei Disziplinarverwarnungen bekommen hatte. Ich war beim Zählappell nicht in Uniform, haben sie gesagt.

Das hier ist eine Prüfung, sagte Mrs. Murphy. So musst du das sehen.

Er regte sich darüber auf, dass seine Frau nicht mitgekommen war.

Deine Frau fühlt sich nicht wohl, sagte seine Mutter.

Es gibt Leute, die müssen hier sein, egal ob sie sich wohlfühlen oder nicht.

Ich kann dazu nichts sagen. Du bist hier, das weiß ich. Aber ich schütte da bestimmt kein Öl ins Feuer.

Ich mache hier alles, was in meiner Macht steht.

Ich weiß. Gieß kein Öl ins Feuer.

Ich hatte keine Ahnung, was hier auf mich zukommt, sagte er.

Jim, bettelte sie.

Du hättest ihr sagen können, dass sie mitkommen soll.

Wir haben fünfundvierzig Minuten. Lass uns zusammenhalten. Heulen kann ich auch auf dem Heimweg. Ich bin schon ganz ausgeheult, sagte sie und grinste und entblößte dabei die Zahnlücke.

Zum Abschied umarmten sie einander. Bis bald.

Aber gegen Ende des fünften Monats, als er schon eine letzte Verwarnung bekommen hatte, rollte er mit vier anderen eine Zigarette aus einem Umschlag für die Briefe nach Hause und fachte sie mit zusammengedrehtem Klopapier an, das er mit einer Batterie und einem Stück Alufolie entzündet hatte. Sie rauchten im Stehen und bliesen den Rauch in die Entlüftungsanlage.

Nach diesem Regelverstoß wurde er in eine andere Einrichtung verlegt, um seine volle Strafe zu verbüßen. Er versteckte seinen Kummer, indem er behauptete, es hätte ihm dort sowieso nicht gefallen. Die wollten da einen kleinen Spießer aus mir machen.

Das neue System war anders. Zu siebt stiegen sie in orangefarbenen Overalls aus dem Bus, die Wolldecken unter dem Arm, während Häftlinge hinter ihnen herpfiffen. Irgendjemand sagte, Markier hier bloß nicht den dicken Max. Das Personal sagte das eine, die Häftlinge das andere. Hier drehte sich alles nur ums Geschäftemachen. Spießer hatten hier nichts zu melden. Nach dem Urintest betraten sie den Zellenblock, wo die Häftlinge in schwarzen T-Shirts an rechteckigen Tischen saßen, die rautenförmig angeordnet waren. Einige hatten Rosenkränze und Kreuze umgehängt. Mayfield, einer der kleineren Neuankömmlinge, neigte dazu, Auseinandersetzungen aus dem Weg zu gehen. Er hatte markante Ohren. Sie sagten zu Mayfield: Hast du etwa Angst? Schon mal von dieser Brittany gehört? (Was hieß, Du bist ein Feigling.) Hübsche Ohren. Lächle.

Mayfield ließ es zu, dass andere ihn zum Spaß schlugen und er wurde in Schutzhaft genommen, wo stundenlanges Geklopfe zu hören war und man an Schlaf kaum denken konnte. Er lauschte dem ungeordneten Nichts. Sedierte Häftlinge, die unermüdlich im Kreis herumliefen, dabei Ich gehe immer nur im Kreis herum vor sich hin murmelten. Mein Seroquel wurde durch Trazodon ersetzt. Jetzt habe ich Schweißausbrüche und Schüttelfrost. Das war das Leben, das Mayfield in den nächsten fünfzehn Jahren führen würde.

Jimmy war angespannt, bis er zu kämpfen anfing. Die Belegschaft ging dazwischen und trennte sie und er wurde hoch erhobenen Kopfes abgeführt. Zwölf Stunden später brachten sie ihn zurück, und die Anspannung kam wieder. Genauso wie die Pläne. Es ging darum, genug Tabak oder Kaffee oder was auch immer für ein kurzes High zusammenzukratzen. Er schloss sich ein paar Typen aus New York an, die eines gemeinsam hatten: sie waren nicht schwarz.

Einer war Deutschitaliener, durch dessen feldmausgraue Haare man deutlich die Narben auf dem Schädel erkennen konnte. Wo kommst du her, welche Hood? Sie spielten Karten und benutzten die Zuckertütchen aus der Kantine als Chips. Da komm ich her, sagte Frankie, Flushing beinhart. Wie kommt's, dass ich nie von dir gehört habe? Bist 'n echtes Weichei, oder was?

Jimmy witterte eine weitere Schlägerei und stand auf. Frankie umarmte ihn. Liebe und Respekt, Junge. Frankie von der Franklin Street, schon immer, seit 93. Bleib sauber. Hier drin prügeln wir uns den ganzen Tag mit den Niggern.

***

Er bekam ein weiteres Verfahren und wurde dieses Mal nach Krayville, Indiana, geschickt, wo er an einem Sommertag ankam. Die Einführung war kurz. Sie bestand aus einer Frage: Bist du Nazi oder Arier?

Er nannte sein letztes Gefängnis. Da war ich bei den weißen Jungs.

Dann brachten sie ihn auf den riesigen Hof mit all den anderen Insassen und sofort spürte er den atmosphärischen Druck in der Luft und bekam Atemprobleme.

Er sah Weiße in Flipflops und weißen Socken und Schnurrbärten und roten Overalls, die aus dem Sicherheitstrakt kamen, abgeklopft wurden, die Zunge rausstrecken mussten, die Arme wie Christus ausgebreitet, weiße Augen mit engen schwarzen Pupillen wie Haie, die an der Leine geführt wurden.

Ein Arier sagte zu ihm, He, Proll, du kommst zu uns.

Nachdem die Aufnahmeformalitäten erledigt waren, nahm er seine Sachen und zog bei einem Haufen weißer Jungs ein, die über ein paar Mongols sprachen.

New York? Dann sag uns doch mal, wo Jimmy Hoffa ist. Bis du das rausgefunden hast, bleibst du erst mal hier.

Sie gingen zusammen in die Kantine und auf den Hof, sie bewegten sich als Einheit, stellten Wachen auf, wenn sie trainierten.

Du besorgst die Wäsche. Und musst mal das ›U-Boot‹ machen. Hier hat jeder seine Pflichten.

Er lernte als Erstes, dass dies hier Kriegsgebiet war. Es gab Drahtzieher und Machenschaften, alles lief im Verborgenen ab – wer danach fragte, war außen vor, also besser nicht fragen. Auf dem Hof legten sie die Handtücher aus und machten Freiübungen im Takt mit dem Mob. Er praktizierte die Abfolge von Hocke, Schritt, Ausfallschritt und Stützstrecke, die sie im Gleichtakt wie Soldaten mit geradeaus gerichtetem Blick ausführen mussten. Jeder musste auf Zack sein. Die Anspannung, die er gespürt hatte, war real und gleichbleibend. Sie liefen zusammen unter dem Himmel Indianas, vorbei an einem Schild, auf dem Einzeln eintreten stand und das auf die weichen, synthetischen Backsteine des Gebäudes geschraubt war, dessen Traktfenster im Tageslicht schwarz wirkten. Die Anlage war wie ein mathematisches Rätsel aufgebaut, das von Bürgern des Mittleren Westens mit ihren tiefen, vollen Countrystimmen kontrolliert wurde.

Der Mob brachte einem das Messerstechen unter der eiskalten Dusche bei, brachte einem bei, seinen Mann zu stehen. Ihre Trainingseinheiten fanden im Geheimen statt, wie bei Shaolin-Mönchen. Jimmy hielt sich an die Weißen. Das hat gar nichts mit Hass zu tun, wir gehören einfach zusammen, sagten sie mit Blick auf die Nazi-Symbole. Sind eine Familie. Auf Brust und Augenlidern trugen sie chinesische Schriftzeichen, die Stärke, List, Ehre bedeuteten. Die Swastika an sich war ein buddhistisches Symbol. Sie symbolisiert die Schemen eines Geistes, der über ein altes Schlachtfeld läuft. Sie tätowierten ihre Gesichter, rasierten sich die Schädel kahl, klauten die gehärtete Stahlfeder aus dem Haarschneider des Friseurs, um damit Messer aus den Metallstangen ihrer Schlafkojen zu ritzen, kratzten Zehntausende Male die gleichen Furchen, als eine Art Meditation. Nicht drüber reden, machen, sagten die Schwerathleten unter ihnen, die dreißig oder zweiundfünfzig Jahre für Einbruch oder Einbruch mit sexueller Nötigung bekommen hatten. Der Geist ist eine Waffe. Hier kommt Betriebsblindheit ins Spiel. Die Wachen glauben, dass sie Macht haben. Dabei haben sie nichts als den Turm, eine Illusion. Sie gaben Jimmy etwas, das sie ›U-Boot‹ nannten und das er sich ins Rektum steckte. Er ging nach draußen auf den Hof, entfernte es und vergrub es heimlich in der Erde unter dem Picknicktisch.

Wenn es auf dem Hof einen Zwischenfall gab, dann sprang eine Fliegeralarm-Sirene an, die man auf der gesamten Anlage und auch noch auf den Feldern und unter den Bäumen jenseits der Mauern hörte. Wo immer man war, man ließ sich zu Boden fallen und spreizte die Arme weit ab. Fünfhundert Sträflinge in weißen Sportkniestrümpfen warfen sich mit dem Gesicht voran auf die Erde. Justizvollzugsbeamte rannten quer über den Rasen auf zwei Männer zu, die einen dritten attackierten. Das Chaos ist dann unbeschreiblich – man sieht, wie er ein-, zwei-, drei-, viermal getroffen wird – fällt und versucht, davonzukriechen, zu -laufen, und fällt. Er bekommt einen Schlag in den Rücken – der andere Angreifer geht auf ihn los. Die

Beamten greifen zu ihren Schlagstöcken. Die Kämpfenden straucheln über die Picknicktische. Immer noch wird das Opfer vom Messer getroffen. Ein weiterer Beamter kommt von der anderen Seite angerannt. Einer der Angreifer geht zu Boden – man sieht, wie das Messer aus seiner Hand schnellt. Als der andere versucht, einen letzten Treffer zu landen, setzen sie Gas ein und er fällt zu Boden. Das Opfer kriecht weg, sein Sweatshirt ist nur noch ein roter Fetzen, und er sieht aus, als wäre er von einem Löwen angefallen worden.

Nachdem er behauptet hatte, er könne sich unmöglich im Gefängnis angemessen auf seine Verhandlung vorbereiten, ließ seine Mutter nichts unversucht, um genug Geld für eine Kaution aufzutreiben. Dann versäumte er seinen Gerichtstermin, und sie war ihr Auto los.

Wenn sie nach ihrem Sohn gefragt wurde, sagte sie, sie habe jegliche Hoffnung aufgegeben. Man soll ja die Hoffnung nicht aufgeben, erläuterte sie. Aber das ist schwer. Warum ist er im Gefängnis? Im Grunde, weil er gestohlen hat. Drogen und Alkohol spielen eine große Rolle dabei. Ich habe ja meine Schlachten geschlagen – und ich kenne niemanden, der das nicht hat –, aber ich hatte nie was mit Drogen am Hut. Wir haben diese Therapie gemacht, die ganze Rehabilitations-Sache. Bricht einem das Herz. Aber man darf nicht aufgeben. Er muss zu sich selbst finden.

Er zog den Boden seines Deodorants mit einem Plopp ab und steckte den Finger in den Hohlraum, wo er eine Allufolienkugel versteckt hatte. Die Alufolie war schon oft auf- und wieder zusammengerollt worden. Aufgerollt konnte man eine Art Splitter sehen, der wie der Flügel einer Kakerlake aussah. Sein Zellengenosse hatte eine Nadel – ein kleines Röhrchen wie von einer Kugelschreibermine, mit einer Spitze am Ende. Nach Einschluss hängten sie Decken vor die Gitterstäbe, kochten auf und wurden high.

Wenn er high war, saß Jimmy mit geschlossenen Augen da und nickte, die gezeichneten Arme weit von sich gestreckt, Fettwülste am weißen Bauch. Sein Zellenkumpel, dessen gebräuntes Gesicht von einer kahl geschorenen, gräulichen, helmgleichen Schädeldecke gekrönt wurde, war vornüber zusammengesackt, die Füße in angesagten Sneakers in einem merkwürdigen Winkel auf die Beine gelegt. Er sprach mit geschlossenen Augen.

Jedes Jahr um die Zeit haben wir ein halbes Dutzend Schweine geschlachtet und alle sind meilenweit gefahren. Sind auf Maschinen und Lastern gekommen, aus allen Richtungen. Wir hatten so viel Selbstgebrannten, wie ein Mensch nur trinken kann. Damals hab ich mir Nigger-Rastas gemacht. Und dieser Zahn hier war rundherum vergoldet …

Jimmy sagte, Ich war der größte Rocker …

Was ist das?

Rock 'n' Roller … Ich spiel Gitarre.

Mein Cousin spielt alles, was man ihm in die Hand drückt.

Wir sind immer nach Nassau gefahren … wie die ganzen coolen Leute auch. Da waren ungefähr zwanzig Mädchen da. Haben mir immer beim Abrocken zugehört.

Sogar high lächelten sie nicht. Jimmy hatte ein Jahr lang nicht gelächelt. Das, was einem Lächeln am nächsten kam, war eine kurzfristige Duldung der Person, die mit ihm redete. Dann legte er sich hin, kroch unter die Decke und lag da wie ein Sack Wäsche.

Wenn ich rauskomme, murmelte er, dann werd ich das richtig lernen.

Als du high warst, sagte sein Zellengenosse mit einer gewissen Unschuld, hast du gesagt, dass du Gitarre spielen lernen willst.

Ich weiß, wie man Gitarre spielt, sagte Jimmy.

Die Arier waren Biker, und Jimmy wartete den richtigen Augenblick ab, um sie wissen zu lassen, dass er auch mal ein Biker gewesen war. Kein Biker, aber er war in Bay Shore Motorrad gefahren. Er war Stunts mit ihnen gefahren, auf dem Hinterrad, auf dem Vorderrad – kleine japanische Feuerstühle. Einmal hatte sein Motorrad sich überschlagen, war auf ihm gelandet und alle dachten, er sei tot.

Es hatte wie Hölle geschmerzt, aber dann war er aufgestanden und hatte es weggeschoben und alle waren erstaunt. Ah ja, wenn ich so drüber nachdenke, war er schon ein echter Biker, jetzt, wo du es erwähnst. Er ist eine Harley gefahren, einen dieser krassen Chopper mit der langen Gabel, und er so zurückgelehnt, mit Sonnenbrille und Handschuhen, auf einem Highway unterwegs. Nein, er hat zu keinem Chapter oder so was gehört. Er war ein einsamer Wolf. Er war nach, wie war das noch, nach Virginia Beach gefahren, wenn er sich richtig erinnerte. Und bis rüber nach Vegas, wo die Tussen ganz wild auf einen Kerl mit Bike waren. Er ist auch noch woanders gewesen – zu Hause hatte er noch ein Foto in einer Schublade –, ein grünes Feld und ein Grill, er konnte sich nicht mehr erinnern, wo, aber es war eine prima Zeit, Freiheit und Ehre und die gute Musik, und das alles war ihm sehr wichtig gewesen.

Der Mob kommunizierte über kodierte Briefe, manipulierte Grußkarten und unsichtbare Schrift, die erst unter Laserlicht zwischen den Worten I Love You aufschien. Die Verbindungsleute draußen pressten Black-Tar-Heroin zwischen ein Stück Stoff und bügelten es so lange, bis es papierdünn war. Dann nahmen sie zwei identische Glückwunschkarten, trennten sie mit einer Rasierklinge auf und setzten sie wieder zusammen, mit der Schmuggelware dazwischen. Die dünne, braune, durchsichtige Scheibe war hinter Gittern achthundert Dollar wert.

Mit der Regensaison kam und ging sein Geburtstag. Die Belegschaft trug Goretex-Tarnjacken und hielt den riesigen Hof unter Kontrolle, auf dem die Insassen in gelbem Ölzeug Barrenstütze und Klimmzüge machten. Die Karte, die seine Mutter geschrieben hatte, kam erst mit drei Monaten Verspätung bei ihm an, nachdem Gefängnismitarbeiter sie geöffnet und mit Laserlicht gescannt hatten. Sie enthielt nichts als das Bild eines Kuchens und Kerzen. Kein Geld. Geld ist gerade ziemlich knapp. Kuss & Umarmung, Mom.

Auf dem Weg zur Kantine kamen sie an einer Zelle vorbei, in

der blutgetränkte Handtücher auf dem Betonfußboden lagen. Justizvollzugsbeamte in blutigen Gummihandschuhen hoben einen Mann hoch, der wie gelbes Plastik aussah. Sein rasierter Schädel war mit verkrustetem Blut überzogen, tiefe Wunden mit Plastikschläuchen, wie zum Benzinabsaugen, wie Haibisse. Er war mit einem Schwert umgebracht worden.

Ist schade um ihr-wisst-schon-wen, sagten sie beim Essen.

Ein paar Tage lang schlief er bis zu zwanzig Stunden, aber wenn er die Augen öffnete, war immer noch derselbe Kalendertag, in seiner Zelle flackerte immer noch das gleiche Licht wie im Klo eines Busbahnhofs, und in seinen Ohren hämmerten immer noch die gleichen Geräusche, das ferne Türenschlagen und Geschrei, der gleiche enervierende Sound dieses Orts.

Ein anderer abgefangener Brief las sich so:

Wenn ihr glaubt, ihr könnt meinen Zen-Mann versenken nein Kanone stand bejubelt Kreuzritter-Modus Krieger in der großen Kiefernhütte Breitschwert.

Nachdem sie vergeblich versucht hatten, den Code zu entschlüsseln, schickte die Abteilung für Gangaktivitäten den Brief zur Kryptografie-Dienststelle in Quantico.

Der berüchtigtste Insasse des Trakts war ein Leser. Jimmy traf ihn, während sie in benachbarten frei stehenden Käfigen innerhalb einer achteckigen verglasten Sektion untergebracht waren. Der Nacken war tatowiert wie ein grüner Schildkrötenpanzer. Er las Sunzi, Laozi, Machiavelli, Miyamoto Musashi, von Clausewitz. Ich bin ein Krieger, ein Ritter. Ich studierte den Bushido-Kodex. Er hatte 333 Jahre. Du kannst das Spiel mögen, aber das Spiel mag dich nicht. Er beschrieb, wie er von einer Anklage freigesprochen worden war, von der er glaubte, sie würde ihn ins Gefängnis bringen, und dann für einen zweiten Mord verurteilt wurde, den er gestanden hatte, während er im Bezirksgefängnis auf den ersten Prozess wartete.

Man kann über den Lauf der Dinge nur lachen, sagte die Legende – ein Mann von knapp eins achtzig mit Lesebrille.

Ich bin hinter ihn getreten, hab ihn in den Würgegriff genommen und ins Reich der Träume geschickt. Dann hab ich ihm das Genick gebrochen. Wenn du einem das Genick brichst, dann spürst du richtig, wie der Knochen an deiner Brust knackt. Knack, einfach so. Dann habe ich ihn zusammengeschlagen und mein Messer gezogen. In Kehle, Herz, Leber gestochen. Hab ihn hoch und runter aufgeschlitzt. Hab fünfundzwanzigmal zugestochen. Er hat angefangen zu keuchen und zu zittern. Hab mir ein Rohr genommen und ihm den Schädel zertrümmert. Überall Blut.

Wir haben noch was gemacht, damit fing der Mythos an, von dem du vielleicht gehört hast. Aber alles Quatsch. War nur so, dass wir nach der Arbeit Hunger hatten. Ich hab einen Herd gebaut mit einem fest zusammengerollten Stück Handtuch. Das haben wir eine ›Bombe‹ genannt. Ich hab die ›Bombe‹ angezündet und wir haben Käsesandwiches gegrillt und seinen Körper als Untersatz benutzt. Diese Geschichte ging überall rum. Gerüchten zufolge haben wir sein Herz gegessen. Alles komplett erfunden.

Es gab ein paar abgefahrene Teufel hier auf dem Gelände. Mein ganzes Leben hab ich alles drangesetzt, ein Killer zu sein. Und immer loyal. Als ich erfuhr, dass der Mob mich zum Abschuss freigegeben hatte, war ich geschockt. Nach dem Einsatz, der ganzen Arbeit, die ich hineingesteckt hatte, all die durchlöcherten Feinde? Und jetzt, betrogen. Aber ich bin ja kein Feigling. Trotz meiner Angst hab ich mir gesagt, na gut, ich bleib jetzt, wo ich bin. Früher oder später kriegen sie mich sowieso. Und so war's dann auch. Sie haben mir das Gesicht zerfetzt. Ich bin zurück in meine Zelle gerannt, habe mich mit Kaffee abgefüllt, um die Gefäße zu verengen. Ich bin nicht zur Krankenstation gerannt, sonst hätten sie mich in Schutzhaft genommen. Ich habe drei Wochen und zwei Tage gebraucht, um den Typen zu schnappen, der mich aufgeschlitzt hat. Habe ihm eine Zigarette angeboten und gesagt, Wie wär's mit

Waffenstillstand? Als er danach gegriffen hat, hab ich ihn ins Herz getroffen. Und ab dafür.

Ich mach mir keine Illusionen. Ich weiß, dass es für mich auch gelaufen ist. Irgendwann bin ich dran. Ich habe dieses Leben gewählt und das akzeptiere ich.

Der Code war eine Variation des Enigma-Codes aus dem Zweiten Weltkrieg; er wurde schließlich von den Kryptografen der Bundesbehörde geknackt. Die Botschaft kam von einem Insassen, der in totaler Einzelhaft saß, und rief zum Mord an den Mitarbeitern auf. Der Verfasser stand unter vierundzwanzigstündiger Beobachtung und hatte zu keinem Menschen Kontakt. Sein Brief war ein Triumph des Einfallsreichtums.

Im Hauptbereich trug die Belegschaft wie immer Westen und Schlagstöcke. Die Schlüssel hingen an einer langen Kette am Gürtel, die aus den Taschen ihrer grünen Hosen, die wie Skaterhosen aussahen, baumelten. Es waren auch ein paar Frauen in Bomberjacken mit goldenen Emblemen darunter, die Männer in rein körperliche Kategorien einteilten: stark oder schwach. Sie hatten Familien, über ihre Sicherheit außerhalb der Mauern machte sich niemand etwas vor.

Wenn ich nicht arbeite, gehe ich nirgendwohin, wo irgendwelche Gangs sind. Mein Privatleben hat am Arbeitsplatz nichts zu suchen.

Jimmy hob einen Fuß nach hinten wie ein Pferd beim Hufschmied. Seine Sneaker, die zur Gefängnisausstattung gehörten, wurden mit einem Metalldetektor geprüft. Sie klopften ihn ab, sein Sweatshirt, die großen Cargoshorts.

Der Nächste.

Sie winkten ihn hinaus und er trat zu denen, die sie seine Hofgangfamilie nannten. Mit seiner Wollmütze sah er wie ein Holzfäller aus. Es war ein Wintertag und der Himmel von einem tiefen Stratosphärenblau. Ausdruckslos musterte er den Hof, warf nur gelegentlich einen Blick über die Schulter und beobachtete, wie – nach Rassen getrennt – einer nach dem anderen herauskam und zu seinem jeweiligen Camp ging. Die ganze Zeit rieb er die Hände in Wollhandschuhen aneinander, führte eine lakonische Unterhaltung und war offensichtlich entspannt.

Kapitel 21

Sie ging in einen Laden, wo südamerikanische Fußballtrikots verkauft wurden. Er lag zwischen einem ehemaligen Parkplatz und einem Haus, das im Erdgeschoss eine Pfingstgemeinde beherbergte und dessen erster Stock ausgebrannt war. In diesem Viertel wohnten fast nur Familien aus Guatemala. Die Lieferwagen, die an den Straßen parkten, zierten, wie auch die Garagentore, eine bestimmte Art Graffiti: nur Worte, keine farbigen Bilder – Initialen und Nummern. MS! MSX3. MS13. GC13. Fuck S42. R2B. Niños malos. Sur 13. Fünf Blocks weiter war das Colombiana, dessen Aushängeschild eine Frau zeigte, die mit dem Gesicht nach unten und erhobenen Hüften auf dem Boden lag, sodass ihre Jeans unübersehbar war. Man konnte in den Fußballladen nicht hineinsehen. Im Fenster hing eine große Fahne, auf der ein Falke und die Worte Brown Pride zu sehen waren.

Der hintere Teil des Ladens war vollgestopft mit Säcken voller Heilsarmeekleidung. Es roch streng nach Fett. Ein Mann, den sie für einen Mexikaner hielt, aß aus einer Styroporschale gebratenes Schweinefleisch. Seine Haare waren an der Kopfseite ganz kurz geschoren, wie beim Militär, nur oben auf dem Schädel war ein schwarzer Schatten geblieben. Er hatte dicke Backen wie ein Buddha und einen exakt gestutzten kleinen Schnurrbart. Wenn er die Lippen hob, sah man einen Goldzahn.

Sie gab ihm hundertfünfzig Dollar, die er in die Tasche seiner roten Adidas-Trainingsjacke steckte. Dafür bekam sie einen Ausweis, den der Bundesstaat Nebraska auf den Namen Suzy Lin Hong ausgestellt hatte. Anschrift: 1101 North Burdette Street, Omaha,

Nebraska 68101. Haar: schwarz. Augen: schwarz. Größe: ein Meter achtundfünfzig. Geburtstag: 3. März 1979. An den Ecken des Fotos konnte man noch abgeschnittene japanische Schriftzeichen sehen.

Eine Woche nachdem sie den Ausweis gekauft hatte, brachten »Shin Tao«, »El Diario« und die »Pakistani Times« die gleiche Story: eine Razzia in einem Fleischverpackungsbetrieb in Greenly, North Carolina, durch eine Abteilung der Homeland Security, bei der über zweihundert hispanische Arbeiter festgesetzt und unter Verdacht der Verletzung von Einreisebestimmungen von ihren Familien getrennt und in Bundesgefängnisse in Pennsylvania und Texas verbracht wurden. Außerdem las Zou Lei, dass amerikanische Senatoren dafür plädiert hatten, Ausweise auf ein elektronisches Verfahren umzustellen. Um einen Job zu bekommen, musste man etwas durchlaufen, das sich E-Verify nannte.

Glaubst du, der taugt was?, fragte Zou Lei eine Frau, die ohne Lizenz Tofu-Creme aus einem Einkaufswagen heraus verkaufte, und zeigte ihr den Ausweis.

Gut genug.

Die Frau hatte selbst einen Ausweis aus einem anderen Bundesstaat und sagte, dass sie kürzlich verhaftet worden sei und als Strafe einen halben Tag lang einen Subway-Bahnsteig hatte putzen müssen. Sie hatte weniger Angst vor der Polizei, vielmehr war sie wütend auf sie und beschwerte sich, dass sie dabei gestört worden sei, ihren Lebensunterhalt zu verdienen.

Die Cops haben mich diskriminiert. Ich sage Cop, Mach du deine Arbeit und lass mich meine machen.

Aber dann erzählte ihr ein Moslem aus Guyana, den Zou Lei nördlich vom Kissena Park traf, eine andere Geschichte. Ein unrasierter junger Mann, der die Baseballkappe andersherum trug, stand auf einem verdorrten Rasenstück bei einem Parkplatz gleich neben Golden City, dort hatte er Jasminreis angeliefert. Sein Lieferwagen stand auf dem Parkplatz und er rauchte eine Zigarette.

Der Mann meiner Tante in Jersey? Vergiss das mit dem mickerigen Ausweis – er hatte das einzig Wahre, eine Greencard. Sie war per Post auf dem Weg und er hatte eine schriftliche Bestätigung, dass sie unterwegs war. Die Cops drangen bei ihm ein, sagten, sie wären auf der Suche nach jemand anderem, aber da sie schon mal da waren, wollten sie wissen, ob er denn legal sei. Er sagte, Ja, verdammt, bin ich, und zeigte ihnen das Schreiben, aber die Einreisebehörde verhaftete ihn trotzdem und steckte ihn ins Gefängnis von Passaic County.

Und was ist mit ihm passiert?, fragte Zou Lei.

Sie haben ihn fertiggemacht. Das Wachpersonal hatte es auf alles abgesehen, was irgendwie arabisch aussieht – asiatische Muslime, Leute aus Trinidad, schwarz, braun, was auch immer –, weil sie so dumm und verflucht rassistisch sind, glauben sie, alle mit einer dunklen Hautfarbe seien gleich. Sie kamen um Mitternacht mit Hunden an, haben die Zelle auseinandergenommen, die Papiere zerrissen. Mein Onkel hat eine angeschlagene Gesundheit und sie haben ihn achtzehn Stunden mit Handfesseln auf dem Boden liegen gelassen, bis sie ihn ins Krankenhaus ließen. Dann haben sie ihn zurück nach Guyana deportiert. Da ist es nicht wie hier. Dort hat niemand was. Sie haben seine Familie ruiniert. Die Kinder meiner Tante haben große Probleme. Er kann nicht zurück in die Staaten. Der Anwalt hat gesagt, sie muss abwarten, bis George Bush weg ist.

Zou Lei fragte, wo es seiner Meinung nach sicher sei.

Kanada!, sagte er, warf die Zigarette weg und blies den Rest Rauch aus. Ich wohne in Ozone Park und da gibt's eine Menge Hindus, viele aus Trinidad, aber es gibt keine Garantie. Ich persönlich muss mir keine Sorgen machen, aber in meiner Familie gibt es ein paar, die Grund zur Sorge haben. Ich weiß auch nicht, was ich dir raten soll.

Glaubst du, dass ich zu viel für den Ausweis bezahlt habe?

Wie viel hast du bezahlt?

Hundertfünfzig.

Weißt du, jeder hat so einen. Die Cops wissen, dass sie gefälscht sind.

Auf einen Tipp des Guyaners hin ging Zou Lei zu einem kleinen, zweistöckigen Einkaufszentrum, das aus mehreren Ladenzeilen bestand. Angeblich verkaufte dort ein Syndikat gefälschte Greencards. Im ersten Stock gab es ein Nagelstudio und eine Taekwondo-Schule. Hispanische Familien brachten ihre Kinder dort hin, damit sie Kampfsport lernten, um sich zu schützen und sich nicht unterkriegen zu lassen. Sie lehnte an einem Geländer, wartete, versuchte herauszufinden, was was war, während Frauen in dem kleinen Nagelstudio ihre Fingernägel maniküren ließen. Eine halbe Stunde verging. Ein Mann, der als Schlepper für eine Bar im Erdgeschoss arbeitete, beobachtete sie durch seine Sonnenbrille.

Ein NYPD-Wagen rollte die Straße entlang und wurde langsamer, als er an ihr vorbeifuhr. Sie bekam das Gefühl, dass sie nicht hier sein sollte. Aus Angst, für eine Prostituierte gehalten zu werden, ging sie los. Als sie die Stufen hinunterkam, sprach sie der Schlepper an: Ob sie nicht auf einen Gratisdrink hineinkommen wolle? Und fuchtelte in Richtung des offenen Eingangs zur Bar, ein schwarzes Loch, hinter dem sie nichts erkennen konnte.

Sie überlegte, vielleicht an einem anderen Tag zurückzukommen, aber dann las sie, dass man wegen Identitätsbetruges angeklagt werden konnte, und beschloss, dass es das Risiko nicht wert sei.

Schon das Schwarzfahren in der Subway konnte einen ins Bundesgefängnis bringen. Seit 9/11 konnte man selbst für das kleinste Vergehen verhaftet werden, das hing ganz von dem Land ab, aus dem man kam. Dem »World Journal« zufolge wurden Länder unterschiedlich eingestuft. Zou Lei wusste nicht, ob sie wie andere Einwanderer aus China behandelt werden würde, und China war immerhin ein Handelspartner der USA, oder wie solche aus Jamaica, Guyana, Mexiko, Ägypten, Pakistan oder Afghanistan.

Die Leute sagten, auf eine Schule zu gehen und Englisch zu lernen, sei eine sichere Sache, das könnte einem nur helfen. Ein Kurs kostete dreißig Dollar.

Aber, dachte sie, so viel kostete ein Busticket. So viel kostete die Übernachtung in einem Hotel, wenn man unterwegs war. Inzwischen konnte sie ihr Englisch nach Herzenslust mit Skinner üben, einem echten Amerikaner, und das würde nichts kosten. Sie stellte den Plan mit der Schule zurück. Sie kaufte für sieben Dollar ein Notizbuch und ein gebrauchtes Chinesisch-Englisch-Lexikon namens »New Century« und unternahm einen halbherzigen Versuch, sich selbst etwas beizubringen. Sie schlug das Notizbuch auf, schrieb etwas, wusste, dass die Schriftzeichen so nicht stimmten, dass sie viel geometrischer waren, als sie hätten sein sollen. Es sah so aus, als sei die Sprache, die sie als erste gelernt hatte, etwas Fremdes, das jetzt versuchte, sich mühsam einen Weg durch ihre Schriftzeichen zu bahnen. Also schrieb sie nur ein paar unzusammenhängende Wörter auf die erste Seite und steckte das Notizbuch mit einem Kätzchen auf dem Umschlag dann in ihre geflochtene Plastiktasche.

Für sieben Dollar hätte sie auch eineinhalb Pfund Lamm bekommen, das sie jetzt gern gegessen hätte. Um wenigstens etwas von dem Geld zu haben, schlug sie das Lexikon irgendwo auf und las nach dem Zufallsprinzip, hielt das Dünndruckpapier zwischen ihren schwieligen Fingern, dachte über die Worte nach, versuchte sie zu buchstabieren, die Definitionen zu verstehen, die merkwürdig waren, kurios, veraltet – obwohl ihr das vielleicht nicht klar war.

Krieger: ein Soldat, ein Held. Liebe: zwei Schmetterlinge, ein Herz schenken. Freiheit: Entscheidet jeder selbst. Die Vereinigten Staaten sind ein freies Land.

In der Nacht träumte sie von Bridgeport. Ein Albtraum, und sie rief ihn an.

Sie träumte, dass Agenten der Homeland Security in ihren

neuen weißen Lieferwagen nach Chinatown kamen, die Mall besetzten, alle Ausgänge verriegelten und anfingen, die Arbeiter mit biometrischen Scannern zu überprüfen. Die Agenten stellten sie in einer Reihe auf, sie mussten die Arme heben und dann wurden Handflächen und Netzhaut gescannt. Bei Polo und Sassoon war alles in Ordnung, sie durften gehen, aber sie schnappten alle, die illegal waren: die Mexikaner und die Frauen. Sie mussten sich bäuchlings auf den Boden legen. Es gab keine Fluchtmöglichkeit, und sie würden auch sie schnappen.

Als sie ihn anrief, klang er abwesend, willigte aber ein, sie nach der Arbeit zu treffen.

Auf dem Weg hinaus ging sie in die öffentliche Toilette der Mall und wischte die Essensreste von der Jeans, kämmte ihre Haare und legte Glitzer-Lippenstift aus dem 99-Cent-Laden auf. Sie setzte ihre New-York-Mütze auf und warf noch einen Blick über die Schulter in den Spiegel, bevor sie hinausging. Als sie ihn vor Caldor stehen sah, lief sie hinüber und nahm seinen Arm.

Er machte keinerlei Vorschläge, mit ihr irgendwohin zu gehen, und sie wollte sich nicht selbst zum Essen einladen, also gingen sie einfach, schlenderten an Pfandhäusern und Sneaker-Läden vorbei.

Du bist fleißig heute?, fragte sie ihn.

Fragen, die ihn betrafen, schien er nicht zu hören.

Sie kamen zu Marktständen, die von nackten Glühbirnen in Baustrahlern erleuchtet wurden. Sie zeigte auf die Waren in den Kartons, Dattelpflaumen, Knöterich, Ginseng und eine stachelige Frucht von der Größe einer Granate, deren Name sie nicht übersetzen konnte, und die Drachenaugen, die wie Oliven an einer Rebe aussahen.

Kennst du die? Wird das Drachenauge genannt.

Sie machte das OK-Zeichen mit Daumen und Zeigefinger und schnalzte mit der Zunge, zeigte auf ihr Auge und sah ihn an.

Longyan. Du sagst das?

Direkt hinter ihnen schlitzte ein Mexikaner einen Karton auf und sie spürte, wie sein ganzer Körper zusammenzuckte, als hätte er einen heftigen elektrischen Schlag bekommen.

Skinner?

Ja. Was ist?

Du okay?

Er nickte. Er sah verwirrt und ärgerlich aus.

Das chinesische Wort ist sehr hart.

Vielleicht wollte er in einen richtigen Asia-Markt gehen? Er schien einverstanden zu sein. Sie schob sich hinein, und als sie von den Herauskommenden zur Seite gedrängt wurden, ließ er ihren Arm los. Jetzt stand sie alleine im Laden und wusste nicht, ob er kommen würde. Sie griff wahllos in ein Regal. Beijing Royal Jelly. Stellte die Schachtel wieder zurück. Sie sah ihn nicht.

Mungobohnen, Reisbrei, Zwergwels. Sie ging langsam tiefer hinein in den Geruch aus Kühlmittel, Wurzeln, Erde und Trockenfrüchten, wollte sich nicht weit vom Eingang entfernen. Honigsirup, Old-Fujian-Wein, Tintenfischsoße, Zuckerrohressig, Kokoswasser, Sarap-Asim-Essig, Hühnerbrühe. Ein Metallständer, an dem getrocknete Tintenfischarme hingen. Schwein süß-sauer getrocknet kostete 7,99 Dollar. Es gab getrocknete Schweinefleischbällchen zu kaufen, die in Plastikschalen lagen, und Frühstücksfleisch in Konservendosen. Spam-Frühstücksfleisch, Ma Ling-Dosenfleisch, Vitarroz-Reis, Raucharoma. Sie hockte sich hin, um die Dosen zu betrachten, als wären sie fasziniert von ihnen. Po-Ku-Pilze, grüne Jackfruits, Loquat, Litschis, Palmwein. Alles Beilagen.

Auf den mittleren Regalen stand 3-in-1-Instantkaffee, Oldtown-White-Coffee, Milo Fuze und Glow-San-Kentucky. Chiu-Chew-Soße, Weizengluten, Erdnuss-Gluten und Kool Aid. Die Skippy-Dose fühlte sich gut und schwer an. Sie checkte die Kalorientabelle. Die Dose kostete 2,95 Dollar.

Vielleicht, sagte sie. Sie war sich unsicher. Sie stellte die Dose zurück.

Als sie bei den Fischkonserven war, kam er den Gang entlang. Süß-scharfe Sardinen 2,50 Dollar. Die Dose fühlte sich leer an und sie stellte sie zurück.

Er griff nach einer Dose geräuchertem Milchfisch.

Das ist echt, sagte er.

Wie?

Nichts. Was auch immer das ist.

Ist Fisch. Das solltest du essen. Es klang wie eine Empfehlung, aber auch ein wenig ärgerlich. Ist voller Nährstoffe für den Körper, erklärte sie. Gut für langes Leben.

Das Öl war zu einer Pyramide goldener Kanister an der Wand aufgestapelt, fünfundzwanzig-Kilo-Säcke Reis auf Gabelstapler-Paletten. Sie beschloss, sich Zeit zu lassen, um ihn ein wenig zu ärgern. Sie versuchte, die Kalorien pro Dollar für Plumrose-Reis im Kopf auszurechnen. Dann zog sie ihn hinter sich her in den hinteren Teil eines Gangs, um sich Kochutensilien anzuschauen: Butangas-Flaschen, Reiskocher, Küchenscheren, Kakerlaken-Spray. Ein Wok kostete 8,99 Dollar. Sie kniete sich auf den Boden und schaute, was es in den unteren Regalen gab, ob sie etwas übersehen hatte. Hatte sie nicht. Der billigste Reiskocher kostete fünfzehn amerikanische Dollar, und das war zu viel.

Sie kamen an einem Kühlschrank mit Sojamilch vorbei, schwarzen Hühnchen und jeder Menge Fisch auf Eis. Es gab so viel zu essen. Ihr Ärger war verflogen.

Du findest etwas?, fragte sie und dachte, dass sie Zutaten kombinieren könnten.

Ich passe, sagte er.

Er war an einem Behälter voller zappelnder verschleimter Fische mit Tastfühlern vorbeigekommen, die in einem schmutzigen Aquarium voller merkwürdiger anderer Dinge schwammen.

Dann standen sie vor der Fleischtheke und ihr Vater fiel ihr wieder ein. Wie er ein Feuer gemacht und ein Lamm geschlachtet hatte, und sie griff wieder nach seinem Arm.

Hinter der Theke standen hagere Metzger in rot gesprenkelten Kitteln und verkauften Hühnermägen und -füße. Skinner blickte durch herabhängende Plastikstreifen. Ein Brustkorb wurde mit einer Bandsäge zerteilt. Knochenmehl flog durch die Luft und Skinner blinzelte. Die Schlachter brüllten, Was du wollen? Frauen mit langem, glänzenden schwarzen Haar verlangten nach Innereien. Kleine alte Frauen wollten Kutteln haben, schwammähnliche, blutleere Mägen. Beeilung, Beeilung! Die Schlachter stellten sich auf die Zehen, um sie zu sehen. Eine in ein Stück Papier gewickelte Niere wurde über den Tresen gereicht.

Zou Lei sah, was Lammfleisch kostete. Ich weiß nicht recht, sagte sie. Sie warf ihm einen Blick zu, aber er schaute in eine andere Richtung. Er schien es sattzuhaben, hier zu sein. Vielleicht musste sie auch nicht hier sein.

Ihr fiel auf, dass er sie manchmal umarmte, wenn sie ihn besuchte, er sich wie eines Abends an der Tür aber ebenso gut wortlos umdrehen und nach unten gehen konnte. Sie folgte ihm die Treppe hinunter und fand ihn im Dunkeln bäuchlings auf der Matratze liegend.

Skinner? Spielst du Verstecken?

Sie tastete sich zu ihm vor.

Ich kann das Licht machen?

Er sagte nichts. Sie saß auf der Bettkante und legte die Hand auf sein Bein. Was ist mit dir passiert?

Er murmelte etwas in die Matratze.

Was sagst du?

Ich hab' gesagt, dass ich Kopfschmerzen habe.

Sie rieb über sein Bein.

Du trinkst zu viel Alkohol. Du gehst zu Party, ist schön. Ich bin nicht eifersüchtig. Aber zu viel ist schlecht. Du bist starker Mann, liegst in Bett. Sieh dir starker Mann an. Er ist fauler Mann.

Sie rückte näher.

Während du Party gehst, mache ich Übung, du wirst mögen.

Sie nahm seine dicke, schwere Hand und legte sie auf ihren Schenkel, spannte den Muskel an.

Du fühlst das?

Er zog die Hand weg und drehte sich mit dem Gesicht zur Wand. Er zog das Goarmydotcom-T-Shirt über sein Gesicht, weil das Licht unangenehm war.

Sie sah ihn genauer an und sagte, Vielleicht bist du wirklich krank?

Um ihm nahe zu sein, blieb sie, las seine Zeitschriften. Abgesehen von den raschelnden Seiten herrschte bis tief in die Nacht absolute Stille.

Habe ich etwas gemacht, das dich ärgert?

Nein.

Okay, sagte sie. Aber ich warne dich, ich bin sehr tough. Selbst wenn du nicht nett zu mir, ich nicht weggehe.

Da, wo sie herkam, konnte es passieren, dass ein Mann und eine Frau aus finanziellen Gründen jahrelang getrennt leben und sich nur ein oder zwei Mal im Jahr sehen, wenn es ihnen die Behörden erlaubten.

Kapitel 22

An einem Wochentag wollte er sie morgens um elf bei der Arbeit besuchen. Es herrschte gerade Hochbetrieb und er konnte sie nicht sehen, also ging er wieder und rauchte eine Zigarette vor Burger King und dem Modell's-Sportgeschäft auf der Main Street.

Ein bunter Haufen Leute stand unter den Markisen und wartete auf den Bus. Sie rauchten, starrten bewegungslos die Straße entlang, waren erledigt, manche von ihnen auf Krücken unterwegs – genau die Art Menschen, die sie in der Army ›Jerry's Kids‹ nannten, womit sie sich gegenseitig aufzogen, denn ein großer Teil des Militärs, inklusive der besten Soldaten, rekrutierte sich vom unteren Ende der Zivilgesellschaft. Eine Frau in rosafarbener Frottee-Jogginghose kreischte in ihr Telefon, Ich komme ins Gefängnis. Doch, ganz bestimmt! Ich hab ein Baby in mir. Da bekomm ich zumindest was zu essen … Halt den Mund! Halt den Mund! Was ist mit den zwanzig Dollar, die ich dir gegeben habe?

Er trat die Zigarette aus und ging zurück in die Mall. Die Mall war ein Bürogebäude, das die Chinesen übernommen hatten. Gegenwärtig war alles in einem halb fertigen, schäbigen Übergangszustand. Überall lagen Kartonpappen herum. In einigen der Läden sah man nichts als den nackten Fußboden und die Betonziegeln der Mauern, andere waren mit Teppichen, Wandbehängen und Neonlichtern ausgestattet. Ein Raum diente als Lager für Tausende getrockneter Heilkräuter, die in einem Chaos aus Eimern, Bottichen, Schalen und Holzschubladen untergebracht waren – Verpackungen jeglicher Art – alles, was etwas anderes aufnehmen konnte, sogar Papierumschläge. Die Dinge waren ungeordnet, lagen einfach herum, während ein goldkettchenbehängter Zwanzigjähriger mit offenem Mund Teigtaschen kaute und eine DVD anschaute. Auf dem Schild über seinem Kopf stand Cohen's Fashion Optical. Man konnte nicht sagen, was alt und was neu war. Alles war entweder im Aufbau oder wurde abgerissen. Diese Situation kam ihm womöglich vertraut vor.

Ältere Menschen, die Mützen der Roten Armee trugen, Menschen, die dreißig Jahre lang Krieg und Revolution durchlebt hatten, gingen auf und ab, als wären sie auf einem Inspektionsrundgang und mit allem einverstanden, was sie sahen.

Er schob die Sonnenbrille auf den Kopf und hielt über die Menschen hinweg nach ihr Ausschau, konnte sie aber nicht sehen: An ihrem Tresen war immer noch viel Betrieb. Also ging er wieder hinaus.

Er überquerte die Roosevelt Avenue und ging durch die Bahnunterführung, wo zwei große Afrikaner in der Sonne standen, deren Licht auf ihre düsteren, schwarzen Gesichter und die staubige Kleidung fiel. Vor ihm lag das Gebäude, in dem Zou Lei zuerst gearbeitet und wo er sie getroffen hatte. Jetzt stand dort ein Haufen Männer, die Hände auf dem Rücken verschränkt. Zwischen ihren Beinen blitzte etwas Fleischfarbenes auf. Er glaubte, sie würden auf einen Verletzten schauen, der auf der Straße lag, und sah sich automatisch um, ob es Anzeichen dafür gab: brannte irgendwas, weinten Angehörige und schrien nach Rache? Aber der Verkehr floss ganz normal an dem Restaurant vorbei. Er ging hinüber und schaute über ihre Schultern und sah, dass sie auf eine Reihe vergrößerter Fotos starrten, die am Gehweg aufgestellt waren.

Das erste zeigte eine Asiatin um die vierzig, ihr Gesicht im Profil, das Kleid hatte sie hochgeschoben – und sie entblößte eine schwarze Gesäßbacke, in deren Zentrum ein tiefes, eitriges Geschwür war. Auf einem anderen Bild war der Oberkörper einer Frau zu sehen. Ihre Brüste waren entfernt worden. Der Brustkorb sah aus wie eine Lasagne. Auf einem anderen Bild sah man das weiße Laken, auf dem sie lag. Dem Gesichtsausdruck nach war sie eindeutig tot. An den Zehen der Toten hingen Pappschildchen mit chinesischer Schrift. Ein weiteres Bild zeigte Beine, die jemand wegen der Blutergüsse fotografiert hatte. Auf dem Bild hielt eine Hand ein Lineal, um den Maßstab zu verdeutlichen. Es gab ein Foto von einem zusammengeknüllten, blutgetränkten Haufen Kleidung neben einem Gully.

Eine Frau kam auf Skinner zu, als würde er sie magnetisch anziehen, und sie bat ihn, etwas auf ihrem Klemmbrett zu unterschreiben. Ihre Augen leuchteten und obwohl sie keine forsche Stimme hatte, starrte sie ihn unverwandt mit leerem Blick an und redete immer weiter, wie ein Automat, den man nicht abstellen konnte.

Verbrechen gegen die Menschlichkeit, sagte sie.

Ich unterschreibe gar nichts.

Als sie weiter drängte, sagte er:

Ich kenne Sie nicht. Die könnten gefälscht sein. Er zuckte hinter den Sonnenbrillengläsern. Was ist das hier, vier Leichen? Zu Hause habe ich zweihundert solcher Bilder gespeichert.

Ein Mann, der offenbar dazugehörte, wies sie auf Chinesisch an, nicht länger mit ihm zu sprechen, woraufhin sie das Gespräch sofort abbrach.

Skinner warf noch einen Blick auf die Bilder, bevor er weiterging.

Nicht meine Abteilung, dachte er.

An einem Zeitschriftenstand waren die Cover mit den Models nicht zu übersehen. Das ist doch schon eher was, sagte Skinner, und ein Pakistani drehte sich um und beobachtete ihn.

Er rauchte eine Zigarette zur Hälfte und drückte sie an der Stiefelsohle aus.

Dann ging er durch den Kissena Park zu einem Imbiss und bestellte gebratenen Reis mit Schweinefleisch. Mit den Imbissbesitzern gab es ein Verständigungsproblem, aber keines, das man nicht lösen könnte, wenn man auf etwas zeigte, dachte er. Ein Mann nahm das Fleisch von einem Haken und zerteilte es vor seinen Augen mit einem Hackmesser. Er musste mehr bezahlen, als er erwartet hatte. Gebratenes Schwein. Ich hatte das da bestellt. Siehst du, worauf ich zeige?

Sie holten jemanden, der erklärte. Du hast gebraten Schwein. Da schau, es gibt zwei, du hast das teure.

Sag bloß, meinte Skinner. Wetten, das war ein Versehen?

Er ging und setzte sich.

Der Reis war kalt und das Fett verklebte den Reis zu einer dicken, weißen Masse. Wenn Leichen brennen, fiel ihm wieder ein, dann verdampft das Fett und alles wird von einer Wachsschicht überzogen. Die Gabel war schmierig. Das löste irgendetwas in ihm aus, und er ließ den Teller stehen, ging hinaus und dachte, in der Kälte würde es ihm besser gehen, aber nur zwei Sekunden später krümmte er sich, würgte und erbrach orangefarbenes Zeug auf den Gehweg. Die Leute machten einen Bogen um ihn und starrten ihn aus sicherer Entfernung an. Er ging wieder in den Imbiss, nahm ein paar Servietten aus dem Spender und wischte sich das Gesicht ab.

Als es sauber war, rieb er sich über die Augen und kaufte sich ein Mineralwasser. Er rauchte noch eine Zigarette. Die Hände hörten auf zu zittern, er rieb sich erneut über die Augen und fühlte sich besser. Er ging in den hinteren Bereich eines Zeitungsladens, blätterte in Zeitschriften, ohne etwas wahrzunehmen, zog sie aus der Metallhalterung und stellte sie wieder zurück, eine nach der anderen.

Das dunkle Gesicht des Pakistani folgte ihm wie ein Radarstrahl, während er hinausging.

Brauchst du Hilfe?

Nicht von dir.

Er ging zu ihrer Mall zurück und setzte sich mit teilnahmslosem Gesicht an einen Tisch im Food-Court, zusammengesunken und bewegungslos, als wäre er bekifft – nur sein Fuß zuckte unter dem Tisch, als hätte er einen eingebauten Motor.

Als sie kam, um Tabletts einzusammeln, sah sie ihn im Gewimmel sofort.

Hey! Ich sehe nicht, dass du es bist! Ich bin überraschend!

Endlich. Er schob die Sonnenbrille hoch, entblößte blutunterlaufene Augen. Nu-pong-yow. Wo warst du? Er blinzelte sie an wie jemand, der gerade aufwacht und in die Sonne schaut.

Heute geht es dir besser, sagte sie. Gestern er war krank. Heute geht ihm besser und das ist gut, sagte sie. Und du kommst mich besuchen. Ich bin so froh. Willkommen. Willkommen zu meinem Job.

Sie säuberte die Tische in seiner Nähe, sodass sie mit ihm reden konnte.

Vielleicht ist es kein guter Job, meinte sie, während sie sich über den Tisch lehnte, den sie gerade mit dem Tuch abwischte. Skinner beobachtete ihre Bewegungen. Alle hier waren Migranten – hatte er das bemerkt? Aber jeder musste irgendwas arbeiten, und man sollte sich wegen eines Jobs nicht schämen. Sobald ihr Englisch besser war, würde sie etwas anderes machen. Es munterte sie auf, dass er hier war, sie ging mit beschwingten Schritten herum und sammelte Tabletts ein, entleerte sie über dem Abfalleimer und stapelte sie auf den Wagen. Als sie mit den Tischen in seiner Nähe fertig war, schlug sie einen Bogen zu anderen Tischen im Food-Court, sammelte Tabletts ein und kam wieder zurück zu ihm.

Sie fragte Skinner, was er heute tun wolle.

Brust.

Oh, sagte sie. Dein Brust?

Ja. Brust und Schultern.

Du gehst zum Fitnessstudio?

Ja, kam es von ihm. Dann sagte er, er müsse los.

Ich gehe auch zu dem Fitnessstudio.

Tatsächlich?

Nicht jetzt. Werde ich! Ich werde bald. Jetzt ich trainiere bei meiner Arbeit. Siehst du? Sie federte ein paarmal schnell auf und nieder, nahm ein Essstäbchen, zwinkerte ihm zu und schnippte es in einen Eimer.

Er fragte sie, wann sie Feierabend hätte, er wollte sie sehen.

Du wirst nicht müde sein?, fragte sie.

Nein, keine Spur. Das war gestern, nicht heute.

Sie wollte ihn nicht stören, wenn er müde war.

Du störst nicht. Er wollte sie treffen.

Sie wischte sich die geschwollenen Hände an dem Lappen ab.

Arbeit ist um sechs Uhr zu Ende.

Na prima, ich werd um sechs hier sein.

Okay.

Bist du dann startklar?

Oh, ich freuen mich. Nur noch fünf mehr Stunden.

Wir gehen zu mir nach Hause.

Das war zum Teil eine Frage. Er schaute sie an, um ihre Reaktion zu sehen. Sie sagte nicht, dass sie nicht wollte.

Nachdem sie mit dem Wagen zwischen den Tresen hindurch Richtung Geschirrspüler verschwunden war, nahm er seine Sonnenbrille und schob sich durch die Menge nach draußen. Während sie miteinander redeten, hatte er aufgehört zu zittern, die Kapuze war vom Kopf gerutscht und hatte den zerfurchten Nacken entblößt. Aber es war kühler geworden, Wolken waren aufgezogen und er zog die Kapuze wieder über den Kopf und ging los. Er kam an Geschäften vorbei, verbarrikadiert oder geöffnet, in versiegelten und aufgebrochenen Gebäuden, deren Keller als allgemeine Mülldeponie dienten. Er sah Rollen mit Auslegware hinter einem halb ausgehängten Metalltor.

Er kam zu einer Bar, eine der wenigen in Flushing, und ging hinein. In einer Ecke gab es Spielautomaten. In einem angrenzenden Raum voller Metallklappstühle stand eine Mikrowelle auf dem Tresen. Die Stromkabel waren staubig. Vor einem riesigen Fernsehbildschirm – einem alten Beamergerät mit drei ampelfarbigen Lichtquellen, die auf den Bildschirm projiziert werden – standen Sofas.

Die Bar selbst bestand nur aus einem Tresen mit ein paar Schnapsflaschen an der Wand dahinter. Zapfhähne für Fassbier gab es nicht. Wenn man ein Bier wollte, bekam man eine Dose aus der Kühlvitrine, in dem auch eine Packung Hotdogs lag. Das Licht war ausgeschaltet und der ganze Laden roch nach dem Reinigungsmittel, mit dem ein alter Mann namens Johnny gerade geputzt hatte. Johnny war eben fertig, kam mit dem Mopp aus den Toiletten und fragte den Barkeeper, ob es noch was zu tun gäbe. Der Barkeeper antwortete, Nicht, dass ich wüsste. Der alte Mann stellte den Wischer in dem Moment weg, als Skinner hereinkam und einen Drink bestellte.

Der Barkeeper schenkte ihm ein. Skinner schlürfte und widmete sich dem Baseballspiel im Fernsehen.

Der Barkeeper war ein Schwätzer, der keine besondere Einladung brauchte, um mit einer Geschichte loszulegen. Neulich hatte er nachts einen Typen nach Hause bringen müssen. Ich war auch sauer, aber es führte kein Weg daran vorbei, er war blind, keine Chance, dass er selber fuhr, also sagte ich, Was soll's. Wir stiegen in mein Auto und ich fuhr ihn. Es war vier Uhr morgens. Ich komme aus seiner Garage und da wartet ein Cop auf mich, der gerade jemandem einen Strafzettel wegen Trunkenheit am Steuer verpasst hatte.

Der Barkeeper hatte aufgehört, den Tresen mit Glasreiniger zu wischen, um seine Geschichte zu erzählen, und was er sagte, unterstrich er mit Grimassen des Erstaunens, die er zu seiner Geschichte zog.

Es war Freitag und es würde ein langes Wochenende werden. Keine Chance, vor Montag oder Dienstag einen Richter zu sehen.

Er blies die Backen auf, wie um zu sagen, Ist doch ein Ding, was! Skinner nickte immer mal, wenn es ihm angebracht erschien. Draußen war es inzwischen nur noch grau. Der Barkeeper redete und redete. Er stellte fest, dass Skinner nicht aus der Gegend sei, das könne er hören. Das brachte ihn zu der Frage, woher er kam, und so erfuhr er auch, dass Skinner ein Veteran war. Als er das hörte, holte er die Flasche Parrot Bay aus dem Regal und füllte sein Glas auf.

Skinner spürte die erste Runde schon und hatte nicht vor, weiterzutrinken. Danke, sagte er.

Das ist das Mindeste, was ich tun kann, sagte der Barkeeper und blieb mit aufgestützten Armen an der Bar stehen, den Kopf leicht gesenkt, wie in einer Schweigeminute für die Streitkräfte. Während sie redeten, hatte Johnny sich mit einer Dose Budweiser an die Bar gesetzt. Jetzt drehte er sich herum und bewegte den Mund, als wollte er gleich etwas sagen.

Du warst da drüben?

Skinner hörte ihn nicht.

Johnny redet mit dir, sagte der Barkeeper.

Er schaute den alten Mann an, dessen Mund sich bewegte.

Du warst da drüben im Irak?

Ja, sagte Skinner.

Johnny war bei der Navy, ergänzte der Barkeeper.

Cool. Hallo.

Ich war in der Navy. Aber was ihr Kerle da macht ist … ist einfach unglaublich.

Skinner kippte den Drink und schluckte. Der Barkeeper füllte sein Glas auf. Geht auf mich, Chef.

Danke, Kumpel, sagte Skinner und rieb sich das Gesicht. Sein Knie fing an, auf und ab zu zucken.

Dieser Typ ist dein Freund, sagte Johnny. Er passt auf dich auf.

Wo auf der Welt du auch hinkommst, halt nach einer irischen Bar Ausschau. Die werden dir weiterhelfen. Und wenn sie dir nicht helfen können, dann kennen sie jemanden, der das kann. Er hatte einen Gesichtsausdruck, als würde er ein Geheimnis verraten.

Johnny schwankte zu den Toiletten, die er gerade geputzt hatte, und während er fort war, verriet der Barkeeper Skinner noch ein Geheimnis. Johnny, sagte er, dürfte gar nicht mehr am Leben sein, schon seit ein paar Jahren nicht mehr, sagte er mit gesenkter Stimme.

Skinner nahm einen weiteren kräftigen Schluck und fühlte das Brennen, spürte, wie der Rum ihm zusetzte und sich in ihm ausbreitete und die Veränderung in seinem Gehirn einleitete, das sich anfühlte, als würden die Lichter ausgehen.

Ich bin überall auf der Welt gewesen, sagte der Barkeeper. Brasilien, Amsterdam, China.

Was hast du dort gemacht?

Huren gefickt.

Sag bloß.

Ich hab' überall Huren gefickt. Ich nenn' das reisen und besteigen.

Skinner verstand den irischen Akzent des Mannes nicht und bat ihn, das zu wiederholen.

Aha, reisen. Jetzt kapier' ich. Du warst auf Reisen! Was man nicht alles noch so lernen kann.

Sie prosteten einander zu.

Noch einen für meinen Kumpel, sagte Skinner und zeigte auf Johnnys Bier. Er schüttelte dem Barkeeper die sommersprossige Hand. Schenk dir auch noch einen ein, Alter.

Hab' nichts dagegen, sagte der Barkeeper.

So verging die nächste Stunde. Der Barkeeper, der ein schwarzes T-Shirt, schwarze Jeans und große, schwarze Schuhe trug, kam hinter dem Tresen hervor und ging vor die Tür, zog ein Feuerzeug aus dem schwarzen Lederholster an seinem Gürtel und rauchte eine Zigarette. Es war inzwischen Nacht geworden, die Menschen kamen von der Arbeit, unter der Bar rumpelte die Subway entlang. Johnny sprach vornübergebeugt mit Skinner. Sie redeten wieder über den Krieg.

Frauen und Kinder, sagte der alte Mann flehend. Frauen und Kinder. Ich hab's einfach nicht kapiert.

Skinner hielt nach dem Barkeeper Ausschau.

Gib mir noch einen, Alter.

So viel du willst, Kumpel.

Die Flasche hatte keinen Ausgießer und Skinner sah, wie die klare Flüssigkeit über die Fingerknöchel des Barkeepers rann, während er einschenkte. Dann trank er und versuchte, den verschwommenen Bildern des Spiels zu folgen. Die Spieler rannten hin und her wie eine Herde Rotwild bei der Jagd, wie Zivilisten in einem sehr kleinen Dorf. Sie flohen über den Platz und hielten dann inne, um zu schnuppern, was in der Luft lag. Sie hatten keine Ahnung, wer sie mit dem Ball treffen würde.

Dann war das Spiel zu Ende, Werbung lief und Skinner merkte, dass er allein war.

Wo ist er hin?

Wer, Johnny?

Ja, er.

Er musste nach Hause, Kumpel.

Skinner versuchte aufzustehen, fiel vom Stuhl und schlug mit dem Kopf an die Bar. Handy und Schlüssel fielen aus seiner Jeans.

Verdammt, sagte der Barkeeper. Ich dachte, ihr Kerle vertragt was. Wusste nicht, dass du schon so viel intus hast.

Er hatte Angst, dass der Besitzer mitbekam, was los war, oder schlimmer noch, ein Cop auftauchen würde. Mit einem Blick über die Schulter kam er um die Bar herum, um ihm aufzuhelfen.

Wart mal. Meine Schlüssel.

Ich hab deine Schlüssel. Sehen wir zu, dass du auf den Weg kommst.

Während der Barkeeper ihm zur Tür half, klingelte Skinners Handy.

Mein Telefon.

Der Barkeeper ging zurück und hob es auf.

Hallo?, sagte er. Augenblick.

Er gab Skinner das Handy.

Baby? Er hob das Telefon ans Ohr und hörte ihr Stimmchen kaum, so laut war der Verkehr. Seine Augen fielen zu. Zooey?

Sie sagte, sie hätte ihn nicht gesehen, sie hätte gewartet, und dann sei sie nach Hause gegangen.

Wo bist du, Baby?

Zu Hause, sagte sie.

Er gab keinen Ton von sich.

Ich habe gewartet auf dich, sagte sie. Habe ich die ganze Zeit getan.

Kapitel 23

Skinner kippte einen Doppelten und führte sein kleines Tänzchen auf. Er hatte die Subway in die Stadt genommen, um in den Bars um Port Authority zu trinken, und war seit Mittag gut dabei. Später konnte er nicht mehr tanzen. Jetzt war es Nacht und der Verkehr strömte die Avenues entlang, hinein in das purpurn leuchtende Schwarz zwischen den Gebäuden.

Er ging zu dem Strip-Club von der Reklametafel, ohne sich erinnern zu können, wie er zwischen all den kleinen Bühnen und Bars dorthin gefunden hatte, in den Augen Regenbogen aus Neon. Der Türsteher ließ ihn passieren. Die Kellnerin kam durch das orangefarbene Licht auf ihn zu, um die Bestellung eines Getränkes, was das Minimum war, aufzunehmen, aber Skinner war völlig abwesend. Sie berührte seine Schulter. Er schreckte auf und starrte voller Verachtung auf ihre eng zusammenstehenden Augen. Am Nachbartisch schrie ein kleines Mädchen in nonnenähnlichem Gewand den kopflosen Körper ihrer Mutter an.

Stimmt was nicht?, sagte sie. Ich dachte, du willst Spaß haben.

Das Licht wurde gedimmt, die Tänzerinnen erschienen und Skinner ging. Er nahm eine Tablette, die sich mit dem Alkohol, den er trank, nicht vertrug. Komm, will dich hochheben, sagte er zu einem Typen, der mit zwei Freunden mitten auf dem Times Square stand.

Fick deine Mutter, du verdammte Tunte.

Nein, nicht so. So. Er streckte die Arme aus. Gamstragegriff. Komm schon.

Irgendjemand versetzte ihm einen Stoß und er fiel auf die Straße, geriet fast vor ein Taxi. Er stand sofort wieder auf und schien nicht zu hören, dass alle lachten. Sie standen vor einer anderen Bar, gleich daneben ein ConEd-Lastwagen mit laufendem Kompressor.

Schließlich ließ sich ein Lastwagenfahrer von Skinner hochheben, und Skinner lief mit ihm bis zur nächsten Kreuzung, machte eine Kniebeuge, lief erst und ging dann mit ihm zurück. Es war dunkel, und sein Atem ging schwerer. Der Lastwagenfahrer befahl Skinner, ihn hinunterzulassen, aber Skinner wollte nicht. Der Mann verlagerte sein beträchtliches Gewicht und zwang Skinner so, ihn abzusetzen.

Ich wiege hundertzwanzig Kilo. Bist schon okay.

Skinner versuchte, ihn wieder hochzuheben, aber der Fahrer ließ ihn nicht. Er stieß ihn weg. Bleib cool. Skinner versuchte es noch einmal. Es gab eine Rangelei und andere gingen dazwischen. Er ist stark, das kleine Arschloch, sagte der Lkw-Fahrer immer wieder. Ich will ihm nichts tun. Der Kampf wurde unterbrochen. Skinner ging und sie vergaßen ihn. Die anderen Lastwagenfahrer fingen an, den Gamstragegriff auszutesten, hoben einander hoch und ließen einander fallen. Wie viel wiegst du? Wie viele Chickenwings hast du gegessen?

Skinner ging zurück zum Strip-Club. Am Eingang sagte der Türsteher: Du musst die Kapuze abziehen. Die Kamera muss dich erkennen. Sie wollten ihn nicht hineinlassen. Er wanderte vor dem Eingang auf und ab, eine Gestalt mit dunkler Kapuze, die Türsteher ignorierten ihn.

Im Internet tauchten jetzt mehr und mehr Geschichten über zurückgekehrte Soldaten auf – Interviews mit Soldatenfrauen und so etwas. Skinner sah sie sich an. Und er sah sich die Videos an, die desillusionierte Soldaten hochgeladen hatten, in denen seine Waffenbrüder den Aberwitz und das Unheil beschrieben, von dem sie ein Teil gewesen waren.

Ein Nationalgardist, der als Einkäufer für Home Depot gearbeitet hatte, wurde als Logistikspezialist in den Irak geschickt und sein Konvoi war auf eine Sprengfalle gefahren. Jetzt fehlte ein Teil seines Schädels. Wenn er den Kopf seitwärtsdrehte, konnte man kaum glauben, dass er überhaupt noch am Leben war. Nase und Ohren waren verschwunden. Im Interview berichtete er von den schlimmen Wochen und Monaten nach seiner achten Operation. Ich war kurz davor, mich umzubringen, weil ich Angst hatte, meine Tochter würde sich vor mir fürchten.

Er hatte Mühe, vor laufender Kamera nicht zu weinen, hob die Hände, um sich über die Augen zu wischen, und statt der Hände sah man fleischfarbene Handgelenksknochen und fingerähnliche Anhängsel.

Manchmal trugen die Interviewten Gefängnisoveralls. Skinner schaute sich ein Video nach dem anderen an. Und hörte:

Immer wachsam sein, immer alles im Blick haben, solche Symptome. Immer, wenn ich irgendwohin gehe, schau ich erst mal, ob jemand Waffen trägt. Foto von sich nach dem Verfassen des Abschiedsbriefes.

Gleichgewicht verlieren. Wütend werden. Schlafstörungen. Zwei Stunden Schlaf, achtundvierzig Stunden wach. Drei Stunden Schlaf – und so weiter.

Ich nahm im Irak Aufputschmittel, die in den USA verboten sind, und als ich nach Hause kam, setzte die Army sie ab. Es gab keinen konsequenten Übergang. Dann fing ich mit dem Trinken an. Ich dachte, der Alkohol ist mein einziger Freund. Ich hatte Probleme mit Medikamenten. Schlüssel durch Wände geworfen. Hab Scheiben eingetreten. Hab sie gestoßen.

Auslöser: Türenschlagen, jemand, der schreit. Alles kribbelt vor Angst.

Selbstisolation. Schuldgefühle. Bekomme das Bild dieses Kindes nicht mehr aus dem Kopf.

Neuroleptika, Schlafmittel, Beruhigungsmittel.

M16-Tattoos über dem gesamten Arm. Kind getötet. Ehefrau getötet. Nachtclubs. Vergewaltigungen auf dem Stützpunkt. Sagte, ich bin 'n netter Kerl mit 'ner Knarre. In North Carolina schloss er einen Taxifahrer im Kofferraum seines Autos ein und setzte den Wagen in Brand.

Niemand weiß, was die Familien durchmachen. Eine Militärpsychologin sagte meinem Mann, wegen seiner Albträume könne sie ihn nicht behandeln. Also rief ich seinen kommandierenden Offizier an und musste mir anhören, dass bei der Army keine Streicheleinheiten für Heulsusen vorgesehen sind. Und das war schon, nachdem er angefangen hatte, mich zu schlagen, und einmal gedroht hatte, mich umzubringen.

Traumatische Gehirnverletzung. Sie schicken ihn immer noch zu Einsätzen. Ich weiß, dass ich ihn nie mehr zurückbekomme. Unsere Tochter sagt schon, das ist nicht mein Vater.

Ich würde sagen, hoffnungslos, verloren, deprimiert. Enthauptungen. Monster. Lachen angesichts übermächtiger Gewalttätigkeit. Bein weggepustet.

Ich stieß sie. Sie machte einen Satz. Fiel in der Dusche. Schrie, als sie wieder aufstand. Die Haare hingen ihr übers Gesicht. Das erinnerte mich an Sachen, die ich gesehen hatte, Schreie aus Angst, angegriffen zu werden, und ich reagierte. Verschloss ihren Mund mit der Hand. Sie ist die Mutter meiner Kinder (Stimme bricht). Als ich von ihr abließ, bewegte sie sich nicht mehr (fängt an zu weinen).

Ich versuchte, sie zurückzuholen, aber sie war gegangen.

Er kam aus einer Bar und versuchte sich zu erinnern, wo er war. Die Beifahrertür einer schwarzen Limousine, die am Bordstein parkte, schwang auf und jemand rief ihn.

He, Kumpel.

Skinner starrte auf das Fahrzeug.

Wir wollen dich was fragen, Kumpel.

Was wollt ihr mich fragen?

Komm doch mal einen Augenblick her.

Warum könnt ihr mich nicht so fragen?

Auf dem Fahrersitz bewegte sich ein Schatten und eine andere Stimme sagte, Wann bist du entlassen worden, Bruder?

Oh. He. Vor Kurzem.

Skinner schlurfte zu dem Wagen.

Der Mitfahrer hatte eine Bomberjacke an. Der Fahrer, mit Brille und Jets-Kappe, beugte sich vor. Beide trugen Pistolen.

Im Einsatz?

Ob ich im Einsatz war? Ja, ich war eingesetzt.

Was warst du? Nicht Geheimdienst?

Vielleicht, wenn ich ein bisschen cleverer gewesen wäre. Ich war bei der Infanterie.

Wusst ich's doch, sagte der Fahrer. Er streckte die Faust zur Tür heraus und Skinner stieß seine dagegen.

HUA, Bruder.

HUA, sagte Skinner. Bis zum Anschlag.

Ich hab dich da drin gesehen und dachte, Mensch, der ist einer von uns.

Definitiv, nickte Skinner.

Er hatte den Eindruck, du wirkst etwas verloren, sagte der Cop in der Bomberjacke.

Nein, bin ich nicht.

Bist du hier aus der Gegend?

Nein, bin gerade vom Stützpunkt hier hochgekommen.

Hast du eine Unterkunft?

O ja. Zur Hölle.

Weil, für viele Kumpel – die sind wütend. Ich mein, die machen eine Menge Denkfehler, wenn sie rauskommen.

Ja.

Sie wissen alles darüber, wie man im Krieg überlebt, aber nichts über das Zivilleben.

Skinner nickte mit gesenktem Kopf. Dann bedeckte er die Augen.

Beide Männer im Wagen schwiegen jetzt.

Skinner hatte Schwierigkeiten mit der Selbstkontrolle. Augenblick, sagte er. Er ging zum hinteren Ende der Limousine, hustete Schleim auf den Gehweg, rieb sich die Augen und kam zurück.

Der Anfall war vorüber. Echt bescheuert, sagte er und spuckte noch einmal aus.

Komm rein und lass uns reden.

Nein danke.

Hast du Familie?

Ja, ich meine, hab' ich. Aber mir geht's gut. Ich meine, ich brauche keinen, der sich Sorgen um mich macht.

Du wirst das schaffen.

Ist mir klar.

Und wenn es ein Problem gibt, dann löst du es.

Ist mir klar.

Weißt du, wen du anrufen kannst?

Was, das VA?

Irgendjemand, den du anrufen kannst, wenn du Probleme hast – das VA, deine Familie, jemanden aus deiner Einheit, irgendjemanden. Einen Freund, wen auch immer. Im Gegensatz zu – im Gegensatz zu – sagen wir, vierundzwanzig Stunden am Tag zu saufen.

Der Fahrer starrte ihn an, beugte sich in seine Richtung, den Hals vorgereckt, den Mund zu einer Linie zusammengepresst. In seinen Brillengläsern spiegelte sich das dampfende Licht der Straßenbeleuchtung.

Okay, sagte Skinner. Verstanden. Weiß ich zu schätzen. Wirklich. Ich bin startklar.

Er ist startklar, sagte der Cop auf dem Beifahrersitz. Er ist okay.

Der Fahrer zog die Kappe ab. Er war fast kahl, hatte feuchte schwarze Strähnen über die Glatze gekämmt, und als er die Kappe hob, verrutschten ein paar davon. Er nickte kurz.

Skinner schaute die Roosevelt hinunter.

Ich glaube, da ist mein Bus.

Sein Bus ist da. Verpass ihn nicht, Kumpel, sagte der Beifahrer.

Der Fahrer streckte noch einmal die Faust aus und Skinner stieß seine wieder dagegen.

Pass auf dich auf, Bro.

HUA, sagte Skinner und ging um die Limousine herum und über die Straße auf die Busse zu, die dort in der Dunkelheit im Leerlauf tuckerten.

Kapitel 24

Er ging nach oben, um die Miete zu bezahlen, und fand die Wohnung voller Menschen, die Bier tranken und große Sandwiches von Fratelli's Pizzeria aßen.

Mrs. Murphy sprach mit mehreren Leuten gleichzeitig. Das Feuerzeug klickte, dann lehnte sie sich zurück und blies den Rauch ihrer Zigarette in Richtung der Hängeschränke. Sie trug dasselbe rosafarbene Hauskleid wie beim letzten Mal, und neben ihr auf dem Tisch stand eine Tasse mit kaltem Kaffee, so als hätte sie sich gerade erst zum Frühstück hingesetzt. Einer der Leute, mit denen sie redete, war ein großer, rothaariger Kerl mit dem Bariton eines Sportlers. Er trug ein Jets-Trikot in Super-XXL.

Nur herein, nur herein, sagte sie zu Skinner. Er gab ihr einen Scheck und sie klemmte ihn unter die Kaffeetasse.

Das ist Brad von unten. Der Mieter. Nimm ein Bier.

Ich bin John, sagte der große Typ. Ich bin ihr Stiefsohn.

Hey, sagte Skinner und schüttelte seine Hand.

Es waren etwa zehn Leute in der Wohnung: Nachbarsfrauen in Trainingshosen, die Creolen trugen, junge Männer, die von der Arbeit kamen, in mit schwarzem Eisenstaub verschmutzten Sweatshirts und Jeans, die Gesichter rot von der Kälte. Alle redeten in einem dicken New Yorker Akzent, der alles, was sie sagten, italienisch klingen ließ. Nicht alle hatten es eilig, ihn zu begrüßen. Die Männer redeten mit niemandem, den sie nicht kannten. Es war nicht klar, ob es für das Treffen einen Anlass gab. Mrs. Murphys Stiefsohn war nicht bei ihr aufgewachsen. Patrick hatte ihn mit einer anderen Frau gezeugt, und er spielte in der National Football League.

Skinner ploppte den Verschluss von einem Michelob-Bier, schlang den Zeigefinger um den Flaschenhals und hob die Flasche an die Lippen. Sein Gesicht war stoppelig und er war in Socken heraufgekommen. Vor einer halben Stunde hatte er Sertralin genommen, das eine Mauer zwischen ihm und seiner Umwelt errichtete. Der Bariton des Footballspielers war quer durch den Raum zu hören.

Er redete über Reifen. Er hatte sie im Garten hinter dem Haus gelassen. Irgendein Typ hatte dort Klempnerarbeiten für die Familie erledigt. Irgendwie hatte er Pat beschwatzt, ihm die Reifen zu geben, Pat, der nicht wusste, was sie wert waren.

Mrs. Murphy sagte, Ich weiß, ich hab sie gesehen. Sie haben sechs Monate dagelegen und waren völlig verdreckt.

Neu sind sie sechshundert das Stück wert.

Sie waren nicht neu.

Sogar gebraucht reden wir hier über neunzehnhundert, zwei Riesen in Reifen.

Okay. Nehmen wir das mal an. Was hast du gemacht?

Ich hab den Typen angerufen. Hab Nachrichten hinterlassen. Schließlich erzählt er mir, dass er sie nicht hat.

Das glaub ich auch. Vermutlich hat er sie verkauft.

Das hilft mir auch nicht weiter.

Ich weiß, dass dir das nicht hilft. Sie rollte mit den Augen. Mir hilft es auch nicht.

Schon klar.

Wenn ich vorher wüsste, was Patrick vorhat, dann müsste ich Gedanken lesen können. Ich hatte keine Ahnung, was er vorhat.

Das weiß ich.

Das hoffe ich.

Es ist halt einfach passiert. Das Leben geht weiter, sagte der Footballspieler.

Das wollen wir mal hoffen.

Wie ist eigentlich sonst die Lage?

Das müssen wir noch herausfinden. Im Augenblick heißt es, April. Aber das ganze System ist so daneben.

Na, wird schon werden.

Ja, werden wir sehen.

Neben Mrs. Murphy saß eine Frau mit schwarzen Haaren am Küchentisch und rauchte. Sie saß wie zusammengefaltet auf dem Stuhl, die Knie hochgezogen und die Füße dicht am Körper. Manchmal warf sie einen prüfenden Blick in die Runde und schaute dann wieder auf den Aschenbecher, den sie sich mit Mrs. Murphy teilte. Sie hatte eine spröde, gelbliche Haut und hohe Wangenknochen. Sie hieß Vicky.

Werden wir sehen, echote sie.

Und an Mrs. Murphy gewandt:

Wer war noch mal der Typ, mit dem er ein Problem hatte?

Irgendein Typ namens Rick.

Rick aus Brooklyn?

Aus der Bar hier.

Genau. Das ist Brooklyn-Rick. Ein und derselbe.

Wenn du meinst.

Total dünn? Kein Arsch?

Das könnte er sein, sagte sie. Kennst du ihn?

Vicky nickte, stieß den Rauch aus der Lunge nach oben.

Allerdings, sagte sie. Der klaut.

Okay. Scheint so, ich habe ihn in mein Haus gelassen. Aber bei mir hat er sich an die Regeln gehalten.

Er hat ziemlich lang im Knast gesessen.

Komm schon, jeder von uns hat irgendwas. Wenn es danach ginge, dann würd's hier keine Party mehr geben. Verstehst du mich, Vicky? Mal ehrlich. Der Typ ist ein vierundsechzig Jahre alter Mann mit weißem Haar. Und er? Mrs. Murphy senkte die Stimme und schaute durch die Küche hinweg ihren Stiefsohn an, der mit zwei kurzen, gedrungenen Mädchen sprach. Etwa seine Größe? Genau. Genau.

In meiner Jugend hätte ich mir den schon vorgeknöpft, Dieb hin oder her.

Wir wissen, worum's hier geht.

Ist eine lange Geschichte, Vicky. Die wärm ich jetzt nicht auf.

Ja, lass stecken.

Hm-hm. Ich warte auf den Anruf.

Wann kommt er denn?

Mrs. Murphy schaute auf ihr Handy, das neben der Kaffeetasse auf dem Tisch lag.

Muss jede Minute so weit sein.

Skinner trank das Bier aus und stellte die Flasche in den Ausguss. Sie fiel um. Er sagte, Ups!, stellte sie noch einmal hin und beobachtete, ob sie wieder fiel. Vicky war inzwischen aufgestanden und hatte einen Fuß auf den Stuhl gestellt. Ich muss was essen, sagte sie und ging um den Tisch herum zum Tresen, nahm ein halbes Sandwich aus der Alufolie und legte es auf einen Pappteller. Der geschnittene Salat fiel heraus. Sie sah Skinner von der Seite an.

Hallo. Bist du Gregs Freund?

Wer ist das?

Der Typ, der vor dir da war. Dachte, er wäre ein Freund von dir.

Nein, kenne ich nicht. Ich bin nicht von hier.

Gehst du aufs College?

Nein.

So was wie LaGuardia? Sie will da hin.

Vicky zeigte auf Erin, die mit der schweren Hüfte an den Tresen gelehnt stand und einen Fuß auf den anderen gestellt hatte. Sie trug ein viel zu großes Hemd, das so weit herunterhing, dass es die ausladendste Stelle ihres Körpers bedeckte.

Sie hatte ein Sandwich auseinandergenommen, das Brot beiseitegelegt und den Käse in der Hand. Das ausdruckslose Gesicht war auf den Boden gerichtet. Sie ignorierte ihn, seit er hier aufgetaucht war.

Nein, ich geh' nicht aufs College.

Was machst du also, zum Arbeiten hier?

Nein, ich bin eher so … auf der Suche.

Wie cool. Die Welt erkunden. Du kennst also niemanden. Du fragst dich wohl, wer ist wer oder so.

Ich kenne sie und die Tochter.

Hast du Pat getroffen, den Vater?

Keine Ahnung.

Würdest du haben, sobald du einmal seine Hand geschüttelt hast. Wenn er dir den Arm ausgerissen hat.

Hat er so eine irische Stimme?

Patrick Murphy? Jawoll.

Vielleicht habe ich ihn gehört, durch die Decke.

Durch die Decke? Klingt ganz danach, sagte sie. Das war er.

Er schaute wieder in Erins Richtung, versuchte zu erkennen, ob sie blaue Flecken im Gesicht hatte oder schwarzblaue Augen oder geschwollene Lippen.

Und woher kommst du?

Ich komme aus Pittsburgh.

Leuchtet ein. Ich hör das Näseln heraus. Du hörst dich nicht so an, als kämst du aus der Stadt hier.

Wo ich herkomme, sind wir Rednecks.

Jemand, der mitbekommen hatte, worüber sie sprachen, erwähnte John Gambia aus dem Viertel, der gerade von der Grundausbildung zurück war und der auch wie ein Redneck klang.

Nun mach mal halblang. Kehr erst mal vor deiner eigenen Tür, sagte Vicky.

Er nahm sich noch ein Michelob. Beim Öffnen sprang ihm der Flaschenverschluss aus der Hand und tanzte auf dem Fußboden herum. Als er sich vorbeugte, um ihn aufzuheben, sah man den Stern auf seinem Nacken.

Was John betrifft, sagte sie, dir ist klar, dass der tatsächlich für die Jets spielt.

Cool. Ich bin Steelers-Fan.

Holla, sagte John.

Alles klar.

Skinner wollte ihm zuprosten, aber der Footballspieler hatte keine Flasche. Er hielt ihm seine große Faust entgegen, und Skinner stieß sein Bier dagegen.

Jeder wollte mit dem Footballprofi reden, der zwar kein großer Redner war, aber unkompliziert und deshalb mit jedem sprach. Allerdings nicht allzu lange. Aber Skinner nagelte ihn fest, redete über Stärke und Kondition. Ich habe an der Highschool gespielt, sagte Skinner. John war nett. Er gab zu, dass das Training extrem hart war. Die zwei Wochen der Vorsaison waren hart, hast du bestimmt schon gehört. Dann wollte er mit jemand anderem reden, aber Skinner sagte, Moment mal, Alter, Augenblick.

Kniebeugen, Bankdrücken, Klimmzüge, Sprints.

Okay, sagte John.

Warte mal, wie steht's mit Power Cleans und Dips?

Okay, beides gut.

Dips sind Kniebeugen für den Oberkörper. Yeah.

Burpees, Hit-it's, Kurzsprints. Sechs Tage die Woche, zwei Mal am Tag.

Das ist ein ziemlich hartes Programm. Wofür machst du das alles?

Skinner schüttelte nur den Kopf.

Keine Ahnung.

Wie viel hast du denn schon getankt, Kumpel?

Skinner brauchte ziemlich lange für eine Antwort. Eine ältere Frau mit Haarband kam auf sie zu und sagte, Hi, John, umarmte ihn. Ihre Stimme war fast unhörbar, kaum mehr als ein Flüstern.

Ist doch erschreckend, wie anders ich von einem Tag auf den anderen aussehe, nicht wahr!

Sie nestelte an dem Haarband herum, um die blassblonden Haare oben auf dem Kopf zu halten. Der Footballspieler drehte sich zu ihr um. Er wollte mit ihr reden.

Eins hab ich gehabt, sagte Skinner.

Der Footballspieler drehte sich nicht um.

Ich hatte eins, sagte er lauter. Ein neunzehnjähriger Metallarbeiter mit silbernem Ohrring und reflektierender orangefarbener Mütze starrte ihn an.

Die allgemeine Unterhaltung wandte sich wieder John Gambia zu und was er wohl im Irak machte. Alle waren sich einig, dass er sich prächtig schlug.

In diesem Augenblick klingelte das Telefon neben Mrs. Murphys Kaffeetasse. Der Klingelton war der Refrain des Songs I can't go on, because I love you too much, baby. Der Anruf war wichtig. Alle verstummten. Er ist es, sagte sie. Er will mit dir sprechen. Sie reichte Vicky das Telefon und sie ging damit in den Flur. Während sie draußen war, gingen die Gespräche in der Küche weiter. Skinners Augen wurden schwer. Er stellte seine leere Flasche auf den Tresen und rieb sich das Gesicht. Er hörte, wie sie über Leute redeten, die er nicht kannte. Ein paar Minuten später kam Vicky zurück und gab Mrs. Murphy das Telefon. Jetzt will er mit dir reden. Sie versuchte sich so weit von den anderen abzuwenden, wie ihr Umfang es gestattete, aber trotzdem konnte jeder, der wollte, genau hören, was sie sagte:

Was ist los? ... Woran liegt's? ... Ist es derselbe Wärter? ... Kannst du nicht in eine andere Schicht wechseln? ... Ich hör dir zu ... Werd jetzt nicht frech ... Bloß keine Hektik ... Okay, bloß keine Hektik. Wir sehen uns bald. Nicht aufregen, hörst du? ... In Ordnung. Mach's gut.

Damit war der Anruf beendet. Sie legte das Telefon auf den Tisch. Griff nach der Zigarettenschachtel.

Wie geht's ihm?, fragte John.

Er regt sich über den Telefonplan auf. Er bekommt nicht mehr Zeit zum Telefonieren.

Aber er ist okay.

Er ist okay.

Erin fragte, Hat er immer noch Probleme mit demselben Wärter?

Mrs. Murphy starrte ihre Tochter an.

Vicky, die noch immer wie eine schwarze Katze zusammengefaltet auf dem Küchenstuhl saß, sagte, Ja, und drückte ihre Zigarette im Aschenbecher aus.

Von der anderen Seite der Küche sagte Skinner:

Über wen redet ihr da?

Es wurde still in der Küche. Die Leute starrten erst ihn an, dann Mrs. Murphy, um zu sehen, was sie sagte. Erin murmelte mit einer ansteigenden Singsangstimme irgendwas vor sich hin, was man nicht hören musste, um es zu verstehen. Der Metallarbeiter mit dem silbernen Ohrring wechselte einen Blick mit einem seiner Freunde.

Mein Sohn, sagte Mrs. Murphy schließlich.

Was, ist er in Übersee?, fragte Skinner. Ist er ein Ranger?

Bring ihn doch nicht durchcinander.

So könnte man das auch nennen, sagte irgendjemand. Nicht wirklich. Haha. Doch nicht Jimmy. Nicht die Army. Dann wäre er ein anderer. Kannst du dir vorstellen, dass Jimmy Befehle entgegennimmt? Das kannst du vergessen.

Skinner hatte das Gefühl, dass er etwas nicht mitbekommen hatte. Ich meine, ist er ein Soldat? Ein Kamerad, meine ich?

Um es mal so zu sagen: Er ist nicht in der Army.

Er hat Scheiße gebaut.

Die Cops haben Scheiße gebaut, wenn du mich fragst, sagte Vicky und starrte ihre Zigarette an.

Er ist da, wo man hinkommt, wenn man Scheiße gebaut hat, sagte John und lachte. Lassen wir's dabei.

Danke dir, sagte Mrs. Murphy. Und würdest du bitte aufhören, in meiner Küche mit dem S-Wort um dich zu werfen. Alle lachten. Und wenn wir jetzt schon in aller Öffentlichkeit darüber reden: Ja, er ist irgendwo Upstate. Im April kommt er wieder raus.

Dann kannst du wieder alle hier zusammentrommeln.

Irgendwas machen wir. Und tu mir einen Gefallen: Bring beim nächsten Mal Guinness mit, dann darfst du kommen. Noch mehr Gelächter. Sie zündete sich eine Zigarette an und rauchte, redete mit leiser Stimme auf einen Freund ein. Offenbar war Skinners Frage schon wieder vergessen. Erin untersuchte die Essensreste und fragte ihre Mutter, ob sie schon was gegessen hätte. Niemand fragte Skinner, ob er etwas essen wollte. Er hatte drei Bier getrunken. Mrs. Murphy bat ihre Tochter, ihr etwas zu bringen. Aber nicht das Ganze. Schneid mir etwas ab.

Skinners Augen waren vor Benommenheit fast geschlossen.

Willst du meinen Trainingsplan sehen?, fragte er den Footballspieler. Du kannst mir sagen, ob er gut so ist.

Schon okay, starker Mann, bekam er zur Antwort. Nächstes Mal.

Kapitel 25

Er nahm einen Schluck Bacardi Kirsch aus dem Flachmann und schaute sich eine Exekution auf dem Laptop an. Der Körper des Mannes verkrampfte sich, während der Mörder seinen Nacken durchsägte. Zwei andere Männer knieten auf ihm. Der Ton war schlecht, und Skinner drehte die Lautstärke hoch. Man hörte, wie der Mann aufbegehrte. Die Uhr tickte. Der Film lief. Der Mann hatte sich seit dreißig Sekunden nicht mehr bewegt. Jetzt hielten sie den Kopf hoch, trennten ihn vom Körper.

Skinner nahm noch einen Schluck. Der Ton war so schlecht, weil Sand in seinem Laptop war. Auf der besseren Seite hatte sein Gehörsinn noch sechzig Prozent. Es war die Seite, an die er die Waffe hielt. Über die Lunge und die Verletzungen war der Dreck vom Schlachtfeld in den Körper gedrungen.

Er sah, wie Sprengfallen detonierten, die Explosion das Fahrzeug, die Männer, die Straße auslöschte, dann eine braune Wolke niederging und das Fahrzeug schräg auf der Seite liegend daraus auftauchte. Er sah zu, wie Männer von Heckenschützen getroffen wurden und in sich zusammensackten. Er sah einen verwundeten Kämpfer, der im Dreck lag, auf dem Boden einen breiten Streifen Blut. Der Kämpfer hob sein AK-47 und die guten Jungs erschossen ihn. Die Kugeln durchlöcherten ihn von der Seite. Dann rührte er sich nicht mehr. Er sah zu, wie seine Jungs von einem Dach aus feuerten, zehn Minuten wackelige Aufnahmen, die drei oder vier Männer zeigten, das M60 erbebte bei jedem Feuerstoß, sie deuteten nach hinten, das M60 wurde gedreht, die Patronenhülsen fielen wie trockener Kot, ein Klang wie Death Metal.

Er hörte Cock Rock, Thrash Metal, große Rockballaden, Country and Western – alles, was sie auch an der Front gehört hatten. Er drehte den Lautstärkeregler bis zum Anschlag auf und hatte immer noch das Gefühl, nichts hören zu können. Und zwar nicht, weil er taub war, sondern weil nach einer Schlacht nichts wie irgendetwas klang.

Theoretisch wusste er genau, dass sie etwas Besonderes war. Er konnte sie sich auf seinem Bett liegend vorstellen, das Ponchofutter zwischen den Beinen und über ihre nackte Hüfte gerollt wie eine nackte Schlange, die Phoenix-Augen auf ihn gerichtet, eine Schlachtfantasie. Sie war das, wonach er sich da drüben gesehnt hatte. Als er glaubte, sterben zu müssen, fasste die Vorstellung, nie eine Frau gefunden zu haben, die ihn lieben würde, all seine Schmerzen zusammen. Jetzt, da er hier betrunken auf dem Linoleum saß, spürte er dieser Sehnsucht nach und musste feststellen, dass sie verschwunden war. Die Welt erschien ihm düster oder enttäuschend, und sie war auch nicht anders als andere Frauen: Sie hatte bestimmte Funktionen. Und er hatte gesehen, wie der Sprengstoff diese Funktionen von innen nach außen kehrte, er kannte das Innere der Menschen, und dort war nichts. Es war widerlich. Es war langweilig. Es war ekelerregend, das war alles.

Der Verlust dieser Sehnsucht entsetzte ihn. Es war noch etwas, das bei ihm nicht funktionierte.

Als ich jünger war, wollte ich immer, dass ich mich eines Tages verliebe. Der Gedanke, dass das vorüber ist, dass ich dieses Gefühl verloren habe, hat mich hart getroffen. Das hat mir alle Hoffnung genommen.

Sie warf den Warmhaltetisch an, drehte die Flamme hoch, wischte die Küche, drückte die Schalter für die Tresenbeleuchtung. Die anderen Frauen kamen, es wurde lauter und sie lief zurück in den Gang hinter der Küche, kippte den Eimer mit den Abfällen vom Vortag in den Müll.

Später am Vormittag überprüfte sie ihr Handy. Keine Nachricht. Sie schob ihren Wagen den Gang entlang, wurde schneller, nachdem sie die Küchentür passiert hatte, am Innenleben des Tresens vorbei, an einem toten Nagetier unter dem Warmhaltetisch, den Kundenmassen auf der anderen Seite und dann wieder an der Mauer. Ein knochiger alter Mann in einer weißen Schürze voller gelber Fettflecken beugte sich in den Tunnel und ließ einen Stapel leerer Kartons fallen. Fast hätte sie ihn überfahren.

Sie strahlte die Tabletts mit dem Druckspüler ab, bevor sie sie in den Korb rammte, der in die Spülmaschine geschoben wurde, einen sechzig mal sechzig Zentimeter großen Edelstahlkasten, der über einen Schlauch mit einem fest an der Wand montierten Spülmittelspender verbunden war. Sie legte den Hebel um und ließ sie laufen.

Unten stand sie neben ein paar Kids in North-Face-Parkas, die Haare gestylt und mit Sonnenbrillen, die mit ihrem Essen spielten, während sie auf ihre Tabletts wartete. Ein Junge aus Hongkong redete über Boatpeople und lachte, hahahaha. Lass die Leute in Ruhe essen, sagte er zu ihr.

Falsch, sagte sie und nahm sein Tablett.

Er folgte einem jungen Mann in Frontrunners-Jacke und Baggy-Jeans, die so tief hingen, dass man die Unterhose sah, der mit ihm um die Ecke ging und sagte: Erst der Zwanni. Was hast du zu bieten? Sie tauschten, was jeder von ihnen in der Hand hielt. Dann ging er in den Zeitungsladen an der Roosevelt Avenue und kaufte eine Packung Zigarren. Herablassend und mit einem Anflug von Überlegenheit und Lethargie legte der Pakistani das Wechselgeld auf den Tresen, als wäre er ein Unberührbarer. Skinner strich das Wechselgeld ein und ging ohne ein Wort.

Unter dem Expressway richtete er sich einen Stützpunkt ein, holte die kleine Tasche heraus und schnitt eine Zigarre auf. Er kratzte den Tabak heraus und fegte die Krümel weg. Sie fielen auf die Pappkartons einer provisorischen Unterkunft, wo bunte Plastiktüten und verrostete leere Sprühdosen herumlagen.

Dann ging er die Rampe hinauf und rauchte zwischen all dem Zeug seinen Blunt, wanderte auf der Brücke hin und her, die über den Expressway lief. In der Mitte des Brückenbogens klammerte er sich mit den Fingern am Zaun fest. Der Verkehr floss unter ihm hindurch. Wenn man in diese Richtung schaute, zwischen all den Feuerleitern hindurch, dann war dort Zou Lei. Drei Kilometer nach Osten, da wohnte er. Und in die andere Richtung, wenn man weit genug über Manhattan hinaus in die dunstige Ferne ging, dann war da seine Warrior-Transition-Einheit in den Baracken, in den Gruppenräumen, wo die Männer in ihren Rollstühlen Aufstellung genommen hatten und an einem modifizierten Fitnesstraining teilnahmen.

Und hinter ihm – er drehte sich herum, um in diese Richtung zu blicken –, da draußen, wenn man immer weiter- und weiterging, war irgendwo der Krieg.

Stell dir vor, wir wären noch im Irak, dachte er. Dann würdest du jetzt all diese Autos unter Feuer nehmen. Er starrte auf den dahingleitenden Verkehr. Diese Leute haben überhaupt keine Ahnung. Er nahm einen Zug, hockte sich hin, hielt den Rauch in der Lunge. Ich bin breit wie eine Walze. Wenn ich jetzt dort wäre, wenn ich immer noch da drüben in diesem Sandkasten wäre, dann hätte ich einen Kumpel, dem ich das hier rüberreichen könnte.

In seinem zugedröhnten Zustand sah er den Sand, der sich nach und nach über den ganzen Kontinent ausbreitete. Die geknickten Palmen, zerstörten Lehmziegelhäuser und Wellblechanbauten, die kaputten Lastwagen, die Kuppeln und Minarette der Moscheen. Er konnte die Lautsprecher hören, die die Stimme eines Mannes übertrugen, der zwanzig Pfund weniger wog und zwanzig Jahre älter aussah als er, obwohl sie gleich alt waren, ein Ziegenhirte, dem ein paar Finger fehlten. Er hörte das Rauschen, das Schofarhorn und die Stimmen, die miteinander sprachen, die Gewänder in der Farbe der Landschaft trugen, zusammen knieten, zusammen aufstanden, zusammen psalmodierten. Er konnte sie sehen, als würde er durch ein Fernglas schauen, und der Staub Arabiens senkte sich. Er sah den mattblauen Himmel und roch die vertrockneten menschlichen Fäkalien, sah die dunklen Silhouetten seiner vielen Freunde, ihre Ausrüstung, ihre weißen Augen und ihr allzu seltenes Lächeln. Er schmeckte den Geruch von brennenden Reifen, Haschisch, Waffenöl, Tieren, Kohlenfeuer, Hähnchen und Reis mit Tabascosoße. Das Gewicht der Ausrüstung. Der Körper, der einen nach unten zog. All die Dinge, über die man sich beklagt hatte. Und das, was größer war als alles – der Krieg an sich. Er war das Eine. Wenn man sich jenseits des Stacheldrahtes bewegte, starb man oder starb man nicht, jedes Mal.

Er machte Sit-ups auf dem Boden seines Zimmers, der Dreck klebte an seinem Rücken. Er spürte genau, wie die winzigen Körnchen sich in das Narbengewebe auf seinem Rücken drückten. Er zog Jeans und Stiefel an, das Kapuzen-Sweatshirt und darüber die Tarnjacke. Ging weder zum Waschen noch zum Einkaufen. Saß im Bus, dann in Zügen, las nicht und dachte nichts und schaute auch auf nichts. Spürte bloß, wie sich der Zug in die Kurve legte und dann im Tunnel verschwand. Der graue Ruß der Tage legte sich wie ein Schmutzfilm über alles, die Schienen, die Fußabdrücke überall in den Waggons. Den dekorativen blauen Kacheln nach fuhr die Subway jetzt in Hunters Point ein. Wie die historischen Kachelwände, die er gesehen hatte, durch deren Scherbenhaufen sie gestapft waren, die unter ihren Stiefeln knirschten und knarzten. Das Blut auf den Kacheln. Eingestürzte Mauern, das Baumaterial bloßgelegt, verbogene Stahlträger. Wenn die Mauern Löcher hatten oder glatt abrasiert waren, wirkten sie im Querschnitt durch die Hohlräume in den Betonziegeln wie Fischkiemen. Sandhügel, die sich merkwürdig anfühlten, wenn man darauf trat, denn irgendetwas verrutschte darin, was kein Sand war. Die Oberfläche schwarz oxidiert, und wenn man dagegentrat, kam etwas Gelbliches zum Vorschein. Dann gelbe Fußspuren im Sand und ein Geruch nach Verwesung. Scheiße oder Müll oder tote Menschen, vom Sand überdeckt. Daran musste er denken.

Er fuhr in die Stadt und tat nichts. Fuhr zurück nach Hause und legte sich auf das Ponchofutter, tat überhaupt nichts, außer dort zu liegen, die kleine Lampe direkt am Bett, seine Zeitschriften auf dem Nachttisch aus Pressspanplatten, die Pornos in Blickweite, er brauchte nur den Kopf zu drehen, aber das machte er nicht. Das Handy und die Kopfhörer lagen irgendwo inmitten seiner Habseligkeiten auf dem Fußboden, den verknäulten Jeans und den Socken und der Tarnjacke. Die in das Handtuch gewickelte Pistole diente ihm als Kopfstütze. Über ihm das Stapfen von Füßen oder Rutschen von Möbelstücken. Das Fenster war ein schwarzes Quadrat. Welcher Tag ist heute, welcher Monat, wie viel Uhr in der Nacht? Das einzig lebendige Ding im Zimmer war der Warmwasserboiler im Schrank. Es gab nichts zu essen oder zu trinken.

Schließlich setzte er sich auf. Er zwang sich dazu aufzustehen. Schaute auf das Chaos, das ihn umgab, suchte nach einer letzten Einmannpackung. Er gab die Suche auf und tastete die Taschen der Jeans ab. Eine Schutzhülle knisterte zwischen seinen Fingern. Er nahm sie heraus, aber da war nur der Indianerkopf und die Antikondensationsverpackung. Ein winziges Stück Beef Jerky. Skinner knüllte die Verpackung zusammen und ließ sie fallen. Sie segelte zu Boden. Zum Teufel damit. Hier gab's keinen Spindappell. Es hatte auch keinen Sinn, den Kühlschrank auf etwas Essbares hin zu durchsuchen, aber er ging trotzdem, riss die Tür auf – eines dieser altmodischen Teile, die mit Unterdruck arbeiteten – und die Kälte zischte ihm entgegen wie die arabischen Stimmen, die ihm Haschisch verkaufen wollten oder ihn einen Hund schimpften.

Er ging ins Schlafzimmer zurück und jetzt fielen ihm die Pornohefte und Tablettenfläschchen ins Auge. Er schüttelte ein paar Tabletten in die hohle Hand, blaue rautenförmige, weiße Sechsecke, ovale rosafarbene. Warf sie sich in den Mund und ging in die Küche, wobei er den Unterkiefer vorgestreckt hielt wie ein Vogel, beugte sich hinab und schluckte sie mit Wasser aus dem Hahn.

Wo war sein Handy? Es aufzuladen kostete ihn Anstrengung, vor allem, wenn er jetzt doch nichts anderes wollte, als sich auf das Ponchofutter zu hauen. Aber wenn man A nicht tut, dann passiert B nicht, und dann, C, stirbt man. Also raffte er sich auf. Dann warf er sich aufs Bett – die Füße halb über der Kante. Das Ponchofutter schmiegte sich genau dort an Skinners Haut, wo sich der Stoff noch an ihn erinnerte, der Körper verlor in der Wüste immer Wasser, sein eigener Schatten hatte auf dem Nylon einen Abdruck hinterlassen. In seinem Kopf war eine Art Felsblock, was von den Tabletten kam. Von der Welt sah Skinner nur das glatte Grün des Ponchofutters, eine Hand – die andere lag unter dem Körper gefangen – und den gelben Lichtfleck der Lampe, den Nachttisch mit der Skyline aus Tablettenfläschchen. Auf einem Hochglanzcover meinte er Spuren eines wunderschönen Frauenbeins und einen Pfennigabsatz zu erkennen.

Die Army hatte ihn mit Pillen gegen Angst, mit Antipsychotika und Schlafmitteln versorgt. Was auch immer diese Chemikalien mit ihm anstellten, seine Albträume konnten sie nicht verhindern.

Er schlief, aber sein Kopf ratterte wie eine Maschine. Die Mörsergranaten rasten mit dreihundert Metern pro Sekunde auf sie zu. Er erlebte die Detonation noch einmal, mit offenem Mund, das rote Licht hinter den Augen, nichts Physisches, eine Nervenreaktion, und die Ohren, die nach innen explodierten, die Atemprobleme. Er war durcheinander, aber er wusste etwas.

Im Bett fing er an, sich zu krümmen, zu kämpfen.

Er versuchte, etwas zu tun – spürte, wie seine Hände schmerzten –, aber er hatte keine Ahnung, was es war, denn er hatte die Orientierung verloren. Er wusste, dass es wichtiger als alles andere war, und er wusste, dass er versagen würde. In seinem Herzen stritten Liebe und Qual miteinander. Er krallte sich in den Sand. Er hörte sich selbst nach Jake schreien.

Er fühlte ihn, die Brust war Baumwolle über Metall, der Kopf nackt. Er fand kein Gesicht, nur Sand. Er musste ihn aufrichten. Er griff nach seinem Gürtel, kroch zu den Füßen und versuchte, ihn hochzuheben.

Jeder von ihnen trug etwa fünfundvierzig Kilo Ausrüstung, und Skinner war so müde, dass er sich kaum auf den Beinen halten konnte. Er spannte jeden Muskel an, den er hatte, und einen Moment lang schien es, als könnte er es schaffen, aber es war unmöglich. Sein Rücken versagte, er wurde nach unten gezogen, fiel auf ihn.

Er fiel mit dem Gesicht vornüber in den Sand, atmete Sand ein, hustete und spuckte ihn wieder aus. Das Gewicht seiner eigenen Ausrüstung drohte ihn zu ersticken. Er zwang sich, aufzustehen. Schweres Bankdrücken. Ihre Hände versuchten einander zu finden. Skinner versuchte das Gleichgewicht zu wahren und zog die Hand zurück. Er schaffte es, ihn auf seine Knie zu ziehen. Etwas Metallisches biss in sein Knie und Sand klebte in seinen Shorts, als ob er sich in die Hose geschissen hätte, schaukelte schwer zwischen seinen Beinen, schien die Hose herunterzuziehen. Sconyers lag im Sterben und er streckte die Hand aus. Sie packten einander. Das Gefühl des rauen Sandes und das raue unverkennbar lebendige Gefühl der Hand des anderen schreckte Skinner auf – ein Gefühl, als hätte sein Freund wirklich von der anderen Seite aus nach ihm gegriffen, seine Hand genommen. Jetzt oder nie. Sie griffen zu wie zwei Kumpel, die Hallo sagten, und er spürte das Gewicht des anderen und das immense, nicht zu bewegende Gewicht ihrer Kampfausrüstungen, er zog und wachte davon auf, dass er die Ecke der Matratze umklammert hielt, als wollte er die ganze Matratze umarmen und zur Mitte falten, allen Stahlfedern zum Trotz, und sie um sich herumwickeln. Das ganze Bett in die Luft heben. Das Haus aus den Fundamenten reißen.

Er fühlte sich rastlos, betäubt, unausgeschlafen, desorientiert. Er redete mit dem Zimmer. Er überprüfte das Handy, schaute aus dem Fenster, lauschte auf Geräusche im Haus. Es war halb sechs und er hatte nicht geschlafen. Ich kann überhaupt nichts mehr, dachte er, nicht mal schlafen. Sein Urinstrahl schlug auf das Wasser in der Toilette in dem kleinen, hell erleuchteten Badezimmer. Er wandte sich ab, um sein Gesicht im Spiegel nicht sehen zu müssen. Schaltete das Licht aus. War betäubt und benommen im Dunkeln. Sein Kopf schmerzte.

Der Boden der Wohnung über ihm knarzte und Mrs. Murphys Tür öffnete sich, jemand kam heraus und ging die drei Stufen zum Treppenabsatz in den Keller hinab, öffnete die Seitentür des Hauses und ging hinaus. Die Tür fiel ins Schloss. Stiefelschritte – ein großer, schwergewichtiger Mann auf dem Weg hinaus in den Tag. Skinner verfolgte den Ablauf, bewegungslos, als wäre er auf Horchposten oder lauerte in einem Hinterhalt, bis wer auch immer (es musste Mr. Murphy mit seinem irischen Akzent gewesen sein) in den Pick-up gestiegen und losgefahren war.

Er wollte ja schlafen, er würde auch schlafen, wenn er gekonnt hätte. Er zog sich automatisch an, dieselben ungewaschenen Sachen wie gestern und den Tag zuvor und den Tag davor, als wäre er an der Front. Er packte die Beretta in den Kampfrucksack und schulterte ihn.

Er war schon einen halben Block weit, als er stehen blieb. War er auf dem Weg zum Fitnessstudio? Er war zum Umfallen müde und wollte überhaupt nichts tragen. Er ging um das Haus herum zurück, mit gesenktem Kopf für den Fall, dass jemand ihn beobachtete, schloss die Tür auf. Ließ das Schloss zuschnappen. Ging hinunter in sein Zimmer und setzte den Kampfrucksack ab. Er nahm die Pistole heraus und legte sie auf Kopfhöhe ans obere Bettende. Ich geh nirgendwohin. Du wirst nirgendwo mehr hingehen. Er sprach mit sich selbst. Du hattest deine Chance. Er fiel auf das Bett, legte den Arm über die Augen. Lag dort einfach und atmete flach. Schlaflos. Hörte sein Herz schlagen, als gehöre es einem anderem. Schließlich streifte er die Stiefel ab. Sie fielen zu Boden. Er zog das Kissen über den Kopf und die 9-mm rutschte zwischen Matratze und Wand.

Später rollte er sich herum und tastete nach dem weißen Loch, das die Pistole im Putz hinterlassen hatte. Er fuhr mit dem Finger darüber und kleine weiße Körnchen rieselten nach unten. Das Zwitschern der Vögel draußen mischte sich mit einem lang gezogenen Geräusch, das klang, als würde Klebeband von rollenden Reifen abgezogen.

Er dachte daran, sich selbst zu richten. In seinem Kopf war jetzt alles ganz ruhig und still. Kein Schmerz. Ist jetzt der richtige Augenblick? Der Gedanke beruhigte ihn sogar, jetzt, da er ihm ein paarmal ins Auge gesehen hatte. Das war etwas, was er schließlich verstand. Aber erst mal musste er das zurückstellen, sein leerer Magen war mächtiger.

Beim zweiten Versuch schaffte er es bis zur Bushaltestelle. Die späte Wintersonne war aufgegangen und schien auf alle: die grantigen Frauen, die Arztrechnungen ausstellen, die Typen mit Durags oder seitwärts aufgesetzten Kappen, entweder Schulschwänzer oder auf dem Weg zu irgendeinem Job in einer Lagerhalle. Grobknochige Mittelamerikaner, die auf dem Bau arbeiteten, Timberland-Rucksäcke über der Schulter trugen und voller Staub waren. Skinner schaffte es bis zum Dunkin-Donuts-Laden neben der Subway und bestellte einen Kaffee. Die freundliche Inderin mit dem Goldknopf in der Nase sagte, Wie immer, Darling? Milch und Zucker? Skinner sagte, Ja, warum nicht. Sie sagte, Warum nicht, Darling? Willst du Special, einen Frischkäsebagel dazu für neunundneunzig Cent? Ja, okay. Okay, Darling, bekommst du. Er nahm den heißen süßen Kaffee und seinen Bagel, setzte sich auf den letzten Hocker am Fenster zu den Pennern und schaute zu, wie draußen die Menschenmenge in der Sonne vorbeiströmte. Die Inderin hatte Darling gesagt. Skinner taute innerlich auf. Aus dem Untergrund drang das regelmäßig wiederkehrende Dröhnen der Subway.

Kapitel 26

Nachdem er sie vier Tage nicht angerufen hatte, wurde ihr Ärger zu einer Belastung, die sie nicht mehr ertragen konnte. Sie hörte auf zu laufen.

Sie ging zur Arbeit, wo sie vergaß, was sie gerade tun wollte. Sie sah ihren Händen zu, wie sie Tabletts säuberten, Tische wischten, und fragte sich, was sie da tat. In den Pausen stand sie auf der Laderampe und schaute an den Feuertreppen vorbei ins Leere.

Sunnie sagte, Du hast nichts gegessen. Du wirst nicht gut arbeiten können.

Hast recht, sagte Zou Lei. Ihr Kopf fühlte sich so leer an wie ihr Magen, und ein merkwürdiges Lächeln stahl sich auf ihr Gesicht.

Sie rief den Raubkopierer aus Wenzhou wieder an, der ihr die neusten amerikanischen Filme gab, die er in den Kinos an der 42nd Street mitgeschnitten hatte. Er gab ihr weitere Martial-Arts-Filme und ein paar Pornos mit Titeln wie »Blühende Jungfrauen hüllenlos«. Gab ihr noch eine andere Telefonnummer und fuhr los. Er war wie immer auf der sicheren Seite. Sie ging mit einem Rucksack voller Filme an der Flushing Main Street in die Subway, wo die Polizei schon den ganzen Monat Rucksäcke kontrollierte, lief wie ein Schlafwandler am Tisch der Cops vorbei, passierte das Drehkreuz. Sie spürte, dass sie ihr nachschauten, und die kurze Angst fühlte sich besser an als die Einsamkeit.

Sie stieg in den Zug, presste den Kopf an die Fensterscheibe, sah die Hausdächer vorüberfliegen, sah, wie aus Gebäuden Häuser wurden, Baumwipfel, die auftauchten und wieder verschwanden, sah die großen Farbkleckse der Graffiti.

Die Schienen ließen sie an ein kleines Mädchen denken, das am Highway stand und auf einen Lastwagen wartete, der ihn bringen sollte, aber nie kam.

Dann kam Skinner zurück, von wo auch immer, und Zou Lei dachte, Gott ist mit uns.

***

Der Lieferant zog die Sackkarre rückwärts über die Schwelle, stützte sie mit dem Fuß an einem der Räder ab, hielt die oberste Kiste fest und setzte den ganzen Stapel ab. Das Gewicht ließ den anderen Fuß hochschnellen. Er trug einen Rollkragenpullover, Handschuhe und eine gefütterte Mütze der Roten Armee mit Ohrenklappen. Er ging die Kisten der Reihe nach durch, jede bekam einen kleinen Klaps: Fisch von Superior King, Meeresmuscheln, Aale, Muschelohren, Lotusknollen, Austern, Sesamöl, Chilis, Glattbutt, Speisestärke. Er klemmte die Rechnung unter die Kiste von Superior King, zog einen Kugelschreiber unter einer Ohrenklappe hervor und riss die rosafarbene Rechnungskopie ab, nachdem jemand gegengezeichnet hatte. Er kippte den Kistenstapel an, hakte den Stiefel in die untere Quersprosse, zog die Sackkarre zurück, drehte sie und schob sie hinaus, die Laderampe hinab.

Unten warf er sie in den Laderaum seines Isuzu, der voller Graffiti war. Die Tür fiel krachend ins Schloss, der Motor sprang an. Sie stand im Flur und hörte es. Bestimmt roch der Wagen nach Takeaway-Nudeln. Sie sah ihn hinter den Feuertreppen davonfahren und beim Sheraton wenden. Die Sonne fiel durch die Windschutzscheibe, und er rutschte auf dem Sitz hin und her, schaltete, der Motor schüttelte ihn durch. Auf dem Armaturenbrett lagen ein Lieferscheinheft und ein Straßenatlas, mit dem er sich orientierte. Jeden Tag ging es irgendwo anders hin auf den Straßen, die alle auf den Northern Boulevard führten, die Seidenstraße.

Kapitel 27

An besseren Tagen ging er in ein kleines Studio über einem Möbelladen in einer Seitenstraße, das nur aus einem Raum bestand. Es war in der Nachbarschaft, aber schwer zu finden. Er ging in seinen Stiefeln dorthin. Es war einfach ein Raum mit verrottetem Fußboden und Gewichten. Die Decke bestand aus altmodischen Metallplatten mit geprägten Blumen und Blättern, die weiß überstrichen worden war. Er nahm sie mit dorthin.

Sie gingen am Kissena Park vorbei, über dem tiefer Nebel den Baseballplatz einhüllte. Er führte sie an der Highschool vorbei. Ein Mann in Bauarbeiterstiefeln lag ausgestreckt im Gebüsch und schlief. Durch den Nebel hörte sie die Vögel in den hohen Eichen.

Gegenüber vom Friedhof führte eine kleine Straße bergauf. Zum Highway hin, der weiter nach Long Island ging, gab es eine Leitplanke, die vibrierte, wenn die Lastwagen vorbeidonnerten. Wohnhäuser säumten die Straßen, und im Rinnstein sammelten sich Blätterhaufen und vergilbte Zeitungen. Ein Graffito schmückte eine Wand, ein Vampirgesicht mit Zähnen. Das Studio befand sich in einem Gebäude aus Betonziegeln, das wie eine kleine Fabrik wirkte mit verrostetem Metallgitter statt einer Tür, und wenn man hineinsah, erwartete man unwillkürlich Fluorkohlenstoff zu riechen und Arbeiter mit Atemschutzmasken zu sehen, die Autos lackierten.

Sie gingen über den zementierten Eingang ins Gebäude und stiegen die mit Gummi belegten Treppenstufen hoch, immer bemüht, nicht in die Spucke zu treten. Zou Lei folgte Skinner in seinen Stiefeln und stieg in ihren Closeout-City-Sneakers vorsichtig darüber hinweg. Im Treppenhaus hörte man das Poltern der Gewichte und den Hip-Hop.

Drinnen standen sie vor einem Holztresen mit einem Schild Dues must be paid. Hinter dem Tresen stand ein Mixer, es gab Nahrungsergänzungsmittel und Proteinshakes wie American Bodybuilder Nitro Speed Stack, Cellmass, Animal Pak, Creaforce, Isopure und Rage. Über dem Münztelefon und neben der Gebührenliste hing ein signiertes Foto von Bernie Cole, der Werbung für elastische Handgelenkbandagen von Valeo machte.

Jetzt bin ich zum ersten Mal in amerikanische Fitnessstudio, sagte Zou Lei. Sie bestand darauf, die fünf Dollar selbst zu bezahlen.

Mitten in der Halle stand ein kleiner Typ mit Ohrstecker und atmete dreimal kurz und schnell ein, als wollte er gleich in ein Becken mit eiskaltem Wasser springen. Dann wuchtete er ein Paar Hanteln auf Brusthöhe. Er hob und senkte sie fünf und noch ein halbes Mal, umringt von seinen Freunden, die ihm wenn nötig Hilfestellung geben konnten. Komm schon! Er streckte die Arme aus. Sechs!, sagten sie. Du hast's geschafft! Er ließ die Hanteln fallen, die mit einem gewaltigen Dröhnen auf den Gummiboden knallten – Zou Lei drehte sich unwillkürlich um – und das ganze Studio erschütterten, von den verputzten Wänden bis zu den Metallplatten an der Decke. Dann machte er einen Sprung und seine Freunde gratulierten ihm. Er trug Jeans und eine dünne Goldkette und vollführte eine Jubelgeste wie Sportler im Stadion, er winkte dem Publikum zu.

Skinner fragte, ob sie seine Hilfe wolle, aber sie sagte, er solle sich nicht um sie kümmern, sie wisse, was sie tun würde: Sie hatte die Seiten aus der Zeitschrift mitgenommen. Sie bestand darauf und Skinner zog ab, während sie auf der Suche nach einem Paar Hanteln, die für sie die richtige Größe hatten, um all die Gewichtheber in Stiefeln, Jogginghosen und Durags herummanövrierte. Das rostige Hantelregal nahm die ganze Längsseite des Raumes ein, sah aus wie die kniehohen Metallbügel, an die man Fahrräder schließen konnte. Sie fand ein Paar Fünf-Kilo-Gewichte und fing mit Ausfallschritten an.

Vor ihrer Nase gingen ein paar Typen auf und ab, störten sie, zu viele breite Schultern und aufgeblähte Brustkörbe, die Arme in die Seiten gestemmt. Wenn sie sie bemerkten, reagierten sie wie Vieh auf der Straße, das nicht weiß, wie es dem Lastwagen ausweichen soll, der hinter ihm hupt.

Sie wich in eine der Ecken aus, stellte sich zwischen eine alte BodyMaster Universal und ein Fenster, das rund um die Klimaanlage herum komplett bemalt worden war.

Sie hatte gerade wieder mit den Ausfallschritten angefangen, als Skinner zu ihr geschlendert kam. Ob es ihr gut ging?

Mir geht gut.

Okay hier in der Ecke?

Alles okay. Ich mag so. Ich muss mich gewöhnen.

Er fragte sie nach dem Zeitschriftenartikel.

Sie faltete ihm die Seiten auseinander, deren Knicke schon ganz brüchig und weich waren vom häufigen Auseinander- und wieder Zusammenfalten. Er schaute sich die Bilder der Übungen von Miss Fitness an.

Du willst das hier machen?

Zu voll, denke ich.

Nein, nein, das geht schon, sagte er. Du sollst dein Training bekommen. Komm mit.

Zuerst ging er mit ihr zur Kniebeugenbank, die frei war, da alle Männer an ihren Oberkörpern arbeiteten. Er richtete die Stange für sie ein und zeigte ihr, wie man sich hinstellen und sie von der Bank auf die Schultern heben musste. Gemeinsam probierten sie aus, welches Gewicht für sie passte. Als alles fertig war, sollte sie sich aufrecht hinstellen, und er stellte sich hinter sie, seine Arme unter ihren Armen, damit er Hilfestellung leisten konnte.

Okay, sagte er, und sie ging in die Knie und er mit ihr. Sie absolvierte die Kniebeugen in einem sehr schnellen, roboterhaften, militärischen Rhythmus, als hätte sie keine Gewichte in der Hand und auf ihren Gelenken keinen Druck.

Du kannst das ruhig langsamer angehen. Zwei Sekunden nach unten, eine nach oben. Augen hoch zur Decke. Eins-zwei.

Beim nächsten Mal ging sie langsam in die Knie, was viel anstrengender war, und sie lachte. Du schlägst dich gut, sagte er. Sie fing an zu schwitzen, ihr marineblauer Trainingsanzug knisterte. Sie spürte ihn hinter sich, seine Arme strichen über ihren Brustkorb, als würde er gleich ihre Brüste umfassen wollen. Die Übung verlangte Beinen und Herz das Äußerste ab. Plötzlich zählte nur noch, ob sie die Beine wieder durchdrücken konnte. Als sie schließlich Angst hatte, noch einmal in die Knie zu gehen, weil sie fürchtete, nicht wieder hochzukommen, gab sie einen kläglichen Laut von sich, der bedeutete, ich gebe auf.

Wie zwei Menschen, die mit Fußfesseln aneinandergekettet sind, bewegten sie sich synchron und legten die Hantel zurück. Dann ächzte sie tief und wollte sich nur noch fallen lassen.

Er wechselte die Gewichte, legte die dicken Scheiben auf, hob die Stange aus der Halterung und begann mit den Kniebeugen. Beim Auf und Ab klapperten die großen Scheiben wie Geschirr im Schrank, wenn die Subway vorbeifährt. Es war sinnlos, ihm helfen zu wollen. Das hier war schwerer als alles, was sie jemals heben konnte. Als er mit seinem Set halb fertig war, legte er eine kurze Pause ein und saugte hörbar Luft ein, bevor er wieder in die Knie ging. Am untersten Punkt spannte er sämtliche Muskeln an, als hätte er Verstopfung und würde versuchen, unter allen Umständen zu scheißen. Dann kam er wieder hoch. Sie beobachtete ihn. Sein Gesicht wurde rot, er schnappte nach Luft.

Sie glaubte nicht, dass er noch eine Kniebeuge angehen würde. Aber dann ging er nach unten, und als er wieder hochkam, krümmte er den Rücken nach vorne. Sie wollte helfen, weil sie ihn in Schwierigkeiten glaubte. Er hatte hundertzwei Kilo aufgelegt. An seinem Rücken spürte sie, wie sein Herz heftig klopfte, der ganze

Körper zitterte, während sie ihn zu unterstützen versuchte. Er gab ein grollendes Aaaghh von sich und richtete sich auf. Sie hatte keine Ahnung, ob sie ihm wirklich geholfen hatte. Er legte die Stange auf die Halter, nahm die Scheiben herunter, verstaute sie und wandte sich brüsk von dem Gerät ab, als würde es ihn ankotzen.

Danke, sagte er. Seine Brust hob und senkte sich und das Gesicht war schweißgebadet.

Er zog das verschwitzte Sweatshirt aus, warf es auf den Boden und ging drum herum an die Seite des Gestells, um die Scheiben für sie zu holen. Sein Jack-Daniel's-No.-7-T-Shirt war schweißnass. Die dicken tätowierten Unterarme glänzten. Sein Anblick steigerte ihre Entschlossenheit nur.

Sie nahm die Stange auf die Schultern, stellte sich in Position und begann mit den Kniebeugen, dieses Mal auf den Schmerz gefasst. Bei der letzten Wiederholung konnte sie sich nicht mehr halten und er fasste sie unter den Armen, stützte sie. Sie stieß einen lauten Schrei aus.

Der Schmerz machte sie wütend und sie stapfte davon. Kam dann zurück, voller Ernst und bereit, ihn zu unterstützen. Bedächtig schob er Scheibe um Scheibe auf die Stange, und sie half ihm.

Sie arbeiteten sich durch ihr komplettes Programm, und Skinner machte ihr die Übungen zunächst vor. Er machte alles, was sie machte, obwohl es ein Frauenprogramm war. Wenn sie nicht mehr wussten, wie es weiterging, sahen sie auf den Zeitschriftenseiten nach. Der Schweiß tropfte von ihren Nasen auf die Blätter, die ihnen unter den Händen zerfielen, und mit gesenktem Kopf ging er voran zur nächsten Übung. Sie folgte ihm, wich den Männern aus, der Schweiß hatte ein großes V auf die Vorderseite ihres T-Shirts gemalt, als hätte sie den ganzen Tag Sand geschippt.

Die Männer wurden auf sie aufmerksam und sagten, Genau so. Ganz oder gar nicht. Sie stießen ihre Faust gegen Skinners, hielten Schwämme und Schaumstoff oder andere hausgemachte Hilfsmittel in den Händen, mit denen sie die Gewichte umfassten.

Zum Schluss trainierte sie Flutter-Kicks. Skinner und Zou Lei legten sich auf den Boden und bewegten die Beine durch die Luft wie Soldaten im Gänsemarsch. Als sie bei fünfzig waren, fielen Zou Leis Beine auf den Boden. Hundert, sagte er. Nein, sagte sie. Aber sie zog die Füße wieder hoch. Sie kickten weiter in die Luft, zählten dabei gemeinsam in einem Sprechgesang, wie bei einer Gruppenübung. Bei hundert ließen sie die Füße fallen. Sie stöhnte und hielt sich den Bauch. Als sie aufstanden, hinterließen sie auf dem Boden Schweißabdrücke ihrer Körper. Sie starrte auf ihre Schweißschemen auf dem Boden. Die Intensität der Übung ließ sie seltsame Dinge denken.

Dann ruhten sie sich an der Hintertreppe aus, wo das Studio Leitern und Gerümpel lagerte. Plastikeimer, Pappkartons und Farbroller blockierten die Feuertreppe unter ihnen. Er hatte Proteindrinks von MuscleTech für beide gekauft, French Vanilla. Das dickflüssige Getränk durch einen Strohhalm einzusaugen kam ihr wie eine weitere Nackenmuskelübung vor. Sie tätschelte seine feuchte, muskulöse Schulter unter dem Sweatshirt.

Du mir heute gutes Training geben.

Er kniff sie in den Hintern.

Der wird heute müde sein.

Aaii, schrie sie auf, beugte sich aber vor, damit er besser drankam.

Jemand kam die Hintertreppe herunter, um nachzusehen, was da beim Notausgang los war, und er ließ sie los, bis der Typ kapiert hatte, dass man das Studio hier nicht verlassen konnte.

Hier geht's nicht raus, Alter, sagte Skinner.

Als sie wieder allein waren, sagte sie, Du lässt Haare wachsen, und strich über seinen feuchten Kopf. Seine dunklen Haare standen in alle Richtungen ab, ziel- und richtungslos. Sie griff mit der Faust hinein und er ließ es zu, dass sie den Kopf hin und her bewegte. Zu viele Haar.

Du magst es kurz?

Ja. Sie rieb über die Bartstoppeln auf der Wange. Du bist ein sehr guter Lehrer heute. Du nicht mehr Soldat sein willst?

Nee. Er rieb jetzt selbst die Stoppeln. Ich hab' die Army satt. Ich werd' mir die Haare bis zum Arsch wachsen lassen. Ich werd' mir einen Bart bis hierher wachsen lassen. Was meinst du? Er hielt die Hand auf Hüfthöhe.

Vielleicht sollte er mehr lang sein, sagte sie.

Wie wär's dann hiermit, bis zu den Knien?

Das ist besser.

Und ich besorg' mir auch so 'n Morgenmantel …

Einen Morgenmantel?

Ja, so eins von diesen langen Gewändern. Und einen Turban.

Aha!, sagte sie. Ja, du sollst einen Turban besorgen.

Schon klar, sagte Skinner. Sollte ich. Und dann fünf Mal am Tag beten. Du weißt doch, was das heißt.

O ja, sagte sie.

Ich werde beten – er führte die Hände vors Gesicht, als würde er es mit den Worten oder Wassern Gottes waschen, und sagte: *Allahu akbar.*

Gut, sagte sie. Sehr gut. Was wirst du noch tun?

Also, ich werd mich ganz bestimmt selbst in die Luft sprengen. Ich werd in ein Dunkin Donuts gehen und, sagen wir mal, ungefähr zehn Leute killen. Der ganze Verkehr kommt für ungefähr fünfundvierzig Minuten zum Stehen. Die Menschen werden zu spät zur Arbeit kommen. Und dann komm ich natürlich in den Himmel, um dort meine Belohnung zu empfangen, siebenundsiebzig Jungfrauen. Dabei will ich gar keine Jungfrauen. Ich werd fragen, ob es nicht auch ein paar Flittchen gibt.

Du sehr beschäftigt sein wirst im Himmel, sagte sie. Ich kann dich besuchen, oder du zu beschäftigt mit Flittchen?

Wär schon nett, wenn wir in Kontakt bleiben. Macht's dir was aus, wenn du dich hinten anstellst?

Ich stell mich hinten an. Das ist es wert, denk ich. Denn ich bin besser als die siebenundsiebzig. Ich denke, wenn du mich siehst, dann pflückst du mich.

Ich habe dich schon gepflückt, sagte er.

Hast du?

Ja, klar.

Sie saugte an ihrem Strohhalm und trank den Proteindrink aus, dessen Rest im Strohhalm gurgelte und blubberte. Sie starrte ihn an und schwang den Fuß herum, der Trainingsanzug und die Kleidung darunter waren feucht und kühl. Er legte eine Hand auf ihr Bein, das sich glatt, wohlproportioniert, fest und nackt unter dem dünnen Polyester anfühlte. Er spürte, wie sich die verschiedenen Muskelgruppen anspannten, während ihr Knie sich bewegte.

Ihre Handflächen waren braun vom Rost an den Hantelstangen. Trotz der Schwielen hatte sie sich beim Kreuzheben die Haut aufgerissen. Er hielt ihren verschwitzten Handteller in der Hand, drückte ihre Hand, dass sie sich öffnete, und legte sie um seine. Er spürte das Metall, den Schmutz und den Schweiß auf ihrer Hand, wie ein Kleber, der sie zusammenhielt.

Am Nachmittag gingen sie nach Jackson Heights runter, dorthin, wo die ganzen Bordelle sind. Die gesamte Straße entlang reihte sich eine Strip-Bar an die andere, in denen Latinos saßen, zugekifft und besoffen, die Kapuze über den Kopf gezogen, der zum Schlafen auf dem Arm lag; mit einer Hand umklammerten sie eine Halbliterflasche Billigbier, als wollten sie sich daran aufrichten. Skinner erzählte ihr, dass die Gestelle vor den Obstläden mitten in der Nacht anfingen, sich von selbst zu bewegen – was einem morgens um zwei die Haare zu Berge stehen ließ, aber nur daran lag, dass sich hinter diesem scheinbar paranormalen Ereignis ein Körper verbarg, der unter diesem Gestell schlief.

Die Männer, die im Park of the Americas schliefen, hatten schwarz-violette Gesichter. Ihre Haut war runzelig und aufgequollen. Sie schliefen auf dem Beton, ohne Schuhe, ihr Urin floss den Hügel hinab, in ihren Haaren sammelten sich Blätter und Zweige.

Ein Mazda mit silbernen Felgen donnerte um die Ecke und verschwand unter den langen Schatten der Hochbahn. Den ganzen Block entlang kochten Guatemalteken einen Eintopf aus grauem Gehirn, schwarzen Würsten und Maiskolben mit einem Stromaggregat auf ihren Kleinlastern. Die Frauen trugen Schürzen und Baseballmützen, ordneten Schweineköpfe kreisförmig an, die durch das Braten wie Ledermasken wirkten, mit schwarzen Löchern anstelle der Augen. Es roch nach Innereien.

Während sie im Park wartete, ging er in einen Friseursalon, an dessen Wänden Hunderte verblasster Fotos mit Latino-Köpfen hingen, und ließ sich die Haare militärisch kurz schneiden. Für zehn Dollar bekam man auch einen Caesar, einen Irokesen oder einen Skinfade. Der Laden war an der 85th Street, gleich neben Nathaly's Brautmoden. Der Friseur war ein junger Hispano, jünger als Skinner, mit einem dicklichen, weißen Gesicht. Am Kinn trug er einen kleinen *spiked stud*. Männer mit weißen Basecaps lungerten um den Laden herum und tippten auf ihren Handys. Die spanische Musik war voll aufgedreht und vom Rhythmus platzten einem fast die Trommelfelle. Unter dem Druck der Schermaschine neigte Skinner den Kopf nach vorne und der Junge fuhr kreuz und quer darüber. Als er fertig war, hielt er ihm einen Handspiegel hinter den Kopf.

Möchtest du Alkohol drauf, damit du keine Pickel kriegst?

Nur zu, sagte Skinner, und der Junge besprühte den Schädel mit kaltem Alkohol und massierte ihn in Skinners Haut ein.

Das Zeug brennt höllisch.

Ich hab meine Ohren wieder – so wie mein Mädchen es mag.

Der Friseur fragte, ob sie Mexikanerin sei.

Nein.

Aber du bist doch 'n Weißer, oder?

Ja.

Ist deine Freundin auch Weiße?

Sie ist Chinesin.

Echt? Wie kommt's, dass du nicht mit 'nem schwarzen Mädchen zusammen bist? Du stehst wohl nicht auf Matschbaden?

Einer der Jungs im Laden fing an zu lachen und klatschte den Friseur ab.

Der Friseur wandte sich wieder Skinner zu und sagte, Das wären dann zehn. Skinner begutachtete noch mal den Schnitt, zog sein Portemonnaie heraus und zahlte.

Als sie ihn sah, sagte sie, *Shuaige!* Hübscher Junge!, und rieb ihm so über den Hinterkopf, wie der Friseur es gerade getan hatte.

Sie waren so müde, dass sie Mühe hatten, die Treppen zur Subway hochzusteigen. Der Zug kam und der ganze Boden war voller Zeitungen und Schmutz. Sie setzte sich hin und er setzte sich neben sie, stellte die Stiefel auf den Sitz und lehnte sich zurück, legte den Kopf auf ihren Schoß und schloss die Augen. Sie hielt seinen Kopf und streichelte ihm die Stirn. Das Donnern des Zuges übertönte, was er sagte. Wie?, fragte sie. Sie beugte sich hinab, um besser hören zu können, und roch den Alkohol auf dem Schädel.

Komm mit zu mir.

Sie strich über die jetzt raspelkurzen Haare.

Kommst du?

Sie nickte, blickte auf ihn hinab.

An jeder Haltestelle stiegen mehr Menschen in den Zug. Sie brachten Einkäufe mit, Pakete mit Maisfladen, die wie getrocknete Klapperschlangenhäute aussahen. Durch ihre Tragetaschen hindurch konnte man die Worte Aztec Maize erkennen. Es wurde voller und voller, die Leute saßen Seite an Seite gedrängt und er nahm die Füße runter, um niemanden zu treten. Zou Lei rieb seine Ohren zwischen ihren Fingern. Sie schaukelten im Rhythmus des Zuges. Beide dösten vor sich hin, Beine stießen an Beine. Auch andere waren im Halbschlaf, trugen tätowierte Kreuze auf den Knöcheln, bei einer Schwangeren stand in kursiven Buchstaben Serena auf der Innenseite des Handgelenks.

Sie gingen zu ihm nach Hause, er war sehr gut zu ihr und sie schlief auf ihm liegend ein, während er eine Marlboro rauchte. Als es Nacht wurde, wollte sie bei ihm bleiben.

Sie lag halb auf ihm, ihr Bein auf seinem. Er hatte den Arm um sie gelegt und ihr Kopf passte wie ein Puzzleteil in seine Halsbeuge. Als er sie fester an sich zog, gab ihr Rücken geschmeidig nach, sie presste sich an ihn, ihre Brüste drückten gegen seinen Oberkörper. Als er an ihr herunterblickte, konnte er den festen Muskel ihrer Rückseite sehen, der durch das Dreieck ihrer rosafarbenen Jungenshorts unterbrochen wurde.

Sie fragte, ob es okay sei, wenn sie über Nacht bleiben würde, und er drückte die Zigarette aus und sagte, Natürlich. Er riss sogar einen Witz, sagte, er würde sich fragen, ob er jetzt ein Zuhälter sei.

Sie dankte ihm.

Hat es dir im Fitnessstudio gefallen?

Ich liebe es. Wir hatten einen guten Tag heute. Du bist so gut heute.

Heute war es so, wie es sein sollte.

Sie stimmte zu.

Von heute an machen wir das jeden Tag.

Stell dir vor, dachte sie, wie toll es wäre, wenn sie das machen würden.

Inzwischen hatte er seine Pillen genommen und sie spürte, wie er in ihrem Arm in einen anderen Bewusstseinszustand hinüberglitt.

Jeden einzelnen Tag, sagte er.

Im Haus war es ruhig, die Nachttischlampe brannte, es war eine Nacht im späten Winter.

Sie spürte, wie sich die Erde durch den Kosmos bewegte. Der Kosmos war so etwas wie die sibirische Steppe und die Erde ein Reiter, der sie durchwanderte. Er kam südwärts aus dem Kiefernwald, wo ihre toten Vorfahren lebten und Rentiere jagten. Der Reiter zog hoch zu Ross weiter gen Süden bis zur endlosen Grassteppe. Sie saß hinter ihm, und während sie so dahinritten, bemerkte sie kleine Blumen, die auf dem sandfarbenen Land blühten. Er trug eine schwere Holzmaske mit einem gewaltigen Schnabel – ein Habicht, der seinen Weg finden würde. Sie waren kurz davor, in ein Tal zu gelangen. Dort würde es saftige, grüne Weiden geben und Apfelbäume, in denen sich singende Vögel tummelten.

Etwas weckte sie in dieser Winternacht auf. Sie öffnete die Augen. Sie schaute auf die fleckigen Schallschluckfliesen der Decke. Im Haus war es ruhig, aber sie war sicher, dass ein Geräusch sie geweckt hatte. Sie ließ die Augen wandern. Das gelbe Licht der Bettlampe wurde durch den Lampenschirm gedämpft. Die gegenüberliegende Wand sah im Schatten körnig aus. Sie warf einen Blick auf die Tür, aber die war geschlossen und der Schlüsselknopf hineingedrückt. Die Schranktür stand offen, sie konnte den Boiler erkennen.

Irgendetwas ließ sie den Kopf drehen und Skinner anschauen. Sie streckte die Hand nach ihm aus und fühlte, dass sein ganzer Rücken schweißnass war. Das Baumwoll-T-Shirt klebte an ihm. Welche Stelle sie auch berührte, sie war kalt und nass. Auch das Ponchofutter unter ihm war nass.

Sein Körper strahlte etwas Fremdartiges aus, als ob er sie nicht kennen würde. Sie sprach mit ihm, und er antwortete, aber sie merkte, dass er nicht richtig bei sich war. Skinner, fragte sie, weißt du, wo du bist? Und er antwortete, Ja, mir geht's gut. Aber an seinem Tonfall merkte sie, dass er nicht wach war, und sie hatte Angst, weiterzureden.

Er schlief und gab Würgegeräusche von sich. Ihr wurde klar, dass er schluchzte. Erstaunt betrachtete sie ihn.

Was ist bloß passiert?, stieß er flehend hervor. Was ist passiert? Herr im Himmel, wie konnte das passieren?

Sie wollte ihn trösten, aber sie ahnte, dass er herumfahren und nach ihr schlagen würde, sollte sie ihn berühren.

Alles okay, nichts passiert, sagte sie deshalb.

Er nickte mit geschlossenen Augen und sie glaubte, dass er bei Bewusstsein war und sie gehört hatte. Vorsichtig wand sie ihm das Ponchofutter aus den Fäusten und legte es wieder über ihn. Sie schmiegte sich mit klopfendem Herzen von hinten an ihn und starrte auf seinen Rücken. Langsam kam sie wieder zur Ruhe, weil sie spürte, dass er sich beruhigte, und schließlich schlief sie ein.

Als sie wieder aufwachte, sah das Zimmer genauso aus wie in der Nacht. Die Bettlampe brannte immer noch, aber ein Blick auf das Fenster zeigte ihr, dass eine blaugraue Dämmerung eingesetzt hatte.

Sie kletterte über ihn und aus dem Bett, bemüht, ihn nicht zu wecken, und schaute ihn an. Das kurz geschnittene braune Haar, die hellen Stellen über den Ohren, die Pickel auf der Kopfhaut. Das blassgrüne Tattoo auf dem zerfurchten Nacken. Die unreine Haut auf der Stirn. Bartstoppeln im Gesicht. Sein Mund stand offen. Er hatte eine weitere Tablette genommen und sah jetzt aus wie eine dieser mit Drogen vollgepumpten Gestalten an der Straße, die den Hügel zur Moschee von Kasghar hinaufführte.

Sie öffnete die Zimmertür, lauschte auf Geräusche aus diesem merkwürdigen Haus, hörte nichts, ging durch den düsteren Keller zum Bad und schaltete das Licht ein. Strahlend blaue Wände sprangen sie an. Sie schloss sich ein und schichtete ihre Kleidung zu einem Stapel auf den Sneakers. Das Badezimmer schien von niemandem benutzt zu werden, jedenfalls deutete außer seiner Tube Zahnpasta im Waschbecken nichts darauf hin. Als sie geduscht hatte, achtete sie darauf, dass alles so war, wie sie es vorgefunden hatte. Sie zog die Badematte glatt, wischte die nassen Abdrücke ihrer Füße auf und hängte sein Handtuch auf die Stange an der Mattglastür der Dusche. Sie zog das Handtuch glatt, achtete darauf, dass die Ecken übereinanderlagen. Camp Manhattan, Kuwait, stand in großen schwarzen Buchstaben darauf. Sie zog den Trainingsanzug an, rückte den BH zurecht, öffnete die Tür, um den Wasserdampf herauszulassen, kämmte sich die nassen Haare. Sie hatte einen so starken Muskelkater, dass sie sich kaum hinknien konnte, um die Sneaker zu schnüren. Bevor sie zur Arbeit ging, sagte sie noch, Wiedersehen, Junge, aber er antwortete nicht. Er ritt immer noch über die Steppe.

Am Nachmittag rief sie ihn an. Er nahm nicht ab. Sie hinterließ eine Nachricht, dankte ihm noch einmal. Alles tat ihr so weh, dass sie kaum laufen konnte. Ich kann nicht eilen an der Arbeit, sagte sie. Und dass sie ihn wiedersehen wollte.

Am Abend rief sie wieder an, aber er war völlig deprimiert und antwortete ihr kaum. Trotzdem, bohrte sie. Ich bin in dein Bett letzte Nacht. Etwas stimmt nicht.

Er schwieg.

Du hast sehr schlimm geweint in Nacht.

Wenn du meinst.

Ich bin neben dir und höre dich. Ich bin da, also weiß ich.

Okay. Na und?

Und ich sage es dir, ich weiß, dass es schlimm ist. Ich möchte was dagegen tun. Was ist los?

Ich weiß es nicht.

Was ist es?

Er blieb stumm.

Ich möchte dir damit helfen, diese Sache. Was immer los ist.

Da kannst du nichts helfen.

Ist es der Krieg?

Ja.

Du brauchst jemanden, der dir hilft, sagte sie.

Sie spülte die Cola-Reste aus dem Subway-Becher und füllte ihn mit Leitungswasser, damit er seine Tabletten nehmen konnte. Dort standen vier Fläschchen mit Tabletten, aber sie hatte eine fünfte gesehen. Sie fand sie auf dem Boden, eingeklemmt zwischen dem Bettrand am Fußende und der Wand und hob sie auf. Er dankte ihr. Das sind die fürs Schlafen.

Sie sah zu, wie er die blaue, achteckige Tablette nahm. Sie trug Jeans und ein Hollister-Sweatshirt. Die schwarze Spitzenunterwäsche hatte sie in die Gesäßtaschen gestopft. Er schluckte und sie nahm den Becher und stellte ihn in der Küche ab.

Rutsch mal Stück, sagte sie, damit ich setzen kann. Er rutschte und beobachtete sie, wie sie jede Tablettenflasche im Licht der Bettlampe genau studierte – Zoloft, Ambien, Seroquel. Sie versuchte, den englischen Beipackzettel zu verstehen, die Dosierungen. Blau, rosa, gelb, weiß, rot, wiederholte sie mehrfach.

Das haben die mir gegeben. Weißt du irgendwas über das Zeug?

Wir sollen vorsichtig sein. Nicht durcheinanderbringen.

Dass ich nicht aus Versehen eine Falsche nehme?

Von jetzt an heben wir auf an einem Platz. Wenn du eine nimmst, stellst du zurück.

Mach ich.

Um sich hinzulegen, musste er zunächst die Stiefel neben das Bett stellen und den Kampfrucksack so platzieren, dass er in Reichweite war. Dann durfte sie über ihn hinwegkrabbeln und sich auf die Innenseite des Betts legen und sich dort an ihn schmiegen, damit er spürte, dass sie da war.

Sie streichelte seine Ohren. Du kannst mir deine Träume erzählen, sagte sie.

Auf ihr Drängen hin fing er an, ihr die Symptome zu schildern, wenn auch nicht die Träume.

Hast du gemerkt, wie ich fahrig werde, wie mein Auge zuckt? Er ließ sie sein Auge beobachten. Schau das rechte an. Siehst du das?

Sie konnte nichts erkennen.

Warum kann ich nicht aufhören, in diese Richtung zu schauen?

Dann sah sie es. Er blickte weiterhin über ihren Kopf hinweg, zum Eingang des Zimmers, der hinaus in die Welt führte, wo Autos fuhren, die immer näher kamen, auf ihn und seine Kameraden hinter den Sandsackstraßensperren zu.

Chronische Angst war etwas, was sie verstand.

Bei den Durchsagen in der Subway sehe ich immer Scheinwerfer auf mich zukommen, Menschenmassen. Schlaglöcher in den Straßen. Autotüren. Weißt du, wie sich eine Kugel anhört? Ist jemals eine Wespe ganz nah an dein Ohr geflogen?

Er holte den Laptop und sie gaben ›krank‹ und ›Soldaten‹ als Suchworte ein. Auf dem Bildschirm saß ein Mann in einem Pullover mit V-Ausschnitt vor einem Bücherregal in einem hell erleuchteten Büro und redete. Skinner zündete sich eine Marlboro an und beide hörten zu. Das Bild fror ein. Der Feed war schlecht. Er schlug auf eine Taste und Asche rieselte in die Tastatur, mischte sich mit dem Sand. Dieses verdammte Mistding, sagte er. Das Video wurde erneut geladen, sie mussten warten. Dann konnten sie weiterschauen. Er stand auf und rauchte die Zigarette draußen zu Ende. Merkst du, wie ich anfange durchzudrehen, selbst wenn ich versuche, nett zu sein?

Etwas hat dein Geist erschüttert. Vielleicht ein Beule in dem Kopf.

Kapitel 28

Immer wenn Sunnie eine Pause brauchte, übernahm Zou Lei ihren Platz an der Ausgabe, das hatten sie so abgemacht. Häufig sagte sie einfach zu Sunnie, Du brauchst eine Pause, Schwester. Sunnie lachte dann unsicher und sagte, Eigentlich nicht.

Doch, brauchst du. Du sollst nicht zu hart arbeiten. Hier ist eine Tasse Suppe.

Meine Güte. Ich bin aber satt. Du willst die Karte üben, oder?

Ja, ich muss üben.

Na gut. Sicher, dass du die Bestellung verstehst?

Wenn ich übe, dann verstehe ich. Truthahn geht extra.

Okay, ich denke, das kann nicht schaden, solange Sassoon nichts dagegen hat.

Die ist nicht da, sagte Zou Lei und nahm ihr die große Schöpfkelle aus der Hand. Ich übernehm das jetzt mal. Wenn du willst, kannst du einfach hier neben dem Teekessel herumhängen und die Suppe essen, und wenn ich dich brauche, kann ich dich fragen, was ich machen soll, also geht nichts schief. Alles ruhig.

Na gut.

Du der Coach, ich der Lehrling. Kritisier' meine Fehler streng.

Ich bin von niemandem der Lehrer, sagte Sunnie, lächelte scheu und setzte sich neben den Heißwasserbehälter.

Du hilfst mir, sagte Zou Lei.

Du bist fleißig, antwortete Sunnie.

Angela hatte die ganze Zeit danebengestanden und sagte jetzt, Weiß eigentlich jemand, was hier los ist?

Sunnie starrte sie voller Angst an. Sie schien es sich noch mal überlegen zu wollen, aber Zou Lei gab die Kelle nicht mehr her. Du kümmerst dich um deine Kasse, sagte Zou Lei zu Angela. Wir kümmern uns hier.

Er rief sie morgens um vier an und fing an zu reden, seine Stimme kam wie die einer lauten Ameise aus dem Handy und ihr Nachbar seufzte hinter der Bretterwand. Eine Minute, flüsterte sie. Sie nahm ihr Sweatshirt, tastete nach den Sandalen und ging hinaus auf die Treppe. Der Himmel war von einem kaum helleren Schwarz als der Park hinter der Tankstelle am Boulevard, dessen Gehweg die Laternen mit ihrem merkwürdigen Glühen erleuchteten. Er sagte, er könne nicht schlafen. Sie war einverstanden, ihn bei McDonald's zu treffen.

Auf dem Weg zu McDonald's kam sie an den graffitiübersäten, heruntergelassenen Metallrollos der Geschäfte vorbei, die man tagsüber nie sah und in denen sie tausend tätowierte Augenlider zu erkennen meinte.

Skinner kam zehn Minuten nach ihr, unter der schwarzen Kapuze war er kaum zu erkennen. Mit fast feierlicher Höflichkeit dankte er ihr für ihr Kommen, hielt aber die Augen im Schatten.

Ich brauche ein Wasser, wenn es dir nichts ausmacht, einen Augenblick zu warten.

Das ist okay, sagte sie.

Er kaufte ihr ein Schinken-Ei-Käse-Sandwich und fing an zu reden, erzählte eine Geschichte, erzählte vom Irak und sie hörte auf zu essen. Er hatte die Ellbogen auf die Knie gestützt, hielt den Becher unter dem Tisch, sprach mit leiser Stimme, während sie ihm vorgebeugt lauschte, mit dem Arm quer über der Lehne auf einem Stuhl saß, wobei ihre Jacke hochgerutscht war und ein Stück nackten Rücken sehen ließ. Alle zehn Sekunden huschten seine Augen prüfend nach rechts und links und kamen wieder zurück, ruhten auf ihrem Gesicht. Er trank einen Schluck aus dem Becher mit Wasser.

Es war schwer, den Mund nicht austrocknen zu lassen, mit den

Kopfschmerzen klarzukommen, den Erinnerungen an seinen explodierenden Freund und die Körperteile, die auf ihn herabregneten.

Wir lagen nicht weiter auseinander als von hier bis dort, sagte er und zeigte auf den grau-grünen Abfalleimer mit schwarzem Rand an der Wand. Davor lag eine Eiswaffel, die es nicht ganz hineingeschafft hatte. Der Schwingdeckel stand halb offen und der Müll quoll aus dem Behälter. Er schilderte ihr, was eine Granate anrichtete. Mit den Fingern formte er einen Bogen. Er war also dort. Bumm, Treffer. Ich holte ihn. Und wir landeten hier im Krankenhaus.

Er verlor sich in einer langen Abschweifung über das Krankenhaus, dann sagte er:

Ich habe keine Ahnung, warum ich ihn nicht hochheben konnte.

Sie sah, wie er um Worte rang.

Ich habe so das Gefühl, ich hätte mich mehr anstrengen müssen.

Sie gab ihm eine Serviette und er schnäuzte sich.

So als hätte ich ihn sterben lassen.

Er wischte sich über die Augen, aber sie waren sofort wieder nass.

Sie redeten, bis die ersten Mitarbeiter der Tagesschicht kamen. Ein weißes Mädchen mit Haarnetz fing an, die Stühle hochzustellen, und ein Latino, der alt genug war, um ihr Vater sein zu können, kam mit einer Kehrschaufel, fegte die Eiswaffel auf und wechselte den Müllsack. Vor den Fenstern liefen Menschen durch die Dunkelheit. Ein Schwarzer im gefütterten Overall von Delta Airlines und mit Brille kam herein und kaufte einen Orangensaft, um sich dann auf den Weg nach LaGuardia zu machen. Der Himmel wurde heller. Sie zogen in eine der Sitznischen um, er legte den Arm um sie und sie lehnte sich an ihn. Im Restaurant wurde es laut und geschäftig. Chinesische Mütter kamen und schrien ihre Kinder im Teochew-Dialekt an; sie trugen sie auf dem Rücken, so wie Mütter in der Dritten Welt ihre Kinder tragen.

Sie wollte einen Shamrock Shake und er holte ihr einen. Er fragte sie, wie es mit ihrem Job lief. *Anbu jiuban.* Das heißt, du machst den Job so: Sie tat so, als würde sie einen Fuß direkt vor den anderen setzen.

Mit Schritten, sagte sie. Das Klebeband, mit dem sie die Fersen der Schuhe verstärkt hatte, hing über die Absätze.

Er fragte sie, ob sie noch etwas wolle, und sie antwortete, nein, sie hätte schon mehr als genug. Sie saugte am Trinkhalm des minzgrünen Shakes, ihre Wangen wurden hohl, sie nahm einen Schluck und lächelte.

Sie saßen unter einem Aufenthalt-für-Unbefugte-Verboten-Schild im ersten Stock, wo die Leute mit ihren Plastiktüten stundenlang herumhingen und es roch wie in einem Pumakäfig. In einer Ecke schlief ein junger schwarzer Junkie mit offenem Mund und unübersehbar gelben Zähnen. Popmusik plätscherte leise durch die Räume. Für die Toiletten brauchte man eine Wertmarke, aber der Schließmechanismus war kaputt und so konnten alle sie benutzen.

Shangmian you zhengce, xiamian you duice. Der Führer macht die Gesetze, aber die ganz unten haben andere Gesetze. Der Führer glaubt, er hat Sagen, aber er hat nur zwei Augen. Zwei Augen können nicht zwanzig Leute überwachen.

Wenn mein Boss mich anschreit, etwa so: Sie führte ihm vor, was sie machte, wenn sie angeschrien wurde, hielt die offene Handfläche nach vorn, um die Kraft des Schreis abzulenken.

Das macht sie sehr wütend, wenn ich diese Kraft benutze und sie kann nichts machen.

Er konnte sich überhaupt nicht vorstellen, warum jemand sie anschreien sollte.

Wegen jeder Kleinigkeit. Klein wie Sesamsamen. Der kleine Faden. Zieh am Faden, und schon wickelt sich ganzer Teppich auf.

In China gibt es viele Ethnien, ist nur natürlich, dass sie nicht immer zusammen klarkommen. In meinem letzten Job, wo wir getroffen haben, war der Boss aus Malaysia. In diesem Job aus Guangzhou, Hongkong. Die Arbeiter kommen aus Zhangzhou, Quanzhou, Wenzhou, Fuzhou, Guangdong, Guangxi, viele Orte. Mexiko, Sinola. Die Männer nennen mich Chiquita. Guatemalteken. Die Menschen kommen lange Reise. Alle brauchen diesen Job, kommen deshalb hierher. Auch die Araber. Auch die Terroristen.

Ein dunkler indigener Mexikaner in Lederjacke, Anzughose und passenden Schuhen setzte sich mit Frau und Kindern in die Nische neben ihnen. Er trug eine rote Yankees-Kappe. Durch die Fenster konnte man den Foot-Locker-Laden neben der Barone-Pizzeria auf der anderen Straßenseite sehen. Skinner hatte die Stiefel auf den grauen Bodenfliesen platziert und schaute sie pflichtschuldig an.

Vor Kurzem mir ist etwas Schreckliches passiert, sagte sie. Ich dachte, mein Leben zu Ende, aber etwas mich hat gerettet. Wusste er das? Ich denke, es ist Ende. Stattdessen ist es Anfang.

Du darfst deine Hoffnung nicht aufgeben, für uns beide nicht, sagte sie, denn vielleicht wird etwas Gutes passieren.

Kapitel 29

Seine Mutter holte ihn nicht ab. Jimmy nahm den Greyhound-Bus, der von Krayville nach Manhattan zum Port Authority fuhr, unterwegs immer wieder anhielt und zwanzig Stunden brauchte. Sie machten sich Sorgen, dass er es nicht schaffen würde, dass er irgendwo aussteigen und sich ablenken lassen würde.

Kurz nach elf Uhr abends war er schließlich da. Mrs. Murphy saß noch immer in der Küche und schaute auf ihr Handy, um zu sehen, wie spät es war. Erin studierte die Kalorienangaben auf einer Suppendose. Die Küche roch nach der Leber mit Zwiebeln, die Patrick, früher am Abend gebraten hatte. Er hatte Wasser in die Pfanne gelassen und sie in die Spüle gestellt. Irgendetwas Graues schwamm im Wasser. Patrick war nicht da.

Dann hörte Erin ein Geräusch und sagte, Das ist er! Und ging, um ihn hereinzulassen. Jimmy, ihr Bruder, Sohn ihrer Mutter, betrat das Haus: ein Fremder, der fremd roch, nach Schmutz roch, extrem unheimlich und ruhig, als hätte etwas ganz Fürchterliches seine Stimmbänder fest im Griff. Die Kleidung, die er trug, war wohl zuletzt in den Neunzigerjahren modern gewesen. Man konnte hören, wie Erin in der Diele mit ihm sprach. Dann öffnete sich die Wohnungstür und Jimmy kam herein – ein hoch aufgeschossener Mann folgte Erin, und er trug einen Karton, als sei das eine Art zusätzlicher Buße.

Sie wird ausflippen, sagte Erin. Schau mal, wer hier ist.

Mrs. Murphy breitete die Arme aus und sagte, Komm her. Jimmy stellte den Karton auf den Boden, ging zu ihr, beugte sich hinab, umarmte sie und sagte: Hey, Ma.

Vor der Tür hätte er nicht gedacht, dass sie ihn überhaupt reinlassen. Er hatte es offensichtlich für möglich gehalten, dass sie ihn abweisen würden.

Er setzte sich an den Küchentisch, und da er so schweigsam war, diskutierten seine Mutter und die Halbschwester darüber, was er vielleicht haben wolle, ob Fratelli's so spät noch offen war und warum sie noch nicht bestellt hatten.

Er sagt ja überhaupt nichts.

Also bitte. Er ist gerade erst angekommen, Erin. Er muss auch nichts sagen.

Ich nehm eine Zigarette, sagte er.

Mrs. Murphy schob ihre Schachtel über den Tisch. Hier!, sagte sie, und er nahm eine der langen Frauenzigaretten und zündete sie an. Er rauchte in kurzen Zügen und hielt die Zigarette dabei so in der hohlen großen Hand, dass sie nicht zu sehen war.

So machomäßig hat noch nie ein Mann 'ne Slim geraucht, sagte Erin.

Stockend fing er an zu reden, wobei seine Stimme so spröde und heiser klang, als würden die Stimmbänder über Beton schleifen. Was er erzählte, hatte mit dem normalen Leben nichts zu tun. Er sprach darüber, wie mangelhaft die Vorschriften im Greyhound-Bus waren, wie wenig durchdacht und ungerecht umgesetzt. Er hatte gesehen, wie die Behörden in den Busbahnhöfen von Leuten zum Narren gehalten wurden, die dort Sex und Drogen verkauften.

Schließlich stand Erin auf und ging auf ihren dicken weißen Beinen leise die Treppe hoch.

Er nahm das angebotene Bier mit einer Spur von Belustigung, als würde er es kurios finden, etwas umsonst zu bekommen, auch wenn es von der eignen Mutter kam. Er trank das Bier mit einer Selbstzufriedenheit, als hätte er einen Preis gewonnen, während seine Mutter das Gespräch weiterführte.

Sie hatte den Eindruck gehabt, dass er nach Alkohol roch, als er hereinkam. Er gab zu, dass er im Bus einen gezischt hatte. Der Typ neben mir war Alkoholiker. Sie haben mich neben ihn gesetzt und er hat mir mein erstes Bier seit zehn Jahren angeboten. Was sollte ich da machen?

Mutter und Sohn wechselten einen Blick, der ihnen von früher vertraut war.

Viel später in der Nacht gestand er seiner Mutter, Ich hab das Gefühl, dass ich noch gar nicht bereit bin, wieder draußen zu sein. Sie nahm sein Geständnis zur Kenntnis und sagte, alles würde gut werden. Sie berichtete ihm, was ihr eine alte Bekannte über das neue Leben nach einer langen Zeit hinter Gittern erzählt hatte, dass nämlich die Angst verschwand.

Aber so wie jetzt alle Handys haben, sagte er. Ich hatte nie eins. Als ich ging, waren die Dealer die Einzigen, die Handys hatten. Wahrscheinlich hätte ich so was machen sollen. Ich hab ja ein paar Drogen genommen, aber nie verkauft. Wenn ich das gemacht hätte, wie die sagten, dann wär's mir besser gegangen. Fünfzehnjährige Nigger haben jetzt nix mehr, womit sie sich dicktun können.

Na gut, sagte sie schließlich und wuchtete sich vom Stuhl hoch, dass der Tisch unter dem Druck ihrer Hand kippelte.

Du kannst oben in deinem alten Zimmer schlafen.

Jimmy sagte, er hätte an den Keller gedacht. Der Keller ist vermietet, sagte die Mutter.

Das ist 'ne leichte Nummer. Ich wünschte, ich hätte jemanden, der mir auch so einfach Geld geben würde.

Er nahm den Karton und stieg die enge Treppe in den unordentlichen oberen Teil des Hauses hoch, wo sein Zimmer gewesen war. Es hatte sich nicht verändert; die Jalousien, durch die die Nacht hereinschaute, waren noch immer zerbrochen. Auf dem Fußboden standen Wäschekörbe herum. Er kramte in seinem Schrank, der eine Holzschiebetür mit einem eingelassenen Metallgriff hatte. Der Griff hing abgeschlagen und schräg in der Fassung. Er fand Fotos von alten Freunden, von sich selbst als magerem Teenager, der den

Arm in einer wilden Geste schwang, ein Gang-Zeichen von 1992. Sein Schutzhelm mit allerlei Stickern lag dort. Eine amerikanische Flagge. Irischer Klee. *Zofo*. Led Zeppelin. Er stieß auf eine elektrische Gitarre mit gerissenen Saiten.

Die Poster an den Wänden rollten sich an den Ecken auf. Er schloss die Tür und ein Poster fiel herunter, die Rückseite des Papiers weiß und leer. Bevor er es wegräumte öffnete er den Karton aus dem Gefängnis und schaute hinein: Briefe, Karten, ein Exemplar des »Outlaw Biker«, ein Becher Instantsuppe von Lipton, Psalmen, ein Rasierspiegel, zwei weiße Gefängnis-Boxershorts, verteilt von der Correction Corporation of America, eine Packung Capri-Sonne, eine alte Heavy-Metal-Zeitschrift, eine rote Cowboy-Bandana.

Außerstande zu schlafen, ging er wieder nach unten und schaltete den Fernseher im Wohnzimmer ein.

Im Keller hörte Skinner den Fernseher und Geräusche, die von einer schweren, ihm unbekannten Person stammten.

In der Dusche benutzte er sämtliche Shampoos, die dort herumstanden. Gewohnheitsbedingt verbrachte er so wenig Zeit wie möglich in der Dusche – kaum war er richtig nass, spülte er den Schaum ab, ging zurück in sein Zimmer und zog sich sofort an. Er kämmte die Haare sorgfältig, warf dabei immer wieder prüfende Blicke in den Rasierspiegel. Jemand rief von unten:

Jimmy! Mama fragt, ob du mal runterkommen kannst.

Er ging nach unten und ließ sich Eier braten. Während die Eier auf dem Herd standen, bat seine Mutter ihn, einen Blick auf das Scharnier der Küchenschranktür zu werfen, anstatt nach seinen Plänen zu fragen. Jimmy setzte sich in Bewegung, stand vom Tisch auf, bewegte sein Gewicht – das seines Körpers, das trauerschwere Gewicht seiner Augen, seinen noch duschfeuchten Bart, das Gewicht seiner feuchtkalten Haut unter dem karierten Hemd –, ging dann durch den Raum und inspizierte das Scharnier.

Was soll denn damit sein?

Kannst du es reparieren?

Er sagte nicht sofort Ja.

Da fehlt bloß eine Schraube, sagte er dann.

Er machte immer wieder darauf aufmerksam, was er schon alles für sie getan hatte, darunter auch Dinge, um die sie ihn nie gebeten hatten, die er aber über kurz oder lang für sie tun würde – oder Dinge, die er für Familienmitglieder erledigen sollte, oder für jemand anderen, etwa Behörden – schlicht Sachen, die er machen musste –, immer mit dem Hinweis, dass er versuchte, jedem so schnell zu helfen, wie er konnte – nicht, dass er nicht gern jemandem einen Gefallen tat –, aber man musste warten, bis man an der Reihe war, weil man sich ansonsten nicht nur ihm aufdrängte, sondern die Rechte anderer verletzte. Man muss wissen, dass Jimmy viele Verpflichtungen bei vielen Menschen hatte. Er versuchte einfach, allen gegenüber fair zu sein. Patricks Lieferwagen: Nur Jimmy hatte das Ohr dafür zu hören, dass etwas mit dem Vorderradlager nicht stimmte. Die Badezimmerfliesen waren ein anderes Kapitel. Nichts für ungut, aber während er weg gewesen war, hatte sich niemand richtig um das Haus gekümmert. Er würde sich auch nicht beschweren, aber sein altes Zimmer, wenn er da jetzt wieder wohnen sollte, hatte sich in der Zwischenzeit in eine Wäschekammer verwandelt. Er war es sich auch selbst schuldig, das Zimmer wieder bewohnbar zu machen. Mit dem Schrank würde er sich beschäftigen, wenn er Zeit dafür hatte.

Er lächelte verständnisvoll, denn er kapierte, was los war. Niemand hatte vor, ihn für das, was er zu tun beabsichtigte, auch zu entlohnen. So war es nun einmal. Schon in Ordnung. Aber es gab ein paar grundsätzliche Sachen, die er für sich selbst brauchte, und der Staat hatte ihn einfach vor die Tür gesetzt. Ohne Geld für Kleidung oder Toilettenartikel. Und es war noch etwas zu früh, um über die eine oder andere Möglichkeit, an Geld zu kommen, nachzudenken, jedenfalls nicht, wenn er nicht gleich wieder mit dem

Gesetz in Konflikt geraten wollte. Er brauchte einfach einen Zwanziger, um in den Laden gehen zu können. Er wusste, dass sie ihn hatte. Er würde seiner Mutter besorgen, was immer sie haben wollte, wenn er draußen unterwegs war.

Als er weg war, sagte Mrs. Murphy, Er muss wieder in die Gewerkschaft. Die würden ihn auch nehmen. Die haben ihre eigenen Gesetze, die sie befolgen. Seine Verurteilung spielt da keine Rolle. Was er getan hat, war nicht so schlimm, dass er ein für alle Mal draußen ist. Wenn er will, bekommt er noch eine Chance. Er hat zwei Möglichkeiten: Entweder die Gewerkschaft oder er arbeitet mit Patrick. Aber Patrick, das seh ich nicht wirklich. So wie es im Moment aussieht, gibt es gerade nicht genug Arbeit für zwei, jedenfalls nicht jeden Tag. Mit Patrick ist es mal so und mal so. Mit diesem Hin und Her gibt es bestimmt Probleme. Jim braucht die tägliche Routine wie in der Gewerkschaft. Die anderen Männer da in der Grube, das war gut für ihn. Er hat da jede Schicht gemacht. Er hat mir das mal erzählt, Weißt du, Ma, ich hab da keine Schicht geschwänzt. Mein ganzes Leben lang wollte ich nichts anderes als verschwinden. Ich weiß, hab ich gesagt, kann mich erinnern. Wenn Patrick ihn rief, hat er sich versteckt. Er hat so getan, als wäre er draußen, dabei war er doch die ganze Zeit da. Er hat die Schule geschwänzt, aber da war er nicht der Erste in der Familie. Mitten am Tag hör ich ein Geräusch – da war er im Keller. Hast du uns nicht rufen gehört, sag ich. Er sagt, Jaja, aber Ma, ich will nicht mit ihm gehen, mit Patrick.

Ich sag, Du weißt doch, dass er dir die Scheiße aus dem Leib prügelt. Nein, diesmal nicht. Also hab ich einen Profikampf bei mir in der Küche. Patrick prügelt die Scheiße aus ihm raus.

Auf dem Bau hat er keine Schicht versäumt. Wenn er sich erst mal umgezogen und den Gürtel umhatte, dann war's das für ihn. Da gab's keine Ausnahme. Er fuhr zur Arbeit, dann zu Feeney's, dann hierher nach Hause. Sie hatten ihren Spaß, aber es gab eine

Grenze. Die kannte er immer, hat er gesagt. Er wusste, dass er zur nächsten Schicht klar sein musste, also hat er sich alles andere verkniffen. Diese Grenze muss er jetzt wiederfinden.

Jimmy kam abends zurück und weder das Geld wurde erwähnt noch wurde gefragt, was er gemacht hatte. Im Wohnzimmer setzte er sich auf eines der Sofas und sah fern. Ich besorg dir Kabel, erklärte er seiner Mutter. Im Gefängnis hatten sie Kochshows gesehen, Reality-TV mit Stars und eine Realityshow, in der ein ganzes Haus gebaut wurde. Man konnte sehen, wie viel Geschick und Fertigkeit notwendig waren, um es wie ein Puzzle zusammenzusetzen. Das hatte ihm besonders gefallen.

Ach, und hier. Er stellte einen Karton Slims auf den Küchentisch – einen ganzen Karton! –, der viel mehr gekostet haben musste als die zwanzig Dollar, die sie ihm gegeben hatte.

Willst du mich umbringen?, fragte sie glucksend. Die muss ich vor mir selbst verstecken. Sie drehte sich Stück für Stück auf dem Stuhl und schaute sich suchend nach einer Schublade um, in der sie die Zigaretten unterbringen konnte.

Kapitel 30

Ich war im Gefängnis, flüsterte sie.

Du? Weshalb?

Ich bin illegal hier.

Sie musterte ihn. Weißt du das nicht?

Nein. Hast du mir nie erzählt.

Bin ich. Kein Visum. Kein Ausweis.

Und deshalb bist du verhaftet worden?

Ja.

Wie bist du hierhergekommen?

Ich geschmuggelt über Grenze.

Welche Grenze?

Mexiko. Erst ich bin von Südostasien nach Mexiko gekommen und dann ich habe Laster genommen.

Sie erzählte ihm, dass ihre Reise sie zunächst nach Archer und dann zu anderen Ostküstenstädten geführt hatte. In Connecticut wurde sie verhaftet, als sie aus einem Laden kam, wo sie ein paar Sachen fürs Abendessen und Limo gekauft hatte.

Wie viel hast du bekommen?

Drei Monate.

Scheiße.

Ja. Aber das Problem, sie haben mir nichts gesagt. Ich nicht wusste, dass es drei Monate. Niemand mir gesagt hat, wann ich rauskomme, ich also gar nichts wusste. Manche Leute dort haben gesagt, vielleicht ein Jahr, manche auch länger.

Sie haben dir nichts gesagt?

Nein, ich einfach im Gefängnis und nichts wissen.

Jetzt war er entsetzt. Die haben dich einfach hingehalten! Das ist das Mieseste, was man mit jemandem machen kann …

Sie nickte. Es war sehr schwer für sie gewesen, eingesperrt zu sein. Ich habe gedacht, ich verliere Verstand, so viel Angst habe ich vor Polizei. Das ist genau Grund, warum ich nach Queens gekommen bin, weil hier so viele Ausländer ist, ich denke, Cops sehen uns hier nicht.

Was würde passieren, wenn die Cops dich überprüfen? Würdest du zurückgehen?

Ich weiß nicht. Vielleicht etwas Schlimmes für mich passiert.

Was könnten sie schlimmstenfalls mit dir machen?

Ich komme wieder ins Gefängnis oder werde nach China abgeschoben.

Kannst du was dagegen tun?

Ich weiß nicht. Vielleicht zu einem Anwalt gehen, Asyl beantragen. Ich denke, vor 9/11 war das einfacher als jetzt.

Wissen die, dass du Muslima bist? Wissen die Cops das?

Nein. Ich denk nicht, dass sie das wissen. Nicht viele wissen, was Uigur-Menschen sind. Ich denke, für egal welche Menschen ist es jetzt schwer, in die Staaten zu bleiben.

Also das bedeutet jetzt, du lebst hier und weißt nicht, was mit dir passieren kann?

Ich denke das. Sie seufzte. Sie hob die Hände und klatschte die Handflächen auf die Oberschenkel. Nichts, was ich tun kann.

Skinner sah verstört aus. Auf ihren Vorschlag hin gingen sie hinaus in das herrliche, weiß-goldene Frühlingslicht und spazierten an den Häusern der 40th Street vorbei, die ihnen den Eindruck vermittelten, es sei ein ganz normaler Tag und ihre Befürchtungen wären übertrieben. Aber als das goldene Licht mehr und mehr in den Schatten versank und sie zurück in seinem Keller waren, wurde Skinner immer erregter und sprach schließlich gar nicht mehr. Erst nachdem sie ihn immer wieder gebeten hatte, ihr doch zu sagen, was los sei, rückte er damit heraus: Ich muss aufhören, immer nur Scheiße zu bauen, sagte er. Ich kann nicht zulassen, dass die dich abschieben.

Er erinnerte sich an einen Kontrollpunkt auf der Straße nach Syrien. Flüchtlinge aus Bagdad waren auf dem Weg nach Norden, um dem Bürgerkrieg zu entkommen. Politiker hatten vereinbart, dass amerikanische Soldaten irakische Polizisten bei den Kontrollen unterstützten. In der Praxis hieß das, dass die irakische Polizei, die von diversen Mafias infiltriert war, machen konnte, was sie wollte. Einige GIs beschwerten sich, dass die Polizisten unerhörte Summen von allen forderten, die nicht zum Stamm der Zafir gehörten. Andere sagten, dass schiitische Muslime zurückgewiesen wurden; sie sollten zurück in ihre Dörfer gehen, wurde ihnen höhnisch gesagt, dort würde die sunnitische Todesschwadron schon auf sie warten.

Skinner war dabei, als ein irakischer Polizist ein Mädchen zur Seite zog und verhörte, ihre Tasche durchwühlte und wissen wollte, warum sie alleine unterwegs war. Sie war sehr jung, vielleicht zwölf Jahre alt. Ihre Familie war in Bagdad umgekommen. Ein GI sagte dem Mann, er solle das Mädchen in Ruhe lassen. Der Iraki bestand darauf, dass sie ohne Ehemann nicht reisen dürfe.

Er nahm sie am Arm und führte sie von der Straße fort in ein Wadi, das von der Straße aus nicht einzusehen war. Im Labyrinth der braunen Hügel gab es dort ein paar verlassene Häuser ohne Dach, die manchmal als Latrinen benutzt wurden.

Ich sah, dass sie Angst hatte.

Wir gingen zu unserem Sergeant, der uns befahl, nichts zu unternehmen. Wir haben das Mädchen nie wiedergesehen. Als ich den Iraki zwei Tage später wiedertraf, fragte ich ihn, wo sie sei. Er fragte zurück, warum ich mir über Hunde den Kopf zerbrechen würde. Sie war ein böses Mädchen, eine Baathistin, eine Feindin Amerikas, also habe ich einen Ehemann für sie gesucht und gefunden.

Die Lösung für Zou Lei und Skinner lag auf der Hand, sagte sie: Sie mussten zusammenarbeiten. Sie mussten ihre Kräfte bündeln und sich bei ihren Problemen gegenseitig helfen.

Sie brachte ihn dazu, konstruktiv über die Dinge zu reden, die sie tun wollten. Zuallererst sollten sie aufhören, immer wieder über die traurigen Ereignisse der Vergangenheit zu sprechen. Es war das erste von vielen ähnlichen Gesprächen, die folgten und in denen sie ihre Zukunft planten. Das Gute war, sagte sie, dass sie ihn getroffen hatte und dass sie jetzt eine Zwei-Mann-Armee gründen konnten, eine Einheit, die gegen die Probleme kämpfte, die sein psychischer Zustand und ihr Status als illegale Einwanderin mit sich brachten.

Kapitel 31

Jim. Wenn du mitwillst, dann komm jetzt.

Es war fünf Uhr am Morgen und im ganzen Haus war es dunkel, außer unten in der Küche, wo Licht brannte. Patrick, mit kleinen Augen und feuchtem, flach zurückgekämmtem Haar, trug ein kariertes Hemd, eine rautenförmig gesteppte Daunenweste und Dickies oder etwas wie Dickies – Hausmeisterhosen –, aber ohne Markenetikett. Seine ganze Kleidung war fadenscheinig und sah gebeutelt aus, die Daunenrauten schlaff, als hätte sie der Träger der Weste plattgemacht. Der Mann war eindrucksvoller als seine Garderobe. Trotz der frühen Stunde sprach er in normaler Lautstärke. Die Wirkung war beeindruckend. Jimmy warf in seinem Zimmer die Lampe um, während er etwas zum Anziehen suchte, fluchte, stellte die Lampe auf und sie fiel wieder um.

Mrs. Murphy erschien am Fuß der Treppe, den Kopf voller Lockenwickler.

Er kommt. Er ist gleich unten. Wollt ihr Männer Kaffee?

Patrick sagte irgendwas Irisches.

Er braucht nur noch einen Augenblick. Jimmy kam herunter, ohne Eile, er stand nicht mehr länger im Schatten seines Stiefvaters. In der Küche warteten vier Plastikeimer und eine Eins-fünfzig-Wasserwaage darauf, hinaus zum Lieferwagen getragen zu werden. Das Haus ächzte, während die beiden großen Männer alles nach draußen trugen. Mrs. Murphy ging wieder ins Bett.

Im Keller hörte Skinner, wie der Lieferwagen hustend zum Leben erwachte und davonfuhr.

Mr. Murphy und Jimmy sprachen nicht darüber, wie es war, nach einer langen Zeit im Gefängnis wieder frei zu sein. Sie fuhren die 40th Street lang, wo die Straßenbeleuchtung immer noch eingeschaltet war. Patrick merkte an, dass er diese Dschungelmusik nicht hören wollte. Das hast du dir da drin doch nicht angewöhnt, oder? Nein, sagte Jimmy zurückhaltend. Dann mach das Radio an. Im Radio lief eine Call-in-Sendung, in der der Moderator die amerikanische Folterpraxis verteidigte.

Liebe Hörerinnen und Hörer, das ist keine Folter. Stress-Positionen sind keine Folter. Sie sind nicht annähernd so schlimm wie das, was diese Leute seit Tausenden von Jahren praktizieren: dieses Enthaupten, Steinigen, Lebendigverbrennen, Auspeitschen, Häuten und so weiter. Diese Grausamkeiten haben sie Leuten ihrer eigenen Religion angetan. Vielleicht würden diese Liberalen anders empfinden, wenn sie jemanden am 11. September verloren hätten: einen geliebten Vater, Ehemann, Ehefrau, Sohn oder Tochter. Wir schalten jetzt die Leitungen frei. Hallo Ed, du bist auf Sendung.

Hallo, ich wollte nur sagen, dass ich deine Sendung toll finde.

Danke, Alter!

Mein Bruder war bei der Operation Enduring Freedom dabei und hat diese ganzen Lügen aus nächster Nähe mitbekommen, wie die Medien das aufgreifen, was sie machen, aber wenn sie eine Schule bauen, dann wird das nicht gezeigt. Die wollen immer nur die schlimmen Sachen zeigen. Und diese Leute wollen das einfach glauben, aus welchem Grund auch immer, diesen Baby-Killer-Hype. Du gibt's irakischen Kindern frisches Wasser, und schon bist du einer, der kleine Kinder tötet.

Anrufer und Moderator lachten verbittert.

Ich weiß, Ed. Wir leben in einer Zeit, in der es offenbar aus der Mode gekommen ist, sein Land zu lieben. Und ich möchte dir und deinem Bruder meinen Dank aussprechen. Gott segne ihn für seinen Einsatz. Wir sind unseren tapferen Männern und Frauen in Uniform so dankbar. Und die Ironie ist, Ed, dass mutige Frauen und Männer wie dein Bruder in diese gottverlassenen Länder gehen, sie gehen freiwillig dahin, während die Menschen hier sich, sich ... sie beschweren sich über sie. Dabei haben sie kein Recht dazu. Sie sind doch nicht diejenigen welche. Das Militär zieht los und erledigt den Job, und die Stubenhocker von Liberalen beklagen sich. Für mich ist das eine verkehrte Welt.

Das ist sie.

Danke dir, Ed. Und jetzt John in Maspeth.

Sie fuhren zu einem Bauartikelgeschäft am College Point Boulevard, gleich neben einem Dunkin Donuts.

Du hast genug Zeit, dir was zu holen, sagte Patrick, während er ausstieg. Sein zweiunddreißigjähriger Stiefsohn lehnte ab und blieb auf dem Beifahrersitz. Jimmy musste einiges ertragen. Es war klar, dass er nicht glücklich war. Aber er beschwerte sich nicht. Man musste schon betteln, damit er damit herausrückte, wie man ihn beleidigt hatte. Man musste ihn aus der Reserve locken. Patrick tat nichts dergleichen. Patrick ging in den Dunkin-Donuts-Laden und stellte sich in die Schlange, er war größer und breiter als alle anderen Wartenden, größer als die jungen, muskulösen puerto-ricanischen Mechaniker mit tätowierten Unterarmen und Ohrsteckern. Wenn man durchs Fenster schaute, war er die alle überragende Figur. Aber für Jimmy war er gestorben. Jimmy untersuchte spöttisch grinsend den Inhalt des Handschuhfachs. Parkscheine, Quittungen, die Zulassung mit Patricks komplettem irischen Namen, drei Wörter. Sie war abgelaufen. Oder? Er grinste. Kontrollierte das Datum. Wie war noch mal das Datum? Er drehte den Zündschlüssel ein Stück und das Radio sprang an. Wie ein Techniker, ein Handwerker, ein Musiker konzentrierte sich Jimmy ganz auf den Drehknopf, drehte und justierte. Es gab andere Sender als früher. Und wenn es schon kein Deep Purple gab, dann doch wenigstens Elvis. Als Patrick zurückkam, war Frankie Valli zu hören, und Jimmy versuchte, den Sender noch klarer reinzukriegen. Er war jetzt abgelenkt. Er schaute nicht auf. Patrick stellte zwei Kaffeebecher auf das Armaturenbrett, *small*. Es gab ein Angebot für zwei Donuts in einem zerknitterten Frühstücksbeutel. Jimmy nahm, was ihm gegeben wurde. Er ertrug dies alles geduldig, die Schäbigkeit des Lieferwagens, den Widerwillen seines Stiefvaters, ihm auch nur zwei Dollar in die Hand zu drücken aus Angst, dass er etwas anderes damit machen würde, als sich einen Kaffee zu kaufen. Aber es wurde Zeit, sich zu behaupten.

Wohin fahren wir heute?, fragte er nach.

Im Fenster des Favor-Taste-Restaurant saßen riesige Krebse mit gebogenen und ineinander verhakten Beinen und Fühlern in Wassertanks. Auf einem Recyclinghof mit dem Firmenschild Andy Metal warf ein Mann mit Staubschutzmaske ein Stück Aluminium in die Luft, das auf einem Haufen mit anderem Schrott landete und dort liegen blieb.

Permabase-Zementplatten, SuperTek-Schnellmörtel, Vision-Pro-Vinylplatten zur Hausverkleidung, Lehigh-Portlandzement, Eisenwinkel, Plastikrohre. Alles unbewacht, wie Jimmy auffiel.

Dunkelhäutige Kids von eins sechzig mit Ohrringen gingen vorbei. Einer trug gelbe High-Tops mit dem Nike-Swoosh.

Golden-Fields-Gemüse. Große North-Shore-Wäschesäcke mit schwarzem Fett auf der Unterseite stapelten sich am Nebeneingang eines Restaurants, wo die Küchenjungen auf dem Beton saßen.

Frauen in High Heels liefen über den Boulevard, gingen, als wären sie krank, als hätte man sie gerade als Geishas in die Sklaverei verkauft.

Jimmy beobachtete alles.

Der Ansturm der Chinesen. Ihr schlurfender, achtloser, gehirnamputierter Gang, als wären sie behindert oder in der Kindheit gezwungen worden, Pestizide zu essen. Frauen mit schräg stehenden Augen und einem Böse-Stiefmutter-Gesicht. Ein verhärmtes, irres oder bekümmertes Gesicht, zusammengekniffene Brauen, ständige Sorgen, unfähig nachzudenken, als wäre etwas über den Augen in ihren Kopf gepflanzt worden, das sie davon abhielt. Sie waren schwanger. Sie schoben Kinderwagen, hielten ein Kind an der

Hand, zogen eine Kette von Kindern auf dem Gehweg hinter sich her, die sich gegenseitig an der Hand hielten.

Ein Schild über einem schmuddeligen Eingang: Slimming Hot Wrap, Diamant-Peeling, Akne-Gesichtsbehandlung, Sensitive Facial, Massage.

Er trug ein Waschbecken in irgendein Haus und hielt es, während Patrick die Anschlüsse montierte. Sie schlossen den Spalt zwischen Becken und Wand mit Silikon. Patrick drehte den Hahn auf, und das Wasser schoss ins Becken und verschwand durch den Ausfluss.

Auf dem Rückweg sagte Jimmy, ihm sei schon klar, dass sie irgendwie das Geld aufgetrieben hätten, um den Keller zu renovieren, während in seinem Zimmer Löcher in den Wänden waren. Er verstand das – zwinker, zwinker. Er hätte das nicht anders gemacht. So kamen immerhin ein paar Dollar ins Haus.

Jimmy passte auf, was er zu wem sagte. Als Patrick nicht da war und Erin mit ein paar paar Freunden im Haus abhing, kam das Thema Krieg auf, und Jimmy sagte, das Ganze sei Beschiss.

Wie das denn?

Wie alles, wo Geld im Spiel ist.

Glaubst du, dass die davon profitieren?

Jimmy kniff die Augen zusammen, trank einen Schluck Bier, zog ein Gesicht, das sagen sollte, na klar, ist doch so offensichtlich, wie kann man nur so dumm sein und was anderes annehmen. Nicht der Profitgedanke widerte ihn an, sondern die Naivität der Frage.

Einer von ihnen sagte, er sei in Vietnam gewesen und er wüsste, wie es aussieht, wenn ein Flugzeug in ein Gebäude fliegt. Das Flugzeug würde dann praktisch verdampfen, und das sei bei 9/11 nicht der Fall gewesen. Man hatte sogar Teile des Rumpfes gefunden. Was bedeutete, dass alles ganz anders gewesen sein musste als das, was man uns erzählt hat! Glaubst du, dass 9/11 von Insidern verübt wurde?

Offensichtlich.

Das ist ja so eine Schweinerei, sagten sie ehrfürchtig und erfreut zugleich.

Es blieb nicht aus, dass Skinner und Jimmy sich trafen.

Skinner hatte mitbekommen, dass jemand Neues im Haus war. Er hatte über der Zimmerdecke eine unbekannte männliche Stimme gehört, eine ohne irischen Zungenschlag. Er kannte von diesem Mann nur die Stimme und seine schweren Schritte, sonst nichts.

Er ging zu einer Bodega an der Ecke nahe den Zuggleisen. Die Bodega verkaufte Wasserpfeifen, die im Fenster wie Gewehre in einer Waffenkammer aufgereiht waren. Skinner kaufte eine Schachtel Camel. Eine Spur von Blau kräuselte sich auf der Schachtel, um das Mentholaroma anzudeuten. Er rauchte eine Zigarette und steckte die Schachtel ein, starrte auf den Northern Boulevard. Um eine defekte Parkuhr war ein Sweatshirt gewickelt. Als er fertig war, ging er in Richtung Kellerwohnung, vorbei an den Hollandhäusern, unter kahlen Bäumen und einem regensatten Himmel.

Vor der irischen Bar sah er einen Mann in schwarzer urbaner Kampfmontur stehen – Loose-Fit-Jeans, Timberlands, Weste und S.W.A.T.-Baseballkappe –, der eine Schlagkette um die Knöchel trug und einen Pitbull mit Tigerstreifen an der Leine hielt.

Ein großer Kerl kam mit ausgreifenden Schritten um die Ecke und strahlte die Energie eines Mannes aus, der eigenhändig einen ganzen Wald abholzen will. Er federte auf und nieder, als würde er auf Sprungfedern laufen, wobei sein langes Haar vor und zurück wehte und das Gesicht kleine Linien um Mund und Augen zeigte. Er war um die eins neunzig groß und wog deutlich mehr als hundert Kilo. Der Bart ließ ihn wie einen Biker aus den Siebzigern aussehen. Skinner fiel ein ungewöhnliches Detail auf: Der Mann hatte eine rote Bandana um den Oberschenkel gebunden. Er wollte in die Bar und gab dem Pitbull-Besitzer seine Zigarette, der sie wortlos nahm, vielleicht, um sie zu halten, bis der andere zurückkam.

Am selben Abend ging Skinner hinaus, um nach Zou Lei Ausschau zu halten, die die Sanford Avenue hochkommen sollte. Dabei fiel ihm ein Typ ins Auge, der ein gutes Stück weiter unten die Straße entlangging, immer wieder durch Bäume verdeckt – in der Dämmerung ein paar Hundert Meter entfernt, fast außerhalb der Reichweite eines M16 –, aber der Gang war unverwechselbar. Es war der Mann, der in die Bar wollte, und Skinner war ihm an diesem Tag schon einmal begegnet.

Als Skinner am Abend eines Wochentags Anfang April nach Hause kam, sah er ihn zum dritten Mal. Die Bäume fingen an zu blühen, ein Zug der Long Island Railroad war gerade vorbeigedonnert und hatte Skinner zusammenschrecken lassen. Als er den Kopf hob, tauchte der Mann vor der Fassade eines weißen Hauses auf. Er stand ein paar Schritte vor Skinner, der ihn wiedererkannte und beobachtete, ohne direkt hinzusehen. Beide überquerten die 158th Street und steuerten auf die Zufahrt des Murphy-Hauses zu. Es war offensichtlich, dass beide ins Haus wollten. Keiner verlor ein Wort. Der Mann ging zuerst, und Skinner folgte ihm.

Als beide im Haus waren, hörte Skinner ihn mit Erin reden, hörte seine Schritte, als er die Treppe hinauf in den ersten Stock ging – genau die schweren Schritte über seinem Kopf, an die er sich gewöhnt hatte, und ihm wurde klar, wer das war: der Sohn von Mrs. Murphy, der jetzt hier wohnte.

Aber vorher, in jenem Moment plötzlicher Nähe, während sie durch die Tür gingen, konnte Skinner ihn zum ersten Mal aus kurzer Distanz betrachten. Es war kein direkter Blick, mehr der Eindruck eines Fremden im Dunkel des Eingangs, der vom Treppenabsatz aus über ihm aufragte.

Der Typ hatte die Tür für ihn offen gelassen, sie aber nicht aufgehalten.

Sehr aufmerksam, sagte Skinner, und der Mann schaute ihn von der Treppe aus an, als wäre selbst die kleinste Freundlichkeit dort, wo er herkam, etwas völlig Unbekanntes.

Kapitel 32

Zou Lei sagte zu Sassoon, dass sie die Sonntagsschicht übernehmen würde, wenn man ihr Extrastunden bezahlte. Sie wollte genau wissen, ob die Zusatzstunden auch aufgeschrieben wurden. Unwirsch zerstreute Sassoon ihre Bedenken, aber am Sonntag tauchte Zhang Zhuojin trotzdem auf. Zou Lei fragte sich, wer von ihnen beiden denn bezahlt werden würde. Sie drängte Zhuojin, nach Hause zu gehen, aber die lehnte ab und behauptete, dass Zou Lei sie reinlegen wollte.

Zou Lei schrieb beide Namen in das Feld des Arbeitsplans und Wir sind beide hier und sie malte noch Pfeile daneben.

Sie fragte Zhuojin, ob sie was dagegen hätte, wenn sie den Warmhaltetisch übernahm.

Ich kontrolliere dich nicht, sagte Zhuojin. Es war nicht viel los an diesem Nachmittag und die Chefs waren nicht da, trotzdem herrschte ein unerklärlicher Stress. Während Zou Lei an der Ausgabe stand, hörte sie, dass Zhuojin hinten mit den Metalltöpfen lautstark zu taiwanesischer Popmusik klapperte, die schwerfällig aus den Lautsprechern in der Decke drang. Sie behauptete, sie müsse fünfunddreißig Liter Suppe kochen – aber soweit Zou Lei wusste, hatten sie noch nie Suppe verkauft. Zwischen zwei und vier Uhr nachmittags hatten sie nur einen Kunden, der nach Yuk Ham fragte. Zhuojin verstand, was er wollte, und bestand darauf, es für ihn zuzubereiten. Kurz vor Feierabend kam sie eilig mit einem dampfenden Metalltopf von hinten, der so schwer war, dass ihre Adern und Sehnen am Hals hervorstanden. Dann kippt sie den Inhalt in einen Essiggurkeneimer. Sofort beschlug die Stahltür des Kühlschranks von dem aufsteigenden Dampf. Zou Lei schimpfte, dass sie den Topf nicht hätte alleine tragen sollen, sie hätte sich verbrühen können. Beim Blick in den Eimer sah sie, dass die Flüssigkeit immer noch brodelte und irgendetwas Schwarzes, das sie als Fischhaut erkannte, vom Boden hochstrudelte.

Als Skinner hereinkam, reagierte der rothaarige Barkeeper zunächst reserviert. Nachdem Skinner den ersten Parrot Bay gekippt hatte, wurde er lockerer, als sei er derjenige, der trank. Beim zweiten wurde er geradezu munter, setzte sich zu Skinner und fing an, ihm von seinen Problemen mit Frauen zu erzählen.

Ich hab den Fehler gemacht, ihr meinen richtigen Namen zu verraten. Schau mal ins Telefonbuch. Es gibt jede Mange Chins und Kims in Flushing, aber nicht mehr allzu viele McIntyres. Weißt du, wie viele? Einen. Genau, mich. Das war's dann also und sie ruft mich an. Bin ich da richtig bei John McIntyre, dem miesen und so weiter und sofort?

Er tat so, als würde er den Hörer weit weg vom Ohr halten, rollte die Augen.

Nie den richtigen Namen rausrücken. Erste Regel bei Frauen.

Meine Freundin ist auch Chinesin, sagte Skinner.

Na, dann erzählst du ihr besser, dass dein Familienname Kim ist, oder Gott sei dir gnädig.

Sie wollen sie abschieben.

Na, dann brauchst du dir ja keine Gedanken machen, wenn du Ärger mit ihr hast.

Es gibt keinen Ärger, ich will, dass sie bleibt. Die Regierung will sie loswerden.

Haben sie schon was in die Wege geleitet?

Ich habe keine Ahnung, was die alles machen.

Es gibt da ein Programm, ›Inhaftierung und Abschiebung‹. Ich bin selbst Einwanderer, ich kenne das ganz genau. Erst verhaften sie dich und dann starten sie das Abschiebeverfahren. Erst wird sie von der Einwanderungsbehörde festgenommen, wobei, inzwischen ist das ja Homeland Security, die hinter ihr her sind.

Wenn die so einen Scheiß machen, brummte Skinner, dann verbrenn ich die verdammte Fahne von diesem verdammten Land und wisch mir mit den Resten den Arsch ab.

Du magst sie also und willst, dass sie bleibt? Magst du sie genug, um sie zu heiraten?

Skinner schaute in sein Glas und sagte, Allerdings.

Na, warum heiratest du sie dann nicht? Du bist doch amerikanischer Staatsbürger, oder? Man weiß ja nie, es gibt Leute in der Army, die nicht mal Staatsbürger sind, aber du bist einer, oder? Wenn ein Staatsbürger jemanden aus einem anderen Land heiratet, dann kann er ihn hierher bringen und derjenige kann bleiben. Hast du nichts von den Katalogbräuten aus Russland gehört? Frag sie doch einfach, wenn du das willst. Ich meine, ich will damit nicht sagen, dass du heiraten willst. Ich selbst könnte nie heiraten. Ich springe lieber von einer zur anderen. Irgendwann habe ich sie satt und dann bin ich weg. Aber wenn du sie behalten willst und es abkannst, dann heirate sie. Obwohl, ich kann mir vorstellen, dass Homeland dir ganz schön die Hölle heißmachen wird. Aber es wird sie immerhin davon abhalten, sie abzuschieben.

Die Hintertür zur Nebenstraße stand offen und der alte Navy-Soldat, der schon längst hätte tot sein sollen, war kurz zu sehen, als er den Abfall raustrug. Er murmelte irgendetwas Unverständliches vor sich hin, während die Abfalleimer über den Beton scharrten. John McIntyre verstand irgendwie, was er sagte, und antwortete ihm.

Skinner war da bereits aufgebrochen, ging Richtung Flushing Mall, das Telefon am Ohr. Er rief Zou Lei an.

Als sie Feierabend hatte und hinaus in die violette Dämmerung kam, wartete er schon auf sie. Sie aßen Pizza, während die Straßenbeleuchtung aufflackerte, gingen an der Tankstelle vorbei und am Fluss entlang.

Sie war so berührt, dass sie eine ganze Meile lang nichts sagte.

Was denkst du?

Du hast großes Herz, Skinner.

Er freute sich, dass sie glücklich war.

Einfach so sagen, dass du mich heiraten willst, das ist unglaublich.

Sie gingen nach Norden in Richtung College Point, der Fluss wurde breiter und die Gebäude kleiner und spärlicher. Vor ihnen führte der Expressway in einer weit geschwungenen Brücke über den Fluss und das Ödland.

Heute weiß ich, was ein echter Amerikaner ist, sagte sie.

Sie atmete tief ein, nahm alles in sich auf, den ganzen Ort und die fernen Lichter jenseits des schwarzen Wassers. Sie konnte ihr Glück nicht fassen, nicht fassen, wie das Leben sie überraschte. In der Dunkelheit betrachtete sie ihn mit einer ganz neuen Art der Anerkennung.

Ich werde aufhören zu rauchen, kündigte er an.

An der Vorderseite des Hauses waren die Fenster von weißen Läden und Spitzengardinen verhüllt. Hinter dem Haus verrottete Holz und Gerümpel neben einem verrosteten Eimer mit Dichtungszement. Das Haus hatte mehrere Stockwerke, wahrscheinlich drei. Es gab zu viele Fenster, um sie alle gleichzeitig im Blick zu haben. Die in den oberen Stockwerken waren offene graue Rechtecke, die das Grau des Himmels und des Asphalts reflektierten. Die Dächer rollten sich auf wie Zungen, Ziegel fehlten, der Teer lag blank. Es regnete auf den gelben Dämmstoff und die silberne Verkleidung, die unter einem Dachfenster hervorquollen.

Als sie um die Hausecke bog, waren ein paar Fenster über ihrem Kopf, aber in einem so steilen Winkel, dass sie nichts erkennen konnte. Nachts waren manchmal ein oder zwei von ihnen erleuchtet. Wenn sie vor der Tür stand, dann war unmittelbar zu ihrer Rechten ein Fenster, das zur Küche gehörte. Gedämpfte Stimmen waren zu hören, die verstummten, wenn sie an die Tür klopfte, und erst wieder auflebten, wenn Skinners Schritte zu hören waren, der aus dem Keller kam, um ihr zu öffnen. Doch häufiger rief sie ihn per Handy an und sagte, dass sie vor der Tür stand. Die Klingel hatte sie noch nie benutzt. Sie musste davon ausgehen, dass sie hörten, wie er zur Tür ging und den Besucher in den Keller führte.

Den ganzen Winter über hatte sie es vermieden, gesehen zu werden. Nicht einem Bewohner des Hauses hatte sie gegenübergestanden. Die Besuche bei ihm waren Routine geworden; sie sah es als selbstverständlich an, dass sie kam und ging. Mit der Zeit bekam das Haus nur eine einzige Bedeutung für sie: ihn. Das Haus anzusehen hieß für sie, ihn anzusehen, und ihr Blick war davon geprägt, wie es gerade lief: wenn sie miteinander klarkamen, war sie glücklich, und wenn sie sich stritten, war sie deprimiert. Sie vermied zwar den Kontakt mit den Amerikanern, hatte aber nie Angst gehabt, ihr Haus zu betreten.

Als sie im Frühjahr eines Nachmittags vor der Tür stand und geklopft hatte, hörte sie, wie jemand ans Küchenfenster trat, sie ansah und etwas zu jemandem in der Küche sagte, den sie nicht sah.

Wer ist da draußen?

Ich schau mal. Irgendein Schlitzauge. Hast du Chinesisch bestellt? Wir nicht. Muss der Untermieter sein.

Kapitel 33

Heiraten sei eine wunderbare Idee, sagte sie, aber es sei weder leicht noch einfach. Es würde etwas kosten, angefangen beim Anwalt bis hin zum Ring. Und vielleicht reichte es ja nicht, ihn zu heiraten, um legal im Land bleiben zu können. Vielleicht gab es eine Menge rechtlicher und praktischer Hindernisse. Deshalb drängte sie ihn, gut zu überlegen, ob er das wollte. Darüber hinaus, sagte sie, sei er ein junger Mann und würde das später vielleicht bereuen. Jedenfalls wollte sie ihn nicht ausnutzen …

Ich sehe nicht, warum es nicht klappen sollte, sagte er.

Sie hatte einfach Angst, dass es ihn noch mehr belasten würde, und er hatte schon genug zu kämpfen. Was, wenn ich dir meine Probleme auch noch auflade? Vielleicht sollten wir noch warten.

Warten hat überhaupt keinen Sinn, sagte er. Wenn es etwas gibt, was man tun will, dann sollte man es lieber heute tun, denn man weiß nie, was morgen ist.

Eines Sonntagvormittags gingen Skinner und sie auf der Main Street Richtung Franklin Avenue. Sie kamen an Obst- und Gemüseständen vorbei. Als sie schon fast auf dem Hügel waren, gab es keine Stände mehr und Zou Leis Blick fiel auf ein paar Fässer. Die Fässer standen vor einem Laden, dessen Schild nicht zu sehen war. Sie wollte schauen, was in den Fässern war, und bat Skinner zu warten, ging näher und sah, dass in den Fässern getrocknete, pflaumenähnliche Dinge lagen. Auf einem Stück Karton stand auf Chinesisch: sechs Dattelsorten. Auf improvisierten Regalbrettern, die über Betonziegel gelegt waren, fanden sich Lilien, Lotussamen, gekochte Erdnüsse, gestapelte Packungen von Darlie-Double-Action-Two-Mint-Powers-Zahncreme und Fan-Medizinseife.

Er war ihr gefolgt und sagte, Was ist das alles? Sie beschattete die Augen mit der Hand und warf einen Blick durch das Schaufenster.

Ich denke, das ist chinesische Medizin.

Chinesische Medizin?

Ja, genau das.

Sie drehte sich zu ihm um. Skinner, ich denke, wir können hineingehen. Wir können schauen nach etwas, was dir hilft. Es kann viele Dinge heilen, bei denen westliche Medizin nicht weiterweiß.

Sie griff nach seinem Ellbogen.

Aha, sagte er. Okay.

Kannst du hineinkommen?

Geht schon.

Du hast nichts dagegen?

Nein.

Sie gingen hinein, wo es nach Ingwer roch. Im Laden gab es eine Verkaufsfläche, auf der verschiedene getrocknete Dinge ausgebreitet lagen: Tiere, die aussahen wie Pflanzen, Pflanzen, die wie Tiere wirkten, Stücke von Hörnern, Knorpel, baumähnliche Gerippe, Holz oder Wurzeln. An den Wänden stapelten sich Medikamente, ganz wie in Duane-Reade-Apotheken, nur andere Medikamente. Hier wurde Goupii Medicated Plaster verkauft. Hinter dem Tresen standen Reihen von Apothekergläsern, die Ohrschnecken enthielten. Im hinteren Teil des Ladens war eine riesige Wand mit beschrifteten Schubladen, wie der Zettelkatalog einer Bücherei oder Tresorfächer in einer Bank.

Drei Männer in Jacketts standen hinter dem Tresen und verhandelten mit einer Gruppe chinesisch sprechender Kunden. Die Männer hatten Handys und trugen Schlüsselbunde am Gürtel. Einer von ihnen – ein Kahlköpfiger mit Brille – sagte, Zehn Prozent billiger –

zehn – und machte mit den Zeigefingern ein X, das chinesische Zeichen für zehn.

Ein anderer Mann, der die Verhandlungen beobachtete, drehte sich jetzt um und schaute Skinner und Zou Lei an. Er musterte Skinner und fragte dann Zou Lei, Was wollt ihr?

Mein Freund hier braucht Medizin. Er hat Schock erlitten. Schock war stark.

Aber der Mann hob sofort einen Finger, um sie zu unterbrechen. Er hatte keine Ahnung, was sie meinte, und sagte, sie müsse mit Mr. Jia sprechen. Er deutete mit dem Kinn auf Mr. Jia, verschränkte dann die Arme hinter dem Rücken, wandte sich ab und ging zu einem anderen Teil des Tresens.

Sie drehte eine Runde durch den Laden, kam dabei an den Potenzmitteln in einem Schrank im hinteren Ladenteil vorbei: Hard Ten Days, Hard Black Ant, Street Overlord, German Bullwhip. Für sie war das nichts Besonderes, und Skinner ging einfach daran vorbei.

Skinner nahm eine Handvoll in Goldpapier gewickelte Bonbons aus einem Kasten, der in der Mitte des Ladens stand. Glaubst du, die schmecken?

Vielleicht, sagte sie.

Er schnupperte an den Bonbons. Riech mal, sagte er. Wonach riecht das?

Sie suchte nach dem Wort. Auf einem Pappstreifen, der aus einem der Kartons herausgeschnitten war, stand Gold-Tree-Ingwerbonbon. Die Zeichen waren mit einem spitzen Wäschemarker geschickt gemalt worden.

Das ist der Ingwer.

Sollten wir die nehmen?

Ich denke, wir müssen etwas finden, was dir hilft, nicht einfach nur schmeckt gut.

Richtig. Er ließ die Bonbons wieder in den Kasten fallen. Ich hab einfach keine Ahnung, was das alles hier ist.

Ich weiß auch nicht, aber wir können schauen.

Sie fingen an, sich die Packungen in den Regalen anzusehen, eine nach der anderen, betrachteten sie von allen Seiten, stellten sie zurück: Dacon-Schmerzpflaster, Fußpflaster, Bio-Sorghum-Hirse, Herzspannkraut-Tee, Vita-Nierenkapseln, Vita-Hero (Potenzmittel), Weißdornbeeren, Banlangen-Isatiswurzel-Kapseln, Abri-Hühnerknochengrastee, Tibet-Guaventee, Hiobs-Tränen.

An der Wand hing ein Poster, wie ein heimtückischer Kommentar zu all den Apothekerflaschen. Es zeigte eine sehr hellhäutige Frau, die mit Daumen und Zeigefinger ihrer langfingrigen Porzellanhand ein O für Okay formte. Mit dem einen Auge schaute sie durch das O hindurch. Die chinesischen Schriftzeichen bedeuteten: Wenn deine Regel okay ist, ist alles okay. Mit dem anderen Auge zwinkerte sie.

Die übrigen Kunden verließen den Laden und Zou Lei ging zum Tresen zurück, um mit Mr. Jia zu reden, der jetzt Zeit für sie hatte.

Was will sie?, fragte Mr. Jia seinen Mitarbeiter über die Brillengläser hinweg.

Das will sie Ihnen selbst sagen.

Ich werde es Ihnen sagen.

Gut. Sagen Sie mir es!, sagte Mr. Jia Zou Lei über seine Brillengläser hinweg. Er ließ das Kinn ein wenig hängen und starrte sie mit einem drolligen Ausdruck an, als wäre dies eine komische Situation und er könnte ein Lachen kaum unterdrücken.

Ich habe meinen Freund mitgebracht, er braucht Medizin, sagte sie und fing an zu erklären, was mit Skinner los war. Ich weiß nicht, wie man das nennt. Er war als Soldat im Irak. Es gab zu viele Schockwellen dort. Ständig explodierten überall Bomben an seinem Ohr, ununterbrochene Kette. Er hat Schock erlitten. Er selbst ist sehr mutig, aber hat Angstzustand. Er trinkt mehr als Menge.

War er verwundet?

Ja, er war verwundet. Sein Rücken war verwundet. Aber er hatte auch eine Erschütterung im Kopf.

Mr. Jia winkte Skinner zu sich. Ich muss Ihren Arm sehen. Sie können den Ärmel hochschieben. Aber Skinner fand es einfacher, den Kapuzenpulli ganz auszuziehen. Mr. Jia schaute die anderen Männer an und sagte, Dieser Amerikaner hat so große Muskeln, dass er den Ärmel nicht hochschieben kann. Und alle lächelten. Auf Englisch sagte er zu Skinner, Sie sind ein starker Mann. Gut!

Er nahm Skinners Arm und fühlte fünfzehn Sekunden den Puls. Dann sollte Skinner den Mund öffnen und die Zunge herausstrecken. Er bewegte die Hand auf das Gesicht zu, als wollte er die Zunge anfassen, und Skinner zuckte zurück.

Schaut euch das an! Ein Soldat, der so leicht zu erschrecken ist!, sagte er zu den anderen Männern.

Und in Englisch: Keine Angst. Nicht anfassen. Nur schauen.

Mr. Jia blinzelte durch die Brillengläser auf Skinners Zunge.

Ich sehe schon. Wie ich schon sage. Sie haben Krankheit. Der innere Körper arbeitet nicht richtig. Er rief seine Mitarbeiter und ließ auch Zou Lei hinschauen. Sie sehen? Er streckte die Hand wieder aus und Skinner kniff die Augen zusammen. Sie sehen die Reaktion? Das ist die Störung. Ein normaler Soldat hat keine Angst vor einer Hand. Er würde mir in Arm fallen. Stattdessen zwinkert er. Der Puls steigt klopfend, ein Zeichen von Schock.

O ja. Wir sehen es, sagten die Mitarbeiter. Es ist völlig klar. Seine Reaktion ist gestört.

Sehen Sie es auch?, wollte Mr. Jia von Zou Lei wissen.

Sie werden getroffen!, bellte er Skinner an. Fast das gleiche wie Schlag, *piiyaa!* Er schlug die Hände zusammen. Skinner zwinkerte. Beeinflusst Körper, beeinflusst Geist. Kein Gleichgewicht. Stimmt's? Jetzt ein Tag glücklich, ein Tag traurig.

Der Apotheker tat so, als sei er ein kleines Kind, schluchzte und rieb sich die Augen mit den Fäusten.

Stimmt?

Skinner starrte ihn bloß an, aber Zou Lei sagte, Ja, ja, das ist es, und Mr. Jia brach in Lachen aus.

Er schickte seinen Mitarbeiter los, Fünf-Getreide-Mischung zu holen, eine orangefarbene Kiste von der Größe einer Wodkaflasche.

Er zeigte ihnen das goldene Siegel und verlangte von Zou Lei, es zu lesen: Chinesisches Erzeugnis.

Bringt zurück Gleichgewicht, sagte er. Hier. Lesen Sie. Er zeigte auf die Zutaten: reine Weißwurzen, Kronenwucherblume, chinesische Engelwurz, Bärtiges Helmkraut. Rein, unterstrich er – das war das einzige Wort, das er zu sagen versuchte.

Der Umstand, erklärte er ihnen, dass alle Bestandteile rein seien, rechtfertige den Preis von 59,99 Dollar.

Sie zögerte und fragte ihn, ob er verstanden hatte, was mit Skinner nicht in Ordnung war. Sie wollte die Symptome noch einmal beschreiben, um sicher zu sein, dass kein Irrtum vorlag.

Die Symptome haben ihren Grund, oder? Dann müssen wir den Grund behandeln und nicht die Symptome. Deshalb ist die chinesische Medizin der westlichen Medizin überlegen. Ein Pflaster auf eine Krankheit zu tun heilt sie nicht. Die Krankheit ist immer noch da. Wir müssen das Innere behandeln. Sein Ungleichgewicht hat den Grund in seinem Inneren. Diese Medizin wirkt auf das Innere. Sie haben von Zellen gehört, oder? Die Zellen sind im Körper, oder? Diese Medizin geht mächtig in die Zellen. Sie heilt die Zellen. Was, glauben Sie, passiert? Natürlich heilt sie den Körper. Repariert die Zellen, repariert den ganzen Körper.

Was ist mit seinem Trinken?

Das hier. Er zeigte auf das Helmkraut. Giftet aus, sagte er.

Er hat psychologischen Schmerz.

Ist er schizophren?

Nein. Er hat Traurigkeit.

Wenn sein Körper besser geht, wird sein Geist besser gehen. Für seinen ruhmreichen Militärdienst gebe ich zehn Prozent Rabatt.

Sie wollte ihm noch eine weitere Frage stellen, aber die Tür ging auf, andere Kunden kamen herein und Mr. Jia lief auf sie zu, um sie zu begrüßen. Es waren Chinesen, die ihm sofort erklärten, was sie wollten.

Was hat er gesagt?

Er sagt, er gibt Rabatt.

Nachdenklich betrachteten beide das orangefarbene Kästchen mit der geprägten goldenen Schrift.

Wie soll ich das denn nehmen? Ist das wie MetRx, das man in Saft mischt?

Sie las die zweisprachige Gebrauchsanweisung auf der Schachtel.

Man macht Tee.

Tee?

Du musst dann endlich Topf kaufen, um das Wasser zu kochen.

Ich könnte einen nebenan besorgen. Denkst du, ich sollte?

Sie dachte an die alte Redensart, Welche Medizin ist in deiner Kürbisflasche, die du mir verkaufst? Sie verschwieg, dass sie dem Apotheker nicht traute, sagte nur, dass die Medizin ganz schön teuer sei.

Ist doch nur Geld.

Er wollte etwas ausprobieren und sehen, ob es funktionierte.

Dann vielleicht doch, sagte sie schließlich.

Einer der Mitarbeiter kam zu ihnen und nahm Skinners Bankkarte entgegen. Zou Lei sagte, dass der Apotheker ihnen zehn Prozent Rabatt angeboten hatte. Der Mitarbeiter sagte, Rabatt würde es nur bei Barzahlung geben. Er schlug noch die Steuer auf den Kaufpreis, jetzt waren sie bei fünfundsechzig Dollar. Er schob die Schachtel in eine Plastiktüte, legte sie auf den Tresen und ging mit der Quittung davon.

Gegen Mittag regnete es und sie stellten sich dort unter das Gerüst, wo sie Shaokao gegessen hatten. Der Regen zog weiter, die Sonne zeigte sich wieder und sie gingen den Hügel hinauf und auf der anderen Seite wieder herunter, wo die Straße sich verbreiterte. Sie überquerten Elder Avenue und gingen in den Park. Die Straßen waren nass und trockneten jetzt in der Sonne. In unmittelbarer Nähe sahen sie einen Gebäudekomplex: das Booth Memorial Hospital. Unter einem Baum spielte eine Frau mittleren Alters Chinesische Oper. Sie gingen über Wiesen voller Unkraut, dort, wo Zou Lei den ganzen Winter lang gelaufen war und auf denen Baumaschinen tiefe Furchen hinterlassen hatten. Die Frau presste die Fingerspitzen aneinander und drehte die Handgelenke auf eine Art, die ihr immer wie ein uigurischer Tanz vorkommen würde. Als sie näher kamen, hörten sie sie unmelodisch singen. Sie liefen bis zu den drei verwaisten Handballfeldern. Ein Tennisball lag in einer Pfütze und Zou Lei hob ihn auf. Sie drehte sich um und er schaute sie an, die Plastiktüte mit der Medizin in der Hand, hinter ihm ragte die Skyline auf.

Was ist los?

Nichts.

Willst du spielen?

Nein, sagte er.

Sie gab ihm den Ball und er warf. Der Ball hinterließ einen nassen Abdruck auf dem Zement.

Kapitel 34

Jimmy war bei Feeney's, wo Keno und Boardwalk gespielt wurde. Wenn du ein Stück Metall hochhältst, dann wirst du eher vom Blitz getroffen, brüllte Rick. Diese Maschine spuckt keinen Cent aus. Einfach Pech? Kein Glück. Bei »Dust in the Wind« sangen alle mit. Irgendwo kiffte jemand, man konnte es riechen.

Represent. Du siehst aus wie Mick Jagger auf Heroin, sagte Gladys zu Rick.

Neben der Jukebox klebten Sticker: I ♥ the Red Lights. Drinkingwithbob.com. Derrickmen Fahrstühle. I ♥ New York. My Goodness, my Guinness. Daneben einige Gewerkschaftsaufkleber.

Ray, der weiße Sneaker und Jeans-Shorts trug, war gerade dabei, einen neuen Song zu drücken, als ein Typ mit verfilzten Haaren hinter ihm aufkreuzte.

Mach mal 'n bisschen Rock 'n' Roll.

Mach dir keinen Kopf, setz dich wieder.

Gestern hat jemand versucht, mir die Haare zu schneiden, murmelte der andere.

Was ist? Geh, setz dich hin.

Der Mann schlurfte zurück zur Bar, versuchte, wieder auf seinen Hocker zu rutschen, und wurde von den Frauen abgelenkt. Er schlurfte zu ihnen hinüber und nuschelte irgendwas.

Ich verstehe den Kerl einfach nicht. Weißt du, was? Setz dich erst mal wieder hin, bis du reden kannst.

Die Jukebox legte los und Gladys mit dem hageren, maskulinen Gesicht, Rosy und eine dritte Frau mit weißem Haar und einer Handtasche vor sich auf der Bar fingen an zu singen: Heartbeat! Hot

Stuff! Ein bisschen lauter, Baby. Beim gesprochenen Teil des Songs fielen sie alle ein: The lips that used to touch yours so tenderly.

Der Betrunkene torkelte Richtung Tresen, weg von Jimmy, der schweigsam und riesig wie ein Berg dasaß, die Stühle rechts und links von ihm leer.

Ray ging hinter die Bar zurück und fing Jimmys Blick auf. Noch einen? Jimmys Augen signalisierten Zustimmung.

War doch Absolut? Absolut Blue. Er schenkte ihm ein und verstaute die Flasche wieder unter dem Spiegel mit den Fotos, die in den Rahmen geklemmt waren und Menschen zeigten, die in der Bar tranken.

Ein Typ mit hochgeschobener Sonnenbrille, kurzärmeligem Hemd und einem kleinen Schnurrbart kam grinsend herein, tänzelte durch den Eingang bis zur Bar, klatschte sich mit jedem ab und sagte, Hey, bekomm ich ein Pint? Er sah Jimmy und sagte, Jim, was geht?

Sie unterhielten sich leise, Jimmy schwieg meistens, saß bewegungslos, den Blick nach vorne gerichtet, während der andere eifrig auf ihn einredete. Habt ihr die gefälschten Zwanziger da draußen mitbekommen? Sie sind großartig und fließen wie Wasser.

Rosy schrie, Die einzige Grundlage einer Beziehung ist Treue! Wenn es keine Treue gibt, dann hast du verschissen!

Würdest du mal aufhören, die Bar zu verprügeln?, sagte Gladys.

Sie brachen in kreischendes Gelächter aus.

Wer ist die größte Dumpfbacke in dieser Bar?

Das bist du, Rick.

Da hast du verdammt noch mal recht.

Was ist der Unterschied zwischen einem Burger und einem Filet mignon?

He, ich esse jeden Abend Steak. Und wenn ich keins kaufen kann, dann klau ich eins.

Jimmy ging zum Luftschacht, wo gekifft wurde, und der Anstreicher flüsterte Ray zu, Hast du den gesehen? Er hat sich verändert.

Vermutlich nicht so leicht, nach so etwas zurückzukommen.

Zehn Jahre.

Ray wechselte das Thema, schaltete die Lichter über dem Poolbillard aus. Der Anstreicher tänzelte zu Rosy und Gladys und der dritten Frau hinüber.

Na, meine Herzchen.

Nun mach mal halblang, sagte Rick zu dem Automaten. Er saß in dunkelblauen Jeans auf dem Barhocker, den Hintern platt gesessen, den Rücken krumm und die weißen Nikes auf die Streben gestellt. Ich brech' diese verdammte Kiste auf und schleif sie auf die Straße. Ich piss' auf diese Kiste. Unmöglich, auch nur einen einzigen Treffer rauszuprügeln. Spuckt keinen einzigen Cent aus. Rick schlug immer wieder auf die Stopptaste. Kein Treffer. Und das ist gar nichts. Wo ist der Knüppel zum Draufprügeln. So eine Scheiße! Ich schwör' hier spiel' ich nie wieder. Ich hab' im Leben ja schon einiges an Scheiße erlebt, aber das hier ist die größte Scheiße überhaupt. Dieser Apparat spuckt nicht mal 'ne Gräte aus. Ich hab' da jetzt fünfundsechzig Dollar reingesteckt. Ich werd' dieses Ding noch ausnehmen. Ich bin raus aus dieser verdammten Tretmühle. Mann, bitte, bitte, bitte. Elende Betrüger. Ich krieg' gleich 'nen Herzanfall. Ich fall' hier tot vom Hocker.

Jimmy ging raus, um auf der Straße zu rauchen, und stellte sich neben John Foley mit der goldenen Uhr. Der breitschultrige, schmuddelige Emmett beugte sich schwankend vor und sagte, Wenn du bei mir zu Hause auftauchen würdest, würd' ich die Wertsachen verstecken! Jimmy schaute ihn an, sprach aber mit dem anderen, mit Stan, einem großen Kerl mit Bürstenhaarschnitt und schwarzem Brillengestell, Krawatte und Hemd, das ihm aus der Hose hing, als käme er gerade von seiner Schicht im Callcenter. Läuft auf 'ne Sozialwohnung raus, sagte Stan. Er wohnte in Bensonhurst unter Haitianern. In Flatbush. Wenn ich's irgendwie vermeiden kann, mach ich nichts in Brooklyn. Ich pass genau auf, was ich in Brooklyn kaufe.

In der Bar umkreiste Rick den Billardtisch. Mach das Licht an. Ich will ein bisschen braun werden. Ich hatte mal 'ne sehr hübsche Kette, erzählte er dem Anstreicher, der für ihn eine Reihe Schmucksachen auf dem Billardtisch ausgebreitet hatte. 65 Gramm. Damit habe ich ein paar Schulden bezahlt. Dann hörte ich, dass sie im Pfandhaus ist, dass sie verpfändet wurde, und ich hab' sie einfach vergessen. Ein Jahr später fragt mich meine Mutter, Wo ist meine Kette? Du hast meine Kette verloren. Die hat hundertfünfundsiebzig Dollar gekostet. Und ich sag, Bist du blöd, oder was? Der Goldpreis ist seitdem gestiegen.

Emmett kam herein und fingerte an den Ketten herum, ließ sie von einer Hand in die andere gleiten, drapierte sie um die Finger und betrachtete sie im Licht, das Ray wieder eingeschaltet hatte.

Manhattan ist den Indianern für weniger abgekauft worden.

Woher hast du die?, fragte Emmett und lachte sein widerwärtiges Lachen.

Was hast du doch gleich gesagt, wie heißt du? Du da aus dem Büro des Staatsanwalts? *Detective* wer?

Rick zog eine Rolle mit Hunderterscheinen hervor. Hier, nimm fünfhundert. Er warf das Geld auf den Billardtisch. Der Anstreicher packte seinen Schmuck in ein Halstuch, warf einen Blick über die Schulter, faltete das Tuch zusammen und packte es weg.

Wer ist der härteste Kerl hier in der Bar? Wohl du, Rick.

Auf der Straße erzählte Stan, der über North Carolina aus Alaska gekommen war, von den neunzig Tagen, die man in Orlando automatisch aufgebrummt bekam. Ich lag auf einer Bank und in meiner Nähe stand eine Flasche – war nicht mal meine. Das größte Gebäude in Orlando ist der Knast. Hierzulande sind Gefängnisse inzwischen Unternehmen.

Die Gegend hat sich verändert, sagte Jimmy.

Die Chinesen nutzen aus, dass wir Religionsfreiheit haben. Wozu braucht man dreizehn Kirchen zwischen drei Straßen?

Er hatte früher Herrengedecke mit Pat Murphy gekippt. Das

war sein Drink, dein Vater war ein Herrengedeck-Mann. He, Gladys, Gladdie, wann hast du Pat zum letzten Mal gesehen?

Pat? Patrick Murphy? Habe ihn in St. Andrews gesehen. Und das hier ist sein Junge. Oder warte, eben stand er noch hier.

Er ist hier. Ich rede gerade mit ihm.

Oh, mein Fehler. Hallo. Dachte, du wärst noch dort. Wie geht's, wie steht's, Jimmy? Ach, komm doch mal her.

Sie zog ihn mit ihren Krakenarmen an ihr schwarzes Tanktop. Hast mal Feuer? So, sagte sie und blies den Rauch aus. Als ich gehört habe, dass du wieder da bist, hab ich gesagt, wird ja verdammt noch mal auch Zeit.

Jimmy stieß seinen Rauch aus, nickte ihr zu, warf einen Blick auf die Straße.

Das ist 'ne gute Gegend, sagte er, aber die kaufen hier langsam alles weg.

Skinner war in seinem Zimmer und schlief, als er von einem Geräusch geweckt wurde. Es war elf Uhr morgens, und im Haus war es ansonsten ruhig. Ein schattenloses, graues Licht fiel durch den Gitterrost. Er war vor vier Stunden eingeschlafen, und seine letzte Erinnerung waren die Vögel, die in der Dämmerung trillerten. Er hörte das Geräusch wieder, stand auf, öffnete die Tür und sah Jimmy, der unter seinem Waschbecken kramte.

Der schon wieder, dachte er.

Er ging an ihm vorbei zum Kühlschrank und nahm ein Bier heraus. Keiner der beiden Männer in der gut zwölf Quadratmeter großen Küche verlor ein Wort. Jimmys gekrümmter Rücken und die langen Haare bewegten sich unter dem Waschbecken. Skinner ging in sein Zimmer zurück und setzte die Kopfhörer auf. Dann vergaß er alles und starrte an die Wand. So saß er Stunde um Stunde und versuchte, mit seiner Depression fertigzuwerden.

Mit dem Waschbecken war doch immer alles in Ordnung, dachte er später. Warum dann daran herumbasteln?

Er zerdrückte die leere Bierdose und ließ sie auf den Boden fallen. Als die Zeit verging, merkte er, dass manchmal, wenn es tagsüber ruhig im Haus wurde und niemand da war, leise Geräusche von oben zu hören waren, wahrscheinlich aus dem Flur. Sie waren sehr schwach und dezent, also achtete er nicht weiter darauf, aber sie kehrten immer wieder, schienen mal von hier und mal von dort zu kommen und er dachte schon, sie kämen aus dem Keller. Aber vielleicht bildete er sich das alles auch nur ein. Gewöhnlich war er zu deprimiert, um aufzustehen und nachzuschauen. Und wenn er dann mal aufstand, war nie jemand oder etwas zu sehen. Er dachte, dass es vielleicht am Mefloquin lag. Die ganze Sache war derartig vage, dass sie keine Bedeutung zu haben schien.

Kapitel 35

Sie lernte Kantonesisch, weil sie musste. ›Gwat‹ war Knochen und ›Fluss-Reis‹ bedeutete glitschige Nudeln, Seerosenstängel, fettiges Fleisch und Reststücke vom Schwein. Sie begrüßte Rambo auf Kantonesisch, aber er ging darüber hinweg und sagte, sie solle den Boden wischen. Sie lernte, ›Hougeng‹ zu sagen, was ›wunderbar‹ bedeutete. Sie sagte, Hougeng!, als sie zum Wischlappen griff. Sie sagte es, wann immer sie ihr auftrugen, etwas zu tun. Sie erwischte sich dabei, wie sie es ständig sagte. Ohne zu fragen, ordnete sie sich bei der Ausgabe ein und fing an, mitten im Hochbetrieb zu bedienen. Sie spürte, wie Sassoon sie beobachtete, während sie Thousand-Island-Dressing auf Eisbergsalat gab. Sie häufte Reis gleich neben das Fleisch in die gelierte, braune Soße und schob den Teller über den Tresen.

Tief im Inneren glaubte sie, mehr Chinesin zu sein als die anderen, denn die Armee war die Lebenskraft des Volkes und sie stand in Habachtstellung bei der Ausgabe, während die anderen herumhingen und Nachrichten in ihre Handys tippten, aber China war ein großes Land.

Satay mit Zwiebeln, Knoblauch, Krill und Sojasoße wurde in deren Dialekt ›Sa-de‹ ausgesprochen.

Sie hörte mit, wie Angela ihrem Freund sagte, er solle doch den Sommer über hier im Restaurant arbeiten. Der Freund war ein hochgewachsener junger Mann aus Hongkong, der in Jamaica, Queens, in die Klasse ihrer Schwester gegangen war. Der Boss würde ihn schon einstellen, wenn sie es ihm sagte, meinte Angela. Hier gibt's genug Platz. ›Difang‹ hieß Platz. So viel verstand Zou Lei.

Sie hatte Jahre unter Menschen leben müssen, die sie nicht mochte und die sie nicht verstand. Ihre Kolleginnen glaubten, dass Schwarze lange, aber nutzlose Penisse hätten; genau wie die Drachen im südländischen Aberglauben.

Sie verstand nicht, was ein Kunde zu ihr sagte – alles klang sehr merkwürdig, die Fs und Hs waren vertauscht –, und sie lehnte sich über den Tresen und bat ihn so leise wie möglich, doch die Gemeinsprache zu sprechen.

Mitten im Hochbetrieb hastete Sunnie herein und Sassoon sagte zu Zou Lei, Wir brauchen dich jetzt nicht mehr.

Hahaha, sagte Angela. Du solltest dein Gesicht sehen.

Als sie am Abend aus der Mall kam, waren die Straßen voller Menschen, die aus den Bussen stiegen, aus der Subway mit jedem Rattern einer eingefahrenen Bahn quollen, in Wellen auf die Straße gespuckt wurden. Nach einer langen Schicht hatte sie ein starkes Gefühl der Orientierungslosigkeit und musste sich erst wieder an alles gewöhnen. Die Marktstände bogen sich unter dem Gewicht der Erzeugnisse, die in der Dämmerung auf Lastwagen aus Sinaloa gekommen waren. In der Hüfttasche trug sie das Geld von sechzig Wochenstunden in der Küche mit sich. Sie konnte die gefalteten Scheine durch das fadenscheinige Futter spüren, wie sie gegen die Unterwäsche, gegen ihre Haut drückten. Ein schwaches Zeichen dafür, dass sie vorankam.

Sie ging zu ihm, wollte mit ihm über ihre Pläne sprechen, aber sobald sie ihn sah, hatte sie ein ungutes Gefühl. Das ganze Zimmer roch nach Schweiß und Zigarettenrauch. Er hatte stundenlang einfach nur dagesessen und nichts gemacht.

Ich denke nicht, dass gut ist, sagte sie.

Ich schon, sagte er und schaute zur Seite, seine Kiefer mahlten.

Sie saß in Jeans und einem zerrissenen T-Shirt auf einer Ecke des Betts – der einzige Platz, an dem man sitzen konnte. Sie spürte, wie ihr Gesicht in seiner Gegenwart älter wurde, die Linien um ihren Mund tiefer. Sie beobachtete ihn einen Augenblick lang und fragte sich, was sie sagen sollte. Sommer kommt. Die Sonne wird hell scheinen, sagte sie und griff seinen nackten, harten, kaltfeuchten Fuß mit ihrer verfärbten, schwieligen Hand.

Er antwortete nicht.

Lass uns zusammen rausgehen.

Skinner nahm die Schachtel Marlboro vom Nachttisch, schüttelte eine Zigarette heraus und steckte sie sich zwischen die Lippen.

Eher nicht.

Er war muskulös und tätowiert, aber so halb nackt sah man die Fettfalten über seinem Bauch, und sogar die durchgängig gebräunten Teile des Körpers nahmen langsam die Farbe von Zigarettenrauch an.

Skinner.

Was?

Hast du die Medikamente genommen?

Ja. Ich hab sogar diesen chinesischen Mist getrunken, zwei Tassen davon, und es hat überhaupt nichts bewirkt. Nichts wirkt irgendwas.

Sie saßen eine Weile stumm da.

Ich werde nicht aufgeben, sagte sie schließlich. Du etwa? Sie griff wieder nach dem Fuß. Ich denke, du hast mir versprochen. Weißt du noch?

Plötzlich kam ihr ein Gedanke: Was war, wenn er einfach so weitermachte, als wäre alles in Ordnung mit ihm, so wie beim Militär?

Ich denke du kannst dir Arbeit suchen.

Er saß da, ein Bein ausgestreckt, das andere angewinkelt, die brennende Zigarette jetzt zwischen den Fingern. Die weite Öffnung der Boxershorts klaffte auseinander und sie konnte seine Genitalien sehen. Er reagierte nicht. Er zog mit gerunzelten Brauen an der Zigarette und stieß den Rauch aus, sah zu, wie er sich verteilte, hielt die Zigarette zur Seite, blies auf die Spitze, brachte sie zum

Glühen, als hätte er vor, ein größeres Feuer zu legen, das auf eine Art entscheidend für ihr Überleben sein würde, die sie jetzt noch nicht verstand.

Ich denke, du kannst Arbeit bekommen, Skinner. Ich denke, es ist gut. Sie zählte Gründe auf, sagte, es sei gesund für den Körper, herauszukommen, sich zu bewegen, und auch gesund für das Herz, womit sie eigentlich sagen wollte, es sei gesund für den Verstand, für seinen Verstand.

Als er nicht reagierte, fragte sie sich, ob sie mit allem, was sie gesagt hatte, seinen männlichen Stolz verletzt hatte. Sie entschuldigte sich, sollte das der Fall gewesen sein. *Shuwozhiyan.* Ich entschuldige. Aber ich sage es direkt. Manchmal hört sogar der Mann auf die Frau.

Als er immer noch nichts sagte, starrte sie ihn an, wartete auf irgendein Wort.

Nishengqima? Du verrückt? Skinner?

Sie versuchte, Kontakt mit seinen blutunterlaufenen Augen herzustellen, aber er hielt den Blick abgewandt.

Sie fing an, ein Lied vor sich hin zu summen.

Er sagte, sie solle den Mund halten.

Das zog ihr schlagartig den Stecker. Sie stand auf, ging in die Küche und hielt sich am Waschbecken fest. Er hörte, wie Wasser in das Becken lief. Dann hörte er, wie sich irgendwas bewegte und eine Tür sich schloss, und dann hatte er begriffen, dass sie gegangen war.

***

Sobald Jimmy einen weiteren Drink wollte, ging er einfach um den Tresen herum und bediente sich. Er bezeichnete sich selbst als stillen Teilhaber der Bar, bestellte Drinks für Freunde und sagte, die gehen aufs Haus. Ich geb mich nur mit den Guten ab, sagte er.

Draußen fuhr ein Motorrad vor und ein Typ kam herein, nahm

die Sonnenbrille ab und sagte: Turner, stimmt's? Ich hab mit dir gesessen, oder?

Sie begrüßten sich in Wikinger-Manier, hielten einander am Unterarm.

Dieser Kerl war wirklich in Ordnung, verkündete er der Bar nach ein paar Drinks. Und hier hängst du ab? Ich werd die ganzen Jungs mitbringen.

Lass uns mal über Geschäfte reden.

Sie gingen in den Lichtschacht und er legte Jimmy zwei rote Pillen in die große Hand und nachdem sie die Pillen geschluckt hatten, lachte er mit seinen großen blauen Augen, die Sonnenbrille auf die sonnenverbrannte Stirn geschoben. Die Ärmel seiner Lederjacke waren mit Fransen besetzt, und vom Gürtel baumelten eine Hasenpfote und verschiedene Schlüssel. Auf höchst einnehmende Art sagte er: Tut mir leid, Mann, aber irgendwann brauch ich Kohle dafür. Er entschuldigte sich tatsächlich.

Das sei kein Problem, sagte Jimmy. Geschäft ist Geschäft. Sie verließen den Lichtschacht, taten geheimnisvoll – der Biker zog die Sonnenbrille wieder über die Augen –, und Jimmy sagte zu Ray, Wenn irgendjemand nach mir fragt, ich bin nicht hier. Sie gingen nach draußen und sprachen unter vier Augen, standen vor dem Motorrad des Typen. Er rauchte einen Zigarillo, setzte sich auf die Maschine und demonstrierte, wie sie sich fuhr. Dann stieg Jimmy auf, warf sie mit dem Kickstarter an und ließ den Motor ein paarmal aufheulen. Sie gingen wieder hinein, schlugen sich gegenseitig auf die Schulter und Jimmy winkte Ray, seinem Freund einen Drink einzuschenken.

Auf dich?, fragte Ray.

Jimmy tat so, als hätte er nichts gehört.

Auf dich, sagte der Biker zu Ray.

Bestimmt nicht.

Hat er mir aber gesagt.

Hey, Jimmy ist gut fürs Geschäft, sagte Gladys. Was, Ray?

Solange jemand bezahlt, sagte Ray und goss Schnaps in das Glas.

Gladys legte den Arm um Jimmys Nacken. Seine Schultern versteiften sich vor Unbehagen.

Hey, Ray, sind wir nicht ein süßes Paar? Hey, Ray, wie wär's mit einem Nachschlag, Baby?

Sie ließ Jimmy los und setzte sich auf einen Stuhl an der Schmalseite der Bar.

Was gibt's Neues von Vicky?

Mein Kind ist in guten Händen. Das ist das Einzige, worauf ich achte.

Aber Jimmy ließ durchscheinen, dass er sauer auf Vicky war wegen etwas, was in der Zeit seiner Abwesenheit passiert war. Gladys versuchte das zu verheimlichen, aber er hatte es, wie zu erwarten war, herausgefunden. Er kannte eine Menge Leute, er hatte viele Quellen. Sie wusste nicht, dass er es wusste. Wie dumm von ihr. Grundsätzlich war es ihm egal. Aber es störte ihn, dass sie glaubte, mit einer Lüge bei ihm durchkommen zu können.

Absolut, sagte Vickie.

Sie wird's noch lernen. Dein Wort in Gottes Ohr.

Was das Muttersein betrifft, das hat sie voll im Griff. Das ist das Einzige, was mir wichtig ist.

Außerdem, sagte er, würde er den Fernseher von Rick bekommen – wenn Rick endlich mal den Keno-Apparat loswurde und seinen Verpflichtungen nachkam. Er würde sich einen Kabelanschluss in den Keller des Hauses seiner Mutter legen.

Die roten Pillen fingen an zu wirken. Er sagte, er würde die Wände eigenhändig bemalen, mit drei Meter großen Drachen. Das würde sein neues Hauptquartier sein. Ein Druck auf die Fernbedienung, und schon würde die Musik überall pulsieren. Er könnte da unten auch Gitarre spielen, und seine Kunst würde eine gute Tarnung für die Dinger sein, die er drehen wollte. Er würde genau auswählen, wen er in seine Behausung ließ.

Mit anderen Worten, nicht die Mutter deines Kindes.

Keine Cops, keine unzuverlässigen Leute, keine Spitzel. Keine Crackschädel. Keine doppelzüngigen Luder.

Du bist clever, sagte Gladys.

***

Wenn sie sich stritten, war sie vor lauter Schwermut fast arbeitsunfähig, aber das blieb in ihrem Inneren. Nach außen hin war ihr Körper in Bewegung: Sie machte weiter, ging zur Arbeit. Sie band sich die Schürze um, achtete darauf, dass sich das Logo auf dem Mützenschirm direkt in der Mitte ihrer Stirn befand – als ob das wichtig sei. Bei sich dachte sie, Ich bin allein. Ich bin schon immer allein gewesen, seit ich ein Kind war. Ihr Gesicht verzerrte sich bei diesem Gedanken. Ich will sterben, sagte sie und war wütend. Ihr Kopf schien nicht richtig zu funktionieren. Der Ort, wo ihre Gedanken entstanden, fühlte sich deformiert an, wie durch einen Druck. Sie war so einsam.

Einmal sagte er in seinem Keller zu ihr, sie hätte kein Recht dazu, seine Freundin zu sein, sie solle es gar nicht erst versuchen, sie hatte es nicht verdient, was glaube sie eigentlich, wer sie sei, und so weiter.

Sie ging und brach auf dem Baseballplatz schluchzend zusammen, wo die Jungs spielten. Auf Uigurisch schrie sie, Ich weiß, dass ich es nicht schaffe! Ich bin so traurig! – und ihr herzzerreißendes Weinen hallte vom Betonboden wider.

Wenn sie es nicht mehr aushalten würde, nahm sie sich vor, dann würde sie einfach loslaufen und nicht stehen bleiben, bis sie den ganzen Kontinent durchquert hatte oder ihr etwas zugestoßen war und sie zu einem Geist wurde. Er musste sie mehrere Tage hintereinander anrufen, um sich wieder mit ihr zu versöhnen. Sie wollte sich nicht mit ihm treffen und blieb abweisend. Sie sagte Sachen wie, Ich weiß, ich sollte meine Zeit nicht mit dir haben. Du bist zu jung.

Bitte, sagte er. Bitte, bitte.

Sie trafen sich auf dem Parkplatz neben ihrer Arbeitsstelle, sein Kinn gerötet von der Rasur, die Haare noch nass, sein Atem roch wie ein Sportdeo. Es dämmerte, und sie waren seit fast einer Woche nicht mehr zusammen gewesen. Sie ging mit ihm in seinen Keller. Sie zog sich aus und trug unter der Arbeitskleidung schwarze Seidenunterwäsche, die sie extra in einem hispanischen Laden am Junction Boulevard gekauft hatte.

Liebe ist hart, sagte sie. Man muss den Jungen trainieren. Wie den Hund. Je größer der Hund, umso mehr muss man ihn schlagen.

Nur zu, sagte er. Ich müsste mich selbst schlagen.

Er verschwieg ihr, dass er sich vor dem Badezimmerspiegel die Pistole an den Kopf gesetzt hatte.

Er schwor, er würde sich nicht mehr mit ihr streiten, und tat es dann doch. Aber statt dass seine Wut sich besserte, wurde sie immer schlimmer, brach sich auch auf der Straße Bahn, ergoss sich über Taxifahrer und andere Fremde. In ihren Gesprächen kamen sie darauf, dass er das zuallererst ändern müsste.

Wenn sie zusammen waren, fühlte sie sich stark und wohl. Ein Gefühl der Unvergänglichkeit kam zurück, so wie der Saft in den Stamm einer Pflanze schoss. Sofort bekam sie wieder ein Gespür für ihr Leben, und zusammen schmiedeten sie Zukunftspläne, Hirngespinsten gleich. Er würde den Krieg vergessen. Er würde aufhören, Mist zu bauen. Sie würde eine Greencard bekommen. Bis August würde er hundertfünfzig Kilo drücken. Das alles ging ein paar Stunden gut, und dann kippten Stimmung und Gefühle erneut.

Sie hielt Ausschau nach Anzeichen für seine Stimmungsschwankungen. Sie fing an damit zu rechnen, dass es mit ihrem Glück irgendwann vorbei sein würde. Je schlimmer das Leben wurde, desto mehr brauchte sie die glücklichen Stunden mit ihm.

Kapitel 36

Die beiden Männer stiegen die Stufen zum Keller hinab, den Keller ihres eigenen Hauses, und weckten den Untermieter um halb acht Uhr morgens. Wir müssen uns den Boiler ansehen, sagte Patrick. Skinner öffnete die Tür in Boxershorts und Kampfstiefeln. Er schaute sie nur flüchtig an, machte eine wegwerfende Geste und die Männer traten ein. Skinner ging zum Bett zurück und surfte weiter im Internet. Sie öffneten den Schrank und sprachen miteinander. Jimmy nahm den Eimer, der unter dem Absperrhahn stand, ging damit ins Badezimmer und kippte das rostige Wasser in die Toilette, während Patrick die Steigleitung kontrollierte. Der Eimer wurde an seinen ursprünglichen Platz zurückgestellt. Sie ließen das kochende Wasser etwa eine Minute lang laufen, bis Patrick sagte, das sei wohl genug, um den Druck zu verringern, und gingen dann ohne ein Wort an Skinner vorbei, der reglos auf der Seite lag. Der ganze Raum war voller Bierdosen und Zigaretten. Eine Pornozeitschrift mit einem riesigen, hüpfenden rosafarbenen Ausrufezeichen lag unübersehbar herum, die Stelle zwischen den Beinen der abgebildeten Frau war von einem Stern bedeckt. Candys Zuckerteilchen! Er hatte das Zimmer fast komplett zugemüllt. Es roch nach Marihuana.

Ihr Lohn war geringer als beim letzten Mal, obwohl sie mehr gearbeitet hatte. Sie nahm den Umschlag und ging damit in das Büro.

Ja schau, Little-Zou ist hier. Was will Little-Zou? Dein Lohn stimmt nicht? Lass mich mal sehen.

Er streckte ihr die langfingrige Hand entgegen. Sie gab ihm den Umschlag und er schaute hinein.

Warum sagst du, dass dein Lohn nicht in Ordnung ist?

Es ist nicht genug, das kann nicht sein. Was ist mit den zusätzlichen Stunden? Um mehr zu verdienen, deshalb bin ich gekommen. Weißt du – sie suchte nach Worten – es musste doch etwas geben, was sie tun konnte. Hart zu arbeiten war nicht das Problem.

Er ließ sie reden.

Habe ich Little-Zous Erlaubnis zu reden? Hast du die Karte gelernt? Du kannst sie nicht. Sassoon sagte, du hast die Karte nicht gelernt. Warum nicht? Das ist das Eine. Und dann das Zweite. Zwei, der nächste Schritt, ist in der Ausgabe arbeiten. In der Gesellschaft geht es so: ein Schritt, noch ein Schritt, ein weiterer Schritt – immer der Reihe nach. Ohne Chaos. Er lachte. Das solltest du doch verstehen? Ich bin hier – er machte eine Klaue. Ich bin nur einen Satz von der Spitze des Berges entfernt – einen Satz bis zum Himmel – zum Himmel! Glaubst du, das ist realistisch? Nein. Nichts dergleichen. Nur schrittweise ist realistisch. Heute verdienen wir kleines Geld, morgen großes Geld.

Sie widersprach, sagte, dass sie in der Ausgabe gearbeitet, aber Sassoon sie immer wieder nach hinten geschickt hatte.

An welchem Datum?

Das Datum, als ich in der Ausgabe gearbeitet habe?

Ja. Tag, Stunde. Ich frage Sassoon.

Sie war verunsichert, konnte ihm die genauen Daten nicht sagen. Ich denke, es war Sonntag. Zhuojin war hier.

Zhuojin ist kein Chef, sagte er.

Was versuchst du hier mit mir zu machen? Willst du mich betrügen? Mir scheint, dass Little-Zou keine militärische Einstellung hat. Die militärische Einstellung ist: Jawohl, Sir! Egal was passiert, befolge die Befehle. Richtig? Keine Fragen stellen. Fragen, Fragen, ich habe Fragen – fast wie Angela. Nicht so, wie es sich für ein Mädchen gehört.

Ich habe militärische Ausbildung.

Aha. Welche militärische Ausbildung war das? Vielleicht verstehe ich davon nichts.

Mrs. Murphys Tür öffnete sich und sie rief in den Keller:

Skinner? Kannst du einen Augenblick raufkommen?

Er ging in die Küche, wo sie an ihrem Tisch saß, die Zigarette in der Hand.

Ich habe einen Brief für dich.

Es war ein Brief des Verteidigungsministeriums. Er nahm ihn an sich.

Wie ich höre, herrscht da unten ein ziemliches Chaos. Stimmt das?

Nein. Nur in meinem Bereich.

Was meinst du mit deinem Bereich?

Mein Zimmer.

In deinem Zimmer herrscht Chaos?

Kein Chaos. Es ist unordentlich. Wäre alles in Ordnung, wenn ich die Sachen mal aufräumen würde.

Na, und ich höre auch noch andere Sachen.

Was hören Sie?

Ich habe gehört, dass das Zimmer beschädigt ist. Überall liegen Bierdosen herum und es riecht nach Gras. Was hast du dazu zu sagen?

Wozu soll ich was zu sagen haben?

Dass du hier im Haus Drogen nimmst.

Ich nicht.

Nicht?

Nein, sagte er. Nein. Auf gar keinen Fall. Sauber und nüchtern.

So was hab ich schon mal gehört.

Nein, tatsächlich. Er zog sein Hemd aus und drehte sich herum, ignorierte ihre Aufforderung, das Hemd anzulassen. Hier, schauen Sie. Eine Linie mit großen roten Furunkeln zog in gleichmäßigem

Abstand wie ein Bahngleis über die vernarbte Wunde an den Rippen und verjüngte sich weiter oben an den Schultern zu violetten Malen, eine Folge der Operationsklammern, und verschwand unter dem Tattoo. Sehen Sie das? Deswegen nehme ich jede Menge Schmerzmittel.

Sie hob eine Hand. Tu mir einen Gefallen und zieh das Hemd wieder an.

Er kämpfte damit, das Hemd wieder überzuziehen, und fuhr fort, sich zu verteidigen.

Das bringt uns jetzt auch nicht weiter, darüber zu reden. Ich habe es dir gesagt.

Er nickte heftig.

Ich hab's verstanden.

Später sagte sie zu Erin, Er hat Glück, dass ich es ihm gesagt habe. Er hat Schweinkram da unten, wie ich gehört habe. Patrick hätte ihn so was von rausgeschmissen.

Schweinkram?

Pornozeitschriften, die einfach so rumliegen. Und er hat Pillen, ich sag nur, Pillen. Gott sei Dank kann ich nicht da runter, um mir das selbst anzusehen. Jimmy hat mich darauf aufmerksam gemacht, dass alles nach Gras riecht. Allein, dass er im Zimmer war, hat ihn schon high gemacht. Hat gesagt, Ma, ich bin da reingegangen und wurde schon vom Atmen high.

Die Frauen sahen einander an.

Ja, genau was ich dachte. Gut, dass ihm auffällt, was da los ist.

Wenn ich so darüber nachdenke, hat es sogar eine gute Seite.

Welche?

Von wem ich es erfahren habe.

Und was heißt das?

Dass es von Jim kommt. Anstatt, dass er es für sich behält und da unten einen Kumpel hat, mit dem er high werden kann. Genau das wäre vor zehn Jahren passiert.

Er trug ein braunes ziviles T-Shirt, von dem die Ärmel abgerissen waren, und fegte den Fußboden. Sie konnte sehen, wo mitten auf den Bizeps die Bräune endete, die er dem Militär verdankte. Er fegte mit dem leichten Feger auf das Kehrblech, versuchte den Staub, der an den Borsten hing, vom Linoleum wegzubekommen. Seine Kleidung lag nicht mehr herum und die Sonne schien durch das Gitter.

Er leerte die Schaufel in einen Müllbeutel in der Ecke des Zimmers. Stellte Feger und Kehrschaufel an die Wand. So gut wie alles, was vorher im Zimmer verstreut gelegen hatte, war in seine Taschen gepackt – den Seesack und den Kampfrucksack. Sie bemerkte auch, dass das Fenster offen stand. War das eine Art Frühlingsputz?

Truppenparade.

Ich denke, du gehst irgendwohin.

Nein. Ich mach nur Ordnung.

Es ist sehr ordentlich.

Hab ich's gut gemacht?

Du bist gut, sagte sie. Aber ich denke, du gehst irgendwohin.

Ich gehe nirgendwo hin.

Ich weiß, ich muss irgendwohin gehen. Irgendwo weit weg. Ich weiß immer.

Du meinst China?

Ich weiß nicht. Vielleicht gehe ich weiter. Vielleicht gehe nach Amerika. Treffe einen Mann. Einen Mann mit Tattoo auf dem Arm, mit amerikanische Flagge. Ein Mann, der seinen Raum fegt.

Sie legten sich zusammen auf das Ponchofutter, um sich auszuruhen, nicht um Sex zu haben.

Ich wollte nur mal wieder mein Gepäck spüren.

Er zeigte ihr, was er meinte. Er stand auf und warf sich die Stücke über die Schultern, während sie vom Bett aus zuschaute. Die Sonne ging unter und es wurde kühl im Zimmer. So merkwürdig bepackt stand er minutenlang in seinem Zimmer. Sie richtete sich auf und stellte sich neben ihn. Sie legte den Arm um seinen Hals, stieg in seine Arme, er hob sie hoch und hielt sie fest. So hielt er all seine Besitztümer und sie, so lang er konnte, während die Sonne unterging.

Es gab keinen Beweis dafür, dass mit seiner Zeitschrift etwas passiert war – er fand sie bloß nicht mehr. Zuletzt hatte er sie gesehen, als sie entweder auf dem Nachttisch oder im Klo gelegen hatte. Er achtete nicht besonders darauf, ob er die Tür abschloss oder nicht, selbst wenn er die Beretta zu Hause ließ. Es wäre also einfach gewesen, sie zu klauen. Auf der anderen Seite war es auch möglich, dass er sie nur verlegt hatte.

Er packte all seine Sachen aus und fragte sich, ob er verrückt geworden war. Die Kleidung, die er aus dem Seesack holte, roch nach Gras. Er warf einen Blick auf die Flaschen mit den Pillen und versuchte sich zu erinnern, ob er zu viele genommen oder vielleicht einen Blackout gehabt hatte. Er fand eine Apothekentüte mit drei weiteren Flaschen voller Pillen, von denen er gar nicht mehr wusste, dass er sie hatte, und stellte sie neben das Bett.

Er entdeckte den Brief des Verteidigungsministeriums, den Mrs. Murphy ihm gegeben hatte, öffnete und las ihn endlich. Ein Ärztegremium hatte befunden, dass sein psychologisches Trauma nicht auf den Einsatz im Krieg zurückzuführen sei und er keine finanzielle Entschädigung dafür bekam.

Fickt euch selbst, ihr Armyarztwichser.

Er lief lange fluchend im Keller auf und ab, redete laut und ununterbrochen, hob Dinge auf und legte sie wieder zur Seite. Er suchte nach etwas, hatte aber vergessen, was es war.

Du bist nicht zur Arbeit gekommen.

Weiß ich. War beschäftigt.

Wie verrückt.

Du willst mir nicht glauben, was.

Ich glaube dir nicht.

Jimmy zuckte mit den Schultern. Patricks Augen verengten sich. Er nahm sich einen Drink.

Und welchen Geschäften gehst du nach?

Wovon redest du überhaupt?

Du bist beschäftigt, ich frage dich, in welchem Geschäft du bist, wenn du 'n verdammter Geschäftsmann bist.

Geld.

Wie? Was zum Henker soll das?

Geld. Ich mach Geld.

Und das machst du hier um halb zwei am Mittag, Geld?

Kann doch sein. Bist du deshalb hier?

Um mich geht's hier nicht.

Es ist halb zwei am Mittag. Was machst du hier?

Ich hab einer Frau die Toilette repariert, während du geschlafen hast.

Ich hab nicht geschlafen.

Du hast verdammt geschlafen.

Bleib mal bei den Tatsachen.

Du hast geschlafen oder deinen verdammten Scheiß gemacht.

Weder das eine noch das andere. Bleib bei den Tatsachen.

Du sagst mir nicht, dass ich bei den Tatsachen bleiben soll.

Du bist der Boss.

Gottverdammt richtig, dass ich der Boss bin. Und lerne entweder damit zu leben oder ich schmeiß dich verdammt noch mal raus.

Schmeißt mich wo raus?

Lass besser dein Rotzgrinsen. Du fliegst verdammt noch mal raus. Raus aus meinem Haus.

Das ist nicht dein Haus.

Das isses verdammt noch mal sehr wohl.

Ist nicht auf deinen Namen eingetragen.

Ich schmeiß dich verdammt noch mal raus.

Dann schmeiß mich doch raus.

Mach ich, bei Gott.

Dann trink erst noch einen. Damit du zu Kräften kommst.

Ich werd dir noch einen in den Arsch schieben. Als ich so alt war wie du, hab ich's mit zehn deiner Sorte aufgenommen! Mit zwanzig! Du kleiner Hurensohn.

An diesem Punkt gingen der Barkeeper und ein paar weitere Männer dazwischen und trennten Patrick und seinen Stiefsohn. Hey! Hey!, riefen sie, und Patrick schwor, dass er den Nächsten, der ihn anfasste, tottreten würde. Jimmy grinste ihn an.

Pass auf deine Pumpe auf. Du bist schon ganz rot.

Du bist 'n verdammter Nigger. Du bist für'n Arsch und das war schon immer so. Die ganze Zeit da drin war pure Verschwendung. Du bist immer noch bloß 'n Nigger.

Jimmy stand auf, hatte aufgehört zu grinsen, und die Männer in der Bar überzeugten ihn schließlich davon, zu gehen.

Der Klügere gibt nach, sagten sie.

Skinner hatte einen Traum:

Das Haus, der violette Keller. Die mit Teppichboden belegten Stufen in den Keller. Jemand ist vor Skinners Tür, jemand ist im Keller. Er sieht, wie dieser große Typ durch seine Küche geht. Der Typ redet kein Wort mit ihm.

Weiter oben im Haus: Das Wohnzimmer, die Laken auf den Gegenständen wie im Leichenschauhaus. Die Teile des Hauses, die man nicht mitbekommt.

Hinter dem Haus sind Dinge aufgestapelt. Allerlei Kurioses und Gartengeräte. Man öffnet eine Tür und stößt vielleicht auf ein Bett, eine Matratze, auch Betonziegel. Überall im Raum liegt Wäsche herum, da steht ein Wäschekorb, der ganze Boden ist bedeckt. Dort ein kaputter Wecker. Das Fliegengitter hängt aus dem Fenster ins Zimmer, es ist zerrissen.

Wenn man nach oben geht, zuerst: der Flur. Der Flur führt in die senfgelbe Küche. Alle Geräte – der Herd, der Kühlschrank – sind senfgelb. Sie sind alt, aus den Achtzigern. Die Regale sind aus den

Siebzigern. Es gibt eine Kuckucksuhr, Dinge aus Holz an der Wand, Laken über den Sofas und den Stühlen. Liegt jemand unter einem Laken? Keiner hat das Haus durch die Eingangstür verlassen: Die benutzen wir nicht. Von der Traufe der Hausfront hängen Sachen. Windspiele, die von der riesigen Tochter aufgehängt worden waren.

Im Flur scheint es Bilder an der Wand zu geben, alte Bilder. Vielleicht auch nicht. Vielleicht sind die Wände nackt. Alles ist blau.

Kapitel 37

Es wurde heiß. Sie glaubte zu wissen, was auf sie zukam. In dieser Stadt würden die Menschen aller Nationen den Sommer feiern. Leute, die nach der Arbeit gereizt durch die Gegend zogen, Hooligans, die aus ihren Autofenstern hingen. Die Mülltonnen durchwühlten und Flaschen auf die Straße warfen. Arbeitende, immer arbeitende Einwanderer sehen Leute vorbeischlendern, die einen Tag freihaben, Freizeit haben, und sie nicht. Versuchen, ruhig zu bleiben. Familien mit fünf Kindern machen gemeinsam einen Ausflug, ein Abend im klimatisierten Dunkin Donuts. Die vermüllten Fußböden, die merkwürdigen einsamen Männer, die Zeitung lesen. Taxifahrer und kaputte Einzelgänger sitzen im Fenster des nächtlichen Tropical. Verkorkste Typen mit Hüten, die die puerto-ricanische Flagge zeigen, mit Kellnerinnen reden, sich mit ihnen abklatschen, fragen, Wann hast du Feierabend? Latinas mit Indianerblut, Sklavenblut, wischen um drei Uhr nachmittags den Boden. Leute aus der Karibik verkünden, wir sind als Sklaven aus Indien hierhergebracht worden. Wir haben uns mit den Schwarzen verbündet und die Briten rausgeworfen. Jetzt hören wir Dubstep. Ich kann dir sagen, wo es so heiß ist wie offenes Feuer. Wo die Party abgeht. Wo du auf der 109th Richtung Far Rockaway ausgeraubt, geviertelt, gerüttelt und geschüttelt oder auch beschissen wirst. Wo niemand Mitleid mit dir hat, wenn du Probleme hast.

Leute aus Wenzhou werden in Pyjamas an der Crommelin Street auf ihren Klappstühlen sitzen, auf den Treppen reden, sich in der gleißenden Nacht Luft zufächeln. Die Frauen werden schwanger sein und trotzdem den Müll rausbringen, Pfandflaschen in Tüten sammeln, eine Handvoll Münzen sparen, kleine Guthaben, aus denen, wie die Kinder, erst später vielleicht mal etwas wird.

Aber erst einmal müssen wir sehen, wie wir mit der Hitze klarkommen – und zwar alle, egal, woher wir stammen.

Eine Siebzehnjährige, die einen Pitbull an der Leine hat und die Haare in die Stirn gekämmt, mit engen kurzen Shorts, nackten Beinen und Mascara, schaut Zou Lei hasserfüllt nach, denn sie verdreht den Männern den Kopf, wenn sie unter der Bahntrasse vorübergeht. Denn Zou Lei hat herausgefunden, dass man auf der 103rd Street ein Paar Shorts für einen sagenhaften Dollar neunundneunzig kaufen kann, und alle Mädchen sämtlicher Länder tragen Shorts, so wie sie.

Die Leute versuchen, ihr alles Mögliche zu verkaufen. Sie brauchen das Geld, aber das braucht sie auch. Ein Südamerikaner mit blauen Augen und Fußballtrikot, der kein Wort Englisch spricht, versucht ihr auf Corona Avenue eine Uhr zu verkaufen, aber sie kauft sie nicht. Zum Ende der Jahreszeit hin wird sie weiterziehen, das liegt ihr im Blut. Sechs bis neun Monate an einem Ort, mehr nicht. GLCS lautet das Graffito auf den Steinen, wo die Long Island Railroad an Skinners Haus vorbeidonnert. Pocos Pero Locos. Und ein Herz aus Sprühfarbe und die Worte: Brazalhax y soldado. Sie stellt sich vor, dass Skinner und sie zum Herbstanfang fortgehen.

Sie stellten einen neuen Jungen ein, den Freund von Angela, der zur Cardozo High School ging, und Polo staunte, wie gut er alles auf Anhieb verstand, auch mit Computern kannte er sich aus, war erst siebzehn, aber sehr talentiert. Der junge Mann nannte sich Monroe. Sassoon stellte ihn ganz nach vorn, obwohl er offen unhöflich zu ihr war. Er hatte eine laute, nicht zu überhörende Stimme. Er beschwerte sich über alles, sagte, Dieser Job geht mir voll auf den Sack. Die Leute mochten ihn, weil er gut aussah.

Auf dem Schichtplan stand jetzt Monroe, wo vorher Zou Lei gestanden hatte. Sie hatten ihm eine ihrer Nachmittagsschichten gegeben. Sie fragte Sassoon, wie sich das auf ihren Lohn auswirken würde. Sassoon erwiderte, sie sei nicht für den Lohn, nur für die Stunden zuständig. Den Lohn müsse sie mit Polo besprechen, aber Polo sei gerade nicht für sie zu sprechen. Zou Lei sagte, dass sei ja gerade sehr praktisch. Ein paar andere Angestellte, die fürchteten, dass Sassoon wütend wurde, griffen ein. Sie sagten Zou Lei, sie solle sich um ihr Geld keine Sorgen machen, der Boss würde sie bestimmt nicht betrügen. Sie sagten ihr, dass sie eifersüchtig auf den talentierten jungen Mann sei. Na, na. Du musst doch nicht eifersüchtig sein.

Von ihrer ursprünglichen Schicht freigestellt ging sie hinaus, wo es regnete. Der Regen prasselte so heftig, dass der Asphalt weiß vor Gischt war. Sie zog sich die Jacke über den Kopf und rannte vier Blocks weit, blieb dann unter dem Baugerüst vor einem Foot-Locker-Laden stehen. Der Regen trommelte auf das Aluminium. Sie starrte die Sneaker auf den Plexiglassockeln an. Als sie in den klimatisierten Laden ging, floss das Wasser aus den Löchern in ihren Sneakers. Aus den Lautsprechern kam Hip-Hop. Der Rücken ihrer Jeansjacke war durchgeweicht. Sie zog sie aus, legte sie über den Arm und nahm ein Paar Frauenlaufschuhe von Nike, die so leicht waren, dass man sie kaum spürte. Als sie versuchte, sie anzuprobieren, stellte sie fest, dass sie mit einem Kabel an der Wand befestigt waren. Sie schaute sich ein anderes Paar Nikes und dann ein Paar Asics an und verglich die Preise.

Unter der Jacke trug sie nur ihre dünne, orangefarbene Arbeitsbluse, und man sah, dass ihr in dem klimatisierten Raum kalt war. Sie warf die nassen Haare zurück und griff nach einem Paar Reebok Mountaineer, deren Preis um fünfzig Prozent reduziert war, und inspizierte das kräftige, ausgeprägte neue Profil.

Beim nächsten Gehaltsscheck oder bei dem danach. Irgendwie so. Sie schwang die Hüften im Takt mit dem Stereobeat. Der Regen würde vorübergehen und die Sonne wieder auf sie scheinen, während sie schwitzend wie ein Kamel auf den Horizont zulief.

Dann war der Wolkenbruch vorüber, sie stellte die Reeboks zurück und machte sich auf den Weg, den Hügel hinauf. In den Abflusskanälen rauschte es wie ein Wasserfall.

Als sie nach Hause kam, roch die Migrantenwohnung wie ein nasser Lappen, und vor ihrer Falttür hatte jemand alle Schuhe gestapelt. Im Verschlag eines Mitbewohners lief ein Fernseher und eine Mieterin, eine stämmige Frau, war im Flur und wischte mit dem Plastikmopp die Kochnische, schob den schwarzen Dreck auf dem Boden herum. Das Küchenfenster stand offen und man sah, dass es wieder zu regnen anfing.

Auf dem Weg zu ihrem Zimmer stießen sie mit den Hüften aneinander. Zou Lei musste dem Plastikstiel ausweichen. Die Frau schaute nicht auf. Sie redeten nicht, nur der Fernseher plärrte – in der Standardsprache, Mandarin. Die Frau hatte den Flur so lange gewischt, bis er roch wie die Latrinen in China.

Der Berg aus Schuhen kippte, als sie die Falttür öffnete, und sie schob die Schuhe mit dem Fuß aus dem Weg.

Sie wegzuschieben macht alles nur unordentlich, sagte die Frau.

Wo sollen sie denn hin?, fragte Zou Lei.

Völlig egal. Stell sie einfach in einer Reihe auf.

Sie stellten die Schuhe paarweise in einer Reihe auf. Danach wusch Zou Lei sich die Hände mit der Flüssigseife, von der sie immer geglaubt hatte, dass sie für alle da sei.

Jeder hat seine eigenen Produkte, sagte die Frau. Das nennt man Zivilisation.

Kapitel 38

Vor der Bücherei und vor einem Tisch der Falun-Gong-Sekte, auf dem Fotos von Gräueltaten ausgelegt waren, rieb sich ein Mann den Oberkörper mit Babyöl ein. Er hatte frische, rosafarbene Messerstichnarben auf der Brust.

He, was geht, Jimmy Irish.

Jimmy grüßte freundlich zurück und man hätte meinen können, das läge am Sonnenschein dieses ersten heißen Sommertages, am Beton, den man riechen konnte, oder am Gras, das aus den Rissen im Gehweg wuchs, oder am Babyöl oder an der Kokosbutter und Davidoff Cool Water und afrikanischem Öl der Massen aus der Subway oder dem Diorissimo, das aus den Blusen der Frauen aufstieg. Man mochte kaum glauben, aber Jimmy hatte gerade erfahren, dass seine Ehefrau Vicky mit seinem Kind nach Bayonne gezogen war. Er wollte mit dem Wagen seiner Mutter dorthin fahren und nach dem Rechten sehen. Seine Mutter hatte ihn gewarnt, dass er wieder im Gefängnis landen würde, wenn er das machte.

Der Typ klatschte sich das Babyöl auf Arme, Bauch und Brust. Sie beobachteten die vorbeilaufenden chinesischen Schülerinnen, die mit Schlüsselringen Teddybären an ihren Schulranzen befestigt hatten.

He, was geht. Wie alt seid ihr?

Er wandte sich wieder seinem Handy zu, aus dessen Lautsprecher ein Motown-Lovesong rieselte. *I need you*, sang ein Mann, *so badly*. Zwei andere Männer waren auch noch dort: Frankie und ein vierter Typ, der mit ausgebreiteten Armen etwas von Migranten brüllte, bis zum Bordstein und wieder zurück rannte, ausholte und

Luftschläge verteilte, um zu zeigen, was bei seinem Kampf an der Tankstelle passiert war.

Es gibt zu viele von ihnen, brüllte er mit einer Dose Bud Light in der Hand.

Frankie hatte die Haare nass zurückgekämmt, trug ein rotes, ärmelloses Tanktop über dem Bauch und graue Jogginghosen. Dieser Nigger, sagte er, hat mich um halb sechs geweckt, Schätzchen.

Es war früh und die meisten Läden hatten die Rollläden noch geschlossen, außer der Bodega, die ein Pakistani betrieb, der vor allem Lottoscheine verkaufte. Gleich daneben standen der Casino-Bus und eine Reihe von Chinesen, die Hände hinter dem Rücken verschränkt wie Deng Xiaoping bei einem Besuch der Mülldeponien in Südchina. Sie warteten darauf, einsteigen zu können. Der vierte Mann stand mitten auf dem Gehweg und starrte einem Zug von Chinesen entgegen, die mit Schachteln in der Hand auf dem Weg zur Arbeit in Richtung Bus gingen.

Da kommen sie, sagte er. Er nahm einen schnellen Schluck aus der Dose, warf den Kopf zurück, das Bier rann über sein Gesicht, er wischte sich den Schaum vom Mund und starrte sie weiter an.

Eine Chinesin in Spitzenbluse, schwarzem Rock und High Heels mit Schleifen kam auf sie zu.

Was geht, Süße? Auf dem Weg zur Arbeit? Schau mal, hat sich fein gemacht, sieht hübsch aus.

Holt sicher den Typen den ganzen Tag einen runter.

Ihr Mann ist ein Wichser.

Nie wieder Similac-Babynahrung. Nie wieder Pampers. Nie wieder Wasser. Irgendjemand muss ihnen das mal sagen.

Ihnen was sagen, mein Sohn?

Ihnen sagen, dass es zu viele von ihnen gibt.

Der Mann mit dem Öl versuchte, eine Zigarette von Jimmy zu schnorren, der aber sagte, Das ist meine letzte.

Der vierte Mann hatte jede Menge Zigaretten. Er hatte zwei Packungen – beides chinesische Marken in roten Schachteln mit goldenem Aufdruck: Jinlongmingpai Xiangyan –, die er immer wieder aus der Tasche zog, sie öffnete und wieder schloss, Zigaretten herausnahm, sich hinter das Ohr klemmte oder zwischen die Lippen steckte und sie den anderen anbot.

Hier. Nimm eine, nimm eine, Bruder, sagte er. Wir sind alle Weiße. Nur los. Weiter so, sagte der vierte Mann und gab ihm eine Handvoll Zigaretten, die der Sonnenanbeter in die öligen Hände nahm und auf den schmutzigen Kantstein legte.

Schau mal, was er mir gegeben hat.

Gib mir auch eine, befahl Jimmy. Gib Frank auch eine.

Nimm nicht alle.

Wie wär's mit Feuer? Gib mir Feuer.

Sie stießen den Rauch aus, und der Sonnenanbeter hielt die Zigarette im Mund, bewegte sie auf und ab wie eine Erektion, während er den Frauen hinterherstarrte.

Bravo!, rief er einer hinterher und applaudierte.

Der vierte Mann hob die Bud-Light-Dose vom Gehweg auf und nahm den nächsten Schluck. Wir sind alle weiß, Amerikaner. Ich mach' diesen Scheiß nicht mit. Was meins ist, ist auch deins, Bruder. Meins ist deins. Schau mich an. Was meins ist, ist auch deins.

Na ja, meins ist nicht deins, sagte Jimmy zu dem vierten Mann, der das nicht persönlich nahm und so tat, als hätte er nichts gehört. Weil er jetzt wieder angefangen hatte, lautstark von der Tankstelle zu erzählen. Er brüllte jetzt richtig herum, sein Nacken wurde rot und er sagte, dass er sie nicht alle schaffen konnte. Er trug ein braunes Trikot mit der Nummer 25 über einem weißen Hemd und gürtellose Khakishorts, die ständig rutschten, weshalb er ständig den Bund einschlug, damit sie besser saßen. Seine Unterarme waren mit Schnittwunden übersät, die Hände schmutzig. Jetzt erzählte er, wie er während des Kampfes immer wieder weggerutscht war, beim Schlagen und Treten und Umklammern, und sie ihn dann zu Boden gezwungen hatten, was er ihnen nur vorspielte – er warf sich auf den Boden und sprang wieder auf, stand einen Augenblick Xbeinig wie ein Junge da. Sprang dann hoch und trat um sich, wobei sein Sneaker nur knapp an ihren Gesichtern vorbeisauste. Jimmy gähnte.

Die haben die ganze Nacht Crack geraucht, sagte Frankie. Mit Blunts, mein Sohn.

Jimmy kratzte das Kleeblatt auf seiner Hand.

Aber ich bin immer wieder weggerutscht! Der Boden war einfach zu rutschig zum Kämpfen.

Das war das Putzmittel, stimmt's? Das Putzmittel auf dem Boden.

Genau. Ich musste da einfach raus, sagte der vierte Mann und ging wieder zum Bordstein, wo ein Blumencontainer stand und der Bus wartete. Ich musste da einfach raus, um Platz zu haben. Wenn ich erst mal Platz habe, ist es mir egal, ob es zehn von denen sind. Ist mir egal. Ist mir egal, ich mach die alle. Dann mach ich sie alle.

Er schüttete sich wieder Bier in den Mund, beugte sich vor, trank weiter aus der blauen Dose, wässerte die Blumen mit Bier, ließ die Dose fallen, stampfte mit seinen Sneakers darauf herum, ging ein paar Schritte, breitete die Arme aus und brüllte, Ich mach sie verdammt noch mal alle. Ein paar Chinesen drehten sich um.

Sie trafen auf Menschen, die sie kannten, und Menschen, die sie kannten, trafen auf sie. Aus dem Führerhaus eines mit Graffiti übersäten Lieferwagens mit einem Riss im Dach, der von einer zu niedrigen Durchfahrt stammte und jetzt mit Müllsäcken abgeklebt war, johlte ihnen ein Insasse zu.

Guado!, riefen sie über die Kreuzung. Der vierte Mann rannte los, stellte sich aufs Trittbrett und sprach durch das Fenster mit ihm, bis die Ampel auf Grün sprang, dann rannte er zwischen den Autos hindurch zurück.

Frankie ist schon eine Weile draußen. Er war drinnen und dann wieder draußen. Dieser Nigga hat mich einsperren lassen. Dreißig Tage auf der Insel! Der Tod seiner Mutter hat ihn gerettet. Null neun null neun neunundneunzig. Darmkrebs, mein Sohn, mein heiß geliebter Sohn. Aber er lebt immer noch hier, bei den Punjabis um die Ecke in den niedrigen Sozialwohnungsbauten an der Blossom. Er hatte Tattoos: 777. Johannes 3:15. Eine Tätowierung sah aus, als würden Tigerkrallen seine Haut von innen heraus aufreißen. Seine Hände waren hellviolett, als hätte er Schuppenflechte, aber das kam von den Schlägereien. Neben seinen Füßen lag ein schwarzer Plastiksack, auf dem er herumtrampelte. Er beugte sich hinunter und nahm eine Flasche Arizona Ice Tea heraus, spuckte auf den Verschluss, rieb ihn kräftig. Schraubte den Verschluss auf und trank. Bot die Flasche den anderen an. Hier. Ist sauber.

Du warst also die ganze Zeit draußen, sagte Jimmy, als sei das etwas Nettes.

Ich bin am Tag nach 9/11 rüber zum World Trade Center, als alles noch rauchte, Nigga. Außer dem Wetter ändert sich nichts.

Der vierte Typ fing wieder an, von der Schlägerei in der Tankstelle zu erzählen. So haben wir's gemacht. Sind da rübergegangen. An meinem Haus vorbei nach Kissena. Verdammte Migranten. Hast du Ausweise? Bist legal? Okay, prima. Nur hab ich diesmal was einstecken. Er führte vor, was passiert war, oder beim nächsten Mal passieren würde, er war offenbar von Natur aus athletisch, mal abgesehen davon, was er sich selbst angetan hatte. Denn diese Mexikaner waren drauf und dran, ihn abzustechen. Er schoss heran und presste seine Faust an Jimmys Magen. Eine richtig schnelle Stadtratte. So geht das, wenn ich's auf die Augen oder den Hals abgesehen hab. Ich kann auch ohne Messer jemanden kaltmachen. Mit dem Ellbogen. Er ging ein paar Schritte zurück, kam dann faustschwingend wieder und brach plötzlich ab. Frankie und Jimmy beachteten ihn kaum, lachten. Er baute sich unmittelbar vor ihnen auf, Kopf an Kopf, verlangte, dass sie zuhörten, sagte, Schau mich an, schau mich an, schau mich an. Ich werd Folgendes machen. Mir ein Stück Rohr besorgen. Ein nettes Rohr. Ein Montiereisen!, warf Frankie ein. Genau, so eins. Wenn du eins mit dem Rohr übergezogen bekommst, dann weißt du Bescheid. Ich werd früh aufstehen und da runtergehen und das genauso machen.

Frankie nannte ihn Charlie. Das ist dein zweiter Vorname? James, stimmt's? C-J! Dein Nachname ist French, oder? C-Rock!, lachte er und zwinkerte Jimmy zu, der die beiden ignorierte und auf die Zigarette starrte, die zwischen seinen zerschlagenen Gelenken bis auf das dreiblättrige Kleeblatt runterbrannte.

Charlie holte die beiden Packungen chinesischer Zigaretten wieder heraus. Der würde dir sein letztes Hemd vermachen. Er steckte sich noch eine Zigarette hinters Ohr und gestikulierte weiter herum, zeigte ihnen, wie er gekämpft hatte, und dabei fiel die Zigarette, die er gerade rauchte, auf den nassen Gehweg. Er bückte sich, hob sie auf und rauchte weiter.

Ich muss draußen sein. Es war zu eng da drin. Ich musste raus, dorthin, wo ich Platz habe. Mein Vater hätte ihnen eine Dose Kautabak um die Ohren gehauen, mitten ins Gesicht. Eine Dose Dip-Copenhagen-Schnupftabak. Ich geh gleich heute wieder hin und frag nach dem Besitzer der Tankstelle und zimmer ihm eine auf die Zwölf. Mit meiner Faust. Mit einem Pflasterstein. Wäre doch nur logisch. Damit wär das Problem erledigt, was? Oder vielleicht auch nicht. Ich weiß nicht.

Aber du hast einem das Essen weggetreten, sagte Frankie.

Nein. Na gut, ich war wütend. Ich hab nach seinem Essen getreten. Nicht ihn. Einen anderen. Diesen großen Kerl mit dem ganzen Gold auf all seinen verfluchten Zähnen. Wenn ich eine Kanone hätte, würde ich ihn killen. Ich würde sieben von ihnen killen. Wenn ich dahin gehen würde, lägen da sieben tote Kerle. Vierzehn. Damit hätte ich vielleicht eine Chance. Notwehr ist ein Recht. Aber ein Weißer, ein Staatsbürger? Er klatschte in die Hände, um das zu betonen. Was werden die Cops machen? Werden sie mir glauben, einem Weißen? Einem Veteranen?

Er hatte leicht schiefe Zähne. Einen roten Nacken. Die schon leicht grauen Haare in einem *High and Tight.*

Du meinst, statt eines Migranten?

Komm schon! Genau das. Er hielt die Hände so, als hätte man

ihm Handschellen angelegt, ging auf und ab. Ich werd' für lange ins Gefängnis wandern. Für sehr lange diesmal. Die MS-13, die Mexikaner werden dort sein. Chinesen. Würde eher den Schwarzen über den Weg trauen als denen. Vielleicht mehr oder weniger. Nicht zwangsläufig. Ich werd' direkt zu den Ariern gehen. Sieg Heil. Werd' sie unterstützen. Als Arier geboren und aufgewachsen. Weiße Macht. Ich werd' im Knast mit der verdammten MS-13 sein – er imitierte ihren Teufelshörner-Gruß, wie sie mit nach unten gerichteten Händen zu Jesus beteten, Jesus, errette mich – er gestikulierte mit Abscheu. Verpisst euch bloß … Die reden hier nicht über diese Sache, die da passiert ist, was sie mit diesem Mädchen gemacht haben, sie haben ihr ein Rohr in die Pussy gesteckt, in den Arsch gesteckt. Sie haben sie umgebracht, das arme chinesische Mädchen. Die Mexikaner reden über so was nicht. Nein, nein. Einige Leute verdienen es einfach nicht, am Leben zu sein.

Irgendjemand kam aus der Bodega, ging an ihnen vorbei und kratzte auf einer Lottokarte herum. Er wurde auf ihn aufmerksam, weil er dachte, er sei Mexikaner. Dann korrigierte er sich selbst, sagte, O nein, das ist ein Türke. Charlie baute sich direkt vor Jimmy auf und plapperte, Zum Türken muss ich dir was sagen. Wenn ein Türke deinen Wagen repariert, dann bist du am nächsten Tag wieder bei ihm. Er stellt irgendwas damit an. Ein Inder raubt dich einfach aus …

Frankie sagte, Die einzigen Wagen, die ich jemals hatte, waren ein Minivan und ein 91er Nissan Maxima. Den hab ich immer noch. Die sind in der Überzahl! Da kommen einfach zu viele.

Eine Gruppe Falun-Gong-Frauen in weißen und roten Trainingsanzügen kam aus einem Park, wo sie das Rad des Dharma gedreht hatten. In China wären sie dafür verfolgt worden. Charlie stellte sich einer hutzeligen buddhistischen Großmutter in den Weg. Wenn sie eine Bewegung machte, machte er sie nach. Er fing an zu tanzen und tanzte sie an, wackelte mit den Hüften. Sie lachte. Na gut, sagte er und ließ sie vorbei.

Schau dir diesen Nigga an.

Jimmy spuckte auf den Gehweg.

Er ist verdammt kaputt. Der Sonnenanbeter mit der zerstochenen Brust drehte die Musik auf.

Tanz, Nigga!, rief Frankie.

Charlie tanzte hinter einem Chinesen mit Brille, eingefallenem Brustkorb und hängenden Schultern her. Als der merkte, was in seinem Rücken los war, drehte er sich um und lachte, entblößte dabei fürchterliche Zähne, deutete mit einem teigigen Arm in die Ferne, als wollte er Charlie sagen, wohin er gehen solle. Als wollte er ihm sagen, nimm den Bus. Sie grinsten sich an und Charlie klatschte ihn ab. Danach schlurfte der eingefallene Mann zu den anderen Chinesen, die Geldsäckchen trugen, um das Geld für den Bus einzusammeln, und fing eine Unterhaltung mit ihnen an.

Charlie ging zurück zu den anderen und fragte, wann der Schnapsladen aufmachen würde. In fünf Minuten, sagte Frankie. Das hast du vor zwanzig Minuten auch schon gesagt, sagte Charlie. Er half einem Chinesen, der eine Kiste tragen wollte, fragte ihn, Ist die schwer?, nahm sie hoch, meinte, Na geht ja noch. Dann lief er mit der Kiste davon und rief über die Schulter, Bis gleich! Dann brachte er sie zurück und sagte, Ich wär nicht wirklich weggelaufen.

Er hat ADHS, sagte Frankie. Er hat zu viel Energie im Gehirn oder so was. Er war in Afghanistan. Army. Deshalb ist er im Gefängnis gelandet. Seine Frau hat herumgehurt. Er hat die beiden fertiggemacht, sie durch ein Fenster geworfen. Hat ihm zwei Jahre eingebracht.

Ich war acht Jahre in der Army. Nein, zwei Jahre, acht Monate und fünfzehn Tage. Im Gefängnis war ich drei Jahre. Du hast zwei Jahre gesessen, Nigga.

Stimmt schon, zwei Jahre. Bin niedergestochen worden. Angeschossen worden. Kenn ich alles. Aber dann haben sie mich wieder eingelocht.

Beim letzten Mal wurde ich deinetwegen eingelocht.

Frankie rollte seinen großen Schädel nach hinten, von einer Schulter zur anderen, schüttelte ihn zum Auflockern wie ein Boxer vor dem Sparring.

Charlie zog den Ärmel seines Pullovers hoch, ließ die Muskeln seines weißen Arms spielen und zeigte Jimmy das Tattoo. Er hatte im Irak als Sanitäter in einer Kampfeinheit gedient. Frankie sagte, Zeig ihm dein Ding, Nigga. Charlie zog das Hemd hoch und schob die Khakishorts über die Hüfte nach unten, bis sein Schamhaar zu sehen war und die Narbe am Hüftknochen.

Hast du mal einen Magnet? Ich will nichts als einen Magnet, um das ganze Metall aus mir rauszubekommen.

Schaut euch das an, sagte Frankie. He, Charlie, woher hast du das denn? Bist du angeschossen worden oder was?

Ich brauch 'nen Magnet, um das rauszubekommen.

Woher kommt das, Nigga?

'ne Sprengfalle.

Im Irak, stimmt's?

Als er Irak hörte, machte Charlie einen Satz. Er wollte sich von niemandem anfassen lassen. Frankie legte ihm eine Hand auf die Schulter und Charlie starrte die Hand an, als fühlte er sich durch diese Sympathiebezeugung entehrt.

Was ist los, C-Rock?

Er drehte sich herum und stiefelte los, eilig die Straße hinunter, als sei etwas Schreckliches passiert.

Frankie zwinkerte Jimmy zu, der grinste.

Der Schnapsladen öffnete gleich und sie gingen hinüber, ließen den Sonnenanbeter zurück, der ihnen zunickte, zur Musik nickte, die so klang, als sei der Stream schlecht. Auf seinem ölglänzenden Arm hatte er ein unvollständiges Tattoo, die Umrisse eines Tiers aus der Zeit, als er in irgendeinem Lager festgehalten worden war.

Charlie kam zurück und ging neben der jungen, attraktiven, kurzhaarigen Sinoamerikanerin her, die den Schnapsladen leitete. Er bot an, ihr beim Öffnen des Metallrollos zu helfen, und sie sagte, In Ordnung. Er fing an, am Griff zu zerren, noch bevor sie das Schloss abgenommen hatte. Langsam, sagte sie. Nachdem das Rollo oben war, gab er einen Laut der Bestürzung von sich und zeigte ihr seine schwarzen Hände. Die kannst du da drin waschen, sagte sie und deutete auf die Bodega.

Ein Schwarzer mit einer Hand in der Schlinge kam zum Schnapsladen und begrüßte Frankie mit der anderen, stieß sie an Charlies Faust. Er hatte eine Narbe am linken Auge, die über das Lid reichte, und trug ein quer gestreiftes blaues Hemd, wog gute hundert Kilo und war zwischen fünfundvierzig und fünfzig. Charlie ging hinüber, um ihn per Handschlag zu begrüßen, und der Typ sagte, Au, nicht die kaputte Hand, Wichser.

Dann tranken sie aus einem durchsichtigen Plastikflachmann und Charlie fing wieder an, von dem Kampf in der Tankstelle zu reden.

Muss ich mir das den ganzen gottverdammten Tag lang anhören?, fragte Frankie. Gott sei Dank hatten die beiden nie zusammen gesessen. Charlie war im Gefängnis von Long Island gewesen. Seine Frau war eine Fotze. Renee. Du hast diese Hure durch ein Fenster geschmissen, oder?

Wo warst du?, fragte Charlie an Jimmy gewandt. Dieser Kerl war einfach nirgends aufzutreiben. Ich war in der Unterzahl, und er war nicht da.

Mit Verlusten muss man rechnen, sagte Jimmy.

Frankie hielt sich die Hand vor den Mund, um nicht zu laut zu lachen.

Genau, ich hab nur mit einem gerechnet, sagte Charlie und ging dann zu einer anderen Geschichte über. Ich hab auf der Weltausstellung gekämpft. Ich war fünfzehn. Fünfzehn! Ich hab mit Ramirez gekämpft. Ihr wisst doch, wer das ist? Ich hab nie verloren. Ich hatte hundertzwanzig, zweihundert Kämpfe. In der ersten Runde hab ich ihn niedergeschlagen. In der zweiten wurde er bis acht angezählt. In der dritten Runde ging er k. o. Er hieß Ramirez. Und wisst ihr, wie der Ringrichter hieß? Ramirez. Sie haben ein Unentschieden daraus gemacht.

Und das verfolgt dich immer noch?

Ich kann's nicht lassen. Mein Vater ist zu keinem einzigen meiner Kämpfe gekommen –

Oje, der Vater, spottete Frankie.

– schaut mich doch an, sagte Charlie, ich bin ein Loser. Er schlug sich die Plastik-Georgi-Flasche an den Kopf.

Sag ihm, dass er ein Loser ist, weil er sich selbst mit einer Plastikflasche haut.

Charlie ging und stand ein paar Minuten neben dem Briefkasten an der Ecke.

Schau ihn dir an. Ihm geht langsam die Puste aus ... die ganze Nacht wach und geraucht. Geht dir die Puste aus, Nigga?

Die Sonne schien und es wurde heißer. Charlie schüttelte den Kopf, offensichtlich zu müde oder einfach unfähig, etwas zu sagen. Er zog den Pullover aus, unter dem er ein weißes T-Shirt trug, und sah aus, als würde er sich ausruhen. Ein paar Minuten später kam er zurück, nahm einen Schluck aus der Flasche und kam wieder auf Touren. Sie schauten einander an und suchten nach Themen, über die sie sich unterhalten konnten. Frankie hatte eine Narbe im Gesicht.

Mein Vater hatte HIV. Ich ging ins Krankenhaus, um ihn zu besuchen, und diese Nigger da sagten, Fass ihn nicht an oder du bekommst Aids. Und ich sagte, Ihr ignoranten verdammten Nigger. Ich hab denen was verpasst. Einer hatte eine Rasierklinge und ich wurde geschlitzt.

Frankie entriss Charlie die Wodkaflasche und trank den Rest aus, dann warf er die Flasche auf den Boden. Er schüttelte wieder den Kopf, als würde eine nächste Sparringsrunde anstehen.

Willst du mich etwa abfüllen, Nigga?, bellte er. Wie wär's mit meinem Kumpel Kenny, der Flash aus Flushing, mein Nachbar im gleichen Block?

Es geht um Respekt, beharrte Charlie.

Was auch immer, sagte Jimmy.

Charlie ließ nicht locker, Schau mich an. Er baute sich Kopf an Kopf vor Jimmy auf, der ihn wegschubste. Er taumelte zurück, war aber gleich wieder da. Es geht einfach nur um Respekt, sagte er. Mund, Gesicht, Haut, die rote Kehle – alles stank nach Wodka und Zigaretten. Er beschrieb, wie die Cops zu ihm nach Hause gekommen waren und darum gebeten hatten, dass seine Frau Geige spielt. Dafür war sie im ganzen Viertel bekannt. Sie sind mir durch den Park bis zu diesen beiden Gebäuden da gefolgt, siehst du die beiden? Und sobald ich die Grenze überquert hatte, haben sie mich verhaftet. Ist das zu glauben? Vierzehn Cops in meinem Haus, und bevor sie gegangen sind, haben sie noch drum gebeten, dass sie für sie Klavier spielt. Der Cop legte ihr die Hand auf den Rücken und sagte so was wie, Wird schon alles gut werden. Ganz ruhig. Charlie starrte in Jimmys Augen und wartete auf eine Antwort. Das Klavier, sagte er. Nachdem sie alle bei mir Kaffee getrunken hatten. Meine Frau hatte ein Nachthemd an. Das dürfen die doch gar nicht.

Er war in meinem Haus! Meinem Haus!, brüllte Charlie. Sein Hals wurde dick.

Wie interessant, sagte Jimmy.

Du hast eine hübsche Frau, sagte der eine Cop. Wie riecht ihre Pussy? Ich war in Handschellen und hab ihm einen Kopfstoß verpasst. Auf der Stelle. Draußen haben sie mich zusammengeschlagen. Ich brauchte einen Rollstuhl.

Die haben dir übel mitgespielt, Bro, sagte Frankie.

Meine Mutter weinte. Ich konnte nichts mehr sehen.

Er schlug seinen Kopf an eine Wand, wobei ihm die beiden anderen zusahen.

Härter, ermunterte ihn Frankie. Charlie hämmerte den Kopf wieder gegen den Granit, es klang wie bei einer Kokosnuss. Hat irgendjemand Meth? Oder Pilze? Meskalin? Angel Dust? Damit ich meinen Kopf durch diese verdammte Wand hauen kann?

Ich hab Gras.

Nee, Gras ist nicht so gut.

Sie gingen über die Avenue und setzten sich neben den Punjab-Lebensmittelmarkt bei den Bahngleisen in die Sonne.

Wir sind einfach drei Weiße. Du bist doch weiß, oder? Wir sind Dinosaurier, mein Sohn. Ist alles nicht mehr, wie es mal war, mein Sohn.

Was glaubst du, was ich bin?, fragte Jimmy. Frankie vermied den Blickkontakt. Jimmy trat seine Zigarette auf dem Asphalt aus, was ein knirschendes Geräusch verursachte.

Charlie redete jetzt über den Kasino-Bus und sagte, er würde nach Foxwoods fahren, und er wusste auch, wie es dort lief. Du bekamst einen Gutschein für ein flambiertes Steak und dreißig Dollar zum Verspielen. Gar nicht so schlecht. Was sagt ihr dazu, nichts wie hin. Macht schon. Ich lad euch ein.

Mich wohl nicht, sagte Jimmy.

Doch, mach ich. Komm schon.

Er hatte seinen Pullover auf dem Zaun hängen lassen und Frankie brüllte: Ständig bin ich hier der Babysitter. Geh und hol deinen Krempel. Er hat ein zweihundertfünfzig-Dollar-Telefon verloren.

Ich lad euch ein, beharrte Charlie.

Steck dein Geld weg, Nigga, du musst Miete zahlen.

Mit einem Blick auf Jim sagte Frank, er würde jetzt nach Hause gehen und einen Blunt bauen. Er stand auf und zog die Jogginghose über die fetten Hüften. Du musst dringend abnehmen, Wichser, sagte Jimmy und blieb sitzen. Weiß ich, weiß ich, Nigga. Frankie zögerte ein paar Augenblicke. Jimmy tat so, als würde er Charlie interessiert zuhören, der schon wieder mit Respekt anfing.

Frankie verschwand um die Ecke, als wolle er gehen, aber Sekunden später war er wieder da, schnappte sich den Pullover vom Zaun und rannte damit los.

Charlie sprintete hinterher, und Frankie blieb stehen, beide schoben wie beim Basketball die Brust nach vorn, als würden sie sich decken, attackierten einander, flüsterten dem anderen ins Gesicht: Mach doch. Mach doch. Mach doch. Ich hab keine Angst vor dir, beharrte Charlie, der sich auf die Zehenspitzen gestellt hatte, um Frankie zu überragen.

Der Pullover flog auf den Boden und Frankie spuckte darauf. Mir würdest du dein Hemd nicht geben, aber für irgendeinen Nigger würdest du's hier liegen lassen.

Charlie hob den Pullover auf.

Gehn wir in den Hinterhof. Ich will mich mit dir prügeln.

Vor dir hab ich keine Angst.

Das ging drei Minuten so weiter, hin und her. Jimmy behielt die Straße im Auge, wegen der Cops.

Leck mich, vor dir hab' ich keine Angst, sagte Charlie noch mal und ging, weil er den Kürzeren gezogen hatte. Er lief zu einem Baum, trat dagegen, ging weiter, schwenkte den Pullover, wandte sich zu Frank um, zeigte ihm den Mittelfinger, brüllte, Verpiss dich!, um dann zurückzugehen, weil ihm etwas eingefallen war:

He, viel Spaß mit den Zigaretten, die ich dir gekauft habe.

Werd' ich haben.

Danke, dass du dich um mich kümmerst. Danke dafür, nachdem ich dir die Zigaretten gekauft habe. Danke für deine Hilfe.

He, grinste Frank. Dir werd' ich nie helfen.

Genieß die Zigaretten.

Ich werd sie rauchen.

Fick dich.

Loser! Du bist ein Loser. Sieg Heil.

Hau ab und halt deine verdammte Predigt woanders! Geh nach Hause und hol dir einen runter. Ich red nie wieder ein Wort mit dir, sagte Charlie und ging. Jetzt lief Frankie hinterher, schrie, Hey!, Charlie kam zurück und die beiden stritten sich auf der Straße weiter. Inderinnen schoben Einkaufswagen an ihnen vorbei.

Dann ging Charlie zu Jimmy, der mit geschlossenen Augen an dem verwitterten Zaun lehnte, den Fuß nach hinten abgestützt. Er hielt sich mit ausgebreiteten Armen am Zaun fest und sah aus wie der gekreuzigte Jesus, die Bandana wie eine Krone um den Kopf.

Das kommt von den Drogen, sagte Charlie. Er ist ein Junkie. Die Drogen stehen an erster Stelle.

Dann mach was dagegen, spöttelte Jimmy.

Das hörte Frankie.

Mach was wogegen?, fragte er.

Frag deinen Laufburschen.

Ich frag dich, Nigga.

Und ich sag dir, frag deinen Laufburschen.

Und ich frag dich.

Jimmy gab einen verächtlichen Laut von sich. Er ging mit der Situation, die sich da entwickelte, etwas anders um als die anderen. Ich reg mich nicht auf wie ihr zwei starken Männer, sagte er mit heiserer Stimme. Jetzt stritt sich Frankie mit ihm, aber ohne ihm auf die Pelle zu rücken. An einem Punkt schien er auf Jimmy losgehen zu wollen, aber Jimmy warnte ihn: Mach nur. Eine Berührung, und du kannst dich gleich hier beerdigen lassen. Er klang völlig unaufgeregt, während Frankie endlos weiterredete. Jimmy schnitt ihm das Wort ab.

Dein Scheiß interessiert niemanden. Lasst mich in Ruhe mit eurem verdammten Scheiß und euren verdammten Geschichten, beide.

Jetzt drehst du komplett ab.

Und du sabbelst nur.

Jimmy öffnete und schloss die Finger seiner Kleeblatthand wie den Mund einer Sprechpuppe.

Frankie debattierte weiter, sagte, dass Jimmy nicht der einzige Wichser sei, der mal im Knast gewesen war. Ich hab dich da getroffen, Kleiner. Er klagte, es sei unfair von Jimmy, sich zwischen ihn und seinen Freund Charlie zu drängen. Er hatte heute eigentlich nichts anderes vorgehabt, als zum Strand zu gehen. Sie hätten nach Rockaway fahren können. Er appellierte an Charlie James, breitete die Arme mit den Zahlen-Tattoos und den schmutzigen Händen aus. Geschweige denn, dass er nicht klein beigab, mein Sohn.

Du schweifst ab.

Wie?

Wenn du ein Problem hast, dann tu was.

Frankie wollte nichts als Verständnis.

Von mir bekommst du nichts. Mach was, oder lass es, sagte Jimmy. Er hatte zehn Jahre gesessen, genau. Ein anderes Leben kannte er nicht. Also mach weiter so. Interessiert niemanden. Mich schon gar nicht.

Kapitel 39

Sie fuhr mit der Subway bis zum East Broadway in Manhattan, wo es offenbar mehr Anwälte für Einwanderer gab als in Flushing, und auch mehr Job- und Zimmervermittlungen. Der Grund dafür war einfach: Die chinesische Gemeinde am East Broadway setzte sich größtenteils aus illegalen Einwanderern aus Fuzhou zusammen. Sie ging eine Treppe nach oben, an deren Fuß eine Frau Erdnüsse in einem elektrischen Kessel kochte, und landete in einem Labyrinth aus Büros und Läden im ersten Stock, in denen ganz verschiedenen Geschäften nachgegangen wurde. Über einer Tür war ein Schild angebracht, Li – Die Buchhalterin. Weiter unten im Flur fand sich das Black Dragon Blue Body Tattoo Studio. Hinter einer durchsichtigen Tür stach ein etwa dreißigjähriger Tätowierer Linien in den stämmigen Arm eines jungen Mannes mit nacktem Oberkörper. Das stetige Summen der Tätowiernadel drang durch das Glas.

Andere Büros hatten keine Bezeichnung, nur Listen ihrer Dienstleistungen ausgehängt: Versicherungen, Heiratsregister, Scheidung, Sozialwohnung, Antrag auf Sozialhilfe, Pass ohne Geburtsurkunde, befristete Visa, Baby nach China schicken. Eine Angestellte, die in einem der Büros einsam vor ihrem Computer saß, erklärte Zou Lei, dass sie keine richtigen Anwälte waren und auch nicht alles, was auf den Listen stand, bearbeiten konnten; sie sollte doch zu einem der vielen richtigen Anwälte in der Gegend gehen.

Zou Lei folgte ihrem Rat und ging zurück auf die Straße. Die Gebäude waren ineinandergeschachtelt wie Bücher in einem überfüllten Regal. Das Schild eines Anwaltsbüros ragte heraus wie ein Karteireiter. Es war an einem modernen Gebäude angebracht, das zwischen zwei Mietskasernen klemmte. Sie betrat eine komplett verglaste Eingangshalle, die von Videokameras überwacht wurde. Als sie den Fahrstuhlknopf drückte, leuchtete er smaragdgrün auf. Die Fahrstuhltür öffnete sich und sie sah, dass der Fahrstuhl mit dunklem Holz getäfelt war, wie ein Salon, in dem Hongkong-Tycoons teuren Cognac tranken, in Filmen jedenfalls. An der Decke hing eine weitere Überwachungskamera. Sie fuhr in den ersten Stock und legte dabei ungefähr drei Meter zurück – zu Fuß wäre sie schneller als der Fahrstuhl gewesen, wenn es denn Treppen gegeben hätte. Wegen der schweren und teuren Holzintarsien bewegte sich der Fahrstuhl nur langsam. Als sie ausstieg, befand sie sich in einem achteckigen Empfangsbereich, der mit Marmor ausgelegt war.

In diesen schmalen Bau haben sie einen Palast hineingezwängt, dachte sie.

Die Rezeption war nicht besetzt. Hinter einer gläsernen Trennwand sah sie Frauen an Metallschreibtischen arbeiten. Neben Computern und Telefonen türmten sich Aktenmappen. In dem Büro herrschte emsiges Treiben; die Frauen arbeiteten ununterbrochen, gaben Daten ein, gingen ans Telefon, gaben Akten an Frauen weiter, die aus anderen Büros kamen. Es war Hochbetrieb wie in einem Fast-Food-Restaurant zur Rushhour. Aber anders als im Restaurant herrschte hier Ruhe. Die einzige Ausnahme war eine ausufernde Diskussion, die ein Angestellter mit einer Klientin führte, einer Frau mit hängenden Schultern in einem Izod-Shirt, die juristischen Rat suchte.

Zou Lei schaute um die Trennwand herum und wartete ein paar Sekunden. Als niemand reagierte, ging sie hinein und weiter an den Schreibtischen entlang, auf der Suche nach jemandem, der frei war. Eine junge Frau, die Jeans mit aufgenähten Taschen trug, fragte, Was wollen Sie?

Ich möchte einwandern.

Gibt es ein laufendes Verfahren?

Zou Lei war nicht sicher, was sie antworten sollte.

Sie möchten also einen Antrag stellen?

Ich weiß nicht. Ich denke, ich kann einen Anwalt sprechen.

Der Anwalt kann Sie jetzt nicht sprechen.

Zou Lei fragte, wann der Anwalt sie sprechen könnte.

Die Frau legte den Hörer neben den Apparat, stand auf und ging mit Zou Lei zur Rezeption zurück, ließ sie auf einem der drei geschwungenen Rosenholzstühle Platz nehmen, klopfte an die Tür des Anwalts und fragte murmelnd, wann er Zeit habe. Eine Männerstimme antwortet, In fünfzehn Minuten. Sie schloss die Tür, sagte fünfzehn Minuten zu Zou Lei und ging zurück in das Sekretärinnenbüro.

Zou Lei saß auf dem Stuhl und betrachtete die Diplome an den Wänden. Der Anwalt war bei der Stadt New York und der Amoy Freemanson Society of New York City registriert. Eine gerahmte Kalligrafie rühmte die Fähigkeiten des Anwalts und verglich sie mit der Sprungkraft eines Pferdes, während die Dankbarkeit des Verfassers einem Frühlingsregen gleichgesetzt wurde. Am Empfangstresen gab es einen kleinen Ständer mit Visitenkarten aus festem Karton, die sämtliche Sprachen auflisteten, die der Anwalt sprach. Hinter der Tür sprach er weiterhin Englisch.

Eine Minute später ging sie zurück zu der jungen Frau und fragte sie, wie viel es kosten würde, mit dem Anwalt zu sprechen.

Ohne ein Wort zu verlieren, unterbrach die junge Frau ihre Tätigkeit, marschierte zurück in das Büro des Anwalts und flüsterte mit ihm. Zou Lei verstand das kantonesische Wort für einhundert. Die junge Frau kam zurück und berichtete, dass ein Gespräch hundert Dollar kosten würde. Zou Lei sorgte sich, das war eine Menge Geld. Wie viel Zeit würde sie bekommen für hundert Dollar? Könnte sie auch kürzer mit ihm sprechen, für weniger Geld?

Die junge Frau machte auf dem Absatz kehrt und ging wieder in das Büro des Anwalts, flüsterte wieder mit ihm.

Der Anwalt stand auf und kam aus seinem Büro. Der Mann war außergewöhnlich groß, er trug ein weißes Anzughemd, eine rotblau gestreifte Krawatte und Oxford-Schuhe, die auf dem Marmorfußboden klackten. Am kleinen Finger trug er einen Goldring mit Diamanten. Wenn er lief, sah es so aus, als ob seine Knie in alle Richtungen schlenkerten, wie locker sitzende Räder eines Einkaufswagens. Er blieb mitten im Raum stehen und sagte, Hi, Sie können also keine hundert ausgeben? Dann fragte er, wobei sie Hilfe benötigte.

Aber bevor sie antworten konnte, kam die junge Frau zurück und unterbrach sie. Zou Lei wartete, während er der Frau folgte und dabei erklärte, wie sie bei der Ablage eines Immobilien-Verfahrens vorgehen sollte. Dann kam er zurück und sprach wieder mit Zou Lei. Bei der Schilderung ihres Problems wusste sie nicht, womit sie anfangen sollte. Er unterbrach sie: Wie viel wollen Sie ausgeben?

Sie zögerte, war unsicher, was sie sagen sollte.

Dreißig Dollar.

Gut. Sie stellt Ihnen eine Rechnung aus. Ich rede mit Ihnen, wenn ich fertig bin.

Er eilte in sein Büro zurück, schloss die Tür und fing wieder an, englisch zu reden. Es gab keine Fenster, aber eine Uhr, auf der man verfolgen konnte, wie die Zeit verging. Eine weitere Tür öffnete sich und ein Amerikaner kam heraus, der eine Kippa trug und sich von den Frauen im Büro verabschiedete, die nicht darauf reagierten.

Sagt Alvin, dass ich gehe.

Er drückte den Fahrstuhlknopf. Als der Fahrstuhl kam, stiegen zwei Chinesen aus, die wie Lieferanten aussahen und sich auf die beiden anderen Rosenholzstühle setzten. Sie stellten ihre Plastiktüten zwischen die Füße und fingen an, die »Sing Tao« zu lesen. Der Ellbogen des neben ihr Sitzenden bohrte sich in ihren Arm. Sie beugte sich zur Seite und spürte die Geldtasche an ihrer Hüfte.

Sie stand wieder auf und ging zurück in das Büro der Angestellten. Dieses Mal landete sie bei einer anderen, älteren Mitarbeiterin, einer steifen Frau mit streng zurückgekämmtem Haar, Brille und furchterregender Akne. Zou Lei sah, dass sie eine Festlandchinesin war, und sprach sie auf Mandarin an.

Ich soll mit dem Anwalt sprechen, aber das Mädchen hat ihm nicht gesagt, warum ich hier bin, wie soll ich also wissen, ob es irgendeine Bedeutung hat, und dann sind dreißig Dollar weg für nichts.

Warum möchten Sie ihn sprechen?

Ich will einwandern. Ich will nicht erwischt werden.

Von der Immigration?

Ja, von Immigration. Ein Mal bin ich erwischt worden und das war furchtbar.

Die Frau ließ sie auf dem Stuhl neben ihrem Schreibtisch Platz nehmen. Sie sprachen Mandarin.

Haben Sie ein Verfahren?

Nein. Ich bin zum ersten Mal beim Anwalt.

Wie sind Sie ins Land gekommen? Haben Sie ein Visum?

Nein, kein Visum.

Wie sind Sie hereingekommen? Haben Sie ...

Eingeschlichen.

Von Mexiko? In einem Lastwagen?

Ja, in einem Lastwagen.

Als Sie verhaftet und dann wieder freigelassen wurden, da hat man Ihnen doch ein Schreiben gegeben. Haben Sie so etwas?

Ich denke schon.

Zeigen Sie mal her.

Nein, ich trage es nicht an meinem Körper. Ich habe es zu Hause.

Bringen Sie es das nächste Mal mit, denn das macht einen Unterschied, wenn Sie einen Antrag stellen. Sie wollen doch einen Antrag stellen?

Okay. Ja. Ich denke, was immer möglich ist. Ich weiß jetzt nicht, was möglich ist. Ich möchte im Land bleiben, wenn es möglich ist. Ein Amerikaner sagt, dass er mich heiraten kann. Das ist es, was ich eigentlich wissen will. Kann er mich auch ohne Papiere heiraten?

Der Anwalt kam aus seinem Büro, legte eine Akte in einen Drahtkorb, sah Zou Lei und sagte: Also jetzt wollen Sie doch nicht mehr mit mir reden? Na gut. Er bat eine Sekretärin um die Akte »285 Broadway« und ging zurück in sein Büro.

Sie sollten sofort heiraten, das würde Ihrem Antrag helfen, sagte die Frau zu Zou Lei.

Kann ich das ohne Papiere?

Ist er Amerikaner?

Ja, ein Soldat.

Und er ist amerikanischer Staatsbürger?

Ja. Staatsbürger.

Gehen Sie zum Standesamt und finden Sie es heraus. Aber das sollten Sie so schnell wie möglich machen, und wenn Sie verheiratet sind, kommen Sie zurück. Dann können Sie einen Antrag stellen.

Sie erzählte Zou Lei, dass sie, um ein Visum zu beantragen, das Land verlassen und zurück nach China müsse. Aber niemand wisse, ob ihrem Antrag stattgegeben und wie lange das vielleicht dauern würde, vielleicht säße sie dann in China fest.

Zou Lei fragte, ob sie ohne Pass zurückfliegen konnte. Die Frau sagte, sie könne einen Pass bei der chinesischen Botschaft beantragen, aber auch da gäbe es ein Risiko, denn, sagte sie, ich denke, das wird auch überprüft, und vielleicht würde sie dann erst recht abgeschoben.

Sie teilte Zou Leis Bedenken, denn es war sehr einfach, verhaftet zu werden, und das sollte sie unter allen Umständen vermeiden. Seit 9/11 konnte niemand mehr einschätzen, welche Folgen eine Verhaftung durch die Einwanderungsbehörde nach sich zog.

Dann schien sie sich selbst zu widersprechen, als sie sagte, dass Zou Lei auf gar keinen Fall zurück nach China müsse. Sie meinte, dass die Gesetze inzwischen weniger eng ausgelegt würden und dass die Haltung der Regierung zurzeit unvorhersehbar sei. Vielleicht würde in Zukunft ja alles einfacher werden.

Sie hatten nicht länger als drei Minuten miteinander gesprochen – die Frau redete sehr schnell und ausdruckslos, die Augen waren hinter der Brille nicht zu erkennen. Plötzlich, als sei eine Uhr abgelaufen, hörte die Frau auf, mit Zou Lei zu sprechen, und wandte sich wieder ihrem Computer zu. Das Telefon piepte, sie nahm den Hörer ab, sagte, Ja, ich erledige das, und legte wieder auf.

Danke für Ihre Hilfe, sagte Zou Lei. Haben Sie eine Karte?

Die Frau gab ihr eine Karte, und als sie daraufschaute, sah sie, dass es die gleiche Karte wie an der Rezeption war: es war schlicht die Karte des Anwalts.

Als sie gehen wollte, kam der Anwalt aus seinem Büro und legte eine Akte in den Drahtkorb. Ich habe mitgehört. Wenn Sie heiraten wollen, dann sollte es eine echte Heirat sein, ansonsten kommen Sie in große Schwierigkeiten. Das sage ich Ihnen gratis. Ein kostenloser Rat.

Sie verstand nicht, was er sagte. Was meinen Sie? Wir sind vielleicht einfache Leute, aber unsere Gefühle sind echt.

Kapitel 40

Vom Anwaltsbüro fuhr sie direkt zurück nach Flushing, um Skinner zu treffen. Während sie redeten, stand er auf und ging zum Kühlschrank. Eine ganze Minute lang starrte er in den offenen Kühlschrank, ohne ein Wort zu sagen.

Was ist?

Schau mal.

Auf dem schmutzigen Gitter stand ein Sixpack Bier.

Das ist Bier. Ja.

Sie verstand das Problem nicht. Er ging ein Mal im Keller herum, schaute in den Müll, trat die Hemden beiseite, um zu sehen, ob etwas darunterlag, schaute unter das Bett, während sie ihn anstarrte, verwirrt von seinem Verhalten. Er ging wieder in die Küche, öffnete und schloss die Schranktüren. Schließlich blieb er neben dem Küchentresen stehen, und seinem Gesichtsausdruck nach wusste er etwas, über das er nicht gerade glücklich war.

Sie fragte ihn, was los sei. Er schüttelte den Kopf.

Nichts. Irgendein Mist.

Hast du was verloren?

Ich hatte zwei Sixpacks da drin.

Und?

Jetzt ist nur noch eins da.

Hast du getrunken?

Nee.

Du sicher?

Ja. Er deutete auf den Mülleimer. Kein Leergut.

Jemand hat es genommen?

Nehme ich an.

Wer?

Ich weiß, wer.

Wer?

Er zündete sich eine Zigarette an.

Der Kerl von oben.

Sie wusste nicht, über wen er redete, und nahm an, er meinte den Mann, der seine Tochter angebrüllt hatte.

Jedes Anzeichen eines Problems mit dem Vermieter brachte das Netzwerk ihrer Pläne ins Wanken. Sie hatten bis eben über ihren Besuch bei dem Anwalt gesprochen, und das betraf sämtliche Fragen, unter anderem die des Wohnorts. Sie hatte darauf spekuliert, dass sie vielleicht bei ihm einziehen konnte.

Was wirst du machen?

Er schüttelte den Kopf, als sei jeder Gedanke daran zu viel. Er nahm eine Bierdose aus dem Kühlschrank, stellte sie auf den Tisch und sah eine Minute lang zu, wie das Kondenswasser am kalten Blech hinunterlief. Wollte er den Kühlschrank gar nicht mehr schließen? Aha, doch. Er inhalierte einmal tief, schloss die Tür und kam wieder auf das Thema Anwalt zurück.

Skinner sah Jimmy in der Menge auf dem Bahnsteig der Linie 7 an der Haltestelle 42nd Street. Zu diesem Zeitpunkt war ihm das geklaute Bier egal, jedenfalls glaubte er das. Er hätte einfach Hallo gesagt. Zwischen ihnen drängte sich die Menschenmenge, die von der Arbeit nach Hause fuhr. Im brechend vollen Zug verlor er ihn aus den Augen, und als er an der Endstation ausstieg, sah er ihn nicht mehr. Zurück im Haus hörte er die Murphys durch die Decke. Eine irgendwie vertraute Angst kroch in ihm hoch, vielleicht durch das Horchen ausgelöst. Er überlegte, ob er nach oben gehen sollte, um Jimmys Mutter zu erklären, wie es um seinen Kopf bestellt war.

Er ging zur 162nd Street und starrte auf die grüne Tür der Bar, die ihm zu klein für den Mann schien, den er vor Augen hatte. Er ging zu Leiser's Liquors mit der gelben Markise und holte sich eine Flasche Rum. Unter den Kunden, die Wein und Spirituosen kauften, waren viele Asiaten, ein Zeichen für das sich verändernde Viertel. Er bezahlte mit Karte. Der Typ am Tresen zog sie durch das Lesegerät und Skinner spürte die Reibung, das Zerren zwischen Plastik und Magnet, während das Geld bei der nur eine Meile entfernten Bank abgebucht wurde. Zou Lei kam dort jeden Tag auf dem Weg zur Arbeit vorbei. Er hatte seit Wochen nicht mehr auf den Kontostand geschaut. Würde noch etwas übrig sein für sie?

Oder musste sie mit ihm teilen, was er noch hatte, die Zigarette, das warme Wasser aus der Feldflasche, die Strafe, der alle unterworfen waren, die in Sand und Abfällen lagen und versuchten, in Deckung zu bleiben?

Er trank bis zehn Uhr abends in seinem Keller und ging dann wieder raus. Jake hatte das alles mit ihm geteilt, dachte er. Im Rausch verblassten die Mexikaner vor ihren Häusern. Als er fast in sie hineinstolperte, riefen sie ihm *cabrón*, Arschloch, hinterher. Der Alkohol hatte einen großen Teil seines Bewusstseins ausradiert, aber auch das war noch längst nicht genug.

Nur verschwommen nahm er eine Gruppe junger Weißer wahr, die aus dem Tabakladen kamen. Ein Puerto Ricaner mit Weste riss das Zellophan von einer Zigarre und steckte sie sich hinters Ohr. Auf dem Weg zurück, jetzt mit einer Flasche Gatorade, sah Skinner sie vor dem China Garden aus Papiertüten trinken. Selbst in seinem Stupor und von der gegenüberliegenden Straßenseite aus erkannte er in dem Großen unter ihnen Jimmy wieder.

Guado stieß Jimmy an. Siehst du diesen Trottel da?

Skinner spuckte auf den Boden, so wie sie ihn angespuckt hatten, als sie ihn Vollidiot nannten.

Am nächsten Tag fand er ein zusammengeknülltes Stück Müll auf seiner Treppe, ein Kaugummipapier, in das ein gekauter Kaugummi eingewickelt war, der nicht von ihm stammte.

Arschloch, wirft Müll auf meine Treppe.

Er hob es auf und warf es hoch in den Flur der Murphys. In den folgenden Wochen war immer wieder, wenn er nach Hause zurückkam, ein Küchenstuhl umgestellt worden oder eine Schranktür in seiner Wohnung offen gelassen.

Etwa zur selben Zeit ging er die 40th Road entlang, als die Jugendlichen vor einem Eckladen anfingen, ihm nachzurufen: He! Wohin willst du?

Er erkannte jemanden aus seinem Viertel wieder. Er meinte sich zu erinnern, dass er eine Zigarette vom Jimmy geschnorrt hatte. Als er einfach weiterging, brüllte einer von ihnen:

Bist du nicht ein ganz Harter? Komm zurück, komm doch, und so weiter. Dachte, du willst dich mit meinem Kumpel schlagen.

Im Haus seiner Vermieterin hatte er keinen Kontakt zu Jimmy; beide verhielten sich so, als sei nichts passiert. In Flushing sah er ihn auf der Straße. Unter so vielen Menschen passierte nichts. Aber der Gehweg vor den ockerfarbenen Gebäuden der Sanford Avenue war schmal. Eines Nachts erkannte Skinner Jimmy auf sich zukommen und wusste, dass er nicht ausweichen würde. Er hatte die Beretta in seinem Armyrucksack. Er hatte Pläne mit Zou Lei, also wechselte er die Straßenseite.

***

Als sie näher kam, öffnete sich die Seitentür von Skinners Haus und ein Mann mit langen Beinen trat heraus. Er hatte eine Bandana um den Kopf gebunden, deren Enden so herunterhingen, als wären sie Teil des Haars und Haar und Bart bestünden aus Stoffstreifen.

Ohne nachzudenken, hielt sie mitten im Schritt inne und senkte den Kopf, versteckte das Gesicht hinter der Hutkrempe, und änderte die Richtung, als hätte sie ein anderes Ziel, machte viele kleine Trippelschritte auf der Stelle, bis genug Zeit vergangen und er weitergegangen war. Sie spürte, wie seine Augen ihr folgten, und sie spürte auch, als er den Blick wieder von ihr abwandte.

Dann entfernte er sich und sie schaute ihm hinterher, sah, wie er die Straße überquerte, zügig um eine Ecke bog und verschwunden war. Sie grübelte, ob er sie sehen konnte, selbst wenn er sie nicht direkt ansah, mit Augen am Hinterkopf. Er schien zu wissen, dass sie zu dem Haus zurückgehen würde, aus dem er gekommen war. Er hatte so getan, als würde er woanders hinsehen, aber sie waren die beiden einzigen Menschen auf der Straße.

Wenn ein Mädchen in der Steppe unterwegs ist und in großer Entfernung einen einzelnen, sich bewegenden Punkt sieht, dann sieht der Punkt auch sie. Hirsch, Mensch, Wolf.

***

Um drei Uhr morgens war die Straße dunkel, abgesehen von einem einzelnen Haus, bei dem aus einem Fenster ein dämmriges Licht schien, ein verschwommenes rosaviolettes Leuchten, das durch weiße Vorhänge drang, ein Nachtlicht, das im Schlafzimmer einer Frau brannte.

Die Avenue war breit und still, die Leere eine Einladung, nicht nur in zwei Richtungen zu fahren, sondern in jede, die man einschlagen wollte, in die Dunkelheit der Seitenwege hinein. Ein durchlässiger Wall aus Häusern und Läden, deren Mauerkronen und Brüstungen schwarze Schatten in den Himmel schnitten. Ein riesiger Supermarkt am Freeway. Am anderen Ende eine Eisenbahnbrücke und die Sozialwohnungsbauten. Die schwarzen Löcher jenseits der Schienen. Zwischen den Häusern wuchs schwarzer Farn, der die heißen Auspuffabgase aufsog.

Zwischen all den anderen dunklen, stummen Wagen am Straßenrand stand unauffällig ein Pick-up-Truck in der Nähe des sanft glimmenden Fensters.

Auf dem Van Wyck Expressway glitt eine schwarze Limousine heran, hielt vor dem roten Ampellicht beim Supermarkt und bog dann in die Avenue ein. Sie fuhr an dem hoch eingezäunten Grundstück und den Müllcontainern vor dem Diner vorbei, auf dessen Schild Steaks – Chops – Seafood stand, vorbei an den chinesischen Läden für Baumaterialien, und hielt schließlich zwischen zwei Seitenstraßen an.

Aus der Limousine stieg eine Asiatin: große Handtasche, kurzer Rock, High Heels, ein großes Tier-Tattoo auf dem Oberschenkel. Sie ließ das Feuerzeug aufflackern und zündete sich eine Zigarette an. Der Wagen mit der großen Funkantenne fuhr ab. Ohne zu schwanken, stöckelte sie auf den hohen Absätzen über die Straße auf das Haus zu, in dessen Fenster das Licht in der gleichen violetten Wellenlänge leuchtete wie ihr schulterfreies Top.

Als sie vor dem Pick-up auf den Gehweg ging, zuckte sie plötzlich zusammen, machte ein paar kurze schnelle Schritte, wobei ihre Absätze über den Asphalt scharrten. Sie hatte den Mann auf dem Fahrersitz entdeckt, sein bärtiges Gesicht, die beringte Faust auf dem Lenkrad. Er saß dort und beobachtete das Haus und jetzt sie. Sie warf die Zigarette weg, und bevor sie ins Haus ging, starrte sie ihn voller Abscheu an.

Kapitel 41

Sie fuhren mit der Subway zur Canal Street in Manhattan. Der Zug war überfüllt mit Händlern aus Afrika, Bangladesch und China, die I-Love-New-York-T-Shirts und gefälschte Rolex verkauften. Von der Subway-Station machten sie sich auf zu den Verwaltungsgebäuden der Stadt. Große, graue Granitgebäude reihten sich Block für Block aneinander. Das Straf- und Familiengericht hatte einen vier Stockwerke hohen Eingang, vor dem sich lange Schlangen gebildet hatten – alle wollten durch die Metalldetektoren hinein. Sie überquerten die Straße, gingen an einem Platz mit modernen Skulpturen und dann am Obersten Gericht von New York vorbei. Rechts und links sahen sie Betonabsperrungen, Befestigungsanlagen und Wachtürme. Diese Straßen waren nicht passierbar, sie waren leere Betoncanyons. Sie begegneten Touristen und Anwälten der etwas anderen Art, solche, die Seersuckeranzüge trugen oder breitkrempige Hüte mit einem Seidenband oder anderem Schnickschnack. Mit ihren goldenen Brillen und Strohhüten sahen sie wie verkleidet aus. An der Ecke war ein Kaffee- und Bio-Muffinladen. Die paramilitärisch mit Helm und Blouson ausstaffierten Polizisten waren nicht zu übersehen; ihre Jacken hatten Aufnäher ihrer Einheit, sie trugen Springerstiefel und Pluderhosen, tranken Kaffee und sprachen mit anderen Securitymännern mit Sportjacken und Bürstenhaarschnitt. Dann kamen sie zum nächsten Verwaltungsgebäude mit riesigen Säulen. Sie spazierten unter diesen stockwerkhohen Säulen, sahen gepflasterte Vorhöfe und Messingtüren, Tauben und Steinpoller, die mit Ankerketten verbunden waren – aus der Zeit, als die Stadt noch Seehafen war.

Als sie hineingehen wollten, sagte der Securitymann vor dem Eingang: Kann ich Ihnen helfen?

Er und sein Partner trugen kugelsichere Westen und Polizeiwindjacken. Der andere Cop war ein Latino und stand mit weit gespreizten Springerstiefeln da.

Skinner sagte, Wir suchen den Ort, wo man heiraten kann.

Das ist nicht hier. Er nannte ihm die richtige Anschrift, sprach aber so schnell, dass sie nicht zu verstehen war.

Wo ist das?

Zwei Blocks in diese Richtung. Das gibt Ihnen Zeit, noch fünf Minuten drüber nachzudenken.

Ich hab schon darüber nachgedacht.

Das ist gut.

Noch einen schönen Tag, Sir.

Ich hab darüber nachgedacht. Ich muss nicht mehr darüber nachdenken.

Beide Cops betrachteten Skinner jetzt mit einem neuen, besonderen Interesse. Mit ihrer Ausrüstung und den Pistolen wogen sie sicher hundertfünfzig Kilo mehr als er.

Einen schönen Tag noch, wiederholten sie.

Skinner ging zurück zu Zou Lei, die vor dem Eingang und außer Sichtweite auf ihn gewartet hatte.

Du musst dich nicht mit ihnen anlegen.

Sie ging weiter und er folgte ihr. Sie kamen wieder an der Plaza mit der modernen Kunst und den Säulen des Obersten Gerichts vorbei. Touristen rissen Witze auf Holländisch und Italienisch, und darunter lag die dröhnende Stille der Plaza, die von leeren Straßen eingefasst war und Wachleuten, die Kaffee tranken. Ihnen fiel auf, dass man sie zu dem Gebäude geschickt hatte, in dem sich auch der Strafgerichtshof befand. An der Ecke hatte ein Hotdog-Verkäufer aufgebaut, an dessen Stand Anzugträger – Bräutigame und Angeklagte – Brezeln aßen. Die Messingtür flog auf und ein gemischtrassiges Paar kam herausgerannt: eine junge Frau, die ihr Brautkleid zusammengerafft hielt, und ein Schwarzer im Nadelstreifenanzug, der um die Oberschenkel etwas spannte. Sie trug eine weiße Blume im blonden Haar. Skinner griff nach der Tür, bevor sie wieder zufallen konnte, und hielt sie für Zou Lei auf, die in Jeans eintrat.

Der Granitfußboden in der Lobby war rot wie der Wüstensand, und die Lampenschirme tauchten den Raum in eine Art Kerzenlicht. Es gab eine rote Absperrkordel wie in einem Club. Sie stellten sich hinter einer größeren Gruppe Latinos an; die Braut überragte ihre Mutter und trug ein rosafarbenes Hochzeitskleid. Jemand hatte eine Kamera mit einem Profiblitzlicht in der Hand. Schritte und Gelächter hallten von der Gewölbedecke wider. Vater und Bruder trugen schwarze, formelle Anzüge und Cowboystiefel. Zou Lei und Skinner schwiegen. Sie blickte über den Informationsschalter hinweg. Weiter hinten im Raum standen Hochzeitsgesellschaften vor Touchscreen-Terminals, um einen Trauschein zu beantragen. Am Informationsschalter saß ein junger Sinoamerikaner, ein College-Absolvent, der ein akzentfreies Englisch sprach.

Als sie an der Reihe waren, gingen sie zum Schalter, und Zou Lei fragte, wie man heiratete. Der junge Mann nahm eine Informationstafel und drehte sie so, dass sie sie lesen konnten. Sie bringen Pass oder Führerschein mit, dann gehen Sie zum Schalter und beantragen den Schein und zahlen die Gebühr. Sobald der Antrag ausgedruckt ist, kommen Sie zurück und können vierundzwanzig Stunden später vor den Richter treten, es sei denn, Sie sind im aktiven Wehrdienst, dann kann es schneller gehen.

Zou Lei lehnte sich auf den Tresen, stützte den Kopf in die Hände, studierte die Bestimmungen, die auf der Infotafel gelistet waren. Der junge Mann warf einen Blick auf die Warteschlange hinter ihnen.

Wenn Sie noch darüber nachdenken müssen, können Sie das da drüben tun.

Nur noch eine Minute, sagte Skinner. Vielleicht haben wir noch eine Frage.

Sind Sie der Bräutigam?

Ja.

Was ist, wenn es Problem mit dem Ausweis gibt?, fragte Zou Lei.

Haben Sie einen Pass?

Vielleicht habe ich, aber ich möchte einen aus einem anderen Bundesstaat benutzen.

Das ist in Ordnung.

Ich denke darüber nach.

Der junge Mann nahm die Tafel wieder an sich.

Sie braucht sie, sagte Skinner.

Er gab ihr die Tafel zurück.

Tut mir leid. Kann ich Ihnen sonst noch helfen?

Zou Lei sagte Nein und sie und Skinner verließen die Lobby.

Hinter dem Untersuchungsgefängnis Manhattans gab es einen Park, und durch den spitzenbewehrten Eisenzaun konnte man Schilder von Kautionsgeschäften und dahinsiechende alte Kneipen mit geschwärzten Fenstern erkennen. Sie holte ihren Ausweis heraus, rieb mit dem Daumen darüber und starrte ihn an. Skinner saß auf einer grünen Bank, rauchte eine Marlboro und beobachtete, wie ein paar Chinesen zwischen den Tauben Mah Jongg spielten.

Wenn sie mit einem gefälschten Ausweis und einem falschen Namen heiraten würde, war die Heirat dann rechtswirksam? Sie ging zurück zu dem Anwaltsbüro, um die mandarinsprechende Mitarbeiterin vom letzten Mal zu fragen. Die Frau riet ihr, unter ihrem echten Namen zu heiraten. Aber wie sollte sie das anstellen? Die Frau sagte, sie könne zur Kraftfahrzeugbehörde gehen und dort einen Ausweis für den Staat New York beantragen. Sie hatte die Details von Zou Leis Situation schon wieder vergessen. Zou Lei wiederholte, dass sie keine Ausweispapiere hatte. Jetzt erinnerte die Frau sich wieder. Im Büro war viel Betrieb. Sie sagte Zou Lei, sie solle später wiederkommen.

Zou Lei ging zur Stadtverwaltung zurück und wollte nach den

Voraussetzungen für einen Ausweisantrag fragen, wartete wieder, um mit dem Assistenten zu sprechen. Er hatte sie wohl missverstanden. Er schrieb eine Adresse auf einen Fetzen Papier. Sie eilte hinaus, nur um draußen festzustellen, dass sie keine Ahnung hatte, was sie damit anfangen sollte.

Skinner saß zusammengesunken, bis oben hin voll mit Tabletten und dunklen Gedanken im Keller und starrte auf den Laptop, wo Sprengfallen explodierten, Iraker erschossen wurden und zu Boden fielen, das Leben für einen nach dem anderen zu Ende war. Es würde nicht mehr lange dauern, bis auch er dran war.

Auf der Arbeit hatte man ihr wieder die Stunden gekürzt. Wenn es nichts für sie zu tun gab, was jetzt häufiger vorkam, bummelte sie in den Fluren herum, die die Küchen miteinander verbanden, redete mit den beiden Mexikanern, Tomas und Miguel. Sie wischte sich die Hände ab, ging hinüber zum Fleischklotz und verbrachte den Nachmittag damit, Teigtaschen zu machen, Zuckererbsen zu schälen oder abzuwaschen. Ihre Zeit vorne war vorüber.

Wenn sie ihr die Arbeitszeit noch mehr kürzten, dann musste sie wieder Dosen sammeln, so wie damals auf den zentralchinesischen Mülldeponien.

Während einer Toilettenpause las sie die Kleinanzeigen.

Führerschein Klasse A, $Gelegenheit$, Mac-Anwender, Ms. Chen erwartet Sie, Englisch fließend Voraussetzung. Schneiderei, Bayshine, Mädchenmode, Schnittmusterbögen, Kantonesen bevorzugt. Gesucht, seriös: Junior-CAD. Kindermädchen Brooklyn; 7th Heaven Schädlingsbekämpfung; Hausmeister; Eizellenspenderin; Masseuse.

Am nächsten Morgen ging sie erst spät in den Park, irgendwann nach neun, und fing an zu laufen, um zu überlegen, was sie tun sollte. Als sie zu den Basketballplätzen kam, gab es keinen Grund, anzuhalten. Sie überquerte die Linie, die die Spielfeldbegrenzung markierte, und lief in der strahlenden Sonne weiter, wurde schneller. Sie musste heute nicht arbeiten. Das Gras, die Bäume und die abgasgesättigte Luft heizten die Atmosphäre weiter auf. Sie überquerte eine Straße, an der die Zugmaschine eines Sattelschleppers geparkt war. Sie sah aus wie das Bruchstück eines Mutanten, ein Kopf auf Rädern, dessen ganze Merkwürdigkeit erst jetzt ins Auge fiel, da es sich losgerissen hatte und dem Auflieger entkommen war. Der Park setzte sich auf der anderen Seite der Straße fort, wurde zu einem Golfplatz, den sie durch die Bäume rechts von ihr sehen konnte. Die Sonne stieg höher. Sie rannte über den Highway und über ein Fabrikgelände, Öllappen klebten auf dem Asphalt. Sie war auf dem Weg zu den Gebäuden, die für sie ihre Berge waren. Inzwischen hatte sie aufgehört, über ihn nachzudenken. Der Schweiß lief aus ihren Poren, hatte das T-Shirt über den Brüsten durchnässt. Sie hatte einen sattelförmigen feuchten Abdruck hinten auf ihren Jeans-Shorts, als wäre sie auf einem nassen Pferd geritten. Es wurde Mittag. Die Türme sind doch ganz schön weit weg gewesen. Dort, wo das Gras endete, schaute sie sich in der grellen Sonne um. Sie hörte auf zu laufen. Die Socken waren durchgeweicht. Sie zog das Shirt von der Brust, schüttelte es, ließ es wieder zurückschnellen. Der Müll wurde zu einem Teil des Bodens. Die hohen Gebäude, für sie immer nur Berge, waren ganz einfach städtische Sozialwohnungsbauten, die still in der flirrenden Hitze standen. Mehr waren sie nicht.

Teil 3

Kapitel 42

Jimmy ging mit weit ausgreifenden Schritten im Schatten der Hochbahn die Roosevelt Avenue entlang, vorbei an Gerüsten und Pfeilern, Metallbolzen und Graffiti, an Lastwagen, von denen Schweineköpfe, Hirn und Innereien verkauft wurden, wo sich mexikanische Stimmen und das Tuckern der Generatoren überlagerten. In kleinen Nebenstraßen konnten Einwanderer sich die Haare schneiden lassen oder ihre Musik kaufen. Auf der Straße gab es Jeans, Unterwäsche, Handys, High Heels, bunte Glas-Chillums und spanische Liebesromane. Ein Mann mit Schnurrbart hielt eine Frau mit rabenschwarzem Haar um die Hüfte gefasst und fuhr mit der anderen zielstrebig in den weiten Ausschnitt ihrer Bluse. Die Schaufensterpuppen hatten runde Hintern und Torpedobrüste, standen auf den Fußspitzen und trugen riesige schwarze Perücken und Supersonic-Sonnenbrillen. Jede Tür führte in eine düstere Bar. Im Inneren spielte die Musik so laut, dass man meinen konnte, drinnen stiege die größte Fiesta der Welt. Aber wenn man wirklich reinschaute, dann brannte kein einziges Licht in den Räumen und drei oder vier abgehalfterte Männer hatten den Kopf auf einen Tisch gelegt, der mit einer olympiareifen Anzahl großer Bierflaschen vollgestellt war; eine Szene wie aus einem Busbahnhof, in dem Migranten sich volllaufen ließen.

Es roch nach Brathühnchen, Pommes frites und gegrillten Maiskolben. Und es wurde gebaut – die Stadt bohrte die Straße auf. Lautes Hupen war zu hören, und ein billiges, hässliches Auto kurvte um die anderen Wagen. Die Insassen trugen alle die gleichen rotschwarzen Bulls-Kappen, weiße, ärmellose Unterhemden und Rastazöpfe, die Jungs waren pickelig und hatten weiße muskelbepackte Oberarme und Tattoos. Die kräftig gebauten Mädchen waren angezogen wie die Jungs, sie johlten Hey! nach links rüber, Nigga, und der pickelige Fahrer hing über dem Lenkrad und gestikulierte, brüllte ein anderes Auto an, Mach Platz, Nigga. Am Rückspiegel hingen Boxhandschuhe mit aufgedruckter puerto-ricanischer Flagge, und der Wagen, vollgepackt mit diesen groß gewachsenen jungen Leuten, schoss auf den billigen Spielzeugfelgen davon.

Eine Besessene stand in der Mitte einer Verkehrsinsel unter dem Bahngleis, die Bibel in der Hand, und predigte in ein Mikrofon, eine unaufhörliche, ununterbrochene Litanei, die schneller und lauter wurde und schließlich auf ihrem Höhepunkt ohrenbetäubend und brutal aus den Lautsprechern dröhnte.

Mit der Menge überquerte er die 85th Street. Ein Chinese in grauen Hosen und mit einer Goldkette im V-Ausschnitt lehnte an einer Parkuhr. Er fixierte Jimmy, der langsam näher kam, und sagte, Massage? Er zeigte auf zwei asiatische Frauen, die einen halben Block entfernt auf der Straße standen. Die eine sah mit ihrem fleckigen, wettergegerbten Gesicht wie eine Bäuerin aus; an der Schulter hing eine Tasche und ein weicher Hut, der wie ein Lampenschirm aussah, schützte sie vor der Sonne. Die andere war geschminkt und trug ein T-Shirt über den ananasgroßen Brüsten. Ihre schwarz glänzenden, schweren Haare waren zusammengedreht und am Hinterkopf festgesteckt.

Du, sagte Jimmy. Die Frau im T-Shirt setzte ein Lächeln auf und sagte, Klar doch. Sie war vielleicht Ende vierzig, wirkte berauscht und führte ihn zu einem Eingang. Er folgte ihr eine niedrige Treppe hinauf, die vor einer Wohnung endete, in der das Licht ausgeschaltet war und wo die Tür immer offen stand. Sie hatte ein breites, flaches Hinterteil und ihre Jeans war an dieser Stelle mit Pailletten besetzt. Auf der Treppe warf sie einen Blick über die Schulter, um sicherzugehen, dass er auch mitkam. Sie lächelte ihm geheimnisvoll zu. Dann gingen sie in die Wohnung.

In der Wohnung war es heiß, heißer als die gesammelte Hitze dieses Sommertags. Fast schien es, als würde außerdem ein Heizofen laufen: Es war so heiß, dass man Angst haben konnte, hier nicht mehr lebend herauszukommen. Und es gab keine frische Luft. Die Luft war verbraucht, schon eingeatmet und wieder ausgeatmet, wie in einem Gefängnis. Sofort kam die Erinnerung an das Gefängnis wieder in ihm hoch. Geruch und Beschaffenheit der Luft kamen vom Essen, von Menschenkörpern und von anderen Dingen, es war Luft, die niemals erneuert und aufgefrischt, sondern immer wieder nur ein- und ausgeatmet worden war. Die Luft schien hier schwerer und feuchter zu sein als draußen. Ein penetranter Geruch nach Ramen-Nudeln und Hautlotion lag über allem. Wenn es mal Fenster gegeben hatte, dann waren sie zugemauert und überstrichen worden. Die Wohnung war ein düsteres Labyrinth, das immer dunkler wurde, je weiter man hineingeriet. Sie ging durch einen Tunnel auf einen roten Schimmer zu, und Jimmy ging hinter ihr. Der Schimmer kam von einem Vorhang, den sie jetzt zur Seite schob. Er überragte sie um das Doppelte. Sie schaute ihn an und lächelte. Er zog den Kopf ein und betrat ein rot erleuchtetes Zimmerchen. Es war kaum Platz für sie beide und den Massagetisch. Der Tisch hatte ein Loch für das Gesicht, wenn man auf dem Bauch lag.

Wie viel?

Sie nannte einen Preis. Er holte sein Geld heraus und sie beobachtete die Scheine in seinen Händen, bis er ihr den Betrag gab. Sie faltete die Scheine zusammen und verschwand.

Er zog sein XXXL-T-Shirt mit dem Logo eines Werkzeugherstellers auf dem fleckigen Stoff aus. Er sah aus wie ein weißes, fleischiges Insekt, dessen Hautpanzer entfernt worden war und so das mechanische Gefüge von Muskeln und weißen Fleischsäcken freilegte, die noch nie das Tageslicht gesehen hatten. Er zog die Jeans aus und entblößte die langen Beine.

So stand er in dem roten Schimmer und sah auf den Vorhang, nur die Bandana um den Kopf. Er setzte die Sonnenbrille auf und stellte sich mit gespreizten Beinen und vorgerecktem Kinn so in Richtung des Eingangs, als würde er im roten Licht baden.

Wie ein Pitcher beim Abwurf leckte er drei Finger an und begann, am Ende seines unbeschnittenen Penis zu fummeln.

Sie kam wieder zurück, trug rosafarbene flauschige Pantoffeln und Handtücher und Laken in den Armen.

Nein, nein, nein, wies sie ihn zurecht. Du legst dich hin.

Seine Faust mit dem Schlagring traf sie direkt auf den Mund.

Sie taumelte zurück bis zur Wand und schlug mit dem Kopf dagegen. Die Handtücher und Laken fielen ihr aus der Hand. Die Augen verdrehten sich, bis nur noch das Weiße zu sehen war. Sie krümmte sich zusammen, verbarg schützend ihr Gesicht und gab einen schmerzgepeinigten Laut von sich.

Jimmy ging zu ihr rüber und schlug sie noch einmal.

Sie schrie. Nein! Sie kroch in die Ecke. Die Spange, die ihr Haar zusammenhielt, hatte sich mit einem Plopp geöffnet und hing in den lose herabfallenden Haaren.

Sie versuchte, ihm auszuweichen. Er drehte ihr den Arm auf den Rücken und brach ihn fast. Sie stieß einen Schrei aus. Es gab niemanden, der ihn hätte hören können. Er schlug sie mit der Faust auf den Hinterkopf. Dann schnellte die Faust nach vorn und traf ihr Gesicht. Wieder schrie sie auf und fing an zu weinen. Er riss sie herum, damit sie ihn ansah, drängte sie wieder gegen die Wand, zerrte ihr die schützenden Hände vom Gesicht und schlug erneut zu.

Schau mich an.

Sie zuckte zurück und er zerrte ihre Hände wieder weg.

Ich brech dir den Arm.

Okay. Okay. Okay. Ich mach nichts.

Schau mich an.

Nicht, bettelte sie.

Sie konnte den Reflex, sich zu schützen, nicht unterdrücken. Sie hatte zu viel Angst, aber er half ihr auf die Sprünge. Er bearbeitete sie so lange, bis er bekam, was er wollte.

Warum? Warum?, sagte sie. Es war eine Frage, die ihn zur Räson bringen sollte. Aber sie stellte sie blind, da ihre Augen hinter angeschwollenen blauen Hämatomen verschwanden.

Sie fellationierte ihn. Sie zog sich aus und kletterte auf den Tisch. Er sodomisierte sie und auf sein Verlangen fellationierte sie ihn noch einmal. Alles, was er tat, führte zu ernsthaften Verletzungen. Wenn er in sie eindrang, machte er dazu ein Geräusch wie ein hochdrehender Motor. Sie erstickte ihre Schreie mit einem Handtuch. Seine Schläge hörten sich an, als würde ein Boxer mit nassen Handschuhen auf einen Sandsack einprügeln. Er streckte den Rücken. Er legte eine Verschnaufpause ein, pustete sich aus den Mundwinkeln ins Gesicht, seine Flanken waren schweißgebadet, in dem heißen Raum. Er wirkte wie ein Mann auf einem Kind. Dann steigerte er sich in einen neuen Rausch. Sie würgte und erbrach Ramen-Nudeln in ein Handtuch, das er ihr um den Kopf gewickelt hatte.

Du hast jetzt das Virus, teilte er ihr mit, als er die Jeans wieder anzog.

Sie stand halb vornübergebeugt da, ihr Gesicht hatte nichts Menschliches mehr. Es sah aus, als würde sie eine glänzend polierte, dicke, augenlose Maske tragen. Aus den Augenschlitzen sickerte Flüssigkeit.

HIV, sagte er. Lass dich lieber mal untersuchen.

Du stinkst, fügte er noch hinzu.

Aber irgendwie war er noch nicht fertig. Der ganze Raum vibrierte von Bösartigkeit und Wahnsinn. Vielleicht wollte er das ganze Programm durchziehen.

Er nahm das Geld aus ihrer Jeans, das Handy, ihren Ausweis. Er tätschelte ihren Kopf. Lächeln, sagte er. Sie reagierte nicht.

Du nicht rufen Polizei, sagte er in Pidgin-Englisch, damit sie ihn verstand. Irgendein Schalter in seinem Gehirn war ausgeknipst worden und er begriff: diesmal würde er nicht weitergehen. Er verließ das rote Zimmer und seine Tritte entfernten sich den dunklen Gang hinab.

Die Frau blieb schwankend stehen, wo sie war. Fünf Minuten vergingen. Sie hörte, wie er ging. Sie versuchte zu sprechen, aber es kam nur ein Krächzen. In dem heißen Zimmer zitterte sie wie jemand, den es nackt in eine verschneite Wildnis verschlagen hatte. Sie ging durch den Vorhang auf den Gang, tastete sich im Dunkeln über das gerissene Linoleum vorwärts.

Als Jimmy wieder draußen war, kaufte er sich an einer belebten Kreuzung unter den Gleisen der Subway einen Hotdog. Latinos und Bangladeshis verkauften dort spirituelle Ratgeber, Anatomiekarten, Erzählungen, Wandteppiche mit aztekischen Jungfrauen und Kriegern, Adlern und den Worten Brown and Proud darauf. Die Sonnenbrille nahm er nicht ab. Er war etwa zehn Blocks vom Tatort entfernt und fühlte sich sicher. Ungerührt beobachtete er die Straße, während er am Hotdog-Stand aß. Die Kreuzung roch nach Zuckerwatte. Den Geruch brachte die Menschenmenge mit, die aus der Subway quoll. Latinamütter stritten sich mit ihren Töchtern darüber, was sie sich leisten konnten.

Er bemerkte die Flecken an seinen Fingern und glaubte, es sei Ketchup, aber dann roch er daran und es roch nach ihr.

Serviette, sagte er.

Er ging in eine Bar, ein schwarzes Loch, kaufte sich ein Bier von ihrem Geld, ging in die Toilette, zog die Jeans herunter und betrachtete das getrocknete Rot um seinen Penis herum. Er zog ihren Ausweis hervor und las den Namen, Li, Chiao-Yee, Vickie. Das Hologramm war nicht echt, und die angebliche Anschrift falsch geschrieben: Elmhust stand da statt Elmhurst. Das Bild zeigte eine jüngere Frau mit kürzerem Haar und ernstem Gesichtsausdruck. Er warf ihn in den Mülleimer.

Nach einem weiteren Bier stieg er in ein Taxi und fuhr den Weg zurück, den er hierher genommen hatte, hielt Ausschau, ob irgendwo etwas los war. Und wirklich: An einer Stelle hatten sich Menschen zusammengeschart, beobachteten irgendetwas. Er konnte nicht sehen, worum es ging. Sie standen vor einem Haus mit Graffiti auf dem Dach und einem Massage-Schild im Fenster. Es sah ganz nach dem Haus aus, in dem er vor Kurzem gewesen war. Aus den Augenwinkeln sah er einen Uniformierten, der mit einer gewissen Dringlichkeit auf sein Funkgerät einredete. Der Polizist, ein junger Mann, ließ den Blick über die Köpfe der Menschen hinweg schweifen. Er schien sehr auf seine Aufgabe fokussiert zu sein. Das Taxi beschleunigte und schaffte die Ampel, ließ den übrigen Verkehr und die Menschentraube hinter sich. Der Wagen schien jetzt wie befreit davonzufliegen, die Spuren über ihnen trennten sich auf. Sie schossen die Brücke hinauf und wieder hinab, hinein nach Flushing Chinatown. Sie flüchteten weiter nach East Flushing, die Häuser in diesem Ghetto spanisch getaggt, während die Häuser der Iren verfielen.

Vor dem dreistöckigen Haus stieg Jimmy aus dem Taxi. Seine Mutter war am Telefon. Sie legte eine Hand über die Sprechmuschel. Ich bestelle Sandwiches, fragte sie. Möchtest du?

Möchte ich, sagte er.

Dann hol welche.

Würde ich ja, aber.

Geht auf mich, Jim, sagte sie.

***

Jimmy hing auf der heißen Straße herum, kaufte Fleischspieße beim Chinesen, stand bei den Falun-Gong-Tischen, ließ sich von ihnen missionieren, während er auf die Fotos starrte. Er traf Bekannte und sie ließen die Flasche rumgehen. Einer sagte, Wenn ich wüsste, wo es was zu holen gibt, dann wäre ich sofort dabei. Jimmy biss mit seinen Zähnen, die einen Maulkorb verdient hätten, ein Stück Fleisch ab.

Ich hätte einen Job.

Was denn für einen?

Kann ich dir nicht sagen.

Die buddhistischen Menschenrechtsaktivisten verteilten Flyer, die ein geschlechtsloses Wesen zeigten, das einen strahlenden Kreis auf Bauchhöhe hielt: das Rad des Dharma. Sie trugen Mützen mit langem Schirm und große Sonnenbrillen. Auf einem Poster waren Menschen und Fahrräder zu sehen, die zu einem großen Haufen zusammengeschoben waren. Ihre weißen Hemden blutgetränkt, und überall auf dem Boden sah man Blutpfützen und -spuren. Einer der Menschen war noch nicht tot und versuchte aufzustehen – auf dem Foto sah man, dass er sich aufrappelte. Das Foto war grobkörnig und dunkel und zeigte einen verwaschenen violetten Stadthimmel und ein paar vereinzelte Lichtstrahlen über dem kommunistischen Platz. Die Überschrift lautete: Warum greift die Volksbefreiungsarmee nur Chinesen an?

Jimmy wandte den Kopf der Musik zu, die irgendwo auf der Straße gespielt wurde, die langen Haare flogen um seinen Kopf und er tat so, als würde er Gitarre spielen.

Sein Freund sah sich die Fotos einer Frau an, die auf einem Stahltisch lag. Sie schien friedlich auf einem weißen Laken zu ruhen, ihre Augen waren völlig zugeschwollen. Die anderen Bilder zeigten Nahaufnahmen ihrer Verletzungen. Sie fingen oben an und endeten an einem Zeh, an den ein Pappschild gebunden war.

Ein anderes Foto, früher aufgenommen, zeigte sie vor ein paar Chinesischen Parasolbäumen; sie trug ein Sommerkleid und machte mit beiden Händen das Victoryzeichen. Die chinesische Bildunterschrift lautete: Wen Fengyu, Erstsemester-Studentin der Forstwissenschaften am Hebei-Polytechnikum, während der Ferien am Sommerpalast von Peking, kurz nachdem sie in den großen Weg des Falun Gong eingeführt worden war.

Was ist denn das für ein Zeug?, fragte der Freund.

Bemerkenswerterweise konnte Jimmy es ihm erklären. So ist sie gestorben. Er zeigte auf die Falun-Gong-Anhänger mit den Brillen. Sie haben mir erzählt, wie sie sie umgebracht haben. Da gibt es auch verschiedene Cliquen, die alle ihre eigenen Interessen haben.

Chinesen, Japaner, kommt ganz darauf an, mit wem du zu tun hast. Die sind alle organisiert. Diese Typen da an den Tischen gehören zu einer Organisation. Sie sind hier unterwegs, um Spenden zu sammeln, damit sie dann eine Verbrechenswelle lostreten können. Gib mir mal 'nen Schluck.

Das Metall an seinen Fingern klapperte am Glas, als er die Flasche nahm und gierig einen Schluck trank.

Jedes Mal, wenn einer ihrer Leute aus dem Verkehr gezogen wird, hängen sie hier die Fotos auf. Zum Beispiel die auf diesem Bild hier. Die kannte ich. Hat hier um die Ecke gearbeitet.

Wo?

Gleich da drüben.

Und was gearbeitet?

Was glaubst du denn? In diesem Massage-Laden an der 41st Road. Da gehen die alle hin. Die ziehn ihr komplettes Programm hier durch. Heroin, Waffen, Mädchen, was du willst, sagte Jimmy. Sie hielten sie unter Beobachtung. Und natürlich kannten sie jeden ihrer Schritte, das kannst du glauben.

Er führte in allen Einzelheiten aus, wie sie bis zum Schluss nichts von der Gefahr geahnt hatte. Sie wäre nie auf etwas reingefallen, was nicht professionell durchgezogen worden wäre, behauptete er. Er nahm einen Schluck aus der Flasche, und dann noch einen.

Sie hielt sich für clever. Als sie aufflog, sagte sie, In Ordnung, ihr seid gut. Aber sie hatte einen netten Arsch. Den musste sie aufgeben. Da ihr mich erwischt habt, muss ich mich wohl an die Regeln halten. Okay, wenn du das so siehst. Also haben sie sie gefickt. So weit, so gut. Das ist legitim. Ihr seht, ich bin offen und ehrlich. Eine Frau in ihrer Position kannte ihre Pflichten. Aber sie war tückisch. Nein, nein, sagte sie, ich sag nichts den Cops. Lasst mich einfach nur gehen. Sie wollte ihre Handtasche holen, aber die war verschwunden. Und wo sind meine Kleider hin? Weil sie die nicht mehr brauchte. Und das alles in einem Versteck. Jetzt läuten bei ihr die Alarmglocken. Jetzt weiß sie, dass sie auf irgendwas hereingefallen ist, und sie versucht, sich da herauszureden, so wie sie sich immer aus allem herausgeredet hat. Aber dieses Mal funktioniert es nicht. Der Typ kauft ihr den ganzen Mist über ihr hartes Leben nicht ab. Er sagt, Wir machen das jetzt so. Für jede deiner Lügen verpass ich dir eine. Und er schlägt sie zusammen wie noch keiner zuvor. Sie schreit und weint ungefähr zwei Tage lang. Dann gibt er ihr einen Spiegel, sie ist völlig im Eimer. Sie wird nie wieder laufen können. Nie ein Kind haben können. Sie fleht im Namen ihrer Mutter, Mama, Mama, Mama, bitte lass mich leben. Dann kommt er mit der guten Nachricht. Du kommst hier nie wieder raus. Und ihre Augen werden ungefähr so groß. Sie bettelt darum, ihm den Schwanz lutschen zu dürfen. Nee. Willst du dies? Nee. Willst du das? Nee. Du kommst hier nicht raus. Du wirst hier sterben, und das wird kein Spaß. Heul, solange du willst. Jimmy legte seine Finger, jetzt wieder mit den Totenkopfringen geschmückt, an die Augen, da, wo die Tränen herauskamen. Nach deinen traurigen braunen Augen kräht kein Hahn mehr. Das war ihr Ende, und sie wollte es einfach nicht glauben.

Kapitel 43

Als sie zur Arbeit kam, sah sie, dass sie nicht eingeteilt worden war – statt ihr stand Monroe, der Junge aus der Highschool, auf dem Schichtplan. Und so ging sie mitten am Vormittag wieder aus der Mall und machte sich auf den Weg zur 158th Street. Von unterwegs rief sie Skinner an, konnte ihn aber nicht erreichen.

Sie klopfte an das Kellerfenster und flüsterte, Skinner! Es war etwa elf Uhr vormittags.

Die Tür wurde von dem Mann geöffnet, den sie schon einmal gesehen hatte und für den Sohn der Vermieterin hielt. Sie war in der Hitze gerade eine Straße entlanggejoggt und hatte ein rotes Gesicht. Auf dem T-Shirt, das sie gebraucht in einem Laden am Junction Boulevard gekauft hatte, stand in Brusthöhe Handvoll. Der Mann schaute auf sie herab und sagte:

Er ist nicht da.

Dabei hatte sie gar nicht gesagt, zu wem sie wollte.

Der Mann fragte, ob sie nicht trotzdem reinkommen wolle.

Sie drehte sich um und ging etliche Blocks in die andere Richtung. Als sie Skinner immer noch nicht erreichte, ging sie zur Main Street zurück und schließlich hinunter zum Park an der Elder Avenue.

Sie ging zur Fuzhou Fan-Meaning Work Introduction Corp., der Arbeitsvermittlung auf dem East Broadway, und wartete darauf, mit jemandem hinter einem der altmodischen Eisenbahnfahrkartenschalter sprechen zu können. Männer in weißen Socken und Kellnerhosen standen überall herum und telefonierten, diskutierten über Monatslöhne. Einer brüllte in sein Handy: Zweitausendvierhundert. Aber der Koch ist unehrlich. An der Wand hing ein Schild: Auf den Boden spucken verboten! Man bekam einen Gratis-Stadtplan einschließlich der Küstengebiete von Fuzhou geschenkt. Ein Arbeitsberatungsgespräch kostete fünfunddreißig Dollar. Man hatte die Wahl zwischen Unterkoch, Oberkoch, Take-away, Lieferservice, Kassierer, Aushilfe und Putzfrau. Man konnte auch einen Sozialversicherungsausweis bekommen, ohne eine Geburtsurkunde vorzulegen. Jedenfalls stand das in Chinesisch auf einem Zettel, der gleich neben dem englischen Ausdruck der Bestimmungen über den gesetzlichen Mindestlohn hing. Als sie an der Reihe war, sagte ihr die Frau hinter der Plexiglasscheibe, dass es in einigen anderen Bundesstaaten Stellenangebote gäbe.

Ich kann hier nicht weg, sagte Zou Lei. Ich denke darüber nach.

Sie ging hinaus, kaufte eine chinesische Zeitung und rief eine Nummer an, die sie in den Kleinanzeigen fand. Sie konnte sich allerdings keinen Reim darauf machen, was ihr am anderen Ende der Leitung erzählt wurde. Mit jedem Anruf schmolz das Guthaben ihres Telefons. Sie legte auf und führte noch zwei weitere Gespräche. Inzwischen war es später Nachmittag und ihr Magen war komplett leer. Für fünfundziebzig Cent kaufte sie eine Roulong-Rolle. Gib mir zwei davon, sagte sie. Sie waren in Wachspapier gewickelt und sie aß sie gleich auf den Stufen neben den Ständen, die geräucherten Tintenfisch und gelben Umberfisch verkauften, neben den altmodischen Blumenläden mit den dunkelroten Türen und Kellerräumen, in denen Mah Jongg gespielt wurde.

Nicht weit von den Sozialwohnungsbauten am Ende des Parks stieß sie auf ein paar Muslimkinder, die im Wasserstrahl eines undichten Hydranten spielten. Sie teilten sich ein Fahrrad und lieferten sich Wasserschlachten. Zou Lei streckte die Hand in den Strahl und spritzte sich Wasser ins Gesicht. Eine Gruppe Männer in Overalls arbeitete an einem Auto. Sie ging an der Autowerkstatt vorbei, die nach Öllappen roch, und stieg über den Luftschlauch des Kompressors. Ihre Muskeln waren hart vom Laufen. Der Asphalt glitzerte und sie sah Regenbogen, die über der Straße standen. Mädchen mit Kopftüchern, die wie kleine Nonnen aussahen, standen auf einer Feuerleiter und spielten Gefängnis. Sie kippten eine Tasse Wasser auf einen Jungen, der zur Seite sprang und schreiend fortlief. Sie kam an Gabelstaplern vorbei, die vor Lagerhallen standen, wo Schrott gesammelt wurde. Ein verrostetes Schild an einer der Fassaden zeigte die grüne Flagge und den Sichelmond des Islam. Drei Männer aus Mittelamerika mit Beutelrucksäcken schoben einen Einkaufswagen über den Gehweg, auf dem ein langes Stück Aluminium von einer Straßenlaterne lag. Sie schoben es in eines der Lagerhäuser, um es wiegen zu lassen.

Vor ihr lag eine Tankstelle, deren Dach mit Hunderten von kleinen amerikanischen Flaggen geschmückt war, die man bei Festzügen schwenkt. Irgendwann war das Dach voll gewesen und der Pächter der Tankstelle hatte einfach mehr Fahnen auf ein Nachbardach gestellt und so ein großartiges zweigeschossiges rotweißblaues Meer geschaffen. Dafür war er sicher eintausendmal die Leiter hoch- und wieder heruntergestiegen, um mehr Fähnchen zu holen.

Dann stand sie vor einem Fenster voller Fotos von paschtunischen Nomaden. Frauen saßen auf stuhlähnlichen Sätteln, die auf den Rücken der Kamele geschnallt waren. Ein anderes Foto zeigte reitende Männer, die auf einem braunen Feld Polo spielten, einem Feld, das erst von den Bergen begrenzt wurde, echten Bergen, die so weit entfernt waren, dass man die Unterteilungen des Landes und ihre Grenzlinien erkennen konnte. Die Männer sahen mongolisch aus, trugen türkisfarbene, rote und schwarze Trachten und spielten Polo mit dem Kadaver eines Kalbs, umringt von einem dichten Saum aus Zuschauern. Die Nomaden schienen nicht von dieser Welt zu sein. In ihren steifen Kabuki-ähnlichen Gewändern und Decken wirkten sie zugleich afrikanisch und kaukasisch. Um die Köpfe hatten sie Tücher geschlungen. Drei der Reiter waren Frauen, ein Mädchen war auch dabei, das ebenso hochgewachsen und unnahbar schien wie die Männer.

Der Schlachter hatte einen Gewerbeschein im Fenster hängen, der auf den Namen Tesha Noor, Ramzy Grocery and Meat ausgestellt war. Dazu ein Poster, das die neunundneunzig Namen Allahs aufzählte, darunter Der Erhalter, Der Aufschiebende, Der Letzte ohne Ende und Der Berechnende. Unten im Fenster wurde ein zerknittertes Flugblatt des NYPD von einem Stapel abgepackter Kichererbsen an die Scheibe gepresst: »Bei Terrorverdacht …«, und eine Telefonnummer.

Die Tür stand offen und sie ging hinein, vorbei an den Paletten voll Sultan-Öl, Brotstapeln, Reissäcken und Fässern voller Pistazien und Mandeln. Hinten im Laden stand der Besitzer und schnitt Fleisch an der Theke, auf der Rippchen, Beine und Köpfe vom Schaf lagen, außerdem Schalen mit grauen Innereien. Auf dem Kopf des Inhabers saß wie ein kleiner Kuchen eine weiße Doppa; er trug eine bestickte Weste und ein kragenloses Hemd. Er war klein und stämmig. Sein fleischiges, kaukasisches Gesicht war rund wie ein Laib Brot. Als er sie bemerkte, legte er das Messer hin und wischte sich die Hände an der Schürze ab.

Kann ich was helfen?

Yahshimusiz, sagte sie, hallo.

Oh, lächelte er und wischte sich noch einmal die feuchten muskulösen Hände ab. *Yahshimusiz*. Klingt ein bisschen anders, als ich es sage.

Ich bin Uigurin.

Ich bin Usbeke.

Er gehörte zu einem usbekischen Stamm in Afghanistan, kam aus Aqcha im Norden des Landes. Zwanzig Jahre Krieg, und bald waren es dreißig. Stell dir die grünen Weiden vor und die kleinen bauschigen Bäume, wie von weit her dort hingehaucht, mit Nebelschwaden, die wie kleine Schlangen über die Hügel krochen, ein einzelnes abgelegenes Lehmziegelgebäude mit Flachdach, einem Bergpueblo ähnlich. Seine Familie lebte auf der anderen Seite des Flusses, gegenüber der schwer befestigten Grenze mit ihren Betonsperren und Elektrozäunen. Sie kamen aus Buchara, einem Ort, den er nie gesehen hatte, aber auf den er trotzdem stolz war. Er zeichnete die Umrisse der großartigen Moschee mit ihren Kachelmosaiken in die Luft.

Wir spielen das Buzkaschi. Das ist reiten das Pferd – herrliches Tier. Wenn es laut ist, ist es wie Donner. Er tat so, als würde er reiten. Er deutete in eine unbestimmte Ferne, sagte: Im Osten. Das sind Berge, so hast du nie gesehen.

Was redest du da? Das ist meine Heimat, genau!, sagte Zou Lei. Als ich kleines Mädchen war, erzählte meine Mutter mir Geschichten und ich sah auf diese Berge. Vielleicht hundertfünfzig Meilen weit weg. Ich habe immer gedacht, ich kann dahin laufen. Der Himmel da ist so blau, die blauste, ich je gesehen habe.

Und auch das Volk ist gut, sagte er. Glaub mir. Das Volk hat ein Herz. Der Schlachter sprach von ihrer Gastfreundschaft und wie sie Gäste behandelten.

Auch wenn er nichts hat, ist er großzügig.

Genau, denn wenn du mein Gast, beschütze ich dich. Du bist in meinem Haus. Du bist sicher.

Du hast dein Wort gegeben.

Weil ich ein Mann bin, bedeutet mir meine Ehre etwas.

Wie lange war er schon in Amerika?, fragte Zou Lei. Wie hatte er das geschafft, dieser Laden, der ihm gehörte?

Fünfzehn Jahre, sagte Tesha. Schau dir das an, sagte er und hielt ein Stück Fleisch hoch. Wunderbar, hundert Prozent frisch.

Sie bewunderten es gemeinsam.

Hast du jemals daran gedacht, zurück nach Afghanistan zu gehen?, fragte sie.

Ich kann nicht gehen.

Wegen Krieg?

Wegen Krieg. Niemand kann gehen. Ich habe meine Frau. Auch wenn ich alleine gehe, kann ich nicht gehen. Es ist sehr schlimm. Du glaubst nicht, was da passiert. Wenn ich es dir erzähle, glaubst du es nicht. Ich will dir nicht erzählen, was ich weiß, was ich selbst gesehen habe. Du wirst das nie sehen wollen, mit deinen eigenen Augen. Ich kann nicht darüber reden.

Die Berge sind sehr schön.

Das Land ist sehr schön, meine Freundin, aber man kann nicht gehen. Vielleicht verstehst du. Woher kommst du? China? Vielleicht verstehst du es nicht. Kennst du George Bush? Er will alle töten. Die Amerikaner töten alle. Er tötet mehr als der andere, bin Laden. Das macht er mit uns. Ich habe mein ganzes Leben lang Amerika geliebt, was glaubst du, warum ich hierhergekommen bin. Jetzt hat Bush es genommen, und was macht er? – der Schlachter warf die Arme in die Höhe – Schmeißt es auf den Müll, macht Müll. Er muss das nicht tun. In meinem Land ist bin Laden ein Scheiß, aber jetzt Amerika ist am Ende.

Ich sag dir, was passiert ist, fuhr er fort. Siehst du die Tankstelle da drüben? Die mit den ganzen Flaggen. Das waren gute Leute, netter Typ. Muslim, okay? Schon lange Jahre hier, wie ich. Nach 9/11 ist er eines Tages verschwunden. Spurlos. Weg. War immer da, die ganze Zeit. Jetzt sehe ich nur noch den Jungen, netter Junge. Warum sehe ich deinen Vater nicht mehr? Mein Vater ist weg. Was meinst du, weg. Weg, sagte er. Ich glaube, die haben ihn geholt. Ein paar Leute sagen, er ist in ein Auto gestiegen. Seit zwei Jahren verschwunden.

Das will ich gar nicht hören.

Das ist Homeland Security. Ist genau hier passiert. Die Familie hat Bilder aufgehängt und alles. Es hat sie zerstört. Ihre Gesichter eingefallen. Und weißt du, wo er ist? Die ganze Zeit hier in Queens. Niemand kann ihn besuchen, und er ist die ganze Zeit hier, genau hier in Queensboro Plaza. Die haben ein Gebäude, das sieht aus wie das Postamt. Bis die erfahren haben, haben sie ihn in ein anderes

Gefängnis in Texas gebracht. Fünf Jahre. Und als die Familie beschlossen hat, okay, wir gehen vor das Gericht – wenn ihr glaubt, dass er etwas verbrochen hat – nein. Wir behalten ihn weiter. Nein, wir verlegen ihn in den Nahen Osten.

Fünf Jahre, sagte sie. Weiß nicht, ob ich das überleben kann. Als ich im Gefängnis war, war es sehr schwer.

Für was haben sie dich gefangen?

Für Einwanderung.

Dem Barmherzigen sei Dank, haben sie dich gehen gelassen.

Ja, Gott sei Dank. Jetzt versuch ich das mit legal hinkriegen …

Du hast keine …?

Nein. Ich muss das Problem lösen, sagte sie. Und dann fing sie an, all ihre Ängste vor ihm auszubreiten, da er ihr zuhören wollte. Ich kann kein Geld verdienen. Ich muss einen Anwalt bezahlen. Anwalt bedeutet noch mehr Geld. Nicht gut für mich.

Wo arbeitest du?

Restaurant.

Chinesisches Restaurant?

Ja. Sie fing an zu weinen, während sie davon erzählte, und wischte sich über die Augen. Mein Boss nimmt das Geld.

Tesha seufzte beim Zuhören und fühlte sich hilflos. Ich wünsche, meine Frau ist hier. Sarah! Aber seine Frau würde sie nicht verstehen, das war das Problem, denn seine Frau sprach nur Tadschikisch. Sie war jetzt beim Freitagsgebet.

Dein Boss, was ist er? Muslim? Chinese? Nicht böse gemeint, aber Chinesen – eine Menge meiner Kunden sind Chinesen, ich muss also vorsichtig sein –, aber Chinesen sind kalt.

Ich weiß, sagte sie. Für sie ist alles nur Geschäft.

Er gab ihr Brot, bestand darauf, dass sie es nahm, auch als sie ablehnte, und wiederholte seinen Wunsch, dass seine Frau hier wäre. Er hatte auch Joghurt, wenn sie so etwas wollte, und lenkte ihre Aufmerksamkeit auf die kleine Kühlbox, wo er es aufbewahrte. Was Brot betraf, da hatte er die großen wie in Afghanistan, aber auch die kleinen, die türkischen Pita-Brote. Was immer du möchtest.

Und noch etwas – und das war wichtig: Eine Menge Leute kamen in seinen Laden. Hier im Eingang, sagte er, hatte er eine Pinnwand, auf der man Nachrichten hinterlassen konnte, wenn man Hilfe brauchte. Man kann sich austauschen, sagte er. Du kannst hier einen Zettel anbringen, dass du Hilfe brauchst.

Er hatte ein Pappregal, das man zusammensteckte und auf den Boden stellte. Dort konnten die Leute Visitenkarten und Gratiszeitungen ablegen. Er wies sie auf die Karte eines Anwalts für Einwanderungsfragen hin. *Rahmat*, sagte sie, nahm eine Karte und hielt sie mit dem Brot in der Hand. Außerdem hatte er das da – er deutete auf einen Stapel dünner, zusammengefalteter Zeitungen in Urdu und Chinesisch.

Meine Frau macht Samsa. Sie schneidet die Zutaten so klein – er sägte mit der Handkante über die Fläche der anderen Hand. Wunderbar. Fast wie zu Hause. Du musst das probieren. Komm wieder, wenn du Zeit hast. Seine Frau kam durch die Hintertür zurück und Tesha redete Tadschikisch mit ihr. Die Frau in ihrem schwarzen Polyestergewand ging um den Tresen herum und brachte Zou Lei eine Tasse Wasser. Gleichzeitig kam ein Kunde in den Laden, um den sich der Schlachter kümmern musste, und so endete ihr Gespräch. Er legte die Hand an sein Herz und sagte, Komm wieder.

Rahmat, sagte Zou Lei.

Seine Frau Sarah hatte eine Idee, nahm Zou Lei bei der Hand und ging mit ihr hinaus auf die heiße Straße und zu einem verbarrikadierten Gebäude. Zwischen den Brettern wuchsen Gräser. Sie zog sie zur Tür, durch die man einen rechteckigen, mit Teppichen ausgelegten Raum sehen konnte und gleich hinter der Tür eine ganze Reihe Schuhe und Sandalen. Der Eingang wurde von einer Mülltonne offen gehalten. Männer in langen Gewändern und Hosen strebten aus allen Richtungen auf das Gebäude zu. Zou Lei sah ihre

Bärte und begriff, dass dies eine Moschee war. Ein Mann ging durch die Tür, streifte die Sandalen ab und ging zu den anderen, die schon vor der schwarzen Flagge und dem Podium knieten.

Die Frau des Schlachters übergab Zou Lei einem Mann und wünschte ihr alles Gute. Der Mann geleitete sie zum Eingang für Frauen, der sich in einem Wohnhaus befand, und bedeutete ihr, eine Treppe hinunterzugehen. Zou Lei trat ein, sah die Treppe und einen weiteren Haufen Schuhe, roch das schwere Aroma des Lufterfrischers. Durch eine andere Tür sah sie die Männer, die die Moschee im Erdgeschoss betraten. Sie zog die Schuhe aus und ging die Treppe hinunter in den Keller.

Der Keller war ein geschlossener, rechteckiger Raum, in dem Plastikblumenketten sowie riesige schwarze Fahnen hingen, auf denen goldene Schriftzeichen prangten. Vor der hinteren Wand des Raums hing ein Duschvorhang an einer Stange. An die Decke waren Scheinwerfer montiert, als würden hier Videos gedreht, aber sie waren abgeschaltet. Auf den Teppichen knieten Frauen mit untergeschlagenen Beinen und blickten auf einen Fernseher, der auf einem paillettenbesetzten Podium stand. Auf dem Bildschirm war live zu sehen, was im Gebetsraum der Männer oben passierte.

Man wies sie an, in das Badezimmer zu gehen und sich zu reinigen. Sie wusch sich die Hände mit einer zähflüssigen Seife und wurde dabei von der Tür aus beobachtet. Eine in Schwarz gehüllte Frau gab ihr zu verstehen, Die Füße auch. Zou Lei war durstig vom Rennen und trank aus dem Hahn. Die Füße, sagte die Frau noch einmal. Ihr Schleier war mit Silberfäden gesäumt. Zou Lei stellte einen Fuß ins Waschbecken und wusch ihn.

Als sie fertig war, sagte man ihr, sie könne sich zu den anderen setzen, also ging sie und kniete sich hinter die anderen auf den Teppich. Sie hatte ein Bein angezogen, ihr Gesicht war braun gebrannt, und die glatten Waden waren dunkel. Auf ihrer Stirn glänzte Schweiß, der Schritt der engen Jeansleggings war feucht, sie wartete.

Der Teppich war in Quadrate unterteilt, und jeder saß innerhalb eines Quadrats. Das Erdgeschoss oben füllte sich mit Männern, und man hörte durch die Decke hindurch, wie sie hereinkamen und sich in Reihen setzten. Gebetsketten aus Plastik wurden ausgegeben und runde, flache Steine, die man vor sich in das Quadrat legte, in dem man saß. Die Frauen beobachteten alles auf dem Fernseher, in dessen Bildmitte sich jetzt ein Mann mit einem schwarzen Turban befand, auf den ein Scheinwerfer gerichtet war. Er stand auf und die Männer mit ihm. Die Frauen erhoben sich und Zou Lei mit ihnen. Einer der Männer fing an zu singen, und sie sah seinen Hinterkopf auf dem Monitor, während er die Banner ansang.

Allahu akbar!, erklang der Ruf in beiden Stockwerken des Gebäudes. *Allahu akbar!*, sagte Zou Lei.

Der Gesang endete und der Imam wandte sich um. Er war von mittlerer Größe, um die sechzig, und er hatte ein koboldhaftes Gesicht, das von einem weißen Bart eingerahmt wurde und so wirkte, als betrachtete man den Kopf einer braunen Figur, die in weißes Papier eingeschlagen war. Ein Mikrofon kratzte und pochte. Er sprach einige Minuten lang, gestikulierte, ließ die Finger spielen, streckte manchmal den Zeigefinger nach oben, während er seinen Vortrag hielt. Er trug an jeder Hand einen Ring mit einem großen, ovalen Stein.

In Gottes Namen, im Namen des Propheten und der Familie des Propheten, im Namen des Offenbarten und Verborgenen, Preis sei Gott. Eines ist sicher: es gibt Gut und Böse. Daher gebietet das Rechte und untersagt das Böse (gelobt sei Gott). Wissenschaft im Munde des Einen Ungläubigen ist trügerisch (erschaffen durch Feuer, der Unerschaffene). Der, der falsche Namen verwendet, wird durch ihre Anzahl überführt. Echte Numerologie ist mir Beweis, so wie ich Sein (des Höchsten) Beweis bin. Ibn al-Nawawi, drittes Zeichen. Deshalb gibt es die Wissenschaft von der Rechtschaffenheit, um die einzige Wahrheit zu erlernen (Preis allem).

Wenn das Wasser dem täglichen Leben entzogen wird, ergibt null minus eins negative Unendlichkeit und alle Existenz erlischt. Ein Gläubiger (seid gesegnet), der treu ist und den Tag einhält, wird dreihundertfünfundsiebzig Jahre auf Erden und zehntausendachthundert Jahre im Himmel leben. (Gelobt sei Gott, in den Worten des Treuen.) Seine Belohnung wird aus reinem Gold sein. Mit der Geburt des Wissens wird das Leben geboren. Mit der Geburt der Unwissenheit wird der Tod geboren, der jedes lebendige Ding trifft, sogar die Dinge, die unbelebt sind (die nicht ins Jenseits kommen). Fünfter Vers, Zeichen 37. Daher wird Leben gegeben oder genommen entsprechend der Zahlentheorie (Zahlenwissenschaft, gesegnet sei der Imam der Zeit), entdeckt siebenhundert Jahre vor den modernen Computern.

Die neunundneunzig Namen Dessen, der das Höchste ist, wurden bereits vor den modernen Methoden errechnet. Die Zeit der Befreiung wird kommen, sie liegt in der Zukunft und wurde mit drei Millionen beziffert.

Der Imam hörte auf zu sprechen und wandte sich um. Der Gesang setzte wieder ein. Minutenlang rezitierte der Vorsänger Verse in einem rasantem Tempo, wobei seine Stimme bei schwierigen Tönen zu tremolieren begann und er Hunderte von Wörtern schnell und eloquent aussprach, ohne sich zu verhaspeln. Gott ist groß!, heulte eine Frau wie hypnotisiert auf. Sie hoben alle die Hände vor ihre Gesichter, als würden sie ein Buch lesen, ließen sie wieder sinken und verneigten sich. Das ganze Gebäude fiel auf die Knie und die Frauen vor dem Fernseher legten die Stirn auf den Teppich, pressten sie auf den Gebetsstein. Zou Lei tat es ihnen nach. Zwischen den Verbeugungen blickte sie nach oben und entdeckte an der Wand eine riesige, silberne Hand. Sie war mit Plastikblumen geschmückt und hatte ein Auge in der Mitte der Handfläche.

Als die Gebete zu Ende waren, wandte sich jede Frau einer Nachbarin zu und beide berührten ihre Hände. Eine Frau nahm

Zou Leis Hand, hielt sie wie einen Fisch zwischen ihren Handflächen und ließ sie wieder zurückgleiten. Danach berührten sie ihre Herzen. Mit dunklen Fingern zeigten sie auf ihren Mund und luden sie auf diese Weise ein, mit ihnen zu essen.

Sie rollten einen grünen Vinylstreifen mit Holzmuster auf dem Boden aus, jemand verteilte Plastikteller und Pappbecher mit Wasser; Besteck gab es nicht. Der Vinylstreifen stellte den Tisch dar. Sie bedeuteten Zou Lei, sich zu setzen. Sie saß im Schneidersitz, die durchgeschwitzte Jeans klamm. Es gab eine Aluminiumbackform mit Dal-Curry. Sie rissen das Fladenbrot in Stücke und löffelten damit die Linsen.

Während sie aßen, betrat ein Mann in einem Salwar Kamiz mit einer weiteren Backform den Keller, auf die die Frauen Dollarscheine legten.

Ich habe kein Geld, log Zou Lei.

Ist okay, sagte eine Frau. Mehr Essen?

Eine andere Frau brach ein Stück Brot für sie ab und legte es auf ihren Teller. Sie sahen ihr zu, während sie Wasser schlürfte. Zou Lei tunkte den Rest des Currys auf und leckte sich die Finger ab. Gut, sagte sie. Sie schenkten ihr Wasser nach.

Vielen Dank.

Nein, wurde ihr gesagt. *Bismillah.*

Bismillah, wiederholte sie.

Gut, sagten sie.

Sie wollten wissen, wer sie war. Wer bist du, eine Frau aus Nepal?

Nach dem Essen ging sie mit den anderen nach oben und suchte ihre Schuhe. Jemand hatte dem Imam von ihr berichtet. Sie sah ihn durch die Eingangstür, sah, wie ein anderer Mann auf sie zeigte, und er nickte ihr zu. Er trug eine Brille und ein Anzughemd, unter dem das weiße Unterhemd zu sehen war. Nachdem sie das Gebäude verlassen hatte, ging er, den Koran in der Hand, auf sie zu.

Darf ich dich etwas fragen? Warum bist du mit unbedeckten Armen und Beinen hierhergekommen?

Jemand hat mir gesagt, ich soll kommen.

Verstehe. Du wolltest unsere Religion kennenlernen. Kennst du den Islam? Das ist die wahre Religion, die einzig wahre. Wir lehren, dass es nur einen Gott gibt, und das ist Allah. Vielleicht fühlst du dich nach den Gebeten schon viel besser. Vielleicht fühlst du dich gestärkt. Fühlst du das nicht? Er fing an zu lachen, wie ein Hotelier, der wohlhabende Gäste begrüßt.

Na dann! Das ist neu für dich, aber es ist auch sehr wichtig für dich. Allerdings solltest du wissen, dass du bei unserer Religion Arme, Beine und den Kopf bedecken sollst. Dann kannst du bei uns lernen. Ich gebe dir Bücher, die kannst du studieren. Und dann konvertiere ich dich. Hast du ein Handy? Du kannst mir deine Nummer geben.

Ich habe nicht verstanden, was der Imam gesagt hat, erklärte ihm Zou Lei.

Ich weiß, das ist eine andere Sprache für dich, es ist sehr schwer, aber kein Problem. Ich gebe dir ein Buch in Englisch. Ich werde dir persönlich helfen und dich zu Gott führen.

Okay, okay, sagte sie, aber sie gab ihm ihre Handynummer nicht. Der getrocknete Schweiß hatte an ihren Schläfen und den nackten Beinen Salzzungen hinterlassen. Ihr Haar war steif, sie strich es über den Kopf zurück und biss noch einmal vom Fladenbrot ab, das Tesha, der Schlachter, ihr gegeben hatte.

Meine Mutter war Muslim, sagte sie kauend. Ich weiß über Gott, aber es gibt zu viele Gebote.

Nein, nein, nein. Du irrst dich, sagte er. Nein, nein, nein. Damit machst du einen großen Fehler. Ich möchte dir etwas sagen zu Gott. Er ist wie der Schatten eines Baumes an einem heißen Tag. Wie soll ich sagen? Es ist, als würde die Sonne dich verbrennen und du dich sehr unwohl fühlen. Als hättest du Durst und gern etwas Schönes zu trinken. Du musst nichts anderes tun als diese Tür öffnen und hindurchgehen, und dort drinnen ist es kühl und erholsam. Das ist Gott.

Aber, sagte er, du bekommst diese wunderbaren Dinge nicht, wenn du ein schlechtes Leben führst, wenn du sündigst, wenn du machst, was du willst. Du musst ein anständiges Leben führen und die Gesetze befolgen. Er zeigte auf das zweisprachige englisch-arabische Schild über dem Eingang zur Moschee und las es ihr vor. Darauf stand: Vorbereitung auf das nächste Leben.

Er beobachtete ihre Reaktion. Sie blinzelte ihn an, wobei sich die feinen weißen Linien um ihre Augen kräuselten, die von der Sonne herrührten, unter der sie seit ihrem sechsten Lebensjahr gearbeitet hatte.

Ich habe einen langen Heimweg, sagte sie und machte Anstalten, zu gehen.

Natürlich, du musst gehen, sagte er und tätschelte den Koran. Lass' deinen Mann nicht warten.

Er sagte ihr noch, dass sie, wenn möglich, nächsten Sonntag um zwei Uhr wiederkommen solle, dann würde es auch wieder etwas zu essen geben und auch er sei da.

Die Kinder spielten noch immer in ihren nassen T-Shirts, rannten hin und her durch den Wasserstrahl, der aus einem Hydranten sprudelte. Ein Auto fuhr vorbei und die Reflexion der Sonne auf der Windschutzscheibe hinterließ ein Abbild auf ihrer Netzhaut, das aufschien, wenn sie blinzelte. Sie hatte das Brot aufgegessen, ihr Magen fühlte sich schwer an und die Beine steif. Sie wollte nicht mehr laufen, aber es war ein weiter Weg, und soweit sie wusste, gab es keinen Bus.

Ein kleiner Schreihals versuchte, sie in das Spiel mit seinen Freunden hineinzuziehen.

Ich hab' noch einen langen Heimweg.

Wie weit musst du?, fragte er und versuchte neben ihr herzulaufen.

Zwanzig Meilen.

Er fiel zurück, lief nicht weiter mit.

Läufst du jeden Tag so weit?, rief er ihr nach.

Auf Wiedersehen, rief sie zurück und winkte.

Er war ungefähr elf, aber sie hatte großen Eindruck auf ihn gemacht und er konnte nicht aufhören, ihr mit seinen großen Augen zu folgen.

Fight the power!, schrie er ihr mit lauter, sich überschlagender Stimme hinterher.

Kapitel 44

Es war nach zwei Uhr morgens, und Skinner saß in einem Zug der Linie 7. Als der Zug bremste, rutschten seine Beine vom Sitz. Seine Jeans hing auf der Hüfte, und die umgeschlagenen Hosenbeine waren unter die Absätze gerutscht. Eine leere Dose entglitt seiner Hand, rollte über den Fußboden und landete vor den Sneakers eines Mexikaners, der sie wie einen Fußball stoppte und wieder wegkickte. Die Leute schliefen oder lasen in der Bibel. Schaukelnd kam der Zug zum Stehen, die Türen öffneten sich mit einem Knall und vom Bahnsteig fegte die warme Luft herein. Die Bahnhofsschilder waren von Graffiti übersät. Skinner wachte auf, weil ihm speiübel war. Er stieg aus, torkelte durch das Drehkreuz und erbrach sich auf dem Absatz der großen Treppe. Dann tastete er sich am Geländer hinunter zur Straße.

Dort angekommen steckte er sich den Finger in den Hals und erbrach sich noch einmal. Er stieg über sein Erbrochenes und schwankte weiter, vorbei an einer umgestürzten Mülltonne. Die Schriftzüge auf den Markisen waren alle in spanischer Sprache. Wahrscheinlich glaubte er, das Betonziegelgebäude unterhalb der Gleise wiederzuerkennen, meinte, es sei die Bar, wo er und Zou Lei ihren ersten Abend verbracht hatten. Es war ein verschlossenes Lagerhaus. Er legte die Hand an die Mauer, als würde er das Gebäude an seinem Platz halten oder sich selbst daran hindern wollen, weiterzugehen.

Trotzdem wandte er sich schließlich von den Bahngleisen ab und ging in die Seitenstraßen, die die Wohnblocks in Dreiecke aufteilten. Die Feuertreppen hingen wie Blitze an den dreckigen

Mauern. Er kam an Gemüseläden vorbei, die die Ware verstaut und die Rollläden geschlossen hatten. Die an die Mauern geketteten Holzgestelle waren leer. Darunter schliefen Männer, die sich ins Koma gesoffen hatten, sie lagen in Decken gewickelt auf Pappkartons. Einige stöhnten. Im Park of the Americas hätte Skinner einen Mann sehen können, der wie ein Zombie durch die Dunkelheit geisterte.

Von irgendwoher kam ein rhythmisches Wummern. Eine Musik war zu hören, die aus der Ferne nach Balkan klang.

Er hielt sich am Parkzaun fest und urinierte. Er hörte jemanden schreien, ein Mann rannte die leere Straße hinunter, seine Lederschuhe klatschten und er verschwand um die Ecke eines heruntergekommenen Hauses. Ein paar Sekunden später tauchte ein anderer auf, der ihn verfolgte und für einen Mann seiner Größe sehr schnell lief und ebenfalls um die Ecke bog. Skinner, der immer noch urinierte, starrte ihnen hinterher. Der zweite Mann hatte ein Schlachtermesser mit langer Klinge in der Hand gehabt. Aus der Dunkelheit zwischen den Häusern, in der sie verschwunden waren, war kein Laut zu hören.

Das Wummern kam von einem Laster, der im Leerlauf tuckerte. Er stand vor einem Club mit verdunkelten Fenstern. Er ging hinein. Wurde in blauem Licht gebadet. In den Ecken standen Leute mit Cowboyhüten und Stiefeln herum. Ein dicker Mann in einem riesigen LA-Dodgers-Trikot starrte Skinner bedröhnt an. Skinner starrte zurück und wurde mit einem Nicken eingelassen. Es war so formell, dass man es auch für Spott hätte halten können. Über ihren Köpfen drehte sich eine Discokugel. Eine Frau stieg von ihrem Tisch nahe der Tür und versuchte ihn auf Spanisch anzusprechen. Keine Ahnung, sagte Skinner. Er sackte an einem Tisch zusammen. Sie ging zur Bar und kam mit einer geöffneten Flasche Coronita zurück. Er gab ihr die vier Dollar, die er noch hatte. Sie ging mit dem Geld zur Bar und zeigte es einer Frau, die ein Gesicht wie ein Troll und große Mutterbrüste hatte. Sie nickte, ja, alles okay.

Am Tisch neben Skinner saßen keine Frauen, nur Männer. Sie wandten ihm die Rücken zu. Einer von ihnen hatte seinen länglichen Körper vorgebeugt, wie ein Panther im Sprung, er gestikulierte mit einer langfingrigen, tätowierten Hand und redete endlos auf die anderen ein. An seiner Hüfte hing eine gebügelte, ordentlich gefaltete Bandana. Sie hatten gepflegte, kurz geschnittene Haare. Einige waren kahl geschoren und hatten Tattoos. An einer Wange erkannte Skinner einen Skorpion. Ihre Kleidung war sauber, sie trugen schlichte Sneaker mit abgerundeter Kappe. Bei allen hing die gleiche gebügelte, ordentlich gefaltete Bandana aus der Hosentasche.

Als der Redner endlich ein Ende gefunden hatte, lehnte er sich in seinen Stuhl zurück und legte den Arm auf Skinners Tisch. Skinner betrachtete den Arm. Der Geruch eines fremden Deos oder Waschmittels breitete sich aus. Dem Mann war offenbar bewusst, dass Skinner dort saß. Er schien Skinner das Profil zuzuwenden, um ihn aus den Augenwinkeln beobachten zu können. Dann drehte er den Kopf und schaute Skinner direkt an. Mit Ausnahme der Augen war das ganze Gesicht von schwarzen Tattoos bedeckt. Die Stirn zierten ein Kreuz, ein gehörnter Schädel und gotische Buchstaben, Skorpione, Netze, Blätter und Dornen, und Spiralen, die wie Tornados um seine Augen wirkten. Alles an ihm war imposant und selbstsicher.

Mal 'n bisschen was anderes machen, was?

Mich betrinken.

So wie alle. Alle saufen. Aber du bist anders, oder?

Was?

Bist du. Du bist anders als die alle. Woher kommst du?

Pennsylvania.

Was hast du gesagt?

Pennsylvania.

Aha, und warum bist du hier und nicht in Pennsylvania?

Mich besaufen.

Qué?, fragte einer der anderen jungen Männer am Tisch. Skinners Antwort wurde ins Spanische übersetzt. Einer der anderen, mit tätowierter Lippe und Nasenwurzel, starrte Skinner feindselig an.

Was sonst noch?

Sonst nichts.

Der Redner, der einen weißen Pullover trug, ließ den Stuhl wieder nach vorne kippen. Einige Minuten lang sprach niemand, und Skinner starrte auf den lang gestreckten Rücken des Mannes.

Alter. He. Alter.

Skinner stupste mit der Bierflasche an die Schulter des Mannes. Der wandte ihm das tätowierte Gesicht zu.

Wo zum Henker kommst du her?

Warum zum Henker willst du das wissen?

Später streckte der Mann die Hand aus, winkte eine der kleinen Frauen an den Tisch und sprach in befehlsgewohntem Ton mit ihr – man hörte es am Rhythmus der Stimme und erkannte es daran, dass er sie beim Sprechen nicht ansah. Sie nahm die wie die Bandanas ordentlich gefalteten Geldscheine, die er ihr mit den langen, tätowierten Fingern reichte, und kam bald darauf mit einer weiteren Runde Bier und Limetten zurück.

He, Alter. He. He, Wichser. Willst du wissen, woher ich komme?

Ich weiß, woher du kommst.

Einen Scheiß weißt du. Ich komme aus dem Irak.

Und was ist mit Pennsylvania?

Erzähl. Was ist mit deinem Gesicht?

Was? *Qué?*, fragten die anderen.

Dieser ganze Mist. Wofür ist das?

Ist eine Art Religion. Für ihn – der Redner deutete nach oben ins Dunkel. Und für den da auch – er zeigte auf den Fußboden.

Wer ist da unten?

Du weißt doch, wer da unten ist. Jeder weiß das.

Skinner schwankte, und der Mann stieß ihn mit dem Ellbogen weg.

Vorsicht, Bruder.

He. He, Alter.

Skinner streckte die Hand aus, bis der Typ sie schüttelte und von sich schleuderte. Skinner versuchte, auch die anderen am Tisch dazu zu bekommen, ihm die Hand zu schütteln. Sie starrten ihn an und ignorierten ihn. Einer sagte, er solle sich verdammt noch mal hinsetzen, bevor er sich was einfing. Dieser Spinner will Aufmerksamkeit.

Bist du ein V-Mann? Der Wortführer lächelte.

Ich bin ein Infanterieschwein, sagte Skinner.

Die Augen des Mannes bewegten sich: das Weiße, das im blauen Licht blau wirkte, bewegte sich in seinem geschmückten Gesicht. Der letzte Wortwechsel, an den Skinner sich erinnerte, bevor er sich dabei ertappte, dass er durch den Flushing Meadow Park ging, war folgender:

Du hast Menschen getötet?

Einige.

Was für welche?

Den Feind. Die Iraker.

Hat's bei welchen Spaß gemacht??

Bei 'n paar. Den Feiglingen. Einmal, da waren so zwei Vollidioten in einem Haus. Unser Übersetzer sagt ihnen, sie sollen rauskommen, alles ist okay. Als sie rauskamen, haben wir sie unter Feuer genommen und sie sind wieder reingerannt. Dann hat der Übersetzer sie verarscht. Was habt ihr verkehrt gemacht? Ihr müsst eure Waffen hochhalten! Nein, schwören sie bei Allah, wir haben keine Waffen. Okay, sagt der Übersetzer, ich leg bei den Amerikanern ein Wort für euch ein. Und dann sagt er, ich habe mit den Amerikanern gesprochen, ihr könnt jetzt rauskommen. Aber dieses Mal, sagt er, müsst ihr ein Lied singen. Und er bringt ihnen direkt da auf dem Schlachtfeld ein Lied bei. Sie stecken hinter dieser Mauer und singen. Halt, sagt er, ihr singt ja völlig falsch. Die Vereinigten Staaten sind nicht in dieses beschissene Land gekommen, um euch Wichser falsch singen zu hören. Er lässt sie also weiter üben. Schließlich kommen sie raus. Der Übersetzer sagt ihnen, sie sollen sich anstrengen, als wären sie bei »American Idol«. Er schreit sie an: Hier sitzt 'ne Jury! Ist alles cool. So weit, so gut, sie kommen raus und singen. Alles ist cool. Dann, bumm, pusten wir den einen weg. Jetzt ist nur noch einer übrig. Der Übersetzer sagt zu ihm, dein Freund war schuld, dass ihr euch so schlecht angehört habt. Jetzt geht's ums Ganze. Willst du's wirklich? Und er hat das ganze verdammte Ding gesungen und wir haben applaudiert.

Wir haben einen Kopf vom Schlachtfeld aufgelesen und jemand musste ihn tragen. Mein Sergeant hat ihn einem anderen Körper zwischen die Beine gelegt. Er ließ ihn zwinkern. Wir haben Leichen genommen und sie allen möglichen Scheiß und Schweinkram machen lassen. Hingesetzt, mit Sonnenbrille auf, wie bei »Immer Ärger mit Bernie«. Oder haben sie hingelegt, als würden sie ficken, und haben dann einen Film gedreht. Alles, was du dir vorstellen kannst. Wir haben sie verkleidet. Wrestling. Bodyslamming mit Leichensäcken. Wir haben ihre verdammten Kamele bei jeder Gelegenheit abgeschossen. Haben die Esel gekillt. Ich hab wahrscheinlich über Sachen gelacht, die mir niemand glauben würde.

Habt ihr keinen Ärger bekommen?, fragte der Tätowierte.

Nein. Wann immer wir jemanden getroffen haben, den wir gar nicht treffen wollten, dann haben wir einfach eine Waffe draufgeworfen, oder ein Kabel, wenn's sein musste.

Du bist ja ganz schön clever.

Nicht unbedingt clever, eher erfahren. Was das betrifft zumindest.

Was war das für ein Song?

Den sing ich jetzt nicht vor.

Wir haben in meinem Land auch so einen Song, glaube ich. Ein Hochzeitslied, jedenfalls so, wie wir es singen. Man sagt einer Frau, dass sie die Wahl hat: Entweder liebst du mich heute Nacht, oder du kannst meinen Schießprügel heiraten und der liebt dich dann für immer.

Er zog den Ärmel des sauberen weißen Pullovers hoch und zeigte Skinner das Tattoo auf dem Unterarm.

Was soll das sein?

Ihr wird's besorgt. So richtig gut. Mit einer Plastiktüte überm Kopf.

Skinner lachte. Du bist ein verdammter Idiot.

Der attraktive Mann lachte auch. Siehst du? Du lachst. Kannst genauso gut deinen Spaß daran haben.

Was ist das da hinter ihr?

Es war ein Skelett mit einer Pistole, die auf den Kopf der erstickenden Frau gerichtet war.

Das ist der beste Mann, den sie je kennengelernt hat.

Kapitel 45

Bist du überhaupt für mich da?, fragte sie Skinner.

Was willst du denn noch?

Ich habe das Gefühl, dass alles nur mein Problem ist.

Er hörte sich das mit verstörender Gleichgültigkeit an, protestierte nicht einmal.

Ich weiß nicht, was ich tun soll, wenn ich dich heiraten kann, wenn mich das in Schwierigkeiten bringt, ich weiß nicht. Ich versuche herauszufinden, ob es okay ist, aber ich kann niemanden fragen. Alles kostet Geld –

Also geht es hier um Geld?

Nein, es geht nicht um Geld –

Nachdem ich dich so oft eingeladen habe?

Nein, nicht um Geld! Geld macht mir Sorgen, aber das ist die kleine Sache verglichen mit anderen.

Sie fing mitten im Satz an zu weinen und wischte sich übers Gesicht, versuchte weiterzureden.

Etwas anderes ist wichtiger, ich weiß. Ich will dich um nichts bitten, ich bin lieber alleine, als dich auszunutzen. Ich mache mir die ganze Zeit Sorgen um dich. Ich sehe dich in diesem Zimmer bleiben und ich spüre Angst. Ich weiß nicht, was mit dir los. Also versuche ich dir Sachen zu bringen. Wegen Geld kann ich nichts tun. Wenn ich weiß, wie, ich bringe dich in ein Krankenhaus. Ich werde alles geben, was ich habe, denn wenn ich dich verliere, dann habe ich das Gefühl, dass ich alles verliere.

Sie musste sich immer wieder die Tränen abwischen, um weitersprechen zu können.

Und du verletzt mich, Skinner. Du verletzt mich so sehr. Du wirfst mich weg, lässt mich auf Straße liegen, rennst weg. Und du rufst nicht an, zwei oder drei Tage lang. Du denkst nicht mal darüber nach! Du sagst auch nicht Entschuldigung. Warum nicht? Weil du nicht musst, weil ich Muslima bin, Migrant? Die respektierst du nicht? Wenn ich deine Mutter, du würdest sie so behandeln? Ich gebe mich dir ganz. Für dich ist das vielleicht nichts, irgendein Mädchen aus schmutziges Buch, das du liest, Müllmenschen. Richtig?

Nein!, sagte er. Das stimmt nicht. Das hab ich nie von dir gedacht. Ich hab' dich nie wie Müll behandelt.

Du hast gesagt, wir heiraten, prima, aber spielt keine Rolle, ob wir das machen oder nicht, denn es ist dir egal.

Dich wie Müll behandeln?, wiederholte er und blinzelte die Kellerwand an. Ich hab' dich nie wie Müll behandelt. Sag' nicht, dass ich das habe. Wenn du über Müll reden willst, okay, ich weiß ein bisschen was von Müll, und du bist nicht wie Müll behandelt worden, nicht von mir. Ich hab' ein paar Leute gesehen, die wie Müll behandelt wurden, und das sah ganz anders aus. Das ist ein bisschen was anderes als bei uns. Bei uns ist es ziemlich gut. Wir haben noch einen langen Weg vor uns. Und es tut mir leid, wenn ich nicht perfekt bin. Es tut mir wirklich leid, dass ich dir den Sonntag versaut hab, als ich dich zum Essen eingeladen habe. Ich hab eine Menge Fehler gemacht. Das war wahrscheinlich ein weiterer. Muss ich mit auf meine Fehlerliste schreiben. Tut mir leid, dass du einen Blindgänger kennenlernen musstest. Tut mir leid, dass ich nicht der ideale Was-auch-immer für dich bin. Ja, tut mir wirklich leid. Du sitzt einfach da und erzählst mir, was du von mir willst. Befiehlst mir, dich ordnungsgemäß zu heiraten.

Sie rieb sich mit der Innenseite des Ellbogens über das Gesicht und murmelte, Ich red nicht mehr mit dir.

Mann, sagte er, puh. Er biss sich auf die Lippe und schüttelte den Kopf. Ich weiß nicht … Nein, du redest mit mir. Und du wirst mir nicht ins Gesicht sagen, dass ich ein Scheißkerl bin. Nicht in meinem Zimmer. In meinem Land. Für das ich gekämpft habe. Während du was gemacht hast? Dich über die Grenze reingeschlichen hast? Genau. Ich schulde dir was. Hier. Mal sehen, was ich habe.

Er nahm sein Portemonnaie vom Nachttisch und schleuderte es quer durchs Zimmer. Es traf ihre Brust und fiel auf den Boden. Sie war sofort auf den Beinen und wollte gehen.

Warte!, sagte er, sprang auf und versuchte sie aufzuhalten. Sie drehte durch und fing an, um sich zu treten und nach ihm zu schlagen. Er griff ihr um die Hüfte und zog sie zurück zum Bett. Nein!, schrie sie. Sie fielen aufs Bett. Halt, halt, halt, tut mir leid – sagte er wieder und wieder in ihr Ohr und presste sie mit seinem Gewicht auf die Matratze. Sie verpasste ihm einen seitlichen Kopfstoß, wand sich unter ihm und traf mit den Fäusten seinen Kopf. Er setzte sich auf sie und versuchte, ihre Arme runterzudrücken. Sie stieß ihm ein Knie in den Rücken. Er zuckte zusammen. Sie starrte ihn durch den wilden Haarvorhang an, der über ihrem schweiß- und tränennassen Gesicht lag, auf dem sich Panik und Verzweiflung mischten. Sie schauten einander an. Sie stieß ihm noch einmal das Knie in den Rücken.

Mach weiter. Lass alles raus.

Wieder stieß sie mit dem Knie zu.

Er runzelte die Stirn.

Ich hoffe, es tut weh, verdammtes Arschloch. Du schmeißt mir SCHIMPFWORTE an den Kopf?, kreischte sie. SCHIMPFWORTE? *Sini sikey kot ghuy.* Sie bäumte sich auf und schlug ihm erneut ins Gesicht. Du weißt gar nicht, wie viel Angst du haben wirst. Ich werd' dir Auge wegnehmen. Es tut mir leid, sagte er. Sie lachte ihn aus, war außer sich und versuchte wieder und wieder, ihn zu schlagen.

Bitte hör' auf zu kämpfen, sagte er.

Ich hasse dich.

Das ist in Ordnung. Ich will nur nicht, dass jemand verletzt wird.

Ich hasse dich. Du hast mich gehabt, jetzt hast du mich nicht mehr. Jetzt bist du alleine. Geh runter von mir.

Er kletterte von ihr runter.

Sie stand vom Bett auf, strich Hemd und Hose glatt, richtete ihr Haar. Er fragte sie, was sie vorhabe. Sie sagte ihm, dass es aus sei – aus zwischen ihnen.

Zooey, bitte geh nicht.

Sie schaute durch ihn hindurch auf die Tür, durch die sie weggehen würde, und sagte, er solle aus dem Weg gehen. Sein Betteln rührte sie nicht. Jetzt war Schluss.

Ich glaub's einfach nicht, sagte Skinner. Das habe ich heute nicht erwartet. Seine Stimme war jetzt leise und zittrig.

Du bekommst, was du wolltest.

Das habe ich nicht gewollt.

Da er sie nicht umstimmen konnte, gab es nur noch eine Sache, die sie wissen musste, bevor sie ging. Er gab die Tür frei. Ich halte dich nicht auf – du kannst jederzeit gehen – ich will dir nur etwas zeigen.

Sie sah, wie er den Rucksack nahm, sich setzte, den Reißverschluss aufzog, hineingriff und eine schwere Militärpistole herauszog. Es dauerte eine Extrasekunde, bis ihr Gehirn das begriffen hatte.

Hab keine Angst, sagte er und setzte sich die Pistole an den Kopf.

Skinner, nicht!

Alles in Ordnung. Beweg dich nicht. Bleib' wo du bist, da bist du sicher. Hör nur zu. Ich bin – er erschauderte und Tränen liefen über seine Wangen. Er zögerte. Ich bin nicht gut. Ich bin nicht gut. Verdammt, verflucht noch mal nicht gut. Ich will sterben. Keiner weiß das. Es tut mir leid. Das meine ich ernst. Er zögerte wieder. Es tut mir mehr leid, als ich dir sagen kann. Du hast etwas Besseres verdient. Aber du darfst nicht daran zweifeln, dass du mir immer alles bedeutet hast. Jetzt kannst du gehen. Er schloss die Augen und atmete tief durch.

Skinner, mach nichts. Ich komme. Bleib ganz ruhig. Ich berühre deinen Arm. Hier ist meine Hand. Ich bin Freund.

Als würde sie die Nachtigall aus den Geschichten ihrer Mutter in der Hand halten, legte sie ihre Hand federleicht auf seinen Arm und drückte seine Hand mit der Waffe nach unten, weg von seinem Kopf. Sie musste einen Finger nach dem anderen vom Griff lösen, dann legte sie die Pistole in eine Zimmerecke, so weit von ihm entfernt wie möglich.

Sie lagen lange eng umschlungen auf dem Bett.

Ich habe ein Gebet an Gott für uns gesprochen.

Danke. Grüß ihn von mir.

Später fragte er, ob sie ihn immer noch verlassen wolle, und sie schüttelte den Kopf.

Es muss einen Gott geben.

Ich weiß nicht, dass du eine Pistole hast.

Ich weiß.

Vielleicht können wir die Kugeln rausnehmen.

Er stand auf, entlud die Pistole und verstaute sie wieder.

Vielleicht sollten wir was essen gehen.

Ich will nicht, dass du mich wieder zum Essen einlädst. Das ist nicht fair.

Ich hab das nicht so gemeint, Zooey. Darf ich dich bitte zum Essen einladen?

Vielleicht sollten wir etwas anderes machen. Oh. Okay. Bist du sicher?

Ja. Sie streckte die Arme nach ihm aus. Aber als sie sich lieben wollten, rutschte er immer wieder aus ihr heraus.

Ist okay, ist okay.

Nein, ist es nicht.

Doch ist okay. Ich helf dir.

Schließlich ging es. Nachdem er gekommen war, waren sie beide verschwitzt und Dreck von der Matratze hatte sich in ihre Knie gedrückt. Er war erleichtert, dass er es schließlich geschafft hatte, aber er hatte lange dafür gebraucht. Er fragte sie, ob es ihr gut ginge, und sie sagte, es ginge ihr prima. Es war Nacht geworden, während sie sich auf dem Bett abgemüht hatten. Das Zimmer schien wie in Nebel getaucht. Aber das lag nur an seinen Augen, eine Art Einsamkeit. Ein Ort auf Erden ohne Stromnetz. Eine Trümmerlandschaft. Das Licht der Nachttischlampe, die er anknipste, war ein orangefarben loderndes Lagerfeuer, das die Wildnis auf Distanz hielt. Die aufleuchtenden haremsvioletten Wände versetzten ihn wieder nach Queens zurück; es waren Farben, die seine Vermieter ausgesucht hatten. Zou Lei wollte duschen.

Noch eins, zieh besser was an da draußen. Könnte sein, dass da jemand ist.

Jemand ist im Keller?

Dieser Kerl kommt hier runter. Man weiß nie, wann.

Okay.

Sie dachte sich nichts dabei, denn sie war es gewohnt, dass alles außerhalb der Grenzen des Schlafzimmers Öffentlichkeit war, und verhielt sich entsprechend, verließ sein Zimmer angezogen und mit dem Camp-Manhattan-Handtuch über der Schulter.

Nachdem sie geduscht, angezogen und gekämmt war, lud er sie zu Fratelli's ein. Sie bestellten Pizza und während sie aßen, streckte er die Hand über den orangefarbenen Tisch aus, wollte irgendetwas, irgendeinen Teil von ihr berühren. Die Nacht schien besonders düster zu sein. Er entschied sich für ihren Ellbogen. Sie hielt das dreieckige Stück Pizza, das in der Mitte durchhing wie eine Leiche, die zu einem Hubschrauber gebracht wird, in beiden Händen. Er hielt ihren Ellbogen, beobachtete, wie ihre Brust sich bei den lebenswichtigen Funktionen hob und senkte – atmen, essen.

Es sind bloß die Tabletten.

Ich weiß. Du bist ein junger, starker Mann.

Heute war alles irgendwie merkwürdig.

Der süßlich-scharfe Schmerz, der den Tränen vorausging, fuhr ihm wieder durch Hals und Augen. Er senkte den Kopf und warf einen seitlichen Blick auf das Bild, das in den vertikalen Spiegelstreifen aufschien, die die Pizzeria schmückten. Seine Augen wirkten, als hätten sie allergisch auf Kakerlakenspray reagiert. Sie wirkten wie wunde, von der Reibung gerötete Schleimhäute nach ausgiebigem Sex.

Hast du irgendetwas mitbekommen, als wir …

Nur dass du müde warst.

Nein, ich meine, hast du irgendetwas bemerkt? Hast du irgendwas gehört?

Ich habe nur uns gehört.

Sonst nichts?

Was sonst?

Etwas außerhalb des Zimmers.

Sie schaute an die Decke, auf den Ventilator, und versuchte sich zu erinnern.

Ich habe irgendein Geräusch gehört. Als wenn etwas auf den Boden fällt. Denkst du, da ist jemand?

Offensichtlich glaubte er das. Wer, fragte sie, hätte das sein können? Skinner erinnerte sie daran, dass er ihr von den verschwundenen Dingen erzählt hatte – der Zeitschrift, den Tabletten, seinem Sixpack Bier. Er glaubte, dass der Typ, der die Sachen klaute, sie auch ausspionierte. Skinner wusste, dass er in den Keller kam, denn er hatte ihn unter dem Waschbecken gesehen.

Er war in meinem Zimmer, um den Boiler zu reparieren. Gleich danach hat sich Mrs. Murphy bei mir beschwert. Erinnerst du dich, wie ich aufgeräumt habe? Das war er. Deshalb weiß ich, dass er unten war und alles gesehen hat. Und wenn ich weggehe und wiederkomme, dann ist immer etwas anders, als wäre er hier unten gewesen. So was hat es vorher alles nicht gegeben. Das hat alles erst angefangen, nachdem er hier aufgetaucht ist. Ich hab ihn neulich da draußen getroffen, und irgendwie ist es so, als ob da was zwischen uns ist. So als würde bald was passieren.

Warum tut er dir diese Dinge an?

Keine Ahnung, was sein Problem ist. Hast du den Typen jemals gesehen? Echt groß, der Kerl, wirklich groß, läuft rum, als würde er – boing-boing – auf Spiralfedern laufen, als würde er jemanden killen wollen. Er hat hier so einen kleinen Bart.

Ja, sagte sie. Ich kenne ihn.

Wirklich?

Einen Tag komme ich dich zu suchen und du bist nicht da. Er macht die Tür auf. Ich denke, er ist es.

Wirklich? Im Ernst? Bist du dir sicher?

Sie sagte, sie glaube schon.

Was hat er zu dir gesagt?

Er mich aufgefordert, reinzukommen.

Und was hast du gemacht?

Ich sage Nein. Ich gehe weg. Er versucht, mich zu überzeugen.

Hat er dich angemacht?

Vielleicht, ja, ich denke. Skinners Gesicht verzerrte sich. Aber, sagte sie, es habe ihr nichts bedeutet. Es war nicht das erste Mal in Flushing, dass ein Mann versucht hatte, sie anzusprechen. Eine Menge Männer versuchen, die Frau reinzulegen, sagte sie.

Dieser eine Junge, der hat Ma zu mir gesagt. Das ist sehr lustig. Ich dachte, redest du mit deiner Mutter?

War das ein Schwarzer?

Er ist schwarz. Hallo, Ma!, hat er gesagt.

Und was hast du gesagt?

Ich muss jetzt los.

War das auf der Main Street?

Ja, in Chinatown. Nichts ist passiert. Ich denke, er hat mir nur hinterhergeschaut, als ich weggegangen bin. Hat so was wie Ma! gesagt, als würde er mit seiner Mutter reden.

Also das kann ich verstehen. Das ist normal, so wie du aussiehst.

Sie fragte ihn, ob es ihm gut ginge, und er sagte, er sei einfach nur müde.

Als sie nach Hause kamen, drohte die Traurigkeit erneut sie zu überwältigen. Er fragte, ob sie sich zusammen aufs Bett legen und einfach umarmen könnten, bevor sie gehen musste. Sie hielten einander lange im Arm und ließen die Nachttischlampe brennen, so war es gemütlicher. Liebst du mich?, fragte er. Sie antwortete, wenn sie ihn nicht lieben würde, dann würde sie nicht hier in seinem Bett liegen. Sein Kiefer verkrampfte sich, er presste die Augen zusammen und ein dünnes Tränenrinnsal lief an seiner Nase herab, das eine Minute später getrocknet war. Sie hielt seinen Kopf und kraulte seinen Nacken dort, wo der Haaransatz endete.

Ich liebe dich, sagte er.

Sie antwortete nicht und er fragte sich, ob ihr die Worte ebenso hohl vorkamen wie ihm. Er strich ihr über den Rücken, die Hüfte. Er fand keine Worte, die der Rundung ihrer Hüften entsprochen hätte.

Kein Mann darf mich berühren, nur du.

Das stimmt, sagte er.

Um elf Uhr setzte er sich plötzlich auf und sagte, Moment mal. Er stand auf, nahm seine Stiefel und sagte, sie solle sich nicht bewegen. Bleib einfach liegen, ich muss mal was nachsehen. Dann nahm er die Pistole aus dem Rucksack und lief die Treppe nach oben, ließ sie verwirrt und bestürzt zurück.

Er ging einmal um das Haus herum und hielt am Gitterrost über dem Fenster an. Sie stand auf dem Bett und flüsterte, Was machst du?

Ich sehe nach, ob wir auch wirklich unter uns sind. Kannst du mich hier oben sehen?

Nein. Ich kann dich kaum erkennen.

Okay. Eine Sekunde. Ich komme zurück.

Er ging wieder um das Haus herum. Sie hörte, wie er die Haustür wieder abschloss, dann polterte er die Stufen hinunter und überprüfte das Bad, die Küche, den Schrank, sämtliche Ecken.

Was ist passiert?

Ich habe was gehört.

Sie bat ihn inständig, die Pistole wegzustecken. Inzwischen war sie schon wieder wütend.

Ich bin sicher, dass ich draußen etwas gehört habe. Es ist nicht gut, wenn die Nachttischlampe an ist. Man kann dann von oben alles sehen.

Kapitel 46

Die Fahrt in die Bronx dauerte lang und sie musste zweimal umsteigen. Die Weißen stiegen aus und die Schwarzen und Latinos stiegen ein und blieben. Der Zug füllte sich und roch nach Kokosnussschweiß und Kirsch-Räucherstäbchen. Von Westchester Avenue fuhr sie Richtung Osten bis Soundview. Der Bus nahm eine achtspurige Straße, wo sich Sozialwohnungsbauten wie Riesen gegen die Menschen ausnahmen. Sie drückte den Halteknopf und stieg aus. Die Hochhaustürme sahen wie gestrandete Schlachtschiffe aus, die rostend in den Himmel aufragten; sie zählte zwanzig. Sie fragte eine Haitianerin in Sonntagsschuhen nach dem Weg. Geh weiter, runter, dann rüber, sagte sie. Die Frau hatte ein tief zerfurchtes Gesicht. Eine Betontreppe führte einen staubigen Hügel hinab zu den niedrigen Flachdachgebäuden. In den Straßen standen Gabelstapler. Ganz unten fand sie die Fabrik, nach der sie suchte.

Die Fenster waren vergittert und über die Gitterstäbe waren zerrissene Kleidungsstücke gezogen, sodass man nicht hindurchschauen konnte. Überall waren Stofffetzen verknotet, an den Gitterrosten und dem Maschendraht, am Griff der Tür, die mit spanischen Graffiti übersät war. Die Wände hinter der Tür waren mit Filzstift vollgekritzelt. Auf der Suche nach einem Weg ins Gebäude ging sie in einen Flur, der einem Rinderkäfig ähnelte und vor einer Stahlgittertür endete. An der abgehängten Decke stand: Viva Ei. Es gab keinen Weg hinein – die Tür war abgeschlossen. Durch die Schlitze im Gitter hörte sie Ventilatoren und Maschinen rattern, sah die Kartons, die Stoffstapel in verschiedenen Farben und die Frauen an den Tischen. Auf dem Weg hinaus kam sie an einem

Flex-Tor vorbei, durch das sie hineinschauen konnte; es war aber mit einem Vorhängeschloss gesichert. Ein abgemagerter Mann mit der nach Krebs aussehenden sonnenverbrannten Haut eines Farmarbeiters klebte Kartons zu und schnitt das Packband mit einem umwickelten Rasiermesser. Als sie nach einem Eingang fragte, hob er nicht einmal den Kopf.

Um die Ecke fand sie einen weiteren vergitterten Eingang, der eine Handbreit offen stand. In großen chinesischen Buchstaben war auf den Putz geschrieben: Diese Fabrik ist unter der Telefonnummer – und dann eine durchgestrichene Nummer sowie weitere Nummern und Mitteilungen auf Chinesisch. An eine Nische unterhalb der Rohre hatte jemand geschrieben: Kein Stuhlgang in dieser Toilette oder Sie werden für die Reinigung verantwortlich gemacht.

Sie stieg über Pappkartons, die neben dem Verteilerkasten gestapelt waren; an die Backsteine war ein Infozettel mit den Gesetzen zum Mindestlohn geklebt. Das Surren wurde lauter und sie erkannte die Reihen der Tische, die sich nach hinten in den Raum erstreckten, die Frauen, die barfuß arbeiteten, die Pedale und den Kniehebel bedienten. Irgendwo lief ein Radio, das man aber im alles durchdringenden Summen der Ventilatoren kaum hören konnte. Am hinteren Ende des Raums, unter den Sparren, stapelten sich neben einem gepolsterten Bügelbrett, wo die Kleidungsstücke vor dem Verpacken gebügelt wurden, leere Pappkartons und anderes Gerümpel, alte Nähmaschinen und Metallstühle, an die Streifen verfaulten Stoffs wie durchgeweichte Kopftücher gebunden waren, sowie mehr Kleidungsstücke, die in Transportbehältern aus Segeltuch gestapelt waren, Eigentum der Post.

Die Fabrik roch nach altem Holz und Pappkartons. Auf dem Boden waren nackte Füße, darunter Pappen, die dort lagen, um das Öl aufzufangen, das aus den Juki-Nähmaschinen tropfte, die ein Staubpelz zierte und an deren Spulen Glück bringende rote Stofffetzen befestigt waren.

Etwa siebzehn Frauen arbeiteten in der Fabrik. Einige von ihnen vielleicht Mitte zwanzig oder dreißig, die meisten sahen älter aus. Viele trugen eine Brille. Sie blickten nicht zu ihr, hielten die Augen auf ihre Arbeit gerichtet, auf den gekrümmten Rücken zeichneten sich die BH-Träger ab. Es war heiß, und fast alle hatten eine Viskosebluse oder ein T-Shirt an. Sie sah, dass sie ergrauten.

Eine der jüngeren Frauen stand auf und ging zu dem speckigen Kühlschrank, wohl um nach ihrem Lunch in einer roten Plastikbox zu sehen. Auf ihrem T-Shirt waren eine schlafende Comicfigur und ein Schriftzug zu erkennen: Aufwachen auf eigene Gefahr. Sie trug knielange Shorts wie Zou Lei, war sehr dünn, hatte fast rote Haut, ein hervorspringendes Kinn und kurzes, wildes Haar. Sie tippelte in Plastiksandalen zu der Toilette, die man für Stuhlgang nicht benutzen durfte, und kam mit einem nassen Papierhandtuch zurück, das sie vor einem Ventilator auf ihre mageren Arme rieb, um sie zu kühlen. Sie starrte Zou Lei an, gestikulierte, sagte etwas, gestikulierte, konnte den Ventilator kaum übertönen:

Hinter dir, der Mann. Geh zu ihm.

Zou Lei drehte sich um und sah einen Mann, der zurückgelehnt auf einem Bürostuhl saß, die Füße auf dem Schreibtisch, auf dem auch ein ausgeschalteter Reiskocher stand. Auf der Wand über ihm klebten die ausgeschnittenen Bilder der Teilnehmerinnen vom Mrs.-Asia-Badeanzug-Schönheitswettbewerb. Die weißhäutigen Frauen posierten in Einteilern, eine Hand an die Sechzigerjahre-Frisur gelegt, die andere in die Hüfte gestützt. Die Jeans des Mannes war so abgewetzt, dass sie speckig schimmerte.

Er schaute sie skeptisch an und nahm ein Gespräch auf seinem Handy entgegen. Als er fertig war, stand er auf, klopfte seine Taschen nach einem Feuerzeug ab, nahm eine Packung White-Cotton-Zigaretten vom Schreibtisch, steckte sich eine Zigarette in den Mund, suchte noch mal nach einem Feuerzeug, nahm die nicht angezündete Zigarette aus dem Mund und schlurfte in sein Büro, wobei die langen Arme wie nasse Wäsche herabhingen, als wäre ihm in dieser Hitze alles zu viel.

Sie folgte ihm in das Büro, einen winzigen Verschlag, in dem es eiskalt war. Die Klimaanlage stand auf fünfzehn Grad und pumpte Kaltluft in den schrankgroßen Raum. Er seufzte, drehte das Feuerzeug in der Hand, klopfte damit auf den Schreibtisch und drehte es zwischen den Fingern. Sein kleiner Finger hatte einen langen spitzen Nagel. Er schaute sie nie direkt an. Sie waren umgeben von Kisten mit Designerlabeln, die auf die Kleidung genäht werden sollten, Kartons mit Nähmaschinenzubehör, Nadeln, Pegasus-Spindeln und Schrauben, Keilriemen, einem Kanister 80er-Getriebeöl, Garnrollen in Schwarz, Weiß, Blau und Glitter, einem Fax mit blinkender, grüner Leuchte und einem Mini-Kühlschrank. Er sprach kantonesisches Toisan, Mandarin nervte ihn. Sie war mit allem einverstanden, auch mit den Dingen, die sie nicht verstand. Ihre militärische Ausbildung behielt sie für sich.

Er fragte, Du bist Schneiderin?

Selbstverständlich, antwortete sie.

Es schien ihn nicht zu interessieren. Er zählte ihr die verschiedenen Abteilungen auf: *Lak gwat.* Wechselte ins Englische, verärgert, dass sie ihn nicht verstand. Merrow-Maschine. Kleiner Saum. Einfassen. Perlen. Fünfzig Cent das Stück. Vielleicht zehn. Kommt drauf an. Die andere Abteilung nimmt das Paket. Manchmal Nachtarbeit, wenn Bestellung fertig werden muss.

Es gab keine freien Tage. Wenn du nicht kommst, verdienst du nichts, ganz einfach. Noch Fragen?

Sie hatte keine Fragen, die sie ihm hätte stellen können. Er gab keine Erklärung ab, ob sie nun eingestellt war oder nicht oder ob sie morgen zur Arbeit kommen sollte. Danach wurde weder gefragt noch wurde es beantwortet. Das Gespräch war zu Ende, als sie merkte, dass er nichts mehr zu ihr sagen würde.

Aber eines passierte noch. Als sie das Gebäude verlassen wollte, sah sie, wie ein Mann das Tor schloss, eine Fahrradkette vorlegte und alle einschloss, und sie fing unwillkürlich zu schreien an: He! Was machen Sie? Ich will gehen!

Der Mann war schon etwas älter, Typ Junggeselle im Unterhemd, einer von denen, die wussten, wie die Dinge liefen, und kein Problem damit hatte. Er warf ihr einen verschmitzten Blick zu.

Ganz ruhig. Die andere Tür da drüben ist offen.

***

Ich möchte mit dir über etwas reden, Skinner.

Worüber?

Eine Prostituierte aus Flushing war hier und hat nach dir gefragt.

Was soll das heißen? Wann?

Den genauen Tag weiß ich nicht.

Moment mal. Das irritiert mich jetzt. Ich kenn keine Prostituierten aus Flushing. Ich versuch' zu kapieren, wer das sein könnte. Sah sie asiatisch aus?

Das weiß ich nicht. Mein Sohn hat mit ihr gesprochen.

Und woher kennt er sie?

Mein Sohn sagt, er hat sie wiedererkannt, aus Flushing.

Hat er wiedererkannt gesagt?

Genau so. Er hat sie wiedererkannt. Als sie hier war und nach dir gefragt hat.

Darauf hatte Skinner keine Antwort.

Ich dachte nur, du solltest das wissen.

Eines Nachts träumte er, dass jemand in Kampfanzug und Gasmaske vor dem Gitterrost über dem Fenster stand und Sarin in den Keller ließ, das sich über ihm in seinem Bett ausbreitete, er es einatmete, und als er aufwachte, war es bereits zu spät, um ihn noch zu retten. Er gab sich selbst Atropin-Spritzen, aber vergeblich. Die Figur im Tarnanzug kam vermummt und mit Gasmaske herunter und nahm Zou Lei mit in den anderen Raum, und Skinner konnte nicht sehen, was passierte. Er war gelähmt, er starb. Er hörte sie schreien und auf den Tisch hauen. Dann kam der Typ mit ihr zurück, ihr

Kopf hing herab. Er stellte sich breitbeinig über sie, die wie eine Ziege auf allen vieren stand, und fing an, sie mit einem Schlauch zu würgen. Das ging eine ganze Weile so, unterbrochen von Pausen, und einmal sagte sie Nein. Dann wurde sie wieder gewürgt und ihr Gesicht wurde violett, die Beine gaben nach, streckten sich. Skinner weinte im Schlaf. Hör auf, schluchzte er. Tu ihr das nicht an.

Er sah zu, wie der Mann den Druck aufrechterhielt, bis sie aufhörte zu beben, um dann noch weiterzugehen, indem er den Schlauch mit einem Besenstiel immer weiter zudrehte. Sie war schon längst nicht mehr sie selbst. Die Schlinge ließ den Kopf anschwellen. Das entstellte Gesicht erinnerte nicht mehr im Entferntesten an den Menschen, der sie mal gewesen war.

***

Jimmy und seine Gang warteten, bis Skinner sich genähert hatte. Guado hatte vor, etwas zu tun oder zu sagen. Sie wollten Skinner verunsichern. Vielleicht würden sie sogar etwas Freundliches sagen. Schönen Tag noch, Kumpel. Oder er sagte etwas, das kaum zu verstehen war, und erst einen halben Block weiter fiel auf, dass es eine Beleidigung gewesen war. Manchmal war es nur ein Wort. Es sickerte langsam ins Gehirn, während man weiterging. Oder sie ließen einen spüren, dass sie einen taxierten, und wenn man auch nur die kleinste Reaktion zeigte, die Schultern verkrampfte oder der Schritt sich änderte, dann riefen sie, Willst du Ärger? Durchgeknallt.

Skinner kam näher und Guado murmelte, Der ist kein Stück Scheiße, und lauter, Was geht ab, Big Boy?

Nichts, sagte Skinner.

Jimmy, Ein kleiner Ficki-Lutschi. Skinner ging einfach weiter, und Jimmy beobachtete dabei sein Gesicht.

Es stimmte ja, Jimmy hatte ein paar Sachen, die ihm nicht gehörten, und eine davon war ein »Hustler«-Heft, das in einem PX-Store auf einer Militärbasis gekauft worden war, die direkt neben der Apotheke lag, wo man seine Zoloft, Ambien, Valium und Risperidon, seine Psychotika und Anti-Psychotika bekam.

Eines der Mädchen hatte entfernt Ähnlichkeit mit ihr, sie hatte das gleiche braune Haar, die gleiche zierliche Figur, wenn auch ein bisschen retuschiert. So oder so, sie hatte seine Schritte auf der Treppe nicht gehört, während sie Sex hatten. Dem Klang nach war sie ungebildet und kam aus der Unterschicht. Eine wunderschöne feminine Lady, deren exotische Ausstrahlung ihn erregte. Ihr Freund, der Veteran, war ein Mistkerl.

Einmal hatte der Mistkerl versucht, ihn anzumachen, sozusagen. Jimmy hatte im Keller herumgelungert und der Sturkopf kam aus dem Zimmer und fing an herumzuquengeln, Ich weiß, dass du meinen Kram klaust.

Aber es steckte nicht viel dahinter, genau, wie Jimmy es erwartet hatte, also machte er weiter mit seinen kleinen Tests, er sah das sportlich und dachte sich: Wenn du das nicht aushältst, dann musst du hier ja nicht wohnen. Du kannst es ja nicht mal deiner Lady richtig besorgen.

Auf der Treppe nach unten fand Skinner die Visitenkarte eines Hostessenservice. Nur außer Haus, stand darauf, und eine Telefonnummer in Flushing, New York. Das Bild zeigte eine gebräunte Asiatin im Tanga vor schwarz-weißen Palmen. Der perfekte Arsch, stand darauf.

Skinner behielt die Karte als Beweis und verstaute sie in seinem Kampfrucksack. Die zeig ich ihnen, wenn ich den Wichser fertiggemacht habe, dachte er.

Kapitel 47

Um den 4. Juli herum, als Monroe für ein paar Tage bei Verwandten war, die er verachtete, und Schweinebraten aß, durfte sie an der Ausgabe arbeiten. Irgendwann am Nachmittag taten ihr dann die Füße vom langen Herumstehen weh, und sie sah auf die Uhr, gelangweilt und mit verdrehter Hüfte, in ihrer engen Jeans und der immer schmutzigen, mit Essen verklebten Arbeitsbluse. Sie grub den Reis mit der Kelle um, starrte über den Tresen hinweg, das monotone Geschrei der Kunden, die auf Chinesisch bestellten, nahm sie ebenso wenig wahr wie das Klappern der Tabletts, den Aufruhr in der Küche, die schmalzigen Popsongs. Für sie gab es nur ihr Dilemma. Immer wieder umkreiste sie in Gedanken die Dinge, die ihr Leben bestimmten: Skinner, Ausweis, Cops, Heirat, Anwalt, Geld, Job, Unterkunft, Skinner, seine Krankheit, Geld. Jeder Planet dieses Sonnensystems war ein riesiges Fragezeichen. Nachts stellte sie den Ventilator in ihrem heißen Sperrholzverschlag an und schlief erst ein, wenn es zum Morgen hin kühler wurde. Sie hatte Kopfschmerzen. Die Panikattacken kamen in regelmäßigen Abständen, egal ob Tag oder Nacht: was, wenn jemand sie wieder einsperrte, bloß weil er dachte, das sei sein Job? Dann sah sie die Zelle vor sich. Sie versuchte, tief durchzuatmen und nachzudenken. Irgendetwas wirst du auf jeden Fall machen, zumindest versuchen, sagte sie sich. Du wirst mit Skinner zusammenbleiben und ihn heiraten. Aber sollte ich mir nicht zuerst einen Ausweis mit meinem offiziellen Namen besorgen? Einen wirklich guten? Damit kam wieder die Frage nach einer Verhaftung ins Spiel. Oder man würde sie ausrauben oder übers Ohr hauen. Und Geld. Geld. Ihr Geld wurde knapp.

Was, wenn ich die Miete nicht mehr bezahlen kann? Sie hob den Fuß und hielt den Sneaker am Spann, um den Oberschenkel zu strecken, und ein Zittern schoss durch ihr Bein, wie man es manchmal an der Flanke eines Pferdes beobachten kann.

Vor allem wollte sie etwas tun, was zu bewältigen war. Sie wollte jede Lösung vermeiden, die das Aufsuchen einer Regierungsbehörde einschloss. Obwohl es nicht realistisch war, wollte sie alles auf den simplen körperlichen Akt des Davonlaufens beschränken.

An diesem Abend war sie mit Skinner verabredet. Er war völlig paranoid, rannte an der Straßenecke im Schatten der untergehenden Sonne hin und her. Die Gebäude gegenüber der Bahntrasse warfen Wände aus Dämmer über die Avenue. Zur Begrüßung blickte er prüfend die leere Straße hinauf und hinunter, auf die Bahnanlage, nach Heckenschützen in den Fenstern, auf den Dächern, zog die gürtellose Jeans hoch und sagte, Komm, lass uns reingehen. Dann durchsuchte er den Keller bis in den letzten Winkel, schaute ins Badezimmer, spähte um die Ecke in den Küchenbereich, öffnete den Schrank und starrte den Boiler an.

Zu ihrem Entsetzen hatte er wieder die Pistole in der Hand; sie befahl ihm, sie wegzupacken, oder sie würde wieder gehen.

Er hat etwas genommen, das ihn so verrückt macht, dachte sie.

Wir müssen versuchen, uns nicht aufzuregen, damit wir die richtigen Entscheidungen treffen, sagte sie. Sie erzählte ihm, sie sei zu dem Schluss gekommen, dass eine Heirat – wenn er immer noch wollte – wahrscheinlich der beste Weg sei, um sicherzustellen, dass sie nicht abgeschoben wurde, und dass sie es nicht länger hinauszögern sollten. Was meinte er dazu?

Er war absolut einverstanden. Und er war startklar. Lass uns gleich gehen. Man weiß nie, was morgen passiert.

Sie erklärte ihm, dass sie jetzt nicht mehr hingehen konnten, da das Büro bereits geschlossen war.

Dann gehen wir morgen. Man weiß nie, was übermorgen passiert. Oder am Tag danach. Oder am Tag danach. Sie mussten es schnell tun. Er hatte auch einen Plan. Willst du ihn hören? Ich hab beschlossen, dass ich zurückgehe!

Zurück wohin?

Wohin wohl? In den Sandkasten. Hier bin ich fertig mit allem. All diese verkehrten Gedanken. Die ganzen Probleme. Als Soldat hatte ich alles im Griff. Ich muss wieder dahin zurück. Und ich weiß, dass es das Beste für alle ist, wenn ich das mache, anstatt mir dreitausend Meilen entfernt den Kopf darüber zu zerbrechen.

Er erzählte ihr, dass er noch nie so aufgeregt gewesen war, wie bei seinem ersten Feuergefecht, vorher nicht und auch nicht danach.

Er erzählte ihr, dass er als Söldner anheuern wollte. Er würde hundertvierzigtausend Dollar in einem Jahr verdienen. Die Lösung ihrer Probleme, sagte er.

Am nächsten Tag war Sassoon wieder da und Zou Lei wurde wieder zum Geschirrspülen geschickt. Wie immer dachte sie über ihre Lage nach: Heute war Freitag. Sie würde handeln und am Montag als Erstes mit Skinner zum Standesamt gehen, auch wenn sie dadurch einen Arbeitstag verpasste. Das hatte oberste Priorität. Die Anmeldegebühr für die Heirat betrug vierzig Dollar. Ihre Miete, hundert Dollar die Woche, war jeden Montag fällig. Also brauchte sie am Montag hundertvierzig Dollar, plus zwanzig Dollar für Essen. Am nächsten Freitag war wieder Zahltag. Sie wusste nicht genau, wie viel sie ausbezahlt bekommen würde – sie rechnete damit, übers Ohr gehauen zu werden –, aber solange sie genug zum Leben hatte und genug, um den Anwalt zu bezahlen, damit er ihren Fall annahm, konnte sie sich auch anschließend noch um einen anderen Job kümmern. Vielleicht musste sie dafür in einen benachbarten Bundesstaat – aber man hatte dorthin zu gehen, wo die Arbeit war. Konnte sie für die Anwaltstermine und den Gerichtstermin hin und her fahren? Nein, sagte sie sich. Sie musste hierbleiben. Sie würde sich nach einem anderen Restaurantjob in der City umsehen. Wenn Skinner hundertvierzigtausend verdiente, dann würde Geld kein Problem sein, aber das würde nicht passieren. Was hatte er beim letzten Mal genommen, Kokain oder Amphetamine? Sie wusste es nicht. Vielleicht konnte sie ihn dazu bringen, in einen Imbisswagen zu investieren, und sie könnten zusammen Shao-Kao-Barbecue verkaufen, hier in Flushing. So ein Imbisswagen kostete zehntausend Dollar. Die Lizenz würde auf seinen Namen laufen. Sie sah vor sich, wie sie oben auf dem Hügel arbeiten würden und eine eigene Wohnung hätten, mit Fernseher und Kühlschrank. Und wie sauber würde sie sie halten! Sie würden zusammen ins Fitnessstudio gehen.

Um halb zwölf kam Zhang Zhuojin zu Zou Lei und sagte: Rede mal besser mit jemandem. Der Junge drängt dich raus.

Sie ging und schaute auf den Schichtplan. Ihre Schichten waren alle gestrichen.

In der Mittagspause sprachen die illegalen Frauen darüber.

Du musst den Boss wegen Gerechtigkeit bitten.

Sag einen Satz wegen Gerechtigkeit.

Rede mit ihm. Das sollte sie doch, oder?

Sie kann doch noch hoffen. Der Boss mag sie.

Der Boss mag sie, und Sassoon mag den Jungen.

Ein alter Leopard schleicht um einen jungen Luchs.

Rede mit Polo. Du hast doch was zu bieten, sei nett.

Zou Lei ging zum Tresen, um mit Sassoon zu reden. Der Junge stand direkt daneben und amüsierte sich mit Angela. Was willst du?, sagte Sassoon und die anderen spitzten die Ohren. Nichts, sagte Zou Lei. Hab vergessen.

Sie klaute ein Steak und aß es verstohlen in dem hinteren Flur, wo angeliefert wurde und die Mexikaner Gemüse schnitten.

Chinita! Cuál es tu comida preferida?

Adiós, sagte sie, aß auf und wischte die Hände an der Serviette ab, mit der sie das Steak gehalten hatte. Sie schüttelte ihre Hände.

Einer der Mexikaner, der Welbe hieß, legte sein Messer ab und hielt ihre Hand fest. Wohin gehst du?, fragte er auf Spanisch. Auf Englisch: Wo? Er lächelte bei dem Gedanken an Orte jenseits der Mauer – entblößte dabei einen Schneidezahn mit einem eingravierten Kreuz. Sie bemerkte, dass sie ein klein wenig größer war als er.

Ich finde heraus, sagte sie.

Er träumte in seinem Keller. Er war sich der Gegenwart anderer Lebewesen bewusst, obwohl er sie nicht direkt hörte. Sein Geist war wach. Auf der anderen Seite der Schindeln, Kacheln und Verkleidungen, der verstärkten Mauern, des Gipses, der Douglasfichte und des Papiers gab es Menschen die atmeten, fernsahen, leben wollten. Ihre Vitalzeichen, Blutdruck, Puls. Leuchtete man ihnen ins Auge, dann würde sich ihre Pupille zusammenziehen, es sei denn, ihr Gehirn wäre verletzt oder sie stünden unter Schock.

Im Moment waren sie dort sicher, aber wenn in der Straße ein Feuergefecht losbrechen würde – Skinner sah die Leuchtspuren schon über den Himmel ziehen, das wütende Knallen, das plötzlich auftauchte wie brennende Golfbälle, die durch Autokarosserien tackerten, explodierendes Glas –, dann würde man sie Stopp! schreien hören. Und am Morgen sah man das Blut auf den zerborstenen Wänden. Sie würden blinzelnd aus dem Haus kommen, alle zusammen, sich einen Weg durch die scharfen Holz- und Metallsplitter bahnen und beraten, was zu tun sei. Sie würden in Gruppen zusammenstehen, keiner würde geschlafen haben.

Sein Traum veränderte sich. Der Beschuss hatte aufgehört. Er ging durch die Trümmer einer Straße, Glas knirschte unter seinen Stiefeln. Blut mischte sich mit dem Glas, manchmal hell und strahlend rot, ja fast orangefarben in dieser Luft. Er blickte in das Innere eines Autos, alles war vollgespritzt und mit Fleisch besudelt. Etwas Menschliches war nicht mehr erkennbar. Unmöglich zu rekonstruieren, was mit den Körpern geschehen war. Sie waren von einer gigantischen Faust zerrissen worden, zerschmettert, zerfetzt, mit Gas gefüllt, perforiert, verbrannt, durch die Luft geschleudert. Auf einem Sitz lag eine Extremität – ob Arm oder Bein, war nicht zu sagen. Er sah Kleidungsstücke. Einen Haufen Organe, eine Leber in der roten Bekleidung. Auf dem Fahrersitz ein Rückenwirbel. Die Explosion hatte sämtliche Dinge ihrer Identität enthoben – Hemd, Hose oder Kaftan – männlich oder weiblich – an verklumptem, nassem Haar war das nicht mehr auszumachen.

Auch die Fahrzeuge waren nicht mehr die Gleichen, die Hitze hatte Regenbögen in die Lackierung gebrannt. Hinter den Autos sah er Löcher in den Gebäuden, den Fassaden, Tunnel, die ins Innere führten, Glas war nach draußen explodiert, brandneue Sneaker lagen auf der Straße.

Er war nicht allein. Im Gehweg war ein Krater. Er legte sich hin, streckte den Arm hinein, umklammerte eine Hand und zog den im Loch Sitzenden heraus. Sein Körper ließ sich leicht heben – Skinner war stark genug. Es war sein Freund, endlich. Sie teilten sich eine Zigarette.

Der nächste Laden war ein Dunkin Donuts. Sie gingen hinein, schoben das Glas mit den Stiefeln beiseite, gingen um die tote Frau herum, die hinter dem Tresen zusammengesunken war, und nahmen Donuts vom Tablett.

Sie waren ausgehungert.

Pass auf, du Hund.

Sconyers sammelte Glassplitter von Skinners Donut, erst dann biss der hinein.

Gibt's Kaffee?

Im Getränkeschrank gab es Kakao. Sie fanden eine Sitznische und legten die Waffen auf den Tisch.

Himmelarsch, das ist ein Volltreffer!

Aber hallo, Alter.

Skinner legte die Beine hoch und die Fußgelenke übereinander. Die Stiefelspitzen waren braun von getrocknetem Blut. Er schlug sie aneinander.

Bin ich froh, dass du nicht tot bist, Mann. Jetzt ist meine Welt wieder in Ordnung.

Sconyers hatte sich verändert, seit Skinner ihn das letzte Mal gesehen hatte. Im Traum waren die farbenprächtigen Tattoos, die schon immer die Arme seines Freundes geschmückt hatten, weitergewandert und hatten sich über Hals und Gesicht ausgebreitet, schwarze Spiralen, Skorpione und Dornen.

***

Von der Mall aus ging sie zum Foot-Locker-Laden und fragte nach ein paar Asics. Der Verkäufer, der sie bediente, war so still und stumm, dass sie zunächst glaubte, er würde kein Englisch sprechen, sondern irgendeinen Dialekt. Er redete anscheinend nur mit einer ausgewählten Gruppe von Leuten – mit anderen Schwarzen, die seine Freunde waren. Durch Zou Lei schaute er einfach hindurch, als sie ihn nach einer kleineren Größe fragte. Sein Gesicht erwachte erst zum Leben, als jemand aus dem Lagerraum kam und loskrakeelte. Lachend und scherzend brüllte er seine Zustimmung zurück. Dann bat er sie, einen Moment zu warten, und ging.

Sie probierte die Schuhe an und hüpfte auf den Zehen. Sie gaben ihr das Gefühl, auf Sprungfedern zu stehen. Sie stampfte leicht auf dem Teppichboden auf.

Der Verkäufer kam zurück. Was immer sie auch sagte – er gab vor, verwirrt zu sein. Was ist passiert?, fragte er und meinte, Was hast du gesagt?

Wie viel der Rabatt?

Er wusste es nicht genau.

Sie versuchte ihn zu fragen, ob man eine Sozialversicherungsnummer brauchte, um hier zu arbeiten.

Yeah, sagte er und ging mit dem Schuhkarton zur Kasse.

Sie zahlte bar und gab der jungen Frau an der Kasse einen Hunderter. Ihr Lohn wurde bar ausgezahlt, meistens in Hundertern und

Fünfzigern. Die junge Frau hatte sehr dunkle Haut, Pickel auf den Wangen und trug einen geflochtenen Kunstzopf aus glänzendem, schwarzem chinesischem Haar; sie nahm den Schein. Dann schien sie vergessen zu haben, was sie gerade machte. Sie wusste nicht, wie sie die Kasse bedienen sollte. Laut rief sie, Wie viel Rabatt gibt's auf die? Niemand antwortete. Sie machte ein schnalzendes Geräusch mit dem Mund, rollte die Augen in Richtung der Jungen und murmelte, die dumm.

Ein weniger schüchternes Mädchen johlte, He! Malik!

Was?

Sie fragt was. Sag's ihr.

Malik sagte, Keine Ahnung.

Während der ganzen Zeit hatte die Frau den Hundertdollarschein in der Hand, den Zou Lei im Auge behielt. Der Filialleiter kam. Er war größer als alle anderen, ein übergewichtiger, unrasierter Mann mit schiefem Kopf und schiefen Schultern, als wäre sein ganzer Körper bis zur Hüfte eingeschmolzen worden; sogar die Gesichtszüge waren betroffen, seine Augen hingen herab, die Mundwinkel hingen herab, ein einziges Bild des Verdrusses. Er sprach in einem professionellen, geschäftsmäßigen Ton, war höflich und hilfsbereit. Er sagte der Frau, was sie zu tun hatte. Die hundert Dollar wanderten in die Schublade. Die Frau legte das Wechselgeld auf den Tresen. Zou Lei zählte nach. Die Frau sagte, Der Nächste.

Draußen trug Zou Lei die Sneaker. Sie fühlten sich wunderbar an, bequem und federleicht, und der Impuls überkam sie, wieder in den Laden zu gehen und ihr Geld zurückzufordern.

Du bist dumm. Du bist so dumm.

Kapitel 48

Sie meinte, er würde sie zum Essen ausführen, und glaubte in diesem Moment, noch nie so erleichtert gewesen zu sein, ihn zu sehen. Sie kamen am Sheraton LaGuardia vorbei, am Parkplatz und einem Nachtclub, der ›Bis ans Ende der Erde Karaoke TV‹ hieß, ein Spiel mit dem chinesischen Sprichwort ›Der Himmel ist hoch und die Erde ist groß‹.

Sie fragte ihn, wohin sie gingen, aber er wollte es nicht sagen.

Sie kamen zu einem Block dreistöckiger Gebäude mit Feuerleitern. Im obersten Stockwerk gab es einen Hostessenservice. Ein Teil der Räume war von der Polizei gesperrt worden. Im Keller trafen sich Einwanderer und spielten Mah Jongg, nur so unter Freunden, um Gesellschaft zu haben, aber auch um Geschäfte anzubahnen. Sie warfen Geistergeld in eine Kohlenpfanne. Sie verbrannten ein Auto – einen lilafarbenen, schuhkartongroßen BMW, den sie in einem taoistischen Tempel gekauft hatten. Der Tempel war darauf spezialisiert, dafür zu sorgen, dass die Leute bekamen, was sie sich für das nächste Leben wünschten. Sie stocherten in der Asche des BMW herum, um die Zukunft vorherzusagen.

Skinner öffnete eine dunkel gefleckte Holztür.

Geh schon.

Sie ging mit verschränkten Armen in die Bar.

Lass uns was trinken.

Ich trinke nicht.

Warum nicht?

Ich brauche das nicht. Ich denke, ich muss ein paar Entscheidungen treffen.

Du kannst etwas trinken. Seit wann hindert einen das daran, Entscheidungen zu treffen?

Sie saß wie eine Statue auf dem Barhocker. Das ungute Gefühl zwischen ihnen war mit Händen zu greifen. Sie glitt von dem Hocker und ging.

Auf der Main Street hatte er sie wieder eingeholt, griff nach ihrem Ellbogen und drehte sie herum. Was machst du da?

Er versuchte, seinen Ärger im Zaum zu halten.

Ich gehe.

Warum?

Du brauchst mich nicht.

Was meinst du damit, ich brauch' dich nicht?

Sie verschränkte die Arme und starrte an ihm vorbei und wollte nicht reden. Langsam wurde es dunkel. Er fragte sie, was er falsch gemacht hatte. Sie schwieg. Ihm bleib nichts weiter übrig, als sie von der Seite anzusehen. Sie schien entschlossen. Er war von Anfang an wütend gewesen, aber ihr Schweigen tat sein Übriges und er begann, sie anzupöbeln, auf offener Straße zu beleidigen. Was ist dein Problem, sag's mir. Sein Atem wurde schwerfälliger. Inzwischen war er aufgebracht. Du bist so beschissen perfekt. Sag mir nur einen Grund, warum immer du Recht behalten musst. Seine Stimme wurde lauter.

Sag mir, was ich getan habe. Warum mich das kümmern sollte.

Zou Lei blinzelte, schwieg aber.

Ein Chinese bemerkte den Streit und sah zu.

Bist du dir jetzt zu fein, um mit mir zu reden?

Skinner trat einen Schritt zurück, um sie zu schützen. Er fürchtete sich davor, ihr zu nahe zu sein, wenn er die Beherrschung verlor. Er wartete darauf, dass sie etwas sagte – Halt mich auf, sagte er –, aber sie schwieg und er explodierte.

He!, bellte er. He! Schau mich an, du blöde Kuh! Er stand jetzt so nah vor ihr, dass er sie fast berührte. Ich habe dich immer wie einen Menschen behandelt.

Sie zuckte zurück. Inzwischen schaute ihnen die ganze Straße zu.

Er wirbelte herum und stieß mit einem Bauarbeiter zusammen, der einen Turban trug, und rammte ihn mit der Schulter. Der Mann wich einen Schritt zurück.

He, Kumpel!

Gibt's ein Problem? Was? Was?

Der Sikh fluchte und warf seine Sawzall-Stichsäge in den Lieferwagen.

Schwarze Jugendliche machten ihre Freunde auf die Szene aufmerksam und grinsten schweigend.

Skinner stolperte ziellos die Roosevelt Avenue hinunter und trat gegen ein Stück Sperrholz, das an einem Parkplatzzaun lehnte. Das Echo hallte in der ganzen Straße nach.

Wahrscheinlich hätte er eine Scheibe eingeschlagen und wäre verhaftet worden.

Etwas flog an ihm vorbei. Zou Lei. Sie hielt inne und stellte sich ihm in den Weg. Es tat ihm weh, wie sie ihn anstarrte. Sie erstickte fast. Sie spuckte keuchend die Worte aus. Er verstand nichts und begriff, dass es eine andere Sprache war.

Ich versteh' nicht, was du sagst.

Versteh' nicht, was du sagst, äffte sie ihn nach.

Dann kniff sie die Augen zusammen und war schon halb über die Straße. Hey, warte, sagte Skinner und folgte ihr.

Sie fing an zu rennen.

Skinner rannte ihr nach und glaubte, sie nach ein paar Metern einholen zu können.

Aber sie ließ sich nicht einfangen von ihm, und innerhalb von Sekunden war es ein totes Rennen, bei dem sie die Nase vorn hatte. Sie rannte auf die Sozialwohnungsbauten zu, die Ladebäume, das Wasser. Vereinzelt kamen ihnen Menschen entgegen, wichen der puren Wucht der beiden Laufenden aus – Zou Lei wie auf Sprungfedern, und Skinner ihr auf den Fersen, seine Stiefel trommelten auf den Gehweg. Zou Lei bog um eine Ecke und führte sie zwischen die Sozialwohnungsbauten auf der linken Seite und dem Wasser auf der rechten. Sie liefen unter einer Steinbrücke durch, die die Avenue überspannte, und dann den Hügel hinauf, ließen die Sozialwohnungsbauten hinter sich; das Wasser war auch nicht mehr zu sehen. Rechts erstreckten sich jenseits des breiten Boulevards eine Reihe zweistöckiger Häuser, und dahinter, im Licht der schneehellen Straßenbeleuchtung, tauchten Lagerhäuser aus Metallblech auf, so groß wie Flugzeughangars. Abholgroßmärkte. Sie rannten an Schaufenstern vorbei, die links von ihnen lagen, manche waren erleuchtet, einige dunkel. Zou Leis Flucht führte durch Rechtecke aus Licht und Dunkelheit, und Skinner folgte ihr.

Das Tempo machte sich bei ihm inzwischen mit allen Symptomen bemerkbar. Er hatte Mühe mit der Atmung, die Beine wurden schwer, das Blut wurde dicker und karamellisierte wie Zucker in einem heißen Topf, wurde zu Säure. Das Gefühl, langsam zu ertrinken, plagte ihn und die Gewissheit, Du wirst sie nicht kriegen. Er hörte seine Stiefel auf den Gehweg schlagen, während er verbissen weiterlief.

Er schaute nach vorn, um zu sehen, ob Zou Lei vielleicht Schwäche zeigte. Aber so weit er mit seinen vor Schweiß brennenden Augen sehen konnte, die wie der Sucher einer Kamera auf und nieder gingen, lief sie locker und federnd weiter.

Schon lagen die Lagerhäuser hinter ihnen. Das Gelände veränderte sich. Sie führte ihn über einen Parkplatz vor einen Diner. Die Worte Steaks – Koteletts – Meeresfrüchte wischten an seinen Augen vorbei, blieben aber wie ein dumpfer Song hängen, bis er sie in seinem Kampf um die Geschwindigkeit wieder vergaß. Jenseits des Diners taten sich Areale großer, blauer Dunkelheit auf, die er nicht zuordnen konnte, und er fragte sich, wohin sie ihn wohl führen würde, aber er konnte nicht nachdenken und gab es auf.

Sie ist verflucht schnell, dachte er.

Sie kamen durch ein Gebiet, wo der Straßenasphalt aufgebrochen war, und er dachte: Pass auf, dass du nicht in ein Loch trittst – aber er war unfähig, dem Gedanken Folge zu leisten, konnte nichts anderes als weitermachen. Der Schmerz war inzwischen stark, er konnte ihn kaum ertragen und hatte einfach Glück, dass er keinen falschen Schritt machte und sich den Knöchel brach.

Jetzt rannten sie unter einem Gerüst aus Kanthölzern und Sperrholz hindurch. Sie war schneller aus dem Holztunnel heraus als er und er verlor sie für ein paar Sekunden aus den Augen, lief dann selbst durch den Tunnel und sah sie wieder, ein rasender Schatten in der großen, weiten Dunkelheit.

Sie hatten sich weit von den Lichtern der Geschäfte entfernt. Die Betonstraße erstreckte sich vor ihnen, aus dem Schwarz wuchs ein Highway empor und die Scheinwerfer schossen die Zufahrt hoch wie Leuchtspurmunition. Sie stampfte über den eingebrochenen Gehweg und scherte auf den verlassenen Fahrdamm aus. Skinner erkannte Bäume, ein kleines, bleiches Papierstück, das der Wind an den Zaun geblasen hatte, ein Feld. Ein Brett klapperte, als er drauftrat, dann hatte er den Fahrdamm überquert und spürte, wie seine Stiefel auf blanke Erde trafen.

Das Risiko, sie zu verlieren, war jetzt besonders hoch, denn das Feld lag in völliger Düsternis. Er hielt beim Laufen nach einer Silhouette oder einer Bewegung Ausschau und rannte blind weiter, als er nichts bemerkte. Er spürte, wie seine Beine langsamer wurden, weil er sie nicht sah, und er fühlte sich verloren. Trotzdem rannte er weiter, hoffte jetzt, sie nicht ganz zu verlieren – dranzubleiben, ihr weiter zu folgen und sie schließlich am Ende zu treffen, wo immer das sein mochte.

Seine Augen hatten sich inzwischen so weit angepasst, dass er sah, wo auf dem trockenen Gras des sich ständig verändernden Bodens die Stiefel landeten. Er verfiel in die eintönige Routine des Einen-Fuß-vor-den-anderen-Setzens. Als die Beine langsamer wurden, zwang er sie, wieder schneller zu werden. Er konnte sie trotzdem nicht sehen.

Von Zeit zu Zeit hob er den Kopf. Der Himmel war mit dunkler Energie vollgesogen und glomm wie eine Fernsehröhre, die man gerade abgeschaltet hatte. An beiden Rändern des Blickfeldes waren Lichter und Gebäude. Er rannte über ein endloses Feld. Er stolperte, aber er fiel nicht. Jeder Fluch hätte zu viel Kraft gekostet, auch jeder Gedanke daran, was er sagen sollte. Sein fürchterlich rasselnder Atem schien sich von ihm gelöst zu haben. Als er den Kopf wieder hob, sah er die bernsteinfarbenen Straßenlaternen durch die Bäume schimmern. Jetzt hatte er eine Silhouette im Visier, die sich seitwärts vor das Bernsteinglühen schob, und er wusste, dass sie es war. Er schnaubte den Schweiß von seiner Lippe. Die Silhouette verschwand und tauchte wieder auf, hob sich von dem Tintenklecks eines Baumes ab, dessen Zweige vom Quecksilberlicht umspielt wurden.

Zwischen den Bäumen tauchten Häuser auf, eine Straße, die in alle Farbschattierungen des Lichts getaucht war. Er sah den Zaun nicht, aber plötzlich hing die Silhouette über dem dunklen Boden in der Luft. Dann musste er blinzeln, und schon war sie auf der Straße und zwischen den Häusern. Er wollte sie nicht verlieren, also hetzte er ihr hinterher, bis der Zaun wie aus dem Boden gewachsen vor ihm aufragte. Er knallte dagegen, wollte darüberklettern und der Draht klirrte und rasselte.

Er fiel auf den Gehweg, ohne sich den Knöchel zu brechen, aber sein Puls raste. Die Straße traf wie ein T auf eine andere und er lief in die Richtung, die sie eingeschlagen hatte, während der Schweiß von Gesicht, Ellbogen, Handgelenken, Haut und Nase regnete – von jedem Vorsprung an seinem Körper.

Er hetzte ihr weiter hinterher, bis er sich wie hypnotisiert fühlte. Die Straße führte an Häusern in völliger Stille vorbei und nichts riss ihn aus seinem Lauf-Traum. Die Szene veränderte sich stufenweise. Das Ghetto verschwand. Die Vorgärten wurden größer. Eine Zeit lang, vielleicht ein oder zwei Meilen weit, sah er hohe, geschnittene Hecken und kleine Villen. Einen Gehweg gab es nicht. Man kam nicht zu Fuß hierher. Bald darauf verschwanden die Hecken, und die Vorgärten schrumpften auf Briefmarkengröße. Auch Graffiti sah man wieder, wie eben an der Außenwand eines Lebensmittelladens. Die Eindrücke prallten an ihm ab, als sei er betrunken. Ein Pick-up tuckerte im Leerlauf. Aus dem Lebensmittelladen kam ein Mann mit einem Sixpack, bemerkte Skinner, dachte an die Frau, die vor ein paar Sekunden hier vorbeigelaufen war, und fragte sich, ob das ein Verrückter war, der ihr wehtun wollte.

Skinner spürte, dass sein Wille weiterzulaufen schwand, und er fing an, mit sich selbst zu feilschen. Zwanzig Minuten seit dem Park. Drei Meilen. Er schob den Schmerz beiseite. Der Schmerz kam wieder. Nur noch fünf Minuten. Nur noch fünf Minuten und dann kannst du mich wieder sehen. Der Schmerz wiederholte sich bei jedem fünften Schritt. Er schob ihn beiseite. Komm schon, sagte er. Der Schmerz wurde stärker. Sie musste verflucht noch mal schneller geworden sein. Fünf Minuten mach ich noch. Er hörte, wie sein Keuchen durch den vorwärtspeitschenden Rhythmus des Rennens schärfer wurde.

Nur noch bis dahin, dachte er und nahm ein Haus ins Visier. Dann hatte er vergessen, welches. Inzwischen feilschte er um jede Sekunde. Sein Stolz bröckelte. Alles an ihm, jedes Organ pochte. Er verlor völlig den Überblick. Seine Schulter streifte den Seitenspiegel eines geparkten Lieferwagens. Hätte es hier Sprengfallen gegeben, er wäre sicher draufgetreten. Es hätte zu sehr geschmerzt, die Richtung zu ändern. Die Beine versagten ihm den Dienst. Er konnte nur noch weiter geradeaus laufen, und jetzt schien selbst das nicht mehr möglich.

Am Ende der Straße lief sie um eine Ecke und das gab ihm den Rest. Er konnte nicht mehr laufen, er musste humpeln. Versuch' in Bewegung zu bleiben. Bleib' dran. Er versuchte zu schlurfen. Er zwang sich dazu, zur Ecke zu joggen.

Da war sie, die Hände an den Hüften, das Gesicht schweißnass, sie ging auf der Straße im Kreis.

Skinner humpelte auf sie zu, und selbst diese Strecke schien zu groß, um sie zu überwinden. Aber die wenigen Meter gaben ihm die Zeit, sich zu fragen, ob sie ihm jetzt fremd vorkommen würde nach der Rennerei, während der sie eine ferne, gesichtslose Gestalt gewesen war.

He, sagte er.

Er ging zu ihr. He, he, sagte er. Kann ich mit dir reden? Er wrang sein Hemd aus und ein halber Liter Wasser spritzte auf den Boden. Ich hab das alles nicht so gemeint. Nichts davon, sagte er.

Ich bin so dumm.

Baby?

Sie blieb stehen und beugte sich vornüber, berührte mit den Händen die Zehen. Von hinten betonte die enge Jeans ihre Figur. Als sie sich aufrichtete, flog ihr nasses Haar zurück. Es klatschte wie ein Seil. Um nichts in der Welt konnte er sich erinnern, worüber er sich so geärgert hatte. Er war am Leben, das Herz schlug noch immer. Im Licht der Straßenlaternen sah man den Dampf aufsteigen.

Kapitel 49

Er entschuldigte sich immer wieder bei ihr. Sie sagte nicht viel, nur, dass sie müde sei und Wasser brauche. Sie blieben vor einer Bodega an der 41st Road stehen und er ging hinein. Sie wartete draußen, noch betäubt von ihrem Marathon, und fragte sich, ob sie ihn einfach hier stehen lassen sollte, aber das konnte sie nicht.

Er kam mit einer Flasche Wasser wieder heraus und verschüttete etwas in der Eile, sie für sie zu öffnen, als wäre Zou Lei ein Notfall, um den er sich kümmern musste. Sie trank den ganzen Liter aus und stellte fest, dass sie immer mehr wollte, je mehr sie trank.

Kommst du mit zu mir?

Geh du voran, signalisierte sie.

Sie gingen zurück zu seiner Wohnung und der glitschige Schweiß gerann zu einem Sirup aus Sand und Schweiß, die Oberschenkelmuskeln wurden steif und in der nassen Kleidung fing die gereizte Haut an zu brennen und einen scharfen, ranzig-sauren Geruch zu entwickeln. Das Adrenalin baute sich ab. Sie fragte, ob sie duschen könne, und er antwortete, Natürlich.

Aus der Dusche hörte sie, dass er mit dem Pizzaservice sprach.

Als sie fertig war, gab Skinner ihr eines von seinen T-Shirts; die nassen Haare rochen nach Shampoo. Sie saß mit nackten, gekreuzten Beinen auf einer Ecke der Matratze und trug das T-Shirt, als wäre sie auf einer Party, eine Frau in einem kurzen Kleid, die ihre Umgebung mustert. Dann kam die Pizza und Skinner öffnete die Schachtel für sie und stellte sie auf seine Knie.

Sie sagte, er solle auch etwas essen.

Du hast mich fertiggemacht.

Ach ja?

Ich lüge nicht. Das war ein Tritt in den Arsch. Ich bin nicht so gelaufen, wie ich sollte, die Raucherei macht mich kaputt.

Du hast schon oft gesagt, du musst aufhören.

Jaja, habe ich gesagt.

Ja. Du hast vieles gesagt.

Ich hab's auch so gemeint.

Natürlich hast du's so gemeint.

Ich bin mit dir gerannt, egal wie schlimm es war, oder?

Vielleicht, weil du dich schuldig fühlst, weil du mich angeschrien hast.

Ja, genau das. Ich fühl mich schuldig. Ich hab nichts von dem gewollt, was ich getan habe.

Vielleicht wollte ich auch nicht ins Gefängnis, aber das musste ich trotzdem. Es viele Dinge gibt, die ich nicht tun wollte. Das ist das Leben. Ich denke, für mich das Wichtigste ist, ich bekomme Job. Es könnte auch ein anderer Bundesstaat sein. Ich bekomme einen Job mit Zimmer und dem Essen.

Er stelle den Pizzakarton zur Seite und kniete sich vor sie.

Augenblick mal.

Nein, Skinner, ich hasse dich nicht, aber ich muss mein Leben schaffen.

Zooey, hör zu.

Aber sie wollte nicht zuhören. Er sagte, sie brauche nicht zu gehen. Verstand sie denn nicht? Er wollte ihr alles geben. Als sie sagte, sie würde nicht nehmen, was immer dieses alles auch sei, das er ihr anbot, war er entschlossen, sie dazu zu bringen, ihm wieder zuzuhören, er drängte sie, mit den Einwänden aufzuhören, und gab nicht nach, bis sie ihm schließlich zuhörte. Er fasste sie an den Hüften und schüttelte sie leicht, bis sie ihn endlich mit starrem Blick ansah.

Ich erklär dir, was das alles bedeutet. Ich hab noch Geld auf dem Konto, Zooey. Er legte ihr sein Portemonnaie zu Füßen. Das ist der Rest von dem, was sie mir gezahlt haben. Es ist für dich. Hier sind die Schlüssel zu meinem Zimmer. Ich kann draußen schlafen. Mir ist es scheißegal, aber du kannst nicht draußen sein. Es ist für dich. Das ist es, was ich mit alles meine. Ich meine alles. Er legte den Schlüssel neben das Portemonnaie auf den Boden. Ich meine die ganze Pizza, den Kühlschrank, alles, was drin ist, alles. Meine Zigaretten, sagte er. Meinen Laptop. Ich will, dass du alles bekommst, was ich dir geben kann. Ich habe keine anderen Pläne. Wir können morgen heiraten. Wir gehen morgen zum Anwalt. Das meine ich mit alles. Schau – er sah sich im Zimmer nach den Asics um. Er hielt sie wie ein Schuhverkäufer mit einer Hand hoch. Anwalt. Er stelle sie neben Portemonnaie und Schlüssel. Er nahm seine Stiefel. Ehe. Er stellte sie neben die Sneaker und forderte sie auf, sich die Aufstellung all der Dinge anzusehen, die er ihr anbot.

Es gibt Dinge, die ich nicht tun kann, also lass mich wenigstens die machen, die ich kann.

Geld, Wohnungsschlüssel, eine Vereinbarung, von der man nicht wissen konnte, ob sie rechtsgültig war: eine bedeutende, aber kurze Liste. Sie war sich unsicher, ob sie akzeptieren oder ablehnen sollte, was er so bereitwillig mit ihr teilen wollte. Und was blieb für ihn? Seine Drogen, die Pistole, die irgendwo unter seiner Tarnausrüstung in der Ecke versteckt war? Auf dem schwarz gefliesten Boden gab es immer noch freie Stellen zwischen ihren Füßen.

Er legte die Hand wieder auf das Portemonnaie.

Ich hab ein paar Tausend Dollar. Es waren mal zehn. Ich wünschte, ich hätte sie noch alle für dich.

Ich kann nicht nehmen.

Doch, kannst du.

Er nahm seine Bankkarte und schob sie in ihre Hand, wobei er die PIN mehrmals wiederholte. Sie sagte, er solle aufhören, und streckte die Hand aus und strich über seine Stoppeln, zwischen denen der Schweiß Salzspuren hinterlassen hatte.

Na gut, sagte er, aber vergiss es nicht.

Sie bekam plötzlich feuchte Augen und wandte den Blick ab.

Ich vergesse nicht.

Dann fügte sie hinzu: Steck die Karte ordentlich weg, sonst geht sie verloren.

Mach ich, aber sag mir, dass du mich nicht hasst.

Er verstaute die Bankkarte in ihrem Schuh.

Ich hasse niemanden.

Hasst du mich?

Nein.

Er kroch zu ihr aufs Bett.

Warte.

Sie schob den Pizzakarton zur Seite.

Sie lagen zusammen auf dem Bett, und bevor er einschlief, fragte er sie noch einmal, ob alles okay sei. Ich spüre, dass dein Herz schlägt, als hättest du Angst. Du hast doch keine Angst, oder?

Nein.

Es ist doch alles gar nicht so schlimm.

Ich weiß.

Gutenachtkuss, sagte er.

Sie küsste ihn.

Sie schliefen in seinem Bett.

Mit der Dämmerung wurde es heller im Keller. Die beiden lagen wie zwei Apostrophe, die Köpfe einander zugewandt, die Knie berührten sich fast.

Langsam und lautlos wurde das Licht immer heller, wechselte von Grau über Rosa zu Gold. Das weiche goldfarbene Sonnenlicht und die flatternden grünen Schatten breiteten sich über das Bett, über die Schlafenden und die Wände aus, verwandelten das Schlafzimmer in eine wunderschöne und schweigende Waldlichtung. Zou Lei spürte sicher etwas davon, denn sie träumte, dass sie durch einen Wald lief.

Kapitel 50

Am Samstagmorgen wachte er um sieben Uhr auf und wusste sofort, dass er sich seit dem gestrigen Tag nicht verändert hatte. Er kontrollierte sich: Der Körper, der neben ihm zusammengerollt lag, hatte eine unerträgliche Bedeutung, die keinerlei Gefühle in ihm auslöste. Außer, dass sie eine Last war. Außer, dass sie ihn aufregte. Er wollte nicht wach sein. Das leise Geräusch der Stimme eines Nachbarn, der auf der stillen Straße sprach, machte ihn wütend. Die Mischung aus Sonne und Blätterschatten an der Wand seines Zimmers, die ein anderer in ihrer Stille und Lieblichkeit vielleicht zu schätzen gewusst hätte, ließ ihn an Schutt und Trümmer denken, an eine kaputte, stressige Welt, die man nicht durch so etwas Dünnes wie eine Wand von sich fernhalten konnte; niemand war davor sicher, und er war bestimmt der Letzte, der damit umgehen konnte. Er war erschöpft und hatte Kopfschmerzen, konnte keinen klaren Gedanken fassen und wusste nicht, welche Tablette er nehmen sollte, um den Morgen zu überstehen.

Ihm wurde klar, dass er in Schwierigkeiten steckte: Er konnte nicht zulassen, dass sie ihn in dieser Verfassung sah. Wenn sie ihm nicht mehr vertraute, wenn er ihre Verachtung spürte, wenn sie sich stritten – sein Selbsterhaltungstrieb sagte ihm, dass er all diese Situationen unbedingt vermeiden musste.

Eine ganze Stunde lang lag er da und dachte nach, versuchte, eine Strategie zu entwickeln, als läge er auf einem Beobachtungsposten ganz nahe am Feind. Das Bewusstsein dessen, was alles passieren konnte, wenn es schieflief mit ihr, gab ihm die Kraft für die notwendige Disziplin.

Er wandte den Kopf ab, bevor er sich bewegte. Sie öffnete die Augen und fragte, ob er aufstehen würde.

Er legte seine große Hand über ihre Augen, sodass sie ihn nicht sehen konnte.

Schlaf weiter.

Okay.

Ich geh' nur trainieren.

Du bist nicht müde? Du bist super.

Ich sag dir doch, ich ändere mich zum Guten.

Er drückte die Hand wieder auf ihr Gesicht und sagte, sie solle weiterschlafen.

Mach die Augen zu.

Vielen Dank, antwortete sie.

Er band seine Stiefel, dann sammelte er das Portemonnaie und die Schlüssel ein, alles, was zu der kleinen Szene von letzter Nacht gehörte; er hatte jetzt das Gefühl, dass sie ihm unter falschen Voraussetzungen abgenötigt worden waren, denn im Tageslicht war er nicht der Meinung, dass er irgendjemandem etwas schuldete, der seinen Krieg nicht mitgemacht hatte.

In ein paar Stunden bin ich zurück.

Sie stützte sich auf den Ellbogen.

Ich warte hier auf dich, Skinner, sagte sie.

Als er auf der Straße war, wurde ihm bewusst, wie viel Einsamkeit darin lag, wie sie in diesem Keller saß und ihm hinterherschaute. Aber im Moment kämpfte er mehr mit seiner Gereiztheit. Er hätte fast zu ihr gesagt: He, dahinten in der Ecke ist die Kanone. Wenn irgendwer reinkommt, erschieß ihn.

Er wusste, dass es das Ende von allem gewesen wäre, wenn er so etwas gesagt hätte, und konnte sich trotzdem kaum zurückhalten. Um ihr nicht länger in die Augen blicken zu müssen, beschäftigte er sich mit dem Schloss und richtete es so ein, dass sie während seiner Abwesenheit einigermaßen sicher war.

Er ging durch die drückende Hitze in den Park an der Elder Avenue. Auf dem Weg die Browne Street hinab begegneten ihm Latinas, die Wäschesäcke schleppten so groß wie sie selbst, sie vorbeischleppten an Ladenfassaden, jede davon ein quadratisches Loch mit geöffneter Tür, damit Luft hereinkam, an den Wänden sah man gelochte Spanplatten mit Regalbrettern für 99-Cent-Produkte, auf dem Boden im Wasser einen beschlagenen Getränkeschrank mit Ein-Liter-Olde-English-Bierflaschen; ein Ventilator lief, die Lampen waren ausgeschaltet, um Energie zu sparen. Die Bodegas verkauften Lottoscheine und akzeptierten WIC-Lebensmittelmarken. Im Waschsalon blätterte die Vinylfarbe von den Wänden, die Waschmaschinen drehten und drehten sich, die Chinesinnen im Pyjama schoben Stühle mit einem Plastikbesen herum. Gleich nebenan saß ein weißhaariger Mann allein in einem schwarzen Loch, das eine Bar war; die rückwärtige Tür stand offen, um Luft hereinzulassen. Seine Silhouette hob sich vor dem Rechteck der Tür ab, die einen Blick auf die Hintergasse freigab, wo Müll lag. Er saß unbeweglich da, als hätte die Beschäftigung mit der Schnapsflasche ihn jeglicher Energie beraubt.

Vor dem Lebensmittelladen waren in regelmäßigen Abständen Pfeiler einzementiert, damit man die Einkaufswagen nicht stehlen konnte. Davor stand eine Gruppe Frauen mit großen, braunen Füßen auf dem Gehweg und stritt sich. Sie stritten sich auf Urdu um einen Beutel Reis und den Wert ihrer WIC-Lebensmittelmarken. Skinner schlüpfte an ihnen vorbei, zwischen den Pfeilern hindurch eine Rampe hinauf, die zwischen die Gebäude führte. Dort gab es Maschendrahtzäune, und über Betonmauern hingen Kletterpflanzen. Die Mauern waren mit weiteren rostigen Zäunen bewehrt und unten standen Müllcontainer. Die Innenhöfe waren von braunen Backsteingebäuden mit vielen rechten Winkeln und Durchgängen umgeben, die Wege wurden von verkleideten Kameras überwacht.

Ein paar Männer spielten auf einem Halbfeld schweigend eine Runde Basketball, das Aufprallen des Balls und das Trommeln ihrer

Füße hallte von den Backsteinen und dem Asphalt wider. Andere Männer schlenderten am Zaun des Handballplatzes entlang, redeten und rauchten. Jemand hielt eine Flasche in einer Papiertüte. Der Geruch nach Gras hing über den Höfen.

Ich bin high wie Sau, sagte irgendjemand.

Dann bleib' high, sagte ein anderer. Fast 40 Grad war es schon heiß und es sollte noch heißer werden. Skinner reckte die Ellbogen über seinen Kopf, die chinesischen Zeichen auf dem Trizeps dehnten sich. Er griff nach oben an die Trainingsstange, hing dann einfach da, spürte das Gewicht seines Körpers bis hinab zu den Stiefeln, atmete einmal kurz ein und fing mit Klimmzügen an.

Das Korbbrett schepperte, als ein Ball dagegenknallte. Skinner hing mit schmerzenden Armen immer noch da, warf einen Blick auf die Stange, sog hastig Luft ein und fuhr mit den Klimmzügen fort.

Zwischen den Runden ging er unter den Stangen auf und ab, wischte sich mit dem schwarzen T-Shirt über das Gesicht. Seine Unterarme schienen dicker zu sein als die Waden. Die Basketballspieler machten eine Pause. Willst du einsteigen?, fragten sie, wenn sie ausgewechselt werden wollten. Skinner sah, wie sie auf den Handballplatz gingen, wo ein Mann mit gelben Brillengläsern Drinks aus einer Kühltasche verkaufte, die auf einem vierrädrigen Ziehwagen stand. Dann setzten sie sich vor die Mauer und sahen dem Spiel zu, aus dem sie gerade ausgestiegen waren; über ihren Köpfen prangte ein Graffito: In Memory of P. Gupta Celt One St.

Skinner schleppte sich die Seitenlinie entlang, seine Hände waren geschwollen, die Finger zur Handfläche gekrümmt. Er ging in Richtung Handballfeld, das schwarze Haar platt am Kopf, als hätte er ihn in einen Fluss gesteckt. Sobald er durch das Loch im rostigen Zaun gestiegen war, kam der Typ mit der gelben Sonnenbrille und sprach ihn an. Chillst du? Der Mann war über vierzig, so groß wie Skinner und trug Madras-Shorts und Sneaker von Closeout City. Um die Augen herum war er tätowiert, das sah man sogar durch die Brillengläser hindurch. Was willst du? Er klappte die Lasche der

Kühltasche hoch und zeigte auf die im schmelzenden Eis schwimmenden Gatorade-Flaschen. Ich hab blaue und rote.

Skinner zeigte auf die letzte Dose Red Bull und sagte, Die nehm ich.

Ist deine, Kumpel.

Skinner drückte den Verschluss ein und trank, eine umgestülpte Flamme aus Schweiß auf der Brust.

Kühl dich ab, sagte der Verkäufer. Heißer Tag und so. Er steckte Skinners Geld in eine Tasche der knielangen Shorts. Skinner rülpste und ging.

Der Verkäufer und die Jugendlichen, manche von ihnen auf Fahrrädern, setzten ihr Gespräch fort. Ein paar von ihnen kamen aus anderen Vierteln, und darüber redeten sie jetzt.

Was ich hier mache, hättest du da nicht machen können. Nicht da, wo ich herkomme, sagte der Verkäufer. New Yorker Osten, Pinkerton Avenue. Die Niggas wären sofort da gewesen und hätten dir alles geklaut, egal, wie wenig es war. Er griff sich ans Bein seiner Shorts, um zu zeigen, wie sie die Taschen aufrissen, um an das Geld zu kommen. Wir waren die Untersten der Unteren, das Ghetto im Ghetto.

Ein Schwarzer, der ein rundes Kassengestell mit dicken Gläsern und ein ärmelloses Unterhemd trug, sagte, Wir mussten ständig voll da sein, bei diesem Shit. Die Flasche in der braunen Papiertüte stand auf dem Boden neben seinen Sonntagsschuhen. Er trug keinen Gürtel und die Hose wurde von den Hüftknochen gehalten. Er ist mein Cousin. Wir beide waren zwölf Jahre da draußen.

Hier ist Disneyland, sagte der Verkäufer.

Disneyland. Alter. Genau mein Mann. Schlag ein.

Der Schwarze neigte sich wie ein Alien vor und streckte seinen langen, gebeugten Arm aus. Der Verkäufer klatschte die Hand ab und zog seine gleich weg, ohne ihn dabei anzusehen.

Mein Leben war nichts als Gewalt, sagte der Verkäufer. Schusswunden, Stichwunden. Er gestikulierte mit Armen und Oberkörper. Natürlich hatte er gesessen, aber darüber wollte er nicht reden. Die Tattoos sagten alles. Er zog die getönte Brille ab und zeigte den Jungs sein Gesicht. Auf den Lidern stand Fuck Ya. So hab ich mich gefühlt. BK für Brooklyn stand auf dem Gesicht. Noch mal Brooklyn ausgeschrieben auf dem Rücken. Ein Stern zwischen den Augen. Schwarze Tränen auf der Wange. Hier draußen bin ich jetzt einfach demütig. Ich habe Gott gefunden. Ich bin jeden Tag einfach demütig und versuch' ein paar Dollar zu machen.

Sein angeblicher Cousin nahm einen Schluck und sagte, Das hat man auch nicht jeden Tag. Demütig sein. Schlag ein. Die Hand am Ende seines blau geäderten Arms glitt durch die Luft wie ein Mantarochen, bis jemand sie schüttelte. Aber, hört mal, hört mal, sagte er. Ich sag euch. Geld und Familie, das geht nicht zusammen. Er hielt eine Packung Dunhill hoch, sodass jeder sie sehen konnte. Ihr seht, welche Zigaretten ich rauche, ihr wisst also, dass ich die Wahrheit sage.

Skinner hatte die Stiefel auf eine Stufe gestellt und machte Liegestütze. Als er fertig war, hatte er Schwierigkeiten, aufzustehen. Er setzte sich und machte eine Zeit lang gar nichts, saß nur mit tropfendem Kinn am Ende einer Rutsche und sah zu, wie der Schweiß durch seine Finger rann. Dann schaute er auf und sah einen Pitbull, ein schönes, mächtiges Tier mit kräftigen Muskelsträngen unter dem glatten, glänzenden Fell, der seinen Besitzer über den Hof zog. Der Besitzer ging mit zurückgelehntem Rücken und hatte die dicke Lederleine um das Handgelenk gewickelt. Den obszönen Kopf hatte das Tier Skinner zugewandt, der interessiert beobachtete, wie der Hund ihn mit offenen Lefzen anhechelte, zwischen denen pinkfarbenes Zeug heraushing.

In der Hitze hatte Skinner die Zeit völlig vergessen. Er warf einen Blick auf sein Handy, unter dessen Display sich Kondenswasser gesammelt hatte, und runzelte die Stirn, war irritiert. Er hinkte die Rampe hinunter, warf einen Blick auf die Autos, die unermüdlich vorbeiströmten, die niedrigen Dächer. Die Sonne tauchte alles in ein gleißendes Licht, und der Beton tat seinen Augen weh.

Bist du da?, sagte er. Ihre Mailbox sprang an. Ruf zurück, sagte er und legte auf.

Er ging die Sanford Avenue hinab und kam an Graffiti vorbei, die diese Straßen und die Menschen, die hier lebten, zum Thema hatten. Dek 142 St Love Trouble CSNR. In einigen der Gärten lag Plastikspielzeug, es gab Schaukeln und Gerümpel, Verkehrsleitkegel und abgestellte Baugeräte, weil die Leute ihren eigenen Landschaftsbaubetrieb hatten und dies der Ort war, an dem sie lebten. Er dachte, es würde keine zehn Blocks weit dauern, bis sie sich meldete. Er hörte Gehämmer und eine Handkreissäge. Aus einem vorbeifahrenden Wagen aus Nassau County dröhnte R&B. Man konnte spüren, dass der Samstagabend schon am Nachmittag begann.

In einer Nebenstraße sah er Männer, die in ein verlassenes Haus krochen und mit verrotteten Brettern wieder herauskamen, die sie in einen Lieferwagen warfen; sie räumten das Haus aus.

Als er schließlich in seine Straße einbog und sie sich immer noch nicht gemeldet hatte, dachte er: Sie wird sicher unter der Dusche sein. Das Haus sah aus wie immer, die drei Dachebenen, die die Stockwerke trennten, wirkten wie herausgestreckte, schmutzige Zungen. Von hier aus konnte er den Schuppen hinter dem Haus sehen, das Dachfenster mit der grau-gelben Isolierung. Er ging um den verblassten Jesus im Vorgarten herum und schloss die Tür auf. Er trottete die Treppe hinunter und rief ihren Namen, Zou Lei.

Irgendetwas ließ ihn innehalten und horchen. Keine Antwort. Zooey, sagte er wieder. Aber er hörte, dass niemand da war.

Er ging nach unten, schaltete das Licht im Bad an, schaute hinein und sah, dass es leer war. Mit großen Schritten ging er zur Küche, schaute um die Ecke und peilte nach rechts und links. Niemand da, nur die Schränke und die Spüle und der Kühlschrank. Die Tür zum Schlafzimmer war verschlossen. Zooey?, fragte er. Er nahm den Schlüssel und öffnete. Das Zimmer war leer – sie war nicht da. Er stand da und starrte auf das Bett – dorthin, wo er sie zuletzt gesehen hatte.

Was zur Hölle?, dachte er. Irgendetwas an dem Zimmer stimmte nicht. Das Bett stand schräg vor der Wand, und das Ponchofutter lag auf dem Boden.

Er ging wieder nach draußen und schaute in beide Richtungen die Straße entlang, aber außer den Häusern und den Autos, die in größerer Entfernung vorbeifuhren, war nichts zu sehen. Es gab eine Million Gründe, warum sie nicht hier war, dachte er. Bestimmt irgendetwas, worauf du nie kommen würdest. Er ging zurück nach unten und rief sie von seinem Handy aus an, lehnte an der Wand, die Stirn in seinen verschwitzten Bizeps gedrückt, und wartete darauf, dass es klingelte.

Die Verbindung wurde hergestellt und nur eine Sekunde später hörte er ein Handy klingeln. Hier im Keller. Er folgte dem Klingeln ins Schlafzimmer und sah sich um. Irgendwo in der Nähe des Nachttischs. Er kniete sich hin, schaute unter den Nachttisch und da lag ihre Gürteltasche. Das Klingeln kam von dort. Er griff nach der Tasche, öffnete den Reißverschluss und fand ihr Handy; auf dem Display leuchtete sein Name auf.

Die Tasche enthielt ihre gesamte Habe – das Portemonnaie, ihr Geld, den Hausschlüssel. Er nahm sie heraus und untersuchte sie, etwas, was er noch nie zuvor getan hatte – es gehörte alles ihr. Seine Hände flatterten, doch es war nur sein Körper, der verrücktspielte. Er stopfte die Sachen wieder in die Tasche und versuchte, den Reißverschluss zu schließen. Er konnte seine Finger herumfummeln hören, aber die Feinmotorik versagte. Er bekam den Reißverschluss nicht zu. Er legte die Tasche auf den Tisch, aber nichts passte hinein, wie es sollte. Die Sachen standen heraus wie Fehlschlüsse.

Es geht ihr gut, sagte er. Reiß dich zusammen. In zehn Sekunden kommt sie zur Tür herein.

Er ging zurück und fing an, den Keller noch einmal zu durchsuchen, aber jetzt sorgfältiger, bereit, das Bettzeug zu zerreißen und die Schubladen auszukippen.

Er ging zurück, über den Teppich auf den Stufen, suchte nach irgendwas, was runtergefallen war. Strich mit der Hand über die Millionen Maschinenstiche. Er konnte nichts entdecken. Keine Zettel oder Mitteilungen. Nichts schnitt in seine Finger, kein zerbrochenes Glas. Er ging zurück ins Badezimmer und öffnete die Mattglastür der Dusche, obwohl er auch von außen sehen konnte, dass es keinen Schatten eines zusammengeklappten Körpers gab. Die Toilette war nicht benutzt worden. Er öffnete sämtliche Schränke in der Küche und sah überflüssigerweise im Kühlschrank nach. Er schaute hinter den Kühlschrank und die Wand, in die Lücke, wo sich wegen der Stromkabel Staubknäuel gebildet hatten. Im Schlafzimmer öffnete er die Schranktüren und starrte auf die Kupferleitungen und den Boiler, von dem Rost rieselte.

Er drehte sich herum und starrte wieder das Bett an, ein Anblick, der ihn aufwühlte wie kein anderer Teil des Kellers. Es sah aus, als hätte jemand gegen das Bett getreten. Jemand, der einen Wutanfall bekommen hatte, stellte er sich vor – aber nicht sie, sondern ein anderer. Doch außer ihr war niemand hier gewesen. Sein Kopf war anfällig für sonderbare Gedanken, aber er fühlte sich krank und schwach.

Er ging näher und sah jetzt ganz deutlich, dass das Bett schräg vor der Wand stand.

Er schob es zurück, stellte es wieder gerade hin. Es bestand aus einer einteiligen Matratze, die auf einem zweiteiligen Metallrahmen lag, den man zusammenschieben und dadurch die Größe des Bettes verändern konnte; es war nicht schwer zu bewegen Die Räder rutschten wieder zurück in die Vertiefungen im Linoleum, wo sie immer gewesen waren.

Er bückte sich und schaute unter das Bett. Dort lag eine zusammengeknüllte Socke und eine alte Kondom-Packung. Aus irgendeinem Grund lag auch der Pizzakarton unter dem Bett. Er zog ihn hervor, und als er ihn untersuchte, schien es ihm, als sei jemand daraufgetreten, ein Detail, das ihn beunruhigte, denn so etwas passte nicht zu ihr.

Er hob das Ponchofutter an und betastete ihn. Hob ihn an sein Gesicht und roch daran. Schüttelte ihn. Nichts fiel heraus. Er tastete jeden Zentimeter ab. Sein Herz schlug laut und er wusste nicht, warum. Er starrte auf die Matratze. Berührte sie mit der Hand. Hier hatte sie gelegen. Er kniete vor dem Bett und wartete, was er als Nächstes tun würde. Er war vor allem fassungslos.

Er legte das Ponchofutter zurück aufs Bett, wollte aufstehen, strich gedankenlos darüber und fand ihre Schuhe. Als er die grüne Militärbettdecke wegzog, war es, als öffnete sich ein Vorhang und dahinter warte die Überraschung. Sein Hirn hatte Linoleum erwartet. Aber er stieß auf ein Paar brandneue Asics-Damenschuhe mit einer phosphoreszierenden, pfirsichfarbenen Umrandung. Sie gehörten ihr, und für den Bruchteil einer Sekunde fühlte er sich, als hätte er ein Osterei gefunden. Ein Gefühl des Triumphes durchzuckte ihn. Aber dann ging ihm auf, was das bedeutete.

Warum sehe ich ein Paar Schuhe, aber der Mensch, dem sie gehören, ist verschwunden?

Es war niemand da, der sagte: Das ist eben Krieg, das passiert nun mal.

Er atmete tief und mühsam durch die Nase ein, hob die Brust wie ein Asthmatiker, der versucht, einem Anfall zuvorzukommen.

Einwanderungsbehörde? Jimmy? Wie auch immer, alles Wichser.

Während er durch das Zimmer stürmte, fing er an, 9-1-1 zu wählen. Mit weißen Lippen packte er seine Ausrüstung aus, warf mit Dingen um sich, holte das Messer heraus – schaute immer wieder zur Zimmerdecke. Aber er hatte Angst, dass die Cops ihn dazu bringen würden, irgendetwas zu sagen, was er nicht ausplaudern wollte, also brach er den Anruf ab. Er wollte Jake anrufen und ihm erzählen, Ich sitze in meinem Keller und hab die Knarre in der Hand und bin kurz davor, nach oben zu gehen und diesen Kerl umzubringen, was soll ich tun? Sag mir, was ich tun soll.

Ich weiß es nicht. Ich weiß es nicht. Das kann alles nicht sein.

Seine Hände waren feucht. Er nahm sich vor, ruhiger zu werden. Er wollte die Waffe vor sich selbst verstecken. Er traute sich nicht zu, die richtige Entscheidung zu treffen, also ging er aus dem Zimmer, schloss sogar die Tür ab und versperrte sich damit den Zugang zur Schusswaffe. Dann ging er die Treppen zur Wohnung der Murphys hinauf und klopfte.

Auf der anderen Seite waren Stimmen, die aufhörten zu sprechen. Er wartete in der düsteren Nische auf eine Antwort. Dann war seine Vermieterin zu hören.

Wer ist da? Skinner? Komm rein, es ist offen.

Sie saß da, wie sie immer dasaß, trug das gleiche Hauskleid, hatte eine unangezündete Slim in der einen Faust und das BIC-Feuerzeug in der anderen. Sie war mitten im Satz.

Ich hab' ihr von Anfang an gesagt, dass sie euch nie den ganzen Saal überlassen. Die Männer sind da die ganze Woche über, die geben das nicht einfach her. Ich hab' gesagt, macht es doch bei euch.

Von der anderen Seite der Küche sagte eine schwarz gekleidete Erin, die Skinner völlig ignorierte, zu ihrer Mutter, Ihr Haus ist nicht groß genug.

Doch, ist es, mit dem Hof. Besser wär' das. Weil, eins sag' ich dir jetzt mal, den Saal kriegt sie nicht. Hallo, Skinner.

Solange sie noch redete, hatte er nicht gewusst, was er sagen wollte. Seine Stimme rasselte, die Kehle gab merkwürdige Geräusche von sich, Ist Ihr Sohn zu Hause?

Ob mein Sohn zu Hause ist? Jimmy?

Ist er da?

Möglicherweise, sagte Mrs. Murphy. Was willst du denn von ihm?

Ich muss mit ihm reden.

Worüber musst du denn mit ihm reden?

Ich muss einfach mit ihm reden.

Du musst mit ihm reden.

Ja. Ich muss mit ihm reden. Ich muss jetzt mit ihm reden.

Erin gab ein spöttisches Geräusch von sich.

Willst du mir nicht sagen, worum es geht, nun sag schon.

Ich weiß nicht. Ich wollte Sie dasselbe fragen, Mrs. Murphy. Ich weiß nicht, ob er mir was zu sagen hat oder ob Sie mir was sagen können. Ist hier heute irgendwas passiert, während ich fort war?

Was passiert?

Ich weiß es nicht. Jemand soll es mir sagen.

Sie starrten einander an. Sie war kurz davor, ihm zu sagen, er solle aus ihrem Haus verschwinden.

Jim-my!, brüllte Erin.

Nicht, sagte Mrs. Murphy.

Überlass das doch ihm. Wenn er so unbedingt mit ihm reden will, soll er mit ihm reden, sagte Erin.

Jimmy, komm nicht runter, rief Mrs. Murphy.

Wo ist das Problem?, sagte Erin. Lass ihn doch. Er will's so. Du willst doch mit ihm reden, oder? Also, da ist er.

Jimmy kam aus dem bläulichen Flur mit den alten, gerahmten Bildern. Affektiert und mit ausholenden Armen schlenderte er herein. Seine Finger waren voll mit schweren Ringen. Er taxierte den Raum.

Was?, fragte Jimmy, das bärtige Kinn vorgestreckt.

Skinner schaute ihn voller Abscheu an.

Was hast du ihr angetan?

Was?, wollte Jimmy wissen.

Einer von ihnen – oder vielleicht auch beide – machte einen Schritt nach vorn, und im nächsten Augenblick gingen sie aufeinander los.

Jimmy!, bellte Mrs. Murphy.

Skinner spürte nicht, dass er getroffen wurde. Er fiel zu Boden und rappelte sich auf. Es herrschte ein totales Durcheinander und er hörte Besteck klappern. Er hatte panische Angst. Wieder prallten sie aufeinander. Sie prügelten sich auf dem Boden, die Familie schrie, er wurde niedergedrückt und konnte nicht mehr atmen. Er bekam einen Schlag an den Kopf. Sein Kopf schlug auf dem Boden auf und das Besteck hüpfte. Er bekam noch einen Hieb ab. Jimmy knallte ihm den Unterarm ins Gesicht und wollte ihm die Nase brechen. Er spürte Jimmys Haut an seinem Gesicht. Sie rutschten über den Boden und hinterließen eine Blutspur aus seiner Nase, die sie mit den Beinen wieder aufwischten. Jimmy versuchte, ihn mit seinem Hemd zu würgen. Er setzte sich auf, bekam wieder einen Schlag ab und blinzelte. Er befreite seine Beine und fing an zu treten. Sein Hemd zerriss. Sie standen und irgendetwas fiel und zerbrach. Er keuchte, hatte keine Kraft mehr und versuchte, die Fäuste fliegen zu lassen. Wurde ins Gesicht geschlagen. Gottverdammtes Arschloch, fauchte Jimmy, prügelte auf ihn ein, während Skinner sich krümmte. Sie schlitterten nach hinten und Skinner trat auf eine zerbrochene Holzschublade, rutschte und eine Gabel schoss unter seinem Fuß hervor.

Mach den Idioten fertig!, schrie die Tochter.

Hört auf, die gottverdammte Küche zu demolieren! Nimm ihn mit raus!

Sie fielen und umklammerten einander auf dem Boden, zerkratzten sich die Gesichter. An seiner Wange spürte Skinner Jimmys Herzschlag unter dessen fetter, erhitzter Brust. Sie nahmen einander in den Schwitzkasten, atmeten schwer, Brustkörbe hoben und senkten sich, ruhten. Skinner atmete tief durch, wie beim Berganlaufen, versuchte, wieder auf die Beine zu kommen. Seine Shorts waren halb heruntergerutscht und gaben den Blick auf seinen Genitalschutz frei.

Mrs. Murphy war am Telefon und wartete auf eine Verbindung. Mir reicht's!, sagte sie. Die sollen diesen verdammten kleinen Scheißer in den Knast stecken.

Ja, ich brauche die Cops, sagte sie. Hier versucht ein Mann, über meinen Sohn herzufallen.

Sie kämpften weiter und dann hörten sie plötzlich auf, weil Skinner nicht weitermachen wollte. Er war vor die Tür gestoßen worden und ging jetzt in der Auffahrt auf und ab. Sein Army-Strong-T-Shirt war zerrissen, er hatte rote Male rund um den Hals und aus seiner Nase quoll Blut, das er mit den Handgelenken abzuwischen versuchte. Er blickte zu Boden. Jimmy wandte ihm den Rücken zu und ging ins Haus zurück. Skinner zog seine Shorts hoch.

Erin war zur Tür gekommen und beobachtete ihn. Ich hab ihn, rief sie ins Haus. Wenn er irgendetwas versucht, befördert mein Bruder ihn ins Krankenhaus. Sie verhöhnte ihn.

Mal sehen, was die Cops sagen, wenn sie hier sind, sagte sie zu Skinner gewandt. Die treten dir in den Arsch.

Skinner spuckte Blut.

Fick dich, Fotze.

Seine Stimme zitterte und überschlug sich fast.

Warum bist du immer noch hier? Warum haust du nicht einfach ab?

Was, meine ganzen Sachen hierlassen?

Nachdem du unsere Sachen kaputt gehauen hast? Pass auf, mein Bruder ist noch längst nicht fertig mit dir. Besser, du haust ganz ab.

Skinner nahm sein zerrissenes Hemd und wischte sich über das Gesicht.

Die Polizei kam hinter ihm die Auffahrt hoch.

Hallo, wie geht's heute? Ist das Ihr Haus? Kommen Sie mal her. Haben Sie einen Ausweis? Sie haben sich mit jemandem geprügelt? Jemand, der hier wohnt? Wo wohnen Sie? Warum haben Sie sich geprügelt?

Das Funkgerät gab krächzende Geräusche von sich. Skinner deutete auf das Haus und versuchte zu sprechen, aber aus seinem Mund kam nur ein Schwall von Flüchen. Ruhig bleiben, sagten sie. Nur nicht aufregen. Die Tochter beobachtete ihn vom Eingang. Er ist verrückt. Er macht allen Angst.

Einer der Cops, der wie ein Highschool-Footballtrainer aussah und struppige Haare auf den Armen hatte, sagte, Was du nicht sagst, lass uns mal reingehen, schob Erin ins Haus und ging hinterher. Wo ist der andere Kerl? Da drin? In der Einfahrt durchsuchten die Cops Skinners Hosentaschen.

Die sagen immer wieder, dass ich verrückt bin. Die wissen einen Scheiß darüber, was verrückt heißt.

Vier Polizisten standen im Halbkreis um ihn herum.

Letzte Chance, sagten sie.

Skinner biss die Zähne zusammen.

Sie schlugen ihn nieder, knieten auf seinem Rücken auf der Schrapnellnarbe und legten ihm Handschellen an.

Beruhigst du dich jetzt?

Sie steckten ihm einen Schlagstock zwischen Ellbogen und Rücken und führten ihn zur Straße.

Ich hab' ihn. Hat aufgehört zu kämpfen.

Hab' ich nicht!

Sie schoben ihn auf die Rückbank und sperrten ihn ein.

Ganz schön stark.

Buchten wir ihn ein?

Erst mal hören, was da los war.

Er saß auf dem vergitterten Rücksitz eines Streifenwagens, schaute mit den dunklen, gequälten Augen eines durchgehenden Pferdes nach allen Seiten und versuchte mitzubekommen, was passierte. Die Hände auf dem Rücken, beugte er sich nach vorn und wischte die Nase an den Knien ab, quetschte eine Blutblase aus der Nase und schmierte sie auf sein Bein.

Nach zehn Minuten kamen die Cops wieder aus dem Haus, stiegen ein und redeten, ohne ihn zu beachten. Er fragte, ob sie ihn in den Knast bringen würden. Einer von ihnen schaute in den Rückspiegel.

Genau das.

Und was ist mit dem anderen Kerl?

Was soll mit ihm sein?

Skinner knallte den Kopf gegen das Fenster. Sie sagten ihm, was passieren würde, wenn es kaputtging.

Schön, sagte er und starrte auf seinen Schoß.

Kapitel 51

Sie brachten ihn nach Chinatown. Den ganzen Weg über hielt er den Kopf gesenkt. Er horchte auf den Polizeifunk. Er spürte, wie die Welt vor dem Fenster vorbeizog, und wollte sie nicht sehen. Auf den Straßen kam der Samstagabend langsam in Schwung. Er hörte die Motoren der Autos aufheulen, wie die Musik lauter wurde. Die Handschellen gruben sich in die Knochen seines rechten Handgelenks. An den Ampeln spürte er, wie ihn Leute anstarrten. Inmitten einer Gruppe von Männern in weißen Unterhemden rauchte jemand eine Zigarette und warf ihm einen zynischen Blick zu. Der Polizeiwagen bog in eine belebte Straße ein, wo an Marktständen Obst verkauft wurde. Skinner hörte, dass Chinesisch gesprochen wurde. Er spürte, wie die Sonne unterging, obwohl er es nicht sehen konnte.

Sie fuhren rechts ran und parkten vor einem Block, den er nicht kannte. Es roch so gut nach chinesischem Essen, dass er die Cops fragte, ob sie ihn nicht etwas essen lassen könnten. Einer der Beamten sagte, sie würden etwas arrangieren, aber das sollte Skinner nur ruhigstellen. Keiner der Cops schaute ihn an. Einer mit schwarzen Lederhandschuhen führte ihn am Ellbogen, der andere – ein bleicher, leicht übergewichtiger Blondschopf mit schwammigen Armen – ging voran und hielt einen durchsichtigen Eiskaffeebecher von Dunkin Donuts in der Hand, den er entsorgen wollte. Der Mülleimer vor dem Revier war voll und er stellte den Becher vorsichtig auf den anderen Müll in der Hoffnung, dass er nicht herunterfiel. Dann ging er wieder voraus und hielt ihnen die Tür auf, der andere Cop ging mit Skinner hinein und schob ihn durch das Drehkreuz.

Ein Telefon klingelte und der Anruf wurde von einer Frau entgegengenommen, die wie seine Vermieterin klang. Er sah den erhöhten Empfangstisch und die eins achtzig großen Männer in dunkelblauen Uniformen dahinter, die zusahen, wie er hereinkam. In der Ecke stand eine mit goldenen Fransen besetzte amerikanische Flagge.

Die Cops, die ihn verhaftet hatten, schoben die Sonnenbrille auf den Kopf und erledigten den Papierkram mit einem Beamten am Tisch – einem jungen Mann, der auch nicht anders aussah als die meisten eins achtzig großen Typen beim Militärdienst. Er kaute auf einem Sandwich herum, legte das Sandwich ab, wischte sich die Roggenkörner von den Händen und sprach über Skinners Kopf hinweg.

Was ist das?

Das ist die Körperverletzung.

Skinner stand mit den Händen hinter dem Rücken, während sie von ihm als dem Häftling redeten und ihn nur mit Handschuhen anfassten. Sonnenverbrannte Männer kamen herein, die Sporttasche über der Schulter, um ihre Schicht anzutreten. Einer von ihnen sagte, Mikey, wie war's am Strand? Ein kleiner Mann ohne Sonnenbrille, mit Bürstenhaarschnitt und Brillenhämatom antwortete, Erzähl ich dir später, und stapfte an den Aushängen über Kindesentführung die Treppe hoch. Die beiden Beamten, die ihn festgenommen hatten, fragten, ob Haftbefehle vorlagen. Skinner schüttelte den Kopf.

Gibt es nicht, hab ich doch gesagt. Ich hab doch gesagt, dass ich der Falsche bin.

Sperr den Mund auf und lass mich reinsehen, befahl der ältere von beiden – ein großer Mann mit Schnauzer und einer Speckrolle im Nacken. Stell dir vor, du wärst beim Arzt.

Sein Portemonnaie wurde in einen braunen Umschlag gesteckt, den der Mann hinter dem Tisch in eine Schublade fallen ließ. Sie nahmen ihm die Schnürsenkel ab. Er senkte den Blick und zog den

Bauch ein, während sie mit einem Spyderco-Messer den Kordelzug aus seinen Basketballshorts schnitten. Der Partner des großen Cops, der bleiche, leicht übergewichtige Blonde mit den schwammigen Armen, ließ die Klinge in den Griff schnappen und sagte, Wir gehen da rüber. Skinner folgte ihm über den gefliesten Boden, die Stiefel schlackerten an seinen Füßen. Er sah die Stufen und die verbeulte Stahltür mit dem Schild: Keine Feuerwaffen. Der Cop hielt ihm die Tür auf und Skinner betrat die Arrestzelle. Er sah die ockergelben Bänke innerhalb des Drahtkäfigs im Untersuchungstrakt, die abblätternde Farbe am Schloss. Die Handschellen wurden ihm abgenommen. Auf der Haut an seinem Handgelenk hatte sich eine rote doppelte Linie gebildet. Der Cop hatte einen Bund flacher, messingfarbener Schlüssel und schloss die Käfigtür auf. Er sagte, Skinner solle sich hinsetzen. Nicht hinlegen. Skinner ging hinein, die Tür fiel hinter ihm ins Schloss und das ganze Metallgebilde klimperte.

Von hier drinnen sah er alles außerhalb des Käfigs durch die schwarzen Linien der Metallmaschen. Der konvexe Spiegel an der Decke vermittelte ein verzerrtes Bild der Ruhe – Leuchtstoffröhren und Kacheln grün wie Oliven im Glas. Selbst wenn er sich bewegte, wenn er sich krümmte und den Kopf auf die Knie legte, zeigte der Spiegel nichts. Auch nicht, wenn er den Kopf hob und ein Verflucht an die gelbe Decke seufzte. Nichts bewegte sich, außer der Uhr. Auf einem Plakat an der Wand stand: No Hope In Dope.

Eine Stunde später kam der blonde Cop zurück und ließ ihn heraus. Er sagte Skinner, wo er sich hinstellen und wohin er schauen sollte, und machte dann mit einem Mausklick von der anderen Seite des Raums aus Polizeifotos, wie bei der Zulassungsstelle. Beim Abnehmen der Fingerabdrücke arbeiteten sie zusammen. Der Cop hielt Skinners Finger auf die Glasplatte eines Scanners, und Skinners Fingerabdrücke erschienen auf dem Computerdisplay neben seinem schwitzenden Gesicht.

Wie lange muss ich hierbleiben?

Ein paar Stunden vielleicht, kommt drauf an, was sonst noch so los ist. Wir machen den Papierkram, machen, was wir müssen, und der Bezirksstaatsanwalt macht sein Ding. Es ist unterschiedlich.

Ich meine, wie lang muss ich wohl sitzen?

Kommt drauf an. Irgendwelche Vorstrafen?

Mal wegen Ruhestörung.

Wann war das?

Vor der Army. Ziemlich lange her.

Du warst in der Army?

Ja.

Ein Veteran?

Ja.

Irak?

Ja. Drei Runden. Hier, mein T-Shirt. Ich dachte, ihr hättet das gesehen. Und hier mein Schrapnell.

Ach du Scheiße.

Drei Kilometer in der Sekunde, Alter. Lungenkollaps. Und hör' mal, dieser verdammte abgewichste Scheißarschkerl, mit dem ich mich geschlagen habe. Hör zu. Dieser Wichser ist ein übler Typ. Der sollte verdammt noch mal hier sein. Der ist ein verdammter Sträfling.

Wie heißt er?

Jimmy. Jimmy Arschloch Murphy.

Weißt du, warum er gesessen hat? Drogen?

Weil er seine Mutter gefickt hat, soweit ich weiß. Er ist ein Drecksack.

Okay, kapiert. Komm wieder hier rüber. Vorsicht mit der Tür.

Der Cop schloss ihn wieder ein.

Ich heiße Brad, Alter. Wie heißt du?

Wie's auf der Uniform steht. O'Donnell.

Der Cop sagte, er solle sich setzen, schloss die Tür zur Arrestzelle und ging. Drei Stunden später starrte Skinner immer noch durch den Drahtkäfig auf die Tür und wartete darauf, dass er zurückkam. Er lehnte am Käfig und hatte die Arme um den Leib geschlungen, auf den Magen gepresst, der vor Hunger schmerzte. Unbeweglich wie ein Tier, das Kräfte sammelte, durch das Stahlgeflecht teilweise verdeckt. Er lauschte darauf, was vor der Tür auf dem Revier vor sich ging – ein Handy klingelte ein paar Takte Billy Joel. Zivilpolizisten brachten einen Verhafteten herein, einen stolpernden, kleinen jungen Mann in Boxershorts. Sein Gesicht war zerknittert wie das eines Farmpächters, die Hose schlotterte ihm um die Knöchel herum. Ihr seid hart drauf, sagte er mit einer hohen und zugleich vollen Stimme, als hätte er ein Klarinettenrohrblatt im Kehlkopf. Er hatte sich mit gespreizten Knien mitten auf die Bank gesetzt und hob jetzt die gefesselten Hände, zeigte den Cops den Finger. Seht ihr das hier? Der Käfig füllte sich mit Schwarzen im Alter von dreizehn bis achtzehn Jahren, die der Polizei zubrüllten und Handzeichen machten. Der Kleinste hatte einen Afro, der sternförmig abstand. Einer sagte, He, du, Cop, hab' ma' 'ne Frage. Sein Penis hing raus. Skinner murmelte, So 'n Scheiß, und wandte den Blick ab. Sie versuchten, auf sich aufmerksam zu machen, indem sie mit ihren Jordans ohne Schnürsenkel an seine Stiefel kickten. Er konnte sie riechen. Einer klemmte sein Knie an Skinners Knie und tat so, als sei er gar nicht da. Skinner rückte beiseite und vergrub den Kopf in den Händen, wartete mit geschlossenen Augen darauf, dass die Cops ihnen endlich was zu essen brachten. Ihre Stimmen waren nicht zu überhören:

Glenmore-Niggas. Nigga läuft auf uns zu und zieht. Will ihn abservieren. *Beek! Beek! Beek!* War am 8-Block. Da hamse ihn eingedeckt. Die ham ihn umgebracht. Weißte: Wo das Pioneer war. Klar, kenn' ich doch. Das hamse immer 8-Block genannt. Hätte meiner einen in'n Bauch erwischt, wenn ich mich nich' weggeduckt hätte. Beim Howard. Meine Großeltern wohnen da drüben. Der hat da seine Blood-Gang. Nigga auf der Insel. Er ist auf einen Nigga zu und hat den allegemacht. Ich voll von der Rolle. Die Niggas immer so weiter. Er kriegt Kugeln ins Bein ab, in beide Beine. Sein Gesicht, sein Gesicht, war so. Voll platt, Nigga. Er so mit dem Stiefel auf mich drauf. Konnte mich null wehren, so hat der mich vertrimmt. Mein Onkel is' gekommen. Meine Fresse total geschwollen. Buddha is' gekommen. Ich voll von der Rolle, Mann. Dann fast zwei Tage später im Sommer. Ich weiß, wo er hin ist. Er läuft wieder um den Block rum. Wir haben einen Baseballschläger zerbrochen. Ich hab' ihn in die Fresse getreten. Buddha so, das reicht. Du musst nach Hause. Niggas auf mich los. Den Arsch hab' ich vielleicht verdroschen. Shorty ist auf Buddha los. Die hat versucht, mir den Ring wegzunehmen, Nigga. Schon das zweite Mal, ham sie das versucht. Wir ham den Couchtisch kaputt gemacht, Nigga. Wir ham den Nigga in den Couchtisch geschmissen, und Nigga sticht zu. *Beek*. In die Brust.

Ein Cop in Zivil kam herein, der aussah wie ein gedrungener, muskulöser weißer Rapper in Baseballtrikot, Jeans-Shorts und einer tief über die Augen gezogenen Baseballkappe. Er rief rief Skinner auf. Hier, sagte Skinner.

Raustreten. Er schloss den Käfig auf. Nur du. Hinsetzen, befahl er einem Jugendlichen.

Aber meine Mutter wartet auf mich.

Skinner ging hinaus.

Weiße Schwuchtel.

Du hast die ›Du kommst aus dem Gefängnis frei‹-Karte gezogen. Der Typ, mit dem du dich geprügelt hast, hat ein paar Probleme, das hat den Ausschlag gegeben.

Vielen Dank!, rief er. Es klang aggressiv.

Dank den Beamten, die dich verhaftet haben.

Der Cop hielt Skinner ein Formular hin, das er unterschreiben sollte, und riss dann den weißen und den gelben Durchschlag heraus.

Hier. Da steht auch dein Gerichtstermin.

Das ist alles?

Wenn du nicht hierbleiben willst.

Am Empfang bekam Skinner sein Eigentum zurück. Er nahm den Umschlag ohne ein Wort, ging durch das Drehkreuz und drängte durch die Eingangstür hinaus in die warme Nachtluft. Der plötzliche Straßenlärm trieb in den violetten Nachthimmel hinauf.

Er setzte sich auf den Kantstein und schnürte seine Stiefel. Er war steif und wund, und um aufzustehen, musste er auf allen vieren knien wie jemand, der Muskelschwund hatte.

Was zum Henker mach ich jetzt bloß?

Der vorbeifließende Verkehr hinterließ Nachbilder auf seiner Retina. Der Durchschlag mit dem Gerichtstermin, den er zusammengefaltet hatte, fiel aus seiner Tasche und er hob ihn auf. Als er sich aufrichtete, sah er direkt auf den Parkplatz. Genau gegenüber. Chinatown lag auf der anderen Seite. Vorwärts, sagte er sich und trabte los. Als er daran dachte, einen Blick zurück auf das Revier zu werfen, war er schon ein paar Blocks weiter, auf dem Weg den Hügel hinunter in Richtung der Neonlichter auf der Roosevelt Avenue. Sie wird da sein, sagte er sich. Er hatte das Formular gerollt und drehte es jetzt fest zusammen; seine Hände drückten sich ins Papier.

Zwischendurch legte er eine Pause bei McDonald's ein und aß im Stehen, stopfte sich das Sandwich ins Gesicht. Die Cola ließ ihn aufstöhnen und ein Gottverdammt murmeln. Er nahm sie mit und eilte weiter, und als er beim Eis angekommen war, warf er den Becher seitwärts in einen Mülleimer vor einem Möbelladen. Er pflügte durch die Menge, zog beim Gehen das Hemd aus und wischte sich das Gesicht ab und das Ketchup von den Händen und setzte seinen weißen, tätowierten Oberkörper den Scheinwerfern aus.

Der Block bis zum Freeway schien sich endlos hinzuziehen. Er wäre gern gelaufen, aber mehr als ein schnelles Gehen brachten seine Beine nicht zustande. Er suchte mit den Augen die wäschebehängten Fenster der Backsteinhäuser ab, die alle gleich aussahen, meinte ihr Apartment wiederzuerkennen, schaute, ob dort Licht brannte. Sie würde da sein und ihn in ihre Arme schließen, sobald sie ihn sah.

Die letzten Meter zu ihrer Tür legte er im Laufschritt zurück und klopfte.

Zou Lei!, rief er. Er trat ein paar Schritte zurück und schaute zu den Fenstern hoch. Er rief noch mal ihren Namen. Niemand antwortete. Er hörte eine chinesische Stimme hinter den Mauern. Es war nicht ihre. Er klopfte ein paarmal an die Tür, rief, Hallo!

Schließlich öffnete jemand ein Fenster im zweiten Stock. Von der Straße aus konnte er nur den Schatten eines Kopfes erkennen.

Zou Lei! Können Sie sie für mich holen?

Was?

Können Sie meine Freundin holen? Ich sag Ihnen, wie sie aussieht. Etwas über eins fünfzig. Chinesin. Sie wohnt da drin.

Nicht hier.

Sie haben ja nicht nachgeschaut. Ich hab Sie gebeten nachzuschauen.

Nicht hier.

Bitte schauen Sie einmal. Klopfen Sie.

Der Schatten verschwand, und zunächst glaubte Skinner, um wirklich nachzusehen, doch als die Minuten verrannen, wusste er, dass niemand zurückkommen würde.

Hey!, rief er.

Niemand antwortete.

Können Sie nicht mit mir reden?

Er stand auf der Straße und brüllte sich selbst an, inmitten der Mülleimer, der schmiedeeisernen Sicherheitsgitter, der Hemden, Hosen und BHs auf den Wäscheleinen, der allumfassenden Stille.

Kapitel 52

Sie war sofort wach, als sein Körper sich bewegte. Eben war sie noch durch ihren Traumwald gerannt, jetzt kletterte Skinner über sie hinweg und zog seinen Genitalschutz an. Er griff nach den Basketballshorts, schnürte die Stiefel und sammelte seine Sachen ein, als müsste er irgendwo hin.

Sie versuchte zu verstehen, was er da machte.

Hatte er eine Verabredung?, fragte sie sich, etwas, das zu erwähnen er vergessen hatte, als er letzte Nacht vor ihr gekniet und sein Eheversprechen erneuert hatte?

Vielleicht spürte sie einen Widerspruch zwischen der Vorstellung, ihr alles zu geben, und jetzt zu gehen, ohne sie auch nur anzusehen.

Sie wollte ihm ihren Traum erzählen, in dem sie gerade zusammen gelaufen waren. Aber sie hatte Angst, dass er es nicht hören wollte, also schwieg sie. Sie wünschte ihm nur ein gutes Training.

Er zog die Tür hinter sich zu und nahm die Schlüssel mit – jene Schlüssel, die er ihr letzte Nacht symbolisch versprochen hatte –, ließ sie hilflos in diesem Zimmer zurück. Das Sonnenlicht fiel durch einen Gitterrost auf ihren Kopf. Der Keller beherbergte den schweigenden Boiler, die Kupferrohre und die Zuleitungen für Küche und Bad, alles war unter der Erdoberfläche begraben. Die Abwässer des ganzen Hauses flossen in ein Kanalisationsrohr im Gestein unter ihr. Die Fußbodenfliesen waren vor zehn Jahren verlegt worden, und der Kleber, der sie mit den Betonplatten verband, zersetzte sich bereits. Einige von ihnen verrutschten, wenn man darauftrat, und legten die Betonplatten frei, die die Erdfeuchtigkeit aufsogen. Ein eigenartiges, irgendwie beschissenes Zimmer, dachte sie, und es machte sie unruhig, hier allein zu sein. Sie fragte sich, warum wohl jemand dieses aufdringliche Bordell-Lila gewählt hatte, es sei denn, es hätte als Set für Pornofilme genutzt werden sollen.

Sie versuchte wieder einzuschlafen, zerbrach sich jedoch über jede Kleinigkeit und Eventualität ihrer Situation den Kopf. Um ihre Angst in den Griff zu bekommen, stand sie auf, zog ihren BH an und die Kleidung, in der sie gerannt war. Sie stieg in die Shorts und hörte die Geräusche der Menschen von oben. Es war das normale Rumoren von Menschen, die sich versammelten, um das Haus zu verlassen. Sie hörte Frauen reden, kurz etwas lauter, als sich die Wohnungstür öffnete und wieder schloss, dann wieder leiser ihre Stimmen auf der Straße. Sie war verärgert, dass sie hier festsaß und auf Skinner wartete. Sie überlegte, ihn anzurufen, schaute auf die Uhr und sah, dass es zehn Uhr war. Sie bekam Hunger und erwog, in den Kühlschrank zu schauen.

Nur undeutlich drang Motorenlärm an ihr Ohr. Die Schalldämmung dieses Zimmers war verstörend, das Ausmaß, in dem es Geräusche schluckte.

Es quälte sie, dass er noch nicht angerufen hatte. Sie setzte sich wieder aufs Bett, döste vor sich hin oder verfiel in eine Art Trance. Verwarf den Gedanken ans Essen und wurde sehr traurig.

Er war gegangen, ohne dass sie miteinander geschlafen hatten.

Ich bin allein, dachte sie immer wieder. Ich bin allein. Ich bin allein. Ich bin allein. Allein. Allein. Tod. Tod. Allein.

Da warst du schon einmal, dachte sie. Die Vorstellung, dass die Tür von der anderen Seite abgeschlossen sein könnte, ängstigte sie. Was, wenn der Mann, den sie liebte, ganz anders war? Was, wenn das eine Isolationszelle war, aus der sie nie wieder herauskam?

Sie stand auf, das Zimmer war von Sonnenstrahlen erfüllt, und sie versuchte, mit sich ins Reine zu kommen. Um aufzuhören, an Skinner zu denken, diese Gedanken in Schach zu halten, verschloss sie ihr Handy in der Gürteltasche und legte sie auf den Nachttisch.

Sie glättete ihr Haar und band es straff zurück, sah sich nach ihren Socken um.

In diesem Moment hörte sie ein Geräusch, von dem sie erst glaubte, es käme von draußen, aber es kam aus dem Keller.

Ihr fiel auf, dass sie etwas vermisste, was ihr gehörte – ihre Sneaker. Ihr Haar war immer noch wirr und sie kämmte es, während sie den Boden absuchte. Wieder hörte sie etwas und hielt mit dem Kamm in der Hand inne.

Einen Moment lang fragte sie sich, ob Skinner zurückkam.

Skinner?, fragte sie.

Es kam keine Antwort.

Sie ließ den Kamm sinken.

Als sie dort stand, spürte sie, dass jemand sich von der anderen Seite der Schlafzimmertür näherte. Sie spürte es so stark, dass sie meinte, durch das Holz einen Schatten zu sehen. Ihre Nackenhaare stellten sich auf. Bewegungslos stand sie da. Vielleicht war es nur Einbildung, dachte sie.

Durch die Tür hindurch hörte sie eine männliche Stimme.

Sie erstarrte und hatte Angst.

Jemand rüttelte am Türknauf.

Mach auf, sagte die Stimme. Wegen des herrischen Tons war ihr erster Gedanke: die Polizei.

Sie sah zu ihrer Gürteltasche hinüber, die ihr Geld, die Schlüssel und jetzt ihr Handy enthielt – Sachen, die sie unter keinen Umständen verlieren durfte. Sie konnte die Asics nicht sehen, weil sie hinter dem Pizzakarton standen, und in ihrer Panik konnte sie sich nicht erinnern, wo sie waren.

Der Mann sagte wieder etwas. Es klang, als würde er mit vollem Mund sprechen, als sei seine Zunge dick und geschwollen.

Sie rief laut, Mein Freund schlafen, komm später wieder!

Dann hörte sie die Schlüssel.

Das Schloss klickte, und als die Tür sich zu öffnen begann, rief sie, Nein!, und warf sich dagegen.

Dann sah sie sein Gesicht und wusste im selben Moment, was passieren würde. Ihr Herzschlag schien auszusetzen. Mit beiden Händen stieß er ihr gegen den Brustkorb. Die Wucht warf sie quer durch den Raum auf das Bett.

Ihr Rücken hatte das Bett kaum berührt, da federte sie hoch und wand sich an ihm vorbei. Als Jimmy mit seinem großen, hervorschnellenden Körper endlich reagierte, war sie schon die Kellertreppe hochgelaufen, hatte die Tür aufgerissen und rannte barfuß die Straße entlang.

Bevor sie sich's versah, war sie auf der Avenue und wusste nicht, wie weit sie schon gelaufen war. Die Sonne blendete sie, Autos fuhren vorbei und sie spürte den Schmerz nicht, als ihre Fersen auf den Beton schlugen, nur den Aufprall.

Ihr Schwung verringerte sich, aus Rennen wurde Joggen und dann hektisches Gehen. Sie schnappte nach Luft. Sie drehte sich und ging rückwärts, um nach hinten zu sehen, bereit, wieder loszurennen. Etwas in ihr wollte lachen. Sie blieb stehen und starrte zurück, suchte die Avenue ab nach jemandem, der ihr folgte, aber da war niemand.

Mein Himmel. Mein Himmel, dachte sie.

Ach, du mein Himmel.

Sie konnte die Straßenschilder nicht richtig erkennen. Kissena erkannte sie erst wieder, als sie schon drauf war. Die Sohlen ihrer Füße brannten vom Asphalt, sie versuchte, nicht in Glasscherben zu treten.

Was jetzt? Alles, was ihr gehörte, hatte sie dort gelassen.

Mein Himmel, was war bloß passiert?

Sie blieb bei einem 99-Cent-Laden stehen und bettelte eine Frau mit Schirmkappe um ein Paar Badelatschen an. Eine Passantin bekam das mit und schenkte Zou Lei einen Dollar – eine schlanke Frau in den Vierzigern mit strahlenden Augen, die in China im Gefängnis gelandet wäre. Ich bin Buddhistin, lächelte sie. Zou Lei dankte ihr, zerriss den Plastikfaden, der die Gummisandalen zusammenhielt, und streifte sie sich über die inzwischen schwarzen Füße.

Sie wusste nicht, was sie jetzt tun sollte, und ließ den Blick schweifen. Die Buddhistin war untergetaucht in der Masse der schwarzhaarigen Köpfe, der kurzärmeligen Kunstseidenblusen, zwischen dem Plastikspielzeug und all den Geräten, die Geräusche von sich gaben, der nervenden, anschwellenden Musik, den schmalzigen Frauenstimmen, die vom Band kamen. Kaufen Sie eins, dann bekommen Sie das zweite gratis. Ein dünner Mann schnitt mit einem Messer Zuckerrohr, die langen, grünen Abschnitte fielen auf seine Knöchel.

Sie überquerte die Main Street und ging den Hügel hinab Richtung Freeway. Die Eingangstür des Hauses war abgeschlossen. Eine Zeit lang ging sie mit verschränkten Armen hin und her. Sie wollte nicht unbedingt hinein. Sie wollte, dass Skinner hier war. Sie wirbelte im Kreis herum, seufzte und biss sich auf die Lippen. Was um Himmels willen soll ich bloß tun? Sie hielt sich den Kopf. Sie würde sich zwingen zu warten. Wenn er merkte, dass sie weg war, würde er zwangsläufig hierher kommen.

Als sie vom Herumlaufen müde wurde, hockte sie sich hin, in die tiefe asiatische Hocke, beobachtete von ihrem Platz zwischen den Autos, wer sich dem Haus näherte, die von der Arbeit gezeichnete Hand auf dem Kopf, die schwarzen Füße fest auf den heißen Gehweg und die Zehen in die Sandalen gepresst. Eine Haarsträhne hing ihr übers Gesicht. Ihr Mund stand halb offen und die braunen Augen waren auf die Bäume am Ende des Blocks gerichtet, warteten auf etwas, was sich bewegte.

Die Sonne bewegte sich. Am späten Nachmittag tauchten die Leute, die auch am Samstag arbeiteten, zwischen den Bäumen auf, kamen die Straße entlang und gingen in ihre Häuser. Eine weitere Stunde verstrich. Sie zwang sich zu warten. Einer von Tausenden unverheirateter Migranten kam in T-Shirt und Jeans stolpernd den Hügel hinunter; er zog seinen Schatten hinter sich her und ließ den

Kopf hängen. Seine Kleidung und die Hände waren mit Farbe und Putz gesprenkelt. Sie kannten einander vom Sehen, er hatte ihr mal ein Sunkist zum Trinken gegeben. Sie beobachtete, wie er sie anschaute. Ihre Notlage war nicht zu übersehen. Sie beobachtete, wie er beschloss, nichts damit zu tun haben zu wollen, und in sein Haus ging.

Als sie nicht länger stillhalten konnte, stand sie auf und hob erst ein Bein, dann das andere, als müsste sie urinieren. Mit gekreuzten Armen lief sie einen Betonweg entlang, der durch ein Meer von Farn und Unkraut führte, das in der Hitze aufgeschossen war. Dann stand sie am Boulevard und blinzelte auf den Horizont. Zwischen dem Dach der Tankstelle und der Sonne lagen nur noch zwei Handbreit Abendhimmel.

Sie stellte eine Regel auf: Wenn du glaubst, dass er nicht kommt, und kurz vorm Aufgeben bist, dann musst du nur noch ein wenig länger warten und wirst mit seinem Kommen belohnt werden.

Kapitel 53

In der Nacht donnerten die Lastwagen über den Freeway, die Schallwellen fegten über ihren Kopf hinweg und der Luftstoß verpuffte zwischen den Häusern. Sie war nach Sonnenuntergang losgegangen, als der Himmel über den vereinzelten Wolken sich verfärbte, als sie aufgegeben und noch ein bisschen länger gewartet hatte und doch nicht belohnt worden war, zwei Mal. Sie wusste nur noch, dass sie verlassen worden war. Sie ertrug den Gedanken daran nicht. Sie wusste nicht mehr, was sie tat. Sie ging fort, einfach nur fort und immer weiter fort, bis entweder sie endete oder die Welt.

Irgendwie war sie, ohne zu bezahlen, in den Zug gekommen und fuhr jetzt wie betäubt in dem hypnotisierenden Lärm. In Manhattan tauchte der Zug unter die Erde, die Weißen stiegen aus und der Zug fuhr weiter Richtung Brooklyn. Aus der Klimaanlage tropfte es auf die grauen Sitze, auf die Westinder und Afrikaner. Bei jedem Halt steckte ein Cop den Kopf aus der Tür und warf einen Blick auf den Bahnsteig.

An der letzten Haltestelle endete das Gleis, und auf dem Nachbarbahnsteig stand ein anderer Zug. Die Leute stiegen aus und sie auch. Die Cops stiegen um. Die Wände waren mit beiger Schiffsfarbe gestrichen. Es roch wie in einer Toilette. Während sie hinunterging, stürzten Jamaikaner die Betontreppe herauf, kleine dünne Kinder in Heilsarmeekleidung im Schlepptau. Auf dem Gehweg stand Wasser und sie roch die Kanalisation. Sie konnte in die Wohnungen der Leute sehen, die im ersten Stock über den Restaurants und Billigläden wohnten. Der Geruch von frittiertem Essen warf sie fast um. Autos fuhren mit aufgedrehter Musik über die Kreuzung, ein steter Strom von weichen grünen und violetten Neonlichtern. Ein kahl rasierter, ausgehungerter Cholo saß in einem goldenen Wagen. Sie kamen von irgendwoher und wollten ihren Spaß haben. Ihren Gesichtern sah man die Entschlossenheit an, in jedem Auto wurde eine andere Art von Musik gehört, auf den Rücksitzen saßen die Freunde mit Baseballkappen und ließen sich herumfahren. Irgendjemand hupte in Vorfreude. Ein schrottiger Cadillac, in dem nur ein Mann saß, hielt vor der Ampel. Seine Musik war überschwänglich und er rief laut: Wir werden's knallen lassen wie Champagnerkorken! Der Wagen hatte keine Scheinwerfer. Sie ging vor ihm über die Straße und machte sich auf in Richtung Liberty Avenue.

Sie ging am Good-Hope-Restaurant vorbei, der Sparkles Bar and Lounge, wo ein junger Mann auf einem Fahrrad stand und auf der Straße Slalom fuhr. Die schwarze Kappe hatte er seitwärts auf dem Kopf, hinter dem Ohr steckte eine Zigarette. Auf dem Hemd stand Hustle Trees. Sie passierte obdachlose Müllsammler mit stahlgrauem Haar, die in Handschuhen und Jogginghosen im Abfall wühlten. Inder, die einander kannten, standen zusammen und beratschlagten, wo es ein besseres Revier gab, und einer von ihnen ging weg, zog seinen Einkaufswagen hinter sich her. Eine Frau ging wie ein Zombie neben ihr her, sie hatte eine Brandnarbe auf Wange und Kiefer. Links lag das Dabar-Halal-Restaurant mit grüner Markise und weißen Lichtern, vor dem Taxifahrer von ihren Tabletts aßen.

Jenseits der Kreuzung wurde die Straße dunkler. Sie schaute zurück und sah die roten Lichter der Polizei im Verkehrsstrom blinken und wie sie die Fassaden der niedrigen Gebäude beleuchteten, aus denen Reggae kam. Vor sich sah sie eine unbeleuchtete Moschee, die hinter einem mit Wimpelketten geschmückten Parkplatz eines Autohändlers lag. Über den Telefonleitungen stand der Mond und wirkte nicht größer als eine kleine Münze. Sie ging nach Osten Richtung Freeport. Die Autos fuhren stoßweise an ihr und den Obstläden vorbei. Alle anderen Geschäfte hatten geschlossen. An der Seitenwand eines Gebäudes war das Plakat eines Heilers angebracht. Es verkündete Stoppt schwarze Magie, aber sie hielt nicht an, um es zu lesen. Jemand hatte das aufschauende Gesicht des Heilers rot und gelb übermalt. Sie kam an mit Brettern vernagelten Laden-Kirchen vorbei, hinter denen sich gewaltige Bäume erhoben, die im Dunkeln ihr Blätterwerk darüber breiteten. Auf einem verblassten Schild über ihrem Kopf stand Seven Crowns of Glory. Ein Mann mit Kapuze kam ihr entgegen, bärtig, in Shorts, die Socken eher Gamaschen; er hatte sich mit zwei Wäscheleinen umwickelt und zog einen Einkaufswagen hinter sich her, der wie ein Wohnwagen mit Müllsäcken beladen war. Ein schwarzes Auto, aus dem One Nation … under God … real niggas … getting money dröhnte, fuhr gemächlich an ihr vorbei. In einem geparkten Lieferwagen machten sich ein paar Frauen schick und tauschten Make-up aus ihren Handtaschen aus. Die Straßen verliefen nicht mehr parallel, sondern bildeten Dreiecke. Busse parkten entlang des Mittelstreifens, Autos waren auf dem Gehweg abgestellt. Ihr Weg wurde von einem schrottreifen Crown Victoria blockiert, bei dem die Türen fehlten, die Rückbank vor dem Lenkrad stand, das Dach wie ein Sandwich eingedrückt war und die Windschutzscheibe auf dem Gehweg lag, als sie um das Wrack herum- und auf der Straße weiterging. Sie beobachtete den entgegenkommenden Verkehr. Es gab immer mehr Autowerkstätten. Sie sah einen Domino's-Lieferwagen. Der Fahrer in seinem blau-roten Hemd stieg aus und ging mit der Isoliertasche für die Pizza ins Haus.

Ein paar Hundert Meter lang war sie allein, erst dann begegnete sie wieder Menschen. Zwei Typen in Hausmeisterhosen saßen halb verdeckt durch eine Hecke auf einer Bank und öffneten eine Flasche. Dann sah sie das Lichtermeer einer Tankstelle, an der ein junger Mann, dessen Haut so schwarz war wie sein schwarzes T-Shirt, einen verbeulten Hyundai Elantra betankte. Ein Getränkehandel war mit Stacheldraht gesichert. Sie überquerte den Freeway und es fühlte sich an wie überall in Amerika, die gewaltige Betonschnellstraße dröhnte und dröhnte. Zurück in den kleinen Straßen kam sie an einem geparkten Wagen vorbei, in dem zwei Frauen auf den Vordersitzen Textnachrichten schrieben, vielleicht Hispanas. Eine trug eine Brille und hatte eine lange Nase. Sie lief am JouVay-Club vorbei, neben einem Baustoffhandel, und die Musik ließ das Dach erbeben.

Obwohl es schon später Samstagabend war, sah man hier und da noch Leute mit Wäschesäcken kämpfen, Müllsäcken voller Wäsche, vielleicht, weil jemand in ein neues Heim zog oder weil es ihre Arbeit war. Sie sah vier Frauen an Autos sitzen, die in der heißen Nacht offenbar nichts anderes taten, als miteinander zu reden. Ein betrunkener Latino rannte schwankend und mit Riesenschritten auf dem Gehweg hin und her. Die Frauen hatten kurze Haare, als wären sie Lesben. Eine der dicken Frauen, die mit ihren Freundinnen an einer geöffneten Autotür gesessen hatte, erhob sich. Er starrte sie sprachlos an und schwankte dann weiter, als hätte er gerade beschlossen, dass es doch alles sinnlos war. Hey, *Papito*, komm zurück!, rief die Frau. Lass ihn ziehen, sagten ihre Freundinnen. Nein, sagte die Frau, ich brauche das Geld. *Afuera*, rief sie ihm laut und mit einer angenehmen Stimme hinterher. *Papi, ven aquí!*

Zou Lei ging zwischen ihnen hindurch, lief weiter trotz der vorbeirasenden Autos, trotz des Straßenbelags und der späten Stunde, trotz des Wissens, dass sie schon vor Stunden hätte innehalten sollen, dass es einfach sinnlos war, was sie machte. Sie konnte nicht stehen bleiben. Zwanzig Minuten später, als alles auf einmal auf sie einstürmte, brach sie zusammen. Plötzlich überfiel sie der Hunger, als hätte jemand einen Schalter in ihr umgelegt. Sie stand im Dunkeln an einer Ecke, war weit jenseits der Bars, Grillrippchen, Wein- und Schnapsläden in einer kargen Gegend voller Schrottplätze gelandet. Aus der Avenue war ein Highway geworden, auf dem die Autos an ihr vorbeirasten und Staub aufwirbelten, der Rinnstein war voller Abfälle und Wasser. Das Einzige zwischen ihren Füßen und dem Straßenbelag waren die Badelatschen. Es gab nichts, keinen Ort, an den sie hätte zurückgehen können, wenn sie kehrtmachte. Ihr Magen war leer. Hier draußen musste sie wie eine Prostituierte wirken. Ihre Taschen waren leer und sie hatte Angst.

Ein breites Auto mit kleinen Flossen über den Hecklichtern scherte aus dem Verkehr aus, fuhr an den Kantstein und hielt an. Hinter ihm stoppte ein Kleinbus des NYPD. Sie hatte Angst aufzufallen und ging weiter. Im Kleinbus brannte Licht und sie sah, wie einer der Beamten, der sein Haar gegelt hatte, ihr einen kurzen Blick zuwarf und etwas auf einer Tastatur schrieb, die am Armaturenbrett befestigt war. Im Kopf übte sie, was sie sagen wollte: Mein Freund wohnt da vorne. Ich wollte Brot kaufen gehen. Ich habe mich verlaufen. Es tut mir leid.

Was würde wohl passieren, wenn sie ihm erzählte, was ihr heute zugestoßen war? Wenn ich kein Glück gehabt hätte, wäre ich gar nicht hier. Sie war entkommen, aber sie hatte ihr Geld, ihren Ausweis, ihr Handy, ja sogar ihre Schuhe verloren.

Und der Beamte könnte sagen, Das mag alles richtig sein, aber jetzt sind Sie erst mal jemand, der keinen Ausweis hat, und solange wir nicht wissen, ob Sie wirklich die Person sind, als die Sie sich ausgeben, müssen wir Sie festhalten.

Dann würde er ihr Handschellen anlegen und sie in den Bus bringen. Was meinst du?, würde sein Partner sagen und das Protokollbuch aufschlagen. Sie würden sie wegen Prostitution verhaften, das war die übliche Nummer, und sie in einen Knast im Osten von New York City stecken.

Dieses Beinahe-Zusammentreffen ließ sie den Hunger mit einem Schlag vergessen und die Angst mobilisierte so viel Energie, dass sie ein paar weitere Meilen durch die Nacht lief, bis ihr wieder einfiel, dass sie müde war.

Die weiß, rot und orangefarben flackernden Lichter des Polizeibusses verschwanden, als die Straße einen Knick machte und sie Sand- und Kiessilos passierte, wo ein Förderband diagonal in den

Himmel ragte; Zementlaster standen Stoßstange an Stoßstange, wie Elefanten hinter einem Zaun. Ein Hof voll mit zertrümmertem Blech und Glas. East-Coast-Autoschrottverwertung. Dahinter öffnete sich ein großes schwarzes Feld, wo grelle Scheinwerfer auch aus einer halben Meile Abstand noch blendeten. Ein Kompressor lief. Gelegentlich fuhr ein Auto voller junger Männer aus Richtung Long Island vorbei, die nicht auf Bandenkrieg aus, sondern einfach nur arm waren. Frauen fuhren allein und Nachrichten schreibend vorbei, unterwegs zu einer Party. Wagen fuhren vorbei, die gerade erst verkauft worden waren, das mit weißer Farbe auf die Fenster gemalte *4-Sale* war noch zu sehen. Auf dem Mittelstreifen wucherte hohes Unkraut. Die Häuser wirkten wie Landhäuser. Sie entdeckte Farne. So sahen wohl die Plätze aus, an denen man auf dem Weg nach Süden seinen Lastwagen parkte. Die Bäume auf den Grundstücken waren nicht beschnitten.

Sie ging an einem ausgebrannten Waschsalon vorbei, weiter an der Deeper Life Bible Church, und ihr Auge fiel auf eine große schwarze Frau in langen Hosen, die in einer betont korrekten Haltung gerade in eine Seitenstraße abbog, aus der laute Musik wummerte.

Es gab immer mehr ausgebrannte Gebäude und bald fühlte sich alles tot und verlassen an. Jemand hatte ein Wandbild auf ein Metallrollo gemalt, das ägyptische Pharaonen und Pyramiden zeigte, die wie berghohe Gewitterwolken über einer New Yorker Skyline hingen, in der es die Zwillingstürme noch gab. Auf einem Schild stand: Die Zivilisation begann in Afrika – Eintreten auf eigene Gefahr. Aber der Laden, zu dem es gehörte, war geplündert und ausgeräumt worden, das konnte man durch die Löcher in den Wänden sehen. Ein Stück weiter kamen tiefe Bassklänge hinter den Häusern hervor, von irgendwoher zwischen den verlassenen und ausgebrannten Hütten, Matratzen und Sofas auf Müllbergen neben düsteren Veranden, die man lieber nicht näher in Augenschein nehmen wollte. Es gab keine Häuserblocks mehr, es ging einfach immer so weiter. Sie bog um eine Hausecke und sah, was sich bei den dahinterliegenden Bäumen abspielte, ferne schweigende Figuren in weißen Hemden, die um ein Auto herumliefen, bei dem alle Türen offen standen. Jeder trug irgendetwas Rotes, sei es ein Hut oder Shorts. Jeder, der dort lebte, schien ein Fremder unter Fremden zu sein, die sich gegenseitig ausraubten und ansagten, wer als Nächster dran war. Die Straße führte an Parks vorbei, die im trüben Licht tot und grau aussahen, die Häuser dahinter waren von totaler Stille umgeben. Sie hörte Pistolenschüsse. Ein bärtiger Mann schlenderte über die Straße, hob das Hemd und strich sich über den flachen Bauch, betrachtete sie wie Geld, das man auf dem Gehweg findet. Er schaute sich um, als wolle er sehen, ob jemand anderes Anspruch auf sie erhob. Der Freeport-Bus rauschte an ihr vorbei und sie wäre gerne eingestiegen, aber er hielt nicht an.

Da sie Angst hatte, weiterzugehen, wandte sie sich nach Norden, die Straße führte an Rankgerüsten und Grillengesang und weißen Eisenzäunen vorbei, als wäre sie mitten in einem Bayou. Trotzdem war es ein Ghetto. Sie kam zu eingeschossigen Bars, die blau erleuchtet waren, vor dem Eingang standen große Jamaikaner in pastellfarbenen Sakkos und Krokodillederschuhen. Sie überquerte Mexico Street und Murdoch Avenue. Die Autos waren fürs Wochenende mit Doppelscheinwerfern aufgemotzt worden, zischten vorbei, bogen unvermutet ab, noch immer auf der Suche nach einer Party, rasten in Nebenstraßen hinein. Eines gab plötzlich ein blubberndes Röhren von sich, umkurvte einen Jeep und brauste wie ein Dragster davon, was klang wie ein sich schnell entfernendes Motorrad. An Kirchen hingen Poster, die Glaubenskriege propagierten. Aus Clubs kamen Menschen im Sweet-Sixteen-Look. Die Temperatur war von heiß auf gemäßigt gefallen. Es gab Stechmücken. Dann wurde es langsam ruhiger. Die Abstände zwischen den Autos wurden länger. Eine offene Verandatür gab den Blick auf einen riesigen Fernseher frei, der sie aufzufordern schien, hereinzukommen, es war aber niemand zu sehen. Sie hörte eine

Klimaanlage laufen. Unter den Bahngleisen hörte sie Grillen im Gebüsch. Auf der anderen Seite der Unterführung wurde sie von einer Werbetafel inmitten von Büschen begrüßt, auf der ihr Frauen in trägerlosen Kleidern und mit geschlossenen Augen lachend mit Wodka zuprosteten.

In einem Vorgarten sprang ihr eine Ansammlung handbemalter Schilder und Bettlaken in die Augen: Nichts Rauchen. Saufen = Schaden, Seuche, Satan. Alle Wörter begannen mit S. Smoking = Sünde, Siechtum, Satan. Mit Adidas kommen Sie weiter. Die texanische Flagge hing an der Veranda. Auf dem Dach stand: Haus des Herrn.

Das alles lenkte sie ab. Sie trat, ohne sich umzusehen, auf die Straße und aus dem Nichts kam ein Auto angerast, das sie fast erwischte. Als sie zurückging, um ihren Schuh aufzuheben, fingen die Straßenlaternen an zu tanzen und sie taumelte. Vor Erschöpfung wurde ihr schwindelig, als wäre sie betrunken. Sie fühlte sich seltsam, aber als sie sich bewegte, verschwand das Gefühl. Sie begann wieder zu gehen und fühlte sich besser. Aber sie konnte nicht denken. Der Mond sah wie eine Straßenlaterne aus und sie hatte Mühe, sich daran zu erinnern, dass er oben am Himmel war und nicht hier unten bei ihr.

Sie ging durch Spinnweben auf der Woodhill Richtung Norden und hörte wieder die Grillen. Schweigende dunkle Häuser und Hochspannungsleitungen. Das Dröhnen eines Flugzeugs am Himmel. Jetzt ragte der größte Baum über ihr auf, den sie je gesehen hatte. Die Blätter raschelten, es klang wie ein Angriff, wie etwas, das kochte und brodelte. Dann rauschte ein Bus vorbei – ein neuer, sauberer mit Brennstoffzellen und Klimaanlage, beleuchtet wie ein Flughafen-Shuttlebus – und übertönte das Blätterrascheln mit einem geschmeidigen, festen Motorengeräusch.

Auf der nächsten Avenue ohne Straßenschilder machten die Feiernden U-Turns. Die Cambria Heights Academy. Wieder Pistolenschüsse in der Ferne.

In einer dunklen Straße sah sie ein Licht: ein trüber blauer Schein aus einem offenen Fenster. Die einsame Szene wirkte, als könnte dort ein Verbrechen geschehen. Aus einem Auto heraus sagte jemand, Hi. Auf einem Briefkasten stand Khan. Südasiatische Fahnen steckten wie Federn im Boden.

Sie schaffte es zur Hillside Avenue und schaute auf einen Wohnblock mit einem Stirnband auf blauen Neonleuchten. Ein Obdachloser mit Prophetenbart und OP-Handschuhen kam ihr entgegen, zog einen Einkaufswagen und las eine Plastikflasche aus dem Rinnstein auf. Sie kam an Backsteinhäusern mit zweifarbigen Mauern vorbei. Ein kühler Wind wehte. Die Avenue erstreckte sich meilenweit in beide Richtungen. Ihr war flau vor Hunger, Punkte tanzten vor ihren Augen. Sie ging jetzt wieder nach Osten. Ein Krankenwagen oder Polizeiauto kam ihr entgegen, ohne Sirene, nur die Lichter flackerten und blitzten wie brennende Wunderkerzen.

Ich muss nur immer weitergehen bis zum Morgen, dachte sie, und dann kann ich irgendwo etwas essen. Dann fiel ihr wieder ein, dass sie ja kein Geld hatte.

An einer Ampel hielt ein Wagen neben ihr, die Stereoanlage wummerte, aber sie ignorierte, was die jungen Männer in Baseballkappen ihr zuriefen.

Sie kam an einem lachsfarbenen Backsteingebäude vorbei, das ein islamisches Gemeindezentrum beherbergte. Die Avenue wurde breiter, erhielt einen Mittelstreifen, der Belag wurde glatter. Ein orangefarbener Bus fuhr an ihr vorbei, er trug ein N für Nassau statt ein Q für Queens. Die nächste Tankstelle war hell erleuchtet, groß, und immer noch beflaggt, als würde die Eröffnung gefeiert. Das Dach war niedriger als die Dächer der Tankstellen in den Wüsten des Westens, wo die Chinesen sie so hoch bauten, dass sie wie Spinnen auf Teleskopbeinen aussahen. Hinter dieser hier entdeckte sie hohe Bäume.

Jetzt war Zou Lei in einer der Tankstellen und starrte wie in Trance auf Kekse, Milch und Kartoffelchips, wusste nicht mehr, wie sie hineingekommen war. Männer mit hängenden Lippen in Anzug und Hemd gingen ein und aus, kauften einen Kaffee und die »Punjabi Times« und gingen wieder hinaus zu ihren Taxis. Die Wanduhr zeigte drei Uhr früh. Sie fühlte sich, als hätte die Zeit einen Sprung nach vorn gemacht.

Ein kraushaariger junger Mann mit einem ernsthaften, eifrig hingebungsvollen Auftreten stand kerzengerade hinter dem Tresen und bediente die Taxifahrer. Er hatte einen schmalen Nacken, große braune Augen und Haare an der Kehle. Er gab jedem Fahrer, der bezahlt hatte, ein freundliches *Bismillah* mit auf den Weg. Sie bat ihn um eine Tasse Wasser.

Nehmen Sie, bitte, sagte er. Ich zeige Ihnen.

Er kam aus dem verglasten Bereich und öffnete ihr die Schränke, reichte ihr einen Pappbecher. Hier ist das heiße – er zeigte auf den roten Hebel der Kaffeemaschine. Sie war so müde, dass die Erschöpfung in Wellen kam. Sie glaubte zu träumen. Ich habe kein Geld, sagte sie laut. Er schien es nicht zu hören. Als er zurück zur Kasse ging, schirmte sie die Maschine mit dem Körper ab und schenkte sich einen Kaffee mit Milch ein. Sie gab Zucker hinein und trank den Becher bis zum braunen Bodensatz aus, füllte den Becher noch einmal. Während sie trank, hatte sie ihm weiterhin den Rücken zugewandt. Sie hörte, wie die Kasse klingelte. Sie betrachtete eine Packung Twinkies, schaute nach oben in den Spiegel, legte sie wieder hin. Ein weiterer Taxifahrer kam herein. Sie ging zurück, nahm die Twinkies und ging Richtung Ausgang. Der junge Mann beobachtete sie.

Ich hole Geld, sagte sie. Ist okay?

Okay, sagte er und senkte die Augenlider.

Sie nahm die Packung mit nach draußen, leerte sie auf der Stelle und saß danach zusammengesackt auf dem Kantstein, wo sie ein paar Minuten lang einschlief. Die Träume kamen sofort: Farben, Aufruhr, Stimmen. Keine der üblichen Szenen oder Menschen, die im normalen Wachleben existieren. Ihr Geist schien durchtränkt von Wasserbildern und Gewalt. Sie glaubte, ihr Kopf würde in einem Sack einen Berg hinunterpoltern und auf Tannenbäume prallen. Halb zusammengesunken lag sie im Rinnstein unter dem bernsteinfarbenen Licht der Straßenlaternen und hatte die Beine von sich gestreckt. Knöchel und Füße waren schwarz vor Dreck. Ihre Sohlen klebten an den Badelatschen. Die Schwielen an den Füßen waren gelb und schwarz. Es hatten sich Blasen gebildet. Ihr Mund stand offen. Sie begann zur Seite zu kippen, schreckte hoch.

Sie konnte die Augen nicht fokussieren, wusste nicht, wo sie war. Sie schaute sich um und sah nichts als ein paar Lichtstreifen in schwarzen und violetten Flächen, hörte das ferne Rauschen des Verkehrs. Sie schlief wieder ein, schreckte erneut hoch, glaubte voller Angst, einen Cop auf sich zukommen zu sehen. Dieses Mal zwang sie sich, die Augen offen zu halten. Sie konnte nicht denken. Sie wusste nur, dass sie weitergehen musste, bis es Tag wurde. Sie zwang sich, aufzustehen, was schwer war. Sobald sie ihr Gewicht auf die Füße verlagerte, zuckte sie vor Schmerz zusammen. Sie schwankte, war verschwitzt und schmutzig, starrte auf ihre Füße. Die Fersen waren durch das leichte Schuhwerk lädiert. Als sie sie belastete, spürte sie den Splitt und die Steinchen in der Haut und sie gab ein schmerzerfülltes Zischen von sich. Sie hinkte zu einem Druckluftkompressor am Straßenrand und setzte sich mit dem Rücken dagegen. Sie zog die Sandalen aus und wischte den Sand von den Füßen. Die Fußsohle fühlte sich klebrig an, als wäre sie durch den Druck eine Verbindung mit dem Plastik eingegangen. Sie sah, dass die Riemen sich in die Haut gegraben hatten. Zwischen den Zehen hatten sich rote, aufgescheuerte Stellen gebildet. Wenn sie ihre Füße berührte, fühlten sich ihre Hände schmutzig an. Die Sohle war völlig abgelaufen, die Schuhe fielen fast auseinander. Sie versorgte erst den einen, dann den anderen Fuß, dann schlüpfte sie behutsam wieder in die Sandalen und stand auf.

Sie riss sich zusammen, zog die Shorts an ihren Platz. Sie orientierte sich, überlegte, in welche Richtung sie vor diesem Zwischenstopp unterwegs gewesen war, wandte sich dorthin und ging wieder los, langsam, steif.

Eine ganze Zeit lang ging sie wie im Dämmer, nahm die Dinge, an denen sie vorbeiging, nur halb wahr. Francis Lewis Boulevard. Der Belle-Aire-Spielplatz. Eine blondierte schwarze Frau trieb sich auf einer Verkehrsinsel herum. Ein Rasensprenger zischelte im Gras. Die Tür der öffentlichen Toilette stand offen, sie konnte die Kabinen und das Waschbecken erkennen. Aus zwei vorbeifahrenden Autos dröhnte Rap. Sie ging an der Auffahrt zum Grand Central Parkway vorbei, ebenso am Satya Sanatan Dharm Mandir, einem Ort der Einkehr. Ein Eisenzaun mit spitzen Zacken. Das Creedmoor-Psychiatric-Institut – die Gebäude planlos angeordnet, das eiserne Tor stand offen. Das Unkraut im Asphalt erinnerte sie an Reisfelder. Das Gelände sah verkommen aus. Eine Flotte geparkter Krankenwagen. Ein Teil des Zauns von einem Auto eingedrückt. Im Licht der Straßenlaternen sah sie einen Schatten, der nicht zu ihr gehörte. Sie schaute sich um, um zu sehen, wer ihr wohl folgte, aber da war niemand.

Meilenweit schien sie an alten Wohnblocks mit Rasenflächen und verrosteten Hinweisschildern für Atomschutzbunker vorbeizuwandern. Girish Bulsara, MD. Bala Ji Grocery. Apna Baza Cash & Carry. Patel-Halal Fleisch. Große, lange, leere Flächen. Ein mexikanischer Taco-Imbisswagen, an dem zwei Arbeiter aßen. Graffiti auf einem Verteilerkasten der Ampelanlage: NW$. Der Cross Island Parkway.

Die Gegend veränderte sich. Die Straße teilte sich und bog nach Norden. Sie kam an einer gepflegten Vorstadt-Highschool vorbei. Der schwarze Rasenplatz war säuberlich gemäht, Footballtore standen dort. Auf dem Asphalt lagen Kiefernzapfen. Die Straße war breit, flach und sauber und es herrschte fast Totenstille. Es war kühl und angenehm. Auch hier sangen Grillen.

Sie war jetzt lange gelaufen und inzwischen wieder völlig wach, glaubte, es würde dämmern und schaute in den Himmel, aber nichts deutete darauf hin: Es war immer noch Nacht, der Himmel war schwarzblau und sie konnte die Wolken erkennen. Wie spät es auch immer war, ihr Kopf fühlte sich klar und frisch an, der Rest ihres Körpers angenehm. Die Beine waren warm gelaufen und sie spürte sie nicht. Die Füße hatten aufgehört, wehzutun. Sie spürte nur den Druck beim Aufsetzen, keinen Schmerz, und den Rhythmus des Gehens. Als sie an einem Haus vorbeiging, vor dem ein Pritschenwagen geparkt war, schaute sie nach links und sah eine Mauer aus Bäumen. So konnte sie noch lange, lange weiterlaufen, und das gab ihr die Sicherheit, es bis zum Morgen zu schaffen.

Sie hörte die Autos kommen, bevor sie sie sah. Das Geräusch wurde lauter und lauter und dann rauschte der Wagen an ihr vorbei und sie sah die Hecklichter verschwinden. Sie begann sich zu fragen, ob jemand nach ihr suchte. Jeder Wagen, der sich näherte, jedes anschwellende Geräusch erzeugte eine Spannung, die auch in der nachfolgenden Stille anhielt, in der sie auf den nächsten wartete.

Was, wenn mit dem nächsten Skinner kommt?

Ein weißer Malibu raste an ihr vorbei, ohne zu halten, und fuhr in einem Teich aus Licht die schwarze Straße entlang und zwischen den Häusern hindurch in den Nachthimmel.

Nein, nein, natürlich kam er nicht. Er ist nicht hier draußen, sagte sie sich. Er hat kein Auto. Sie würde ihn später treffen. Sie musste die ganze Nacht durchhalten. Wenn am Morgen die Sonne aufging – dann würde sie ihn wiedersehen. Sie musste sehr weit gehen, aber wenn sie alles richtig machte und nicht aufgab, dann würde sie belohnt werden. Aber sie musste sich wirklich anstrengen, um das zu schaffen. Sie musste immer weitermachen, den langen, langen Weg gehen. Diesmal musst du deine Beine wirklich antreiben, sagte sie. Das wird nicht einfach sein. Er taucht nicht einfach so auf. Sie musste den ganzen Weg bis zu den Bergen zurücklegen. Dann würde er schließlich erscheinen.

Sie begann, einen Plan zu schmieden, damit die Strecke auch wirklich lang genug war. Sie würde weiter nach Osten gehen und zum richtigen Zeitpunkt wenn möglich nach Norden und dann wieder zurück. Sie würde den ganzen Weg zu Fuß gehen, bis zu seiner Wohnung, und wenn sich die Tür öffnete, dann würde Skinner dort stehen. Er würde die Tür öffnen, die Augen voller Sorge, und wenn er sie sah, würde die Sorge im gleichen Augenblick aus den Augen verschwinden und ein Stein würde ihm vom Herzen fallen. Sie stellte sich die Erleichterung und Freude vor, wenn sie ihn im Eingang umarmte. Und wollte nichts anderes mehr als sofort bei ihm sein. Es wird nicht mehr lange dauern, sagte sie sich. Und sie musste ihr Herz festhalten, denn plötzlich schien es Flügel zu bekommen und ihr aus der Brust fliegen zu wollen.

Sie schlug nach einer Mücke auf ihrem Bein, während sie an einem Beerdigungsinstitut mit weißen Säulen vorbeikam, das von getrimmten Hecken eingefasst wurde. Ein Leuchtkasten wie bei einem Motel zeigte in geschwungener Schrift einen Namen an und wünschte einen gesegneten Tag.

Nach etwa einer weiteren Meile kam sie an einem hell erleuchteten, von Stille umgebenen Drugstore vorbei und gleich darauf zum riesigen Parkplatz eines Super-Shop-&-Stop-Marktes, auf dem der Asphalt gewellt war und Einkaufswagen herumstanden.

Die Digitalanzeige einer Valley National Bank zeigte 4:59 und 21 Grad an. Das war das Zeichen, beschloss sie, auf das sie gewartet hatte. Jetzt dreh' ich um, sagte sie.

An der nächsten Kreuzung ging sie nach links, hinter einer Ladenzeile entlang; sie hörte das Summen der Kühlanlagen hinten an den Laderampen und Müllcontainern und fing an, Richtung Norden zu gehen. Die Straße war klein, dunkel und still, und sie fühlte sich wie auf dem Land. Über ihrem Kopf ragten Hecken auf, weshalb sie an einer dunklen Mauer entlangging. Hinter den Hecken mochten sich riesige Landsitze verstecken; manchmal meinte sie, einen Blick darauf zu erhaschen. Und die Bäume waren sogar noch höher als die Hecken und die Häuser. Der Gehweg war schmal und unwegsam, manchmal gar nicht begehbar, und dann ging sie auf der Straße, schaute über die Baumwipfel, um zu sehen, ob es schon dämmerte. Links über ihr schien der Mond. Sie ging an einem Krankenhaus vorbei. Einem erleuchteten Bushäuschen. Dunkler, weicher Rasen, Hecken, Fahnenmasten. Eine weiße Kapelle. Das Krankenhausgelände war mit kleinen, weißen Leuchtboxen durchnummeriert wie ein Flughafenparkplatz: 1A, 2A und so weiter. Es gab Blumenbeete, die Lüftungsanlage summte. Rasensprenger sprangen an und wässerten das Gras. Sie befeuchteten ihre Beine. Im Osten zog Licht hinter dem Wolkenpuzzle auf. Ein kleiner Lieferwagen preschte vorbei … Sie überquerte die steinerne Brücke über einen Parkway und sah ihren Schatten, der auf ein Einfahrt-verboten-Schild an der Ausfahrt fiel. Sie sah den Morgenstern. Das Lakeville Jewish Center. Die Countryside-Montessori-Schule. Auch der Gehweg war wieder da, ein schmaler Streifen zwischen Gras und Zaun. Der Himmel hatte sich verändert. Es dämmerte. Das graublaue Licht lag auf allem, auf ihr. Bäume und Blätter erschienen wie an den Himmel gesprühte Silhouetten. Sie ging jetzt durch einen Wald voller Kletterpflanzen, Weiden, herabfallende Pflanzenteile, Bärte aus Blättern, wie riesige Gesichter alter Männer aus Blättern gemacht. Sie wischte ein weiteres Spinnennetz beiseite, im Licht der Straßenlampen sah sie sogar die Spinne. Sie war richtig groß: so groß wie zwei Daumen. Sie knüpfte ihr Netz von den Telefonmasten aus. Zou Lei roch den Erdboden.

Weil der Seitenstreifen holperig war, ging sie auf dem Sand und Schotter zwischen ungemähtem Gras und der weißen Linie. Bäume und Gras dufteten stark, auch die Kiefern. Wenn Autos an ihr vorbeirasten, musste sie auf den Seitenstreifen wechseln und stolperte in den Badelatschen. Ihr Fuß rutschte und der Schuh war kaputt. Das Zehenstück löste sich. Sie setzte es wieder ein, um sie herum zwitscherten die Vögel.

Überall standen Bäume. Eine Eiche trug eine ganze Wolke aus Blättern. Man sah Efeukaskaden und Holzweidezäune. Der Mond wirkte durch den Nebel hindurch wie eine winzige Sonne. Im Osten waren die Wolken schwach rosa gefärbt und der Himmel darüber leuchtete zartblau. Das Rosa wurde stärker. Von Minute zu Minute änderte sich das Licht. Die Straße und sie waren in mattblaues Tageslicht getaucht.

Der Asphalt auf dem Highway roch nach Öl und Reifenabrieb. Auf einem Schild stand: West 495 New York. Auf einem anderen: East 495 Riverhead. Das Panorama des Himmels kurz vor Sonnenaufgang war großartig. Aus Dunststreifen wuchsen Wolkenschraffuren, die aussahen wie die linienförmigen Gräten auf glänzenden Fischbäuchen. Sie wirkten wie Röntgenbilder – milchig, überlappend, durchscheinend.

Sie ging unter dem Highway hindurch, wo die Luft wärmer war, wie in einer Wohnung. Als sie auf der anderen Seite herauskam, war der neue Tag noch heller.

Die Straße war jetzt gefährlich; sie konnte nicht sehen, ob ein Auto um die Kurve kam, und musste auf die andere Straßenseite wechseln. Sie ging an einem Golfplatz vorbei. Der Weg war voller Spinnennetze, die sie sich aus dem Haar wischte. War vor ihr niemand hier entlanggegangen? Vier wohlgenährte ältere Männer in Trikots, Stollenschuhen und Helm schwirrten auf federleichten Rädern an ihr vorbei. Die Straße führte jetzt bergauf. Vor sich entdeckte sie einen gewaltigen Wasserturm auf Stahlstützen. Ein Eichhörnchen auf einer Hochspannungsleitung. Leonardo's La Dolce Vita. Eine kreisförmige Auffahrt. Römische Statuen. Dreistöckige Bürogebäude. Vincent Jacone – Laser-Operationen. Ringelblumen, einen Basketballkorb. Einen waldgrünen Lastwagen mit gelbem Schneepflug. Einen Abschleppwagen: Appalachian. Sie roch Reifen, Benzin. Sah ein ausgebranntes Restaurant: Bombay Palace. Die Bäume, darunter ein paar Tannen, waren weit größer als die Gebäude. Die Feuerwehr von Manhasset war in einem Hollandhaus untergebracht. Dieser frühe Morgen war sonnig und zauberhaft. Auf der Spitze des Hügels erreichte sie eine große Kreuzung. Sie atmete durch, hatte den Northern Boulevard in Great Neck erreicht.

Kapitel 54

Er ging den Hügel hinauf und als er die Bäume und die Gebäude mit den Innenhöfen hinter sich gelassen hatte, kam er an einem ehemaligen Drugstore vorbei; das zerbrochene Glas lag im Schein der bernsteinfarbenen Straßenlampen auf dem Asphalt. Auf der anderen Straßenseite war ein Schnapsladen, den er jetzt ansteuerte. Der Laden selbst war ein enger Schlauch. Es gab keine Tür. Man ging einfach hinein, und die Flaschen stapelten sich bis zur Decke. Es gab McIvor-Whisky in einer Geschenkverpackung zu kaufen und Mr.-Boston-Brände.

Die Asiatin hinter dem Plexiglas saß schon seit den Achtzigern da und war freundlich wie eine Mutter. Ihre großen Lider schienen nahtlos in die Stirn überzugehen, ohne von Augenbrauen gestört zu werden, und es wirkte immer so, als sei sie überrascht und erfreut, jemanden zu sehen.

Welche?, sagte sie und lächelte und hielt verschiedene Flaschen Bacardi hoch. Die da, sagte Skinner und tippte gegen die Scheibe.

Drei ältere schwarze Männer mit Skully-Mützen kamen herein, eine Zigarette im Mundwinkel. Dieser Wichser will Chivas. Um wen geht's 'n hier? Mister Softee? Skinner schlüpfte mit seiner Flasche an ihnen vorbei und verschwand um die Ecke.

Er ging weiter die Straße entlang und hielt Ausschau nach einem Platz, wo er trinken konnte. Die Seitenstraßen waren von Wohnanlagen aus braunen Backsteinen gesäumt; jede Etage hatte eine Sonnenterrasse, die Wege waren voller Farne. Er verzog sich in eine kaum einsehbare Ecke, die von drei Gebäuden gebildet wurde, öffnete die Flasche und trank.

Fünf Minuten später versammelten sich fünf Männer um einen Lincoln, der in der zweiten Reihe geparkt hatte. Skinner steckte die Flasche weg, weil er dachte, es könnten Zivilpolizisten sein. Er verließ sein Versteck und ging die Straße hoch. An der nächsten Ecke gab es Schnapsläden, Chinarestaurants, salvadorianische Restaurants, Waschsalons und eine Bar. Er ging in eine Bodega, um sich eine Zigarette zu kaufen. Nur eine. Verkauft ihr die auch einzeln? Weiter als eine Zigarette kann ich nicht denken. Unter der gelben Markise zündete er sie an und setzte sich auf den Gehweg, hielt die Zigarette in den von der Schlägerei geschundenen Fingern und konzentrierte sich auf den Rauch, das kleine Stück glühende Asche, den Teerrauch in Nase und Rachen.

Als er aufgeraucht hatte, ging er über die im Licht der Straßenlaternen grau wirkende Avenue und dann zurück auf einer der Straßen, die parallel zur Bahnlinie verliefen – entweder die Franklin oder eine andere, es kümmerte ihn nicht. Nachdem er ein paar Minuten gelaufen war, hielt er an einer dunklen Ecke an, holte die Flasche raus und trank, als wäre der Alkohol Quellwasser. In knapp fünf Minuten trank er eine halbe Flasche. Als der Alkohol seinen Kreislauf erreichte, fing er an zu schwanken – er konnte sich nicht mehr aufrecht halten. Aber er hatte immer noch nicht genug. Er trank den Rest und verlor die Orientierung. Unbewusst fand er den Weg zu einer Baustelle am Ende einer Sackgasse. Er riss das Plastikband von den eisernen Absperrstangen vor dem Haus und trat in nassen Beton. Das Haus war von außen mit gelbem Isoliermaterial verkleidet. Er trat die Sperrholzplatte ein, die ungebetene Besucher fernhalten sollte, und stieß auf den Bruch des alten Betonbodens. Im Licht der Straßenbeleuchtung raffte er einen Armvoll Steine zusammen und ging damit aus dem Haus, dann die Straße entlang, bis er sie fallen lassen musste. Etwa sechzig Kilo Steinbrocken verstreuten sich auf dem Asphalt.

Fertig, sagte er laut und trabte mit blutenden Knöcheln und Händen voll mit weißem Betonstaub davon.

Er wusste nicht mehr, was er tat, auch nicht, dass er in der Gegend herumlief und hinter geparkten Kleinlastern von Gartenbaubetrieben Deckung suchte. In seiner Umnachtung folgte er den Straßenschildern bis zu seiner Adresse und kam erst wieder zu sich, als er an der Ecke zur 158th Street stand – immer noch so unter Alkohol, dass er nicht begriff, wer hier wohnte. Er glaubte, er sei wegen Zou Lei hier, glaubte, dass sie auf ihn warten würde. Dass sie gleich dort auf ihren starken Beinen und in den neuen Schuhen stehen würde, bereit, mit ihm zu laufen. Aber sie war nicht da.

Über den Hochspannungsleitungen hingen noch immer vergammelte Turnschuhe, wie erlegtes Wild. Er konzentrierte sich auf die Statuen im Vorgarten der Murphys. Ihm fiel wieder ein, dass er hier am Nachmittag festgenommen worden war. Das Haus war wahrscheinlich nicht leer – es brannte Licht. Hinter all dem Holz und Aluminium, hinter Rigipsplatten und Fiberglas konnte jemand sein.

Skinner torkelte über die Straße und ging direkt auf das Haus zu, bis ihn der hüfthohe Gartenzaun aufhielt. Die Mülltonnen am Straßenrand erregten seine Aufmerksamkeit. Er hielt den Kopf über eine der Tonnen, als müsste er sich erbrechen. Aber ihm war nicht schlecht. Er starrte nur auf den Inhalt. Nach einer Minute griff er hinein, zog eine Handvoll grünen Camouflage-Stoff heraus und betrachtete ihn verständnislos.

Dann zog er wie das seidene Taschentuch aus dem Zylinder eines Zauberers den Rest seiner Tarnkleidung heraus und ließ sie zu Boden fallen. Alles, was er tat und dachte, schwankte zwischen betrunken und klar, als ob sich ein Rad in ihm drehen und mit jeder Umdrehung ein anderer Teil von ihm ans Licht kommen würde. Inzwischen musste er auch das Ponchofutter wiedererkannt haben. Er starrte ihn an und murmelte irgendwas. Als er die Tonne hochhob und den Inhalt auf den Gehsteig schüttete, fiel seine gesamte Ausrüstung mitsamt dem Müll heraus. Alles flog durcheinander – Jeans, Tarnjacke, Bierdosen, seine teuren Kleidungsstücke, der U.S.-Army-Seesack mit der aufgenähten amerikanischen

Flagge, seine Zeitschriften. Alles war mit verdorbenem Hähnchen verschmiert. Er ließ die Tonne fallen, die auf die Straße rollte. Der Gestank haute ihn um. Fliegen stoben auf und setzten sich auf seinen Kopf.

Ein paar Sachen waren offenbar nicht in den Müll gewandert. Er vermisste den Laptop und sein Handy. Im Halbdunkel fummelte er im Müll herum und stieß auf einen Sneaker, der aber nicht ihrer war, sondern seiner, und er ließ ihn fallen.

Dann ertasteten seine Hände etwas, was ihn aufmerken ließ. Er tastete weiter, wollte sichergehen, umklammerte es, fühlte, was das war. Er war auf seinen Kampfrucksack gestoßen. Er wühlte nach der schweren, L-förmigen Waffe. Sie war da. Ein Jubelruf entfuhr ihm. Während sich Fliegen auf sein Gesicht setzten, zog er sie aus dem Rucksack.

Er stand auf, warf einen Blick nach links und rechts und ging die Auffahrt zur Haustür hoch. Er zog den Schlitten zurück, spannte die Pistole und ließ eine Patrone in die Kammer gleiten. Er war immer noch völlig betrunken und untersuchte die Waffe genau, um ganz sicher zu sein, dass sie funktionieren würde. Er schaute noch einmal die Straße auf und ab und da er nur Lichtwirbel sah, drückte er auf die Klingel.

Zwanzig Sekunden vergingen. Irgendwo im Haus waren leise Stimmen zu vernehmen. Dann hörte er Schritte, die die Stufen zur Diele hinunterdonnerten. Eine Hand hinter dem Rücken wie ein Verehrer, der Blumen brachte, stellte er sich so vor die Tür, dass er durch den Spion gesehen werden konnte. Mit dem Daumen legte er den Sicherheitshebel um. Dielenbretter knarrten, und hinter der Tür stand Jimmy.

Du verschwindest besser.

Ich vermisse noch ein paar Sachen.

Keine Antwort.

Schau mal, sagte Skinner und klang betrunken, du kannst sturen Hund machen, und ich sorg dafür, dass du die ganze Nacht wach bleibst. Oder du kannst cool sein und mir einfach den Laptop geben.

Das Schweigen dauerte an, eine, zwei, drei, vier, fünf Sekunden.

Der Riegel wurde zurückgezogen. Skinner atmete tief durch. Die Tür öffnete sich. Er machte einen Schritt nach vorn und legte auf Jimmy an.

Jimmy versuchte die Tür zuzuwerfen, und Skinner schlug sie auf. Jimmy polterte die Stufen hoch, durch die Küchentür. Skinner stieß gegen den Türrahmen, fand sein Gleichgewicht wieder und sprang ihm hinterher in die Wohnung. Jimmy war schon durch die Küche in den Tunnel des blauen Flurs verschwunden. Er griff nach dem Geländer und lief die Treppe hinauf. Skinner flog durch die senfgelbe Küche, sein Stiefel schlug auf dem Linoleum auf. Mit dem nächsten Schritt war er bereits im Flur. Jimmy war nicht zu sehen. Mit einem weiteren Sprung stand Skinner am Ende des Flurs, dessen dunkle Wände die Wirkung von Scheuklappen hatten. Er griff nach dem Geländer und sprang die Treppe hoch. Zwei Meter vor ihm versuchte Jimmy mit aller Macht wegzukommen und schritt aus wie ein Bergsteiger. Skinner zielte auf Jimmys Unterhemd und drückte ab.

Der Knall des ersten Schusses hörte sich an wie ein explodierender Reifen in einem geschlossenen Raum. Skinner war taub. Er hörte den Schrei nicht. Ein Bild fiel von der Holzimitatwand auf den Absatz. Jimmy stürzte in ein Zimmer. Skinner rannte hinterher und schoss in Richtung Zimmer. Nur ein Klicken, ein Leerschuss. Er zog den Schlitten zurück. Eine Patrone sprang heraus und landete auf dem Boden. Er zielte wieder auf das Zimmer, blinzelte und schoss.

Der Knall des Schusses drang durch die Spanplatten bis in den letzten Winkel des Hauses.

Skinner ging in das Schlafzimmer. Dort stand eine Stereoanlage, ein Poster hing an der Wand. Die Jalousien waren schief. Jimmy lag halb hinter dem Bett, seine langen Beine schauten hervor. Er atmete schwer.

Skinner richtete die Pistole auf ihn und stieß seinen Fuß an.

Jimmy wandte den Kopf zur Seite.

Geh einfach.

Einfach was?

Geh einfach, Mann.

Augenblick noch, sagte Skinner. Er lehnte sich vor und hielt die Waffe an Jimmys Hinterkopf. Jimmys weiches braunes Haar war eine Nuance heller als seins.

Spürst du das nicht?

Nein, Mann.

Hör mal zu. Ich hab' keine Ahnung, was du mit ihr gemacht hast.

Ich hab' überhaupt nichts mit ihr gemacht, Mann.

Hör mir gut zu. Ich hab' keine Ahnung, was du mit ihr gemacht hast, und mir ist klar, dass ich es nie wissen werde. Wissen ändert auch nichts. Ich weiß es bereits.

Hör mal, Mann, ich hab' nichts gemacht.

Aber klar doch.

Nein, sagte Jimmy.

Skinner drückte aus kürzester Entfernung ab und Jimmys Kopf machte einen Satz. Eine leere Hülse fiel auf das Bettzeug.

Die Lampe kippte und warf einen Lichtkegel auf die weiß verputzte Wand.

Skinner wich zurück, ging rückwärts durch den unsichtbaren Pulverschleier, blinzelte den Körper an, der so tot war wie eine Schaufensterpuppe. Die Beleuchtung war bizarr. Er wich vor dem zurück, was das Licht zeigte. Seine Ohren dröhnten. Andere Lampen gab es nicht. Dieses Stockwerk des Hauses lag im Dunkeln, in der wahren Dunkelheit des menschlichen Lebens, und je weiter man sich hineinbegab, desto schwärzer wurde sie. Er roch das Haus und sah die Wäsche auf dem Boden liegen.

Sie müssen mir helfen, da schießt jemand in meinem Haus, sagte sie zum Mitarbeiter der Notrufzentrale.

Nur ruhig, sagte der Mitarbeiter. Nicht auflegen.

Erin war nach draußen gerannt, hielt Abstand zum Haus und hyperventilierte.

Ich hab eine Scheißangst, keuchte sie.

Skinner stapfte in seinen Stiefeln die Treppe hinunter und zielte mit seiner Waffe auf alles, was er sah. Aber er sah niemanden. Als er an der Treppe zum Keller vorbeikam, wollte er noch einmal nach Zou Lei rufen, hören, ob sie antwortete, aber er konnte seine eigene Stimme nicht ertragen. Er überlegte, hinunterzugehen und nachzusehen, ob sie da war, aber er wusste, wenn sie nicht dort wäre, würde er hier sein Leben beenden. Also beschloss er, das Haus zu verlassen.

Er benutzte den Seitenausgang, eilte die Auffahrt hinab und ging dann schnell und unauffällig um die Ecke, stieg über den ausgekippten Müll und trat auf seine Besitztümer, ohne dass er es merkte.

An der Ecke verfiel er in einen Trab, weil er meinte, Sirenen zu hören.

Ohne Zweifel, es waren eindeutig Sirenen.

Er rannte über die offene, von Straßenlampen beleuchtete Fläche der Avenue zu den schwarzen Bäumen und der Bahnlinie und den Felsblöcken auf der anderen Seite.

Ein untersetzter Mann, der auf der anderen Seite der Avenue ging, blieb stehen, als er Skinner auf sich zu rennen sah, ging ein, zwei Schritte rückwärts und hob die Arme.

Skinner rannte vorbei, ohne ihn anzusehen, die Pistole noch immer nach vorn gerichtet, die Schienbeine wie Besenstiele, die auf und ab hüpften. Er rannte und wirkte erschöpft, als würde er stolpern und fallen, ein Mangel an Koordination. Das feuchte schwarze T-Shirt flatterte an ihm, sein geschorener Kopf schaute in Richtung der heranrasenden Sirenen und der rot-weißen Lichter, die sich auf der Avenue näherten.

Nachdem Skinner ihn passiert hatte, ließ der Mann die Hände

sinken und machte einen weiten Bogen um den düsteren Bereich unter den Bäumen herum, in dem Skinner verschwunden war.

Die Sirenen wurden lauter und lauter und lauter, bis sie in brüllenden Schockwellen gipfelten und man die Motoren hören und das Beben des Asphalts spüren konnte, während die Streifenwagen entlang der Viaduktbogen und durch die Bäume hindurch näher kamen. Der erste Streifenwagen brauchte nur ein paar Sekunden, bis er mit ohrenbetäubender Sirene in die 158th Street einbog. Der nächste Wagen kam aus Richtung Bayside durch die Dunkelheit. Es wurden immer mehr. Die roten Lichter schlugen an die Häuser und an das Gesicht des Mannes, der sie eintreffen sah.

Schnell war die Straße voller Streifenwagen, zu viele, als dass sie hätten wenden können, und so hielten sie mitten auf der Avenue. Die Beamten sprangen heraus und rannten zum Tatort; sie hatten die Hände über die Holster gelegt, die Ausrüstung schlenkerte an ihrem Gürtel, die Schlüssel klirrten. Ein paar gingen absichtlich langsam.

Wie viele waren da?, brüllte jemand. Hat jemand ihn gesehen, als er das Haus verließ?

In sicherer Entfernung standen Mexikaner in den Türen, verschlossene Gesichter, die in schnellem Rhythmus rot aufleuchteten und wieder in der Dunkelheit versanken.

Ein erfahrener, grauhaariger Cop bemerkte den Mann, der auf der Bahnseite der Avenue stand.

Haben Sie etwas gesehen?

Der Mann nickte, *Sí*, und zeigte zur anderen Seite auf die Bahnlinie.

Kapitel 55

Die Polizei machte Platz für die Krankenwagen und wies die Sanitäter ein.

Das Haus ist sauber! Macht schon!, brüllten sie.

Sie wollten unbedingt ein Leben retten.

Aber im ersten Stock lag Jimmy mit zerborstenem Schädel. Die Cops, die den Sanitätern auf der Treppe entgegenkamen, sagten, Bemüht euch nicht.

Sicher?

Ganz sicher.

Sie drehten um und gingen wieder.

Für Jimmy wurden die Kriminalbeamten gerufen. Distinguiert aussehende Herren in schwarzen Anzügen und Pork-Pie-Hüten. Einer trug ein Einstecktuch, das nach Lavendel duftete. Sie stiegen nach oben ins Schlafzimmer.

Jimmy war mit dem Gesicht nach unten getötet worden. Einer der Beamten wollte die Leiche umdrehen, um ihn zu sehen.

Falls die Leiche ein Mensch war, dann war inzwischen ein Mischwesen daraus geworden, ein Hybride mit pflanzlichen Anteilen. Aus dem Schädel wuchs eine Art Stängel, als hätte er herrenlos draußen herumgelegen und im Laufe vieler Jahre war etwas durch ihn hindurchgewachsen. Tatsächlich aber war der Stängel in ganzer Länge in weniger als einer tausendstel Sekunde entstanden. Er war gesplittert und in sich verdreht wie bei einem explodierten Party-Popper, wie Fingernägel, die jahrzehntelang in Spiralen gewachsen waren.

Hast du Dim Sum gegessen?, sagte einer der Kriminalbeamten

und spielte dabei auf das schleimige weiße Gewebe im Blut an, das den Gelatinenudeln in den kantonesischen Snacks ähnelte.

Unten fand ein eifriger Berufsanfänger Mrs. Murphy, die in ihrem Schlafzimmer zusammengebrochen war. Sie konnte sprechen und fragte, ob ihr Sohn noch lebte. Die Beamten versuchten, so viel wie möglich von ihr zu erfahren. Die Sanitäter kamen zurück, sahen, wie ihre Hände blau anliefen, und setzten einen Defibrillator ein, um sie zu reanimieren. Sie legten sie auf eine Plane und rollten sie auf die Bahre, was aufgrund ihres Umfangs eine echte Herausforderung war, und im Krankenwagen kollabierte sie erneut, bevor sie überhaupt losgefahren waren.

Später standen die Kriminalbeamten vor dem Haus und verglichen ihre Aufzeichnungen, redeten, während der Kühlwagen eintraf und drei große Schwarze in Overalls und Gummistiefeln hinaufgingen und Jimmy in einen Leichensack legten.

Die Mutter hört die Klingel. Der Sohn geht zur Tür. Sie hört, wie sie reden, versteht aber nicht, was. Dann die Schüsse. Sie hört sie durchs Haus rennen.

Das sagt die Mutter?

Sagt die Mutter. Sie war in ihrem Zimmer und hatte Angst rauszukommen, also hat sie niemanden identifizieren können. Sie ruft ihren Sohn und erhält keine Antwort. Aber sie sagt, sie weiß, wer es getan hat.

Der Nachbar von unten.

Stimmt. Sie haben sich schon mal gestritten.

Aber die Mutter ist nicht mehr?

Leider weilt sie nicht mehr unter uns.

Aber die Tochter könnte ihn identifizieren?

Das hat sie gesagt.

Erin stand auf der Straße, umgeben von Nachbarn. Viele von ihnen waren Ausländer, die sie nicht kannte. Ein Cop versuchte mit ihr zu reden, aber sie rannte schreiend davon. Sie hatte ein Handy am Ohr, sie schluchzte, die Fragen prasselten auf sie ein, sie war hysterisch. Barbara Gambias Tochter, ein breitschultriges Mädchen mit Zopf, löste sich aus der Mauer der Gaffer in der rot gescheckten Dunkelheit und lief auf sie zu, rief, Erin!, und versuchte, sie in den Arm zu nehmen.

Erin drehte sich zu ihr und kreischte, Irgendein Arsch hat gerade mein Leben ruiniert! Meinem Vater sind wir so egal, dass er nicht mal hier ist. Und alle anderen sind tot!

Skinner rannte zwei Meter die Felsbrocken hoch, fiel auf die Knie und kletterte bis nach ganz oben; er trat einen Schwall von Erde und Geröll los, der auf den Gehweg flog. Sobald es ging, sprang er auf und stürmte durch eine Wand aus umknickenden Brombeerbüschen in eine kleine Straße, die parallel zur Bahnstrecke verlief. Das Schlagen der Stiefel und sein scharfes Zischen beim Atemholen übertönten jedes Geräusch.

Er befand sich in dem schmalen Spalt zwischen der Rückseite einer Reihe alter sechsstöckiger Backstein-Wohnhäuser und einer Stützmauer aus Beton entlang der Bahnstrecke. Er hätte aus Versehen an die Mauer stoßen und dabei die Waffe abfeuern können.

Draußen auf der Avenue rasten die Sirenen vorbei und warfen rote Lichtblitze auf die Bäume und den Müll in den Lücken zwischen den Gebäuden.

Kraftlos und in Panik blieb er stehen, starrte auf die rot aufleuchtenden Lichtmulden. Der Durchgang hier versprach Sicherheit, aber das war eine Täuschung. Es war einfach ein langer, gerader Weg. Die Cops mussten nur einen Suchscheinwerfer auffahren, und schon würden sie ihn sehen.

Tief gebückt schlich er zur Stützmauer, legte die Waffe obendrauf und zog sich hoch, griff die Waffe und kletterte durch Matsch und Blätter hastig zum Bahndamm, wich Kletterpflanzen aus und benutzte die Bäume als Halt.

Zwischen ihm und den Schienen war ein Maschendrahtzaun. Das Drahtnetz hatte sich oben an den Pfählen gelöst und sackte ihm jetzt entgegen, als er darüberklettern wollte. Mit einer Hand war es nicht zu schaffen, also überprüfte er den Sicherungshebel und warf dann die Waffe über den Zaun. Sie schlug auf dem Geröll auf und er kletterte. Äste behinderten ihn. Er griff in ein Stück Stacheldraht und etwas Spitzes bohrte sich in seine Handfläche. Er zog die Hand ruckartig weg. Er stützte sich mit den Armen ab und schwang ein Bein über den Stacheldraht, verkeilte den Schuh in einer Drahtmasche und zog das andere Bein nach. Seine Shorts verhakten sich, aber er konnte sich befreien. Er ließ sich fallen und landete mit dem Hintern auf dem Geröll. Die Pistole lag neben einer Bahnschwelle. Er hob sie auf, ging wieder los und stellte fest, dass Schienen, Bäume und Himmel unterschiedlich schattiert waren.

Ich könnte einfach immer weitergehen, dachte er, die Knarre wegwerfen. Niemand weiß, wo ich bin. Ich könnte einfach immer weitergehen. Wieder nach drüben gehen und anheuern. Könnte ein Ticket in den Irak kaufen. Ich könnte als Söldner gehen. Ich könnte als alles Mögliche gehen, einfach gehen, da weitermachen, wo ich aufgehört habe. Da kommen sie bestimmt nicht hin, um mich zu holen. Ich geh gleich noch heute Nacht und sage, Hier bin ich, Sir, bereit zu kämpfen, Sir, dann habe ich es geschafft.

Und er schaute durch die Nacht und fühlte sich wie im Krieg, und die Freiheit, für die er stand, würde dort beginnen, wo sein Blickfeld endete, in einem anderen Vorort der Stadt.

Eine halbe Meile später verlief die Trasse schon unterhalb der Straße. Die angeschrägten Mauern bildeten einen tiefen, v-förmigen Einschnitt mit ihm in der Mitte; rechts und links ragten, noch höher, zwölfstöckige Wohnblocks mit Eigentumswohnungen auf. Der Himmel war ferner gerückt, der Blick auf ihn hatte sich verengt. Vor ihm kreuzte eine Brücke die Gleise, er konnte den Lärm des darüberrollenden Verkehrs hören. Polizeisirenen hörte er nicht mehr. Direkt vor ihm verschwanden die Schienen im Maul eines Tunnels, einem schwarzen Loch aus nichts.

Er blickte nach vorn auf die Brücke, über die Autos fuhren und die Lichter der Busse sich bewegten, die aus seinem Blickwinkel jedoch nicht zu sehen waren. Was er sah, war der Halo von chinesischen Leuchtreklamen. Samstagabend wurde auch spät noch gearbeitet, frittierte Hähnchenflügel mit Pommes frites für die Menschen, die aus den Bars kamen, Paare auf dem Heimweg mit einer Styroporschale in Händen, um gemeinsam noch etwas Warmes zu essen.

Sie lutscht das Ketchup von seinem Finger, den er ihr in den Mund steckt, das Fenster steht offen, um die Hitze im Zimmer zu vertreiben, und Straßengeräusche fluten herein, während sie die Schenkel öffnet.

Sie verwandelt sich in eine Irakerin, die in einem Graben auf dem Rücken liegt, die Knie gespreizt, als würde sie die Fliegen gebären, die sie umschwirren, oder das Lachen seiner Einheit. Kriegsbilder stoben aus seinem Kopf und projizierten sich wie Textnachrichten auf die schwarze Leere des Tunnels. Jede Szene entsetzte ihn und verursachte Ekel. Der Höhepunkt war Jimmys auf den Boden gepresstes Gesicht, die Beretta an seinem Kopf, der Mund, sein Betteln, am Leben bleiben zu dürfen, die Bedeutsamkeit dieser Worte, der Entschluss, trotzdem zu schießen. Der Kopf, der einen Satz machte, und das Blut, das aus Mund und Nase floss. Der Körper war ein Plastikmännchen, das zu einem Ventil wurde; Blut floss ihm aus Mund und Nase, als sei dies sein einziger Zweck. Das tote Blut rauschte wie ein Strom aus einem Schlauch. Es klang nach Leben, aber der Körper war tot. Die blicklose Leiche zuckte, als wollte sie aufstehen. Die Augen sahen wie die eines gehirnamputierten Zombies aus, oder eines Debilen, oder eines Soldaten im Krankenhaus, der auf eine Sprengfalle geraten war und schwere Gehirnverletzungen erlitten hatte.

Der Blutstrom floss etwa zehn Sekunden lang. Mit dem Blutschaum kamen Gehirngewebeteile. Der Mund stand offen, atmete aber nicht.

Die Leiche hörte auf zu zucken. Der Strom aus dem Mund versiegte, aber aus der Nase floss es weiter. Dann wurde auch das zu einem Rinnsal und hörte ganz auf und der Körper lag ruhig da wie der eines Schlafenden.

Er hatte noch überlegt, Bist du okay? Hab ich dir wehgetan? Ruhst du dich nur aus? Willst du, dass ich einen Arzt hole?

Willst du, dass ich deine Mutter rufe? Eine Frau, die dir nahesteht? Jemand, den du nicht missen möchtest?

Oder ist sie auch gegangen? Ist sie dir vorausgeeilt? In diesem Fall solltest du dich beeilen und ihr folgen, bei ihr bleiben, auf den Avenues und durch die Parks. Sei auf einen langen Lauf gefasst, bei dem du alles aus dir rausschwitzt, dich reinigst und für einen neuen Anfang bereit machst. Also trink Wasser, mein Freund, und trink viel!

Die Brücke, wurde ihm klar, würde ihn zu dem Park bringen, in dem er heute Morgen trainiert hatte, und von dort aus waren es nur zwei oder drei Blocks zu der Polizeiwache an der Union Street, wo er den Nachmittag verbracht hatte. Wenn er versuchte, dort hochzuklettern und in Chinatown nach Zou Lei zu suchen, dann würde ihn ein Streifenwagen entdecken, und welche Zukunft ihm dann bevorstünde, war ihm nur allzu klar. Ein emotional verkümmerter Dreiundzwanzigjähriger mit Highschool-Abschluss und einer dürftigen Wehrdienst-Akte – hier stand er in Basketballshorts, nur zwei Meilen von dem Ort entfernt, wo er einen Zivilisten getötet hatte. Was auch immer passieren mochte, er hatte sie verloren und würde sie auch nie zurückbekommen.

Die v-förmigen Mauern der Bahnstrecke waren voller Graffiti, Wörter, kaum sichtbar, wie ein Elefantenumzug in der Nacht. So weit er sehen konnte, hatte jemand in fast fünf Meter hohen Buchstaben MS-13 an die Wände gesprüht. Hinter ihm sah es genauso aus, ein gigantischer, geschriebener Mega-Schrei die ganze Strecke entlang, die er gekommen war. Er hörte das gespenstische Geheul von Kämpfern, die die letzte Verteidigungslinie durchbrochen hatten und eine Stadt stürmten.

Der Tunneleingang war schwarz. Er marschierte hinein, der Schotter knirschte unter seinen Stiefeln. Die Graffiti setzten sich fort, aber er sah nichts, nur totale Nacht, sah nicht einmal, wohin er trat. Er blieb stehen, und das Knirschen hörte auf.

Obwohl die Trauer ihn zu überwältigen begann, war er sich seiner Schuld bewusst. Er hätte sie für etwas anderes eingetauscht, und das bereute er, aber selbst seine Reue hatte Grenzen. Das war der Preis für das Geschenk, das Sconyers und er erhalten hatten. Sie hatten gelernt, dass alles zerstört werden konnte, und sie hatten es zerstört. Und sie hatten gelernt, wie Zerstörung aussah. Alles andere gab es nicht mehr. Sie war weg. Ihm war nur das geblieben, was er wusste, aber dieses Wissen war essenziell. Sogar als er mit geschlossenen Augen weinte, wusste er, was im Tunnel auf ihn wartete.

Er legte den Sicherheitshebel um, setzte die Pistole seitlich an den Kopf, atmete ein, als wäre es nicht das letzte Mal, sagte sich, dass es nur einen Weg gab, sie wiederzusehen, und drückte ab.

Es tut mir so leid. Ich kann gar nicht sagen, wie leid es mir tut.

Im pechschwarzen Tunnel explodierte ein kugelrunder Blitz mit einem blauen Ring an seinem Kopf. Der Kopf schnellte zurück und sein Körper fiel zu Boden, die Knie ans Gesicht gezogen. Der Rückstoß ließ den Arm zur Seite fliegen und die Pistole überschlug sich.

Er starb in den nächsten zwei Minuten, ein Organ nach dem anderen versagte. Das Herz hörte auf zu pumpen. Er gab ein würgendes oder seufzendes Geräusch von sich, das niemand hörte. Sie besuchte ihn nicht oder hielt seine Hand. Fünf Minuten später war die Körpertemperatur schon auf 35 Grad gefallen und sank während der Nacht kontinuierlich, bis sie sich an die Temperatur des Schotters unter seinem Körper angepasst hatte.

Kapitel 56

Sie wollte nicht mehr laufen, ging aber trotzdem weiter. Ihr Magen war leer, sämtliche Energiereserven waren aufgebraucht. Die Beine wollten nicht mehr. Im Laufe der Nacht hatte sie etwa dreißig Meilen zurückgelegt, vielleicht auch mehr. Sie wusste nicht, wie weit sie noch gehen musste, nur, dass es immer geradeaus ging. Die Straße führte jetzt bergab an Sumpfgras vorbei und bergan auf eine Highway-Kreuzung zu; die Highway-Schilder glitzerten in der goldenen Sonne: JFK-Belmot Aqueduct, Throgs Neck Bridge. Schon der Anblick der Hängebrücke, die sich in der Ferne blass über das Gras in den blauen Himmel hinein erhob, war schwer zu ertragen – allein zu sehen, wie weit es bis dahin war. Langsam, mit zwei Meilen pro Stunde, hinkte sie voran, während hinter ihr die Sonne wieder zwei Handbreit höher wanderte. Ihre Füße waren lädiert, sie hatte Angst, sie anzusehen. Wenn sie eine Pause einlegte, schaffte sie es vielleicht nicht mehr, weiterzugehen. Der Verkehr floss fast geräuschlos an ihr vorbei. Es war ein ruhiger Sonntagmorgen. SUVs warteten an der Ampel, niemand überquerte die Kreuzung. Sie war die einzige Fußgängerin. Und während sie mit schmerzenden Füßen näher kam, wurde es grün und die Autos fuhren los und sie hinkte in der darauf folgenden, kurzzeitigen Stille weiter, vorbei an koreanischen Geschäften, Autohäusern, Showrooms, die alle geschlossen waren. In den schäbigen Häusern der Seitenstraßen schliefen die Menschen. Oder sie waren einfach still, standen auf und gingen zum Kühlschrank, holten sich Milch, die Gesichter noch gezeichnet vom Schlaf. Aber ohne Angst. Sie konnten sich in ihre Küche setzen und Kaffee trinken. Sie hatten ein Dach über dem Kopf, das vergilbte, einen elektrischen Ventilator, eine Dusche, einen Job, zu dem sie am Montag gingen, und den Lebensmittelladen für nachmittags. Sie stellte sich rote Steaks vor, die in Plastik eingeschweißt in den Kühltruhen des Lebensmittelladens lagen, das Fleisch in ihren Fingern weich und kalt und das Fett hart. Ihrem Fleisch war das Fett entzogen worden – sie konnte es fühlen –, um die Beine in Bewegung zu halten. Ich muss eine Pause machen. Sie stützte sich auf eine Parkuhr. Die großen Fahrzeuge zischten in der Sonne auf dem Northern Boulevard an ihr vorbei. Es gab griechische Restaurants, Steuerberater- und Anwaltsbüros und die Schilder der Bushaltestellen, die niedrigen Schatten der Markisen und an der Ecke eine koreanische Kirche, groß wie ein Hügel. In ihrem Rücken durchzogen wie dahingehaucht Wolken den blauen Himmel und das weiße Flirren der Sonne. Ihr Schatten wurde kürzer, hatte fast keine Beine mehr. Sie schaute den Boulevard hinab, hielt Ausschau nach Skinner, irgendwo jenseits der geschlossenen Geschäfte, nach den niedrigen Dächern, die sich weiter und weiter in die menschenleere Ferne erstreckten, und ging wieder los. Am Horizont ballten sich Wolken, auf die sie zuging.

Während sie eine Straße mit einem hohen Kantstein überquerte, gingen ihre Schuhe endgültig kaputt. Utopia Parkway. Sie waren nicht mehr zu retten, also versuchte sie, sie auf andere Art am Fuß zu befestigen – wenn sie doch bloß ein Stück Seil hätte –, aber es ging nicht. Sie versuchte zu gehen, indem sie den Steg mit den Zehen festhielt, aber das machte es nur schwieriger. Also ließ sie sie einfach auf der Straße liegen und ging ohne sie weiter, versuchte, nicht mit den Blasen aufzutreten. Der Gehweg zerriss die Haut an ihren Füßen. Sie würde ärztliche Hilfe brauchen. Sie sah abgehärmt aus. Ihre Füße waren schwarz und an den Seiten blutig. Sie schaute nach unten und sah den Eiter. Dann kam sie an einen kleinen Platz, an dem eine andere Straße abzweigte, wie ein Nebenfluss zum Northern Boulevard – Sanford Avenue, zwischen verfallenden Gebäuden, einem koreanischen Bestattungsinstitut, Parkbänken, kleinen Bäumen, Glasscherben und geparkten Autos, die wirkten wie Steine an einem Flussufer. Eine Achtelmeile voraus kreuzten die Gleise über den Blumen- und Zeitungsläden den Boulevard. Der Graffito auf dem Metallpfeiler der Brücke lautete: DEN RIP.

Du hast es geschafft, sagte sie und ging ungeachtet der Schmerzen weiter. Sie schaute in den Himmel, hielt nach einem Falken Ausschau, oder vielleicht einem Flugzeug, und sah Möwen. Sie saßen auf den Stangen eines Gerüsts. Mit blutenden Füßen ging sie über den weißen Guano, der sich kühl und feucht anfühlte. Inzwischen war sie unter dem grauen Himmel angekommen, den sie aus der Ferne gesehen hatte. Es war warm und würde bald regnen. Auf einem Brett stand: Wir binden Kränze für Beerdigungen. Der Food Mart bot hochwertige Zigarren an. Steve's Coffee Shop. Fratelli's Pizzeria. Ein 7&7 Deli Supermarkt. Wir akzeptieren WIC-Lebensmittelmarken. Über den Läden der rechtwinklig angeordneten Backsteingebäude schliefen bei geöffneten Fenstern Menschen in ihren Wohnungen; auf den zerrissenen Markisen saßen Tauben. Bier – Limo – Lotto. Milk Barn Farms. Dairy-Deli-Lebensmittel. Telefonkarten. Subway-Tickets. Eine verblasste Reklame für Wildschweinfleisch. Drinnen saßen erwachsene Männer an Spielautomaten neben Kartoffelchipsständern. Das New-Asia-Restaurant, gegründet 1989, dem Jahr von Tiananmen. Kleinlaster von Gartenbaubetrieben. Eine Reihe von ausgebrannten, vernagelten Läden. Auf einem Zettel stand: Victor Han, Architekten. Das Graffito auf dem Brett: Blunts. Das t bestand aus Teufelshörnern. Stirb 666. Leiser's Liquors. Um eine kaputte Parkuhr war ein Sweatshirt gewickelt. CSNR. Romer. Big Dick Fuck All Day. MS-X3. Auf der Tafel mit den Auftraggebern stand: Ausführung von Hua Fong Construction Inc. Feeney's Tavern: zwei grüne Tauben und eine kleine grüne Tür, Nummer 2401.

Sie ging die Sanford Avenue entlang, vorbei an einem leer stehenden Haus, das von der Polizei versiegelt worden war, aber vielleicht trotzdem genutzt wurde; die Seitenwände verrußt und voller Graffiti, der Garten hinter dem Haus überwuchert. Mexikaner warteten auf den Bus. Zwischen den vierstöckigen Ghetto-Wohnblocks wuchs Unkraut, hohes Gras, Reifen lagen herum, Verkehrshütchen, schweres Baugerät, die Gebäude stießen rechtwinklig aneinander, alles hier geriet aus den Fugen. Gleich nebenan waren Mexikaner mit einem Maschinenpark im Vorgarten dabei, die Tür eines kaputten silber-goldenen Impala zu reparieren. Weiter drüben fuhr die Long Island Rail Road. Die Graffiti an den Steinen: GLCS. Pocos Pero Locos. Ein Herz und Brazalhax Y Soldado.

Im Rinnstein sah sie den verstreuten Müll und die Tarnausrüstung liegen. Das gelbe Absperrband der Polizei zog sich bis weit in die Auffahrt hinein. Unter den Sachen erkannte sie auch einige wieder, die ihr gehörten. Sie ging zur Haustür der Murphys und klopfte. Man konnte Vögel und Autos hören. Während sie wartete, röhrte jenseits der Avenue an den Bäumen der Zug aus Port Washington vorbei. Sie strich ihr Haar zurück und bereitete sich darauf vor, Englisch zu sprechen.

Mit verweinten Augen öffnete die Tochter die Tür. Kann ich helfen?

Zou Lei versuchte, sie nach Skinner zu fragen.

Und was hast du mit ihm zu tun?, fragte die Tochter.

Du bist wer?

Ja, entschuldige, aber ich muss wissen, wer du bist, falls die Cops mit dir reden wollen.

Zou wer?

Okay, vielen Dank.

Ich geb ihnen eine Beschreibung von dir.

Was mit Skinner ist? Du meinst dieses Stück Scheiße, das hier mal gewohnt hat? Über den weiß ich nichts.

Epilog

Die Wüste, in der sie sich wiederfand, war größer als alle anderen, die sie bisher gekannt hatte. Sie war eine große Entdeckerin, es konnte nicht anders sein. Ödland der unwirtlichsten Art. Mineralformationen. Kein Trinkwasser. Sie schätzte, dass es länger als ein Leben brauchte, um sie zu durchqueren. Und sowieso mehr Zeit, als sie haben würde. Wie ein Raumfahrer, dachte sie. Aber sie hatte sich nun mal hineinbegeben, also wollte sie sie wie eine Nomadin durchqueren, das war ihr vertraut. Wenn sie irgendetwas zu sehen erwartete, dann die Gräber der anderen Einwanderer, ihre nur halb begrabenen Körper zwischen den abrasierten Baumstümpfen. Das Land war so riesig, dass sie keine Hoffnung hatte, jemanden zu treffen, den sie kannte, weder Mutter noch Vater. Wann immer sie Menschen sah, waren sie zu fern, um sie zu erkennen. Und niemand rief, Tochter, ich erinnere mich an dich. Wohin gehst du? Bleib bei uns und iss mit uns.

Nicht in dieser Einöde.

Sie stieg an einem Ort aus dem Greyhound, wo die Sonne einen zwang, die Augen zu schließen. Sie setzte die Baseballkappe auf, deren ausgeblichene, blaue Baumwolle ganz heiß war, um den Augen Schatten zu spenden, damit sie sah, wohin sie ging. Sie begegnete Mexikanern in Jeans und Strohhüten, Frauen mit breiten Hüften, großen Brüsten und Augen geschminkt wie Kleopatra, die Säcke mit Kleidung, Kinderspielzeug und Reis trugen. Sie kletterten in Autos von manchmal zwielichtigen Familienangehörigen, die in diese Wüste gekommen waren, um sie hier aufzulesen.

Dieses Mal war sie aus Queens gekommen, wo sie über das Absperrband gestiegen war und versucht hatte, seine Decke oder irgendetwas anderes aus dem Müll zu retten, was noch zu retten war. An Geld hatte sie dabei zuallerletzt gedacht. Sie wollte nur etwas haben, was sie an ihn erinnerte. Aber so hatte sie ihre Asics wiedergefunden, und in ihren Asics die Bankkarte, die sie entdeckte, als sie den rechten Schuh anzog und ihr gepeinigter Fuß auf etwas stieß.

An die PIN konnte sie sich problemlos erinnern. Sie hob zweihundert Dollar ab, kaufte Singapore-Bratnudeln, nahm ein Taxi zur Notfallpraxis, aß dort die Nudeln und schaute Reality-TV, bis der falsche Name aufgerufen wurde, unter dem sie sich angemeldet hatte, und eine Schwester ihren Fuß untersuchte.

Das ist ja schrecklich. Wie haben Sie das denn geschafft?

Ein paar Stunden später verließ Zou Lei das Krankenhaus mit bandagierten Füßen und einer Blisterpackung Antibiotika; wieder nahm sie ein Taxi und fuhr zur Crommelin Street.

Die nächsten zehn Tage verhielt sie sich so unauffällig wie möglich, ging immer wieder zum Geldautomaten und hob das tägliche Maximum ab, bis Skinners Guthaben aufgebraucht war.

Als ihre Füße geheilt waren und sie ohne Krücken laufen konnte, nahm sie ihre Plastikstreifentüte, ließ den Schlüssel bei einem der anderen Mieter und machte sich auf nach Port Authority, wo sie sich ein Busticket nach Phoenix, Arizona, kaufte.

In Phoenix arbeitete sie in einem chinesischen Fast-Food-Restaurant, das in einem einstöckigen Flachbau in einer Einkaufsmeile lag. Die Wände der Gebäude bestanden aus Styropor, auf das eine Betonschicht gespritzt worden war, eine Bauweise, mit der man Torbogen und andere Besonderheiten der Architektur des Südwestens nachbilden konnte. Der Putz war in der Farbe von Lehmziegeln überstrichen. Diese Bauart war effizient und leichtgewichtig, wenn auch nicht unbedingt ein Genuss für die Augen, und er hatte den unbeabsichtigten Nebeneffekt, dass man bei jedem Gebäude mit dem Fuß durch die Wand treten konnte.

Sie versuchte sogar herauszufinden, ob sie den Manager durch die Wand werfen konnte, als der sie wegen Angabe einer falschen Sozialversicherungsnummer feuerte. Es war das erste Mal, dass sie für einen weißen Boss in einem chinesischen Restaurant arbeitete. Seine Bemerkungen über Migranten, die er ›Ihr Leute‹ nannte, hatten sie geärgert. Außerdem war er für ihren Geschmack viel zu stolz darauf, dass er ihr Vergehen mittels *E-Verify* aufgedeckt hatte, seines neuen Lieblingsspielzeugs. Fast gewalttätig wäre sie geworden, als er drohte, ihr die Einwanderungsbehörde auf den Hals zu hetzen.

Mach das und ich mach Ärger für dich. Ich kenn' Leute, mit denen möchtest du dich nicht anlegen. Mich ins Gefängnis bringen? Ich bring dich unter die Erde. Versuch's doch mal damit.

Seit sie Skinner begegnet war, sah sie die Männer an und dachte: Hat er jemals jemanden umgebracht? Ist auf ihn geschossen worden?

Sie wanderte oder trampte dorthin, wo sie Arbeit finden konnte, welche auch immer, reiste auf den Seitenstreifen der ewig langen Straßen, während die Sonne golden über der Wüste aufging, ein Ereignis von kosmischer Stille, während die Wüste noch kalt und blau von der Nacht war. Jede halbe Minute raste ein Ford-F-Truck an ihr vorbei, ein orkanartiger Sturm und ein Vorwurf an jeden, der zu Fuß unterwegs war. Eine Zeit lang fuhr sie mit dem Bus durch die Innenstadt zu einer Fabrik, die Styropor für den Bau herstellte; der stechende Geruch bei der Verarbeitung von Polystyrol blieb in ihrer Lunge und der Kleidung hängen.

Man konnte sie zu Fuß auf den Parkplätzen vor den riesigen, sauberen und weiträumigen Geschäften sehen, wo man gleichermaßen freundlich und feindselig behandelt wurde. Alles im Westen hatte seine Ecken und Kanten.

In Fry's Supermarkt kaufte sie eine Gewichtheberzeitschrift.

Auf einer Pferderanch, wo sie als Tagelöhnerin Ställe säuberte, traf sie eine andere Sorte Amerikaner, einen Cowboy aus North

Dakota; er war nach Arizona gekommen, um mit einer Rancherin zusammen zu sein, die er über das Internet kennengelernt hatte. Er trug einen Stetson, ein Bolotie mit Silberspitzen und ein schwarzes Halstuch im Ausschnitt seines Jeanshemds.

Ich hab' dich arbeiten sehen, sagte er. Kommst du aus Mexiko oder Indien?

Von allem ein bisschen. Ich bin Uigurin.

Das musst du mir erklären.

Sie erklärte es ihm und er meinte, das sei faszinierend. Seine eigenen Leute hatten es weit gebracht. Wir Grissoms sind um 1890 nach Dakota gekommen. Henry Grissom hat im Bürgerkrieg gekämpft. Er ist mit Sack und Pack aus Tennessee hierhergekommen. In Tennessee haben sie ihren eigenen Whisky gebrannt. Das war nur eine von verschiedenen Sachen, die sie gemacht haben, und sie haben das ziemlich gut gemacht. Dann sind sie in den Westen und haben Weidewirtschaft betrieben. Sie haben ihre Farm in den Black Hills gebaut und da steht sie bis zum heutigen Tag. Ich habe mein ganzes Leben dort gearbeitet. Inzwischen kümmern sich meine Söhne um fast alles.

Habt ihr auch Frauen oder Mädchen, die dort arbeiten?

Eine haben wir. Die macht sich sehr gut und wir wissen es sehr zu schätzen, dass sie bei uns ist.

Nachdem er gehört hatte, warum Zou Lei gefeuert worden war, fügte er hinzu, dass seiner Meinung nach die Regierung nicht in alles ihre Nase stecken müsste.

Das ist nicht alles schlecht, sagte er, aber inzwischen gibt es viel zu viel Bürokratie, die mehr schadet als nützt.

Er gab ihr die Webadresse der Ranch – ja, sie hatten E-Mail – und sagte, sie solle mit seinem Sohn Kontakt aufnehmen. Oder fahr einfach irgendwann hin. Wenn du so arbeitest, wie du hier arbeitest, dann nehmen sie dich bestimmt. Es gibt eine Menge Arbeit, und es ist harte Arbeit. Und es ist ziemlich kalt. Aber es gibt Menschen, die mögen das.

Sie schüttelte seine Hand, und er tippte an seinen Hut.

Ein Mann mit Stil, der sowohl anständig als auch unabhängig ist, der weiß, was sich gehört.

Auf dem Rückweg fuhr sie mit einer Gruppe mexikanischer Arbeiter auf einem Pick-up-Truck mit.

Sie aß Grillfleisch, Bohnenmus, gelben, scharfen Reis, sprach inzwischen häufiger Spanisch als Chinesisch. *Con todo*, sagte sie der Mexikanerin in der Raststätte. Ein kleiner Kaffee war ein *Chico*.

Im Circle-K-Markt kaufte sie eine Ausgabe des »Pinal Country Slammer«, in der farbige Polizeifotos aller zurzeit hier Inhaftierten zu sehen waren. Mürrische Indianerfrauen mit ungewaschenem Haar, manische Skinheads, schmalgesichtige Cowboys, Landstreicher, die schon überall in Amerika gearbeitet hatten, von den Fischfabriken in Alaska über Holzfällercamps in Kalifornien bis zu Schweinefarmen in South Carolina, und die auch in jedem Bundesstaat dazwischen im Knast gesessen hatten.

Sie hielt sich strikt an ihren Plan, früh ins Bett zu gehen und früh wieder aufzustehen, ging nicht aus wie die anderen, jagte nicht der Liebe hinterher.

Nachdem sie eines Samstagnachts schon ein paar Stunden in ihrem Bett im Trailer-Park geschlafen hatte, wurde sie von einem Lastwagen vor ihrem Fenster geweckt, aus dem ein Liebeslied tönte. Sie hob den Kopf und als sie die Akkorde erkannte, traf sie der süße Schmerz mit voller Wucht; sie schlug sich die Hand vor den Mund und schrie auf.

Tagsüber sagte sie ihm, dass sie ihm nicht vergeben würde – auch nicht, dass er sie alleine in dieser Welt zurückgelassen hatte. Und als er ihr widersprach, antwortete sie: Aber klar, du hattest deine Gründe. Ich hab's gehört.

Skinner, sagte sie, ich esse gut. Und schau dir das an: Siehst du die Sonne? Die Hitze? Hier bin ich. Ich schau über das Fabrikdach und sehe die Superstition Mountains. Geht's mir nicht gut? Schau in meine Tasche: Siehst du das? Das ist Bargeld. Ich bin bettelarm und werde hier beschissen bezahlt. Bis jetzt esse ich von deinem Geld Steaks. Wenn es alle ist, gibt es wieder Reis und Bohnen. Aber bin ich nicht glücklich, Skinner? Seh ich nicht gut aus?

Am Abend ging sie zum Einkaufszentrum. Sie hatte eine Adidas-Tasche über der Schulter und betrat das Fitnessstudio durch die grüne Glastür. Es war klimatisiert und stellte kostenlos frisch gewaschene weiße Handtücher zur Verfügung, die sie mitgehen ließ, seit sie das erste Mal hier war. Sportler der Arizona State University trainierten hier, Bodybuilder und Armyangehörige, vereinzelt ein paar Senioren, Mütter, Exzentriker und ganz normale Menschen, die hauptsächlich im Baugewerbe, Einzelhandel oder Telemarketing tätig waren. Im Studio gab es eine Flotte von Laufbändern und eine verspiegelte Kathedrale mit Gewichten von Olympic.

Sie ging in den Umkleideraum, riss sich die staubigen Stiefel und die Jeans vom Leib, streifte das Hemd ab, das nach Pferden roch, und warf alles in einen Spind. Die lebenslange, harte Arbeit hatte ihr raue, große Hände beschert, und seit sie hier im Westen war, waren Unterarme und Gesicht tiefbraun. Ihr Gesicht hatte etwas Wildes angenommen. Sie sah älter aus, als sie war, Schläfenmuskulatur und Kieferknochen wirkten kräftiger. Aber wenn sie nackt vor dem Spiegel stand, dann sah sie wie Diana auf einem Tempelfries aus.

Sie öffnete ihre Tasche und holte das Spandex-Trikot und die Asics heraus, deren Einlagen Blutflecken hatten, und zog sich an.

Sie setzte die Kopfhörer auf, schloss den Spind ab, ging hinaus in den Kraftraum, vorbei am Smoothie-Tresen und am Getränkeschrank, in dem Isopure-Flaschen in Grün, Orange, Violett und Rot wie flüssige Juwelen funkelten – vierzig Gramm Protein, null Kohlehydrate, die Farbe und Saftigkeit von Äpfeln, Melonen, Weintrauben und Pflaumen, die ganze Fülle dessen, was arme Menschen aus Obstplantagen geschleppt hatten. Alle Proteine, die ein Gewichtheber brauchte, schneller und sauberer als Lammfleisch.

Die Glasflaschen warf man in eine Recycling-Tonne und überließ es anderen, sich um die Rückgabe zu kümmern. Man brauchte das Festmahl nur zu schlucken. In diesem Tal war der Tisch mit allem gedeckt, was man sich nur wünschen konnte, solange einen der chemische Nachgeschmack nicht störte.

Sie sprach mit niemandem, als sie zum Squat Rack ging, die Kopfhörer des iPods in den Ohren, als würde sie Instruktionen vom Chef einer Heckenschützeneinheit bekommen. Sie bewegte sich hoch konzentriert. Selbst wenn einer der einsamen Männer an den Geräten sie hätte ansprechen wollen, er hätte doch gezögert, die Konzentration dieser Frau zu stören. Sie bestückte die Stange sorgfältig, hob die gummibezogenen Scheiben und schob sie auf die dicken Zylinder an beiden Enden der Stange.

Unter ihrer Kappe hervor prüfte sie das Gewicht. Es war viel für sie.

Aber man wusste ja nie, vielleicht musste sie heute Nacht schon weiter. Sie schlug die Hände ineinander. Das könnte ihre letzte Gelegenheit sein.

Ein Falke flog über das Dach des Studios, glitt über das Tal, landete auf einem Felsvorsprung in den Bergen und wartete, bis sie nachgekommen war. Als sie da war, erhob er sich von seinem Ausguck in die Luft, führte sie durch die Canyons hinaus in die offene Wüste, hin zu dem schwachen, aber lauter werdenden Klang der Stimmen.

Sie stellte die Schultern unter die Stange, richtete ein Gebet an ihn und setzte zum Heben an.

Glossar

Bop Walk – Eine besonders in den Ghettos praktizierte Art des Gehens, bei der ein Fuß schleppend vor den anderen gesetzt wird und man eine Schulter hängen lässt

Buzkaschi – Traditionelles afghanisches Reiterspiel

Chapter – Ortsgruppen des jeweiligen Rocker-Clubs, bei den Hells Angels Charter genannt

Cholo – Ein aus dem spanischsprachigen Raum stammender abwertender Ausdruck, meistens als Bezeichnung für Menschen mit überwiegend indigener Abstammung verwendet

CSNR – Chanel Signal-to-Noise Ratio (dt.: Signal-Rausch-Verhältnis).

Donkey Calf Raises – Wadenheben mit gebeugter Hüfte; in Europa nicht gebräuchliche Fitnessübung

Five Boroughs – Die fünf Stadtteile von New York: Manhattan, Brooklyn, Queens, die Bronx und Staten Island

Gitmo – Abkürzung für das amerikanische Gefangenenlager Guantanamo

GLCS – Gay and Lesbian Community Services

Gunny – Kürzel für Gunnery Sergeant. Gunnery Sergeants werden von höherrangigen Soldaten und Offizieren für gewöhnlich mit »Gunny« angeredet. Dieser Spitzname wird als Ausdruck der Wertschätzung und auch Kameradschaft betrachtet und, außer in formellen und zeremoniellen Momenten, immer verwendet.

Hood – Abkürzung für das Viertel, aus dem ein Hiphopper stammt

HUA – Heard – Understood – Accomplished. Gehört – Verstanden – Ausgeführt. Von amerikanischen Soldaten auch im Alltag häufig verwendetes Kürzel, um zu signalisieren, dass sie einen Befehl verstanden haben.

Jack LaLanne – Jack LaLanne (1914–2011) war der Begründer der amerikanischen Fitness-Bewegung.

Mongols – Der Mongols Motorcycle Club gründete sich im Jahr 1969 in Montebello, Kalifornien, gebildet durch Vietnamveteranen lateinamerikanischer Abstammung, denen es aufgrund ihrer Herkunft verweigert wurde, den Hells Angels beizutreten.

MS-13 – Unter dem Begriff Mara Salvatrucha (auch kurz MS-13, MS oder nur Mara genannt) wird eine Vielzahl von Banden zusammengefasst, die in Nord- und Mittelamerika agieren. Ihre Mitglieder sind zumeist lateinamerikanischer Herkunft.

Nigger – Dieser Slangbegriff (im Jargon auch Nigga, Niggah oder Niggar) wird unter Schwarzen, vermehrt aber auch unter Weißen auf ironische Weise im Sinne von Freund, Kumpel oder »Atze« verwendet. Unter Rappern findet diese Bezeichnung häufig Gebrauch.

One Nation … under God … real niggas … getting money – Zeile aus dem Song »B.M.F. (Blowin' Money Fast)« (2010) des Rappers Rick Ross

Represent – Eine in Rap-Songs häufig verwendete Aufforderung, sich zu seinem Viertel, seiner Gang zu bekennen

Ripped Fuel – Ein von Bodybuildern verwendetes Nahrungsergänzungsmittel

South Suicide Queens – Aus dem Song »Bacdafucap« (1993) der Rap-Gruppe Onyx

Sa-cha – Eine herzhafte bis leicht scharfe Soße auf Sojabasis, die vor allem in der südchinesischen Küche Verwendung findet

Salwar Kamiz – Der Salwar Kamiz oder Shalwar Kamiz ist eine traditionelle Kleidung einiger Völker Südasiens, wobei Stil, Farben, Muster und Länge variieren.

Samsa – Usbekische Blätterteigtaschen

Schofarhorn – Altes Musikinstrument aus Mittelasien. Das aus

Widder- oder Kuduhorn gefertigte Instrument hat seinen Ursprung in der jüdischen Religion und dient vor allem rituellen Zwecken.

STD – Geschlechtskrankheiten (engl: sexually transmitted diseases)

Steeltown-Football – Football ist in den Städten des Kohle- und Erzreviers um Pittsburgh besonders beliebt, nicht zuletzt nennt sich eine der Mannschaften Pittsburgh Steelers.

Thundercat – »ThunderCats« war in den 1980er Jahren eine amerikanische Zeichentrickserie um Katzenmenschen.

VA – Abkürzung für das »United States Department of Veterans Affairs«, das die Angelegenheiten der amerikanischen Veteranen regelt

Warrior Transition Program – Amerikanische Behörde, die sich um die Belange verwundeter und kranker Soldaten kümmert

WIC-Lebensmittelmarken – Women, Infants, Children (dt.: Frauen, Babys, Kinder); WIC ist ein Ernährungsprogramm für Familien und Eltern rund um Schwangerschaft, Geburt und Geburtennachsorge. WIC engagiert sich auch in der Flüchtlings- und Katastrophenhilfe.

Willie Pete – Die Abkürzung W. P. für »Weißen Phospor«, der besonders in Brandbomben und Brandgranaten Verwendung findet, wurde schon zu Zeiten des Vietnam-Kriegs von amerikanischen Soldaten zu »Willie Pete« verballhornt.